W0469491

In den böhmischen Wäldern

Hierher zieht sich Abdias, nachdem er Nordafrika verlassen hat, mit seiner Tochter zurück.

Ruine Wittinghausen bei Friedberg

Die Abbildung folgt einem Gemälde Stifters. Die Gründung der Burg wird in „Witiko" geschildert, ihr Untergang in „Der Hochwald".

Wien

Der Stephansdom vom Stock-im-Eisen-Platz aus gesehen; nach einer Darstellung von Rudolf von Alt. „Wien und die Wiener in Bildern aus dem Leben" enthält ein Kapitel „Aussicht und Betrachtung von der Spitze des St. Stephansturmes" und eine Schilderung der Katakomben unter dem Stephansdom.

ADALBERT STIFTER

DIE GROSSEN KLASSIKER

LITERATUR DER WELT
IN BILDERN, TEXTEN, DATEN

ADALBERT STIFTER

DARGESTELLT VON
CHRISTOPH WETZEL

ANDREAS

Die Stifter-Texte sind der folgenden Ausgabe entnommen:

Adalbert Stifter: Sämtliche Werke in fünf Einzelbänden:
Witiko. Vollständige Ausgabe nach dem Text des Erstdrucks von 1865–1867. Mit einem Nachwort von Fritz Krökel sowie Anmerkungen und einer Zeittafel von Karl Pörnbacher. München (Winkler Verlag) 1949.
Der Nachsommer. Vollständige Ausgabe nach dem Text der Erstausgabe von 1857. Mit einem Nachwort von Fritz Krökel. München (Winkler Verlag) 1949.
Studien. Vollständige Ausgabe nach dem Text der zweiten Auflage (1847–1850). Mit einem Nachwort von Fritz Krökel. München (Winkler Verlag) 1950.
Die Mappe meines Urgroßvaters/Schilderungen/Briefe. Vollständige Texte. Nach den Erstdrucken („Wien und die Wiener in Bildern aus dem Leben") und der Prager Ausgabe. Mit einem Nachwort von Fritz Krökel sowie Anmerkungen von Karl Pörnbacher. München (Winkler Verlag) 1954.
Bunte Steine (darin enthalten die Erzählungen). Vollständiger Text nach der Erstausgabe von 1853 („Bunte Steine") und den jeweiligen Erstdrucken (Erzählungen). Mit einem Nachwort von Fritz Krökel. München (Winkler Verlag) 1961.

Diese Ausgabe bewahrt unverändert das Stiftersche Interpunktionsbild. „Während in der normalen Interpunktion das Komma sich heute als Trennungszeichen zwischen Sätzen ebenso wie zwischen Satzteilen eingebürgert hat, verwendet Stifter es im allgemeinen nur als Satz-Trennungszeichen; zur Abgrenzung von Satzteilen kommt es vor, wenn diese die Bedeutung, den Nachdruck eines Satzes erhalten. Daraus folgt, daß das Komma bei Apposition und Aufzählung seltener erscheint, als es heute gemeinhin üblich ist, vor mit ‚und' eingeleiteten unvollständigen Sätzen steht es dagegen häufiger als im normalen Gebrauch. Freilich gilt . . . die Einschränkung, daß Unstimmigkeiten mancherlei Art und wohl auch Ursprungs sich finden." Ziel der Ausgabe ist es, den Text „in möglichst Stifter-getreuer Gestalt herauszubringen, ohne ihn doch in historische Ferne zu rücken". Zugrunde liegt die Tatsache, daß „die Interpunktion in Stifters Werken, insbesondere den späten, so wesentlich und in einmaliger Weise in den gesamten Stil der Dichtung verwoben" ist (Magda Gerken in der „Nachsommer"-Ausgabe).

Literatur:

Wertvolle Hilfe bei der Gestaltung der „Chronik zu Leben, Werk und Wirkung" boten neben den Anmerkungen der verwendeten Stifter-Ausgabe u. a. die folgenden Veröffentlichungen:
Urban Roedl: Adalbert Stifter (Lebenswege in Bildern). München o. J. (1955).
Moriz Enzinger: Adalbert Stifter in seiner und unserer Zeit. In: AStI.Vjs. 5, 1956.
Otto Jungmaier: Stifters Linzer Jahre. Graz–Wien 1959.
Urban Roedl: Adalbert Stifter in Selbstzeugnissen und Bilddokumenten. Reinbek 1965.
Adalbert Stifter in seinen Briefen. Frankfurt/Main 1973.
Fritz Novotny: Adalbert Stifter als Maler. 4. Aufl. Wien–München 1978.
Weitere Literaturhinweise sind im Teil „Themen" sowie im Randspaltenkommentar enthalten.

Danksagung:

Verlag und Autor sind insbesondere den Mitarbeitern des Adalbert-Stifter-Instituts des Landes Oberösterreich in Linz für ihre zuvorkommende Unterstützung zu herzlichem Dank verpflichtet.

ISBN 3-85012-133-X (Normalausgabe)
ISBN 3-85012-134-8 (Luxusausgabe)

Copyright © 1983 by Andreas & Andreas, Verlagsbuchhandel, Salzburg. – Alle Rechte vorbehalten. Nachdruck von Bildern und Texten, auch auszugsweise, nur mit ausdrücklicher Genehmigung des Verlagsbuchhandels Andreas & Andreas, Salzburg, gestattet.

Entwicklung und redaktionelle Durchführung: Rabe Verlagsgesellschaft mbH., Stuttgart
Bildauswahl und Layout: Christoph Wetzel/Vorsatz: Heidi Wetzel

Schlußredaktion: Inge Wolkerstorfer

Herstellung: Anton Leitner

Einbandgestaltung: Volker Uiberreither, Salzburg

Farbreproduktionen: Gerd Ludwig, Zell am See

Gesamtherstellung: Druckhaus Nonntal, Salzburg. – Printed in Austria

INHALTSÜBERSICHT

DATEN

	Chronik zu Leben, Werk und Wirkung	7

THEMEN

	Stifter-Bilanz 1954 und 1978	130

TEXTE

Wien und die Wiener	Ein Gang durch die Katakomben	147
Der Condor	Ein Nachtstück	158
	Tagstück	160
Zuversicht		166
Feldblumen	Nachtviole	170
	Vergißmeinnicht und Wolfsmilch	173
	Gundelrebe	179
	Himmelsröschen	180
Der Hochwald	Waldburg	182
	Waldfels	200
Abdias	Ditha	208
Bunte Steine	Vorrede	230
	Bergkristall	237
Der Nachsommer	Zweiter Band, Fünftes Kapitel: Der Bund	262
Witiko	Zweiter Band, Zweites Kapitel: In einfachen Gewändern	274
Personenregister		300

Folgende Seite: der Plöckensteinsee in einer Darstellung aus dem 19. Jahrhundert (vgl. S. 184/185).

DATEN

CHRONIK ZU LEBEN, WERK UND WIRKUNG

Elbe
Karlsbad (Karlovy Vary)
Main
Eger
Königswart
Marienbad (Mariánské Lázně)
Prag (Praha)
Nürnberg
Moldau
Regensburg
Ernstbrunn
OBERPLAN (HORNÍ PLANÁ)
Lackenhäuser
Krumau (Ceský Krumlov)
Friedberg
Hohenfurth (Vyšší Brod)
Isar
Passau
Kefermarkt
München
Burghausen
Eferding
LINZ
KREMSMÜNSTER
WIEN
Steyr
Salzburg
Bad Ischl
Berchtesgaden
Hallstatt
Donau
Inn
Watzmann
Dachstein
Bruck
Graz
Villach
Klagenfurt
Marburg (Maribor)
Udine
Laibach (Ljubljana)
Triest (Trieste, Trst)
Drau
Save

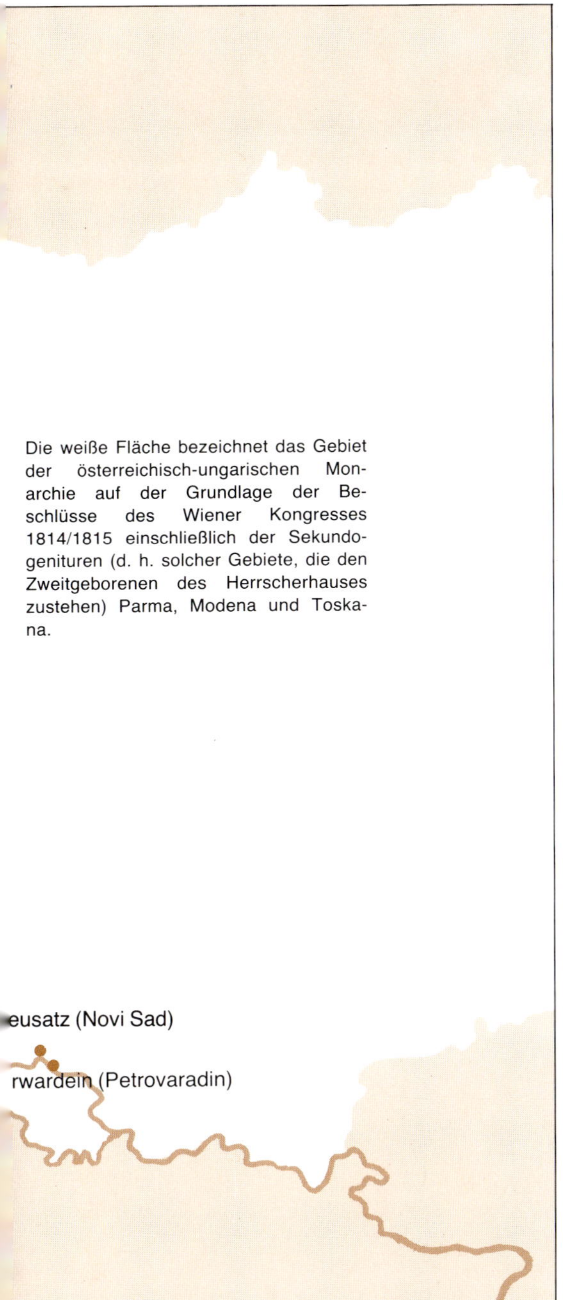

Die weiße Fläche bezeichnet das Gebiet der österreichisch-ungarischen Monarchie auf der Grundlage der Beschlüsse des Wiener Kongresses 1814/1815 einschließlich der Sekundogenituren (d. h. solcher Gebiete, die den Zweitgeborenen des Herrscherhauses zustehen) Parma, Modena und Toskana.

Die Karte zur Biographie Adalbert Stifters hebt die vier Hauptwohnorte hervor: In Oberplan, seinem Geburtsort, lebt der „Stifter Bertl" bis zum Eintritt in das Stiftsgymnasium Kremsmünster im dreizehnten Lebensjahr. Acht Jahren höherer Schulausbildung folgt 1826 der Studienbeginn in Wien. Die Kaiserstadt bleibt 22 Jahre hindurch der Wohnsitz des Privatlehrers, Malers und Schriftstellers. Von 1848 bis zu seinem Tode 1868 lebt Stifter in der oberösterreichischen Landeshauptstadt Linz.

Schauplätze der Kindheits- und Jugendjahre und zugleich einer Vielzahl seiner Werke sind die Orte und landschaftlichen Besonderheiten rings um Oberplan: Ernstbrunn, Krumau, Hohenfurth mit der „Teufelsmauer", Friedberg mit der Ruine Wittinghausen, der Plöckenstein mit dem Plöckensteinsee und der Dreisesselfels am Dreiländereck zwischen Böhmen, Oberösterreich und Bayern. Ebenfalls in die Jugendjahre fallen erste Besuche des Salzkammergutes. Im Alpengebiet findet in den dreißiger Jahren der Maler Stifter seine Motive (Dachstein, Watzmann). 1845 gibt ein Besuch bei dem Naturforscher Simony in Hallstatt den Anstoß zu Stifters vielleicht populärster Erzählung, dem „Heiligen Abend" bzw. „Bergkristall".

Die Tätigkeit als Schulrat von 1850 bis zum Krankenurlaub 1864 ist mit ausgedehnter Reisetätigkeit im Amtsgebiet verbunden. Die Karte verzeichnet hierzu die Orte Eferding, Steyr und – jenseits der Grenze – Burghausen, von wo aus Stifter am 5. Dezember 1861 einen Brief an die Ehefrau Amalie mit der Vermutung beginnt: „‚Nun ist der Mann völlig übergeschnappt, er schreibt schon wieder', wirst Du sagen, wenn Du diesen Brief erhältst." Die Dringlichkeit des Briefes ergibt sich aus der Entdeckung einer Antiquität beim „Esterbauern", deren Erwerb jedoch bedacht und beraten werden muß.

Kefermarkt ist der Standort des spätgotischen Schnitzaltars, dessen Restaurierung Stifters Initiative zu verdanken ist; in diesem Zusammenhang steht die Ernennung zum Konservator für Oberösterreich.

In seiner Eigenschaft als Vizepräsident des Linzer Kunstvereins hält sich Stifter Ende September 1854 in Bad Ischl auf, um Kaiserin Elisabeth ein Gemälde zu überbringen. 1860 nimmt Stifter als höherer Beamter an der Eröffnungsfahrt der Eisenbahnlinie Linz–Salzburg–München teil (erste Münchenreise 1846).

Peterwardein (serbokroat. Petrovaradin), heute ein Stadtteil von Neusatz (Novi Sad, ungar. Ujvidék), ist das Ziel der Ungarnreise von 1841 (seit 1919 gehört Neusatz zum „Königreich der Serben, Kroaten und Slowenen" bzw. Jugoslawien).

Die Italienreise von 1857 führt von Linz aus über Kremsmünster, Bruck, Graz, Marburg, Klagenfurt, Laibach nach Triest und zurück über Udine und Villach. Im Brief vom 20. Juli 1857 an seinen Verleger Heckenast bezeichnet Stifter die Reise als „kleinen Vorgeschmack": „Ich weiß jetzt mit Gewißheit, daß ich einen Monat werde in Venedig leben, daß ich Florenz Rom und Neapel sehen werde, ja daß ich etwa Jahre in Rom bleiben werde. Goethe ist erst durch Italien ein großer Dichter geworden . . . Fremde Landschaften und Menschen erweitern den Blick und machen die Kunst großartiger und allgemeiner." Dies alles bleibt ein Wunschtraum. Von 1855 an steht das private Reisen zunehmend unter dem Gesichtspunkt gesundheitlicher Stärkung. Die bevorzugten Orte sind Lackenhäuser im Bayerischen Wald und Kirchschlag nördlich von Linz (in der Karte nicht verzeichnet). 1865 bis 1867 hält sich Stifter jeweils in Karlsbad zur Kur auf; hieran schließt sich im ersten Jahr eine „Witiko"-Reise an, die nach einem Besuch auf dem Metternich-Schloß Königswart über Nürnberg und Regensburg nach Passau führt.

Die „Teufelsmauer" an der Moldau bei Hohenfurth, dargestellt in einer kolorierten Radierung; sie gehört zu den elf von 1800 bis 1810 entstandenen Moldau-Landschaften des Malers Lorenz Lanscha (1749–1812) und des Stechers Karl Postl (1769–1818). Stifter überliefert in „Der Waldgänger" (1846) die folgende Ortssage: „Die Leute nennen diese Stelle die Teufelsmauer, und es geht die Sage, daß der Teufel, dem es nicht recht war, daß die Abtei Hohenfurt(h) gebaut wurde, und er in Gefahr geriet, viele Seelen, die sich hier erbauen, zu verlieren, den Plan gefaßt habe, die frommen Väter, die hier hausen, mit dem Wasser der Moldau zu ertränken. Er erkor zu diesem Zwecke eine Nacht, in der er alle Steine, die in der Gegend zu finden sind, auf diese eine Stelle zusammen tragen und eine Mauer bauen wollte, daß sich das Wasser in der Bergenge zu einem See schwelle, den er dann plötzlich mit Öffnung seiner Schleuse auf das heilige Gebäude ließe. Er nahm aber zu viele kleine Steine, die auf der Oberfläche der Berge herum lagen, und mußte zu oft gehen, was nicht der Fall gewesen wäre, wenn er die großen, in die Erde verwachsenen genommen hätte. Es geschah daher, als er sehr emsig trug, daß plötzlich der Hahn krähte, ein blasses Morgenlicht in den Lüften erschien, und die Engel im Himmel oben ihre Frühgebete begannen. Er mußte nun davon, und die Sache lassen, wie er sie hatte."

Im südöstlichen Böhmen, nahe der heutigen Grenze zwischen der Tschechoslowakei und Bayern im Westen sowie Oberösterreich im Süden, liegt die Ortschaft Oberplan (tschechisch Horní Planá). Von der Anhöhe des Dorfes aus geht der Blick hinab in das (heute zu einem Stausee erweiterte) Tal der jungen Moldau, die wenige Kilometer nordwestlich aus dem Zusammenfluß von Warmer und Kalter Moldau entsteht. Sie setzt an Oberplan und Friedberg vorbei ihren Lauf in südöstlicher Richtung fort, bis sie bei Hohenfurth und der malerischen Flußenge der „Teufelsmauer" scharf nach Norden abbiegt. Sie durchfließt nun das vom Bayerischen und dem Böhmerwald, dem Fichtel- und dem Erzgebirge sowie der Böhmisch-Mährischen Höhe umgrenzte böhmische Becken und mündet nördlich von Prag in die Elbe. Jenseits des Böhmerwaldes liegen an der Donau die Bischofsstadt Passau und die oberösterreichische Hauptstadt Linz.

Das Königreich Böhmen gehörte seit dem 16. Jahrhundert endgültig zu den habsburgischen Erblanden. Hier entstand im 15. Jahrhundert die reformatorisch-nationaltschechische Bewegung der Hussiten, und hier nahm im 17. Jahrhundert der Dreißigjährige Krieg seinen Anfang. Im 17./18. Jahrhundert büßten die Habsburger die böhmischen Nebenländer ein: die Lausitz fiel an Kursachsen, Schlesien an Preußen; bayerische Gebietsansprüche konnte Maria Theresia (1717–1780, Erzherzogin von Österreich und Königin von Ungarn und Böhmen ab 1740) im Österreichischen Erbfolgekrieg (1740–1748) abwehren. Ihr Enkel Franz II. (1768–1835, deutscher Kaiser als Nachfolger seines Vaters Leopold II. ab 1792) nahm 1804 angesichts der unabwendbaren Auflösung des Heiligen Römischen Reiches Deutscher Nation als Franz I. den Titel eines Kaisers von Österreich an.

Böhmen als Landschaftsraum und als historischer Schauplatz: zwei Bezugspunkte im Schaffen Adalbert Stifters, dessen Lebensweg im „Zeitalter Napoleons" beginnt und durch die Metternichsche Restaurationszeit bis zur Niederlage Österreichs im Kampf mit Preußen um die Vorherrschaft in Deutschland führt. Literaturgeschichtliche Schlagworte zu diesem Zeitraum sind das „Junge Deutschland", das Biedermeier und der Poetische Realismus, noch allgemeiner der Begriff der Nachklassik (als Goethe stirbt, ist Stifter knapp 27 Jahre alt). In sozialgeschichtlicher Hinsicht bildet die Revolution von 1848/1849 die entscheidende Zäsur, indem das Bürgertum in seiner Gesamtheit von dem Ziel der politischen Gestaltung einer demokratischen Gesellschaft abrückt.

Jan Žižka an der Spitze eines Bauernheeres, dargestellt in einer alttschechischen Handschrift, die die Hussitenkriege (1419 bis 1436) schildert. Sie wurden ausgelöst durch die Hinrichtung des um 1370 in Husinec in Südböhmen geborenen, ab 1402 in Prag tätigen Reformators Jan Hus in Konstanz im Jahr 1415, nachdem ihn das hier versammelte Konzil als Ketzer verurteilt und trotz des von Kaiser Sigismund zugesicherten freien Geleits der weltlichen Strafgewalt überantwortet hatte. Ziel der von John Wiclif (um 1330 bis 1384) beeinflußten hussitischen Bewegung war eine volksgemäße, nationale Erneuerung der Kirche nach dem Vorbild der Urkirche, was bedeutete: Ablehnung von Papsttum, Ablaß, Mönchtum und der Heiligenverehrung. Damit wurde die kirchliche Hierarchie in Frage gestellt. Einen Kernpunkt der Auseinandersetzung um die Trennung zwischen „Laien" und „Klerikern" bildete die Frage des Abendmahls, das seit dem 12. Jahrhundert nicht mehr in „beiderlei Gestalt" (Brot und Wein) ausgeteilt wurde: der Trunk aus dem Kelch blieb dem Priester vorbehalten. Auf die Forderung nach dem „Laienkelch" weist die Bemalung der Fahne hin, die Žižkas Heer vorangetragen wird. Der Heerführer ist an der Augenbinde (er hat beide Augen verloren) und seinem „Fausthammer" erkennbar.

1805

Seit Generationen ist die Familie Stifter (auch Stiffter oder Stüfter geschrieben) in Oberplan ansässig und in der Leinweberei tätig. Johann Stifter, der wohl um 1780 geborene Sohn von Augustin und Ursula Stifter, geb. Kary, hat daneben mit dem Flachshandel begonnen. Am 13. August heiratet er die 21jährige Magdalena Friepeß, die Tochter des Oberplaner Fleischhauers Franz Friepeß. Sie erwartet von Johann Stifter ein Kind, das am 23. Oktober zur Welt kommt und nach seinem Taufpaten, dem Webermeister Pranghofer, den Namen Albert erhält. (1818 wird der Knabe als „Adalbertus Stifter Bohemus Oberplanensis" in das Gymnasium des Benediktinerstifts Kremsmünster aufgenommen, eine Reihe seiner Jugendbriefe um 1830 sind noch mit „Albert" unterschrieben.)

Das kurz vor dem Tod entstandene Fragment einer *Selbstbiographie* enthält den Versuch, die Rückerinnerung an die frühesten (vorgeburtlichen) Eindrücke in Worte zu fassen, wobei sich der erste Abschnitt möglicherweise als Mutterleibstraum zugleich auf einen Ostergottesdienst bezieht, den der Zweijährige miterlebt hat:

„Weit zurück in dem leeren Nichts ist etwas wie Wonne und Entzücken, das gewaltig fassend, fast vernichtend in mein Wesen drang und dem nichts mehr in meinem künftigen Leben glich. Die Merkmale, die festgehalten wurden, sind: es war Glanz, es war Gewühl, es war unten. Dies muß sehr früh gewesen sein, denn mir ist, als liege eine hohe, weite Finsternis des Nichts um das Ding herum.

Dann war etwas anderes, das sanft und lindernd durch mein Inneres ging. Das Merkmal ist: es waren Klänge.

Dann schwamm ich in etwas Fächelndem, ich schwamm hin und wider, es wurde immer wei-

Das Geburtshaus Albert, Adalbertus bzw. Adalbert Stifters in Oberplan, „einem kleinen Marktflecken im südlichen Deutschböhmen" (Stifter in einer 1846 verfaßten autobiographischen Skizze). Der Schriftsteller ist das älteste von schließlich fünf Geschwistern; sein Vater Johann Stifter „war ein Leinweber und hatte ein Bürgershaus mit Feldbau, wie es in jenen Gegenden gewöhnlich ist. Er trieb auch Handel mit Flachs und Getreide." Eine offizielle Ehrung Stifters in seinem Geburtsort erfolgt durch die Errichtung eines Denkmals 1906.

cher und weicher in mir, dann wurde ich wie trunken, dann war nichts mehr.
Diese drei Inseln liegen wie feen- und sagenhaft in dem Schleiermeere der Vergangenheit, wie Urerinnerungen eines Volkes.
Die folgenden Spitzen werden immer bestimmter, Klingen von Glocken, ein breiter Schein, eine rote Dämmerung.
Ganz klar war etwas, das sich immer wiederholte. Eine Stimme, die zu mir sprach, Augen, die mich anschauten, und Arme, die alles linderten. Ich schrie nach diesen Dingen.
Dann war Jammervolles, Unleidliches, dann Süßes, Stillendes. Ich erinnere mich an Strebungen, die nichts erreichten, und an das Aufhören von Entsetzlichem und Zugrunderichtendem. Ich erinnere mich an Glanz und Farben, die in meinen Augen, an Töne, die in meinen Ohren, und an Holdseligkeiten, die in meinem Wesen waren.
Immer mehr fühlte ich die Augen, die mich anschauten, die Stimme, die zu mir sprach, und die Arme, die alles milderten. Ich erinnere mich, daß ich das ‚Mam' nannte.
Diese Arme fühlte ich mich einmal tragen. Es waren dunkle Flecken in mir. Die Erinnerung sagte mir später, daß es Wälder gewesen sind, die außerhalb mir waren. Dann war eine Empfindung, wie die erste meines Lebens, Glanz und Gewühl, dann war nichts mehr."
Werfen wir einen Blick auf die politischen Ereignisse in Stifters Geburtsjahr. Es ist machtpolitisch bestimmt durch den dritten Koalitionskrieg zwischen Frankreich einerseits und Österreich, Rußland und Großbritannien andererseits, während Preußen Neutralität wahrt. Am 2. Dezember, dem Jahrestag seiner Krönung zum Kaiser von Frankreich, besiegt Napoleon in der Dreikaiserschlacht bei Austerlitz, einem kleinen Ort in Mähren, das Heer der verbündeten Monarchen Rußlands und Österreichs; bei Trafalgar an der Südspitze Spaniens vernichtet dagegen die von Admiral Nelson befehligte britische Flotte das vereinigte französisch-spanische Geschwader und sichert damit die britische Seeherrschaft. Im Frieden von Preßburg muß Österreich Venetien an Frankreich, Tirol und Vorarlberg an Bayern, die vorderösterreichischen Besitzungen am Oberrhein mit Freiburg im Breisgau als Mittelpunkt an Baden abtreten; als Entschädigung enthält es das Fürstentum Salzburg.

Im folgenden Jahr veranlaßt die Bildung des Rheinbundes unter dem Protektorat Frankreichs den österreichischen Kaiser zur Niederlegung der deutschen Kaiserwürde; das Reich hat damit sein Ende gefunden. Der Versuch Preußens, seine Abhängigkeit von Frankreich militärisch aufzuheben, scheitert und führt 1807 zum völligen Zusammenbruch.

1809

Die Hoffnungen auf ein Ende der französischen Hegemonie in Europa sind auf Österreich gerichtet, wo nach dem Frieden von Preßburg im Jahr 1805 Johann Philipp Karl Graf von Stadion-Warthausen (1763–1824) das Außenministerium übernommen hat und in Zusammenarbeit mit Erzherzog Karl (1771 bis 1847), einem jüngeren Bruder des Kaisers, einen auf die allgemeine Volksbewaffnung nach französischem Vorbild gegründeten Nationalkrieg gegen Frankreich vorbereitet. Der österreichische Alleingang soll das Signal für eine allgemeine Volkserhebung in Deutschland bilden. Aber einzig in dem Bayern unterstellten Tirol kommt es zum Aufstand. Daß die Politik Stadion-Warthausens selbst in Österreich auf Widerstand stößt, zeigt eine Äußerung der Kaiserin Marie Ludovica, die im April gegenüber ihrem Schwager Erzherzog Johann (1782–1859), der die Tiroler Erhebung unterstützt, die Warnung ausspricht: „Durch unser gegenwärtiges Betragen wird unseren Feinden Anlaß gegeben, die Österreicher als Anführer fremder Völker, als wahre Demokraten zu erklären" – eine offensichtlich schockierende Vorstellung. Heinrich von Kleist (1777–1811), der in Österreich ein freiheitlich-patriotisches Tätigkeitsfeld als Publizist zu finden hofft, legt in seiner Schrift „Über die Rettung Österreichs" die Widersprüche offen: „Zuvörderst muß die Regierung von Österreich sich überzeugen, daß der Krieg, den sie führt, weder für den Glanz noch für die Unabhängigkeit, noch selbst für das Dasein ihres Thrones geführt werde, welches, so wie die Sache liegt, lauter niedere und untergeordnete Zwecke sind, sondern für Gott, Freiheit, Gesetz und Sittlichkeit, für die Besserung einer höchst gesunkenen und entarteten Generation, kurz für Güter, die über jede Schätzung erhaben sind, und die um jeden Preis, gleichviel welchen, gegen den Feind, der sie angreift, verteidigt werden müssen." Kleist beginnt seine Schrift mit der Feststellung: „Jede große und umfassende Gefahr gibt, wenn ihr wohl begegnet wird, dem Staat, für den Augenblick, ein demokratisches Ansehn. Die Flamme, die eine Stadt bedroht, um sich greifen zu lassen, ohne ihr zu wehren, aus Furcht, der Zusammenlauf der Menschen, den eine nachdrückliche Rettung herbeizöge, könnte der Polizei über den Kopf wachsen: dieser Gedanke wäre Wahnsinn und kann in die Seele eines Despoten kommen, aber keines redlichen und tugendhaften Regenten."

Zwar besiegen die von Erzherzog Karl befehligten österreichischen Truppen am 21./22. Mai bei Aspern (einem heutigen Stadtteil Wiens) die Franzosen unter Napoleon, doch besiegelt dessen Sieg bei Deutsch-Wagram östlich von Wien am 5. /6. Juli das Scheitern einer Erhebung Österreichs. Erzherzog Karl legt den Oberbefehl nieder, und Graf Stadion wird entlassen; sein Nachfolger ist der aus einem ehemals reichsunmittelbaren rheinländischen Grafengeschlecht stammende, seit 1797 in habsburgischen Diensten stehende

Der Heldenplatz in Wien. Rechts im Bild das 1824 vollendete klassizistische „Äußere Burgtor" des Architekten Pietro bzw. Peter (von) Nobile (1773–1854). Links stürmt mit erhobener Fahne Erzherzog Karl, der Sieger über Napoleon in der am 21./22. Mai 1809 bei Aspern geschlagenen Schlacht, gegen die Neue Hofburg an. Diese stammt aus dem späten 19. Jahrhundert und gehört mit ihrem Neubarock der „Ringstraßen-Architektur" an. Das 1859 – zwölf Jahre nach seinem Tod und in einer Zeit erneuter Auseinandersetzungen mit Frankreich – enthüllte Reiterdenkmal Erzherzog Karls ist ein Werk von Anton Dominik (ab 1860 Ritter von) Fernkorn (1813–1878), ebenso das 1865 enthüllte Gegenstück, ein Reiterstandbild des „edlen Ritters" Prinz Eugen.

Schloß Schönbrunn bei Wien, nach der Abwehr der Türkenbelagerung Wiens im Jahr 1683 an der Stelle eines bescheidenen Jagdschlosses Ende des 17./Anfang des 18. Jahrhunderts erbaut. Es diente Maria Theresia als Sommer- und Franz Joseph I. als ständige Residenz. Schönbrunn ist der Vertragsort des 1809 geschlossenen Friedens mit dem napoleonischen Frankreich, der das Scheitern der von Österreich initiierten Erhebung besiegelt. – Das Foto unten zeigt die als „Belvedere" errichtete Gloriette von Schönbrunn, ein Triumphtor mit zwei Flügeln, bekrönt vom kaiserlichen Adler. Dieser Bezugspunkt der Parkanlage stammt aus dem Jahr 1775, in dem – nach dem Gebietsgewinn Galiziens durch die 1. Teilung Polens 1772 – die habsburgische Monarchie das im Osten angrenzende Gebiet der Bukowina in Besitz genommen hat. Stifters Blick als historischer Schriftsteller ist – vor dem Hintergrund der nach Südosten verlagerten politischen Interessen der Donaumonarchie – auf Böhmen und die ursprüngliche Reichsgeschichte gerichtet.

Clemens Lothar Wenzel Fürst von Metternich (1773–1859); für ihn wird Stifter als Hauslehrer tätig sein. Der im Oktober geschlossene Frieden von Schönbrunn legt weitere Gebietsabtretungen fest; zugleich tritt der „Realpolitiker" Metternich für eine eheliche Verbindung zwischen dem Kaiserhaus und Napoleon ein; im folgenden Jahr wird Maria Louise, die Tochter Franz' I., französische Kaiserin.

Die in den folgenden Abschnitten aus Stifters fragmentarischer *Selbstbiographie* erwähnten „Konskriptionen" lassen vermuten, daß sich diese Erinnerungen auf die Zeit um 1809 beziehen:

„Hierauf erhob sich die Außenwelt vor mir, da bisher nur Empfindungen wahrgenommen worden waren. Selbst Mam, Augen, Stimme, Arme waren nur als Empfindung in mir gewesen, sogar auch Wälder, wie ich eben gesagt habe. Merkwürdig ist es, daß in den allerersten Empfindungen meines Lebens etwas Äußerliches war, und zwar etwas, das meist schwierig und sehr spät in das Vorstellungsvermögen gelangt, etwas Räumliches, ein Unten. Das ist ein Zeichen, wie gewaltig die Einwirkung gewesen sein muß, die jene Empfindung hervorgebracht hat. Mam, was ich jetzt Mutter nannte, stand nun als Gestalt vor mir auf und ich unterschied ihre Bewegungen, dann der Vater, der Großvater, die Großmutter, die Tante. Ich hieß sie mit diesen Namen, empfand Holdes von ihnen, erinnere mich aber keines Unterschiedes ihrer Gestalten. Selbst andere Dinge mußte ich schon haben unterscheiden können, ohne daß ich mich später einer Gestalt oder eines Unterschiedes erinnern konnte. Dies beweist eine Begebenheit, die in jene Zeit gefallen sein mußte. Ich fand mich einmal wieder in dem Entsetzlichen, Zugrunderichtenden, von dem ich oben gesagt habe. Dann war Klingen, Verwirrung, Schmerz in meinen Händen und Blut daran, die Mutter verband mich, und dann war ein Bild, das so klar vor mir jetzt dasteht, als wäre es in reinlichen Farben auf Prozellan gemalt. Ich stand in dem Garten, der von damals zuerst in meiner Einbildungskraft ist, die Mutter war da, dann die andere Großmutter, deren Gestalt in jenem Augenblicke auch zum ersten Male in mein Gedächtnis kam, in mir war die Erleichterung, die alle Male auf das Weichen des Entsetzlichen und Zugrunderichtenden folgte, und ich sagte: ‚Mutter, da wächst ein Kornhalm.‘ Die Großmutter antwortete darauf: ‚Mit einem Knaben, der die Fenster zerschlagen hat, redet man nicht.‘

Ich verstand zwar den Zusammenhang nicht, aber das Außerordentliche, das eben von mir gewichen war, kam sogleich wieder; die Mutter sprach wirklich kein Wort, und ich erinnere mich, daß ein ganz Ungeheures auf meiner Seele lag. Das mag der Grund sein, daß jener Vorgang noch jetzt in meinem Innern lebt. Ich sehe den hohen schlanken Kornhalm so deutlich, als ob er neben meinem Schreibtische stünde; ich sehe die Gestalten der Großmutter und Mutter, wie sie in dem Garten herumarbeiteten, die Gewächse des Gartens sehe ich nur als unbestimmten grünen Schmelz vor mir; aber der Sonnenschein, der uns umfloß, ist jetzt ganz klar da.

Nach dieser Begebenheit ist abermals Dunkel.

Dann aber zeichnet sich vornehmlich und bleibend die Stube ab, in der ich mich befand. Ganz vorzüglich sind es die großen, dunkelbraunen Tragebalken der Diele, die vor meinen Augen sind, und an denen allerlei Dinge hingen. Dann war der große, grüne Ofen, der hervorspringt, und um den eine Bank ist. Dann sagte die Mutter, der Zimmersepp wird uns einen Tisch machen, auf dem das Osterlämmlein ist. Der Tisch wurde fertig und bildete meine große Freude. Dessen, der früher gewesen war, erinnere ich mich nicht mehr. Der Tisch war genau viereckig, weiß und groß, und hatte in der Mitte das rötliche Osterlämmlein mit einem Fähnchen, was meine außerordentlichste Bewunderung erregte. An der Dickseite des Tisches waren die Fugen der Bohlen, aus denen er gefugt war, damit sie nicht klaffend werden konnten, mit Doppelkeilen gehalten, deren Spitzen gegeneinander gingen. Jeder Doppelkeil war aus einem Stück Holz, und das Holz war rötlich wie das Osterlamm. Mir gefielen diese roten Gestalten in der lichten Decke des Tisches gar sehr. Als dazumal sehr oft das Wort ‚Konskription‘ ausgesprochen wurde, dachte ich, diese roten Gestalten seien die Konskription.“

Ist dieser Hinweis auf die Einführung der allgemeinen Wehrpflicht in Österreich Grund genug, Stifters Kinderzeit in den Zusammenhang der militärischen und politischen Ereignisse zu stellen? Tatsächlich geht es hier nicht um Siege und Niederlagen, sondern um deren Bedeutung für die nachnapoleonische Gesellschaft, in der Stifter seine Prägung erhält.

1811

Im Alter von sechs Jahren kommt der „Stifter Bertl“ in die Oberplaner Dorfschule, die vom Dorfschulmeister Joseph Jenne geleitet wird. Die Familie Stifter hat sich inzwischen um drei Kinder erweitert: die Tochter Anna Maria, den später als Schmied tätigen Martin sowie Anton (1819–1878), mit dem Stifter die engste Verbindung halten und in Linz in fast nachbarlichen Verhältnissen leben wird.

Einen Eindruck von der individuellen Erlebnissphäre des Knaben mögen trotz des mehr literarischen als dokumentarischen Textcharakters die folgenden Abschnitte vom Beginn der

Erzählung *Die Pechbrenner* vermitteln (erstmals veröffentlicht 1849, unter dem Titel *Granit* im ersten Band der *Bunten Steine,* 1853): „Vor meinem väterlichen Geburtshause dicht neben der Eingangstür in dasselbe liegt ein großer achteckiger Stein von der Gestalt eines sehr in die Länge gezogenen Würfels. Seine Seitenflächen sind roh ausgehauen, seine obere Fläche aber ist von dem vielen Sitzen so fein und glatt geworden, als wäre sie mit der kunstreichsten Glasur überzogen. Der Stein ist sehr alt, und niemand erinnert sich, von einer Zeit gehört zu haben, wann er gelegt worden sei. Die urältesten Greise unsers Hauses waren auf dem Steine gesessen, so wie jene, welche in zarter Jugend hinweggestorben waren, und nebst all den andern in dem Kirchhofe schlummerten. Das Alter beweist auch den Umstand, daß die Sandsteinplatten, welche dem Steine zur Unterlage dienen, schon ganz ausgetreten, und dort, wo sie unter die Dachtraufe hinaus ragen, mit tiefen Löchern von den herabfallenden Tropfen versehen sind.
Eines der jüngsten Mitglieder unseres Hauses, welche auf dem Steine gesessen waren, war in meiner Knabenzeit ich. Ich saß gerne auf dem Steine, weil man wenigstens dazumal eine große Umsicht von demselben hatte. Jetzt ist sie etwas verbaut worden. Ich saß gerne im ersten Frühlinge dort, wenn die milder werdenden Sonnenstrahlen die erste Wärme an der Wand des Hauses erzeugten. Ich sah auf die geackerten aber noch nicht bebauten Felder hinaus, ich sah dort manchmal ein Glas wie einen weißen feurigen Funken schimmern und glänzen, oder ich sah einen Geier vorüber fliegen, oder ich sah auf den fernen blaulichen Wald, der mit seinen Zacken an dem Himmel dahin geht, an dem die Gewitter und Wolkenbrüche hinabziehen, und der so hoch ist, daß ich meinte, wenn man auf den höchsten Baum desselben hinauf stiege, müßte man den Himmel angreifen können. Zu andern Zeiten sah ich auf der Straße, die nahe an dem Hause vorübergeht, bald einen Erntewagen bald eine Herde bald einen Hausierer vorüber ziehen.
Im Sommer saß gerne am Abende auch der Großvater auf dem Steine, und rauchte sein Pfeifchen, und manchmal, wenn ich schon lange schlief, oder in den beginnenden Schlummer nur noch gebrochen die Töne hinein hörte, saßen auch teils auf dem Steine teils auf dem daneben befindlichen Holzbänkchen oder auf der Lage von Baubrettern junge Bursche und Mädchen, und sangen anmutige Lieder in die finstere Nacht."

1814

Obwohl sich Österreich im Vorjahr nur zögernd der russisch-preußischen Koalition gegen Frankreich angeschlossen und erst einen Monat vor der entscheidenden „Völkerschlacht" bei Leipzig in den Krieg eingegriffen hat, fällt die Regie der politischen Neuordnung Europas dem österreichischen Außenminister Metternich zu. Wien ist der Schauplatz des von Franz I. einberufenen, im September eröffneten Kongresses, der drei aus österreichischer Sicht optimale Ergebnisse erbringt: Rückzug von den ehemaligen Positionen am Rhein, Verhinderung eines deutschen Nationalstaates durch die Bildung des Deutschen Bundes mit österreichischem Vorsitz in der Bundesversammlung und Herstellung eines Gleichgewichts der europäischen Großmächte durch die Einbeziehung Frankreichs in die „Große Allianz" mit Großbritannien, Rußland, Preußen und Österreich; daß die letzteren drei Staaten bzw. deren Monarchen zuvor die „Heilige Allianz" geschlossen haben, hat demgegenüber weniger realpolitische Bedeutung, sondern ist lediglich eine Abwandlung des „Bundes von Thron und Altar", der als Deckmantel für den Kampf gegen nationale und liberale Bewegungen dient.
Greifen wir, um ein ungefähres Bild vom Heranwachsen Adalbert Stifters zu gewinnen, nochmals zu einem aus der Rückerinnerung entstandenen Text. In der 1852 datierten *Einleitung* zu den *Bunten Steinen* heißt es:
„Als Knabe trug ich außer Ruten Gesträuchen und Blüten, die mich ergötzten, auch noch andere Dinge nach Hause, die mich fast noch mehr freuten, weil sie nicht so schnell Farbe und Bestand verloren wie die Pflanzen, nämlich allerlei Steine und Erddinge. Auf Feldern an Rainen auf Heiden und Hutweiden ja sogar auf Wiesen, auf denen doch nur das hohe Gras steht, liegen die mannigfaltigsten dieser Dinge herum. Da ich nun viel im Freien herum schweifen durfte, konnte es nicht fehlen, daß ich bald die Plätze entdeckte, auf denen die Dinge zu treffen waren, und daß ich die, welche ich fand, mit nach Hause nahm.

Da ist an dem Wege, der von Oberplan nach Hossenreuth führt, ein geräumiges Stück Rasen, welches in die Felder hinein geht, und mit einer Mauer aus losen Steinen eingefaßt ist. In diesen Steinen stecken kleine Blättchen, die wie Silber und Diamanten funkeln, und die man mit einem Messer oder mit einer Ahle herausbrechen kann. Wir Kinder hießen diese Blättchen Katzensilber, und hatten eine sehr große Freude an ihnen."

Die Überlieferung zeichnet daneben das Bild eines keineswegs in ruhiger Anschauung verharrenden Knaben: da gibt es die Katze, die er in den heißen Backofen sperrt, oder den jüngeren Bruder, den er mit einem Messer verletzt. Die mühelose Erledigung seiner Schulpflichten und ein gewisser Wohlstand der Eltern ermöglichen es ihm, sich musikalisch zu betätigen: er spielt Geige und Klarinette und wirkt im Kirchenchor mit.

Als fünftes Kind kommt Johann Stifter (1814–1888) zur Welt. Als Sattlermeister wird er wie die Schwester Anna Maria im Heimatort Oberplan bleiben.

1817

Im November verunglückt der Vater Johann Stifter während einer Handelsreise durch Oberösterreich zwischen Wels und Lambach; er wird tot unter seinem umgestürzten Flachswagen aufgefunden. Für den zwölfjährigen Adalbert stellt sich die Aufgabe, in der häuslichen Landwirtschaft zum Lebensunterhalt der sechsköpfigen Familie beizutragen. Dagegen setzt sich vor allem der Großvater Franz Friepeß ein, daß sein ältester Enkel die Laufbahn eines „Studierten" einschlägt; doch der Kaplan des Dorfes vermißt dessen Begabung für Latein, und dies sei nun einmal die Voraussetzung jeder höheren Bildung.

Das 1750 – unter Einbeziehung älterer Bauteile – vollendete Brückentor verbindet den äußeren Stiftshof von Kremsmünster mit dem Prälatenhof. Die Statuen stellen den bairischen Herzog Tassilo III. dar, den Klostergründer, sowie den römisch-fränkischen Kaiser Karl den Großen und den römisch-deutschen Kaiser Heinrich II.

Blick von Südwesten über Kremsmünster hinweg auf das im Jahr 777 als Eigenkloster der bairischen Herzöge gegründete und Ende des 8. Jahrhunderts zur Reichsabtei erhobene Benediktinerstift. Die heutigen Bauten stammen im wesentlichen aus dem 17. Jahrhundert, der „goldenen Zeit" des Klosters. Zu den einschneidenden Ereignissen seiner neueren Geschichte gehören die Aufhebung der Grundherrschaft im Jahr 1848 und die Schließung von 1941 bis 1945. Aus der Ferne betrachtet besitzt die langgestreckte Gebäudeflucht zwei vertikale Akzente durch die Türme der Stiftskirche und (ganz rechts als östlicher Abschluß) die Sternwarte (vgl. S. 22). Die Anlage selbst ist durch eine Folge von Höfen gekennzeichnet, die durch Toranlagen verbunden sind. – Die Abbildung unten rechts zeigt das außerhalb des Stiftskomplexes gelegene Zieglmayrhaus an der Welser Straße, in dem Stifter während seiner letzten beiden Schuljahre (Herbst 1824 bis Sommer 1826) gewohnt hat.

1818

Großvater Friepeß nimmt seinen Enkel Albert im Sommer mit auf eine Reise nach Oberösterreich und besucht auf Anraten seines Neffen, des Kaplans Bernhard Koch in Viechtwang, das an der Krems südlich von Linz gelegene Benediktinerstift Kremsmünster, um die Aufnahme in das 1549 gegründete Stiftsgymnasium in die Wege zu leiten. Das Prüfungsgespräch führt Pater Placidus (eigentl. Anton Franz Joseph) Hall (1774–1853), der offen genug ist, um aus Adalberts Schilderung seiner Heimat dessen geistige Regsamkeit abzulesen. Im Herbst wird durch den Einzug in Kremsmünster aus dem „Stifter Bertl" der „Adalbertus Stifter Bohemus Oberplanensis". Die Schulausbildung gliedert sich in sechs Jahre Gymnasium, von denen die Klassen 5 und 6 gleichsam als Mittelstufe die Bezeichnung „Humanität" tragen, und zwei als Vorbereitung auf das Studium gedachte Jahre „Philosophie". Stifter ist gemeinsam mit anderen Schülern bei dem Stiftsamtmann Johann Mayr im Bräuhaus untergebracht; der Unterricht wird im alten Gymnasialtrakt im Erdgeschoß des inneren Stiftshofes erteilt.

1819 Entsprechend einer in diesem Jahr erstmals gültigen Bestimmung wird in den unteren vier Gymnasialklassen der Unterricht ausschließlich vom Klassenlehrer bestritten; für Stifter ist dies Pater Placidus Hall. Das erste Halbjahreszeugnis über die Leistungen in den Fächern Religion, Latein, Geographie, Geschichte, Mathematik und Naturgeschichte bescheinigt „Adalbertus Stifter", daß er „inter 34 discipulos primus evaserit", und diese Position an erster oder zweiter Stelle behält er auch. Stifter ist auf solch hervorragende Leistungen angewiesen, denn er muß seinen Lebensunterhalt als Gymnasiast weitgehend durch Nachhilfeunterricht bestreiten.

Zu den Einrichtungen des Stifts gehört eine 50 Meter hohe Sternwarte, der „Mathematische Turm", erbaut 1748 bis 1759 nach den Plänen des Paters Anselmus Desing; in dem achtstöckigen Gebäude sind die naturgeschichtlichen Sammlungen des Stiftes untergebracht.

Im folgenden Jahr heiratet die Mutter Magdalena Stifter in zweiter Ehe den Bäckermeister Ferdinand Mayer.

Zu den wertvollsten Besitztümern des Stiftes Kremsmünster gehört der etwa 27 cm hohe, aus Kupfer gefertigte und vergoldete „Tassilokelch" (er wird in der Schatzkammer aufbewahrt). Die Inschrift TASSILO DVX FORTIS LIVTPIRC VIRGA REGALIS am Fuß des Kelches grenzt seine Entstehung auf den Zeitraum zwischen der Eheschließung Tassilos III. (bairischer Herzog ab 748) mit der langobardischen Königstochter Liutpirc im Jahr 769 und Tassilos Absetzung durch Karl den Großen im Jahr 788 ein. Den figuralen Schmuck bilden neun Silberplättchen mit Darstellungen Christi, der vier Evangelisten, Mariä, Johannes des Täufers, des hl. Theodor und einer nicht identifizierten Heiligen. Die Tierornamentik verweist auf angelsächsische Vorbilder, doch dürfte der Kelch aus einer süddeutschen Werkstatt stammen. Er bildet das „ehrwürdigste Vermächtnis, welches das Stift Kremsmünster seinem edlen Gründer . . . verdankt und bis zur Stunde als heiligen Gral in seinem Besitz hütet und verehrt" (Stollenmayer).

1822 Mit dem 5. Schuljahr übernimmt Pater Ignaz Reischl den Unterricht in den klassischen Sprachen; aufgrund seiner eigenen dichterischen Versuche ist es ihm ein besonderes Anliegen, seine Schüler mit der Literatur vertraut zu machen. Gleichfalls 1822 beginnt wohl Stifters Kunstunterricht bei dem seit 1805 in Kremsmünster tätigen Georg Riezlmayr (1794–1852). Er steht als Zeichner und Maler in der Tradition der Vedute als einer säuberlich in Vorder-, Mittel- und Hintergrund gegliederten Landschaftsdarstellung mit detailgetreuer Wiedergabe architektonischer und landschaftlicher Gegebenheiten. Von den erhaltenen Gemälden Stifters dürften die frühesten aus dem Jahr 1823 stammen; es sind Ansichten von Oberplan und von Kremsmünster, wobei wohl zumindest letzterer eine Vorlage zugrunde liegt.

1824 Während der letzten beiden Schuljahre wohnt Stifter außerhalb des Stiftskomplexes im sogenannten Zieglmayrhaus an der Welser Straße. Den Geschichtsunterricht erteilt Pater Udalrich Hartenschneider, den naturwissenschaftlichen Unterricht Pater Marian Koller, ein Physiker und Astronom. Stifters früheste (erhaltene) datierte Gemälde, ausgeführt als Deckfarbenbilder auf Papier, sind ein *Blick auf Innsbruck* und eine *Landschaft mit Berg und*

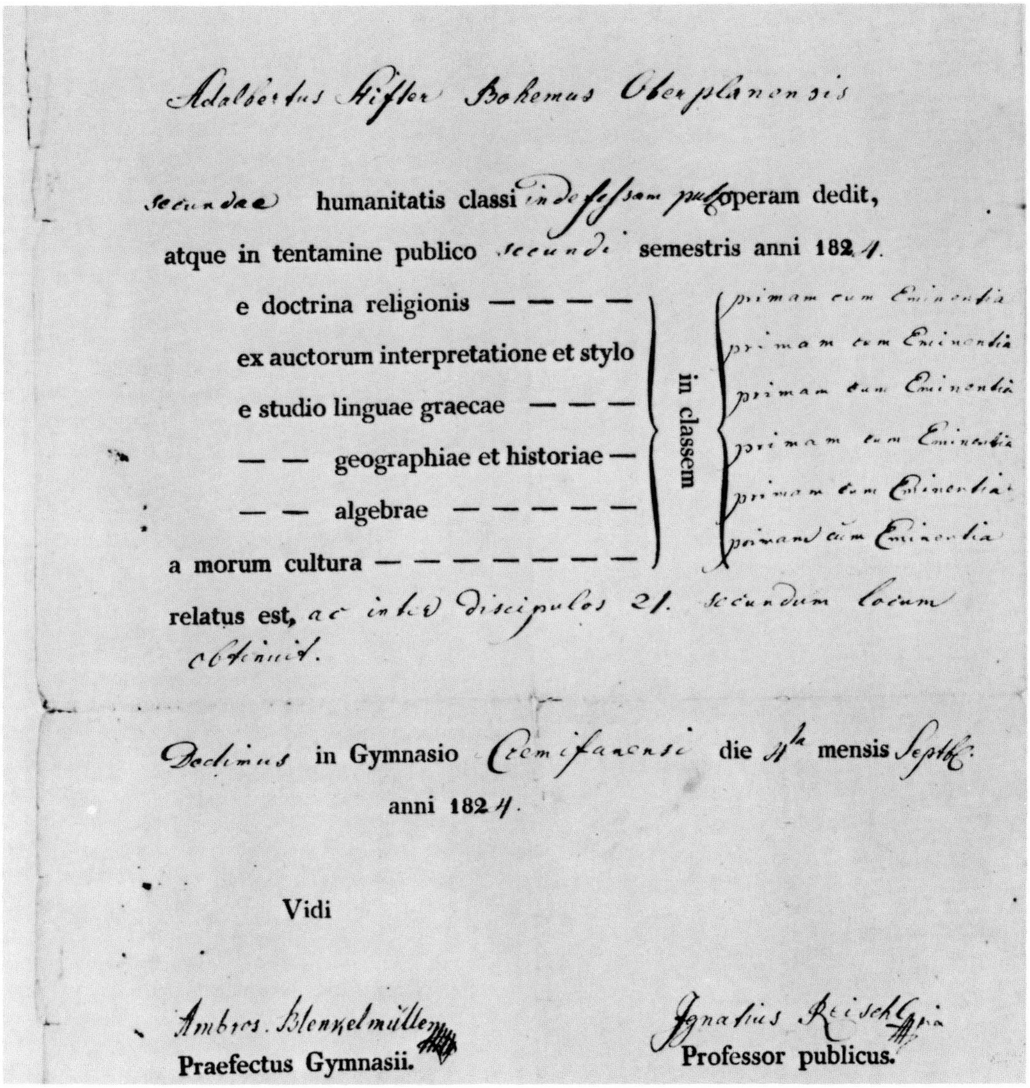

Adalbertus Stifter Bohemus Oberplanensis

secundae humanitatis classi indefessam operam dedit,
atque in tentamine publico secundi semestris anni 1824.

e doctrina religionis — — — — primam cum Eminentia
ex auctorum interpretatione et stylo primam cum Eminentia
e studio linguae graecae — — — primam cum Eminentia
— — geographiae et historiae — primam cum Eminentia
— — algebrae — — — — — — primam cum Eminentia
a morum cultura — — — — — — — — primam cum Eminentia
(in classem)

relatus est, ac inter discipulos 21. secundum locum obtinuit.

Dedimus in Gymnasio Cremifanensi die 4ta mensis Septb. anni 1824.

Vidi

Ambros. Blenkelmüller
Praefectus Gymnasii.

Ignatius Reischl
Professor publicus.

Zeugnis des „Adalbertus Stifter Bohemus Oberplanensis“ nach Abschluß des zweiten Schulhalbjahres im Herbst 1824; es bescheinigt dem „Böhmen aus Oberplan“, daß er auf der Rangliste der schulischen Leistungen unter 21 Schülern den zweiten Platz einnimmt. Rechts unten hat als „Professor publicus“ Ignaz Reischl unterschrieben, der den Unterricht in Poesie erteilt. Stifters Leistungen in diesem Fach werden 1824 dadurch ausgezeichnet, daß er öffentlich sein Gedicht „Das Freudenfest am Trauerdenkmale“ vortragen darf.

Fluß, beide wohl nach Stichvorlagen entstanden. Anläßlich der Preisverteilung am Ende des Schuljahres trägt Stifter sein Gedicht *Das Freudenfest am Trauerdenkmale* zum Thema der Gründung von Kremsmünster vor (der Titel bezieht sich darauf, daß der Bayernherzog Tassilo das Kloster im Jahr 777 an der Stelle gründete, an der sein Sohn Günther bei einer Jagd ums Leben gekommen war). Es beginnt, an den Festakt anknüpfend:

„Da traten sie nun hin und ernteten
Des schönen Kampfes Preis, die braven Sieger.
Vergessen ist des langen Jahres Müh,
Und jubelnd zeigt der Freund dem teuren Freunde,
Der Sohn dem Vater seiner Arbeit Lohn . . .“

1825 Stifter erkrankt an den Pokken; sein Gesicht bleibt über Jahre hindurch von den Narben gezeichnet. Als Dank für die Pflege, die er durch Frau Gubatta (deren Kinder er unterrichtet) erhalten hat, malt er für diese eine Landschaft als *Illustration zu einem Gedicht Castellis;* gemeint ist das Gedicht „Aloan" („Allein") von Ignaz Franz Castelli (1781–1862; seine „Gedichte in niederösterreichischer Mundart" erscheinen 1828).

1826 Das Abschlußzeugnis bescheinigt Stifter hervorragende Leistungen; für den knapp 21jährigen angehenden Akademiker wünscht sich die Mutter die Laufbahn eines Geistlichen. Die Bedeutung der Gymnasialzeit für seine innere Entwicklung beschreibt Stifter rückblickend in einem Brief vom 21. Juni 1866 an den Schriftsteller Gottlob Christian Friedrich Richter (1807–1884); „Im 12ten [richtig: im 13ten; Stifter gibt auch mitunter fälschlich 1806 als

Die Abbildung links außen zeigt das Innere der Stiftskirche von Kremsmünster während eines Karfreitagsgottesdienstes. Der Kirchenraum ist das Ergebnis der barocken Umgestaltung der aus romanischer und gotischer Zeit stammenden Basilika. Der tonnengewölbte Chor bildet mit dem Querschiff sowie zwei Nebenchören die Mönchskirche. – Links: die achtstöckige, 50 Meter hohe Sternwarte, erbaut 1748–1759 nach den Plänen des Paters Anselmus Desing. Der modern anmutende Bau verweist auf den für Stifters Entwicklung maßgeblichen naturwissenschaftlichen Bereich seiner schulischen Ausbildung. – Das oben wiedergegebene Deckfarbengemälde auf Papier (Format 50,7×74 cm; im Besitz des Oberösterreichischen Landesmuseums in Linz) gehört zu Stifters Schülerarbeiten. Es zeigt Kremsmünster, von Nordosten aus gesehen; Stifters Standort ist der Turm der Kirche in Kirchberg an der Krems. Das Alpenpanorama im Hintergrund läßt in der Bildmitte den Hohen Priel und rechts den Traunstein erkennen. Novotny nimmt als Entstehungszeitraum die Jahre 1823 bis 1825 an. Weitere Frühwerke sind die „Ansicht von Oberplan" (Böhmerwaldmuseum in Oberplan) und eine Ansicht des Stiftes Kremsmünster von Südwesten (Stifter-Gesellschaft in Wien).

Geburtsjahr an] Lebensjahre kam ich in die Benediktinerabtei Kremsmünster in die lateinische Schule. Dort hatte ich über eine außerordentlich schöne Landschaft hin täglich den Blick auf die blauen Alpen und ihre Prachtgestalten, dort lernte ich zeichnen, genoß die Aufmerksamkeit trefflicher Lehrer, lernte alte und neue Dichter kennen und hörte zum ersten Male den Satz: Das Schöne sei nichts anderes als das Göttliche im Kleide des Reizes dargestellt, das Göttliche aber sei in dem Herrn des Himmels ohne Schranken, im Menschen beschränkt; aber es sei sein eigentliches Wesen und strebe überall und unbedingt nach beglükkender Entfaltung als Gutes, Wahres, Schönes in Religion, Wissenschaft, Kunst, Lebenswandel. Dieser Spruch, so ungefähr oder anders ausgesprochen, traf den Kern meines Wesens mit Gewalt, und *all* mein folgendes Leben, ein zweiundzwanzigjähriger Aufenthalt in Wien, Bestrebungen in Kunst und Wissenschaft, im Umgange mit Menschen, in Amtstätigkeit führten mich zu demselben Ergebnisse." Obgleich hier deutlich genug das Postulat einer Einheit von Leben und Werk zugrunde liegt, die in solcher Weise sicherlich nicht als Quintessenz der Biographie Stifters zu betrachten ist, so bleibt doch als Tatsache bestehen, daß die Jahre in Kremsmünster in mehr oder weniger abgewandelter Spiegelung im literarischen Werk nachwirken. Das Stift und seine Landschaft bilden somit die zweite Heimat Stifters, auf die sich Jahre später die Imagination ebenso stützt wie auf die Kindheit in Oberplan.

„Der Herbst"; Pinselzeichnung in Sepia (Format 19,2×27,5 cm) von Caspar David Friedrich (1774–1840; Kunsthalle in Hamburg). Das Blatt gehört zu einer Art Lebenszyklus in sieben Teilen: „Meer mit aufgehender Sonne", „Frühling", „Sommer", „Herbst", „Winter", „Menschliche Gerippe vor einer Felsenhöhle" und „Engel, das ewige Licht anbetend", der erstmals durch die Dresdner Kunstausstellung des Jahres 1826 einer breiteren Öffentlichkeit bekanntgeworden ist. Die Abbildung markiert innerhalb der Bildfolge zu Stifters Lebenschronik, ohne unmittelbar mit dieser in Zusammenhang zu stehen, die kunstgeschichtliche Konstellation, in der sich die romantische Auffassung der Landschaftsdarstellung gegenüber der „heroischen" Landschaft des Klassizismus einerseits und der rein topographischen, in Richtung des Naturalismus weisenden Naturschilderung andererseits zu behaupten hat. Friedrichs Konzeption entspricht weitgehend den Gedanken, die der mit ihm befreundete Maler und Arzt Carl Gustav Carus (1789–1869) in seinen von 1815 bis 1824 verfaßten und 1827 in Dresden veröffentlichten „Neun Briefen über Landschaftsmalerei" formuliert hat. Über die in der „landschaftlichen Natur ausgesprochenen Stimmungen" schreibt er: „Wenn wir erwägen, daß alle diese Verwandlungen nichts anderes sind als Formen des Naturlebens, so können auch die verschiedenen in denselben ausgesprochenen Stimmungen nichts anderes als Lebenszustände, Stadien des Naturlebens, bezeichnen. Nun ist aber das Leben selbst in seinem Wesen unendlich, und nur seine Formen sind stetiger Veränderung unterworfen, im steten Hervor- und Zurücktreten begriffen, so daß wir dadurch in jeder individuellen Lebensform auf Stadien hingewiesen werden, welche als Entwicklung und vollendete Darstellung, Verwelkung und völlige Zerstörung sich unterscheiden lassen ... Beispiele hierzu lassen nun im Naturleben, inwiefern es Gegenstand landschaftlicher Darstellung werden kann, in Menge sich nachweisen. Die nächsten bieten die stets wechselnden Jahres- und Tageszeiten dar, wo Morgen, Mittag, Abend und Nacht, Frühling, Sommer, Herbst und Winter jene Stadien ganz bestimmt zeigen ... Nun aber auch im Gemüte selbst, welche Reihe von Stimmungen wird hier vorkommen können? – Offenbar auch nur, wie im ewigen Naturleben, Erheben und Versinken einzelner Lebensformen, so im ewigen Leben der Seele Erstehen und Vergehen einzelner Äußerungen des Gemütslebens." Zur Zeichnung „Herbst" heißt es in einer ausführlichen Besprechung des Zyklus durch die „Blätter für literarische Unterhaltung": „Felsen türmen sich auf Nr. 4, die Wege werden steil und beschwerlich, die Pfade sondern sich, und unsere Wanderer reichen sich scheidend die Hand; von fern erheben sich Städte und Kirchen und ein Monument verkündet Ruhm und Taten des geharnischten Kriegers." Das „Artistische Notizenblatt" bedauert in seinem Ausstellungsbericht: „... so genial auch dieser Cyclus des Menschendaseins, der uns vom Isthmus dieses irdischen Lebens auch nach rückwärts und vorwärts blicken läßt, sich an einzelne Jahreszeiten knüpfen mag, vom Meister erwarten wir Ausgeführtes. Am meisten hat uns die Stalactitengrotte mit den zwei Skeletten der Menschen, die wir als Kinder spielen, als Knabe und Mädchen sich den Psychekuß geben, im erstarkten Alter bei Sonnenschwüle scheiden, endlich zwischen Ruinen ihr Grab graben sehen, durch die sinnvolle Andeutung, wie selbst das Unorganische sich hinauf läutert, angesprochen" (vgl. S. 156).

Im Oktober reist Stifter gemeinsam mit den angehenden Medizinern Anton Mugerauer und Franz Xaver Schiffler auf einem Floß von Linz die Donau abwärts nach Wien. Nach einer Nacht im Gasthof „Zum roten Hahn" an der Landstraßer Hauptstraße Nr. 40 mietet er mit den beiden gleichfalls aus der Provinz stammenden „Landstudenten" ein Zimmer im ehemaligen Palais eines Grafen Palffy in der Beatrixgasse Nr. 19 im III. Bezirk. Seine Humoreske *Leben und Haushalt dreier Wienerstudenten* (1844 veröffentlicht innerhalb der Sammlung „Wien und die Wiener in Bildern aus dem Leben") schildert den Studienbeginn aus der Sicht dessen, den allein schon die „ungeheure Wildnis von Mauern und Dächern" der Kaiserstadt eingeschüchtert hat:

„Man war förmlich und richtig eingeschrieben worden, und begab sich nun zusammen auf die Universität – aber wie war das stille ernste Gebäude, welches sie vor ein paar Wochen, als noch Ferien waren, mit beklemmenden Vorgefühlen betreten hatten – wie war es verwandelt! Einen wimmelnden Ameisenhaufen trafen sie heute an. Schon unter dem Schwibbogen, der von der Wollzeil auf den Universitätsplatz führt, standen Gruppen bärtiger und unbärtiger Leute, sämtlich als Musensöhne erkennbar, und lasen die ungeheuren angeklebten Zettel, auf denen Kost, Wohnung, Unterricht, Theater, Meerschaum, verlorne Gelder, Lehrbücher, verlaufene Hunde, Bälle und Konzerte angeschlagen waren; die nicht lasen, neckten sich, oder rauchten gar Zigarren. Der Gang rechts an dem Schwibbogen wimmelte schwarz und grau von denen, die die Philosophie bezogen und sich eben Pfeifen und Röcke und die wichtige Miene angeschafft hatten, – weiter hin auf dem Platze standen oder wandelten ganze Partien solcher, die in die höhern Fächer rückten, und da unsre Freunde die Hallen betraten, schlug erst das rechte Brausen über ihnen zusammen, als wären sie in den Bauch eines ungeheuren Resonanzkastens gekommen; dicht und schwarz drängte sich die Menge durcheinander, das Schallen von tausend Fußtritten, das Gewirre der Stimmen, das Klappern der Stöcke, das Rufen, das Lachen, alles wie ein Chaos, wälzte sich durch die Räume, die Saaltüren standen offen, es strömte aus ihnen aus und ein, und trieb sich auf den Stiegen auf und nieder, der alte Studiosus bewegte sich leicht in seinem Elemente, und ließ es dem Neuling fühlen, daß er hier zu Hause sei, und poltern dürfe, während der andere verdutzt und schüchtern auftrat, und glotzte; ein Professor schreitet hie und da durch die Menge, und die Hüte flogen von den Häuptern in der Gegend, wo er ging – die fröhlichen Gesichter, die zuversichtlichen Mienen, die leichte Haltung, die dem Großstädter eigen ist, die prächtigen Kleider, die grimmigen Bärte – das alles imponierte unsern Freunden so sehr, daß selbst Pfeiffer kleinlaut zu werden anfing, und er wollte sich in der Tat recht dumm vorkommen unter all diesen, die da so rasch auftraten, und gewiß das Glänzendste leisten werden. Nur durch den festen Vorsatz, ungeheuer studieren zu wollen, um nicht zurückzubleiben, konnte er seiner gedrückten Stimmung ein wenig aufhelfen – wie hätte es ihm auch ahnen können, daß er nach kaum anderthalb Jahren auch so dastehen werde, ein Zigarre im Munde, und selber den ungeheuersten Bart, und daß er aus den Pandekten disputieren werde, ja daß er sogar keck aus dem Barte heraussagen werde, es sei gar nicht so außerordentlich viel mit Justinians Sachen und sie seien eitle Kasuistik – – jetzt stand er einstweilen im grünen Flause da, wie ein Specht, und schaute verwundert unter der Stirne hervor. Endlich leerten sich gemach die Hallen, und die Säle füllten sich. Da gab sich nun darinnen ein Rufen, ein Grüßen, ein Steigen über die Bänke, ein Zusammenschlagen der Stöcke, ein Suchen der Plätze, daß jeder den ihm tauglichsten erhalte, welcher freilich nicht immer der vorderste war – ja es gibt eine Art Weltbürger, die sich aus freier Wahl um die hintersten umtun, weil sie dort am besten ihren kosmopolitischen Ideen und Taten nachhängen können, als da sind: Tarock spielen, Schlafen, Romane lesen, gar nicht da sein etc. Alle unsre drei Freunde gerieten unter diese kosmopolitischen Klubs, nicht aus Faktionsgeist, sondern aus purer Bescheidenheit – leider müssen wir aber berichten, daß sie sich nicht ganz rein von diesem Geiste erhalten konnten, und sich nachgerade recht wohl auf jenen Grenzgebieten fühlten."

Stifter entscheidet sich entgegen den Erwartungen seiner Mutter für das Jurastudium, nicht aus fachlichem Interesse, sondern im Hinblick auf eine Beamtenlaufbahn.

1827 Ein erstes Studienzeugnis vom 27. April bescheinigt „Herrn Albert Stifter“, daß er „an der k.k. Universität zu Wien die Theorie der Statistik und die europäische Staatenkunde sehr fleißig besucht und in der zu Ende des ersten Semesters vorgenommenen öffentlichen Prüfung die erste Klasse mit Vorzug erhalten“ hat. Wie in Kremsmünster ist Stifter auch in Wien darauf angewiesen, seinen Lebensunterhalt durch Unterricht zu bestreiten.

In den Semesterferien findet er in Friedberg Anschluß an die Familie des wohlhabenden Kaufmanns Mathias Greipl und tritt in freundschaftliche Beziehung zu zwei Kindern des Hauses: Franziska, genannt „Fanny“ (1808 bis 1839) und Mathias (1810–1861).

1828 Neben den Pflichtveranstaltungen des Jurastudiums besucht Stifter, seiner in Kremsmünster entwickelten Neigung folgend, naturwissenschaftliche Vorlesungen über Mathematik, Astronomie und Physik. Letztere wird durch den aus Friedberg stammenden Andreas Baumgartner (1793–1865) gelehrt, zu dem Stifter persönlichen Kontakt gewinnt.

Die Abbildung oben zeigt im Hintergrund die in den Jahren 1623 bis 1627 vom Jesuitenorden erbaute Wiener Alte Universität. Hier studiert Stifter vom Herbst 1826 an Rechts- und Naturwissenschaften; sein Studium bleibt ohne formellen Abschluß. Links im Bild die Türme der Jesuitenkirche (Universitätskirche Mariä Himmelfahrt), eine Stiftung Ferdinands II. (1578–1637, römisch-deutscher Kaiser ab 1619) aus dem Jahr 1627. Inmitten des Dreißigjährigen Krieges bildet sie gleichsam ein Bekenntnis des Kaisers zur strikten Unterdrückung des Protestantismus, wie sich dies beispielsweise auch im „Restitutionsedikt“ von 1629 zeigt, das – erfolglos – eine Rekatholisierung des Reiches anstrebte. Die heutige Form der Kirche ist das Ergebnis ihrer Umgestaltung (nach 1700) durch Andrea Pozzo (1642–1709). – Rechts: das Portal der Jesuitenkirche und ein Ausschnitt aus der Fassade der Alten Universität.

Einen Teil seiner Sommerferien verbringt Stifter wieder in Friedberg als Gast der Greipls. Offensichtlich faßt er eine tiefe Zuneigung zu Fanny. Von Wien aus schreibt er am 7. November an die „liebe teure Freundin“: „Ich habe dir versprochen, oder besser gesagt, du hast mir erlaubt, an dich schreiben zu dürfen; und von dieser Erlaubnis mache ich daher Gebrauch, und sende dir diese Zeilen aus Wien, nebst meinem tausendfachen Gruß. Beinahe unerträglich ist mir wieder das Leben in Wien auf jene glückliche goldene Zeit, in welcher ich in so angenehmer Gesellschaft im Budweiser Kreise herumfuhr. Ich werde jener Tage in Ewigkeit nicht vergessen, es waren die schönsten Ferien meiner ganzen Studienzeit. Für jeden Menschen von Bildung und feinem Gefühle ist es ein inniges Lebensbedürfnis, sein Herz an andere Menschen anzuhängen, die er lieben, mit denen er in herzlichem Verkehre leben kann. Darum ist es mir bei euch so wohl, weil ich weiß, daß ihr mir alle gut seid, und weil ich das selige Gefühl genießen kann, euch recht von Herzen lieben zu dürfen. Vergiß nicht, liebe Fany! auf das, was ich dir in den Ferien sagte, es kam aus dem aufrichtigen Herzen deines besten Freundes – doch das wirst du längst vergessen haben, nur eines bitte ich dich, spotte nie über meine Schwäche, es würde mich ungemein schmerzen, denn ich habe dich wirklich recht mit ganzem Gemüte lieb, und werde dich immer lieben. Ich weiß es ja, es ist nur ein liebliches Phantom, es ist nur ein Kartenhaus, an dem ich mich so sehr ergötze, doch mir ist dieses Phantom dieses Kartenhaus so lieb, und mich wird der Wind sehr betrüben, der es gewiß über kurz oder lang umblasen wird. Wenn es eine Torheit ist, die ich begehe, so ist bloß jenes Herumfahren Schuld, wo wir uns beide so nahe kamen – doch es mögen die Sachen stehen, wie sie wollen, über dies einzige sei überzeugt, daß ich stets dein Freund in der vollen Bedeutung des Wortes bleiben, und nie zweideutig gegen dich handeln werde, sondern jederzeit offen redlich und wahr. Ich hätte dir unendlich viel zu sagen, was man alles einem Briefe nicht einschalten kann. Schreibe ja gewiß, ich bitte dich herzlich darum.“

Mathias Greipl, der Bruder von Fanny, dient als ehrlicher Makler und weist in seinem Brief vom 27. Dezember an den „liebsten Bruder“ Stifter dessen Ansinnen zurück, die an Fanny gerichteten Briefe zu kontrollieren und gegebenenfalls, wenn er „etwas Anstößiges finde“, zu unterschlagen. Auch beruhigt er Stifter hinsichtlich der Konkurrenz eines „Lumpenverarbeiters“ alias „Papierergesellen“ alias „Papiermühlers“.

In diesem Gebäude, dem Haus Beatrixgasse 4 b im III. Wiener Bezirk, wohnt Stifter als Student 1828/1829 und im Jahr 1837 kurz vor seiner Eheschließung.

Umstritten ist die Entstehungszeit von Stifters erstem erhaltenem Prosatext, dem (erstmals 1951 veröffentlichten) Fragment *Julius*. Offenkundig ist lediglich der autobiographische Gehalt, wobei die Entsprechung zwischen dem Motiv der geheimnisumwitterten Herkunft des Titelhelden und den 1828 kursierenden Nachrichten über das Findelkind Kaspar Hauser (angeblich 1812–1833) zu der Vermutung Anlaß gibt, daß Stifter sich noch in diesem Jahr mit dem Stoff beschäftigt hat. Das Werk ist in der Weise als Künstlerroman angelegt, daß der ehemalige Jurastudent Julius den zunächst bestehenden sozialen Standesunterschied gegenüber der geliebten Maria von Wildenberg durch seine Leistung als Maler aufzuheben strebt.

1829 Stifters Brief vom 15. Mai zeugt von einer eigentümlichen Verbissenheit, mit der er Fanny gleichsam einem Verhör unterzieht. So zitiert er ihren vorausgegangenen Brief: „Die Frage, die du in meinem letzten Briefe an mich machtest, die laß mir unbeantwortet, warum, Stifter, soll ich dir noch eine Erklärung über das machen, was du vielleicht schon als Torheit erkennest – laß uns lieber von den Ferien nichts mehr schreiben, denn mir ist seit deinem letzten Brief, als wäre dir die Erinnerung an den Herbst die Störerin mancher deiner Freuden.“ Er erwidert: „Was du mit dieser Stelle sagen willst, verstehe ich durchaus nicht. Ist es Spott und Ironie, oder beleidigte dich in meinem letzten Schreiben, daß ich meine Liebe zu dir eine Torheit nenne. Fany, wenn es dich beleidigte, dann hast du mich gewißlich mißverstanden. Nicht die *Liebe* zu dir nenne ich Torheit, sondern das nenne ich Torheit, daß ich immer und immer Hoffnungen habe, immer eine schöne Zukunft träume, wo doch die Verhältnisse so stehen, daß sie vermutlich diese so süßen Hoffnungen nie – in Ewigkeit nie in Erfüllung werden treten lassen. Darum nenne ich sie Torheit, weil sie dir und mir so manches Weh bereiten kann, darum meinte ich, es wäre besser, wenn sie nicht da wäre, um nur *dir* nicht Unglück zu bereiten, da diese Leidenschaft nie zu Glücke führen kann, darum kämpfte ich schon im Herbste gegen das Aufkeimen derselben in meiner Brust an, um deinen Frieden nicht zu stören, darum war ich traurig, weil ich sie doch nicht bezwingen konnte, und kein fröhliches Ende absah, und doch diese Liebe nicht lassen konnte, darum findest du in mir den Widerspruch, daß ich dich jetzt mit aller Macht des Herzens mein zu nennen wünsche, und jetzt wieder mich zwinge, es für besser zu halten, wenn es wäre, wie früher – und darum nannte ich diese Liebe eine Torheit! und sage – hab ich Unrecht? Aber was *ich* unter Torheit verstehe, hat einen tieferen, und quälenderen Sinn als was du meinst. Die Vernunft sagt mir: Bringe das Mädchen durch deine Liebe nicht um ihre Ruhe, und doch kann ich die Neigungen meines Gemütes nicht vertilgen, wie es die kalte Vernunft fodert. So herrschen 2 Stimmen in mir, die sich widersprechen, und so geschieht es, daß ich dir in demselben Augenblicke sage daß ich dich liebe – und auch daß es besser wäre, wir wären bloß Freunde. Könnte ich nur mein geheimstes Fühlen vor dir entfalten wie ein Buch, damit du mich verständest, aber nimmer und nimmer kann ich in Worte kleiden, was so lebendig vor der Seele steht, und du mißverstehst mich vielleicht wieder.“

Stifter häuft Beweis auf Beweis für die Mühe, die er sich gibt, um den kommenden Sommer mit Fanny verbringen zu können. So hat er dafür gesorgt, daß der Privatunterricht im Haus des Hofrates Dominic Sommer von Sonnenschein in seiner Abwesenheit vertretungsweise fortgeführt wird, und im übrigen arbeitet er an Bildern für die Familie Greipl – was soll er mehr tun? Gemeint ist wohl unter anderem das Deckfarbenbild *Friedberg und die Ruine Wittinghausen,* auf das sich wahrscheinlich schon eine Bemerkung in Stifters Brief vom 3. Februar an Fanny bezieht: „. . . dein Friedberg soll recht, recht schön werden. Ich habe es schon 2 Mahl angefangen, allein jedes mahl wieder herabgerissen, da es mich nicht befriedigte. Laß es bis ins Frühjahr, wo es lichter wird, denn jetzt kann keine Farbe rein und klar aufgetragen werden, da das so nothwendige Bedürfniß, helles Sonnenlicht gänzlich fehlt.“

Gemeinsam mit Fanny und Mathias Greipl reist Stifter im Sommer ins Salzkammergut und Berchtesgadner Land. Der künstlerische Ertrag sind Landschaftsskizzen, nach denen wohl anschließend in Friedberg ausgearbeitete Landschaftsdarstellungen (Deckfarben auf Papier) entstehen, so der Wasserfall in der Ramsau mit Blick auf den Watzmann. Unmittelbare Zeugnisse über das Zusammensein Stifters mit Fanny sind uns nicht überliefert, doch lassen die anschließenden Briefe vermuten, daß eine Hemmschwelle erhalten geblieben ist, zumal die Eltern Greipl in dem etwas vierschrötigen, äußerlich wenig anziehenden Jurastudenten und dilettierenden Maler kaum den Schwiegersohn für ihre einzige Tochter akzeptiert haben dürften. Am 1. Oktober beschwört Stifter seine „herzinnigstgeliebte Freundin“ in seinem ersten Brief an sie nach der Rückkehr zum Studienort: „. . . Fanni, liebe liebe Freundin! wenn ich den Gedanken denken sollte, daß wir uns einst trennen müßten – ich bitte dich, übereile dich nicht, wenn man dir eine Partie vorführt – du zerrissest mir das Herz, wenn ich dich unglücklich wüßte – und doch was wird es anders

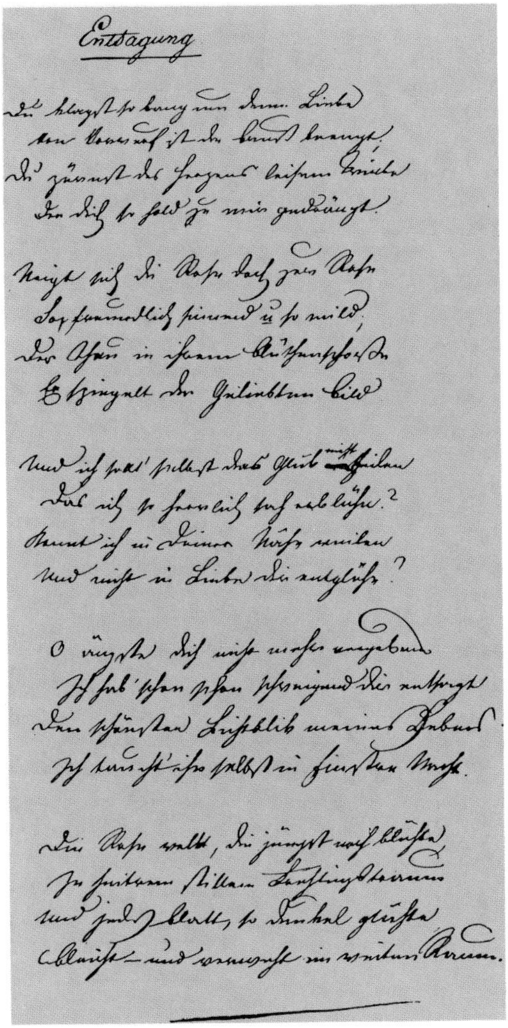
Entsagung

Handschrift eines Gedichts, das Stifter unter dem Eindruck seiner hoffnungslosen Liebe zu der um drei Jahre jüngeren Franziska („Fanny") Greipl aus Friedberg verfaßt hat. Erst deren Verehelichung im Jahr 1836 beendet Stifters jahrelanges Schwanken zwischen Verlangen und „Entsagung".

sein? – ein Fremdling wird kommen und mit kalter Hand dein Herz dahinführen, das mich und dich unendlich glücklich gemacht hätte. Er wird dich nicht kennen, dich nicht nach Verdienst würdigen können – und mir – mir bricht das Herz, wenn ich dich in rohen liebeleeren Händen wüßte. Doch wenn irgend Treue und Glauben in der Welt ist, so bitte ich dich, baue und traue auf mich, eher verlasse ich das Leben, als ich dich verlasse. Wenn du Mut hättest und Vertrauen auf mein Ehrenwort oder, besser gesagt, auf meine Rechtschaffenheit! *Feste Ausdauer muß endlich zum Ziele führen.* Was mich betrifft, so wollte ich jede Kraft, die nur immer in mir liegt, aufregen zur Tätigkeit, ich will arbeiten, was ein Mensch arbeiten kann – aber du müßtest aus Liebe und Vertrauen in mein Versprechen dich selbst zum Lohne meiner Mühe aufsparen. Es müßte doch ein Mal eine Zeit kommen, wo ich mit Ehren vor deine Eltern treten könnte, und sie bitten, daß sie mir dich als mein Liebstes auf Erden geben möchten. Dann soll deine Mutter ein Beispiel erleben, *daß doch nicht jede Studentenliebe vergänglich sei . . .*"
In Oberplan kommt Stifters Stiefbruder Jacob Mayer (1829–1916) zur Welt.

1830

Jene „feste Ausdauer" erweist sich zumindest nicht beim Abschluß des Jurastudiums. Schon im Vorjahr hat es Stifter versäumt, sich einer Nachprüfung in „Geschäftsstil und Gerichtsverfahren" zu unterziehen. Sein Studium bleibt ohne förmlichen Abschluß und akademischen Grad.
In einem Brief vom 4. Juli an Mathias Greipl weist Stifter die Aussicht auf ein erneutes Zusammensein in Bad Hall weit von sich; zugleich nimmt er dem Freund gegenüber die Haltung des Pädagogen ein: „. . . Klage doch nicht über lange Weile in Friedberg, du begehst sonst eine schreiende Sünde gegen die Vorsicht, die dir eine Zeit gegeben hat, die du nach Gefallen verwenden kannst. Könnte ich dem Hange meines Geistes Genüge leisten, müßt' ich nicht, um existieren zu können, tun, was meinen Anlagen entgegen ist, wie wollte ich die Zeit so köstlich verwenden! Studiere etwas in den müßigen Stunden, schmücke deinen Geist mit wissenschaftlicher Bildung, du weißt nicht, welch ein Zauber wider den Mißmut in den Wissenschaften liegt, zeichne, lerne Musik, in dem Reiche der Töne liegt auch Himmelsfrieden oder wenn du dieses alles nicht willst, so pflanze Blumen – überhaupt kette deine Tätigkeit an irgend etwas, und dieses wird anfangen, dich zu interessieren. Wie wollte ich an deiner Stelle malen, und dichten, und wenn du schon keine Verse machen willst, oder kannst, so kannst du doch schöne lesen, die große Dichter

„Friedberg und die Ruine Wittinghausen"; Deckfarbenbild (auf blauem Papier, Format 17,5×24,8 cm) von Stifter, heute im Besitz der Stifter-Gesellschaft in Wien. Das kleine Bild gehört zu den Ansichten von Friedberg an der Moldau, die Stifter für Fanny Greipl gemalt hat (vgl. den Brief vom 3. Februar 1829, S. 28). Der Blick geht vom Hammerberg aus in westlicher Richtung. Das seine Umgebung überragende Giebelhaus rechts im Bild ist das Greipl-Haus: „... Ewig hat es mich von sich gewiesen – / Ach und ewig denk' ich an das Haus", heißt es in Stifters 1830 veröffentlichtem Gedicht „Oberösterreich". Die Schilderung des Moldautales, mit der Stifter seine Erzählung „Der Hochwald" (erste Fassung 1842) einleitet, führt den Schauplatz Burg Wittinghausen in folgender Weise ein: „Der Punkt von dem aus man fast so weit, als es hier beschrieben, den Lauf dieser Waldestochter [der Moldau] übersehen kann, ist eine zerfallene Ritterburg, von dem Tale aus wie ein luftblauer Würfel anzusehen, der am obersten Rande eines breiten Waldbandes schwebet ..." (vgl. S. 187). Entsprechend wird der Fernblick auf die Ruine in der Erzählung „Granit" (1853, erste Fassung „Der Pechbrenner" 1849) in Worte gefaßt: „... die Ruinen stehen noch, wie ein blauer Würfel, aus dem Thomaswalde empor." Die Gründung der Burg schildert der Roman „Witiko", ihre Zerstörung im Dreißigjährigen Krieg der „Hochwald".

gemacht ... Du klagst über Mangel an Umgang, gehe mit erhabenen Toten um, die durch ihre Schriften mit dir sprechen. Edle Dichter, große Geschichtsschreiber, z. B. Johannes [von] Müller [1762–1809, Verfasser einer ‚Geschichte der schweizerischen Eidgenossenschaft' und einer ‚Staatsweisheitslehre'], gründliche Denker sind eine heilige und freundliche Gesellschaft. – Den größten Trost in meiner wüsten Lage – ja gewissermaßen die Liebe einer Geliebten – gaben mir die Studien jener großen Seelen, die obwohl auf Erden lebend, doch im Himmel wandelten, und nicht Einen oder Eine, sondern die Menschheit liebten: [Carl Philipp] Hartmann [1773–1830, Professor an der Wiener Universität] der edle Weise, durch seinen ‚Geist des Menschen' und ‚Glückseligkeitslehre', – der freundliche Himmel, *mein Göthe,* dessen großartige Ruhe und Heiterkeit den Streit der blinden Leidenschaften in edle Harmonie auflöset. Und noch zarter und heiliger, als in andere, fahren die Lichter dieser Geister in verletzte und gekränkte Seelen, und werden ihnen statt der Geliebten."

Die selbstverordnete Trennung von Fanny spiegelt sich in Stifters Gedicht *Oberösterreich,* das er unter dem Pseudonym „Ostade" (nach dem niederländischen Maler Adriaen van

Ostade, 1610–1685) im Linzer „Österreichischen Bürgerblatt" (6. August 1830) veröffentlicht und das die Strophe enthält:

„Und ein Haus steht dort auf grünen Wiesen,
Schimmernd weiß blickt's auf den Wald hinaus
Ewig hat es mich von sich gewiesen –
Ach und ewig denk' ich an das Haus."

Insgesamt kommen in diesem Jahr fünf Gedichte Stifters im „Bürgerblatt" zum Abdruck.

Als Hauslehrer erhält Stifter Kontakt zu Wiener Adelskreisen. So unterrichtet er etwa Ludwig von Collin (1815–1888), dessen Mutter Anna Maria Edle von Collin berichtet: „Weder Menschen noch Hunde, weder Tische noch Stühle, nichts, was nicht festgenagelt war, blieb vor ihm [Stifter] sicher. Er stieß überall an, rannte alles nieder, aber da er ein prächtiger Mensch und ein vortrefflicher Umgang für meinen Ludwig war, einfach und sittig wie ein junges Mädchen, so habe ich mich daran gemacht und nicht nachgelassen, bis er sich seine Tölpelei abgewöhnte."

1831

Der aus Friedberg gebürtige, aus bescheidenen Verhältnissen stammende Andreas Baumgartner, bei dem Stifter Vorlesungen in Physik gehört hat, protegiert dessen Bewerbung um eine „Lehrkanzel" für Physik und angewandte Mathematik an der Universität in Prag. Stifter legt zwar die erforderliche schriftliche Prüfung mit Erfolg ab, bleibt jedoch der mündlichen fern – er hat, wie der Österreicher sagt, „darauf vergessen". Diese Nachricht veranlaßt der Greiplschen Familienüberlieferung zufolge den endgültigen Bruch; Vater Greipl fürchtet: „Er könnte auch einmal vergessen, daß er eine Frau hat." In den *Feldblumen* (1840) wird Stifter im Abschnitt „Schwarzrote Königskerze" diese wie die darauffolgenden vergeblichen Bemühungen um eine Anstellung als Glück bewerten: „. . . das Amt nämlich, in das mich wohlmeinende Freunde bringen wollten, um jene Erscheinung an mir darzustellen, die man ein gesichertes Dasein nennt, ist mir glückseliger Weise abgeschlagen worden . . ."

Zum Kreis der Schüler aus gehobener Gesellschaftsschicht kommt Joseph von Colloredo-Mannsfeldt (1813–1895); ein weiterer Schüler ist Sigmund Eduard von Handel (1812–1887). Eine enge Freundschaft verbindet Stifter mit dem jungen Adolf Brenner von Felsach (1814–1883). Im Februar 1837 spricht Handel in einem Brief an Stifter rückblickend von den gemeinsamen „Gelagen", die er „belebte", indem er „den Samen göttlicher Natur in andrer Herzen" legte: „Nach Deiner Stellung und Deinen Verhältnissen ist dies die einzige, freilich auch sicherste Art, für unsere speziellen Zwecke zu wirken. Darum bilde fort und wecke und nähre den Sinn für das Gute, Wahre und Schöne. Es wäre auch eine Sünde, und Du verdientest gepeitscht zu werden wenn Du Dein Gold unnütz vergraben wolltest. Und gerade zum Mädchenlehrer taugst Du viel – denn auf gewisse Herzen kannst Du gar viel Einfluß gewinnen, obwohl Du selbst sehr Ursache hast, dabei auf Deiner Hut zu sein, daß Dich Phantasie oder Gefühl oder beide nicht mit sich reißen. Du mußt dabei die beste Schule finden, Deinen Charakter zu stärken."

1832

Der Privatlehrer Stifter verharrt in der Ziellosigkeit, die sich aus seinem Abscheu vor einem „gesicherten Dasein" ergibt. Urban Roedl (d. i. Bruno Adler) bewertet seine Situation entwicklungspsychologisch: „Wer lange Kind bleibt, erwacht nur spät und allmählich zur Welt; der Zusammenstoß mit der Wirklichkeit ist dann unvermeidlich, und die Verwundungen, die er mit sich bringt, sind schmerzhaft, fruchtbar und oft unheilbar. Es mutet gleichsam naturnotwendig an, daß der entschlußunfähige Idealist Franziska Greipl lieben und verlieren mußte und daß der weiche und leidenschaftliche Schwärmer im Sturm jugendlicher Sexualnot in den Armen einer unbedeutenden Putzmacherin landete. Die Natur ließ sich nicht um ihr Recht bringen, mochten sich auch Geist und Seele in knabenhaft erhabene Imaginationen flüchten." Die „unbedeutende Putzmacherin" ist die 1811 in Kojetein (Mähren) geborene Amalie Mohaupt, deren Bekanntschaft Stifter wohl in diesem Jahr anläßlich eines Tanzvergnügens macht.

Einblick in Stifters Selbstverständnis als schwärmerischer Außenseiter gibt ein Brief, den er am 16. August von Oberplan aus an Adolf Brenner von Felsach richtet, wobei zugleich der Hang zur Literarisierung unter dem Eindruck Jean Pauls (1763–1825) und E.T.A.

Hoffmanns (1776–1822) erkennbar wird: „... So sitze ich denn hier, und *bin.* – Leben kann ich fast nicht sagen, da der inspirierten Augenblicke fast so wenige sind, daß sie verschwindend klein werden. Hätt' ich nur um Gottes willen einige Jean Paule da, aber so lieg' ich oft Stunden lang unter wehenden Föhren oder blätternden Birken und lese nichts, als mich selber, d. h. ich denke und jage den scheckigsten Bildern nach und mache Gedichte, mit denen ich mir Abends die Pfeife anzünde. Wann wird denn einmal dieser Vulkan ausbrennen, ich sehe hier rings so sanfte Fruchthügel, auf denen blauer Himmel und Sonnenschein liegt, und ich stehe darunter ein blitzender Krater, auf dem gar wohl süße Weine wachsen, aber zitternd unter der Drohung vielleicht morgender Vernichtung. Links und rechts oben und unten stehen Kräfte auf und schwanken, und können in keine Resultierende ausruhen. Es sind viele Studierende in Oberplan, aber du bist nicht darunter, und alle sagen vieles über ein Einleuchtendes, und wiederholen es dann noch einmal, und wenn mir ein Hoffmann'scher oder Jean Paul'scher Gedanke entfährt, so preist sich jeder in seinem Herzen und ist froh, daß er gescheiter ist und solider und gesetzter, als ich, der absurde Dinge sagt, und satirisch ist und wieder schwermütig."

Produktiv ist Stifter weiterhin als Maler. So entsteht in diesem Jahr eine in Öl auf Leinwand ausgeführte Fassung von *Friedberg und die Ruine Wittinghausen.* Die Bewerbung um eine Anstellung am Lyzeum in Linz bleibt erfolglos.

1833

Den August verbringt Stifter in Ernstbrunn und in Friedberg, „... und siehe da – F. war da. Ich fiel aus einigen Wolken ... Lag denn nicht wieder der so tiefe, so weit gespannte, so klare blaue offne Himmel da, und die Sonne mild darin? hingegeben in Kindesinnigkeit, bauend und trauend, arglos, ein Falsch nicht ahnend, alle Sorgen senkend in die eine, ihr kleines Herz zu wenig achtend für das seine. – O wie viel weniger ist sie schön, als Am., und wie unendlich schöner! Lieber und teurer Isidor, lache und tobe, und sei ein Narr, aber komme, und komme, und komme, lerne kennen dieses Herz, das solches übet über meines. Wenn die eine zündet, entzücket und verdammet: so liegt in *diesem* Auge ein Zauber, der entsündigt, und die Wetter beschwichtigt, und im Herzen wird mir, wie jenem Dichter:

> In mir klingts, wie fromme Lieder.
> Innrer Himmel ist so klar.
> Friede oben, Friede nieder,
> Alles schweigt, was sehnlich war.
> – – – – – – – – – – – – – – – – – –
> So lieb, friedlich und so kühl!

[Dieser] Vers spricht mich am treffendsten aus. [Darüb]er wirst du lachen – – nur zu – – immer zu fahre im Zimmer herum, schlage dich auf die Schenkel mit all zwei Händen, und sei besessen geradezu: ich bin aus schwülen Hundstägen und Gewitterschlägen in das Mondenlicht geraten, so klar und still und florig und golden – und so glückselig um und über!! Ärgere dich, ich bitte, daß ich schon zweimal nahe daran war, ihr *alles* zu sagen, und dann auf und davon zu gehen auf immer und ewig – mir kömmt vor, dann wär ich wieder edel, und ihrer Achtung wert: so aber je höher ihre Meinung, desto tiefer meine eigene, ihr sanfter schuldloser inniger Kuß brennt auf der Lippe, die sich entweihte, wie Fegefeuer, und Ruhe, scheint mir, läge dann im Schmerze, den ich um sie hätte: aber wodurch hat denn *sie* ihn verdient, den doppelten: den Geliebten zu verlieren und ihren Glauben? Will *ich* gestraft sein, darf ichs mit dem Blute ihres Herzens? – – – Während ich hier schreibe, geht sie aus und ein, und spricht mich an, und ist halt so lieb, so lieb. Als Unterlage habe ich ein Papier, das mich verdammt, wie vieles, das ich hier sehe. Zwei Strophen sinds, die ich vorige Ferien in der Nacht vor der Abreise darauf schrieb mit tief bewegtem Gemüte:

> Das Leben flieht so eilig –
> Glückselig, wen ein günstig Los
> Durch die zwei kurzen Stunden
> An eine zweite Seele schloß.
>
> – – –
>
> Der Güter sind so viele
> Wie schweift der Mensch oft anderwärts,
> Und wie so hoch vor allem
> Steht doch ein liebes großes Herz!

Dir sage und schreibe ich alles, weil du mich verstehst, und daß ich nicht zerspringe – – Und nun, wie lebst du? Sind neue Leistungen gekommen, so bringe o[der] schicke sie. Grüße Pepi 10.000 mal. Ich will dieser Tage dichten – – dichten, ich sage dir dichten!!!!! es sind just die zwei rechten Elemente gemischt, Seligkeit und Verwerfung" (an den „herzliebsten Isidor" Adolf Brenner von Felsach, 26. August 1833).

1834 Vom 24. April bis zum 18. September reichen die Briefe, die der Maler Albrecht in den *Feldblumen* an seinen Freund Titus richtet und die, verquickt mit einer Vielzahl von Nebenhandlungen, von seiner Liebe zu der geheimnisvollen Angela berichten, von der durch unbegründete Eifersucht verursachten Trennung und der schließlichen Vereinigung. Es ist jedoch anzunehmen, daß die erstmals 1840 veröffentlichte Novelle frühestens ab 1836 entsteht.

1835 Offensichtlich hat Stifter Amalie Mohaupt die Ehe versprochen, denn in einem Brief vom 1. Juli fragt Philipp Mohaupt von Miskolcz aus bei seiner Tochter an: „Ich habe zwar schon lange den Brief zu erhalten gehoft, damit ich in der Kenntnüß seye, wie es mit Deiner Heurat steht, Leider sehe ich nur gar zu wohl ein, daß noch mehrere Umstände eintreten dürften, welche es gar gänzlich verhinderlich machen dürften . . .
Schlüßlich ersuche Dich mir im Monat August bekannt zu machen, wann die Hochzeit vor sich gehen, oder gegangen ist, damit ich meiner Väterlichen Seits mich den Glückes erfreuen, und mich beruhigen könne."
Am 18. August trifft Stifter jedoch bei der Hochzeit seines Studienfreundes Franz Xaver Schiffler mit Maria Blechinger, einer Freundin Fannys, in Christianberg mit seinem „Engel" zusammen. In einem Brief vom 20. August wirbt er – vergeblich – um die „liebe teure Freundin":
„Oberplan ist mir fürchterlich leer, und nur du allein beschäftigst immer mein Herz – ein unsägliches Gefühl, halb Trauer und halb Seligkeit, ist seit der Vermählung Schifflers mit Marie in mir – zweier Menschen deren Geschichte so eng mit unserer verbunden ist, und deren Glück so hart mit unserm Unglück kontrastiert, daß ich jenes Gefühls des tiefsten Mitleidens mit mir selber seit jenem Hochamte zu Christianberg nicht Meister werden kann. Seit dem weiß ich es, du liebest mich noch – ich hab es wohl gesehen, wie du während der heiligen Handlung etwas zurücktratest, um dich dem Anblicke zu entziehen, und wie du später verweinte Augen hattest, meinem Auge, das nur immer dich suchte, ist es gar nicht entgangen, wie dein Inneres in schweren traurig schönen Erinnerungen arbeitete, und mein Herz sagte es mir, daß wir uns in diesem Augenblicke in gleichen Gefühlen begegnen. Du bist ein Engel, den ich nie verdiente, du hast von deinen Eltern die unerschöpfliche Herzensgüte geerbt, mein heiliger Engel bist du, so rein und gut – – und ich konnte das an dir tun, was ich tat! Seit du sagtest, du habest dergleichen nicht von mir erwartet, *und ich habe dir erbarmt,* seither ist ein Schmerz in mir so heiß und strafend, daß ich nichts als die Sehnsucht habe: könnte ich doch an deinem unschuldigen keuschem Herzen diese Last recht in bittren Tränen ausweinen, obs nicht doch Linderung gäbe. Als sie sagten: du werdest Huber heuraten, fuhr der Geist der Eifersucht in mich, und da wurde der Plan gedacht dich und alle Vergangenheit zu vergessen, und weil der Schmerz doch zu nagen nicht aufhörte, so suchte ich, wie es in derlei Fällen immer zu gehen pflegt, in neuer Verbindung das Glück, das die alte erste versagte, und spiegelte dem verwaiseten Gefühle vor: nun bist du ja geliebt und glücklich – – – – ach und ich war es doch nicht. Es gibt nur eine, eine einzige Liebe, und nach der keine mehr. Gekränkte Eitelkeit war es – zeigen wollt' ich eurem Hause, daß ich doch ein schönes, wohlhabendes und edles Weib zu finden wußte – – – ach und hätte über dem Experimente bald mein Herz gebrochen! Je weiter zu Vermählung hin ich es mit Amalien kommen ließ, desto unruhiger und unglücklicher ward ich. Dein Bild stand so rein und mild im Hintergrund vergangner Zeiten, so schön war die Erinnerung, und so schmerzlich, daß ich, als ich Amalien das Wort künftiger Ehe gab, nach Hause ging, und auf dem Kissen meines Bettes unendlich weinte – *um dich.* Du warst ja doch immer trotz meiner vorsätzlichen Selbstverhärtung die Braut meiner Seele – du warst doch immer die Heilige zu der mein besseres Innere betete – und wie oft suchte ich deine Briefe hervor und las sie alle durch. Erst als ich stark

genug war, das neue Band zu zerreißen und ihr alles zu sagen, und aus meiner Selbstquälung zu klarerem Entschluß zu kommen – erst da, als Amalie sagte: Ich danke Ihnen für Ihre Aufrichtigkeit, und achte Sie, daß Sie Ihrer ersten Liebe treu blieben etc. erst dann kehrte wieder ein unendlich süßer Friede in mein Herz, als hättest du gesagt: ich liebe dich ja noch, und verkenne dein gutes Herz nicht.
Ich habe dieses alles nicht etwa gesagt, um mich zu rechtfertigen, nein sondern mein Benehmen zu erklären. Hätte ich dein einfaches schuldloses Gemüt, so hätte ich still geduldet, nicht durch Trotz mein Herz herabgewürdigt, und einem anderm Wesen Kummer verursacht. Freilich sagen die Leute; du hattest nichts gegen sie gefehlt, euer Vertrag war ja aufgehoben – als ob ein Herzensbündnis mit *Worten zu* Null gemacht werden könnte!! Wäre es von mir bloße Untreue gewesen, warum hätte ich dann plötzlich wieder gebrochen? als weil mir mein Verstand sagte, ich soll nicht mich und sie unglücklich machen; denn ich liebte sie nicht, und sollte mir ihr Kuß Wohlgefallen

Das unten wiedergegebene Ölgemälde Stifters (Format 25×31,5 cm; Stifter-Gesellschaft in Wien) trägt den Titel „Fabriksgarten in Schwadorf". Es handelt sich um eine Ansicht der in Schwadorf an der südöstlichen Peripherie Wiens ansässigen Baumwollspinnerei, für die Stifters Friedberger Jugendfreund Franz Xaver Schiffler (der Student Urban Schmidt in „Leben und Haushalt dreier Wienerstudenten") ab 1833 als Fabrikarzt tätig ist. Die zunächst naheliegende Vermutung, das Bild sei anläßlich der Eheschließung Schifflers 1835 entstanden und bei jener Hochzeitsfeier in Christianberg übergeben worden, bei der Stifter unerwartet mit Fanny zusammentrifft, ist wohl irrig, da das Gemälde aus dem Besitz der Fabrikdirektoren in den der Stifter-Gesellschaft gelangt ist. Sicher ist lediglich, daß Stifters Gemälde mit Schifflers Tätigkeit in Schwadorf in Zusammenhang steht.

sein, so mußte ich mir *deine* Lippen dazu denken. – –
Aber gut, alles ist vorüber, und diese Begebenheit hat neuerdings gezeigt, wie unbesiegbar meine Liebe zu dir ist, sie ist die letzte Verirrung meines Gefühls gewesen, und hat aber das Gute bewirket, daß ich nun sanft und stille sein will, und in reiner schöner Liebe dein Bild in mir aufhängen und schmücken werde mit der liebreichsten Verehrung immer und immer fort. Ich fühle jetzt schon eine solche Zufriedenheit mit mir, wie ich sie seit 2 Jahren nicht gehabt habe, und ich fühle, wie sie immer steigen wird.
Nun noch eins: wenn du ein Herz, das so hart von seinem wahren Ziele irrte, das aber bereute und umkehrte, nicht verschmähen willst, wenn deine Güte noch einen Rest alter Liebe und Zärtlichkeit aufbewahret, so nimm meine Liebe, die ich dir als eine demütige Gabe anbiete, wieder an, und heile meine Wehmut mit freundlicher Zärtlichkeit – ich weiß, was ich dir dann schuldig bin, und nie, so lang ich lebe, soll ein unsanftes Wort dein Herz betrüben, oder eine Handlung dein Gemüt verletzen. Kein Mann auf Erden liebt *dich mehr,* als ich, weil dich keiner *mehr* kennt, als ich – und keiner kann dich glücklicher machen. Sagst du ja, (und du wirst es, weil du *so* gut bist) so werde ich mit deinen Eltern reden, und ihnen dartun, daß eine Verbindung zwischen uns ganz und gar nicht ungereimt sei, und um ihre Einwilligung bitten. Sagst du aber, du liebest mich nicht mehr so will ich es leiden, wie auch das Herz wehe tue, und will nur allein dich zur Braut meiner Ideen machen und dich fort lieben, bis an meinen Tod. Ich schrieb dies alles, weil ich fürchte, daß zu einer Unterredung keine Zeit ist. Übrigens will ich keineswegs, daß dieses Blatt ein Geheimnis bleibe zwischen uns, im Gegenteile berate dich mit deiner Mutter, und bitte sie, daß sie mit mir rede.
Lebe wohl ich bin ewig
dein dich innigst liebender Freund
A. Stifter"

1836

Fanny Greipl heiratet den k.k. Kameralkommissär Joseph Fleischanderl, mit dem sie zunächst in Ried, dann in Wels wohnt. Es wird vermutet, daß Stifter in dieser Zeit mit Amalie Mohaupt zusammenlebt und sie ein Kind zur Welt bringt, das als das ihrer Schwester Josephine ausgegeben wird und bald nach der Geburt stirbt; im Sterberegister ist als Mutter jedoch Amalie eingetragen, während eine Angabe über den Vater fehlt. Das Protokoll einer Unterredung zwischen Theobald Freiherr von Rizy (1807–1882), einem Vetter Franz Grillparzers, und Ludwig August Frankl, aufbewahrt in der Handschriftenabteilung der Wiener Stadtbibliothek, enthält die Bemerkung: Amalie „war eine Gefallene, ein Kavalier hatte sie verführt. Er [Stifter] erzählte das von einer dritten, wir wußten aber, daß sie es war."
Anfang Juni unternimmt Stifter gemeinsam mit Amalie eine Reise ins Salzkammergut und ins Berchtesgadner Land. Die erhaltenen Bleistift- und Federskizzen lassen die Bemühungen um eine realistische Naturdarstellung erkennen. Dies gilt insbesondere für die Zeichnung *Der Vordere Gosausee mit dem Dachstein,* die am oberen Rand die folgenden Notizen enthält: „α höher als β, c Steine u. Nadelholz, δ etwas höher, e steiler, fg schmähler, kl breiter, m licht, n dunkel, o i Schneefeld schmäler, kl breiter, m licht, n dunkel, o Nadelholz, mit Laubh. untermischt, See flach gedehnt." Fritz Novotny schließt daraus, daß die Zeichnung nach einer Vorlage entstanden ist und von Stifter vor der Natur überprüft und im Hinblick auf die Ausführung als Gemälde in der genannten Weise korrigiert worden ist (vgl. 1837). Ein weiteres Dokument aus diesem Jahr zeigt den Versuch einer eigenen Positionsbestimmung innerhalb der künstlerischen Strömungen, und zwar durch die entschiedene Ablehnung der „Nazarener" und ihrer „altdeutschelnden Bilder". Empört berichtet Stifter seinem in Innsbruck tätigen Freund Sigmund von Handel in einem Brief vom 17. Juni von einem auf die Wiener Kunstausstellung bezogenen „mystischen Aufsatz" der „Allgemeinen Zeitung", „der keine andere Kunst gelten ließ, als christliche, katholische, nur das sei würdig, jedes andere Genremalerei – – ... die Nägel könnten einem blau werden und die Haare ausfallen, und das verdammteste ist, daß der Laie, ja selbst der Künstler beirrt wird, und werden muß." Stifter nennt als Opfer der Deklassierung Friedrich Gauermann (1807 bis 1862), Friedrich von Amerling (1803–1887) und Johann Fischbach (1797–1871), mit dem er in persönlicher Beziehung steht.

Die im folgenden wiedergegebene Fortsetzung des oben zitierten Briefes an Handel enthält mit dem Sinnbild des Kaktus ein häufig wiederkehrendes Motiv, das zugleich ein Stück Stifterscher Realität wird: er tritt in späteren Jahren geradezu als Kakteennarr in Erscheinung. (Von Handels Ehefrau Amélie ist das Urteil überliefert: „Manchmal dachte ich, seine Vorliebe für die kristallisierten Pflanzenformen in stachligem Gewande ergänze ihm etwas allzu Weiches in seiner Seele.")

„24. Juni. Mehrere Tage sind wieder hin, ohne daß ich dir das Schreiben fortsetzen konnte. Daß Pepi [Joseph Graf Colloredo-Mannsfeldt] hier war, wirst du wissen, daß ich unsägliche Streite mit ihm hatte, vielleicht nicht; denn er verachtet jedes Wissen und Philosophieren, und philosophiert doch gerne; und stellte wieder Einseitigkeiten auf, daß man aus der Haut fahren wollte – es ist so jammerschade um ein solch' herrlich Gemüt, daß es in seinen Umgebungen verrohet, und meint, ein sanfter Schmuck des Herzens sei keiner, weil er sanft ist, und die Kraft benimmt, – und dennoch wieder ist er unglaublich zart, daß mich der Teufel holt, wenn ich nicht abwechselnd gegen ihn erglühe und ergrimme. Bei seinem letzten Hiersein war er aber so liebenswürdig, daß ich mir innerlich Ziegel und Marmor zu einem recht tüchtigen Altar zusammentrug für ihn, für dich, für alle. Meine himmelschönen Ideale der Frauenliebe sind elend hin, das Herz, närrisch und warm, einst pochend in Überlust, und die Herrliche, Schwärmerische, Trunkene, Treue, Seraphreine, Künftige mit der namenlosesten, unsäglichsten Überschwenglichkeit lieben wollend, mußte lächerlich verpuffen zwischen Himmel und Erde, und niemand war entzückt über seine schönen Raketen, niemand wärmte sich an seinem stillern Fortbrennen, höchstens die eine oder andere Suppe wurde daran gekocht, und aller Satan. Selber alle Afterwüchse jener Wollustspoesie, zu deren Kelch ich griff, waren doch nur dumme Wülste an demselben Kaktus, an dem die wunderbare Glutblume hätte blühen und leuchten können, das dürftige Herz vergriff sich nur am Tranke, und goß Feuer statt Kühlung hinunter. O teurer, lieber Sigmund, ich fühle oft eine Einsamkeit, daß ich weinen möchte wie ein Kind, wenn ich nicht nebstbei doch ein so närrischer Teufel wäre, der flucht, wenn er weich wird, und kläglich schlechte Witze macht, wenn er gerne seiner Rührung Herr werden möchte; – denk' an jenen letzten Abend unseres Beisammenseins. Wie hätte ich ein geliebtes Weib geliebt und geschmückt mit den Schönheiten, die Gott so unerhört in seiner Welt aufhäufte, und die in der Kunst widerspiegeln, und dann hätt' ich gejubelt und zu Gott gesagt, er solle mich nur gerade totschlagen, weil ich doch des Glückes unwert bin, wenn ihr liebes, großes Herz aufgegangen wäre in seine Wunderblüten, lauter Schönes, Herrliches, köstlich Liebendes in seinem Kelche tragend, das doch ich selber wieder vorgelocket habe – es muß kostbar, himmlisch sein, so ein Tuch um das andere wegzuhüllen, und nun zu erstaunen, welch' abgrundlich tiefe Schätze in dem unscheinbaren Dinge lagen, das nun seinerseits auch staunt, und dann so liebt und nichts als liebt. – – Aber dumm ist's, daß ich dir da vortränodiere – es kommt ja immer zu nichts solchem, da ich's höchstens zu einer oder der anderen Lächerlichkeit bringe und gar keine Aussicht habe, in Zukunft glücklicher zu werden, da dieser Schoppicismus mit den Jahren zunimmt. Aber euch alle lieb' ich, wie ein toller, redlicher

Franz Grillparzer (1791–1872), dargestellt in einer um 1835 entstandenen Porträtzeichnung von Johann Joseph Schmeller (1796–1841). Seine Karriere als Dramatiker umreißen die folgenden Uraufführungsdaten: 1817 „Die Ahnfrau", 1818 „Sappho", 1821 „Das goldene Vließ", 1825 „König Ottokars Glück und Ende", 1828 „Ein treuer Diener seines Herrn", 1831 „Des Meeres und der Liebe Wellen". 1832 wird Grillparzer zum Direktor des Hofkammerarchivs ernannt; 1838 zieht er sich nach dem Eklat bei der Uraufführung des Lustspiels „Weh dem, der lügt!" vom Theater zurück (die weiteren Werke gelangen postum auf die Bühne). Stifter tritt Anfang der vierziger Jahre im Salon der Baronin Henriette Pereira-Arnstein mit Grillparzer in persönlichen Kontakt; eine knappe Charakteristik des „ältlichen Mannes" enthalten Stifters „Wiener Salonszenen" von 1843. Seine Hochachtung äußert Stifter anläßlich der Veröffentlichung der Erzählung „Der arme Spielmann" (vgl. S. 71). Im Gratulationsschreiben vom 15. Januar 1860 zum 70. Geburtstag (Stifter bezieht sich auf den 70. Jahrestag der Geburt) heißt es: „Wenn es wahr ist, was ich seit einiger Zeit zu sehen glaube, daß auch die alte österreichische Kunst, statt die höchsten Kräfte des Menschen in holder Schönheit empor zu heben, zur Unterhaltungsdirne werden will, die sich an alle untergeordneten und oft wilden Triebe wendet, nur nicht an die höchste menschliche Kraft, so müssen die, welche Großes und Gutes aus der älteren Dichtkunst gezogen haben, zusammen treten, und die hoch halten, welche jene edlere Kunst brachten."

Schoppe, in euch find' ich den lieben Anklang, ihr stoßt euch nicht an meinen Disteln – aber eure Weiber werden's tun, und jeder wird heiraten, und ich kann's nicht hintertreiben, so gerne ich's täte, und dann liebt ihr die Frau und die Kinder und habt keine Zeit, daß wir einmal Abends recht wacker Gefühle hätten – und ein alter Esel wird man auch."
Ende November erhält Stifter die Ablehnung seiner Bewerbung um eine „Adjunktenstelle" an der Wiener Universität in den Fächern Physik und Mathematik. Es handelt sich um eine Art Assistentenstelle mit Aussicht auf eine Professur, wobei für die Adjunkten das Gebot der Ehelosigkeit gilt. Stifters Gesuch, datiert am 20. Juni, führt hinsichtlich seiner fachlichen Qualifikation an: mehrjährige Studien im Bereich der Experimentalphysik bei Andreas Freiherr von Baumgartner, die schriftlichen Prüfungen für die Physikprofessur in Prag und Linz, seine durch Krankheit verhinderten Prüfungen im Zusammenhang mit Bewerbungen für Innsbruck und Graz, schließlich die achtjährige Praxis als Privatlehrer. Unterzeichnet ist das Gesuch mit „Adalbert Stifter, Candidat des Lehramtes der Phisik [sic] und Mathematik"; diesen Titel führt er auch weiterhin.

1837

In einem Brief vom 8. Februar („. . . Bier steht da, Tabak genug und Faschingsdienstagnacht ist's ohnehin, was will denn der Mensch noch mehr, um einem fernen Geliebten sehr zu schreiben und toll und zärtlich zu sein?") bekennt Stifter Sigmund von Handel: „Meine Werke werden alle in Briefen geschrieben, und ich beschwöre meine Freunde, bei denen die Kapitel ad mea opera omnia herumliegen, in denen ich witzig, verständig, schwärmerisch und alles bin, nach meinem Tode alles herauszugeben. Sonst fahre ich ab und bin kein Schriftsteller gewesen." Stifter charakterisiert damit sehr genau die Voraussetzungen, unter denen er drei Jahre später sein erfolgreiches Debüt als Literat gibt, indem er an den brieflichen Umgangston sentimentaler Zerrissenheit anknüpft.
In demselben Brief berichtet Stifter über seinen Umgang mit den Schülerinnen Therese (1818–1900, ab 1841 verh. Colloredo-Mannsfeldt) und Sophie (geb. 1824) von Lebzeltern sowie deren Kusine Rosalie von Kleyle: „Ich fragte wenig darum, was ich sie lehren soll, sondern fing auf eigene Faust an, sie zu bilden. Mit Sophie fing ich Geographie, Naturgeschichte, Diktandoschreiben, Briefstellen und Rechnen an, und in letzteren befriedigte sie mich so, daß wir jetzt in allem Feuer in einer compendiösen Algebra begriffen sind, die sie recht artig versteht und mir die Beweise bündiger liefert, als es mancher Schüler tat. Mit den beiden andern begann ich Seelenlehre, die ich jetzt für sie schriftlich verfasse, um sie ihnen als Andenken zu hinterlassen. Dann nahm ich die Grundzüge des Naturrechtes als Vorbereitung zu Rottecks Geschichte, in der wir jetzt sind [gemeint ist die 1812–1827 in neun Bänden erschienene ‚Allgemeine Geschichte' von Karl Wenzeslaus von Rotteck, 1775–1840]. Diese und Physik, und Ästhetik (nach J. Pauls Vorschule, die sie entzückt) wechseln ab. Ich traf so guten Grund und Boden, daß sie Dinge verstehen und nota bene lieben, die ich Mäd-

Die 26jährige, in Kojetein (Mähren) geborene Putzmacherin Amalie Mohaupt, dargestellt in einer 1837 entstandenen Zeichnung Ferdinand von Lampis (1782–1852). Am 16. Oktober 1837 schreibt Stifter dem Schriftsteller Ludwig Mielichhofer (1814–1892) ins Stammbuch: „Ich weiß nur das eine, daß ich alle Menschen, die eine Welle dieses Meeres an mein Herz trägt, für dieses kurze Dasein lieben und schonen will, so sehr es nur ein Mensch vermag – ich muß es tun, daß nur etwas von dem Ungeheueren geschehe, wozu mich dieses Herz treibt – ich werde oft getäuscht sein, aber ich werde wieder Liebe geben, auch wenn ich nicht Liebe glaube – nicht aus Schwäche werde ich es tun, sondern aus Pflicht. Haß und Zank hegen oder erwidern ist Schwäche – sie übersehen und mit Liebe zurück zahlen ist Stärke." Es handelt sich um ein Zitat aus Stifters Erzählung „Feldblumen", die zur Zeit seiner Verbindung mit Amalie entsteht und 1840 im Almanach „Iris" erscheint. Lampis Darstellung läßt von fern an Fausts Gretchen denken („Ach, neige, Du Schmerzensreiche, Dein Antlitz gnädig meiner Not . . ."). Oder kannte Lampi das Manuskript der „Feldblumen"? In deren drittem Kapitel heißt es: „Ich habe richtig jenes Mädchen in der Annenkirche wieder gesehen; sie geht täglich um zehn Uhr dahin in Begleitung einer alten Frau, die ich für ihre Mutter halte. Du würdest Dich wundern; ganz eigen ist der ruhige, große, fromme Blick der blauen Augen. / Sie wäre, wie ich anfangs scherzte, in der Tat ein antikes Modell. Als ich sie die Gasse entlang schreiten sah, und ihr nachblickte, dachte ich: so müßte ein altgriechisches Marmorbild ausgesehen haben, das wandeln könnte und Augen gehabt hätte. Da kamen mir allerlei Spintisierungen über sie: ich möchte sie einmal beten sehen; aber nicht in der Kirche, wo sie die Augen mit den Wimpern kalt verhüllt, sondern wenn sie in ihrem Zimmer einsam Gott dankt oder um Abwendung eines entsetzlichen Wehes bittet . . ."

chen nicht zugetraut hätte, und nicht nur ich, sondern auch Rolph [bzw. Rudolph Kner, 1810–1860; Praktikant am Naturalienkabinett in Wien] bemerken schon die Früchte an ihnen, was mich unsäglich freut. Ein liebes, treues, unschuldvolles Gemüt ist der Anteil aller, und Rolph und ich sind summarisch in beide verliebt. Sophie ist besonders verständig, ob fantasiereich, tat sich noch nicht kund. Lina scheint tiefer zu fühlen als Therese aber ich sage: scheint, ob wirklich, weiß ich nicht, jedenfalls sind beide recht ausnehmend herzinniglich und ich freue mich allemal auf unsere Unterredung. Nur habe ich mir eine lächerliche Angst aufgeladen, nehmlich, daß sie einem Manne zufallen, der sie nicht verdient. Es verfängt nichts, daß ich sie jede einem meiner Freunde zudenke, er erhält sie doch nicht, und auf jeden Fremden bin ich im Voraus eifersüchtig, und mag den Kerl nicht leiden."

Aufgrund eines gerichtlichen Vergleichs vom 8. Oktober 1835, dessen Zahlungsbedingungen Stifter nicht eingehalten hat, erwirkt der Hausbesitzer Adolph Edler von Würth am 16. März einen Pfändungsbeschluß, der Mitte April vollstreckt wird. Betroffen ist das Inventar von Stifters Wohnung in der Teinfaltstraße 65, 4. Stock. Einen Monat später, am 20. Mai, richtet Stifter an den „Hochlöbl. Magistrat der k.k. Haupt- und Residenzstadt Wien" ein Gesuch um Bewilligung der Eheschließung mit Amalie Mohaupt. Es enthält als „Beweis der Subsistenzmittel" eine „Zulage-Versicherung" des zukünftigen Schwiegervaters von 500 Gulden jährlich, ferner den Hinweis auf Stifters Zugehörigkeit zur „Herrschaft Krumau in Böhmen Budweiser-Kreises"; die am 12. Oktober erteilte Ehebewilligung legt fest, daß Stifter „auch in Zukunft die vorgeschriebene Reise-Bewilligung" bei seiner „Geburtsobrigkeit anzusuchen" habe, da er „durch diese Verehelichung kein hierortiger Konscriptionsuntertan" wird.

Den Sommer verbringt Stifter in Hadersdorf (XIV. Wiener Bezirk). Zu seinen Arbeiten als Maler gehört eine Sigmund von Handel versprochene Alpenlandschaft – vermutlich das 1836 skizzierte Dachstein-Motiv –, über die er dem Freund in einem Brief vom 20. September berichtet: „Es ist ein eigenes Unglück, ich kann kein meiniges Bild lange in den Händen haben, ohne etwas auszubessern, und zwar so lange auszubessern, bis ich das Bild wegwerfe. Gebe nur Gott, daß, wenn ich von den Ferien, die ich in Hadersdorf verlebe, zurückkomme, der Rahmen auch fertig und da ist. Was nützt es, wenn es Scher gut findet wenn mir immer wieder neue Colorite einfallen, die so schön im Kopfe sind und wie oft so elend auf der Leinwand im Konflikt mit andern. Sei froh, Lieber, daß dir der Teufel kein solches Ei in die Wirtschaft legte, das man dann nicht ausbrüten kann, oder statt lustiger Vögel kriechen Frösche aus. Aber brütet denn nicht unsere ganze Cotterie? Welche nette Igel brachte nicht schon Pepi aus? Brenner? Du? Alle?? Taten, Adler – ja – aber sind's Windeier, oder ganz anderer Gattung, oder fehlt die rechte Brütigkeit, oder die Ausdauer, oder aller Teufel?"

In der späten autobiographischen Erzählung *Nachkommenschaften* erinnert sich Freiherr von Roderer: „Als ich schon lange nicht mehr in der Abtei war, als ich Menschen und Städte und Bildersammlungen und Bilderausstellungen angesehen hatte, und als ich in den Alpen oft vielmals kreuz und quer, hin und wider gewandert war, sagte ich: Soll es denn gar nicht möglich sein, den Dachstein geradeso zu malen, wie ich ihn oft und stets vom vorderen Gosausee aus gesehen habe? Warum malen sie ihn alle anders? Was soll der Grund dieses Dinges sein? Ich will es doch sehen. Und ich machte nun zehn und etliche Versuche. Sie mißlangen sämtlich. So sehr war ich damals darauf erpicht, den Dachstein so treu und schön zu malen, als er ist, daß ich einmal sagte: ich möchte mir am Ufer des vorderen Gosausees dem Dachstein gegenüber ein Häuschen mit einer sehr großen Glaswand gegen den Dachstein bauen und nicht eher mehr das Häuschen verlassen, bis es mir gelungen sei, den Dachstein so zu malen, daß man den gemalten und den wirklichen nicht mehr zu unterscheiden vermöge. Da sagte ein Freund von mir, der aber ein Schalk war: ‚Dann wirst Du siebenundfünfzig Jahre in dem Häuschen gewesen sein und gemalt haben. Die Sache wird bekannt, die Zeitungen reden davon, Reisende kommen herzu, Engländer werden auf den Höhen herumsitzen und mit Ferngläsern auf dein Häuschen schauen. Freunde werden dich mit manchem Nötigen versehen, und wenn die siebenundfünfzig Jahre aus sind, wirst du sterben, wir werden dich begraben, und das Häus-

„Der Königssee mit dem Watzmann"; Ölgemälde (Format 36×45 cm; Österreichische Galerie in Wien) von Stifter aus dem Jahr 1837, vermutlich als Hochzeitsgeschenk für Amalie entstanden. Zugrunde liegen die Skizzen und Eindrücke eines Aufenthalts in Berchtesgaden und am Königssee, der sich an die Salzkammergutreise Stifters und Amalie Mohaupts im Sommer 1836 angeschlossen hat. Fritz Novotny kommentiert: „Man muß für das Bild die beiden bedeutendsten Realisten der zeitgenössischen österreichischen Landschaftsmalerei zum Vergleich heranziehen: Waldmüller und Rudolf Alt. In der Sonnenlicht- und Luftmalerei und in dem Wesentlichen der Grundstimmung gleicht es vor allem Salzkammergutlandschaften Waldmüllers ..., an Alt wieder erinnert manches in der Detailmalerei und die aquarellhaft durchscheinende Zartheit des Farbauftrags an dem Berg rechts. Es ist aber nicht zuviel gesagt, wenn man findet, daß Stifter in dieser Landschaft beiden Malern in etwas voraus ist: Licht und Atmosphäre, in diesem Bild zum erstenmal unschematisch und einheitlich gestaltet und versehen mit dem Augenblicksreiz einer bestimmten Stunde, erscheinen künstlerischer gesehen als in den exakten Wirklichkeitsabbildern Alts, verglichen mit der glänzenden Formel der Lichtmalerei Waldmüllers aber von bescheidener, zurückhaltender Sachlichkeit. Das heißt, daß Stifters Bild im Vergleich mit Werken der beiden anderen Künstler, von Malern mit weit überlegenerem Können, seelenvoller wirkt."

chen wird angefüllt sein mit mißlungenen Dachsteinen.' "

In dem oben zitierten Brief an Handel fährt der angehende Ehemann Stifter im Hinblick auf seine Pläne, zu denen auch die – vergebliche – Bewerbung um eine Anstellung beim Forstlehramt in Mariabrunn gehört, fort:

„Dieser Tage habe ich wieder mehrere gute Vorsätze angefertigt, die geraten mir allemal sehr gut. – Lebzeltern habe ich schon lange nicht geschrieben, da ich eine Reise ins Pinzgau vor hatte, aber um das bestimmte Reisegeld betrogen wurde, und dann um Ferienurlaub bat, um wenigstens die Waldpartien des Wienerwaldes aufzunehmen, zu zeichnen, zu malen, zu studieren. Ad vocem studieren muß ich dir melden, daß ich sehr fleißig – – Forstbotanik studiere, weil man sich sehr um mich annimmt, daß ich die Kanzel [Lehramt] in Maria-Brunn bekomme. Sie enthält Physik und Chemie und Forstbotanik als Soll und 1500 fl. als Haben. Wenn's gelingt, so jauchze ich!! Ei-

nen Concurs [Examen] will ich machen, dem nichts mangeln soll, – wenn nur nicht wieder der alte Satan eine größere Protektion daherführt, die sich auf wen andern als mich bezieht, oder sonst ein Malheur, z. B. daß ich gerade am Concurstage an der Cholera sterbe, oder eben gesunde – oder daß der Himmel einfällt oder der jüngste Tag ist – ich bin auf die sonderbarsten Unfälle gefaßt, und passe darauf, daß mir das Fatum etwas tückisch ist, und sich mit Hindernissen rüstet. – Oben sagt' ich ‚studieren', nehmlich Landschaften – ja – sagt' ich dir nicht, das Fatum laure? . . .
Nun lebe wohl – daß ich ein Narr bin, weißt du ohnehin, daß ich ein Narr voll unsäglicher Liebe zu dir und den Andern des gewesenen Rundkreises bin, wirst du ja doch endlich auch wissen – daß ich ferner ein Narr bin, der sich nur ein einzig Mal recht überschwenglich mit universumsgroßem Herzen werfen möchte an ein eben solches unermeßliches Weiberherz, das fähig wäre, einen geistigen Abgrund aufzutun, in den man sich mit Lust und Grausen stürze – und eine Trillion Engel singen hörte – Jesus Maria! ich könnte mich mit ihr Arm in Arm in den Niagarafall stürzen – – – aber sie sind Gänse, die derlei für Fantasterei ausgeben – und bei Ypsilanti [Wiener Modewarengeschäft ‚Zum Fürsten Ypsilanti', benannt nach dem Führer des griechischen Freiheitskampfes] nette Schmiseln [Hemden] kaufen.
Lieber, fürchte nicht, daß ich überschnappe, und denke dir mich recht heiter und gutmütig – aber das Herz tut mir doch immer leise weh. Schreibe mir bald, das Bild bekommst du gewiß und gewiß kein häßliches."
Am 15. November wird Stifter mit Amalie Mohaupt in der Augustinerkirche St. Rochus und Sebastian an der Landstraßer Hauptstraße getraut. Der Trauschein lautet: „Ich Endesgefertigter bezeuge, daß Herr Adalbert Stifter, Candidat des Lehramtes der mathematischen Physik, ledigen Standes, katholischer Religion, geboren zu Oberplan in Böhmen, wohnhaft in der Landstraße Nr. 484, des Johann Stifter, Flachshändler, und der Magdalena Friepeß ehelicher Sohn, mit der Amalia Mohaupt, ledigen Standes, katholischer Religion, geboren zu Kojetein in Mähren, wohnhaft auf der Landstraße Nr. 484, des Herrn Philipp Mohaupt, pens. Lieutenant, und der Katharina Schell ehel. Tochter, den fünfzehnten November im Jahre Eintausend Achthundert Dreißig Sieben (15. Nov. 1837) vom Unterzeichneten in Gegenwart des Herrn Anton Mugerauer, Doctors der Medicin und des Herrn Franz Xaver Schiffler, Juristens, als Beiständen dem christ-katholischen Gebrauche gemäß getraut worden ist."
Bei der im Trauschein erwähnten Wohnadresse handelt es sich um das heutige Haus Nr. 18 in der Beatrixgasse im III. Bezirk, in dem Stifter mit Amalie bis Anfang 1839 wohnt; eine Gedenktafel vermeldet heute, daß hier die *Feldblumen* entstanden sind.

1838

Auf welchen Zeitraum sich die Niederschrift der *Feldblumen* erstreckt, ist ungewiß, doch umfaßt der zugrunde liegende Erfahrungshorizont sicherlich auch die erste Ehezeit, verborgen etwa in dem Begriff der „Wirtschaftlichkeit" und „Wirtschaftsfertigkeit" als einer naturwidrigen Einschränkung der weiblichen Bestimmung: „Ist es [das Weib] nicht auch um sein selbst willen da? Stehen ihm nicht Geister- und Körperreich offen? Soll es nicht, wie der Mann, nur in der Weise anders, durch ein schönes Dasein seinen Schöpfer verherrlichen?" (Abschnitt 11: „Osterluzei").
Urban Roedl faßt die kritischen und problematischen Aspekte der Novelle zusammen:
„Der Schreiber ist arm und geistvoll, leidenschaftlich und gutherzig und ein ebenso schwärmerischer Freund wie sein Schöpfer, leidend an der fürchterlichen Einsamkeit der Herzen auf der Insel Erde, an der Stumpfheit einer liebelosen Welt der Wirtschaft und der Konventionen, die noch Kriege kennt und Armut und Reichtum, die viele zu menschenunwürdiger Arbeit verdammt, die Kinderseele durch verkehrte Erziehung verwüstet und den Geist der Mädchen verödet. Vom Hintergrund dieser fortschrittlichen Gesellschaftskritik heben sich die Gestalten und Gedanken der geschilderten Personen ab: edle, gemüt- und geistreiche Männer und Mädchen, unabhängige, vorurteilsfreie Kosmopoliten alle, Vorbilder harmonischer Lebensführung, wie sie den Idealen des Stifterschen Rundkreises entsprachen, wie geschaffen, ‚das Reich der Vernunft auf Erden zu gründen'.
So antwortet der romantische Träumer seiner Umwelt: dem kleinstädtischen Milieu von Friedberg stellt er eine Welt hoher Geistigkeit

gegenüber, seinem Wiener Hungerleben ein utopisches Tuskulum am Traunsee, der prosaischen Amalie aber ‚den ernsten, ruhigen, gemütsgewaltigen Cherub, die hochgeistige Gestalt' der Angela, diesen zur Vollkommenheit gesteigerten Blaustrumpf. Ihm ist's, als sei sie einst auf einem anderen Stern seine Gattin gewesen, als habe er sie, ohne von ihr zu wissen, immer geliebt. Und diese Liebe ist ‚ein zartes Gewebe von Vernunft und Sitte' – was sonst als Liebe gilt, nennt er ‚Geschlechtsleidenschaft'. Einfalt bei höchster Bildung, Keuschheit und Unschuld sind die erhabensten Tugenden, die er seiner Heldin und allen um sie herum andichtet, er, der sich so schwer vergangen zu haben wähnt. Indem der Dichter so die sinnliche Liebe verwirft, reißt er eine Kluft auf zwischen seinem realsten Dasein und dem Wunschbild, das er, jenseits aller realisierbaren Wirklichkeit, von sich selbst hegt und prägt. Erlösung aus dem heillosen Zwiespalt von Sünde und Reinheit sucht er in der Kunst, im imaginären Reich der Freiheit und Harmonie."

Das „Feldblumen"-Haus, Beatrixgasse Nr. 18. Stifters Erzählung (die erste Fassung erscheint 1840, die überarbeitete „Studien"-Fassung 1844) enthält die folgende Raum-Phantasie des Malers und Tagebuchschreibers Albrecht: „Ich möchte eine Wohnung von zwei Zimmern haben, mit wohlgebohnten Fußböden, auf denen kein Stäubchen liegt; sanft grüne oder perlgraue Wände, daran neue Geräte, edel, massiv, antik einfach, scharfkantig und glänzend; seidne, graue Fenstervorhänge, wie matt geschliffenes Glas, in kleine Falten gespannt, und von seitwärts gegen die Mitte zu ziehen. In dem einen Zimmer wären ungeheure Fenster, um Lichtmassen hereinzulassen und mit obigen Vorhängen für trauliche Nachmittagsdämmerung . . . Sommerabends, wenn ich für die Blumen die Fenster öffnete, daß ein Luftbad hereinströme, säße ich im zweiten Zimmer, das das gemeine Wohngehäuse mit Tisch und Bett, und Schrank und Schreibtisch ist . . ." Albrechts zweiter Wunsch ist, „außer obiger Wohnung von zwei Zimmern noch drei anstoßende zu haben, in denen die allerschönste, holdeste, liebevollste Gattin der Welt ihr Paphos hätte, aus dem sie zuweilen hinter meinen Stuhl träte und sagte: diesen Berg, dieses Wasser, diese Augen hast du schön gemacht. Zu dieser Außerordentlichen ihres Geschlechts ginge ich nun an jenem Abende [gemeint ist, wenn er sein Fernrohr aufgestellt hat] hinein, führte sie heraus vor den Fraunhofer [d. h. das Fernrohr], zeigte ihr die Welten des Himmels und ginge von einer zur andern, bis auch sie ergriffen würde von dem Schauder dieser Unendlichkeit . . ."

Die Abbildung der vorausgehenden Doppelseite gibt Stifters Ölgemälde (auf Holz) „Blick auf Wiener Vorstadthäuser" wieder (Format 33,7×41 cm; Österreichische Galerie in Wien), entstanden 1839. Die dargestellte Lokalität läßt sich nicht mehr eindeutig bestimmen, doch handelt es sich wohl um ein Motiv aus der Umgebung des Gebäudes Landstraßer Hauptstraße Nr. 15, in das die Eheleute Stifter 1839 umgezogen sind. Die Stadtsilhouette des Hintergrundes dürfte die Leopoldstadt, der Hügelzug einen Ausläufer des Bisamberges darstellen. Gerade diese topographische Beiläufigkeit ist jedoch kennzeichnend für Stifters Bereitschaft, sich als Maler mit alltäglichen Sinneseindrücken auseinanderzusetzen. Zur Gestaltungsweise bemerkt Fritz Novotny einschränkend: „Als hätte Stifter vergessen, was er seit dem Königsseebild in der malerischen Gestaltung von Licht und Atmosphäre zu leisten imstande war, so ist der goldene Dunst beim Sonnenuntergang eines Sommertages gemalt: in der alten Weise als Farbe, die zu den Gegenstandsfarben hinzugefügt erscheint."

1839

Dieses Jahr steht im Zeichen des Malers Stifter, der sich durch seine von Johann Fischbach unterstützte autodidaktische Ausbildung ausreichend vorangeschritten sieht, um an die Öffentlichkeit zu treten. Zunächst wählt er die Quasi-Öffentlichkeit von Kremsmünster, der er ein Gemälde vermachen will. Er wendet sich hierzu am 9. Februar an seinen ehemaligen Kunsterzieher Georg Riezlmayr:

„Wenn Sie sich noch eines Ihrer mittelmäßigsten Schüler erinnern, so gewähren Sie diesem Blatte eine freundliche Aufnahme – es kömmt als Bettler. Seit jenen unvergeßlichen Tagen der frühesten Jugend, die ich in Kremsmünster verlebte, und die ich unbedenklich die schönsten nennen kann, weil sie die reinsten waren – seit jenen Tagen hat mich eine mir damals zugeführte Grazie keinen Augenblick verlassen: *die Liebe zur Kunst,* und sie wird mir teuer bleiben, bis ich sterbe; denn sie allein hat ausgehalten, wenn auch Liebe, Freundschaft, Ehrgeiz, Tatenlust, alles log und floh . . .

Aber auch einen anderen Gedanken zog ich unter diesen Arbeiten groß, nehmlich *ein Ölgemälde als Andenken für die Kremsmünsterer Zeichnenschule zu malen, und dort aufzuhängen,* und das ist eigentlich der Zweck dieser langen Epistel, Sie zu fragen, und hierin um Rat zu bitten, ob es nicht als Dünkel und Anmaßung könne ausgelegt werden, ob es überhaupt an der Zeit sei, und dem Orte angemessen etc. . . . Was den malerischen Wert anlangt, so getraue ich es mir besser zu machen, als das von Otto Müller zu meiner Zeit gesendete Abendstück, was in den Vordergründen kleinlich und naturwidrig gehalten ist, und selbst in den Mittel- und Hintertönen, bloße Farbeneffekte hat – aber nicht um zu figurieren, sondern als anspruchloses Zeichen meiner dankbaren Erinnerung möchte ich es der Anstalt senden, und daher eine gutmütige Aufnahme erwarten. Tun Sie mir die Freundschaft, und schreiben Sie mir hierüber Ihren Rat, nach dem ich mich gänzlich richten werde, ich bitte aber die Sache höchstens ein oder dem andern, dessen Meinung Sie einholen wollen, zu offenbaren, da doch noch einige Zeit vergehen dürfte, bis dieselbe ins Werk gestellt wird, *wenn* es nach Ihrer Meinung geschehen kann."

In der Wiener Akademie-Ausstellung ist Stifter mit fünf Gemälden vertreten *(Landschaft, Gebirgslandschaft, Ein alter Kirchhof, Herbstlandschaft, Landschaft),* über deren Identität mit erhaltenen Werken jedoch keine Klarheit besteht; Fritz Novotny („Adalbert Stifter als Maler", Wien 1941) bringt zwei davon mit den als *Der Hallstätter Friedhof* und *Gebirgslandschaft mit Bauernhof* bezeichneten in Zusammenhang, die beide aus dem Jahr 1838 stammen (sie gelten gegenwärtig als verschollen). Als sicher kann gelten, daß die ausgestellten Bilder allenfalls nach Skizzen der Reise ins Salzkammergut (1836), vielleicht auch nach fremden Vorlagen gestaltet wurden und dem landschaftlichen Akademismus verhaftet sind, während zwei Gemälde des Jahres 1839 mit einiger Sicherheit unter dem unmittelbaren Natureindruck entstanden sind: *Blick auf Wiener Vorstadthäuser* und *Blick in die Beatrixgasse.* Auf sie wie die um 1840 zu datierenden Wolkenstudien stützt sich die Bewertung des Malers Stifter als „Vorläufer des Impressionismus". Als Hochzeitsgeschenk für Anton Mugerauer malt Stifter *Die Ruine Wittinghausen;* die Rückseite enthält die lateinisch verfaßte, am 26. August datierte Widmung: „St. Thoma, einst Wittinghausen, jetzt in zerfallenen Trümmern, besteht bis heute als ein Denkmal unserer dort verbrachten Jugend und brüderlicher Liebe, welche nicht früher aufhören wird, als jene Zeugen, die in Asche gelegten Mauern, deren wir eingedenk sind. Verehrung weiht dir das Bild damit du nicht einmal uneingedenk seiest dieser Zeit und der teilhabenden Menschen."

Im September stirbt in Wels Fanny Fleischanderl, geb. Greipl, nach der Geburt ihres ersten Kindes. Seiner Frau gegenüber soll Stifter geäußert haben: „Jetzt erst gehöre ich dir ganz."

1840 Über den eher zufälligen Weg des Schriftstellers Stifter in die Öffentlichkeit berichtet sein Freund der Linzer Jahre, der Realschullehrer und Nachlaßverwalter Johannes Aprent (1823–1893): „Es war ein herrlicher Frühlingsmorgen des Jahres 1840, als Stifter in den schattigen Gängen des Schwarzenberggartens auf der Wieden auf und ab ging, einige Blätter Papier in der Hand, schreibend und sinnend. Er machte dann noch einen Besuch bei der Baronin Mink. Hier zog ihm die Tochter Ida eine Rolle, für welche die Rocktasche nicht tief genug war, unvermerkt aus derselben, und hielt das Papier, nachdem sie eine Weile darin gelesen hatte, mit den Worten: ‚Mama, der Stifter ist ein heimlicher Dichter; hier fliegt ein Mädchen in die Luft!' der Mutter vor. Stifter mußte das Ding vorlesen, und die Frau Baronin entschied kurzweg, dazu müsse ein Anfang und ein Ende gemacht werden, und Witthauer (Redakteur der damaligen Wiener Zeitschrift) müsse es drucken."

Gemeint ist die Erzählung *Der Condor.* Sie handelt vom Ballonaufstieg der in den Pariser Salons gefeierten Schönheit Cornelia in Begleitung eines jungen Lords, der „dichterisch mit der Gefahr und Größe spielt", und eines zu Gefühlsregungen unfähigen alten Wissenschaftlers. Die wagemutige Cornelia scheitert an ihrer Hybris ebenso wie an ihrer Liebe zu dem jungen Maler Gustav. *Der Condor* erscheint in der von Friedrich Witthauer (1793–1846) in den Jahren 1836 bis 1844 als Redakteur betreuten „Wiener Zeitschrift für Kunst, Literatur, Theater und Mode".

Bei dem im folgenden genannten Herausgeber handelt es sich um den deutsch-ungarischen Dichter und Geschichtsschreiber Graf Johann Majláth (1786–1855). Das Taschenbuch „Iris" erscheint in Pest (dem bis 1872 selbständigen Stadtteil des heutigen Budapest östlich der Donau) bei Gustav Heckenast (1811–1878), der 1834 die Verlagsbuchhandlung Otto Wigand übernommen hat. Aprent fährt fort: „Im Sommer desselben Jahres kam Graf Joh. Majláth, der damals das Taschenbuch ‚Iris' herausgab, in großer Verlegenheit zu Stifter. Eine Erzählung, auf die man gerechnet hatte, war ausgeblieben oder von der Zensur beanstandet worden, kurz, man brauchte etwas, und Stifter wurde gefragt, ob er nichts fertig habe. Er antwortete: Nein. Dann aber erinnert er sich plötzlich, im Schreibtisch liege doch etwas: eine Erzählung, die er im Winter krank im Bette mit Bleistift flüchtig aufs Papier geworfen hatte. Der Schreibtisch wird geöffnet und die Erzählung hervorgezogen. Aber sie hat keinen Titel, nur jedes Kapitel trägt den Namen einer Feldblume als Überschrift. ‚Nun, so sind es *Feldblumen*', sagte Majláth; und als solche kamen sie in die Iris . . . So war aus einem heimlichen ein offenbarer Dichter geworden."

Mit Sicherheit unglaubwürdig ist die Bemerkung zur Entstehungszeit der *Feldblumen.* Hier schlägt schlicht ein Muster des Berichts über geniale Frühwerke durch (vergleichbar der Legende um die Niederschrift von Eichendorffs „Taugenichts" in wenigen idyllischen Sommerwochen), dem wohl nicht zuletzt Goethes weit eher beglaubigte Hinweise zur Entstehung des „Werther" oder des „Clavigo" zugrunde liegen.

Vom 2. bis 11. Juli erscheint in der „Wiener Zeitschrift . . ." die Erzählung *Das Haidedorf* um den Hüterbuben Felix, in der Stifter zum einen auf Erlebnisse der eigenen Kindheit zurückgreift, zum anderen sich vom literarischen Vorbild insbesondere Jean Pauls löst und eine Darstellungsweise vorbereitet, in der sich eine Vergegenständlichung etwa der Naturschilderung mit der Überzeugung von der sittlichen Erziehung des Menschen durch ein einfaches, unverbildetes Leben verbindet, das gleichwohl seelischen Gefährdungen ausgesetzt ist.

Die Literaturrezensenten nehmen sich vor allem der *Feldblumen* an. So schreibt der Kritiker T. F. Lumau in der „Revue der Almanache für 1841" der Wiener „Allgemeinen Theaterzeitung" vom 16. Dezember: „Die bedeutendste Gabe des Almanachs [‚Iris'] ist unstreitig die unter dem anspruchslosen Titel *Feldblumen* mitgeteilte Novelle von Adalbert Stifter. Einer so tiefen Gemütinnigkeit, einer so zarten blumenreichen Detailschilderung seelischer Zustände, werden wenige Dichter unserer Tage mächtig sein. Die Darstellung erinnert zunächst an Leopold Schäfer, noch mehr an Jean

Paul. Das höchste Interesse knüpft sich an eine ganz einfache, schmucklose Begebenheit, die eben deshalb sehr zweckmäßig in Tagebuchform erzählt ist. Nur so konnte der Dichter den reichen Schatz tiefer Herzens- und Seelenkenntnis, der ihm eigen ist, recht entfalten. Dennoch bleibt Raum genug, hohe, treffliche Charaktergestalten in vollendeter Zeichnung hervortreten zu lassen. Jedenfalls ist in Adalbert Stifter eine große poetische Begabung, die uns für die Zukunft eine gar schöne Hoffnung stellt. Für hierortige Leser dürfte die Erzählung noch anziehender sein, da sie zum Teil in den Mauern Wiens spielt."

Die beiden hier wiedergegebenen Gemälde Stifters stammen aus der Zeit, da die Entscheidung über eine Existenz als Maler oder als Schriftsteller noch offen erscheint, ja die erstere Möglichkeit noch im Vordergrund steht. Stifter ist Anfang der vierziger Jahre als durchaus „zünftiger" Maler tätig: er beteiligt sich an Ausstellungen (vermutlich ab 1839), verkauft hierdurch Bilder und malt auf Bestellung; sein Gesuch vom 29. Oktober 1844 um Aufnahme in den Witwen- und Waisenpensionsfonds unterschreibt er mit der Berufsbezeichnung „Landschaftsmaler"; im 17. Band von Naglers Künstlerlexikon (1847) wird Stifter in erster Linie als Maler gewürdigt. Andererseits finden seine Veröffentlichungen (ab 1840) ein ermutigendes Echo. Stifter tritt somit als „Doppelbegabung" an die Öffentlichkeit, woraus sich die Frage nach der Beziehung zwischen der malerischen und der literarischen Gestaltungsweise ergibt. – Die links in einem Ausschnitt wiedergegebene „Felsstudie" (das Gemälde selbst trägt die Bezeichnung „vom Hirschensprung im Höllenthale. 9/9 1840 Stifter"; Format 28,6 × 24,7 cm; Stifter-Gesellschaft in Wien) besitzt ihr Pendant in einigen Sätzen des Beitrags „Ausflüge und Landpartieen" (in „Wien und die Wiener in Bildern aus dem Leben"), entstanden Ende 1841. Über das Höllental im Schneeberggebiet südwestlich von Wien heißt es: „Vor noch nicht sehr vielen Jahren war kaum ein Fußpfad in diesem Tale, und man kann sich denken, welche furchtbare und entzückende Wildnis hier gewesen sein mag; zwei hohe Bergkolosse mit all ihren Wänden, Schründen, Bachgüssen und Waldbreiten so nahe gegen einander schreitend, daß man meint, man könne von einem auf den anderen hinüberrufen, zwischen ihnen meilenlang nichts als das rauschende, tosende Wasser und an dessen Ufern eine zerrissene, üppig aufgeschossene Waldung ... Der Schreiber dieser Zeilen ist froh, das Höllental noch lange vor der Entstehung der Eisenbahn gekannt und manche einsame Stunde in seinen Felsen versessen zu haben." – Das oben wiedergegebene Gemälde (um 1840, Format 17,4×32,6 cm; Stifter-Gesellschaft in Wien) ist eine der drei erhaltenen Wolkenstudien, von denen Stifter dem Bericht von Emerich Ranzoni (1823–1898) zufolge „an Hunderte" gemalt hat. Ihnen liegt zunächst ein Interesse am Naturphänomen als solches zugrunde, vergleichbar dem Goethes, das durch den „Essay on the modification of clouds" des Engländers Luke Howard bestärkt wurde. Dessen Landsmann John Constable (1776–1837) gehört durch seine 1822–1825 geschaffenen Wolkenstudien zu den Begründern der Freilichtmalerei. Stifter, der diese Bilder kaum gekannt haben dürfte, spricht in den „Feldblumen" von „Luftstudien", die seinen Protagonisten Albrecht beschäftigen: „Die südlichen Wolken stellten sich indessen zu artigen Partien zusammen, und gewinnen immer liebere und wärmere Farbe. Ich will, da ich schon nicht hinaus darf, einige abzustehlen suchen und auf der Leinwand aufbewahren."

Der oberösterreichische Dialektdichter und spätere Freund Stifters Franz Stelzhamer (1802–1874) schreibt in der Ausgabe der „Wiener Zeitschrift ..." vom 28. Dezember: „In den Beiträgen wende ich mich – und das kann als ein charakteristisches Zeichen von mir und meiner Beurteilung angesehen werden! – zu denen in ungebundener Form und darunter wieder zu dem sowohl durch Umfang als Inhalt größten, ausgezeichnetsten, ungebundensten, zu den ‚*Feldblumen*‘ von Adalbert Stifter. ‚Herr! Sie haben da ein gutes, schönes Stück Arbeit geliefert, und die ganze ›Iris‹ hat durch Ihren hochroten, herzblutigen Farbenstreif Leben und Bedeutung gewonnen. Sie sind zwar kein hereinwetterndes Originalgenie, Sie sind unleugbar nicht weniger in Form als in Stoffwahl ein Jean Paulianer; aber das tut nichts, Ihr großer Fürst und Lehensherr braucht solche wackere Vasallen, die ihm einstweilen vorstreiten und den Weg bereiten, auf daß er endlich hereinbrechen könne mit Kraft und Nachdruck in die dichten Scharen der Ungläubigen, um sich und seinen Gott zugleich zu verherrlichen. Ihre ‚*Feldblumen*‘ wachsen auf einem gesegneten Felde, das der Ackerbauer Geist mit seinen treuemsigen Gehülfen: Herz und Phantasie mit Eifer und Geschick bearbeitet hat und zu einem königlichen Ziergarten vorbereitet. Aber sagen Sie mir, warum folgten Sie Ihrem großen Herrn und Meister, dem Sie sonst so leicht und gern folgen, nicht auch darin, daß Sie Ihren Personen, die so gar keine Tages- und Hiermenschen sind, nicht auch einen idealen Schauplatz anwiesen? Ihren Helden, den ebenso gemüt- als geistreichen Briefschreiber Albrecht und erst vollends Ihre ätherische Angela trifft man spazieren oder sitzen in Hadersdorf, Weidlingen etc., warum nicht lieber in Gaunersdorf, Gainfahren und Eipeldau? – dann in Linz und so dort und da herum, – ach, was weiß ich, aber es gibt Worte in der Sprache, die, wie Mißtöne in der Musik, geradezu alle Illusionen zerstören und alle Poesie töten! Übrigens bin ich Ihnen als Leser den wärmsten Dank schuldig!‘“

Etwas kühler klingt es im folgenden Jahr aus dem Norden, etwa in einer Besprechung im „Correspondenzblatt für den Berliner Modespiegel“:

„*Feldblumen,* von Adalbert Stifter, ist eine sehr weitläufig ausgeführte Novelle voll breiter Überschwenglichkeit. Die Reflexion und das Raisonnement nehmen viel mehr Platz ein, als die Handlung, und nur mühsam kann man den dünnen Faden der letzteren festhalten. Es fehlt dem Verfasser nicht an Talent; aber er sollte sich mehr konzentrieren und nicht nach allen möglichen Richtungen hin abschweifen.“

Mit seiner vierten Erzählung, die zunächst den Titel *Der Wildschütz* trägt, wendet sich Stifter wieder dem heimatlichen Südböhmen und zugleich der Geschichte zu. Ein Bezugspunkt ist die Zerstörung der von Witiko im 12. Jahrhundert gegründeten, von Stifter mehrfach als Ruine dargestellten Burg Wittinghausen bei Friedberg im Dreißigjährigen Krieg.

Bei der Wiener Akademie-Ausstellung ist Stifter in diesem Jahr mit dem Gemälde *Seestück bei Mondbeleuchtung* (nicht mehr identifizierbar) vertreten.

1841

Am 6. März richtet Stifter den folgenden Brief an Majláth: „. . . Was Ihren Wunsch der Übersendung des *Wildschützen* anlangt, sehe ich mich in der schmerzlichen Notwendigkeit, Sie um einen kleinen Aufschub angehen zu müssen. Das Manuscript lag am 15. Jänner bereit, wo ich Sie erwartete, und da ich es immer in Händen hatte, fing ich daran zu feilen und zu wirtschaften an, so daß zuletzt die Sache in eine völlige Umarbeitung ausartete, und in dieser stecke ich nun mitten drinnen, so daß weder der *neue* Teil, noch der *alte* übersendet werden kann . . . Von der Censur wird nichts zu fürchten sein, denn es ist kein anstößig Wörtlein darinnen – und die Zeit, die mir noch gegönnt ist, kommt dem Werke zu Guten; denn ich will die unverdient günstige Beurteilung der *Feldblumen* in hiesigen Blättern erst zu rechtfertigen suchen, da ich die Fehler der Unruhe und teilweisen Haltlosigkeit, die darin waren, recht gut einsehe, obwohl mir's niemand sagte, und sie im nächsten vermeiden will. Es dünkt mich, der *Hochwald* (so will ich es statt *Wildschütz* heißen) gehe im milden Redeflusse fort, ein einfach schön Ergießen, ohne dem koketten Herumspringen, das mich in den *Feldblumen* ärgert. Ich bin so kindisch, daß mich der *Hochwald* stellenweise selber rührt und freut. Wäre die Kraft, wie die Liebe, so könnten aus meiner Feder nur Meisterwerke kommen – aber . . . ut desint vires . . . [Zu ergänzen ist: ‚tamen est laudanda voluntas‘: ‚Wenn's auch an Kräften gebricht, so ist doch der Wille zu loben‘, Zitat aus Ovids ‚Tristia‘ III, 4, 79.] Sie werden mit einem Menschen nicht ins Gericht gehen, der ein gutes Herz in die Welt hineinschwärmt, ohne ein Göthe zu sein, der sein Gold rein, schön, unbegreiflich im breiten Zauberflusse strömen lassen könnte, keine falsche Ader und kein Stäubchen drinnen, so den Glanz stört.“

Unterdessen hat Gustav Heckenast Stifter für die Herausgabe des Sammelbandes „Wien und die Wiener in Bildern aus dem Leben“ gewonnen, nachdem Stelzhamer den organisatorischen Aufgaben dieses Projekts unterlegen ist. Stifter steuert für den 1844 erscheinenden Band neben der 1841 datierten *Vorrede* zwölf Beiträge bei, darunter die als Einleitung angelegte *Aussicht und Betrachtung von der Spitze des St. Stephansturmes, Ein Gang durch die Katakomben, Leben und Haushalt dreier Wienerstudenten* und *Wiener Salonszenen.*

Die wirtschaftlichen Verhältnisse bleiben trotz der Tätigkeit Stifters als Privatlehrer und erster Autorhonorare prekär. So wird am 16. Mai aufgrund ausstehenden Mietzinses erneut eine Pfändung durchgeführt.

Am 8. August reist Amalie zu ihrem Bruder Philipp nach Peterwardein in Ungarn. Stifters Brief an sie vom 28. August enthält die folgende Schilderung seines Strohwitwerdaseins, wobei dem Essen eine symptomatische Bedeutung zukommt: „Die Zimmer werden von der Franzi immer sehr schön ausgekehrt, nur darf man bei keinem Bette sehr schnell vorbei gehn, sonst fliegen unter demselben allerlei Phantome heraus, von grauer Farbe und luchtmäßig – die Trinkgläser sehen schon recht schön aus, als wären sie aus matt geschliffenem Glase, und in der Küche sieht es aus, als wären wir viel reicher geworden, so viele Sachen und Schätze stehen herum. Am vergangenen Sonntage schwangen wir uns gar auf Zwetschkenknödl, die Franzi sagte, sie könne dieselben machen, aber als ich einmal zufällig in die Küche kam, so zog sie den Teig so seltsam auf dem Brette hin und her, und knetete mit ihren ungeschickten Fingern in den Zwetschken herum, daß mir gleich aller Appetit verging, und wirklich, als sie die Knödl auf den Tisch brachte, so sahen sie gar nicht, wie Knödl aus, sondern sie lagen in der Schüssel, wie ausgeschundene Frösche in einer unheimlichen bleichen Flüssigkeit schwimmend. Ehe ich nur einen anrührte, war es mir schon, als wäre mein Magen ganz voll, und als schwöllen sie mir bereits im Munde an. Ich schützte daher Unwohlsein vor, und schenkte ihr alle, und ihr schmeckten sie sehr gut. Leberknödel trug sie mir auch dieser Tage an, aber so gerne ich sie esse, so wenig trug ich Verlangen, die Leber in ihren Händen herum wuzeln zu sehen. Also habe ich täglich Rindfleisch, und dies gelingt ihr recht gut, da sie es immer zu wenig kocht, und ich, wie du weißt, das harte gerne esse.“

Amalie beklagt sich in ihrem Brief vom 1. September, Stifter habe sein Wort nicht gehalten: „Nemlich wen ich dir schreibe das ich Reisegeld brauche du es gleich oder Bald schüken wirst, und jezt ziest du so *lange* herum, das ich hier indessen verzweifeln muß, deine Klage in jeden Brife ist die sensucht nach mir, und doch in keinen ersenten Brife ist ein Geld welche alle gegenseitigen Wunden heilen mechte . . . Daher Bitte ich dich lasse mich nicht lenger auf der Folter und erfülle mein Wunsch so bald als nur möglich sein kann, oder komme selbst . . . Das Du Dich Wohl befindest und gute Geschefte machst, ist mir ser angenem, allein ich sage Dir daß ich noch Krank werde vonn lauter sehnen nach Haus und meinen Heuslichen Bescheftigungen.“ Mitte September holt Stifter Amalie in Peterwardein ab. Von dieser Reise sind drei Ölgemälde Stifters erhalten: *Westungarische Landschaft* (auch *Leithagebirge* betitelt), *Partie aus den westungarischen Donauauen mit aufsteigendem Gewitter* und *Westungarische Landschaft mit Hütten und aufgehendem Mond.*

Schon im Brief vom 10./11. August konnte Stifter seiner Frau berichten, daß *Die Mappe meines Urgroßvaters* bei Witthauer im Druck sei; die Erzählung erscheint in der „Wiener Zeitschrift . . .“ 1841/1842 in dreizehn Folgen. Diese erste Fassung, an die sich drei weitere anschließen, wird in der Wissenschaft als *Urmappe* bezeichnet. Ihre späteren Bearbeitungen beziehen sich im wesentlichen auf die Darstellungsweise, weniger auf das Handlungsgerüst. Die „Mappe“ ist das Tagebuch des Urgroßvaters Augustinus, der in Prag studiert und im böhmischen Waldland eine Arztpraxis eröffnet hat. Hier lernt er Margarita, die Tochter eines Obristen, kennen und lieben, verliert sie aber durch sein mißtrauisches und unruhevolles Wesen. Den Weg von einem Selbstmordversuch bis hin zur schließlichen Vereinigung mit Margarita weist ihm der Obrist, indem er beispielhaft die eigene Lebenserfahrung von der Notwendigkeit der Selbstkontrolle (etwa durch Tagebuchaufzeichnungen) an Augustinus weitergibt.

Gustav Heckenasts „Iris. Taschenbuch für das Jahr 1842“ enthält die Erzählung *Hochwald.*

Wien am 8t Juli 1842
R. Alt

Die Abbildung der vorausgehenden Doppelseite zeigt das unter dem unmittelbaren Eindruck des Naturereignisses entstandene Gemälde „Die Sonnenfinsternis über Wien am 8. Juli 1842“ (Format 30,7×43,7 cm; Historisches Museum in Wien) von Rudolf (von) Alt (1812–1905). Am 14. Juli 1842 veröffentlicht Stifter in der „Wiener Zeitschrift für Kunst, Literatur, Theater und Mode“ seine im Spannungsfeld zwischen rationaler Naturkenntnis und emotionaler Betroffenheit angesiedelte Schilderung: „... Es war ein so einfach Ding. Ein Körper leuchtet einen andern an, und dieser wirft seinen Schatten auf einen dritten: aber die Körper stehen in solchen Abständen, daß wir in unserer Vorstellung kein Maß mehr dafür haben, sie sind so riesengroß, daß sie über alles, was wir groß heißen, hinaus schwellen – ein solcher Komplex von Erscheinungen ist mit diesem einfachen Ding verbunden, eine solche moralische Gewalt ist in diesen physischen Hergang gelegt, daß er sich unserem Herzen zum unbegreiflichen Wunder emportürmt. Vor tausendmaltausend Jahren hat Gott es so gemacht, daß es heute zu dieser Sekunde sein wird; in unsere Herzen aber hat er die Fibern gelegt, es zu empfinden. Durch die Schrift seiner Sterne hat er versprochen, daß es kommen werde nach tausend und tausend Jahren, unsere Väter haben diese Schrift zu entziffern gelernt, und die Sekunde angesagt, in der es eintreffen müsse; wir, die späten Enkel, richten unsere Augen und Sehröhre zu gedachter Sekunde gegen die Sonne, und siehe: es kommt – der Verstand triumphiert schon, daß er ihm die Pracht und Einrichtung seiner Himmel nachgerechnet und abgelernt hat – und in der Tat, der Triumph ist einer der gerechtesten des Menschen – es kommt, stille wächst es weiter – aber siehe, Gott gab ihm auch für das Herz etwas mit, was wir nicht voraus gewußt, und was millionenmal mehr wert ist, als was der Verstand begriff und voraus rechnen konnte: das Wort gab er ihm mit: ‚Ich bin‘ – – ‚nicht darum bin ich, weil diese Körper sind und diese Erscheinungen, nein, sondern darum, weil es euch in diesem Moment euer Herz schauernd sagt, und weil dieses Herz sich doch trotz der Schauer als groß empfindet.‘ – – Das Tier hat gefürchtet, der Mensch hat angebetet.“ Stifter schließt seine Schilderung mit der auf seine Konzeption des „sanften Gesetzes“ vorausweisenden Frage: „Warum, da doch alle Naturgesetze Wunder und Geschöpfe Gottes sind, merken wir sein Dasein in ihnen weniger, als wenn einmal eine plötzliche Änderung, gleichsam eine Störung derselben geschieht, wo wir ihn dann plötzlich und mit Erschrecken dastehen sehen? Sind diese Gesetze sein glänzendes Kleid, das ihn deckt, und muß er es lüften, daß wir ihn selber schauen?“ Daneben ergibt sich für Stifter eine ästhetische Perspektive: „Könnte man nicht auch durch Gleichzeitigkeit und Aufeinanderfolge von Lichtern und Farben eben so gut eine Musik für das Auge wie durch Töne für das Ohr ersinnen?“

1842

Im Frühjahr bezieht das Ehepaar Stifter eine Wohnung im Haus Seitenstettengasse Nr. 2 (I. Wiener Bezirk), die es bis zur Übersiedlung nach Linz 1848 beibehält. Der Journalist und Schriftsteller Friedrich Uhl (1825–1906) erinnert sich: „Stifter bewohnte zwei Zimmer und einen kleinen Raum. In dem mittleren Gemache befand sich sein Schreibtisch. Hier empfing er auch Besuche. Auf dem Schreibtisch lag eine hohe Schicht weißen gleichmäßig geschnittenen Papiers und alles, was man zum Schreiben bedarf. Gestört wurde der Blick von außen nicht. Denn gegenüber lag wieder ein hoch aufgeschichtetes Haus, und nur teilweise ruhte Stifters Blick auf einem kleinen Bilde, welches die linke Fenstermauer schmückte. Es war eine Landschaft mit einem großen Vollmond, der fast etwas zu rot aufgegangen war. Von anderen Bildern Stifters hatte ich in der Wohnung keines gesehen. Der Hausrat wurde allmählich schöner und wertvoller, schließlich waren die Möbel des Schlafzimmers aus Nußholz, die des Wohn- und Empfangzimmers aus Mahagoni.“

Von der Plattform des benachbarten „Kornhäuslturms“ am Fleischmarkt Nr. 2 aus beobachtet Stifter am 8. Juli die totale Sonnenfinsternis. Sein Bericht *Die Sonnenfinsterniß am 8. July 1842* erscheint in der „Wiener Zeitschrift ...“. Eine neue Verdienstquelle erschließt sich für Stifter als Vorleser, und zwar im Dienst der Fürstin Anna Maria Schwarzenberg (1767–1848), der Witwe des Feldmarschalls Karl Philipp Fürst zu Schwarzenberg (1771–1820), des Oberbefehlshabers der 1813 gegen Frankreich Verbündeten. Seine Kollegin als Vorleserin ist die Schriftstellerin Betty Paoli (eigentl. Barbara Elisabeth Glück, 1814 bis 1894), mit der Stifter eine enge Freundschaft verbindet.

„Iris. Taschenbuch für das Jahr 1843“ enthält die Erzählung *Die Narrenburg* um den jungen Naturforscher Heinrich, der sich schließlich als Nachkomme des angeblich ausgestorbenen Geschlechts der Rothensteins erweist und in deren Burg einzieht. Die Gegenwelt bilden die Bewohner und Gäste des Wirtshauses „Zur grünen Fichtau“ am Fuße der Burg. Diese beiden Bereiche, zwischen denen Heinrich nicht zuletzt durch seine Ehe mit der Gastwirtstochter Anna vermittelt, repräsentieren den Gegensatz zwischen geschichtlicher Fatalität und einem der gesellschaftlichen Entwicklung weitgehend enthobenen Naturzustand.

Bei der Wiener Akademie-Ausstellung und anschließend im Pester Kunstverein ist Stifter mit dem Gemälde *Felspartie* vertreten.

Von dem nach seinem Erbauer Josef Kornhäusel benannten Turm aus beobachtet Stifter die totale Sonnenfinsternis am 8. Juli 1842. Der Turm gehört zum Gebäudekomplex Seitenstettengasse Nr. 2 (Foto unten), in dessen viertem Stockwerk das Ehepaar Stifter von 1842 bis 1848 zwei Zimmer mit Küche bewohnt. Die Einrichtung belastet das Budget: „... ferner ziehen mir die Studien manche Besuche zu, und meiner Frau zu Liebe, die doch auch gerne die Gäste zu einem schönen Sofa führt, habe ich derlei Zeug angeschafft, daher ich heuer viel gebraucht habe" (an Gustav Heckenast im Brief vom 25. Dezember 1844).

1871.

Das in seiner Gestaltung eher bescheidene Blatt zeigt – als eine der Wiener Attraktionen – das „Silberne Kaffeehaus" in der Plankengasse. Zu den hier versammelten prominenten Stammgästen gehören (als dritter von links) der Schriftsteller Ignaz Franz Castelli (1781–1862) und, nach rechts anschließend, der k. k. Hofballmusikdirektor Johann Strauß (Vater, 1804 bis 1849), der Komponist Joseph Franz Karl Lanner (1801–1843) sowie, sitzend deklamierend, Ferdinand Raimund (1790–1836). Stifters anfänglich distanziertes Verhältnis zu den volkstümlichen Wiener Größen und deren Milieu läßt sich aus einer Bemerkung in „Leben und Haushalt dreier Wienerstudenten" (entstanden im August 1841) ablesen: „. . . durch Kot und Sturm wurde in ein fernes Vorstadt-Kaffeehaus gewatet, weil sie [die Studenten Franz Xaver Pfeiffer, Urban Schmidt und Heinrich Quirin alias Stifter, Franz Xaver Schiffler und Anton Mugerauer] dort die Honoratioren waren, was ihnen sonst nirgends gelang." Die ersten schriftstellerischen Erfolge sowie die Beziehung zu dem einflußreichen Redakteur Friedrich Witthauer (1793 bis 1846) machen jedoch auch Stifter zu einem respektierten Kaffeehausgast. Sein eigentliches gesellschaftliches Ziel ist aber die Teilnahme an den gehobenen „Salons", über die er in den 1843 entstandenen „Wiener Salonszenen" aus eigener Anschauung berichten kann. Einleitend bemerkt Stifter: „. . . Man fürchte sich aber nicht, daß ich, wie ein verwilderter, bärtiger Musensohn über die Salone herfalle und sie in die Pfanne hauen werde – per parenthesin: ich habe am meisten über Hof-, Zirkel- und Salonleben von Menschen schimpfen gehört, die nie bei Hofe, in Zirkeln und Salons waren – sondern ich werde harmlos sagen, wie es in diesem oder jenem Salon aussieht, welch ein Bild er biete, und wie es sich dort bewege" – beispielsweise im Salon der Freifrau Pereira.

1843 In seinem Beitrag *Wiener Salonszenen* zu „Wien und die Wiener in Bildern aus dem Leben" (1844) schildert Stifter die Adelsgesellschaft aus eigener Anschauung, beispielsweise den Salon der Henriette Freifrau von Pereira, geb. Arnstein (1780–1859), in dem Franz Grillparzer (1791–1872), der Lustspieldichter Eduard von Bauernfeld (1802–1890) und der Orientalist Joseph Freiherr von Hammer-Purgstall (1774–1856) verkehren.

In diesem Jahr tritt Stifter in den Dienst des Staatskanzlers Metternich, dessen Sohn Richard (1829–1895) er bis 1846 als Privatlehrer unterrichtet. Wir können mit Sicherheit davon ausgehen, daß Metternich sich zuvor von der politischen Unbedenklichkeit des Schriftstellers und Pädagogen Stifter überzeugt hat – Konflikte mit der Zensur wie etwa Grillparzer hat Stifter weder jetzt noch später auszutragen.

Der „Österreichische Novellenalmanach" enthält die Erzählung *Abdias*. Die Titelgestalt, Sohn eines jüdischen Händlers, wächst in Nordafrika in den Ruinen einer ehemaligen Römerstadt auf; Abdias beendet sein Leben in den böhmischen Wäldern. Es ist geprägt von dem äußeren Anschein nach zufälligen tragischen und beglückenden Ereignissen, die den Leser nach Stifters Absicht „hineinlocken" in ein „düsteres Grübeln ... über Vorsicht, Schicksal und letzten Grund der Dinge".

Das in Wien erscheinende „Denke mein. Taschenbuch für das Jahr 1844" enthält die Erzählung *Brigitta*. Im Mittelpunkt stehen die äußerlich benachteiligte Brigitta und der weltgewandte Stephan Murai, der sie – von ihrer Forderung unbedingter, höherer Liebe angereizt – zu seiner Frau macht. Von Murai verlassen, widmet sich Brigitta mit ihrem Sohn der Kultivierung eines öden Landstrichs und gelangt schließlich mit ihrem nach langer Zeit zurückgekehrten Mann zu einer neuen, geläuterten Beziehung. Das „Sonntagsblatt" enthält in seiner Ausgabe vom 26. November die folgende Besprechung: „Die Erfindung, die sich besser auf innere Zustände als auf äußere Begebenheiten versteht, ist originell; poetisch angeschaute echte Menschen bilden die Staffage seiner ganz eigentümlichen Landschaftsschilderungen, und man glaubt oft die Gefühls- und Gedankenschmiede sprühend und hämmernd zu sehen. Einige Unwahrscheinlichkeiten sind nur äußerlich, und helfen ein innerlich wahres Ganzes gestalten, umgekehrt wie bei den Franzosen, wo innere Lügen äußerliche Effekte spiegeln müssen. Stifter ist in seinen Novellen, was wir nur von Tieck, Fouqué, Brentano, Kleist sagen können – ein Dichter."

Die „Wiener Zeitschrift" enthält *Wirkungen eines weißen Mantels* (in den *Bunten Steinen* 1853 unter dem Titel *Bergmilch*).

Unterdessen ist Stifter damit beschäftigt, die bisher erschienenen Erzählungen für eine gesammelte Neuveröffentlichung zu bearbeiten; der Titel der Sammlung ist *Studien*. In der 1843 datierten *Vorrede* nennt er als Ziele:

„In beifolgenden Versuchen wird dem Publikum eine Sammlung loser Blätter vorgelegt, die sich zu verschiedenen Zeiten von meinem Schreibtische verloren hatten. Es lag eigentlich nie in meiner Absicht, als Schriftsteller aufzutreten, sondern wie die meisten Menschen eine Lieblingsspielerei haben, der sie sich zur Erheiterung hingeben, so liebte ich es, an gegönnten Stunden mich in Bildern und Vorstellungen zu ergehen, wie sie eben der Gemütslage zusagten, und solche Dinge zu Papiere zu bringen: allein wie es mit jeder Liebhaberei geht, daß man sie nämlich immer weiter treibt, so ging es auch hier. Die Zeit am Schreibtische ward endlich die liebste und gewünschteste, und wie jede heimliche Liebe zuletzt eine offene wird, wird es auch die Schriftstellerei – und ist man einmal so weit, daß man mehrere zerstreute Blätter in den Händen des Publikums weiß, so ist der Schritt ein ganz leichter, daß man sie sammelt und ein Buch daraus macht, ob mit Recht oder Unrecht, weiß ja der Verfasser selber nie, da er aus seinen Arbeiten zuletzt doch immer nur das Gewollte herauslieset, nicht das Gewirkte. Auf diese Weise entstanden folgende Bände, und auf diese Weise wünscht der Verfasser, daß man ihr Erscheinen entschuldige.

Auf eine vorteilhafte Zusammenstellung der Arbeiten habe ich nicht gesonnen, sondern ich ließ sie so folgen, wie sie entstanden sind, daß sich dem, der das Buch seiner Durchsicht würdigt, zeige, ob ein Fortschritt zu bemerken sei, oder nicht. Die Fehler, welche mir durch zugekommene Urteile bekannt geworden sind, habe ich, so weit ich sie einsah, zu verbessern gesucht, da ich den ganzen Stoff umarbeitete, – die andern, die ich nicht einsah, oder deren

Vermeidung außer den Grenzen meiner Kräfte lag, sind freilich stehen geblieben. Auf Schriftstellertum macht das Vorliegende keinen Anspruch, sondern sein Wunsch ist nur, einzelnen Menschen, die ungefähr so denken und fühlen wie ich, eine heitere Stunde zu machen, die dann vielleicht weiter wirkt, und irgend ein sittlich Schönes fördern hilft. Ist dies gelungen, dann ist der Zweck dieser Blätter erreicht, und sie mögen vergessen werden – ist doch selbst die glänzendste Tat der Gegenwart eigentlich nur ein Baugerüste der Zukunft, und wird abgebrochen, so wie diese Zukunft fertig ist – aber eben darum geht auch nicht das kleinste Körnchen verloren, das in der Gegenwart ein wahrhaft Gutes setzt; denn der ganze Bau der Ewigkeit ruht mit auf diesem Körnchen.
Und möchten die vorliegenden Schriften nur die kleinsten aus solchen kleinen Körnchen enthalten, dann bereut der Verfasser nicht die Zeit, die er auf ihre Abfassung verwendet, und nicht die Gefühle, womit ihn Gott während der Arbeit belohnt hat."

Der folgende Abschnitt aus Stifters Brief an Heckenast vom 8. Dezember ist die erste der in den folgenden Jahren immer wiederkehrenden Bitten um finanzielle Unterstützung in Form von Vorschüssen: „Am Schlusse hinkt noch eine Bitte nach, die mir freilich sehr unangenehm ist, aber erfüllen Sie dieselbe auch nur, wenn es sehr leicht sein kann, nämlich senden Sie mir auf Rechnung der *Studien* 50 fl; ich stehe sehr darauf an. Ich weiß nicht, wie man es bei M[etternich] mit mir hält, aber zu der Zeit, wo es sein sollte, und ich darauf rechnete, bin ich nicht ausgezahlt worden und es sind nun schon 14 Tage darüber. Daß ich darüber nichts sage, versteht sich von selbst, aber ich leide darunter, und wende mich daher an Sie. Gewissermaßen sind ja die *Studien* selber daran schuld, da ich seit meiner Zurückkunft sonst gar nichts vornahm, ja sogar alle bestellte Malerei liegen ließ."

1844

Zu den bemerkenswertesten, da zur politischen Auseinandersetzung herausfordernden Überlegungen Stifters gehört der Plan eines Romans über Maximilien de Robespierre (1758–1794). Die Gründe für das Scheitern des Projekts deuten Stifters Bemerkungen im Brief an Heckenast vom 17. Juli an: „Der letzte Stoff ist so schön und hinreißend, daß ich oft selber beim Lesen von Memoiren und beim Notizenmachen in einen Schauer komme, und das Gewicht jener furchtbaren Zeit fühle. Hätte ich Muße, ich würde mich sogleich nieder setzen, und diesen Stoff in jener einfachen, quaderartigen Größe hinzuwerfen versuchen, wie er es verdient. Ich glaube zwischen 2 und 3 Jahren fertig zu sein. Gelingt es, so muß gerade ein solches Werk großes Aufsehen machen. Im Verbrechen und in seinem Sturze trotz aller übermenschlicher Kraft (wie sie oft in Danton sichtbar wird) liegt eine erschütternde moralische Größe, und der Weltgeist schaut uns mit den ernstesten Augen an – wie schön müssen neben diesen Männern einfach schöne, sittliche Frauencharaktere stehen?"

Allein schon ein Blick auf Georg Büchners Drama „Dantons Tod" (1835) läßt erkennen, daß die von Stifter angedeutete Konzeption keinen angemessenen Zugang zur sozialgeschichtlichen Problematik des Stoffes enthält; andererseits bleibt der Versuch beachtlich, die Gestalt Robespierres nicht als den „Bluthund" zu verdammen.

In einem Aufsatz des „Grenzboten" heißt es über Stifter als vollkommen apolitischen Schriftsteller: „Nie drängte es ihn, die melodische Stimme seiner Poesie in das Gewirr der Zeitkämpfe tönen zu lassen, drum ward ihm auch nie der Schmerz, daß ihm wäre Schweigen geboten worden. Die Kerkerstäbe, an welchen die Einen rütteln und die Andern lecken, wie treue Hunde oder gefangene Schafe, kam er nie in die Lage kennenzulernen oder in die Versuchung wegzuwünschen."

Bei Heckenast erscheinen die ersten beiden Bände der *Studien* mit der jeweils überarbeiteten Fassung von *Der Condor, Feldblumen, Das Haidedorf, Der Hochwald, Die Narrenburg.* In der „Wiener Zeitschrift ..." veröffentlicht Stifter die Erzählung *Die drei Schmiede ihres Schicksals,* in „Iris. Taschenbuch für das Jahr 1845" die Erzählung *Der Hagestolz.*

Karl Ernst Jarcke (1801–1852), ehemals Professor für Strafrecht in Berlin, 1824 zum Katholizismus konvertiert, 1832 nach Wien berufen, 1838 Mitbegründer der „Historisch-politischen Blätter für das katholische Deutschland", bemerkt in seinem Brief vom 15. Dezember an Joseph von Eichendorff (1788 bis 1857), der in diesem Jahr aus dem preußischen

Staatsdienst ausgeschieden ist und sich auf Anregung Jarckes mit literarhistorischen Arbeiten beschäftigt: „Ad vocem: Natur muß ich Sie auf ein eben aufgehendes . . . Gestirn erster Größe an unserem deutschen Novellenhimmel aufmerksam machen. Selbiges heißt Adalbert Stifter und seine gesammelten Novellen sind unter dem Titel: *Studien* vor kurzem in zwei Bänden erschienen . . . dieser Stifter hat mich erfreut, ungefähr wie ein frischer, kühler Quell den müden Wanderer in der Sahara ergötzen würde . . . Von Tendenz- und Kontroverspoesie (die ich, mit Einschluß der katholischen, auch nicht mag!) ist keine Spur in diesen Stifterschen Novellen."

1845 Die „Österreichischen Blätter für Literatur und Kunst" enthalten in der Ausgabe vom Januar die folgende Rezension der *Studien:* „Jeder wahrhaft gebildete Leser, der eine oder die andere Erzählung des Verfassers bisher kennen gelernt, wird mit Freude die Erscheinung dieser Sammlung begrüßen . . . Seine hie und da zerstreuten Aufsätze bewiesen, wie er seine geniale Auffassung und einen hohen Grundgedanken in vollendet schöne Form zu kleiden weiß, wie er den Blick des Dichters und Künstlers auf die Natur, den des liebevollen Seelenforschers in die Tiefe des menschlichen Herzens wirft, beides mit Meisterhand schildert, wirkliche und harmonische Farben gebrauchend, und mit ursprünglicher, Manier und gesuchten Effekt nicht kennender Frische des Gemütes das rein Menschliche edel und treu wiedergebend, wie er es empfunden . . . Die Stellen über die Erziehung unserer Töchter mögen es wohl sein, nach welchen man in dem Verfasser einen ‚Kämpfer gegen gewisse soziale Verhältnisse' erblickte, und ihm Tendenzen unterschob, welche er, wenigstens als unmittelbaren Zweck, wahrlich nicht verfolgt. Niemand ist weniger Polemiker als er . . . Die meisten verstehen bloß die Frakturschrift im Buche der Schöpfung, die Staubbäche und Eismeere zu fassen und übersehen die kleine Perlenschrift auf Wiesenblumen und Schmetterlingsflügeln . . . Die herrliche Sprache der Novelle veranlaßt uns nochmals, auf ein Wort der Vorrede zurückzukommen, womit der Verfasser den Wunsch andeutet, zu vernehmen, ob ein Fortschritt in seinen Werken bemerkbar. Wir können unter Fortschritt hier nur das reichere, vollere Entfalten einer schon im Keime edlen Pflanze verstehen, das weitere Enthüllen eines schon vorhandenen Schatzes, von welchem uns in jeder Erzählung ein anderes echtes Juwel zugezählt wird . . . Wir können bei Betrachtung dieser Novelle nicht umhin, der bedauernden Stimmen zu gedenken, die sich darüber erhoben, daß der Verfasser ‚durch gewisse Verhältnisse beengt, sich als Gegenstände der Darstellung nichts anderes wählen konnte, als die Natur und Charaktere'. Wir wollen hoffen, daß dieses reine, wenn auch minder gelungene Ironie sei! Es scheint auch, daß er bisher aus diesem ewigen Stoffe der unendlichen Schöpfung und des erhabensten sterblichen Wesens darin doch etwas zu machen gewußt, und der Verfasser des Hochwaldes mag sich vielleicht damit befriedigter fühlen, als wenn er so glücklich wäre, als Flügelmann die Schwenkungen einer politischen Partei zu befehligen."

Im Hinblick auf die oben zitierten Bemerkungen im „Grenzboten" schreibt Stifter im Brief vom 9. Januar an Heckenast: „Die Grenzboten widmen meinem Namen einen eigenen Artikel, und es stehen Dinge darinnen, die ich selber keineswegs unterschreiben kann. Das junge Deutschland habe ich am meisten gefürchtet, indem ich mit einer Schattierung desselben, die Tagesfragen, und Tagesempfindungen in die schöne Litteratur zu mischen, ganz und gar nicht einverstanden bin, sondern im Gegenteile meine, daß das Schöne gar keinen andern Zweck habe, als schön zu sein, und daß man Politik nicht in Versen und Deklamationen

„Alte Ulmen im Prater"; Ölgemälde (Format 31,7×25,9 cm) von Ferdinand Georg Waldmüller (1793–1865) aus dem Jahr 1831 (Kunsthalle in Hamburg). Waldmüller lehrt von 1829 bis 1857 an der Wiener Kunstakademie. Seine im Frühwerk vorherrschenden Naturschilderungen gehören einem gleichsam rationalen Realismus an. Kennzeichnend hierfür ist die Verwendung der „Camera lucida", durch die ein in der Natur anvisierter Ausschnitt auf eine Mattscheibe projiziert wird. Dieses mechanische Hilfsmittel, das vor allem der Umsetzung räumlicher Erscheinungen in Flächenwerte dient, ist zugleich das Symptom einer Abkehr von der romantischen, aus der subjektiven Empfindung heraus gestalteten Naturdarstellung. Stifters Weg als Maler zielt dagegen auf eine höhere Verbindung zwischen Wahrnehmung und Empfindung in Gestalt symbolischer Landschaften, in denen elementare Naturerscheinungen und Gemütsbewegungen sichtbar werden (vgl. S. 87).

macht, sondern durch wissenschaftliche Staatsbildung, die man sich vorher aneignet, und durch zeitbewußte Taten, die man nachher setzt, seien sie in Schrift, Wort, oder Werk. Solche Taten dann, die aus der Wärme des Herzens und aus der Competenz des Kopfes hervorgehn, werden *jederzeit* ein Gutes stiften wenn sie auch ohne sichtbare unmittelbare Folge bleiben. Ich nenne *Friedrich List.* Ist er durch nationalökonomische Gedichte eine Autorität geworden? oder weil er fest in der Sache drinnen steht, und sie mit Gründen packt? Ferner: ist er die Autorität geworden, (den Engländern gegenüber fast die sechste Großmacht) weil alles *befolgt* wurde, was er sagte? Nein. Wie manches ist fruchtbringend geworden, bloß, weil er es sagte. Es hat in anderer Art, wenn auch nicht befolgt, weiter gewirkt und ein Gutes gefördert. Auf die *Qualität* des Gesagten kömmt es hiebei freilich an, und diese Qualität wird durch ledigen Enthusiasmus nicht hervorgebracht, sondern durch sehr viele Arbeit, die sich mit dem Enthusiasmus verbinden muß. Solche Taten wirken dann, ob sie der Opposition angehören, oder nicht; denn ich kann mir wenige Menschen denken, die dem Vaterlande schlechthin übel wollen; sie differieren daher bloß über die Güte der Mit-

„Die Gutwasserkapelle bei Oberplan"; Bleistiftzeichnung von Stifter (Format 22,4×29,6 cm; Stifter-Gesellschaft in Wien), entstanden am 3. September 1845 während eines Besuchs des Ehepaares Stifter in Oberplan. In der kurz zuvor vollendeten Erzählung „Der beschriebene Tännling" wird das 1777–1779 anstelle einer hölzernen Gnadenkapelle errichtete Gebäude, das Stifter von seiner Jugendzeit her vertraut ist, in folgender Weise beschrieben: „... Wieder nicht weit von den Häuschen, so daß man etwa mit zwei Steinwürfen hinreichen könnte, steht ein Kirchlein. Es ist das Gnadenkirchlein der schmerzhaften Mutter Gottes zum guten Wasser, weil ein Bildnis der heiligen Jungfrau mit den Schwertern des Schmerzes auf dem Hochaltare steht. Zwischen Oberplan und dem Kirchlein ist ein junger Weg mit jungen Bäumen an den Seiten, so wie von dem Kirchlein zu den Brunnenhäuschen ein breiter Sandweg mit alten, schattigen Linden ist ... Das Türmchen mit den hell klingenden Glocken steht gegen Sonnenaufgang, die Mauern sind weiß, nur daß sie an den Simsen und Fenstern hochgelbe Streifen haben, die langen Fenster schauen alle gegen Mittag, daß eine freundliche Helle ist, und an schönen Tagen sich der Sonnenschein über die Kirchenstühle legt. Das Gnadenbild befindet sich auf dem Hochaltare, so daß, wenn am Morgen die Sonne aufgeht, ein lichter Schein um sein Haupt ist."

tel, und da liegt die Schuld im Verstehen oder in der obbenannten mehr oder minder getanen Arbeit, die das Verstehen vermittelt. Ich habe viele Jahre Staatswissenschaften getrieben, lese immerdar politische Journale, und es wäre in der Tat seltsam, wenn ein Mensch mit Gefühl, (das ich mir zutraue) da ohne Partei zu nehmen, bliebe, nur ist er stark genug, nicht in das, wo er die Schönheit Gottes und der Welt darstellen will, seine Ansichten über den Zollverein einmischen zu müssen. Vielleicht kann ich einmal mit den bißchen Kenntnissen über Staatswesen, die ich gesammelt, meinem Vaterlande nützen, aber ich gehöre nicht zu denjenigen, die sich stets berufen glauben, auch nicht zu denen, die der Weltschmerz frißt, und nicht zu denen, die, wo sie sehen, daß ein Kind noch keine Zähne hat, die Zange nehmen, um denselben hervor zu helfen."

Gemeinsam mit Amalie unternimmt Stifter eine Reise nach Friedberg, Oberplan und ins Salzkammergut. Hier trifft er in Hallstatt mit dem Geographen und Geologen Friedrich Simony (1813–1896, er lehrt ab 1851 an der Wiener Universität) zusammen, den er schon im Hause Metternich kennengelernt hat. In seinem für Emil Kuh (1828–1876) und dessen Doppelbiographie: „Zwei Dichter Österreichs: Franz Grillparzer – Adalbert Stifter" (1872) verfaßten Bericht „Verkehr mit Stifter" schildert Simony die Anregungen zu der Erzählung *Der heilige Abend* (in den *Bunten Steinen* unter dem Titel *Bergkristall*): „Was ich früher nur mittelbar aus den Gesprächen und Schriften Stifters entnommen hatte, trat jetzt in voller Lebendigkeit vor mich – es war die zweifache Richtung seiner Naturanschauung. Im Vordergrunde stand die rein künstlerische Erfassung der Landschaftsobjekte bis in ihr innerstes Detail; neben dieser machte sich aber auch wieder die Neigung und das Bestreben merkbar, das Gesehene, so oft sich nur Gelegenheit bot, wissenschaftlich zu erörtern. Mit einem in gleichem Grade sonst nur bei vollendeten Malern entwickelten Blicke vermochte Stifter jede halbwegs beachtenswerte Einzelheit der Landschaft alsogleich herauszufinden und sich zu eigen zu machen. Noch sehe ich ihn vor mir, wie er vor der bekannten schönen Felsengruppe hinter der Echermühle [bei Hallstatt] plötzlich Halt machte und dieselbe nun mit Worten abzuzeichnen und zu malen begann und so lange mit der Sprecharbeit fortfuhr, bis eine allerliebste Skizze in seiner Gedächtnismappe fertig saß. – ‚Nichts fehlt zu dem Bilde, als eine passende Staffage', schloß mein Begleiter und – als hätte eine freundliche Waldfee sich beeilt, seinen Wunsch zu erfüllen – im nächsten Augenblicke tauchte ein pausbäckiges, freundlich blickendes Kinderpaar, mit riesigen Filzhüten auf den kleinen Köpfen und mit regendurchtränkten Grastüchern auf dem Rücken, hinter den Steinblöcken hervor, uns Erdbeeren zum Kaufe anbietend. Stifter ging auch alsogleich auf den Handel ein, mit dem Bedeuten, daß die Kinder sich mit uns unter den nahen Bretterschoppen verfügen, die Erdbeeren selbst essen und uns erzählen sollen, von wo sie kämen und wo sie während des Wetters gewesen seien. Sie waren am Morgen nach der Wiesalpe gegangen, um dem ‚Ähndl' (Großvater) von der Mutter ‚Kost' zu bringen, dann sammelten sie Erdbeeren im Holzschlag am Ursprungkogel, wie aber das Wetter gar so ‚garstig getan' habe, seien sie hinter einen ‚Palfen' (überhängenden Fels) gekrochen, bis es nicht mehr donnerte . . ."

Hinzu kommt die Durchsicht von Skizzen Simonys: „Hatte sich Stifter vorher als orientiert in den naturhistorischen Gebieten gezeigt, so schien er jetzt erst recht in sein eigentliches Fahrwasser zu geraten. Eingehend verfolgte er Strich um Strich in jeder neuen Zeichnung, er vermochte förmlich zwischen den Linien zu lesen und das oft kaum leise Angedeutete in seiner Vorstellung oft förmlich zu verkörpern. Mit ganz besonderem Interesse aber betrachtete er lange ein ziemlich treu gemaltes Bild jener Gletscherhöhle [am Dachstein], von welcher ich ihm tags zuvor erzählt hatte. Plötzlich sagte er: ‚Ich habe mir jetzt das Kinderpaar von gestern in diesen blauen Eisdom versetzt gedacht; welch ein Gegensatz wäre dies liebliche, aufknospende, frisch pulsierende Menschenleben zu der grauenhaft prächtigen, starren todeskalten Umrahmung!' "

Der heilige Abend erscheint in der Wiener Zeitschrift „Die Gegenwart". Weitere Veröffentlichungen dieses Jahres sind die Erzählungen *Die Barmherzigkeit* (in der „Wiener Zeitschrift . . ."), *Die Schwestern* (in „Iris. Taschenbuch für das Jahr 1846") und *Der Waldsteig* (im Linzer „Obderennsischen Jahrbuch für Literatur und Landeskunde").

Der Publizist Heinrich Landesmann (Pseudonym Hieronymus Lorm, 1821–1902) berichtet in einem Brief an seinen Freund, den Dichter Moritz Hartmann (1821–1872): „Deinen Gruß an Stifter bringe ich ihm selbst, da ich ihn zuweilen besuche. Er wohnt wie ein Poet und scheint auch wie ein solcher zu leben. Eine Dachstube, die keine andere Aussicht zuläßt als auf den Himmel, an den Wänden Landschaften von ihm mit dem Pinsel statt mit der Feder, freilich nicht in gleicher Vortrefflichkeit gewählt . . . so wohnt und schreibt er, und wenn er müde, wartet seiner im Nebenzimmer eine junge, hübsche Frau, die er sehr liebt, obwohl sie eher spießbürgerlich als poesieempfänglich scheint. Dabei keine Kinder und nichts von sonstiger Misere, jede Zeile mit Geld und Ruhm bezahlt, und Muße und Muse, beides zu erwerben – der Mann kann sehr glücklich sein. Auch hab' ich nie einen Menschen gesehen, der so identisch wäre mit seinen Büchern, er lebt und ist und spricht, als wäre er nichts als eine Novelle, die er selber geschrieben; nur aussehen tut er nicht so, er ist breit, korpulent und gleicht einem bierliebenden Schustermeister. Ihn zu sprechen und zu lesen, ist fast dasselbe, fünf Minuten mit ihm sprechend streift auch der konventionellste Mensch alle unnötigen Formen augenblicklich ab und fühlt sich, eh' er weiß wie, auf den Höhen der eigenen Seele, von Lenz und Stilleben berauscht wie in den *Studien.* Dennoch ist es nicht angenehm, in einem Menschen nichts als eine Novelle zu finden, denn so abgeschlossen von der Zeit, ihren Tendenzen und den momentanen Strebungen der Menschheit wie seine Schriften ist er selbst . . . Nie wird er seine idyllische Hütte verlassen, um in Augenschein zu nehmen, was

Das Arbeitszimmer des Geologen Friedrich Simony (1813–1896), dargestellt in einer als „Stil(l)leben eines Naturforschers in Hallstatt" betitelten Zeichnung von Emanuel Stöckler (1819–1893) aus dem Jahr 1847 (Österreichische Nationalbibliothek in Wien). Stifter, der Simony in Wien im Hause Metternich kennengelernt hat, besucht ihn im Anschluß an den Oberplaner Aufenthalt 1845 in Hallstatt (vgl. S. 236 ff).

„Flußenge" („Die Teufelsmauer bei Hohenfurth"); Ölgemälde von Stifter (Format 23,6×29 cm; Oberösterreichisches Landesmuseum in Linz) aus dem Jahr 1845, entstanden für die Brüder Albert und Alois Kaindl, Lederfabrikanten in Linz. In der Erzählung „Der Waldgänger" (erschienen 1846 in der „Iris" für 1847) findet sich die folgende Schilderung der „Teufelsmauer" (vgl. Bild und Legende S. 10): „. . . Zerschlagene, zertrümmerte Steine liegen umher, ein mächtiger Felsenbau erhebt sich und trägt die graue Brust aus dem ringsum liegenden Reich der Zerstörung empor, einzelne gelichtete Stämme stehen, und zwischen ihnen kömmt das unsägliche Rauschen herüber. Das Rinnsal ist sehr verengert, die Moldau muß über tausend Steine hinüber, sie führt Baumstämme herbei, klemmt sie zwischen die Felsen, stellt sie auf, strickt sie ineinander, und muß durch, sie muß auf dem mächtigen braunen Baue der Felsen ausweichen, sie muß um ihn herum und braust und ächzt wie ein lebendiges Wesen, das aus einer ängstlichen, gefahrvollen Lage mit aller seiner Arbeit heraus will." Voraus geht eine Bemerkung, die der malerischen Gestaltung am nächsten kommt, daß nämlich hier, in einer „Gesellschaft von Felsen", der „Stein sich mehrt und endlich allein in großer Fülle die Herrschaft führt".

außer ihr steht und zu ungestalt und unpassend ist, um von selbst zu ihm einzutreten. Mit dem Radikalismus erklärt er sich nicht einverstanden, weil er das Gewaltsame haßt. Als ich ihm erwiderte, daß der Radikalismus nicht das Gewaltsame sei, sondern nur ein unwillkürlicher Schrei, den das Gewaltsame hervorbringt, daß, wenn er das Gewaltsame wäre, der Druck längst aufgehört hätte, schwieg mein lieber Stifter und dachte wahrscheinlich an *Die Mappe des Urgroßvaters,* die er jetzt bearbeitet."

1846 Joseph von Eichendorff, der sich von September an mit seiner Familie auf Einladung von Karl Ernst Jarcke für mehrere Monate in Wien aufhält und hierbei Stifters persönliche Bekanntschaft macht, veröffentlicht in den „Historisch-politischen Blättern" seine wohl im Winter 1845/1846 verfaßte Abhandlung „Zur Geschichte der neuern romantischen Poesie in Deutschland" (sie erscheint 1847 in erweiterter und bearbeiteter Fassung als selbständige Veröffentlichung unter dem Titel

„Über die ethische und religiöse Bedeutung der neueren romantischen Poesie in Deutschland"). Über Stifter schreibt Eichendorff:
„Tröstlich und als Pfand der Zukunft bedeutungsvoll ist es, unerwartet einem jungen Dichter zu begegnen, der den Mut hat, ein anderes Banner zu entfalten. Wir meinen Adalbert Stifter, dessen Novellen (*Studien,* Pesth 1844) sich eben durch das auszeichnen, was sie von der jetzigen Modeliteratur unterscheidet. Sie können und wollen sämtlich ihre romantische Abkunft nicht verleugnen, aber es ist eine der Schule entwachsene Romantik, welche das verbrauchte mittelalterliche Rüstzeug ablegt, die katholisierende Spielerei und mystische Überschwänglichkeit vergessen, und aus den Trümmern jener Schule nur die religiöse Weltansicht, die geistige Auffassung der Liebe und das innige Verständnis der Natur sich glücklich herübergerettet hat. Nicht eine Spur von moderner Zerrissenheit, von selbstgefälliger Frivolität, oder moralisch experimentierender Selbstquälerei ist in dieser gesunden Poesie. Die irdische Liebe, obgleich in kräftig sinnlicher Schönheit, erinnert überall an ihren himmlischen Ursprung; fromm, heiter und einfach hat sie ihren bunten Brautkranz auf den Zinnen der *Narrenburg* ausgehängt, während sie mit ihrer Wehmut den ganzen *Hochwald* wie ein tiefes Abendrot versenkt. Gebirg und Wald ist die rechte Heimat des wanderlustigen Dichters. Inmitten dieser Waldeinsamkeit ist er jedoch weit entfernt, die Gaben der modernen Kultur zu ignorieren, oder zu verschmähen. Aber sie soll sich einer höheren Weihe bewußt werden, die Heiligkeit der Phantasie, die unsere Erzieher eine Betrügerin nennen, nicht zerstören, nicht die Blumen ausraufen, um nützliches Heu daraus zu machen. Die Wissenschaft soll Schmuck des Herzens werden. Die Kunst ist ihm noch ein verklärender Strahl aus der unsichtbaren Welt.
Mit Eifer vindiziert er [in den *Feldblumen*] auch der modernen Frau das Gebiet der Kunst und Wissenschaft, auf daß sie lerne, ‚daß es ein Schaffen gibt, ein Erschaffen des eigenen Herzens, Bildung dieses schönen Kunststückes, Ansammlung und Eigenmachung der größten Gedanken, welche erhabene Sterbliche vor uns gedacht haben und uns als teures Erbstück hinterließen'. Nicht Häuslichkeit allein daher, noch selbst Vorbereitung und Erfüllung der Mutterpflicht schließen den Kreis des Weibes. Und dennoch aller mannstollen Emanzipation zum Trotz, weist er in der schönen Novelle *Der Condor* eine hohe Frau durch die Unzulänglichkeit der Weibesnatur meisterhaft in ihre natürlichen Kreise zurück.
Möchten diese wenigen Züge genügen, die schlanke, jugendlich frische Erscheinung der Stifterschen Dichtungen anzudeuten. So viel wenigstens dürfte daraus einleuchten, daß sie unbewußt und ohne alle Polemik einen hoffnungsreichen und, will's Gott, siegreichen Feldzug gegen die gegenwärtige Modeliteratur eröffnen: Gesundheit und Freudigkeit gegen blasierte Zerrissenheit, fromme Naturwahrheit gegen gespreizte Lüge, eine Poesie der Liebe gegen die Poesie des Hasses."
Das in Frankfurt am Main verlegte „Rheinische Taschenbuch auf das Jahr 1846" (es erscheint erst in dem betreffenden Jahr) enthält die Erzählung *Der beschriebene Tännling.* Der Titel bezieht sich auf eine uralte Tanne bei Oberplan, in deren Rinde Namen und Zeichen eingeritzt sind. Hier widerfährt dem mit der eitlen und leichtfertigen Hanna verheirateten Holzknecht Hanns ein Wunder, indem er von seiner Absicht, den Verführer seiner Frau zu töten, durch eine Erscheinung der Jungfrau Maria abgehalten wird.
Der in Wien erscheinende Sammelband „Moosrosen. Ein Kranz von Novellen, Erzählungen, Märchen und Gedichten" enthält von Stifter die Erzählung *Zuversicht.* Sie bildet einen winzigen Bruchteil aus dem *Robespierre*-Projekt und enthält in der Rahmenhandlung (einer Gesprächssituation in einem Salon) die programmatische Aussage: „. . . wir alle haben eine tigerartige Anlage, so wie wir eine himmlische haben, und wenn die tigerartige nicht geweckt wird, so meinen wir, sie sei gar nicht da, und es herrsche bloß die himmlische, darum beurteilen wir die Charaktere stürmender Zeiten so ganz unrecht, weil sie in einem kranken Zustand, z. B. des Fiebers, handelten; wir aber diese Voraussetzung in uns nicht finden, und daher ihren Handlungen unseren gesunden Zustand unterschieben, und sie also nicht begreifen."
Der erste Band der „Neuen Folge" von „Iris. Deutscher Almanach für 1847" enthält die autobiographisch gefärbte Erzählung *Der Waldgänger.*

Die Wiener Burgschauspielerin Julie Rettich-Gley (1809–1866), dargestellt in einem in Leipzig verlegten Stich von August Weger (1823–1892). 1831 wird ihr anstelle der erkrankten Sofie Müller die Rolle der Hero in Grillparzers Trauerspiel „Des Meeres und der Liebe Wellen" übertragen. Gegenüber dem Versuch, ihr den anfänglichen Mißerfolg des Stückes anzulasten, stellt der Schauspieler Heinrich Anschütz (1785–1865) in seinen Memoiren fest: „Auf der Hero, wie sie Julie Gley hingestellt hat, lag unnennbarer Zauber, bei allem Schmelz und aller Weihe weiblicher Jugend ..." 1838 verkörpert sie die Edrita in „Weh dem, der lügt!". (Grillparzer bemerkt später: „Die Rettich ist eine große Künstlerin, aber diese Rolle hat sie schlecht gegeben.") 1840 ist sie in der Titelrolle von Grillparzers „Libussa" zu sehen (zur Aufführung kommt der erste Akt im Rahmen einer Wohltätigkeitsveranstaltung). Die Freundschaft, die Stifter mit der Schauspielerin verbindet, überdauert die Jahrzehnte; ihre Gastspiele in Linz gehören zu den beglückenden Erlebnissen des alternden Schriftstellers. Um das für 1862 angekündigte Gastspiel nicht zu versäumen, trägt er seiner Frau am 18. Juni 1862 von Eferding aus auf: „Wenn Du erfahren kannst, wann die Rettich nach Linz kömmt, so schreibe es mir."

Adalbert Stifter, dargestellt in einem Aquarell von Moritz Michael Daffinger (1790–1849) aus dem Jahr 1846. Zu dieser Zeit ist Daffinger, der 1801 als Lehrling in die Wiener Porzellanfabrik und 1802 in die Akademie eingetreten ist, vor allem als Blumenmaler tätig; aus dem Jahr 1828 stammt sein Grillparzer-Bildnis. – Das rechts wiedergegebene Gemälde (im Besitz des Nationalmuseums in Stockholm) zeigt die „schwedische Nachtigall" Jenny Lind (1820–1887). Anfang des Jahres 1847 gastiert sie in Wien. Stifter lernt die Sängerin im Haus des Augenarztes Dr. Friedrich (von) Jäger (1784–1871) kennen. In einem Brief vom 1. März 1847 schreibt Stifter an Heckenast: „Was die Mappe [gemeint ist die als dritter Band der „Studien" erschienene zweite Fassung von „Die Mappe meines Urgroßvaters"] anlangt, so ist gewiß doch einiges Liebe und Freundliche darin; ich habe auf Aufforderung, doch auch einmal etwas von mir vorzulesen, den 2. und 3. Bogen bei Dr. Jäger gelesen, und es kam eine sehr schöne Wirkung zum Vorscheine. Jenny Lind, mit welcher ich bei Jäger oft zusammen komme, enthielt sich der Tränen nicht, trocknete sie anfangs mit ihrem Tuche, und ließ sie endlich reichlich aus ihren sprechenden und gefühlvollen Augen hervor dringen. Mir war der Beifall dieses im hohen Grade gefühlvollen Mädchens, dieser Künstlerin, welche das Schöne und das sittliche Maß selbst so entzückend darstellt, mehr wert, als tausend Beifallszeichen der Rezensenten, die leider oft gar einseitig und von einer eingebildeten Richtung befangen urteilen, und einem mit Lob nicht minder geißeln können, wie mit Tadel." Stifter bittet Heckenast um die vier Bände der ersten Fassung der „Mappe", die er Jenny Lind „schön gebunden als Erinnerung an unsere mannigfaltigen Unterredungen über Kunst, Poesie, Leben, Weiblichkeit etc. mitgeben möchte".

1847 Der Komponist Robert Schumann (1810–1856) und seine Ehefrau Clara (1819–1896) richten während eines Konzertaufenthaltes in Wien die folgende Einladung an Stifter: „So viel Musik erklingt aus Ihren Dichtungen, daß wir Sie, gewiß nicht mit Unrecht, für einen Freund auch unserer Kunst halten. Verzeihen Sie daher den Wunsch, von Ihnen gehört zu werden. Könnten wir Ihnen im Konzerte nur einen Teil der Freuden zurückgeben, die Sie uns verschafft, so wäre unser zweiter Wunsch erfüllt.“ In ihrem Tagebuch vermerkt Clara Schumann: „Auch Adalbert Stifter stellte sich ein, enttäuschte aber die Verehrer seiner Muse einigermaßen. Seine Persönlichkeit hatten sie sich ganz anders gedacht, er sieht nichts weniger als poetisch aus, und sein Dialekt klingt auch wenig dichterisch, daß er aber ein geistreicher Mensch ist, war wohl bei längerer Unterhaltung nicht zu verkennen.“

Wohl nicht zuletzt im Vertrauen auf seine Popularität versucht Stifter, sich durch öffentliche Vorlesungen zur Ästhetik eine neue Einnahmsquelle zu verschaffen. Dieser Versuch kann zugleich als ein früher Vorstoß in Richtung Erwachsenenbildung bewertet werden. In seiner Beilage (18. März) zu dem am 24. Februar bei der k. k. Polizei- und Zensurhofstelle eingereichten Gesuch führt Stifter aus:

„Da meine Vorträge nicht sowohl wissenschaftlich strenge sind, als vielmehr nur in Unterredungen bestehen, welche ich mit einer Auswahl meiner Freunde und Bekannten über die Natur und Wesenheit des Schönen halte, wobei vor allem auf allgemeine Verständlichkeit gesehen wird, und der Hauptzweck darin besteht, durch diese einfachen Vorträge das schlichte Sittliche als letzte Grundlage jedes Schönen festzustellen und in den größten Mustern verstorbener Meister nachzuweisen: so liegen diesen Unterredungen nicht wörtlich abgefaßte Hefte zu Grunde [diese waren zur Beurteilung angefordert worden], welche ich auch gar nicht besitze, sondern sie werden auf Grundlage zwanzigjähriger Studien und Beobachtungen gehalten, aus denen ich mir wohl selber Auszüge, Abschriften, Zusammenstellungen, und endlich eine Skizze meiner Vorträge gemacht habe, welche aber vorzugsweise nur als Hülfe für mein Gedächtnis und als Faden für die herzuhaltende Ordnung zu meinem eigenen Gebrauche dienen soll, und wegen Abkürzungen und bloßen Andeutungen, die sie enthält, schwerlich von Jemand andern, als mir, verstanden werden würde . . .

Als Beispiele, an denen das Schöne nachgewiesen wird, werden genommen: Ein Gesang Ilias, Antigone, Oedipus, etwas Allgemeines über griechische Skulptur, Aeneis (nur im Allgemeinen), Allgemeines über die Nibelungen, Wolfram Eschenbach, Walter von der Vogelweide (Allgemein), der Dom von St. Stephan in Wien. Gegenüber etwas über antike Tempel. Iphigenia von Göthe. Maria Stuart von Schiller. Makbeth, Hamlet, Lear von Shakespeare. Don Juan, Requiem von Mozart, A Symphonie und Fidelio von Beethoven, Schöpfung von Haidn.

Nach dem obigen Entwurfe und der Entwicklung des Schönheitsbegriffes ist jede Nebensache und jede andere Tendenz eines Kunstwerkes, als daß es schön sei, ausgeschlossen.“

Die Ablehnung erfolgt trotz insgesamt günstiger Beurteilungen einer am 18. März gehaltenen Probevorlesung *Über die geistigen Grundlagen, auf denen die Befähigung zum Künstler beruht* (beanstandet wird unter anderem, „daß H. Stifter die Vernunft das moralische Vermögen nannte, daß er die Phantasie nur als Reproductionsvermögen gelten ließ . . ., das Gefühl ganz mit Stillschweigen überging“) letztlich mit der Begründung, daß „außerordentliche Vorlesungen nur an der Universität, keinen Falls aber für beiderlei Geschlecht zugleich gehalten werden dürfen“.

Das Ehepaar Stifter nimmt die sechsjährige Juliane Mohaupt, das dritte Kind des halbinvaliden Bruders bzw. Schwagers Philipp Mohaupt, als Pflegetochter auf. Zu den Gründen mag die vor allem von Stifter schmerzlich empfundene Kinderlosigkeit gehören.

Aurelio Buddeus, Redakteur der in Augsburg erscheinenden „Allgemeinen Zeitung“, zu deren freien Mitarbeitern Heinrich Heine gehört, wendet sich an Stifter mit der Bitte, „von Zeit zu Zeit“ (so umreißt Stifter in seinem zustimmenden Antwortschreiben vom 21. August) „über künstlerische Leistungen, künstlerisches Leben etc. . . (im weitesten Sinne) von Österreich Nachricht“ zu geben. Auf die konkrete Anregung von Buddeus, über die Wiener Erfolge Friedrich Hebbels (1813–1863) zu berichten, geht Stifter mit krasser Ablehnung des

Dramatikers ein: „... was wie Kraft aussehen soll, aber in der Tat Schwäche ist: denn das Merkmal jeder Kraft ist Maß, Beherrschung, sittliche Organisierung. Daher seine Karaktere so erbärmlich schwache Menschen sind, und um so mehr, je mehr sie über sich selber bramarbasieren, wie Holofernes in Judith, der der größte Theaterhannswurst ist, der mir je vorgekommen." Stifter bezieht sich hier auf Hebbels 1840 in Berlin uraufgeführte, 1841 in Buchform erschienene Tragödie „Judith"; die erfolgreiche Wiener Erstaufführung am Burgtheater findet erst am 1. Februar 1849 statt, gefolgt von der am 13. März am Wiener Carl-Theater uraufgeführten Travestie „Judith und Holofernes" von Johann Nepomuk Nestroy (1801–1862).

Das eigene Kunstverständnis erläutert Stifter an Grillparzers Erzählung „Der arme Spielmann", die gemeinsam mit seiner Erzählung *Prokopus* in „Iris. Deutscher Almanach für 1848" erscheint: „Ich glaube nicht zu irren, wenn ich behaupte, daß diese kleine Erzählung – sie umfaßt ungefähr vier Bogen – ein Meisterwerk ist. Ungleich der neueren Art zu erzählen, nehmlich immer spannend geistreich und besonders sein zu wollen, schließt er sich vielmehr der älteren Schule an. Ganz schlicht und unscheinbar beginnt die Erzählung, nichts anders als die Sachen gebend: aber wenn man eine Weile gelesen hat, dann geht man in dem ruhigen gehaltenen und ich möchte sagen goldenem Strome fort. Diese Kraft, sich von jeder Manier fern zu halten, ist in unsern Tagen um so seltener, weil nicht bloß Maniriertheit Mode geworden ist, sondern weil es auch überhaupt sehr schwer ist, innerlich so groß zu sein, daß man diese Größe nur hingeben darf und der Wirkung auf tiefe Gemüter sicher sein kann. Die Unbedeutenheit, wenn sie einfach sein will, wird es nicht, sondern sie wird bloß leer. Mit diesem äußeren Vorzug der edlen Form, der in unserer Zeit wahrhaft eine Tugend genannt werden kann, verbindet sich aber auch als belebende Seele des schönen Körpers das, was die künstlerischste Wesenheit eines Werkes ausmacht, nehmlich alles das, weshalb wir die Seele des Menschen höher stellen, als jedes Ding dieser Erde, weshalb wir die Dinge schätzen, die Seele aber lieben müssen: Über scheinbar sehr ungefügige ja fast widerstrebende Verhältnisse ist ein solcher Duft eines Seelenlebens ausgegossen, daß man allmählich hinein gezogen wird, daß sich eine edle Rührung in unser Herz schleicht, und daß man am Schlusse die beruhigendeste sittliche Auflösung und eine lohnende Erhebung empfindet. In der Kindlichkeit dieser Dichtung liegt es wieder so klar, was uns aus den Schöpfungen der größten Künstler entgegentritt und was selber in der Unschuld und Majestät des Weltalls liegt, daß alle Kraft alle Begabung selbst der schärfste Verstand nichts ist gegenüber der Einfalt sittlicher Größe und Güte. Dieses letztere ist der höchste Glanz und die höchste Berechtigung des menschlichen Geschlechtes. Wenn es ein Dichter durch Zusammenstellung menschlicher Handlungen oder durch Darstellung eines menschlichen Charakters recht klar und recht einfach vor uns entstehen lassen kann, so hat er ein Meisterwerk geliefert, und bindet unser Herz mit goldnen Ketten an sein Werk. Kann er das nicht, so mag er die außerordentlichsten Begebenheiten zusammen stellen, er mag die verschiedensten Kräfte und Leidenschaften in uns aufregen, und es wird ihm doch nicht gelingen unser Herz mit Verehrung, Bewunderung und Liebe an sein Werk zu fesseln: die Schönheit der menschlichen Seele und die Wirkung seines Werkes werden immer weit auseinanderliegen: Daher kömmt die Erscheinung, daß uns ein Dichter mit ganz gewöhnlichen Ereignissen, die sich alle Tage zutragen, entzückt, und ein anderer mit den schauerlichsten Tatsachen und den seltsamlichsten Handlungen uns kaum berührt, oder gar widrig erkältet. Die einzige künstlerische Todsünde ist die gegen die ursprüngliche Gottähnlichkeit der menschlichen Seele. Freilich liegt auf der anderen Seite wieder der Fehler nahe, statt jene Ursprünglichkeit der Menschheit vor uns entstehen zu lassen, ein sittliches Wörterbuch oder Verhaltungsregeln zu geben, was ebenfalls kalt läßt, weil wir da nicht das einfache Sein eines menschlichen Geistes sehen, sondern die willkürlichen Abstractionen, die sich ein anderer daraus gemacht hat. Wenn sich jemand in diese sittliche Ursprünglichkeit und Einfalt nicht mehr finden kann, weil ihm das Verkehren mit dem bloß Stofflichen, mit den Mitteln, die ursprünglichen Zwecke verrückt hat, oder wenn jemanden diese Begabung überhaupt versagt ist, so wird ihm Grillparzers Dichtung nicht gefallen, ja sie muß ihm mißfal-

len weil so manche Kräfte des Helden gegenüber seiner Innerlichkeit in Unentwicklung oder seltsamer Zerwürfnis sind, was aber gerade für den Empfindenden den Reiz so unaussprechlich hold macht."

Stifters künstlerisches Credo in seinem Brief an Aurelio Buddeus ist zugleich die Leitlinie seiner Bearbeitung der früheren Publikationen für die *Studien,* deren Bände 3 und 4 erscheinen; sie enthalten die zweite Fassung der *Mappe meines Urgroßvaters* (die sogenannte *Studienmappe*) sowie *Abdias, Brigitta* und *Das alte Siegel.* „Austria. Österreichischer Universal-Kalender für 1848" (Wien) enthält die Erzählung *Der arme Wohltäter.*

1848 Das Verbot eines Reformbanketts durch die französische Regierung löst am 22. Februar in Paris eine bewaffnete Volkserhebung aus, die am 24. Februar zum Sturz des „Bürgerkönigs" Louis-Philippe (er flieht nach England) und zur Ausrufung der Republik führt. Weitaus nachhaltiger als 1830 geben die Ereignisse in Frankreich nun den Anstoß zu einer nahezu allgemeinen revolutionären Bewegung im Bereich des Deutschen Bundes, in Ungarn und Italien. Am 27. Februar werden in einer Volksversammlung im badischen Offenburg die Forderungen nach Pressefreiheit, Schwurgerichten, konstitutionellen Verfassungen in den Einzelstaaten des Deutschen Bundes aufgestellt; hinzu kommt – kennzeichnend für den zugleich liberal-demokratischen und nationalen Charakter der Revolution in Deutschland – die Forderung nach Einberufung eines deutschen Parlaments. Am 5. März laden in Heidelberg Mitglieder aus verschiedenen süddeutschen Landtagen Vertreter aus ganz Deutschland zu einer die Nationalversammlung vorbereitenden Versammlung ein. Am 6. März werden in Wien Petitionen und Entschließungen zweier bürgerlicher Vereinigungen eingereicht, am 12. März unterstützt durch studentische Kundgebungen mit den Forderungen nach Aufhebung der Zensur, öffentlichen Gerichtsverfahren und einer allgemeinen Volksvertretung. Am 13. März zwingt ein Aufstand Metternich zum Rücktritt als Staatskanzler und Mitregent; sein Domizil wird (vorübergehend) England.

Zwei Tage vor dem (ersten) Wiener Aufstand hat der „liebe Herr von Stifter" die folgende Einladung durch Antonie von Arneth (1790–1867) erhalten: „Ich habe geglaubt es würde Sie freuen, die Kaiserin Mutter einmal selbst sprechen und ihr danken zu können. Am Dienstag Abends um 6 Uhr erwartet sie Sie durch die Kammer. Sollte es Ihnen angenehm sein, noch vorerst mit mir darüber zu sprechen, so bin ich morgen von 9 bis 12 – von 3 bis 5 zu Hause, und Montags den ganzen Vormittag.

Clemens Lothar Wenzel Fürst von Metternich (1773–1859); die Abbildung zeigt das letzte erhaltene Foto des am 13. März 1848 zurückgetretenen Staatskanzlers. Der Hauslehrer Stifter, der Metternichs ältesten Sohn Richard (vgl. S. 111) unterrichtet, klagt in einem Brief vom 8. Dezember 1843 an Heckenast über ausstehendes Entgelt: „. . . Daß ich darüber nichts sage, versteht sich von selbst."

Ferdinand I. (1793–1875, Kaiser von Österreich ab 1835); Ausschnitt aus einem Gemälde von Friedrich von Amerling (1807–1887). „Er war nicht geisteskrank im eigentlichen Sinne, aber doch von so begrenzten Fähigkeiten des Geistes und des Willens, daß man ihn wohl als schwachsinnig bezeichnen muß" (Georg Stadtmüller). Die Regierung wird unter Ferdinand von einem vierköpfigen Kronrat unter maßgeblicher Beteiligung Metternichs geführt. Am 2. Dezember 1848 dankt der Kaiser in Olmütz ab; da sein Bruder Erzherzog Franz Karl auf sein Thronfolgerecht verzichtet, gelangt dessen achtzehnjähriger Sohn Franz Joseph auf den österreichischen Kaiserthron (vgl. S. 98/99).

„Die Verteilung von Waffen an Studenten vor dem Zeughaus in Wien am 13. März 1848" von Ferdinand Hofbauer (1801–1864). Die Märzrevolution wird in der Donaumonarchie durch eine Rede Ludwig Kossuths (1802–1894) vom 3. März 1848 eingeleitet, in der die Forderung nach einer konstitutionellen Verfassung für Ungarn enthalten ist (vgl. S. 76f). Am 6. März folgen in Wien Petitionen und Entschließungen des niederösterreichischen Gewerbevereins und des „Juridisch-Politischen Lesevereins", zweier bürgerlicher Vereinigungen, die Metternich als ungefährlich eingestuft und daher zugelassen hat. Studentische Kundgebungen am 12. März sind auf die Aufhebung der Zensur, die Öffentlichkeit der Gerichtsverfahren und eine allgemeine Volksvertretung gerichtet. Diese Forderungen liegen der österreichischen Ständevertretung vor, die am 13. März zusammentritt. Zum Aufstand kommt es, als gegen die ins Ständehaus eindringenden Demonstranten Militär eingesetzt wird. Der Rücktritt Metternichs scheint den Weg zu einer politischen Erneuerung freizugeben. Am 6. August konstituiert sich in Wien ein aus allgemeinen Wahlen hervorgegangener Reichstag mit dem Ziel, eine Verfassung auszuarbeiten, durch die auch die Frage der Nationalitäten gelöst werden soll. Das militärische Vorgehen gegen die um ihre Unabhängigkeit kämpfenden Ungarn löst im Oktober in Wien den zweiten Aufstand aus; der Reichstag wird nach Kremsier in die Sommerresidenz des Fürstbischofs von Olmütz verlegt. Unter dem Befehl von Feldmarschall Alfred Fürst zu Windischgrätz (1787–1862) wird der zweite Wiener Aufstand blutig niedergeschlagen; zu den Opfern gehört der Abgesandte der Frankfurter Nationalversammlung Robert Blum. Im März 1849 löst der neue Kaiser Franz Joseph I. den Reichstag auf und erläßt eine zentralistische Verfassung für das die gesamte Donaumonarchie umfassende „Kaisertum Österreich" mit absolutistischer, auf Heer und Beamtenschaft gestützter Regierungsgewalt des Monarchen.

Ich war recht krank, und habe oft Ihrer Besorgnis um die Fürstin Schwarzenberg gedacht." Statt dessen wird auch Stifter von der Hoffnung auf eine politische Wende erfüllt: „Erinnern Sie sich noch, wie ich am Morgen des 15. März zu Ihnen kam und wie wir uns der neugewonnenen Freiheit freuten? Ich werde es nie vergessen, denn dieser Tag gehört zu den seltenen, an denen wir das Ideal zur Wirklichkeit verkörpert sehen", heißt es in einem Brief Betty Paolis vom 18. Oktober dieses Jahres. Stifter tritt mit dem Aufsatz *Über Stand und Würde des Schriftstellers* an die Öffentlichkeit, in dem er appelliert: „Geben wir uns am Eingang der neuen Zeit das Wort, alles Große, Ehrwürdige und Verantwortliche unseres Standes treu ins Auge zu fassen und in Wirksamkeit zu setzen."
Nachdem das vom 31. März bis zum 4. April in Frankfurt am Main tagende Vorparlament all-

gemeine und freie (indirekte) Wahlen zu einer Verfassunggebenden Nationalversammlung beschlossen hat, stellt sich Stifter als einer der Wahlmänner seines Wohnbezirks zur Verfügung, die sich am 30. April im Rittersaal des niederösterreichischen Landhauses versammeln. Damit endet aber zugleich seine unmittelbare Beteiligung an den politischen Ereignissen, die im Mai zu einem zweiten Wiener Aufstand (der Kaiser verläßt am 17. Mai die Stadt) und schließlich im Dezember zum Regierungswechsel führen, indem Ferdinand I. zugunsten seines Neffen Franz Joseph I. (1830–1916) zurücktritt.
Stifter zieht sich am 6. Mai nach Linz zurück, „um endlich in Ruhe zu kommen" (an Heckenast, 4. Mai 1848). Seine brieflichen Kommentare zu den politischen Ereignissen stützen sich auf die Überzeugung, „daß nur Rat und Mäßigung zum Baue führen kann; denn bauen, nicht stets einreißen, tut not" (an Heckenast, 25. Mai). Für sich selbst sieht er die Aufgabe, an einer Reform des Unterrichtswesens mitzuwirken – schon im Juni berichtet er Heckenast von „Aufsätzen über das gesamte Unterrichtswesen", die er begonnen hat –, jedoch nicht unter den gegebenen Bedingungen des politischen Kampfes: „Vor der Hand kann ich weder einen lehrenden noch sonst *tätigen* Anteil an den Weltgeschäften nehmen, es wird noch ein gewaltiger Stoß kommen, und vielleicht bald, dann können wir erst einige Abklärung hoffen, und dann erscheint erst die Zeit des Aufbaues, zu der meine Kräfte gehören" (an Heckenast, 2. Oktober 1848).

Betty Paoli (eigentl. Barbara Elisabeth Glück, 1814 bis 1894), dargestellt in einem in Leipzig bei Johann Friedrich Rosmäßler (1775–1858) verlegten Stahlstich nach einer Zeichnung von August Prinzhofer (1817–1885). Stifter ist der Schriftstellerin eng verbunden; bis zur Übersiedlung nach Linz hat er sich mit ihr in die Aufgabe als Vorleser der Fürstin Schwarzenberg geteilt. Am 4. September berichtet er Heckenast von Linz aus: „Ich habe in diesem Jahr Gefühle kennen gelernt, von denen ich früher keine Ahnung hatte. Alles Schöne Große Menschliche war dahin, das Gemüt war zerrüttet, die Poesie gewichen. Erst langsam kehren die schönen Gestalten wieder zurück, der Fels der Baum der Himmel beginnen wieder zu sprechen, und edle Menschen gibt es ja auch, die man lieben kann ... Betty Paoli traf die Sache noch viel härter. Sie hat nicht meine festen Nerven und am Ende doch nur mehr ein Vorwärtsahnen als ein Vorwärtswissen, daher sie fast ganz gebrochen ist."

1849

Zu Beginn des Jahres ergeben sich für Stifter Aussichten auf eine Anstellung im Bereich des Unterrichtswesens. Am 22. März wendet sich Alois Freiherr von Fischer (1796–1883), seit dem 18. Dezember 1848 (bürgerlicher) Statthalter von Oberösterreich, an Graf Franz Stadion (1806–1853), vom November 1848 bis Mai 1849 Minister des Innern und des öffentlichen Unterrichts: „Ich glaube den Mann mit der allgemeinen humanistischen Bildung, der theoretischen und praktischen Befähigung im Unterrichtswesen, mit dem von Menschenliebe beseelten Eifer für dieses Fach in der Person des privatisierenden und von der Schriftstellerei lebenden Gelehrten Adalbert Stifter gefunden zu haben, welcher sich in Linz aufhält und sich vermöge seiner juridisch-politischen Studien, seiner Übung im Unterrichtsfache überhaupt und im Fache der Mathematik und Physik insbesondere, dann durch die Vorliebe für das Erziehungs- und Unterrichtswesen zum allgemeinen Referenten des Schulrates vorzugsweise eignen wird. Ich glaube in ihm den Mann gefunden zu haben, welcher den Platz des von mir oben angedeuteten, allein verantwortlichen Schulrates mit oder ohne beratendes oder entscheidendes Kollegium von Fachmännern ebensogut ausfüllen würde als jenen des projektierten allgemeinen Referenten. Ich schlage ihn daher für das allgemeine Referat vor. Er hat zwar kein Amt und kein Vermögen, ich glaube aber, daß er sich desto eifriger auf das neue Amt verlegen werde. Er lebt von der Schriftstellerei, welche mit dem neuen Amte als Erwerbsquelle versiegen wird . . .“

In besonderer Eindringlichkeit führt der folgende Brief an Heckenast vom 6. März die Art und Weise vor Augen, in der Stifter aus seiner Analyse der politischen Ereignisse (hier insbesondere die Erhebung Ungarns, die im Juli/August mit Hilfe Rußlands blutig niedergeschlagen wird) die Konsequenzen für sein eigenes, auf die gesellschaftliche Entwicklung bezogenes Handeln ableitet: „Das war ein fürchterliches Jahr! Ich habe mich in Bezug der Dinge, die da kommen werden, keinen Augenblick getäuscht, als ich nur einmal von der Haupttäuschung frei war, nehmlich von der, *von unsern sogenannten gebildeten Leuten etwas zu halten.* Von da an habe ich fast buchstäblich die Ereignisse vorausgesagt, in Linz sind viele Zeugen über die Tatsache, die mich damals ausgelacht haben. Den ungarischen Krieg sagte ich am 18ten März 1848 zu Grillparzer voraus (ich glaube, an diesem Tage wurden die Separatministerien bewilligt) und ich war sehr erstaunt, als ich in ihrem Briefe vom September noch nicht die klare Ansicht fand, daß die Dinge so sein mußten, wie sie waren. Österreich war immer in seinem Rechte, nur hatte es im März etwas *Unmögliches* an Ungarn gegeben: Einigung und Trennung zugleich. Die die Forderung taten, wußten recht wohl, was sie wollten, *Trennung;* sie gaben aber die Einigung als Maske zu, und diese Hinterlist, die sich in einem Absurdum verbarg, machte es, daß es lächerlich war, daß sie über Treubruch schrieen, da das nicht gehalten wurde, was sie nicht gefordert hatten, *Trennung,* und das Stipulierte, *Trennung und Einigung zugleich,* konnte nicht gehalten werden. Die Ungarn machten *zwei* Objecte des Vertrages, im Sinne, nur *eines* zu halten, *eigene Ministerien* d. h. *Trennung.* Österreich stand zu lange im Zustande des Gezwungenwerdens, als daß es gleich die offene Erklärung hätte geben können. Wer kann, wenn er die Pistole an der

Dr. Alois (Freiherr von) Fischer (1796–1883) in einer zeitgenössischen Darstellung. Von 1848 bis 1851 trägt er als Statthalter von Oberösterreich Regierungsverantwortung. Ihm verdankt Stifter seine Ernennung zum Volksschulinspektor für Oberösterreich, die am 3. Juni 1850 erfolgt. 1851 wird Fischer aus Linz abberufen und dem Innenministerium in Wien zugeteilt.

Brust hat, sagen, der Gegner sei im Unrechte. Das Individuum kann allenfalls das Leben hinwerfen, der Staat nicht, der lauter Pflichten hat. Die Kossuthianer waren doch zu naiv, zu murren, daß Österreich nicht halte, was es versprochen, *nehmlich ein österreichisches Ungarn, das kein österreichisches Ungarn ist.* Hätte der Landtag jene Staatsbildung, die er nicht hat, so hätte er Kossuth [Ludwig Kossuth, 1802–1894, ungarischer Freiheitsheld, ab 17. März 1848 Finanzminister], als er die Separatministerien beantragte, als Hochverräter erklärt; denn die Folge kann nur die sein, die sie war, *Ruin des Landes.* Das sah der in Staatsdingen unwissende Kossuth nicht, und die geblendete ungarische Eitelkeit nahm das Klirren mit einer souverainen Selbständigkeit für Kraft und Hoheit des Landes, hielt Flitter für Sache, und jubelte dem Menschen zu, der doch vor den Augen der Nation in früherer Zeit als Probe schon ein paar große Schwindeleien gemacht hatte, die kläglich ausgingen. Aber wer für *das Wissen* die Augen zumacht, fällt der Eitelkeit und Pravade anheim. Weil er nicht weiß, daß er in seinem eigenen Busen die Feinde seines Glükkes trägt, Begierden und Gelüste, so hält er den für einen großen Mann und Redner, der diesen Gierden und Lüsten schmeichelt. Kossuth, er mag nun schlecht oder fanatisch sein (das weiß ich nicht) ist jedenfalls *unfähig zu regieren,* da er das Regiment schon von vornherein auf eine Unmöglichkeit basierte. Oder glaubte er, sein Ungarn könnte bestehen, auch wenn Österreich ohnmächtig geworden und geblieben wäre? Durch die Slaven wäre es gefallen und schaudervoll durch die Stämme, die von der untern Donau (vielleicht auch von Rußland) über das von Österreich verlassene Land hergeflutet wären, vernichtet worden. Oder würden die Continentalmächte über eine so bedeutsame Verrückung des Schwerpunktes Mitteleuropas geschwiegen haben? Rußland?! Wenn Kossuth das *wußte,* so gibt es kaum einen größern Verbrecher, *wußte* er es nicht, kaum einen frecheren Menschen, der Journalistenberedsamkeit dazu anwandte, von ihren Affecten beherrschte Menschen zu blenden, und einen Journalistenkönig zu spielen, die vom Regieren nur den Purpurmantel und die Verbrämung begreift, sonst alles grob anfaßt, verdirbt, und dann mit einer Frase belegt. Wenn ich nicht auch andere Ungarn kennte, als die jetzt aufgetretenen, so würde ich eine Nation bedauern, der das geboten werden konnte, was Kossuth bot. Ich sagte einmal zu Zedlitz [der Schriftsteller Joseph Christian Freiherr von Zedlitz, 1790–1862]: ‚Wenn einmal eine Bewegung ausbräche, dann behüte uns Gott vor den Journalisten und Professoren!‘ Gewiß wird sich Zedlitz dieses Satzes jetzt oft erinnern. Wir hatten eine fruchtbare Zeit, wo sich die Staatscomödianten in Grenzboten etc. recht entwickelten . . . nur nicht die Staats*männer,* und wer ein schlechter Dichter, ruinierter Student etc war, wird jetzt Staatsmann. *Das Ideal der Freiheit ist auf lange Zeit vernichtet,* wer sittlich frei ist, kann es staatlich

Ausschnitt aus dem 1849 entstandenen „Rundgemälde Europas“, einer Lithographie von Franz Adam Schroeder. Der säbelschwingende Gendarm verkörpert das zaristische Rußland, das nach dem Treffen zwischen Franz Joseph I. und Zar Nikolaus I. in Warschau im Mai 1849 mit zwei Heeren in Ungarn eingreift und den Kampf um dessen Unabhängigkeit niederschlägt. Zu den Opfern gehört der Freiheitsdichter Alexander Petöfi (geb. 1823), während der Reichsverweser Ludwig Kossuth in die Türkei fliehen kann.

sein, ja ist es immer; den andern können alle Mächte der Erde nicht dazu machen. Es gibt nur eine Macht, die es kann: *Bildung* . . . Fast komme ich in Versuchung zu glauben, ich *verstehe* die Dinge, weil ich mir ihren Gang voraussagte, und derselbe im Detail eintraf. Auch in Frankfurt. Ich möchte recht gerne in Unterrichtssachen arbeiten, es ist eine Einleitung angebahnt, aber die Sache ist noch nicht recht im Reinen. Meine Pläne sind nicht *flicken,* sondern *organisch belebend und beseelend erzeugen* – dazu muß noch die Zeit kommen: vor dem Baue des Geistigen muß erst das Leibliche einmal bestehen. Dann kömmt die Zeit gewiß. Viele Menschen in Wien kennen mich, manche Stimmen nennen mich, und wenn der Boden so ist, daß ein Samenkorn sittliche Früchte bringen kann, dann werde ich gewiß redlich dazu arbeiten helfen. Daß ich keinen Ehrgeiz habe, werden Sie mich kennen, (ich hätte sonst wohl schon irgendwo zugetappt) aber daß ich einen Tatengeiz hätte, d. h. die menschliche Bildung *wesentlich* fördern, darüber werden Sie mich auch kennen. Mein Gott, ich gäbe gerne mein Blut her, wenn ich die Menschheit mit einem Rucke auf die Stufe sittlicher Schönheit heben könnte, auf der ich sie wünschte. Unter einem Minister arbeiten, der die Weite und Größe rein menschlichen Blickes hätte, der mit einfacher Formel die große Menschheit zusammenfaßt, und sie als Endziel der einzelnen Strebungen hinstellt, welche Seligkeit! *Etwa Grillparzer!?* Er fällt mir immer dabei ein. Um einen solchen Mann dann die beigearteten Kräfte gruppiert, daß sie ihn begriffen und die Teile ausfüllten – welch ein schönes Bild. Aber dann müßte es kein Unterrichts*ministerium* geben, das immer mit den andern abgedankt, sondern eine Unterrichts*commission* (oder dergleichen), die *bleibt.* Ich habe einen ganzen Plan über Volksschulen (Unterricht – (Fachschule) und Erziehung – (Humanitärschule)) ins Detail ausgearbeitet. Meine jetzige Lage ist sehr schlecht, alle Bestrebungen sind im Augenblicke unmöglich."

In „Vergißmeinnicht. Taschenbuch für das Jahr 1849" (Leipzig) erscheint die Erzählung *Die Pechbrenner* (in *Bunte Steine* unter dem Titel *Granit*). Stifter betätigt sich als Redakteur der „Linzer Zeitung" und des „Wiener Boten". Im Dezember verhandelt er, nachdem eine erste Reise nach Wien wegen eines Schiffsunglücks abgebrochen werden mußte, im Ministerium über seine Anstellung als Inspektor der Volksschulen in Oberösterreich.

1850 Durch die sich hinschleppenden, wohl auch von politischen Auseinandersetzungen um den „Märzmann" Stifter verzögerten Beratungen über dessen Eintritt in den Staatsdienst sieht sich der Schriftsteller gezwungen, ihm verbliebene Autorenrechte an Gustav Heckenast zu verkaufen. Betroffen sind die *Studien,* deren Bände 5 und 6 (mit *Der Hagestolz, Der Waldsteig, Die Schwestern* und *Der beschriebene Tännling*) in diesem Jahr erscheinen. Seine Anfrage unterstützt Stifter mit dem „biedermeierlichen" Argument: „. . . ich bin durch diese zwei Jahre [der Revolution] viel ernster geworden, sehe die irdischen Verhältnisse nicht mehr mit so poetischer Leichtfertigkeit an, und halte jede geordnete Angelegenheit und einen von der Welt abgeschlossenen und geregelten Familienhaushalt für ein großes Glück" (an Heckenast, 22. März). Hinsichtlich der Ablösesumme gibt er zu bedenken, daß von den *Studien* mehr als nur eine Neuauflage zu erwarten sei: „. . . denn trotz Angriffen, die viel Größeren namentlich Göthe und Schiller geschehen sind, trotz der Fehler in den Studien, von denen niemand lebhafter durchdrungen sein kann, als ich selber, werden doch dieselben in ihrer Einfachheit und Natürlichkeit noch existieren, wenn die gesamte Revolutionspoesie Tendenzroman Parteidichtung Cotterieansicht etc . . . untergegangen ist, oder höchstens als curiosum von dem nachwachsendem Geschlechte betrachtet wird, das die damaligen Gefühle nicht wird begreifen können; denn *Dichtung* ist in diesen Dinge keine, und in den Studien (die natürlich nur kleine harmlose Dinge sein sollen) ist ein warmes Gefühl ist Sittlichkeit ist menschlich *dauerndes* Benehmen und dies sichert die Rückkehr der Leser zu den Büchern und um so mehr, da die schon seit Jahrzehenden herrschende Tendenz jetzt so eifrig arbeitet, durch heillose Ausgeburten der Unvernunft und der Einseitigkeit verrannter Affecte und selbst durch verbrecherische Kundtuungen den Ekel und also den notwendigen Umschlag herbei zu führen."

Am 3. Juni gibt Kultusminister Graf Leo Thun (1811–1888) dem oberösterreichischen Statthalter Dr. Fischer Stifters Ernennung zum Volksschul-Inspektor für Oberösterreich mit dem Titel eines k.k. Schulrats bekannt. Ein Schreiben vom Hofe teilt dem Schriftsteller mit, daß der Kaiser „die von Euer Wohlgeboren überreichte literarische Eingabe mit dem Titel *Studien* angenommen" hat; beigefügt ist die goldene Medaille für Wissenschaft und Kunst. Stifter kann sein Amt als „dekorierter" Beamter in Angriff nehmen.

1851 Stellvertretend für eine ganze Reihe schulpolitischer Darlegungen Stifters sei im folgenden ausführlich aus seinem ersten großen Inspektionsbericht zitiert; er trägt das Datum des 4. April. Der erste von neun Gesichtspunkten, unter denen Stifter den Zustand des Volksschulwesens untersucht, sind die „klimatischen und örtlichen Verhältnisse des Bezirkes, Bildungsgrad, Lebensweise und Erwerbszweige der Bevölkerung, weil von diesen Dingen mit Einschluß der gewinnenden oder abstoßenden Eigenschaften der Lehrer im ganzen der Schulbesuch abhängt".

Hinsichtlich des Schulbesuchs, ohne den die Schule die ihr zugedachte Aufgabe nicht erfüllen kann, kommt Stifter zwar zu dem Urteil, es sei um ihn „gut bestellt", muß jedoch eine Anzahl von „Hindernissen" feststellen:

„Die gewöhnlichsten Hindernisse sind: Armut, die teils den Kindern nicht die nötige Winterkleidung geben kann, teils sie zum Bettel verwendet, teils die gewöhnliche Entsittlichung und daher Nichtbeachtung der Schule im Gefolge hat. Wenn die (freilich riesenhafte) Aufgabe gelöst wäre, daß es keine eigentlichen Armen, sondern höchstens nur momentan Notleidende gäbe, so wäre nicht bloß der Schule, sondern dem Staate und der Menschheit ein unermeßlicher Dienst geleistet. Ganz besonders entsittlichend wirkt der mit dem Armenwesen nicht notwendig verbundene und doch bei uns so häufig in ausgedehntem Maße vorkommende Bettel. Ein ferneres Hindernis liegt in der Natur des Landes und seiner Witterungsverhältnisse; denn es ist in der Tat in manchen Gegenden im Winter die Verbindung oft auf Tage ganz abgeschnitten. Man hat bisher dadurch abzuhelfen gesucht, daß man die Ferien auf jene Zeiten verlegte. Vielleicht könnte durch Arrondierung der Schulgemeinden, durch bessere Wege, durch häuslichen Unterricht der nahegelegenen Kinder untereinander das Übel gemindert werden. Endlich ist noch ein Hindernis: der Bedarf der Kinderkräfte zu häuslicher Arbeit, der oft ein wirklicher ist, wenn Eltern in der Tat auf den kleinen Erwerb der Kinderkräfte angewiesen sind oder doch wenigstens zu eigener Arbeit dadurch Raum gewinnen, daß sie den größeren Kindern die kleineren zur Bewahrung anvertrauen, der aber oft auch nur ein eigennütziger ist, indem Eltern die Arbeit der Kinder höher anschlagen als den Nutzen der Schule. Dem ersteren Falle ist schwer oder nur durch Gründung von Geldprämien für den guten Schulbesuch der Armen, wo die Prämie den häuslichen Arbeitsnutzen übersteigt, abzuhelfen, dem zweiten durch Belehrung, namentlich von seiten der Seelsorger, durch Verbreitung der Überzeugung von der Wichtigkeit der Schule und auch etwa durch indirekte Zwangsmittel (Geldstrafen, Ausweisung bestimmter Kenntnisse bei verschiedenen Anlässen (Zeugnisse) usw.). Ich habe angefangen, die Meinungen bewährter Schulmänner unseres Landes über diesen Gegenstand einzuholen und werde darüber speziell berichten . . .

Der finanzielle Stand der Lehrer ist zum größten Teile *schlecht, ja oft sehr schlecht.* In größeren Pfarreien, wo der Mesnerdienst gut ist, und in Städten, wo ein bedeutendes Schulgeld eingeht, nährt die Schule die Familie des Lehrers, ja wenige Schulen sind sogar sehr gut, aber die meisten weitaus sind schlecht dotiert. Ich kann hier nicht unterdrücken, auszusprechen, wie weh mir das Herz tut, wenn die Lehrer vom Lande mit ihren fadenscheinigen Röcken und den blassen, abgekümmerten Zügen zu mir hereinkommen, die deutlicher ihren Notstand aussprechen, als es Klagen imstande wären, die im Munde von manchen auch falsch sind. Wenn ich dagegenhalte den feinen Rock unseres Bauers (des kleinsten), seinen neuen Hut, sein glänzendes Angesicht sehe, so ist der Abstand ein wahrhaft tief schmerzlicher. Und doch ist der arme Mann derjenige, der die Kinder des Bauers erziehen, sie erst zu Menschen machen hilft. Die sogenannte Kongrua ist für den Lehrer 130, für den Gehilfen 70 fl. K. M.

Ob man mit dieser Summe seine Familie in den Zeiten, als die politische Schulverfassung gegeben wurde, ein Jahr lang ernähren konnte, weiß ich nicht, daß sie aber heutzutage bei weitem nicht ausreiche, ist klar. Und dazu werden *alle* Einkünfte des Lehrers, auch die des Mesnerdienstes, gerechnet."

Seine pädagogischen Vorstellungen faßt Stifter im Hinblick auf die Lehrerausbildung zusammen: „Nur geistige Beweglichkeit, ein Auge, Zweck und Mittel sehen zu können und jener psychologische Instinkt, sich mit der Natur eines anderen verschmelzen zu können, macht den Lehrer fähig, in Hinblick auf die künftige Bestimmung der Schüler den Lehrstoff praktisch zu ordnen und fruchtbar zu machen, sich in die Kindernatur zu versenken und dieselbe aus ihrem eigenen Boden heraus zu entwikkeln, während sonst der Lehrer auf willkürliche Nebenwege verschlagen wird, dort unfruchtbare Dinge fördert und den Kindern, statt ihre Vorstellungen und Begriffe zu entwickeln, seine männlichen Kenntnisse und Anschauungen in das Gedächtnis stopft, die ihnen unnütz sind und die sie bloß herzusagen wissen. Darum muß die geistige Beweglichkeit so eingeübt werden, darum soll man einen gesunden, praktischen Blick entwickeln und darum wäre es wünschenswert, wenn es möglich wäre, eine *harmonische* Bildung aller Kräfte des Kandidaten zu bewerkstelligen. Einseitige Entwicklung tut oft großen Schaden und meist desto größeren, je bedeutender die Entwicklung nach einer Seite mit Vernachlässigung der anderen vorgeht, wie uns dieses die Beispiele in Deutschland zeigen. Dort pflegte man den *Verstand* der Lehrer, zog allerlei Fächer höherer Art in den Unterricht und ließ Gefühl und Herz beiseite, daher Überhebung der Lehrer, Selbstüberschätzung und bei ihnen und den Zöglingen Verlust der Bescheidenheit, Pietät und endlich Aufstand zum Umsturze und zu ausschweifenden politischen Lehren."

Ein konkreter Kritikpunkt ist der von Stifter beobachtete Sprachunterricht:

„In allen bisher von mir besuchten Schulen fand ich mit Ausnahme der Schule in *Urfahr* unter *Scheibert* das theoretische Regelwesen in der deutschen Sprachlehre viel zu überwuchernd, Zeit und Kraft der Kinder wird auf Erlernen seiner Regeln verwendet und Rechtschreibung und Aufschreiben ihrer Gedanken bleibt ihnen fast fremd, was doch der Zweck der Sprachlehre in der Volksschule sein soll.

Der k. k. (kaiserlich-königliche) Schulrat von Oberösterreich Adalbert Stifter; er übt dieses Amt von 1850 bis zu seinem immer wieder verlängerten Krankenurlaub (ab Juli 1864) aus, dem 1865 die Versetzung in den Ruhestand folgt. Zu Beginn seiner Amtszeit leidet Stifter unter der provinziellen Enge in diesem „kunst- und wissenschaftslosen Böotien" (den Böotiern wurden in der Antike Plumpheit und mangelnde Bildung nachgesagt). „O goldene Zeit meiner früheren Unabhängigkeit meines Wirkens meiner Stellung. Ich lebe und atme nur in der Klarheit Reinheit Ungestörtheit und Erhebung des Geistes und Gemütes – – und wo ist all das hin seit 1848?! Meine teure Freundin, die mich so oft erfreut getröstet geliebt hat, die Natur, auch diese hat ihr Antlitz geändert, seit man weiß, daß Menschen in ihr herum gehen, die so sind, wie sie eben sind. Toren und schlechte sind in viel größerer Zahl, als ich je dachte" (an Joseph Türck, 8. November 1851).

Ich behalte mir einen eigenen Antrag in dieser Sache vor.

Überhaupt liegt das Übel tiefer, es scheint bezeichnet werden zu können: *Anlernung abstrakter männlicher und oft unfruchtbarer Dinge statt Entwicklung des gesamten Innern der Kinder aus ihrem in die Schule mitgebrachten Vorstellungs- und Empfindungskreise."*

In „Libussa. Jahrbuch für das Jahr 1852" (Prag) erscheint die Erzählung *Der Pförtner im Herrenhause.* Den Stoff hat Stifter im wesentlichen von der Burgschauspielerin Antonie von

Amalie Stifter, geb. Mohaupt (1811–1883). Am 7. Dezember 1850 berichtet Stifter dem in Wels praktizierenden befreundeten Arzt Dr. Karl Dornberger (1807–1872) anläßlich des (überteuerten) Kaufs eines alten Schrankes: „. . . aber es tut nichts, ich mache meiner Frau das Vergnügen, die nicht die Hälfte für den Kasten gäbe, wenn er noch schöner, aber ganz neu wäre. Es ist einmal so. Sie hat keine Kinder und sonst keine Unterhaltung. Da schleppt sie mir auch die ältesten abenteuerlichsten verschollensten und schiefmäuligsten Porzellanschalen zusammen, von denen sie den hundertjährigen Staub abwaschen muß, daß dann eine altmodische gespreizte Blume zum Vorscheine kommt. Nach unserem Tode wird bei unserer Lizitation [Versteigerung] ein schreckliches Gelächter sein." Stifters Ehe steht wie die Goethes oder E.T.A. Hoffmanns in der für das 19. Jahrhundert charakteristischen „Tradition" einer in geistiger Hinsicht ungleichen Partnerschaft.

Arneth erhalten, wobei die Art der Stoffvermittlung (Bericht der als „eine Freundin" in die Erzählung einbezogenen Gewährsperson über eigene Beobachtungen und Vorgeschichte) die Zweiteilung begründet. Programmatisch zielt die Erzählung auf die Enthüllung, „wie weit der Mensch kömmt, wenn er das Licht seiner Vernunft trübt". Dies bezieht sich zum einen auf einen wohlhabenden Rentier, der – einem passiven Ästhetizismus hingegeben – von seiner Frau betrogen wird und daraufhin mit seinem Kind spurlos verschwindet. Dieses Mädchen taucht als Schutzbefohlene des im Titel der Erzählung genannten Pförtners wieder auf, nachdem sie Jahre hindurch von ihrem geistesverwirrten Vater im Keller eines am Stephansplatz in Wien lokalisierten „Herrenhauses" isoliert worden ist. Hierdurch wurde auch sie vom „Licht der Vernunft" abgeschirmt; die (verspäteten) pädagogischen Bemühungen um ihre geistige Entwicklung können die Grenzen ihrer Infantilität nicht überwinden. Deutlich wird, daß hier Literatur und gesellschaftliche Praxis konzeptionell in enge Berührung treten. In *Bunte Steine* ist die überarbeitete Fassung unter dem Titel *Turmalin* enthalten, wodurch die Licht-Metapher unterstrichen wird: Turmaline dienten als Polarisatoren dazu, im natürlichen Licht unsichtbare Erscheinungen sichtbar zu machen.

Dasselbe „Libussa"-Taschenbuch enthält die erste Stifter-Biographie unter dem Titel „Adalbert Stifter. Eine biographische Skizze"; der Verfasser ist Heinrich Reitzenbeck (1812–1893), nach Pharmazie- und naturwissenschaftlichen Studien Provisor in Linz, ab 1851 Realschullehrer in Salzburg.

Über Stifters Eheleben und Tagesverlauf berichtet Reitzenbeck: „Er ist einer der zärtlichsten Ehemänner, einer von den Wenigen, die ihre Frauen als ihre Hausgötter lieben und verehren. So ist er unablässig bemüht, seiner Gattin das Schönste und Liebste des irdischen Lebens darzubringen. – Er besitzt aber auch ein Wesen zur Gefährtin, voll Demut, Bescheidenheit, Anmut, Schönheit, dem wärmsten Herzen und dem lautersten Verstande. Auf diese Wahl – eigene, freie, unmittelbare Herzenswahl – ist er nicht wenig stolz. – Morgens dichtet Stifter – Vormittags übt er seinen Amtsberuf – Nachmittags gibt er sich Kunstgebilden der Malerei, oder der Technik, oder der Blumisterei hin. Den Abend bringt er gewöhnlich mit seiner Gattin allein oder im Kreise gewählter Menschen zu, die auch nie fehlen, wenn er sie ruft. Auch sind der Freunde so viele, die den anziehenden Mann zu besuchen kommen."

Zumindest ein Mensch wird von solcher (scheinbaren?) Harmonie erdrückt: Juliane Mohaupt (an die Stifter in keinem der erhaltenen Briefe einen Gruß richtet) verläßt vor Weihnachten heimlich ihre Pflegeeltern und wird erst nach zwei Wochen entdeckt und zurückgebracht.

1852 Louise von Eichendorff (1804 bis 1883), die ab 1840 in Baden bei Wien lebende Schwester Joseph von Eichendorffs, wendet sich in einem am 17. März datierten Brief an Stifter: „Oft schon saß ich wie eben jetzt, die Feder in der Hand, mutlos, unvermögend mit Worten meine tiefe Verehrung, Anbetung vielmehr, Ihrer so ganz einfach natürlichen, und doch wunderbar allmächtigen Schriften auszudrükken, tausend Skrupel und Bedenklichkeiten hielten mich immer davon zurück, doch ein mir selbst unbegreiflicher rastloser Drang, eine Art Dankgefühl läßt mich alles überwinden und zwingt mich Ihnen zu sagen, wie Sie ein, von so mancherlei Dingen gequältes Gemüt zu stiller Zufriedenheit leiteten, – denn seitdem ich Ihre Schriften las, lebe ich einzig nur in ihnen, alles ist ja lebendig, ist Wirklichkeit . . . Denn obzwar isoliert, stehe ich doch im innigsten Bunde mit denen durch Sie noch mehr vertraut gewordenen ewig schönen Wundern der Natur, alles übrige erscheint mir unerreichbar oder nichtig, – Ihre Schriften waren es, die mich wieder zu wirksamer Tätigkeit führten, durch sie ermutigt ließ ich mir unter persönlicher Leitung und Anordnung ein kleines Haus, wohl auf einem der schönsten Flecken der Erde bauen, legte mir einen Garten rings herum an, und lebe nun, abgeschieden still, in manchen Augenblicken (wo ich an die vielerlei Grausamkeiten, die die sonst so schöne Welt füllen, nicht denke) sogar selig in meinem kleinen mir selbst geschaffenen Eldorado; – und will mich zuweilen, da ich auch den Winter hier in tiefer Schneeeinsamkeit zwischen meinen Bergen hause, Wehmut überfallen, gleich nehme ich Stifters *Studien* zur Hand, dies ist mein Gebetbuch in der Einsamkeit, und allmählich schwindet dieselbe, und es wird Frühling vor meiner Seele, nur gerade jetzt, wo derselbe in Wirklichkeit beginnt, kann ich meine namenlose Trauer nicht bezwingen . . . In dieser . . . Empfindung . . . schrieb ich, gleichsam Zuflucht suchend diese Zeilen nieder, die aber eigentlich den Zweck haben sollen Euer Hoch und Wohlgeboren recht von ganzen Herzen zu bitten, mein kleines Haus in Begleitung Ihrer geehrten Familie, wenn Sie nicht schönere Pläne vorhaben, diesen Sommer als Wohnung zu benützen, und es durch Ihre Gegenwart zu heiligen, Sie sind ja dessen eigentlicher Stifter und *der* meiner stillen Zufriedenheit, die Erfüllung meiner Bitte wäre mir ein höchstes Glück.“

Stifter antwortet mit der ihm zur zweiten Natur gewordenen Bereitschaft, persönliche Anerkennung durch persönliche Zuwendung zu belohnen und seine Literatur-Botschaft als individuelle zu bestätigen, am 23. März:

„Ich habe, wie ich in der Vorrede zu den *Studien* sagte, nie auf Schriftstellertum oder Dichterruhm Anspruch gemacht, Ruhm ist etwas so eitles und kurzdauerndes, daß das Streben darnach nur einem niederstehenden Geiste zukömmt, und ein Dichter (ich meine ein echter, ein hoher Priester der Menschheit) ist wieder etwas so Erhabenes, daß ich beides nicht anstrebe: aber guten Menschen eine gute Stunde bereiten, Gefühle und Ansichten, die ich für hohe halte, mitzuteilen, an edleren Menschen zu erproben, ob diese Gefühle wirklich hohe sind, und das Reich des Reinen Einfachen Schönen, das nicht nur häufig aus der Litteratur sondern auch aus dem Leben zu verschwinden droht, auszubreiten und in einer nicht ganz unschönen Gestalt vor die Leser zu treten, das war und ist das Streben meiner Schriften. Daher ist es mir immer eine große Freude, wenn ich an höheren Menschen wahrnehme, daß ich in meinem Streben nicht ganz geirrt habe, und ein schönes Gefühl ein heiteres Lächeln eine sittliche Freude, die mir entgegenkömmt, und sich als Frucht meiner Schriften ankündigt, ist meinem Herzen weit wohltuender, als alle gelehrten und lobspendenden Kritiken, namentlich freut mich die Wirkung an einfachen ungekünstelten Gemütern; denn sie stehen der Natur näher, und an die reine Natur wollte ich mich wenden. Mit Menschen menschlich sein, mit Höheren das Höhere lieben, an Gottes Schöpfung sich freuen, die fest gegründete Erde nicht verachten, sich immer praktischen Handeln hingeben, es nicht verachten, wie Maria in den Schwestern [gemeint ist die Erzählung *Zwei Schwestern*] selbst Gemüse zu pflanzen und Gartenbeete zu düngen und doch ein höherer opferfreudiger Mensch zu sein, endlich mit fühlenden geistigen Menschen gleichsam einen unsichtbaren Umgang zu haben, das war ungefähr die Grundlage meiner Schriften . . .

. . . ich kann Gott nicht genug danken, daß er mir ins Herz gegeben hat, die Feder zu nehmen, und Dinge nieder zu schreiben, wie sie

Blick auf den nordöstlich von Linz gelegenen Ort Kefermarkt, dessen Pfarrkirche St. Wolfgang mit einem der größten spätgotischen Schnitzaltäre ausgestattet ist. Es handelt sich um eine Stiftung des 1467 bis zu seinem Tode 1491 auf Schloß Weinberg residierenden Christoph von Zelking, der testamentarisch für die Vollendung des von mehreren, jedoch unbekannten Künstlern geschaffenen Altars Sorge getragen hat. 1852 macht Stifter durch seinen Vortrag „Über den geschnitzten Hochaltar in der Kirche zu Kefermarkt" auf die dringend notwendige Restaurierung aufmerksam; sie wird unter seiner Aufsicht durchgeführt und 1855 abgeschlossen. Im „Nachsommer" begegnen wir Kefermarkt als dem „kleinen Ort Kerberg": „Er liegt in einem sehr abgeschiedenen Winkel und ist von keinerlei Bedeutung . . . Nur die Lage ist schön, da hier die Bildungen etwas größer sind, und mit dämmrigem Walde teilweise bekleidet anmutig zusammentreten. Und doch steht in diesem Orte die Kirche, zu welcher wir auf der Reise waren" (I,7: „Die Begegnung"; vgl. S. 126).

mir ungefähr im Gemüte waren. Ich habe wirklich kein Verdienst an meinen Arbeiten, ich habe nichts gemacht, ich habe nur das Vorhandene ausgeplaudert. Von Kindheit an mit einem gesunden Körper ausgestattet schloß ich mich mit Freude an alle Naturdinge, liebte an Menschen die Äußerungen unverdorbenen Gemütes, liebte überhaupt die Menschen, war (bis 1848 wenigstens) heiter wie die antiken Völker – und diese Dinge mochten auch in meine Schriften gekommen sein. Leider kann ich nicht mehr so einfach dem Reiche des Schönen leben, wie früher, da ein Amt, das mir angeboten wurde, und das ich nahm, weil ich einerseits wirkliches Gutes zur Verbesserung heranwachsender Geschlechter vollbringen möchte, und weil ich andererseits einer sehr geliebten Gattin bei den ungewissen Weltzuständen und daher dem Schwanken des Buchhandels für den Fall meines Todes ein etwas sichreres Auskommen verschaffen möchte – da, sage ich, dieses Amt teils die Zeit, teils die reine edle Stimmung raubt, die mich sonst so beglückte."

Der Briefwechsel mit Louise von Eichendorff wird bis zu Stifters Tod fortgesetzt.

Kriehuber
858

1853 Bei Gustav Heckenast in Pest und dessen Schwager Georg Wigand in Leipzig sind Ende des Vorjahres in zwei Bänden die *Bunten Steine* erschienen. Die Sammlung enthält fünf zuvor schon veröffentlichte Erzählungen in bearbeiteter Fassung und unter neuen Titeln: *Granit (Die Pechbrenner), Kalkstein (Der arme Wohltäter), Turmalin (Der Pförtner im Herrenhause), Bergkristall (Der heilige Abend), Bergmilch (Wirkungen eines weißen Mantels).* Als einzige Originalerzählung enthält der zweite Band *Katzensilber.* Der *Einleitung* geht eine *Vorrede* voraus, in der Stifter – herausgefordert insbesondere durch Hebbel – seine ästhetische wie weltanschauliche Maxime des „sanften Gesetzes" formuliert (vgl. im Teil „Texte" S. 230ff). Es kann nicht als Folge der Revolutionsjahre erklärt werden, allenfalls des Vormärz, denn schon im Albumblatt für das Freifräulein Emilie von Schlechta (1830–1856) vom 8. März 1847 hat Stifter den Grundgedanken festgehalten: „Die großen Taten der Menschen sind nicht die, welche lärmen, obgleich zuweilen die Wunder des Augenblicks, z. B. plötzliche Aufopferung, Hingebung und dergleichen groß sein können; aber in der Regel sind sie Eingebungen von Affekten, die eben so gut und sogar meistens Schwäche sein können; das Große geschieht so schlicht, wie das Rieseln des Wassers, das Fließen der Luft, das Wachsen des Getreides – darum ist irgend eine Heldentat unendlich leichter und auch öfter da, als ein ganzes Leben voll Selbstbezwingung, unscheinbaren Reichtum und freudigen Sterben."

Seine Inspektionsreisen haben Stifter auch mit entlegenen Orten in Berührung gebracht, deren mehr oder weniger verborgenen Kunstschätzen er seine Aufmerksamkeit zuwendet.

Friedrich Hebbel (1813–1863); Lithographie nach einer Zeichnung von Josef Kniehuber (1800–1876) aus dem Jahr 1858. Der Dramatiker hat sich 1845 in Wien niedergelassen. Ende der vierziger Jahre verfaßt er sein nicht zuletzt auf Stifter gemünztes Epigramm: „Wißt ihr, warum euch die Käfer, die Butterblumen so glücken? / Weil ihr die Menschen nicht kennt, weil ihr die Sterne nicht seht! / Schauet ihr tief in die Herzen, wie könnt ihr schwärmen für Käfer? / Säht ihr das Sonnensystem, sagt doch, was wär' euch ein Strauß? / Aber das mußte so sein; damit ihr das Kleine vortrefflich / Liefertet, hat die Natur klug euch das Große entrückt." Stifters (indirekte) Antwort bildet die „Im Herbst 1852" datierte „Vorrede" zur Sammlung „Bunte Steine".

Titelblatt des zweiten Bandes der „Bunten Steine"; der Titelvignette liegen ebenso wie den übrigen Illustrationen (über die sich Stifter entsetzt zeigt) Zeichnungen von Adrian Ludwig Richter (1803–1884) zugrunde. Stifter schenkt seiner „Ziehtochter" Juliane Mohaupt zum zwölften Geburtstag ein Exemplar der Sammlung mit der Widmung: „... sei gut, wie die Kinder in diesem Buche; behalte es als Andenken; wenn Du einst von dem Guten weichen wolltest, so lasse Dich durch diese Blätter bitten, es nicht zu tun" (16. Februar 1853).

So hat er im Jahr zuvor einen Vortrag *Über den geschnitzten Hochaltar in der Kirche zu Kefermarkt* gehalten, der nun als Broschüre publiziert wird. Die „K.k. Zentralkommission zur Erforschung und Erhaltung der Kunst- und historischen Denkmale" ernennt ihn zum Konservator für Oberösterreich.

In seinem Brief an Heckenast vom 9. Juni berichtet Stifter über seine literarische Arbeit: „Das Buch, welches ich gerne *Nachsommer* heißen möchte, ist fast schon ganz fertig, die Zustände darin sind mir geläufig, und liegen mir als Materiale in großem Vorrate im Herzen, was auch der Grund sein mag, daß ich nicht nur leichter arbeite als im historischen Romane [gemeint ist *Witiko*], sondern daß ich

auch von demselben gerne zur Erholung eine Partie des Nachsommers des Vogelfreundes hernehme und entweder neu arbeite oder feile. Der Roman hat eine wissenschaftliche Seite, die von vorn herein in keines Menschen Seele liegt, sondern die er sich erwerben muß, *das Geschichtliche.* Dieses muß so treu angeeignet werden, daß Dichter und Leser in der Luft jener vergangenen Zeiten atmen, und die Gegenwart für sie nicht ist, dies allein gibt Wahrheit. Aber zu dem ist nicht das historische Wissen allein genug, dies gäbe nur ein hölzernes Gerippe, sondern das historische Mitleben, dieses gibt den Gestalten Fleisch und Blut. Ich hoffe, daß Sie dieses Leben finden werden. Selbst die erfundenen Figuren müssen in die Zeit passen, daß der Leser sie nicht weg zu denken vermag. Diese Aneignung der Vergangenheit als eines jetzt mitlebenden Teiles des Dichters ist das Schwerste, es setzt große historische Vorarbeit inniges Eingehen und Liebe zur Vergangenheit des Menschen und Vergessen seiner selbst voraus. Das Leichteste ist dann die dichterische Verklärung des Stoffes zu einem Schönheitsbilde, welches den Menschen entzückt und erhebt – ich sage das Leichteste, weil es in der Seele des Dichters ohne sein Zutun waltet und webt, freilich für den, in dem es nicht waltet, ist es das Schwerste oder es ist ihm geradezu unmöglich."

Die Abbildung links zeigt das um 1855 entstandene Ölgemälde „Der Kaktusliebhaber" von Carl Spitzweg (1808–1885; Privatbesitz). Die in Amerika beheimateten Kakteengewächse sind in Europa zwar schon seit dem Zeitalter der Entdeckungen bekannt und verbreitet; auffallend ist jedoch das Interesse, das ihnen im 19. Jahrhundert entgegengebracht wird. Am 23. Februar 1857 richtet Stifter an Heckenast die briefliche Bitte: „Besuchen Sie doch in Leipzig die Cacteensammlung des Herrn Ferdinand Senke, sie soll außerordentlich sein, und erzählen Sie mir dann etwas davon . . . Lassen Sie nur Senke fleißig reden, und merken Sie sich manches. Senke kennt mich unter dem Namen Schallers Freund [gemeint ist der Landeskassier Joseph Schaller], und hat uns im Juli 1856 Pflanzen geschickt. Sollten Sie [Carl Friedrich] Förster, der [1845] bei Wöller ein Cacteenbuch herausgegeben hat, zufällig sehen, so fragen Sie ihn, ob denn die Ergänzungen nicht bald kommen oder gar ein neues Buch. Ich finde seit 1846 schon sehr viele Lücken, und es wäre doch ein Elend, wenn ich zuletzt auch über Cacteen schreiben müßte." Heckenasts Bericht beantwortet Stifter in seinem Brief vom 24. Mai 1857: „Was Sie von Senkes Cacteenanstalt schrieben, hat mich sehr in Anspruch genommen, die Pflege dieser merkwürdigen Gewächse hat für mich in meiner Einsamkeit etwas Reizendes und Seelenerfüllendes, da mir das Gedeihen und wundervolle Blühen dieser Gewächse den Umgang mit Menschen ersetzt. Ich bin hier verödeter, als wenn ich bei Rosenberger [vgl. S. 90] ein Häuschen mit Garten und Glashaus besäße . . ." Das letzte Kapitel des „Nachsommer" (III,5: „Der Abschluß") erzählt vom Erblühen eines Cereus peruvianus. Der Gärtner Simon berichtet: „Ich habe ihn durch Kälte zurück zu halten gesucht, selbst auf die Gefahr hin, daß er die Knospe abwerfe, damit er nicht eher blühe als heute. Es ist alles gut gegangen. Eine Knospe steht zum Entfalten bereit. In mehreren Minuten kann sie offen sein. Wenn die Gesellschaft dem Gewächshaus die Ehre antun wollte . . ." Dies geschieht: „Sofort erhob man sich von dem Tische, und rüstete sich zu dem Gange in die Gewächshäuser. Simon hatte alles andere um die Stelle des Peruvianus, der in ein eigenes Glashäuschen hinein ragte, entfernt, und Platz zum Betrachten der Pflanze gemacht. Die Blume war, da wir hineinkamen, bereits offen. Eine große weiße prachtvolle fremdartige Blume . . ." (vgl. im Teil „Themen" S. 135 ff).

1854

Am 5. Februar beginnt Stifter mit einem Tagebuch über seine Tätigkeit als Maler, das er mit Unterbrechungen bis 1867 fortführt. Es läßt erkennen, daß er seine „Malereiarbeiten" einer strengen (formalen) Selbstkontrolle unterzieht, der inhaltlich die Systematik der Bildthemen entspricht. Stifter macht es sich zur Aufgabe, in einer Folge reiner Landschaftsdarstellungen ohne Staffagefiguren Grundkräfte der Natur und des menschlichen Gemüts zur Darstellung zu bringen. Acht dieser Bilder verzeichnet das Tagebuch als am 5. Februar in Arbeit befindlich oder konzipiert:

1. Die Vergangenheit. römische Ruinen	Bis auf den Vordergrund gezeichnet. Die Luft gemalt.
2. Die Heiterkeit. griechische Tempelruinen	Mittelgrund gezeichnet, Luft und Hintergrund gemalt.
3. Die Sehnsucht.	Mondstück. Die Luft gemalt.
4. Die Bewegung. strömendes Wasser	Bis auf die Luft und Teile des Vordergrundes gezeichnet

(Wurde später verworfen und neu gezeichnet.)

Im Kopfe entworfen aber noch nicht begonnen
5. Die Ruhe. See mit Schneeberg
6. Die Einsamkeit. Ruinen mit Mondaufgang
7. Die Schwermut. Mondstück.
8. Die Feierlichkeit (Großglockner.)

Stifters Verleger Gustav Heckenast (1811–1878). Nach 25jähriger Verbundenheit bietet ihm Stifter in einem Brief vom 2. April 1865 das Du an: „. . . Ich habe diese 2 Buchstaben in meiner Jugend verschleudert, jetzt sind sie mir kostbar, und habe ich sie Geiger angeboten als Freund und Kunstgenosse, so sind sie gegen Sie noch gebotener, da Sie mir in der Freundschaft näher stehen. Lassen Sie in unser Band die zwei Buchstaben weben, in das Band unserer Freundschaft, nicht des Geschäftes. Und weil ich weiß, Sie werden das Wörtlein nicht verschmähen, so stehe es schon in diesem Brief."

Keines dieser Gemälde ist in einer vollendeten Fassung erhalten. Die Fragmente zeigen jedoch deutlich genug den Versuch, das Gegenständliche wie das kaum als „gegenständlich" zu Bezeichnende (die „Luft") durch die Art und Weise der malerischen Behandlung unmittelbar, „naturalistisch" zu spezifizieren: Himmelsflächen werden durch mehrfache Lasuren zu geradezu polierter Glätte entdinglicht, während ein tupfender trockener Farbauftrag etwa der Oberfläche von Steinen eine bestimmte Körnigkeit verleiht. Aus diesen Verfahrensweisen wie der thematischen Programmatik läßt sich schließen, daß Stifters Malerei darauf abzielt, zugleich den „Dichter" und den „Naturwissenschaftler" in der Arbeit des „Malers" zur Geltung zu bringen – wie umgekehrt der „Dichter" etwa des *Nachsommer* sein künstlerisches und naturwissenschaftliches Verständnis in Anspruch nimmt.

Im März muß sich Stifter mit der Bitte des Lehrers Joseph Vilfort von der k.k. Haupt- und Unterrealschule in Ried auseinandersetzen, „daß den Lehrern der Hauptschulen das Aufsteigen mit ihren Schülern in höhere Klassen gestattet werden möge". Er unterstützt diese Bitte mit Nachdruck sowohl aus pädagogischen Gründen als auch aufgrund seiner Einsicht in die sachfremden Motive, die dem System des Klassenstufenlehrers innewohnen: „Die gewöhnlichen Ursachen des Sträubens der Lehrer gegen das Aufsteigen mit den Schülern liegen außer der Schule. *In Eigennutz,* weil in höheren Klassen mehr Schüler in die sogenannte Nachstunde gehen, und dem Lehrer ein größeres Honorar einbringen, und *in Eitelkeit,* nicht in einer geringen Klasse lehren zu müssen. Diese Einwürfe machen Lehrer, die den Unterricht der Anfänger für unbedeutender halten, als den der älteren. Dies ist nur der Fall, wenn der Unterricht der Anfänger schlecht und unpraktisch betrieben wird. Der Gefertigte wagt daher den Vorschlag: die k. k. Landesschulbehörde möge das hohe k. k. Unterrichtsministerium bitten, daß es für die Hauptschulen (ohne die Unterrealschulen einzubeziehen, wo wohl wegen der Lehrgegenstände als auch des reiferen Alters der Schüler Fachunterricht bestehen muß) durch einen Erlaß verordne, daß jeder Lehrer mit seinen Schülern von der Anfangsklasse beginne, und sie bis zu ihrem Austritte fort führe. Ausnahmen von dieser Regel sollen von dem betreffenden Director strenge begründet, und der k. k. Landesschulbehörde zur Genehmigung vorgelegt werden."

Um unmittelbar an einer inhaltlichen Reform des Schulwesens mitwirken zu können, entwirft Stifter gemeinsam mit dem Linzer Realschullehrer Johannes Aprent (1823–1893) ein „Lesebuch zur Förderung humaner Bildung in Realschulen und in andern zu weiterer Bildung vorbereitenden Mittelschulen". An Heckenast berichtet er in einem Brief vom 6. April: „Das Lesebuch enthält das Schönste Verstandesgemäßeste und zugleich pädagogisch Brauchbarste, das wir finden konnten. Es steht darum auf einem höheren Standpunkte als der sogenannte

Schulschlendrian ist. Mancher Lehrer ja selbst Behörden dürften daher dessen Anwendbarkeit ja Trefflichkeit nicht auf den ersten Blick erkennen, da sie nicht den Maßstab, der im Buche ist, finden und anlegen, sondern den, den sie sich aus den ihnen bekannten Büchern dieser Art angeeignet haben. Den Maßstab nun in alle Hände zu geben, ist der Zweck des Handbuches. Meiner Meinung nach hängt der Nutzen und auch der Vertrieb des Lesebuches wesentlich von dem Handbuche ab, daher bin ich der Meinung, daß dieses Buch sehr schnell folgen soll. Mich leitet bei der ganzen Angelegenheit bloß die Absicht, für die Schule und Menschheit Nutzen zu stiften, daher meine Strenge in der Wahl, die Aprent oft zur Verzweiflung brachte, wenn ich immer Fantasterei Verstandeswidrigkeit u.s.w. nachwies, und verwarf. Unsere Zeit steht nicht auf dem Standpunkte reiner Kunst, kann sie auch nicht würdigen, darum müssen alle Hebel in Bewegung gesetzt werden, wo man ihr gegen das Seichte und Schillernde will Eingang verschaffen."

Am 24. April erhält Stifter den Franz-Joseph-Orden.

1855 Das Lesebuch-Projekt ist gescheitert, weil es „dem Lehrplane nicht entspricht". Stifter analysiert die Ablehnung in einem Brief an Heckenast vom 2. Januar: „Letzteres ist unwahr oder wahr, je nachdem man den Geist oder den Wortlaut des Lehrplanes ins Auge faßt. Die Begutachtungen, sagt der Erlaß, sagen das einstimmig, obwohl sie dem Lesebuch bedeutende Vorzüge zuerkennen. Auf diesem Wege freilich muß das Unternehmen scheitern. Es steht über dem Gesichtskreise unserer Professoren, und vorzüglich derer, die bisher für unsere Schulen solche Bücher gemacht haben. Es ist also klar, daß diese, welche Begutachter solcher Dinge in erster Linie sind, das Buch verwerfen müssen. Der Fehler bestand darin, daß ich, der ich den Geschäftsgang kenne, dies nicht vorausgesehen, und die Menschen für vernünftiger gehalten habe als sie sind, oder daß mir gewissermaßen vorgeschwebt hat, man werde doch das Buch nicht denen zur Begutachtung geben, zu deren Widerlegung es zusammengestellt ist. Wir meinten, wenn Edles Großes, das in die Herzen der Jugend gesät

Titelseite der 1855 bei Heckenast verlegten Einzelausgabe von Stifters „Narrenburg" (erste Veröffentlichung 1843 in der „Iris", zweite Fassung 1844 im zweiten Band der „Studien"). Der Titelschrift liegt die Handschrift Stifters zugrunde, der Titelvignette eine Zeichnung des ab 1853 an der Wiener Akademie lehrenden Historienmalers Peter Johann Nepomuk Geiger (1805–1880), von dem auch die Illustrationen zu den „Studien", zum „Nachsommer" und zu „Witiko" stammen. Die Stiche sind Arbeiten des in Wien tätigen und mit Stifter befreundeten Joseph Axmann (1793–1873).

werden solle, und sie auf einen schöneren und größeren Lebensweg hinstellt, geboten wird, und dies in einer vollkommen deutschen Sprache, werde die Sache für sich reden, daß man mit Freude darnach greifen werde, und daß man einsehen werde, daß alle untergeordneten Rücksichten Bildung des Stiles Geläufigkeit im Ausdrucke Kennenlernen der Dichtungsarten etc. mit Ausnahme der Litteraturgeschichte (deren Kenntnis für Jünglinge ohnehin unmöglich ist, und deren Foderung ein Widerspruch in sich) ohnehin in dem höheren Zwecke liegen; allein man fodert die niederen Zwecke in einem ausgedehnten Maße, weil man den höhern nicht zu sehen vermochte, obwohl er in der Bittschrift angegeben wurde. Ich habe dieselbe verfaßt, Aprent erklärte sie für sehr gut, und ließ sie abschreiben, ich lege die Abschrift bei, bitte aber um Wiedersendung. Wie ich jetzt den gemeinen Standpunkt vieler Professoren kennen gelernt habe, auch der sehr günstigen Beurteiler unsers Buches, die Dinge darin sehen, an die wir nie gedacht haben, und für die wir gerade strafbar wären, so zweifle ich, daß von den Begutachtern die Bittschrift verstanden worden ist. Sie setzt eben Kenntnis der Dichtkunst und ihrer Geschichte voraus. Nach dem gegenwärtigen Sisteme können andere Lehrer auch in Zukunft nicht kommen.“

Mitte Januar wenden sich die in Klagenfurt lebenden jungen Damen Josephine (1831–1859) und Luise Stifter (1834–1856) an ihren vermeintlichen Onkel, um das von ihnen aufgrund der Lektüre seiner Schriften vermutete Verwandtschaftsverhältnis zu klären. Stifter ist von dieser Erweiterung des Familienkreises durchaus erbaut, zumal sie ihm die Wirksamkeit seines literarischen Schaffens beweist: „Wenn wir nicht verwandt wären, wäre es fast ein Wunder. Die äußeren Verhältnisse machen es glauben und der innere Zug spricht zu deutlich. Ihr Herz ist das unserer Familie, aus jeder Zeile sprach es mich so an, so empfinden wir, so offen und rein sind unsere Gemüter, so gütig sind wir gegen die Welt; ich gewann Sie aus Ihrem Schreiben so lieb wie eine Tochter (Sie könnten es sein, denn ich bin 48 Jahre alt). Auch der Zug, daß Ihr Herz sich meinen Schriften hingab und dieselben für Sie lebten, zeigt die gleiche Geisteslage, und wenn Sie sagen, daß Sie durch dieselben zum Teil erzogen wurden, so ist diese Wirkung (ähnliche Äußerungen sind mir auch schon von anderen Seiten zugegangen) der schönste Lohn für mich; denn daß mir edle Herzen zugetan sind, darnach geize ich sehr, Ruhm dagegen ist mir gleichgiltig,

Blick auf die Gebäude des Rosenbergergutes, das zur Ortschaft Lackenhäuser bei Frauenberg am Südostzipfel des Bayerischen Waldes gehört; auf gleicher geographischer Breite und etwa 20 km (Luftlinie) entfernt liegt jenseits der deutsch-tschechoslowakischen Grenze Stifters Geburtsort Oberplan. 1855, 1856, 1860 sowie in den Jahren 1863 bis 1866 sucht Stifter als Feriengast der Familie Rosenberger hier Erholung. Vom Herbstaufenthalt 1866 mit einem seit Jahrhunderten im Bayerischen Wald nicht erlebten, ungewöhnlich starken Schneefall handelt Stifters Ende 1867 entstandener Aufsatz „Aus dem Bayrischen Wald“. Hier heißt es einleitend: „Eines der Lackerhäuser [so Stifters Schreibweise], fast das nördlichste, macht von allen übrigen eine Ausnahme. Es ist ein fast schloßähnliches Gebäude, aus einem Haupthause und einem Seitenflügel bestehend . . . Mathias Rosenberger, der durch Handel wohlhabend geworden war, hat es gegen das Jahr 1818 erbaut.“ Stifters Gastgeber ist „der Patriarch der Lackerhäuser“ Franz Xaver Rosenberger (1822–1875).

Der Dreisesselberg nördlich von Lackenhäuser im Bayerischen Wald. „In den steilrechten Sesselfels ist eine Steintreppe gehauen. Wenn man sie hinan gestiegen ist, steht man auf einer waagrechten Steinfläche, auf welcher nur einige Menschen Platz haben. Man steht gerade mit seinen Fußsohlen neben den Wipfeln der hohen Bäume. Mit Sesseln hat der Fels nicht die geringste Ähnlichkeit, eher wäre er ein großer Säulenknauf. Vor mehreren Jahren standen noch an der Oberfläche des Steins drei Lehnen empor, welche Spalten zwischen sich hatten, durch die man hinaus sah. Damals glich der Fels einem riesigen Predigtstuhl. Die Leute nannten die Lehnen Sessel, daher der Name" (Stifter in seinem Aufsatz „Aus dem Bayrischen Wald", 1867).

und Streben darnach völlig fremd. Ich weiß, wie sehr meine Schriften fehlerhaft sind, wie weit sie hinter meinem Willen bleiben, und darum ist es mir Freude, wenn ich doch durch sie manche Blume in manchem Herzen blühen sehe; denn das Hohe, das Schöne ist es, was sie darstellen möchten" (an Luise Stifter, 21. April 1855).

Nachdem sich schon im Herbst des Vorjahres Anzeichen eines Nervenleidens gezeigt haben, hält sich Stifter im Spätsommer – gewarnt durch erneute Vorboten einer Nervenkrise – für sechs Wochen in dem kleinen Ort Lackenhäuser am Fuße des Dreisesselberges im Bayerischen Wald auf.

1856

Im Sommer ist Heckenast zu Besuch in Linz. Rückblickend berichtet er über einen gemeinsam mit Stifter unternommenen Ausflug in den Bayerischen und den Böhmischen Wald:

„Wir wohnten am Fuße des Dreisesselberges und stiegen zu dem dunklen See hinauf, der ruhig schlafend im Hochwalde ruhte, wir trieben uns mehrere Tage in jenen stillen, abgeschiedenen Gegenden herum und sahen von den Berghöhen in das ferne Moldautal hinab, wo Stifters Geburtsort liegt. Mit Rührung und kindlicher Pietät gedachte er seiner alten Mutter, die zu jener Zeit noch dort unten im Heimathause lebte. Bei Gelegenheit jenes Aufenthaltes in den Lackenhäusern und unserer Hin- und Herfahrt, die in kurzen Tagesstationen in einer Lohnkutsche langsam vor sich ging, bemerkte ich Stifters leutseligen und humanen Verkehr mit Menschen der niederen Stände. Er trat immer gern in die allgemeine Wirtsstube, setzte sich des öfteren zu den Wirtsleuten, Fuhrknechten, Arbeitern und Wanderburschen, sprach lebhaft mit im echten Dialekt des Oberlandes und ließ sich oft von den Leuten über allerhand Dinge und Hantierungen belehren. Es war überhaupt ein Zug seines Wesens, den er mit Goethe gemein hatte, daß er bei jeder Gelegenheit nach Belehrung strebte, um in allem die innerste Wahrheit und Vollkommenheit zu erforschen. Wie in Stifters Dichtungen jede Schilderung einer Naturerscheinung auf gründlicher Beobachtung beruht, ebenso gründlich bewandert war er in aller Kunsttechnik, der Schreinerei ebenso gut wie der Gärtnerei, in Feldbau und Wirtschaft bis zur Pferdewartung herab. Oberflächlichkeit im Wissen und im Ausdrucke dessen, was die Sprache zu vermitteln hat, war ihm in der Seele verhaßt." Der briefliche Verkehr mit den Klagenfurter „Muhmen" hat in Stifter und seiner Frau den Wunsch geweckt, die 22jährige Luise als Kind anzunehmen. Sie stirbt am 27. September bei ihrem Bruder in Triest an einer Gehirnhautentzündung.

1857 Gemeinsam mit Amalie und ihrer Pflegetochter Juliane reist Stifter im Frühsommer nach Klagenfurt und weiter bis Triest. Auf der Rückreise nehmen sie Josephine Stifter mit nach Linz. In einem Brief vom 20. Juli berichtet Stifter seinem Freund und Verleger: „Mein Sehnen seit vielen Jahren ist in Erfüllung gegangen: *ich habe das Meer gesehen.* Ich kann Ihnen mit Worten nicht beschreiben, wie groß die Empfindung war, welche ich hatte. Alle Dinge, welche ich bisher von der Erde gesehen hatte, Alpen Wälder Ebenen Gletscher etc. versinken zu Kleinlichkeiten gegen die Erhabenheit des Meeres. Ich wußte nicht, wie mir geschah. Ich hatte eine so tiefe Empfindung, wie ich sie nie in meinem Leben gegenüber von Naturdingen gehabt hatte. Zwei Stunden des frühen Morgens am 20ten Juni blieb ich auf einem Hügel bei Opschina sitzen, und sah auf das tief unter meinen Füßen liegende Meer. Wie groß ist Gott, wie herrlich ist seine Welt! Ich werde Ihnen mündlich sehr viel sagen, das Papier ist zu jeder Mitteilung zu klein. Auch die nächsten Tage oft stundenlang hart am Strande des Meeres stehend, konnte ich nicht satt werden, dasselbe zu betrachten. Ich hatte nicht geahnt, daß das Meer so *lieblich sein* könne. Jeden Tag jede Stunde war es anders und immer herrlich. In Farben wie lichter Smaragd wie leuchtender Azur wie tiefes Ultramarin ja wie ein Panzer mit lauter Silberschuppen spielte es vor mir, je nachdem die Sonne es streifte, eine mit Wolken gestickte oder ganz reine Kuppel über ihm stand, je nachdem der Himmel am Morgen in tiefer Bläue ruhte oder am Nachmittage in fast weißer Hitze glühte. Am 21ten Nachmittags sah ich ein Gewitter im Westen aus dem Meere emporsteigen. Die Wolken standen senkrecht auf ihm, es erschien wie ein Riesensee, und die Wolken wie schwindelnd hohe Berge, die an seinem fernen Rande empor ragen. Wie in jeder andern Lage glaubte ich auch wieder in dieser sei das Meer am schönsten. Ich wohnte im Hotel de la ville gerade auf die Rhede hinaus. Bei 300 Schiffe lagen vor mir. Gegen 8 Uhr begann das Blitzen, welches sich spiegelte, daß oft Himmel und Meer ein einziges Feuer waren, und die Unzahl der Schiffe einen Augenblick im Leeren hing. Dabei war atemlose Stille. Um 11 Uhr kam der Sturm, und das Gewitter war über unsern Häuptern. Leider konnte ich der Finsternis halber das Schäumen des Meeres nicht sehen, sondern nur hören. Eben so hörten wir das Rufen der Schiffleute in den Tauen, das zeitweilige Läuten von Schiffglocken, das Rasseln der Ketten der herabgelassenen Notanker und mitunter einen Kanonenschuß. Es sollen 3 Schiffe von ihren Ketten gerissen aber von Dampfern wieder eingebracht worden sein. Von Unglücken auf der weiteren See verlautete nichts. Am nächsten Tag war das Meer bewegt. Die schönen rötlich schimmernden Steinküsten von Muggia Capodistria Pirano dann der grauliche öde Karst hoben sich reizend von der dunkelblauen gedehnten beweglichen Fläche, und die zahlreichen Segel zogen um so leuchtender von gelegentlichen Strahlen getroffen über ihre dunkle Unterlage. Wolken breiteten wandelnde Schatten über das Schauspiel. Gegen Nachmittag beruhigten sich Himmel und Wasser. Kaum minder als das ‚ewige Meer' (wie Homer sagt) ergriff mich das Treiben der Menschen und das Betrachten eines Volkes, das so merkwürdig ist, und eine so große Geschichte hinter sich hat. Ich habe nur ein Stückchen Italien gesehen, und dieses mir bisher fremd gebliebene Betrachten eines so ganz andern Volkes als des deutschen hat mich ganz neu und mächtig erregt. Die untern Klassen wirkten eigentümlich auf mich ein, ich widmete ihnen große Aufmerksamkeit, und sprach mit ihnen in meinem ins Närrische verknitterten Italienisch, so daß ich jetzt manches begreife, was mir bisher unerklärlich war. Die italienische Musik ist mir klar, und hat ihre Berechtigung und ihren Ursprung im Volke, wie sehr wir sie bei uns tadeln müssen, wo sie aus ihrem Zusammenhange gerissen ist. In Triest noch mehr aber in Udine, welche Stadt größer als Linz und mit herrlichen aber verkommenen Häusern Kirchen und Palästen angefüllt ist, gefiel mir im Theater die italienische Oper weit besser, als ich je geahnt hatte. In Wien war sie mir widrig. So müßte ja auch eine Palme mitten auf dem Glacis in Wien stehend unerträglich sein. Das Volk im Ganzen erschien mir äußerst naiv und liebenswürdig. Was einen Frack anhatte, sprach mich weniger an, und es war mir, als müsse ich ihm mißtrauen. Auf der Ebene von Udine ist ein prächtiger Menschenschlag, besonders herrliche junge Männer wie antike Gestalten. Dazu die goldnen Weizenfelder begrenzt von Alleen von Pappeln Maulbeeren Feigen übersponnen mit dem grünen Gitter der aus den Halmen hervorragenden Rebenstämme, die sich ihre Gehänge zusenden, ausgesäte Landhäuser und Ortschaften, alles geschmeichelt von einem milden Klima und im Norden in großem Bogen die Tiroler- Kärntner- und Krainer-Alpen, duftig, von der Sonne beleuchtet und manches Haupt mit Schnee bedeckt."

Die bei Triest gewonnenen Eindrücke verdichten sich zu einem Bildthema, das Mitte 1859 im *Tagebuch über Malereiarbeiten* unter dem Titel *Steinbild (Erinnerung an den Karst)* auftaucht.

Am 26. November stirbt in Neisse in Oberschlesien Joseph von Eichendorff. Im Beileidsbrief vom 28. Dezember an Louise von Eichendorff bietet sich ihr Stifter mitsamt seiner Ehefrau als Bruder und Schwester an. Zwei Jahre später bittet er sie um das „schwesterliche Du"; die zur Schwermut neigende Louise antwortet in ihrem Brief vom 17. Dezember 1859: „... *Du* mein armer Meinungs- und Leidensgefährte! – hätte ich alles in der Welt eher möglich gehalten, als daß mir einstens das Glück, der Stolz zuteil werden soll, diesen Menschen der mir wie ein Gott erschien, nicht allein im Geiste, sondern in Wirklichkeit und Äußerlichkeit als meinen teuersten hochverehrtesten Freund *Du* nennen zu dürfen, und daß dieser Freund zugleich eine geliebte Schwester tröstend an meine Seite stellen wird um mir mein Leben zu verschönen ... Ihr seid vielleicht die von Gott gesandten Engel, die mich arme Verirrte wieder zu ihm zurückführen und mich mit ihm, seiner Welt und seinen Menschen versöhnen werden."

Bei Heckenast erscheint in drei Bänden Stifters erster Roman unter dem Titel *Der Nachsommer. Eine Erzählung.* Stifter trägt sich mit dem Plan einer Dramatisierung des antiken Nausikaa-Stoffes.

1858

Am 27. Februar stirbt in Oberplan Stifters Mutter. Er erhält die Nachricht durch seinen im Heimatdorf als Sattler tätigen Bruder Johann, dem er die Sorge für die gleichfalls in Oberplan lebende Schwester Anna überträgt: „Diese hat eigentlich am meisten verloren. Wir werden ihr gewiß auch treue Brüder bis an das Grab bleiben."

Den *Nachsommer* sieht Stifter Kritik ausgesetzt, die sowohl in der Öffentlichkeit laut wird, als auch aus dem engeren Kreis kommt. So verteidigt er sein Werk gegenüber Louise von Eichendorff:

„Aber wenn Sie mir tagtäglich die Welt für ein Jammertal halten, so halte ich sie zuletzt auch dafür, und da ist ja das Elend fertig. Ich glaube, Sie haben mir bloß wegen dieser Ihrer Gemütsrichtung den Schabernack angetan, den Nachsommer nicht zu verstehen, und in ihm allerlei Absichten heidnischer Prinzipe und unterschiedliche Belehrungen zu suchen, statt dem einfachen ruhigen Glücke, das sich über einige alternde Menschen für ihre noch übrigen Lebenstage ausbreite, und an dem einige junge Menschen zu künftigem Erdenglücke im Geiste und Herzen erstarken. Als Bestandteile dieses Glückes sind jene Dinge gewählt, die nach meiner Ansicht die einzigen Grundlagen desselben sind, und denen alles andere: Reichtum Macht Einfluß Ehrenstellen Ruhm u.s.w. weit weit nachsteht, nehmlich unmittelbar: reines Gewissen und wohlgeordnetes Familienheil, mittelbar: die Natur die Kunst und die Wissenschaft, Hand in Hand mit der Freundschaft und einigem geselligen Umgange. Diese Dinge wollte ich in ihrer Wesenheit zur Erscheinung bringen, an ihnen sollte sich das Glück von drei ihrem Stande nach sehr verschiedenen Häusern bauen, und dieser Nachsommer sollte wie der

in der Natur seine Einfachheit und Stille über das ganze Buch breiten" (Brief vom 17. Juli 1858).
Friedrich Hebbel schreibt unter dem Datum des 4. September 1858 in der „Leipziger Illustrierten Zeitung": „Drei starke Bände! Wir glauben nichts zu riskieren, wenn wir demjenigen, der beweisen kann, daß er sie ausgelesen hat, ohne dazu als Kunstrichter verpflichtet zu sein, die Krone von Polen versprechen. Wir machen jedoch den Verfasser nur in geringem Grade für das mißratene Buch verantwortlich; er war sogleich bei seinem ersten Auftreten Manierist und mußte, verhätschelt wie er wurde, zuletzt natürlich alles Maß verlieren . . . Was wird hier nicht alles weitläufig betrachtet und geschildert; es fehlt nur noch die Betrachtung der Wörter, womit man schildert, und die Schilderung der Hand, womit man diese Betrachtung niederschreibt, so ist der Kreis vollendet. Ein Inventar ist ebenso interessant, und wenn die Gerichtsperson, die es abfaßt, ihr Signalement hinzufügt, so sind auch alle Elemente dieser sogenannten Erzählung beisammen."
Der Literarhistoriker Julian Schmidt (1818–1886) rezensiert im „Grenzboten": „Von Humor zeigt sich bei Stifter nie auch nur die leiseste Spur . . . er behandelt nicht bloß das Unbedeutende und Gleichgültige mit derselben Wichtigkeit wie das Große, sondern stellt es zuweilen mit einer noch größeren Andacht dar . . . Sein ästhetischer Sinn verleitet ihn zu einer unglücklichen Verehrung der sozialen Aristokratie. Selbst in Augenblicken, wo nur die Seele sprechen sollte, kann er sich nicht erwehren, auf schöne und kostbare Gewänder, glänzenden Schmuck und vornehme Bewegungen eine Aufmerksamkeit zu richten, die der echten Leidenschaft fremd ist. In solchen Fällen zeigt selbst die Gräfin Hahn-Hahn [die Schriftstellerin Ida Gräfin von Hahn-Hahn, 1805–1880, Verfasserin von Bekehrungsromanen] mehr Takt, was gewiß viel sagen will . . . Eine Spur stärkerer Leidenschaft würde uns in dieser Dämmerung glücklich machen, und wir sind dem Dichter schon dankbar, wenn er sie uns nur ahnen läßt. Diese beständige Resignation . . . verrät doch einen Mangel an jugendlicher Dichterkraft und wenn wir in dem Buche eine echte Lebenswahrheit finden, so ist es doch nur die Weisheit des Alters."

1859

Stifter erkrankt an einem Augenleiden, das ihn am Lesen und Schreiben hindert: „Vorlesen lassen, wenn nicht sehr gut gelesen wird, geht auf die Länge schlecht, diktieren kann ich nicht, weil der Schreibknecht, welcher dasitzt, um meine Dichtungen, die mir in seiner Gegenwart einfallen sollen, aufzuschreiben, dieses Einfallen ganz und gar hindert; selbst meine geliebten Cactus konnte ich nur oberflächlich betrachten, weil sonst die unzähligen Stacheln der Mamillarien sich in dem feurigen Rauche zu rühren begannen, oder gar mit Spitzen gegen meine Augen stachen . . . Der Julie [Juliane Mohaupt] wollte ich Epigramme diktieren, die ich aus Bosheit machte. Sie sollte in einem erleuchteten Nebenzimmer sitzen, in das ich aus meinem dunkeln die Epigramme hinaus riefe. Aber die Sache war zu lächerlich, und die Epigramme wurden, je länger ich sie im Gedächtnis hersagte, immer schlechter . . ." (an Heckenast, 29. Januar).
Am 21. März verläßt die 18jährige Juliane unbemerkt ihre Pflegeeltern. Sie bleibt verschollen, bis vier Wochen später ihr Leichnam von der Donau bei Mauthausen ans Ufer gespült wird. Stifter schreibt am 6. Mai an Louise von Eichendorff: „. . . Fast mit Sicherheit hegen wir die Vermutung, daß sie ihrem Leben selbst ein Ende gemacht hat, weil sie einen Zettel hinterließ, auf dem stand: ‚Ich gehe zu meiner Mutter in den großen Dienst.' Ihre Mutter aber ist seit 15–16 Jahren tot. Es kann aber auch sein, daß sie im Irrsinne verunglückte. So weit nämlich bis jetzt unsere Forschungen reichen, die ich unausgesetzt überall, wo ich die geringste Auskunft hoffen kann, anstelle, dürfte eine Übersetzung der Menstruation ins Gehirn die Ursache sein. Wir ahnten nicht das Geringste davon. Ihre verworrenen Handlungen in den letzten Stunden, bevor sie fort ging, erfuhren wir erst, da sie schon fort war; kleine Anzeichen, die in unserer Gegenwart vorfielen, verstanden wir nicht. Das Mädchen hatte sich in dem letzten Jahre sehr rasch entwickelt, war sehr üppig geworden, und viele nannten sie schön. Sie war bis etwa 18 Stunden vor ihrem Fortgehen sehr fröhlich, ja lustig, tanzte sang deklamierte im ganzen Hause, ja oft im Vorhause und auf der Stiege. Um so weniger konnten wir so etwas ahnen, und doch machen wir uns jetzt die bittersten Vorwürfe, daß wir

„Griechische Tempelruinen", auch „Die Heiterkeit" genannt; unvollendetes Ölgemälde auf Leinwand (Format 46,5 × 58 cm) von Stifter (um 1860; Stifter-Gesellschaft in Wien). Eine wesentlich kleinere Fassung des Motivs, gleichfalls im Besitz der Stifter-Gesellschaft, wird mit der Notiz im Malertagebuch vom 5. Februar 1854 in Zusammenhang gebracht: „Die Heiterkeit. griechische Tempelruinen. Mittelgrund gezeichnet, Luft und Hintergrund gemalt." Beide Werke zählen zu Stifters symbolischen Landschaften, über die sich der Maler-Schriftsteller indirekt ausspricht, wenn er in einem Brief vom 13. Dezember 1859 an den Landschaftsmaler August Piepenhagen (1791–1868) schreibt: „. . . wenige Maler sind so sehr Dichter wie Sie . . . Wer es gar nicht ist, dessen Pinsel ist eine fehlgegriffne Waffe, sie führt zu keinem Siege."

das Unglück nicht zu verhüten gewußt haben. Sie hätte einem glücklichen Lose entgegen gehen können. Wir behandelten sie gut, sie bekam nie eine Strafe als nur Ermahnungen bei ihren Fehlern, und sie selber freute sich oft kindisch über manches, was sie bekam, oder was ihr in Aussicht stand. Sie war auch sehr gesund, nur eine tiefe lebhafte Röte überkam oft ihr Angesicht, was wir auf Rechnung ihrer Jahre und Entwicklung schrieben. Auf der Reise nach Triest hatte sie in Graz eine kleine Halsentzündung, wo sie ärztlich behandelt wurde. Es behob sich aber sogleich wieder. Das war in den 12 Jahren, die sie bei uns war, ihre stärkste Krankheit. Sie können denken, teure Freundin, wie wir, durch die frühern Todesfälle schon erschüttert, Juliens Fortbleiben mit steigernder Unruhe empfanden, und wie wir durch die Gewißheit ihres Schicksals zerschmettert wurden. Ich suchte meine arme teure Gattin zu trösten, und hatte selber keinen Trost. Die ersten Nächte brachten keinen Schlummer, und der Tag keine Ruhe. Göthes Worte aus Iphigenia kamen bei uns in Erfüllung: ‚unaufhörliche Betrachtung des Geschehenen'."

In Klagenfurt stirbt am 9. April Josephine Stifter, nachdem sie Ende 1858 Linz verlassen hat.

1860

Stifter arbeitet an seinem historischen Roman *Witiko,* der ihn vor das Problem der Gestaltung eines „gegebenen“ Stoffes stellt: „Im *Hochwalde* habe ich die Geschichte als leichtsinniger junger Mensch über das Knie gebrochen, und sie dann in die Schubfächer meiner Fantasie hinein gepfropft. Ich schäme mich jetzt beinahe jenes kindischen Gebarens. Jetzt steht mir das Geschehene fast wie ein ehrfurchtgebietender Fels vor Augen, und die Frage ist jetzt nicht mehr die: ‚was will ich mit ihm tun?‘ sondern: ‚was ist er?‘ Und die Antwort ist so schwer, daß, wenn ich sie nur zum Teile finde, und geben kann, das Gegebene unendlich mehr ist, als das, was ich hätte machen können, und in meiner Jugend auch gemacht hätte. Man muß eben in die Jahre kommen, in denen das Brausen des eigenen Lebens den großen ruhig wallenden Strom des allgemeinen Lebens nicht mehr überrauscht, daß man dem großen Leben gerecht wird, und sein eigenes als ein sehr kleines unterordnet. Die Weltgeschichte als ein Ganzes, auch die ungeschriebene eingerechnet, ist das künstlerischeste Epos, und wenn Teile davon als Dichtung genommen werden, so sind sie am schönsten, wenn sie einfältiglich heraus gehoben und aus dem Munde des mitlebenden Volkes erzählt werden. Der Gelehrte und der heutige Dichter verderben nur daran. Wie viel ich an meinem ersten bescheiden gewählten Stoffe verderben werde, möge Gott wissen. Der Wille, vor der Wirklichkeit Ehrerbietung zu haben, wäre wohl da; aber uns Neuen mischt das Ich stets einen Teil von sich unter die Wirklichkeit mit, und tauft ihn Wirklichkeit“ (an Heckenast, 7. März). Gleichwohl gibt er die subjektive Voraussetzung seiner Arbeit an *Witiko* zu erkennen, indem er am 17. Dezember seinem Verleger antwortet: „Sie fragen, ob mich die gegenwärtige Weltlage nicht in meinen Arbeiten stört. Nein. Weil die gegenwärtige Weltlage Schwäche ist, flüchte ich zur Stärke, und dichte starke Menschen, und dies stärkt mich selber. Sonst aber betrübt mich Europa sehr. Wenn nicht einzelne edle und bedeutende Menschen wären, so wäre man versucht, im Angesichte dessen, was sich Europa bieten läßt, dem Geschlechte den Rücken zu kehren, und ein rechtschaffner Wolf oder Elephant oder Bär zu werden.“

Am 12. August findet die Eröffnungsfahrt der Westbahn Linz–München statt und damit die Herstellung der direkten Verbindung von Wien nach München. Zu den Ehrengästen der Fahrt gehören Kaiser Franz Joseph I. und der in Salzburg zusteigende bayerische König Maximilian II.; in Linz repräsentiert in Beamtenuniform mit Zweispitz und Degen der Schulrat Stifter, der in München Aufenthalt nimmt; Frau Amalie samt Hund Putzi folgen nach. An der Westbahn ist Stifter auch persönlich interessiert, da Heckenast in seinem Auftrag mit Autorhonoraren Aktien der Gesellschaft erworben hat, von deren Wertsteigerung sich der Schriftsteller – vergeblich – eine Alterssicherung erwartet.

Der Haushalt des Ehepaars Stifter erweitert sich durch „Kathi“ (Katharina) Mohaupt, die als Dienstmädchen in die Familie aufgenommen wird; sie ist die ältere, bald als „zornmütig“ getadelte Schwester Julianes.

Seine amtlichen wie familiären Verpflichtungen listet Stifter in einem Brief an Louise von Eichendorff vom 22. Dezember wie folgt auf: „Ich bin Schulrat und Inspector der Volksschulen, Conservator der Baudenkmale in Oberösterreich, Vice-Vorstand des Kunstvereins, Mitglied und Referent des kirchlichen Kunstvereins, Mitglied und Referent des Museums. Diese Dinge nehmen viel Zeit hinweg. Dann bin ich noch der Generalbevollmächtigte meiner Frau, und habe viel für sie zu tun, ferner bin ich die Gouvernante der zwei Hunde meiner Frau, und endlich habe ich die Jugendsünde noch immer nicht abgelegt, daß ich dichten muß, ich muß dichten; denn sonst müßte ich sterben. Ich dichte fleißig, und die Muse muß mir auch die Mittel bringen, daß ich im Alter unabhängig und sorgenfrei leben kann; denn mein Amt brächte mir dies nie zuwege. Soll ich auch noch vom Zeichnen, von meinen Cactus reden? Nein; denn dies darf mich nicht abhalten. Ich setze dir meine Tagesordnung her, wenn ich nicht auf Amtsreisen bin. Um 8 Uhr Frühstück, bis 10 Amts- oder Dichterarbeit, bis 2 Amtsstunden, dann Essen, dann etwas im Hause herum, Freunde sehen, und um 4½ bis 9½ dichten, dann Abendessen, dann Zeitungen und Cigarren, und um 11½ oder 12 Schlafengehen. Besuche oder Briefschreiben oder Zeichnen Blumenpflege etc. müssen eingeschoben werden.“

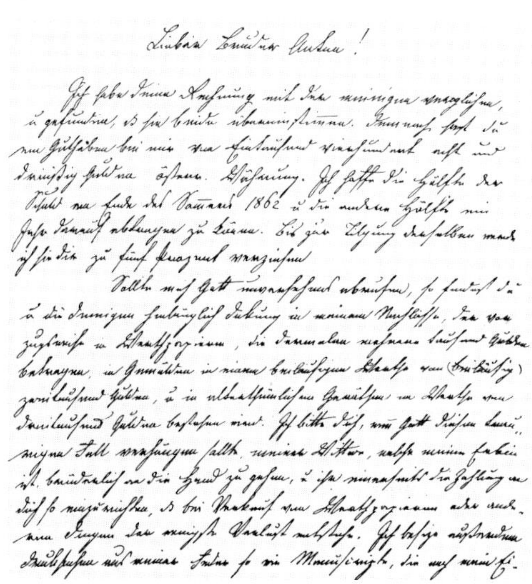

Lieber Bruder Anton!

Stifters Brief vom 16. November 1861 an seinen Bruder Anton (1810–1878), der zunächst bei den Lederfabrikanten Kaindl in Linz tätig war und sich als Lederhändler selbständig gemacht hat: „Ich habe Deine Rechnung mit der meinigen verglichen, und gefunden, daß sie beide übereinstimmen. Demnach hast Du ein Guthaben bei mir von Eintausend vierhundert acht und dreißig Gulden österr. Währung. Ich hoffe die Hälfte der Schuld am Ende des Sommers 1862 und die andere Hälfte ein Jahr darauf abtragen zu können. Bis zur Tilgung derselben werde ich sie Dir zu fünf Prozent verzinsen. Sollte mich Gott unversehens abrufen, so findest Du und die Deinigen hinlänglich Deckung in meinem Nachlasse, der vorzugsweise in Wertpapieren, die dermalen mehrere tausend Gulden betragen, in Gemälden in einem beiläufigen Werte von zweitausend Gulden, und in altertümlichen Geräten im Werte von dreitausend Gulden bestehen wird. Ich bitte Dich, wenn Gott diesen traurigen Fall verhängen sollte, meiner Witwe, welche meine Erbin ist, brüderlich an die Hand zu gehen, und ihr einerseits die Zahlung an Dich so einzurichten, daß bei Verkauf von Wertpapieren oder anderen Dingen der wenigste Verlust entstehe. Ich besitze außerdem Drucksachen aus meiner Feder so wie Manuskripte, die noch mein Eigentum sind, im Werte von sechs bis achttausend Gulden . . ." Anton Stifter soll die Manuskripte zunächst Heckenast, dann gegebenenfalls Cotta anbieten.

1861 Im Hinblick auf die fortschreitende Arbeit an *Witiko* unternimmt Stifter im Brief an Heckenast vom 8. Juni eine grundsätzliche Positionsbestimmung, durch die er sich gegenüber der „gebräuchlichen Art des historischen Romanes" abgrenzt: „Man erzählt gewöhnlich bei geschichtlichen Hintergrunde Gefahren Abenteuer Liebesweh eines Menschen oder einiger Menschen. Mir ist das nie recht zu Sinne gegangen. Mir haben unter Walter Scotts Romanen die am besten gefallen, in denen das Völkerleben in breiteren Massen auftritt wie z. B. in den ‚Presbiterianern'. Es erscheinen da bei dieser Art die Völker als großartige Naturprodukte aus der Hand des Schöpfers hervorgegangen, in ihren Schicksalen zeigt sich die Abwicklung eines riesigen Gesetzes auf, das wir in Bezug auf uns das Sittengesetz nennen, und die Umwälzungen des Völkerlebens sind Verklärungen dieses Gesetzes. Es hat das etwas geheimnisvoll Außerordentliches. Es erscheint mir daher in historischen Romanen die Geschichte die Hauptsache und die einzelnen Menschen die Nebensache, sie werden von dem großen Strome getragen, und helfen den Strom bilden. Darum steht mir das Epos viel höher als das Drama, und der sogenannte historische Roman erscheint mir als das Epos in ungebundener Rede. In der Ilias ist es weniger Achilleus und sein Zorn, der vorgeführt wird (er tritt ja sehr wenig auf) als das vielgliederige buntgestaltige griechische Leben, das da in den verschiedensten Gefühlen und Erregungen zu menschlicher Erscheinung kömmt. Man könnte fast aus der Ilias Stammtafeln griechischer Geschlechter entwerfen. Darum ist die Äneis so klein dagegen, trotz der wunderbaren Form, weil sie eitles Lob Roms als Hauptziel anstrebt, da um Gründung dieses Reichs sich Götter und Menschen bemühen, ohne daß man einen rechten Beweggrund einsieht, warum Rom entstehen müsse, und weil im Gedicht der dünne Faden eines einzelnen Menschen hinläuft, welcher Mensch noch dazu nicht so groß ist, daß er uns erschüttert. In der Ilias sind die Götter gewaltigere Menschen, die mit Gefühlen und Leidenschaften Partei nehmen, und Furchtbares hervorbringen. Doch ich breche hier in diesen Erörterungen ab, es wird Ihnen das Gesagte genügen, und Ihnen ungefähr dartun, was ich meine. Sie werden das auch in 2 und 3 des *Witiko* durchscheinen sehen. Ich bin dazu, wie ich sagte, durch die Sache selber gedrängt worden, weil ich, wie ich Ihnen schon geschrieben habe, nicht erfinden sondern finden kann wo das Ding eben schon besteht. Ob ich nun da Recht habe? Das ist die Frage. Mein Gefühl sagt entschieden *ja,* nur in der Ausführung könnte ich irren, und da bin ich in der Tat unsicher, und muß die Wirkung auf bedeutendere Menschen sehen."

Krehn. 857

Das links wiedergegebene Gemälde zeigt Franz Joseph I. (1830–1916, Kaiser von Österreich ab 1848), dargestellt in einem Gemälde von Friedrich Krepp aus dem Jahr 1857 (Niederösterreichisches Landesmuseum in Wien). Stifter begegnet dem Monarchen anläßlich der Eröffnungsfahrt der Westbahn Linz–München am 12. August 1860 (vgl. S. 96). Im Anschluß an seine Begegnung mit Kaiserin Elisabeth (1837–1898) im Jahr ihrer Vermählung mit Franz Joseph I. schildert Stifter in einem Brief vom 29. September 1854 an Heckenast seine Empfindungen, die in der Vorstellung von der höheren Weihe der kaiserlichen Familie gipfeln: „. . . Die ganze Art, wie man sich in diesem Kreise benimmt, hat etwas sehr Einfaches Reines und Edles, was mir außerordentlich gefällt, und was mit Ehrfurcht gegen die Mitglieder erfüllt; denn nicht von einem sondern von mehreren muß das ausgehen, sonst wäre es nicht da. Möge Gott unserm Kaiser dieses Kleinod des Familienglückes erhalten; es ist das größte äußere Glück des Lebens (das innere gibt der Charakter) ein Glück, das sich nicht einmal ein Kaiser zu geben vermag, der es auch von dem Himmel empfangen muß, wie wir alle, und der, wenn es der rechte Kaiser ist, es auch mehr verdient als wir alle." – Auf Stifters eigene Familiensphäre verweist sein oben wiedergegebenes, um 1860 entstandenes Gemälde „Putzi" (Öl auf Karton, Höhe innerhalb des Rahmens 11 cm; Oberösterreichisches Landesmuseum in Linz, Stifter-Institut); den Holzrahmen mit durchbrochenem Kettenmuster hat Johannes Rint (1815–1876), der Restaurator des Kefermarkter Altars, geschnitzt. Von Amalies Lieblingshündchen ist in Stifters Briefen ab 1857 die Rede. Im Zusammenhang mit Reiseplänen schreibt er am 11. Dezember 1859 an Louise von Eichendorff: „Jetzt wird die Jahreszeit immer rauher, der Garten ist gar nicht zu genießen, die Tage sind eigentlich Nächte und (lachen Sie nicht) die arme Putzi, welche wir durchaus nicht in den Händen von Dienstleuten zurück lassen können, macht uns auch Sorge, da wir für sie fürchten, wenn in der Reise größere Kälte eintreten sollte. Es wird vielen Leuten lächerlich sein, und manchem frommen Christen ärgerlich, daß wir auf einen Hund so viel Rücksicht nehmen; aber wer durch ein so schreckliches Verhängnis plötzlich in solche Vereinsamung gestürzt ist, wie wir, dem tut die treue wahrhaftige uneigennützige und heiße Liebe eines Tieres wohl, besonders, wenn man von Mietlingen umgeben ist . . ."

Der Inspektionsreisende Stifter ist in einem Brief vom 29. November, geschrieben in Frankenmarkt (an Amalie), Gegenstand und Autor einer Groteske: „Mache dich auf Dummheiten gefaßt. Bei der Stadt Frankfurt aß ich gestern etwas Weniges zu Mittag, dann fuhr ich auf den Bahnhof, und um 1½ Uhr auf der Eisenbahn dahin. Ich saß in meinem Pelze ganz allein in einer Abteilung, tat meinen grauen Hut weg, setzte die Haushaube, die ich in der Pelztasche hatte, auf, und schlief bis Lambach. Nach jener Zeit hob sich der Nebel, und ich sah allerlei schwere Wolken. In Vöcklabruck hörte ich ein seltsames Geräusch, als wir hielten. In Timmelkam hörte ich beim Halten das Geräusch wieder, es schien auf dem Wagen oben. In Redel war es mir ganz deutlich. Es war ein entsetzlicher Regen auf das Wagendach. Du weißt schon, wie es auf dieser Reise mit mir und dem Regen steht. In Vöcklamarkt goß es, in Frankenmarkt goß es noch mehr. Es war bereits finster. ‚Station Frankenmarkt' rief der Conducteur, öffnete meinen Wagenschlag und ging davon. Ich stieg rückwärts aus, fand mit dem Fuße nicht den zweiten Tritt, meinte, es sei gar keiner, und mein Fuß müsse daher schon fast am Boden sein. Ich ließ oben mit der Hand aus, der Fuß war aber noch so weit vom Boden, daß er, als er ihn endlich berührte, ausglitschte, und ich rücklings auf das harte Pflaster des Bahnhofes nieder fiel. Das rechte Schienbein schlug ich mir an die Trittbretter an, der Rücken dröhnte, und der Kopf klang mir, als wäre er hohl. Ich stand auf, und hinkte in das Bahnhofsvorhaus. Dort warf ich den Pelz, den ich nach dem Falle aus dem Wagen genommen hatte, auf die Bank neben dem Eingange, und richtete mich, und befühlte mich ob etwas ab oder ein sei. Das Schienbein blutete nicht, es war nichts ab und nichts ein, der Kopf klang nicht mehr aber weh tat er. Der Bahnträger brachte ewig den Koffer nicht. Endlich kam er damit. Der Kutscher, den der Postmeister zu jedem Zuge mit einem geschlossenen Wagen schickt, kümmerte sich um keinen Reisenden, sondern fuhr leer und ehrlich von dannen. Ich mußte Koffer und Mantel einem Bahnträger überlassen, der mir versprach, mir die Sachen später in den Markt hinauf zu tragen. Ich trat also in der Finsternis allein meinen Weg an. Den Trost hatte ich, daß der Regen auf meinem grauen Hute bei weitem nicht so sehr trommelte als auf dem Dache des Eisenbahnwagens. In den einen Überschuh ging das Wasser hinein, den andern verlor ich immer, und trug ihn dann wie einen Krug in der Hand, und es regnete recht schön hinein. So kam ich endlich in der ziemlich weit oben liegenden Post an, und erfuhr dort, daß der Postknecht lange vor mir leer zurück gekommen ist. Der Wirt lieh mir einen Schirm, ich ging noch zum Pfarrer und Bezirksvorstand, und dann in mein warmes kleines Zimmer, zog die nassen Stiefel und Strümpfe aus, nahm meinen Hausanzug, und schrieb bis 9 Uhr am *Witiko*."

1862 Der Schulrat Stifter als Vermittler zwischen zwei anläßlich eines Schulhausneubaus verfeindeten „Parteien" der Ortschaften Wakkersbach und Rockersberg bei Eferding: „Um sieben Uhr Morgens trat ich den Weg in Gesellschaft des Bezirksvorstandes an, und ging von Efferding nach Wackersbach, wohin wir 1 Stunde 10 Minuten brauchten, von Wackersbach gingen wir zwischen Kornfeldern nach Rockersberg in 13 Minuten. Die Häuser dieser Ortschaften mußt du dir unter Bäumen und Feldern weit zerstreut vorstellen. In Rockersberg ist die kleine Schule, die ich inspicieren sollte. Es erwarteten mich eine genügliche Anzahl Bauern, darunter die drei, welche so oft zu mir in die Wohnung gekommen sind. Es ist da ein alter Streit über einen Schulhausbau, der sich dahin zieht wie der trojanische Krieg. Zwei Parteien sind sich nach und nach so feindlich geworden wie Troer und Achaier. Ich hatte eine spaßhafte Freude in dieser Sache. Als nehmlich nach der Inspection des Längsten und Breitesten über den Bau geredet worden war, lud ich beide Parteien ein, die Wege, von denen so viel die Rede war, mit mir zu begehen. Sie willigten ein. Der Bezirksvorsteher mußte nach Efferding zurück gehen. Da schritt ich nun mit einer Schar Bauern, die, wie sie nicht in meiner Nähe waren, sich stets zankten, das schmale beschoderte Sträßchen von Rokkersberg nach Mittergallsbach und Obergallsbach ½ Stunde. Dort lud mich das Haupt der einen Partei ein, in sein Haus zu treten. Ich sagte es auf ein paar Augenblicke zu. Da sprach das Haupt der andern Partei, er wolle indessen mit den Seinen heraußen auf mich warten; dazu willigte ich nicht; deshalb lud der Hausherr alle ein, in sein Haus zu kommen, ich drängte auch dazu, wir traten ein, da war ein Tisch in der Stube, wir setzten uns um denselben, es kam treffliches weißes Brod Honig Most und endlich in einer weißen dicken Soß harte Eier mit viel Pfeffer, und jetzt aßen Freund und Feind und Schulrat aus *einem* Teller Honig und aus *einer* Schüssel Eier und tranken aus *einem* Glase, das im Kreise ging, Most, der Schulrat sprach mit beiden Parteien sehr freundliche Worte über gleichgültige Dinge, erzählte mitunter eine lustige Geschichte, und da sprachen Freund und Feind in Eifer und Heiterkeit mit einander, tranken sich zu, und der Most und die Eier und das Brod und der viereckige Tisch, der uns vereinigte, mochten zur Verbindung mehr beigetragen haben als etliche sehr stichhaltige Vernunftgründe. Nach mehr als einer Stunde brachen wir erst wieder auf. Alle reichten dem Hauswirte und seiner Bäurin die Hand und dankten für die Gastfreundschaft. Wir gingen nun nach Oberwackersbach, und da bat mich der Bürgermeister der Gemeinde Inzenbach das Haupt der andern Partei auch in sein Haus zu treten, ich tat es, und nahm die beiden Parteien wieder mit hinein. Wir fanden da ein sehr schönes Bauerhaus, und wurden da in ein besonderes Zimmer geführt. Hier gab es wieder vortrefflichen Most, und der Bürgermeister hatte sogar ein Huhn für mich bereiten lassen, das ich aber nicht essen konnte, weil ich die Eier noch in dem Magen hatte. Er wollte mich nun in seinem Wagen nach Efferding führen, ich schlug es aber ab, weil ich auch diesen Weg zu Fuß kennen lernen wollte, wie er für Kinder zu gehen wäre, und weil ich ein ganz durchschwitztes Hemd hatte, und mich nicht auf dem Wagen sitzend verkühlen wollte. Ich verabschiedete jetzt die Parteien, und ging allein nach Efferding, wohin ich 1¼ Stunde brauchte“ (an Amalie, 20. Juni 1862).

Anläßlich der Silbernen Hochzeit am 15. November ist eine Reise nach Wien geplant, um sich in der Augustinerkirche erneut trauen zu lassen. Kränklichkeit Amalies, dazu das Auftreten von Tollwut in Wien, die den als Reisebegleiter unerläßlichen Hund Putzi gefährden könnte, verhindern das Unternehmen. „So verbittern uns“, kommentiert Stifter in einem Brief an Gustav Pechwill (1819–1905) den von Klagen und Jammer erfüllten Festtag, „gerade unsere besten Gefühle die schönsten Tage und in 25 Jahren sind wir nicht klüger, eher kindischer geworden.“

Die Abbildung der folgenden Doppelseite gibt das Gemälde „Eine Parade in Paris im Jahr 1810“ (Format 105 × 160 cm) von Hippolyte Bellangé (1800–1866) aus dem Jahr 1862 wieder (erworben durch Napoleon III., heute im Louvre in Paris). In Form einer historischen Volksszene huldigt es dem wieder zur Herrschaft gelangten, auf Volkstümlichkeit bedachten Bonapartismus. Sein Repräsentant ist Charles Louis Napoleon Bonaparte (1808–1873), ab 1852 als Napoleon III. Kaiser der Franzosen. Den Schwerpunkt des Gemäldes bildet der mit fotografischer Genauigkeit dargestellte „Arc de Triomphe du Carrousel“, der 1808 eingeweiht wurde und als Eingangstor zum Paradeplatz vor den Tuilerien diente. Den Anlaß für die Errichtung des römischen Vorbildern verpflichteten Triumphbogens nennen zwei von Napoleon I. verfaßte Inschriften über dem mittleren Tor. Die dem Betrachter bzw. dem Louvre zugewandte Inschrift erwähnt Ereignisse im Zusammenhang des Krieges zwischen Frankreich und der aus England, Österreich und Rußland gebildeten Koalition im Herbst des Jahres 1805 (Stifters Geburtsjahr): „Die französische Armee, in Boulogne eingeschifft, drohte England. Eine Dritte Koalition bildet sich auf dem Kontinent. Die Franzosen fliegen vom Ozean bis zur Donau. Bayern wird befreit, die österreichische Armee bei Ulm gefangen. Napoleon zieht in Wien ein, er triumphiert bei Austerlitz. In weniger als hundert Tagen ist die Koalition aufgelöst.“ Stifter erkennt, daß Napoleon III. zunehmend nach einer Erneuerung der machtpolitischen Stellung seines Onkels strebt. Nachdem Frankreich im Sommer 1859 Sardinien-Piemont im Kampf gegen Österreich um die Befreiung Venetiens unterstützt hat, schreibt der Schriftsteller am 13. Dezember dieses Jahres an Louise von Eichendorff: „Der Kaiser von Frankreich hat das bestehende Recht in Europa für nichtig erklärt, er hat es vielleicht zu seiner Erhaltung getan. Er beginnt, sich als Herr von Europa zu benehmen. So lange er Kaiser ist, besteht die Drohung äußerster Gefahr. Nach dem, was er getan hat, ist kein Land sicher vor Angriff. Er will Kaiser bleiben, und wird das Äußerste versuchen Macht und Herrlichkeit in seiner Person zu vereinigen, damit er in Frankreich fest stehe; er wird vor nichts zurück weichen, und wäre es der fürchterlichste Krieg. Dies habe ich alles schon bei seiner Thronbesteigung gewußt und gesagt. Viele haben mich damals töricht geheißen. Wenn er noch eine Reihe von Jahren lebt, so wird es endlich in Europa zu einem großen Kampfe kommen, der wahrscheinlich mit dem Sturze Napoleons enden wird.“ Stifters Prognose erfüllt sich zwei Jahre nach seinem Tod. Den Anlaß für Stifters Erörterung der politischen Lage bildet die Frage seiner Briefpartnerin, welche Form des Besitzes – Geld- oder Grundbesitz – mehr Sicherheit gewähre. Stifters Rat: „Verkaufe nicht einen Grashalm von Deinem Besitztume, sondern erhalte es in seiner Ganzheit.“ Er schickt seinem Rat die Bitte voraus, Louise möge ihn „nicht für einen unpraktischen Menschen halten“, nur weil er ein Schriftsteller sei. Die Ordnung seiner Angelegenheiten zeige, daß er die „Augen auch für äußere Dinge nicht geschlossen halte“.

1863 Im April hält sich Stifter mit Amalie in Wien auf, ist jedoch weitgehend als Krankenwärter seiner Frau beschäftigt, die Ende März in Linz – erschreckt durch ein sich aufbäumendes Pferd – im Gesicht und am linken Arm verletzt wurde. Resigniert kehrt er „endlich mit ihr wieder nach Linz“ zurück. Über seine im Herbst offen zutage tretende körperliche Schwäche berichtet Stifter rückblickend in einem Brief an den auf Fertigstellung des *Witiko* drängenden Freund und Verleger: „Ich war krank. Schon im October hatte ich zeitweilig Mahnungen von Kleinmut Ängstlichkeit und dergleichen, was ich nicht achtete, November war so so. Im Dezember brach es aus. Der Arzt nannte es einen schleichenden Tiphus. Ich weiß es anders: ein *Nervenübel* war es (ich kenne den Namen nicht). Mein Wesen strebt nach Schaffen in edlen Kreisen, nach Umgang mit höheren und guten Menschen, und nach der großen schönen Natur. Mein Amt legt mir tausenderlei klägliche Arbeiten auf, die in der Welt nichts verrücken. Es nagt an meinem Herzen, wenn ich die bedeutungslosesten Zeilen schreiben muß, während Reineres Schöneres in Haupt und Gemüte drängt. Und doch ist das noch das kleinste Übel. Ein größeres ist schon, daß ich mit so vielen auf ziemlich tiefer Stufe stehenden Menschen in Verkehr komme. Auch das ist noch zu ertragen, wenn wenigstens *Güte* vorhanden ist. Ich erlabe mich sogar oft, besonders an dem Lehrstande, der mir noch am besten in meinen Bestrebungen entgegenkömmt, und der mir Liebe und Neigung zeigt. Es sind sehr viele sehr achtbare Männer darunter, und auch solche, die sonst Bedeutung haben. Aber wenn zum tiefen Bildungsgrade auch noch tiefer Stand der Menschlichkeit kömmt und Bosheit und Selbstsucht, dann ist es sehr bitter, und ich habe solche Früchte zu kosten. Das Übelste aber ist, wenn von gar so vielen Seiten durch Unverstand, durch Selbstsucht durch Bequemlichkeit und Schlendrian, und ich muß noch Wohldienerei hinzu fügen, das Gute und Heilsame gehemmt oder gar vernichtet wird, wenn so die äußersten Anstrengungen vergeblich werden, das frißt in die tiefste Seele hinein, und ich habe solche Dinge zu erfahren. Unfähigkeit höherer Stellen tut dem wohlmeinenden Manne fürchterlich weh, und weher, wenn noch Hochmut damit verbunden ist. Und wo fehlt der Hochmut, sobald nur die Unfähigkeit da ist. Das verlieh mir reichlich das gewesene Unterrichtsministerium. Jetzt ist es da besser, in Kreisen, die mir näher sind, ist es aber da schlechter. So sammelt sich Gram und Bitterkeit, und gerade in gefühlvollen Menschen mehr, und endlich wird eine körperliche Krankheit daraus, und der Arzt sagt dann: ein schleichender Tiphus. Und dann sagen sie weiter, es ist nur aus Mangel an Bewegung gekommen. Ich ließ alles gut sein. Mein Zustand war Angst Unruhe eine furchtbare Scheu vor Erzählungen unangenehmer Dinge oder vor Lärm und endlich Ergriffensein der Schleimhäute, daher Ekel vor Speisen, auf welch letzteres Ding der Arzt hinwirkte“ (an Heckenast, 12. Februar 1864).

In demselben Brief berichtet Stifter von seiner Arbeit an einer dritten Fassung der *Mappe meines Urgroßvaters,* der schließlich eine vierte, fragmentarische Bearbeitung folgt; beide Überarbeitungen bleiben zu Stifters Lebzeiten unveröffentlicht.

Adalbert Stifter: Ausschnitt aus einem im Frühjahr 1863 im Atelier des Wiener Hoffotografen Ludwig Angerer entstandenen Lichtbild. Die durchaus selbstgewisse aufrechte Haltung läßt noch nichts von der kurz darauf das äußere Erscheinungsbild prägenden körperlichen und schließlich seelischen Gebrechlichkeit erkennen.

1864 Während die Arbeit am ersten Band von *Witiko* ihrem Abschluß zustrebt, steht Stifter unter starker gesundheitlicher Belastung, die er in einem Tagebuch mit dem Titel *Mein Befinden* protokolliert. Johannes Aprent berichtet: „Der Mann, der sonst in strammer Haltung kräftigen Schrittes einhergegangen war, wandelte jetzt gebeugt und gebrochen durch die Gassen, auch für den, der nie seinen Namen gehört hatte, ein Gegenstand des Mitleids. War er allein, so grübelte er nach Sitz und Ursache der Krankheit, zergliederte sie und vertiefte sich in ihre kleinsten Einzelnheiten; kam ein Freund, so war die Krankheit sein erstes und letztes Wort, und man machte nur ungern den Versuch, ihn von dem traurigen Gegenstande abzubringen, weil er doch erleichtert schien, wenn er davon sprechen konnte.“

Im Juli wird Stifter krankheitshalber beurlaubt; den Sommer verbringt er in Lackenhäuser. In

der Münchner Zeitschrift „Heimgarten“ erscheint die autobiographisch-humoristische Erzählung *Nachkommenschaften* über das Scheitern einer Malerkarriere. Mitte Dezember wendet sich Großherzog Karl Alexander von Sachsen-Weimar (1818–1901, er regiert ab 1853), der Enkel des „Goethe-Herzogs“ und Vertreter einer Weimarer Kulturpflege in der Tradition der Goethezeit, an den „lieben Herrn Schulrat“ mit Genesungswünschen.

1865 Nach einer ärztlichen Untersuchung in Wien tritt Stifter gemeinsam mit seiner Frau und Kathi Mohaupt Anfang Mai eine Kur in Karlsbad an: „So leben wir nun seit vierzehn Tagen in gleichem Geleise, wie es in Karlsbad der Brauch ist. Bei der Frau und Nichte hat das Wasser noch keine auffallende Erscheinung hervorgebracht, bei mir im Grunde auch nicht, wir vertragen es gut, ich sehe täglich besser aus, der Hunger mehrt sich und der Arzt sagt, das Wasser wirke bei mir so günstig, als es nur immer wirken kann. Nach Vollendung der Kur soll ich in eine stille, gesunde Gegend gehen, in welcher die Wirkungen erst recht eintreten werden. Gott füge es. Wenn nur einmal die alte Heiterkeit, die alte Spannkraft und die alte Arbeitslust in meinen Geist einkehrten! Karlsbad ist sehr reizend, ich schlendre oder sitze in den Wäldern herum; aber mit der großartigen und erhabenen Einsamkeit eines bairischen Waldes und Dreisesselberges ist es auf Himmelweite nicht zu vergleichen. Wie freue ich mich schon auf den Einfluß jener ruhevollen, weithin gehenden, stillen, dämmernden Waldbäder und auf die sonnigen Halden und Felder und Wiesen und Wäldchen und Täler und Schluchten und Gräben und Waldhäuser und weißen Kirchtürme, was alles auf einem weiten Halbkreise vor den Fenstern meiner dortigen Wohnung ausgesät ist, und über dem die sanfte Kette der steirischen Alpen steht; dazu die Luft, fest und gesund wie Stahl, und das Wasser rein wie die Luft. Sie sollten doch einmal jene Stelle besuchen.“

Karlsbad fördert Stifters Identifikation mit Goethe. So schreibt er im oben zitierten, am 21. Mai begonnenen Brief an Adolf Freiherrn von Kriegs-Au (1819–1884), Hofrat bei der oberösterreichischen Statthalterei in Linz und ab September 1865 Sektionschef und Leiter der Abteilung für Kultus und Unterricht im Staatsministerium in Wien: „Ich gehe hier gerne den geweihten, goldenen Spuren eines der größten Menschen nach, die je gelebt haben, eines Menschen, der dieser Stadt eine besondere Teilnahme geschenkt hat, so weit ich nehmlich die Spuren noch zu entdecken vermag; denn die Menschen haben hier gar nichts

Adalbert Stifter, dargestellt in einem Bildnis (1863) des ungarischen Malers Bertalan Székely von Adámos (1835–1910), den Gustav Heckenast eigens von Budapest nach Linz geschickt hat (Format 84×69 cm; Oberösterreichisches Landesmuseum in Linz). Das rote Band am linken Revers weist den Staatsbeamten und Schriftsteller als Träger des 1854 verliehenen Franz-Joseph-Ordens aus.

Johann Wolfgang (von) Goethe (1749–1832); Ausschnitt aus einem 1826/1827 entstandenen Gemälde des Weimarer Hofmalers Johann Joseph Schmeller (1796–1841; Freies Deutsches Hochstift – Goethemuseum in Frankfurt am Main). Zu den zahlreichen Zeugnissen für Stifters zunehmende Orientierung an Goethe gehört die folgende Stelle aus einem Brief vom 29. Juli 1865 an Heckenast (sie steht im Zusammenhang einer Rechtfertigung der Manuskriptverzögerung von „Witiko“): „Ich muß ferner zugeben, daß ich in Äußerem Fehler gemacht habe; allein ich las dieser Tage im Wilhelm Meister, den ich mir mitgenommen hatte: ‚Er (W. M.) erkundigte sich nach seinem Vermögen, und es schien ihm nunmehr sonderbar, daß er sich so lange nicht darum bekümmert hatte. Er wußte nicht, daß es die Art aller Menschen sei, denen an ihrer innern Bildung viel gelegen ist, daß sie die äußeren Verhältnisse ganz und gar vernachlässigen.‘ Mir stürzten in meiniger jetzigen Weichheit die Tränen in die Augen, und ich sagte zu meiner Gattin: ‚Hier steht meine Lebensgeschichte.‘“

getan, sie erkennbar zu machen und sie zu erhalten – den Spuren Göthes. Ich habe, die Geistes- und Herzensgaben abgerechnet, eine ungemeine Ähnlichkeit in meinem sonstigen Wesen mit Göthe, daß ich mich zu diesem Menschen, wie mit Zauber hingezogen, fühle, und der Gedanke, in diesem Zimmer hat er gewohnt und auf diesem Wege ist er gegangen, an jener Stelle ist er gesessen, erfüllt mich mit Ehrfurcht und mit einer Art Wehmut; denn das alles ist jetzt vorüber, nur die Werke dieses Mannes stehen noch wie ein Berg da, und der Berg wird immer größer. Morgen werde ich ein lebendiges Denkmal Göthes besuchen, den 92jährigen Archivrat Kästner [August Kestner], den Sohn von Göthes Lotte (Wetzlar). Er besitzt viele Handschriften Göthes, nehmlich Briefe an seine Eltern, Albert und Lotte Kästner etc. Vielleicht hat er etwas hier. Ich habe noch ein Papier gesehen, auf dem Göthes Hand geruht hat und auf das er Buchstaben geschrieben hat. Man findet um Karlsbad viele ‚Ruhe' und ‚Sitz' und ‚Promenade' von Prinzen und Machthabern und dergleichen. Nun, in so ferne diese Leute weit mehr Mittel zum Guten haben und sie gebrauchen, ist alles in Ordnung, aber daß man hier auch die feiert, die bloß einen Rang haben oder ein gut Stück Geld hier lassen, und daß man die Denkmale an Göthes, Schillers, Beethovens Aufenthalt in Karlsbad vergeblich sucht, und erforschen will (selber haben sich solche Leute keines gesetzt) ist nicht in der Ordnung."

Inzwischen ist der erste Band von *Witiko* erschienen. Abgesehen von Aprents rühmender Besprechung in der Augsburger „Allgemeinen Zeitung" sind die Rezensionen insgesamt ablehnend. So schreibt Heinrich Landesmann (Pseudonym Hieronymus Lorm) in der „Österreichischen Wochenschrift für Wissenschaft, Kunst und Leben. Beilage zur k. Wiener Zeitung":

„Es ist ein und dasselbe Talent, was in *Witiko* wie im *Nachsommer* waltet, und so ungeheuer verschieden der Wert beider Werke ist, hat sich doch im Dichter nichts verändert, als sein Gegenstand: an die Stelle der landschaftlichen Natur ist die Geschichte getreten.

Der Dichter hat jetzt für diese dieselbe objektive Hingebung, wie einst für jene, und nur weil die Gesetze der Geschichte sich durch Bewegung, Kampf der Interessen und nicht voraus zu bestimmende Vorgänge und Ergebnisse ausdrücken, während die Gesetze der Natur sich in einem voraus bestimmten Kreislauf vollziehen, gehen in der neuesten Erzählung Stifters, die ein historischer und kein landschaftlicher Roman mehr ist, statt wandelnder Bäume handelnde, lebendige, wirkliche Menschen umher . . .

Daß Stifter die volle Gewalt der künstlerischen Mittel für die Schlacht hat, wie er sie für den Wald hatte, daß er geschichtliche Interessen und Ideen, die nach Verwirklichung ringen, mit derselben Ruhe und Sicherheit vor das Auge des Lesers zaubert, wie früher das Bild seiner idealen Landschaften, schließt jedoch nicht ein, daß Adalbert Stifter zum Geschichtschreiber taugte. Ja, wollte man die Kunst des letzteren mit all ihren Gesetzen als eine Bedingung des historischen Romanes ansehen, so hätte der Verfasser von *Witiko* harte Fehde zu bestehen wegen souveräner Vernachlässigung der Kulturmomente, welche in der für seine Dichtung gewählten Zeit die herrschenden waren. Der gemeinste Ritterroman vom Spieß trifft es in dieser Beziehung besser. Adalbert Stifter beglückt das 12. Jahrhundert mit einer Gepflogenheit in parlamentarischen Verhandlungen, wie sie dem 19. noch zum Muster dienen könnte; er schildert eine Gesittung, deren Anachronismus sich bis auf Speise und Trank und die dabei vorausgesetzten Gerätschaften erstreckt; er beglückt sogar das 12. Jahrhundert mit einem ‚baumwollenen Oberkleid'."

Zustimmung, doch auch diese gepaart mit zweifelnden Fragen, erhält Stifter aus dem Freundeskreis, etwa von dem Jugendfreund Sigmund von Handel: „*Witiko* habe ich gelesen – mit großen Genusse und Erhebung. Das Buch machte mir den Eindruck eines wirklich klassischen und ich stimme sehr mit der schönen Beurteilung überein, die Aprent schrieb . . . In den spätern Bänden wird der bis jetzt so schweigsame ruhige Witiko wohl mehr in den Vordergrund treten? In einer sehr oberflächlichen und suffisanten Erwähnung *Witikos* von einem Wiener Korrespondenten der Allg. Ztg. werden Dir arge Verstöße gegen die Kulturgeschichte vorgeworfen, indem Du z. B. Witiko im J[ahr] 1138 mit Messer und Gabel speisen ließest. Ich zweifle nicht daß Du dieses Beispiel eines angeblichen Verstoßes rechtfertigen könntest muß aber gestehen, daß *ich* auch stutzte als Du dem Witiko auf seinem Ritte von Passau aus in dem ersten einsamen Wirtshause auf dem Lande den Tisch mit Linnen decken ließest. – Ich finde im *Witiko* die Haltung des Ganzen schön und edel und verschiedene, viele oder die meisten, einzelnen Partien meisterhaft, ja auch prachtvoll geschrieben" (2. Juli 1865).

Nach Beendigung seiner Kur in Karlsbad reist Stifter nach Lackenhäuser. Die Reise führt über Prag und Nürnberg, zwei *Witiko*-Schauplätze. An Heckenast berichtet er am 7. Juli: „Im 1ten Kapitel des 2ten Bandes des *Witiko* ist der Herzog Wladislaw eine Zeit bei Konrad dem Hohenstaufen in Nürnberg, und mich peinigte immer die Farblosigkeit meiner Bearbeitung dieses Aufenthaltes. Jetzt habe ich die alte Kaiserburg in Nürnberg gesehen und studiert, habe Nürnberg und sein Land herum gesehen, und jetzt würde die Sache anders werden, und wird Leben gewinnen, wie ich es hoffte. Nürnberg hat auf mich einen ungeheuern Eindruck gemacht, ich ging nach meiner Ankunft in der Stadt herum, bis es finster wurde, und kam völlig berauscht nach Hause. Das ganze Ding war mir wie feenhaft, ich war wie eine Gestalt auf einem Albrecht Dürer'schen Bilde. Nürnberg ist die schönste Stadt, die ich je gesehen habe, sie ist in ihrer Ganzheit ein wahrhaftiges Kunstwerk. Die Zierlichkeit Heiterkeit und Reinheit dieser mannigfaltigsten Schönheitslinien füllte mich mit den wohltuendsten Empfindungen. Was ist unser Volk für ein herrliches Volk gewesen! und was ist es jetzt! Wie schal wie kindisch sind seine jetzigen Anläufe fast in allen Dingen, nur einzelnes Riesenhafte ragt noch empor, während früher fast alles riesig war."

Titelzeichnung Peter Geigers zum ersten Band von „Witiko", der nach mehrfacher Verzögerung 1865 erscheint. Die Darstellung begeistert Stifter dermaßen, daß er dem Künstler das Du anbietet (vgl. Bildlegenden S. 88/89). Sie zeigt den Titelhelden, wie er im ersten Kapitel geschildert wird: das Haupt bedeckt mit einer einem Becken vergleichbaren ledernen Kappe.

Auf die Kritik an Anachronismen im *Witiko* eingehend, fährt Stifter im Brief an Heckenast fort: „Es sind im 1ten Bande Unrichtigkeiten, die mich jetzt quälen; aber wer kann jede Faser alten Lebens so geben, wie sie gewesen ist, wir leben in einer neuen Zeit, und gerade im Kleinsten gleitet ohne Bewußtsein des Schreibers oft eine Neuheit ins Werk, die zuweilen kindisch ist. Witiko hat in Hauzenberg Messer und Gabel, Handel schreibt mir aus Linz, daß man mir das vorwirft. Ich mußte herzlich lachen, ich habe gar nicht gewußt, daß das darin steht, viele Leute haben das Ding gelesen, und nicht beachtet. Es wäre so leicht zu vermeiden gewesen; aber jetzt steht es da. Ob die Altertümler ganz recht haben, wenn sie feststellen, wie einmal alles gewesen ist, weiß ich nicht; aber ohne Not sollte nichts da stehn, was Zweifel erregt. Siehst du, ich habe Berge von Studien gemacht, und doch stößt einen die Neuheit zuweilen in den Nacken. Ich glaube aber, so sehr es mein Grundsatz ist, daß solche Dinge nicht sein sollen, daß sie dem künstlerischen Werte des Ganzen keinen wesentlichen Abbruch tun."

Die in Karlsbad erfahrene Kräftigung erweist sich als kurzfristig. Am 15. Oktober richtet Stifter von Kirchschlag oberhalb von Linz aus sein Ruhestandsgesuch an die Staatsregierung, die am 31. Oktober die Versetzung in den „zeitlichen Ruhestand" verfügt. Obwohl Stifter durch seine lediglich 15 Jahre und 4 Monate „nachgewiesene Dienstzeit" allenfalls Anspruch auf ein Drittel seiner bisherigen Bezüge hat, bekommt er in Anbetracht der „durch seine schriftstellerischen Arbeiten um die deutsche Literatur und Sprache" erworbenen Verdienste sowie der Ungewißheit über die Zukunft seines schriftstellerischen Nebenerwerbs auch weiterhin das volle Gehalt ausbezahlt. Stifter erhält den Titel eines Hofrats.

1866 Die Deutsche Schillerstiftung mit Sitz in Weimar bietet Stifter am 3. Mai eine Unterstützung von 200 Talern zur Finanzierung seines zweiten Kuraufenthaltes in Karlsbad an; Stifter sieht sich gezwungen, das Angebot anzunehmen. Dem Aufenthalt in Karlsbad folgen Wochen in Lackenhäuser, dann in Kirchschlag. Anfang August hält sich Stifter in Oberplan auf, wo er mit Transparenten empfangen wird, doch bringen ihm vor allem die Kinder „viele Unruhe in den Kopf"; er ist „des kleinen Volks nicht gewohnt" und „gegen sein Treiben jetzt auch empfindlicher" (an Amalie nach der Rückkehr nach Lackenhäuser).

Anfang Juni hat Stifter die Arbeit am zweiten Band von *Witiko* abgeschlossen.

In der Auseinandersetzung mit Österreich um die Vormacht in Deutschland zielt die von Otto von Bismarck (1815–1898, preußischer Ministerpräsident ab 1862) konzipierte Politik auf eine militärische Konfrontation ab: Preußen tritt aus dem Deutschen Bund aus und mobilisiert. Die Entscheidung fällt am 3. Juli in Böhmen in der Schlacht bei Königgrätz (bzw. Sadowa), in der die österreichischen und sächsischen Truppen von den preußischen geschlagen werden. Dem Vorfrieden von Nikolsburg (26. Juli) folgt am 23. August der Friede von Prag, zu dessen Bestimmungen die Auflösung

Zeitgenössische Darstellung der Schlacht bei Königgrätz, am Zusammenfluß von Adler und Elbe („Neuruppiner Bilderbogen" aus dem im Bezirk Potsdam gelegenen Neuruppin; das abgebildete Exemplar befindet sich im Westberliner Museum für deutsche Volkskunde). Die Lokalisierung „bei Sadowa" entspricht dem französischen und englischen Sprachgebrauch; die gegen eine Vollendung der preußischen Hegemonie in Deutschland gerichtete Politik Frankreichs findet ihre Zusammenfassung in der Parole „Rache für Sadowa!" Der Deutsch-Französische Krieg führt statt dessen zur Errichtung des Deutschen Reichs unter preußischem Vorzeichen.

Die beiden Abbildungen zeigen Altersbildnisse von zwei ehemaligen Schülern, mit denen Stifter bis zuletzt in Verbindung steht. Oben links Richard Fürst von Metternich (1829–1895), der älteste Sohn des ehemaligen österreichischen Staatskanzlers. Zur Zeit der preußisch-österreichischen Auseinandersetzungen vertritt er sein Land als Botschafter in Paris (Mitte Juni 1865 hält sich Stifter auf Metternichs Schloß Königswart bei Marienbad auf). Oben rechts Joseph Graf Colloredo-Mannsfeldt (1813–1895). Sein Brief an Stifter vom 27. September 1866 (vgl. S. 112) ist eine scharfe Kritik am inneren Zustand der Donaumonarchie, die 1867 eine neue staatliche Ordnung erhält: die Ungarn gewinnen innerhalb ihres ehemaligen Königreichs innenpolitische Unabhängigkeit; die beiden Reichshälften sind durch die Person des Monarchen sowie die gemeinsame Außenpolitik, k. u. k. (kaiserliche und königliche) Armee und Finanzverwaltung verbunden.

des Deutschen Bundes gehört. Preußen okkupiert Hannover, Schleswig-Holstein, Hessen-Kassel und Frankfurt am Main und bildet gemeinsam mit den übrigen deutschen Staaten nördlich des Mains den Norddeutschen Bund. Stifter, der am 26. Juni noch der Überzeugung war, er könne im Herbst an den Siegesfeierlichkeiten in Wien teilnehmen, versucht der Niederlage bei aller Erschütterung doch einen Hoffnungsschimmer für die Zukunft abzugewinnen. So schreibt er am 5. Oktober an den Jugendfreund Joseph Türck (1807–1875):

„In dieser düsteren Zeit, wo Recht der Anmaßung unterlegen ist, und durch Selbstverschuldung unterlegen ist, wo es einem oft wird, ob denn noch das Gute gelte oder nicht; tut Freundeswort und Freundestreue doppelt wohl, und müssen wir über deutsche ja europäische Zustände trauern, so bleibt doch noch der Anschluß an gute und rechtliche Menschen und die Freude an ihnen. Sonst wären wohl die selig zu preisen, die gestorben sind, ehe sie gesehen haben, was geschehen ist. Und so lasse uns die Hände fest in einander halten, und zu einander sagen: ‚wir sind doch noch von dem alten Schlage.' Vielleicht reicht unsere Lebensspanne noch hin, auch die Vergeltung zu sehen. Denke an Göthes Verse: ‚Ich bin ein Teil von jener Kraft, / Die stets das Böse will, und stets das Gute schafft.'

Preußen riß Deutschland an sich, vielleicht reißt es einmal das ganze an sich, dann wächst Deutschtum dem Preußentume über das Haupt, es entsteht erst recht ein Deutschland, in welchem es auch eine Mark Brandenburg gibt. Wie es sei: Gott waltet gerecht, und Europa ist so leichtfertig geworden, daß es einer Züchtigung bedurfte, und die Züchtigung ist noch nicht aus."

Zuvor hat Stifter einen Brief seines Jugendfreundes Joseph Graf Colloredo-Mannsfeldt erhalten, der ein sehr viel pessimistischeres Bild der politischen Gegenwart und Zukunft zeichnet: „. . . Ich möchte sagen, ich habe die Überzeugung, daß in wenigen Jahren Österreich in Trümmer geschlagen ist, daß dann aber auch kein Deutschland dafür eintritt, sondern ein großes Preußen. Ein Staat voll Gewalttat und Heuchelei, wie sie eben sein müssen, um zu florieren. Wir können bei der Blindheit, die in maßgebenden Kreisen herrscht, bei der Zerfahrenheit und Parteispaltung in unserem Innern und besonders bei der Korruptheit und Schlechtigkeit unserer Verwaltungsorgane auf keinen grünen Zweig mehr kommen. Ich habe vorige Woche erst dem Kaiser meine Ansicht darüber ziemlich offen und unverblümt gesagt, und wurde von ihm sehr freundlich angehört. Er ging in Alles ein und stimmte fast Allem, was ich sagte, bei . . . Ob er aber nicht etwa Anderen mehr glaubt, als mir, ist eine andere Frage. Warum sollte er aber auch mir gerade mehr glauben, als Anderen? Was die Kraft des deutschen Volkes gegenüber dem Preußentum betrifft, so hat sie sich jetzt eben nicht sehr bewährt" (27. September).

Den Oktober verbringt Stifter gemeinsam mit Amalie in Lackenhäuser. Amalie reist am 28. Oktober zurück nach Linz, wo sie am 2. November erkrankt. Stifter will einerseits sofort zu ihr eilen, ist aber andererseits besorgt, diese Eile könne bei Amalie den Eindruck hervorrufen, ihre Erkrankung sei lebensgefährlich, und bleibt. Als er schließlich am 19. November abreisen will, hält ihn ein dreitägiger Schneesturm fest: „Am 22. ließ ich auf meine Kosten den Weg vom Rosenberger bis an die österreichische Grenze ausschaufeln, daß mich am 23. der Schlitten holen kann; aber aus einem Mißverständnisse kam der Schlitten nicht, und am 24. wehte ein neuer Schneesturm wieder Alles zu, als wäre nie eine Schaufel angesetzt worden. Am 25. wollte der Schlitten von Aigen aus zu mir kommen, konnte aber nicht durchdringen, und mußte umkehren. Ich wußte aber davon nichts. Die Aufregung wuchs in mir so, daß ich schon gar nichts mehr essen konnte; denn am 26. war wieder Schneesturm. In der Nacht milderte sich der Wind. Ich packte das Wenige, was noch zu packen war, ließ am 27. Männer kommen, die mir mit Schneereifen einen Pfad auf dem Schnee trippeln mußten, der mich einiger Maßen trüge, ein Mann mußte in einem Handschlitten mein Gepäcke ziehen, und so ging ich, den Regenschirm gegen den Wind vor das Gesicht haltend, Schritt für Schritt nach Schwarzenberg. Von dort fuhr ich auf einem Fuhrschlitten an demselben Tage noch nach Aigen. Am folgenden Tage fuhr ich in einem bessern aber offenen Schlitten nach Gerling, und von dort in einem kleinen schlechten ausgeliehenen Wägelchen nach Linz, wo ich um 4 Uhr ankam. Ich fand meine Gattin genesen, aber schwach und schmächtig. Nun bin ich bei ihr. Du weißt, mit welcher ungewöhnlichen Liebe wir an einander hängen, kannst also die Qual ermessen, die ich litt, und doppelt litt . . . Zu diesen Dingen kömmt noch beständige Sorge und beständiger Kummer. Diese Krankheiten, der verordnete Landaufenthalt, die Karlsbaderreisen verschlingen mehr Geldkräfte als jede frühere Zeit, und meine Einnahmen sind geringer als in früherer Zeit. Oft ist es, als wollte mich bitterer Kleinmut beschleichen, wie ich denn das verdient habe, da ich so sparsam und häuslich lebe, nie ein Gasthaus oder dergleichen besuche, und keiner Leidenschaft ergeben bin. Gott lasse einmal wieder den ruhigen fröhlichen Gang in unser Leben kommen. Gattin und Nichte fühlten sich durch den letzten Aufenthalt in Karlsbad sehr gebessert, die eine hatte keine Leberschmerzen mehr, die andere keine Milzschmerzen. Ich meinte vor dem Kriege vollkommen gesund zu sein. Der Arzt in Karlsbad sagt, ein dritter Gebrauch werde Alles vollständig ins Reine bringen. Ich tröste mich mit Göthe, der auch Karlsbad öfter besuchen mußte. Aber ihm wird es leichter gewesen sein" (an Heckenast, 3. Dezember 1866).

Als zwei kleinere Publikationen Stifters enthält die in Graz erscheinende „Gartenlaube für Österreich" die Erzählung *Der Kuß von Sentze;* im „Düsseldorfer Künstler-Album" wird die 1864 entstandene Erzählung *Der Waldbrunnen* veröffentlicht.

Adalbert Stifter, dargestellt in einer am 3. Juni 1867, also während Stifters letztem Kuraufenthalt in Karlsbad, entstandenen Zeichnung von Georg Kordik (um 1820 bis nach 1876). Die Skizze vermeidet eine Betonung der gramvollen Gesichtszüge, denen wir auf den Fotografien aus den letzten Lebensjahren und -monaten des Todkranken begegnen.

1867 Das Erscheinen des dritten Bandes von *Witiko* ändert nichts an der weitverbreiteten öffentlichen Kritik an diesem „Alterswerk"; die literarischen „Errungenschaften" des 19. Jahrhunderts erscheinen als verschleudert durch die Rückkehr zur „Einfachheit in der Form", die das „öffentliche Anstandgefühl nicht erlaubt". In den „Blättern für literarische Unterhaltung" ist zu lesen: „Ist der naiv-epische Stil der Chronik für den historischen Roman geeignet, der in ältern Zeiten spielt? Ist Treue des Kostüms das oberste Gesetz für den geschichtlichen Romanschriftsteller? Und hat der Epiker nur den äußerlichen Verlauf der Ereignisse darzustellen, ohne in das Gemüt und die innere Welt seiner Helden hinabzusteigen, aus Furcht, hier mit dem Dramatiker in Kollision zu geraten? . . . Wir müssen die . . . Fragen durchaus ablehnend beantworten und damit unser Urteil über Stifter's *Witiko* von Haus aus als ein ungünstiges feststellen . . . Das ganze Werk ist im altertümlichen Chronikstil geschrieben; es fehlen nur die mittelalterlichen Initialen, um uns ganz in die Stimmung der Mönchshandschriften zu versetzen. Der Satzbau und die Periode existieren für diesen Stil nicht, die Syntax ist von paradiesischer Ursprünglichkeit; es ist schon ein seltener Luxus, wenn sie sich mit einem kleinen Relativsatz schmückt. Satz folgt auf Satz, kurz angebunden, in einer Art von Gänsemarsch . . . Eine derartige Darstellungsweise muß einen Menschen des 19. Jahrhunderts, für den die Zeit Geld ist, allmählich zur Verzweiflung bringen . . . Möglich, daß einige stilistische Gourmands und Kunstmäzene solche Darstellungsweise wegen ihrer Absonderlichkeit sehr gewählt und schmackhaft finden; wir finden sie ungenießbar und hölzern."

Demgegenüber entscheidet Großherzog Karl Alexander von Sachsen-Weimar am 19. September: Wir „als Oberhaupt und Großmeister Unseres Hausordens der Wachsamkeit oder vom weißen Falken urkunden hiemit, daß Wir den Kaiserlichen Hofrat A. Stifter in Linz zum Ritter erster Abteilung Unsers Hausordens der Wachsamkeit oder vom weißen Falken gnädigst ernannt haben; worüber demselben das gegenwärtige, von Uns höchst eigenhändig vollzogene und mit Unserem Großherzoglichen Staatsinsiegel versehene Diplom ausgefertigt worden ist."

Eine direkte persönliche Zurückweisung erfährt Stifter durch die Redaktion der in Aachen erscheinenden Zeitschrift „Katholische Welt", der er seine Erzählung *Der fromme Spruch* angeboten und hierzu erläutert hat: „Es ist der Spruch ‚Ehen werden in dem Himmel geschlossen', durch Fügungen der Natur und der Sittlichkeit kömmt dieser Spruch in der Erzählung zu Ehren, nachdem es geschienen hatte, er werde in widersinniger Weise erfüllt werden. Wenn Sie mich als Mitarbeiter anführen, möchte ich so würdig, als ich es kann, vertreten werden, nicht aber durch gelegentliche Kleinigkeiten, wodurch die, welche auf den Namen etwas geben, irre geführt würden. Die Erzählung wird etwas umfassend, und dürfte um 30 Seiten Ihres Blattes einnehmen, vielleicht auch weniger, da ich die Berechnung nicht machen kann, indem der Schluß nicht fertig ist. Ich habe die Erzählung im Sommer im Walde der drei Sessel aus freiem Antriebe unternommen, und mit Liebe gearbeitet. Wie weit sie gelungen ist, müssen andere beurteilen" (2. März).

Der Hochaltar des Kirchleins in Kirchschlag. Der etwa 10 km nördlich von Linz in einer Höhe von knapp 900 Metern gelegene Ort dient Stifter in den letzten Lebensjahren sommers wie auch winters als Zuflucht, um vor allem dem Nebel über der Donauniederung zu entgehen. In seinen von Februar bis April 1866 in der „Linzer Zeitung" veröffentlichten „Winterbriefen aus Kirchschlag" stellt er fest, daß in Kirchschlag „so gut wie in der Schweiz ein Heilort sein könnte, der vielen Menschen höchst nützlich würde". In diesem Zusammenhang findet Stifter Raum für allgemeine Erläuterungen physikalischer, jedoch ganzheitlich in ihrer Bedeutung für den Menschen betrachteter Erscheinungen wie Licht, Wärme, Elektrizität, Luft, Wasser. Den abschließenden sechsten Brief leitet er mit der Mahnung ein, über den „verschiedenen äußerlichen Dingen" die innerlichen nicht zu vergessen: „Oben an als Wohltat stehen die religiösen Gefühle, Gottvertrauen, Gottergebung, Zuflucht zu Gott." Hiervon zu sprechen ist nicht seine Aufgabe, wohl aber von dem, „was nach der Religion am zartesten unser Herz beseligt, und was wie die Religion auch das Göttliche bringt, nur im Gewande des Reizes, nämlich das Gefühl des Schönen".

Leo Tepe van Heemstede (1842–1928), der in Linz lebende Redakteur der Zeitschrift, richtet am 17. Oktober die folgende Absage an Stifter: „Ich fürchte Ihnen wehe zu tun, ich zögerte lange und zog meine Freunde zu Rate, aber länger darf ich nicht zaudern und ich muß Ihnen offen gestehen, daß *Der fromme Spruch* keinen Beifall gefunden hat. – Nun das schwere Wort heraus ist, bin ich Ihnen auch die Gründe schuldig. Ich will Ihnen in Kürze mitteilen, wohin das Urteil der befragten und fähigen Richter lautete, Männer, von denen mehrere einen anerkannten schriftstellerischen Ruf besitzen. Man wollte anfangs gar nicht glauben, daß die Erzählung aus Ihrer Feder stammte; dann aber, als meine wiederholten Versicherungen gar keinen Zweifel ließen, wurde man betroffen und verstimmt. Man wollte den Schluß nicht einmal lesen, man fand das Ganze zu langweilig. Ich teile Ihnen hier einfach den Wortlaut jener Beurteilungen mit. ‚Das dürfen Sie nicht drucken', sagte man mir, ‚Sie schaden dem Verfasser, den wir durch seine früheren vortrefflichen Arbeiten so lieb gewonnen, dessen Werke zu den besten unserer Bibliothek gehören. Sie schaden ferner Ihrer Zeitschrift, denn viele werden glauben, Sie mißbrauchen den Namen des berühmten Verfassers. Noch andere schließlich werden Ihnen Urteilslosigkeit vorwerfen, da Sie nur auf klingende Namen etwas geben' u.s.w. Nun kurz die Gründe: ‚Die Erzählung ist unnatürlich; solche steife Personen gibt es nicht, ihre Reden sind alle wie auf Schrauben gestellt; die alltäglichsten Dinge sind in endloser Breitspurigkeit vorgeführt; die Handlung ist fast null, der Stil ist gezwungen und voll Wiederholungen; man glaubt kaum, daß es dem Verfasser ernst ist, und man ist manchmal geneigt, das Ganze für eine Karikatur der aristokratischen Familien zu halten.' Dies, verehrtester Herr, ist das Urteil, das Andere über Ihre Erzählung abgeben. Ich selbst wäre geneigt, milder zu reden, da mir doch aus diesem Werke ein, wenn auch nur schwacher Hauch jener Poesie entgegenkommt, welche in so herrlicher Fülle über Ihre sonstigen Arbeiten ergossen ist. Ich schreibe das Mißlingen dieser Erzählung dem *Witiko* zu; denn der Stil des *frommen Spruches* erinnert sehr an den des *Witiko*. Was aber im *Witiko* ansprach und gefiel, berührt hier, in unserm modernen Zeitalter, fremdartig und fast

Das Foto oben links zeigt das Gebäude an der Unteren Donaulände in Linz, in dem Stifter mit Amalie von 1848 bis zu seinem Tod 1868 wohnt; oben rechts die zwischen zwei Fenstern des ersten Stockwerks angebrachte Gedenktafel. Unten links der Blick von der Unteren Donaulände über den Strom zum Stadtteil Urfahr. Im Hintergrund erhebt sich der Pöstlingberg. Von seiner Höhe bietet sich über Linz hinaus ein Rundblick, der bei klarer Sicht vom Schneeberg im Osten bis zum Untersberg bei Salzburg im Westen reicht. Der Pöstlingberg wird von der Wallfahrtskirche zu den Sieben Schmerzen Mariens bekrönt. Die Wallfahrt geht zurück auf ein 1716 errichtetes geschnitztes Gnadenbild der Schmerzhaften Muttergottes. Eine ihm zugeschriebene wunderbare Genesung des Grundherrn, Fürst Gundomer von Starhemberg, führte zur Erbauung der heutigen zweitürmigen Kirche, begonnen 1738 und vollendet 1891/1892 mit der Anbringung der Turmhelme. Stifters Amtssitz als Schulrat befand sich in dem an der Stelle eines Minoritenklosters erbauten, nach einem Brand im Jahr 1800 neu errichteten Landhaus. – Unten rechts ein Motiv, wie es dem heutigen Besucher von Linz geboten wird.

lächerlich. Die unendlichen Zeremonien und hochtrabenden Anreden, welche zwischen Tante, Neffe, Nichte und Oheim gewechselt werden, würden gewiß der Spottlust der Kritiker reichen Stoff bieten. Wir dürfen den *frommen Spruch* nicht drucken, hauptsächlich Ihretwegen; ich will Ihren literarischen Ruhm nicht verdunkeln helfen. Verzeihen Sie daher diesen traurigen Brief, ich möchte ihn nicht geschrieben haben; denn ich fürchte mich dadurch Ihnen unangenehm gemacht zu haben."
Stifters Antwort vom 31. Oktober zeigt bei aller Dankbarkeit für die Offenheit des Urteils und aller Bereitschaft zur Selbstkritik doch ein hohes Maß an Betroffenheit: „. . . Jedenfalls macht mich Ihr Urteil und das Urteil der Männer, die Sie mir genannt haben, sehr mißtrauisch gegen meine Arbeit. Nur macht es mich auch stutzig, daß das Urteil so ganz verwerfend lautet, was eher auf ein Mißverstehen hinweist. Sollte denn der Mann, der mit solcher Liebe arbeitet, und von dem andere Arbeiten doch so Manchem lieb geworden sind, plötzlich etwas ganz Nichtiges hervorbringen? Das kann ich redlich versichern, und das, bitte ich, glauben Sie mir, daß ich wegen der Freundlichkeit, mit der Sie und die Verlagshandlung mir entgegen gekommen sind, an dieser Erzählung mit mehr Sorgfalt gearbeitet habe als an anderen. Meine Handschrift war so voll von Umänderungen, daß sie kaum mehr zu lesen war. Ich ließ sie abschreiben, und wie Sie gesehen haben, machte ich in der Abschrift wieder durchgreifende Veränderungen. In jedem Falle aber darf die Sache nicht gedruckt werden. Ist ein Mißverständnis da, so ist die Erzählung nicht für Ihre Zeitschrift, weil das Publicum der Erzählung zu klein wäre; ist die Arbeit mißlungen, so ist sie für gar keine Veröffentlichung."
Mitte Oktober erscheint in der „Linzer Zeitung" Stifters Besprechung der Ausstellung des Oberösterreichischen Kunstvereins. Ein Werk des mit ihm befreundeten Münchner Malers Heinrich Bürkel (1802–1869) mit dem Titel „Felsenweg am Achensee" nimmt Stifter nach Schließung der Ausstellung zu sich, kann es jedoch nicht erwerben: Heckenast hat angesichts der schon geleisteten Vorschüsse seine Zahlungen eingestellt, und Mahnungen etwa an Leopold Ritter von Sacher-Masoch (1836 bis 1895), den Herausgeber der „Gartenlaube für Österreich", bleiben ohne Erfolg.

Am 27. Oktober fährt Stifter mit seinem Bruder Anton nach Oberplan, um den in Linz angefertigten Grabstein der Mutter aufstellen zu lassen; er trägt neben den Lebensdaten den Spruch: „Sie erntete, was sie einst gesäet." Unterdessen ist Amalie an einer Grippe erkrankt, von der Anfang Dezember auch Stifter ergriffen wird. Der Hausarzt der Familie, Dr. Karl Essenwein (1813–1878), verhängt ein striktes Besuchsverbot, so daß auch Aprent, der am 24. Dezember anfragt, abgewiesen wird. Stifter läßt ihm sofort eine Nachricht zukommen:
„Meine Leute sagen mir, daß du in diesen Tagen schon zweimal bei mir warst, und daß sie dich nicht zu mir herein gelassen haben, weil der Arzt es verboten hat. Ich weiß nicht, haben sie es vergessen, daß ich gesagt habe, daß man *dich* immer herein lasse, oder habe ich vergessen es zu sagen, aber es ist mir sehr peinlich, daß es geschehen ist. Ich bitte dich also, laß dir den Gang nicht zu viel werden, und komme *sehr* bald. Ich bin zwar so heiser, daß ich fast nichts reden kann, aber ein Weilchen kannst du doch bei meinem Bette sitzen, wir reden ein weniges, und dann gehst du wieder. Der Arzt sagt, es geht zu Ende, und dann ist Alles auf einmal gut. Bei der Frau war es auch so. Tausend Grüße.
N. S. Komme, wenn du kannst, noch heute oder morgen, oder wann du willst, denn es ist mir sehr peinlich, und in dieser Krankheit macht mir jedes Kleinste Unruhe und Aufregung."
Aprent antwortet noch am selben Tag: „Ich danke Dir herzlich für Deine Zeilen, Sie haben mich sehr beruhigt. Das erstemal nahm ich die Sache ganz leicht; gestern aber war ich doch etwas betroffen und nahm mir vor heute oder morgen wieder nachzufragen. Daß man mich aber abgewiesen hat, muß ich vollkommen billigen. Ein dringenderes Anliegen hatte ich nicht, sonst hätte ich Dir geschrieben; ein tiefer gehendes Gespräch zu führen erlaubt Dein Zustand nicht und um einiger Worte willen Dich der Gefahr einer noch längeren Verschleppung der Krankheit auszusetzen, wäre ein unverantwortlicher Fehler von uns beiden. Diese Erwägung bestimmt mich auch heute von Deiner gütigen Erlaubnis keinen Gebrauch zu machen. Ich werde in einigen Tagen bei Dir vorsprechen und erfahren, ob es Dir erlaubt ist mit *jedermann* zu sprechen; ist dies nicht der Fall, so

möge ein weiterer Aufschub eintreten. Es freut mich, daß wenigstens Deine Gemahlin wieder hergestellt ist.“

Am 26. November hat Stifter Leo Tepe zur Deckung des von der „Katholischen Welt“ gezahlten Vorschusses auf den (abgelehnten) *Frommen Spruch* die auf den Schneesturm-Erlebnissen Ende 1866 basierende Schilderung *Aus dem Bayrischen Wald* zugesandt (sie erscheint postum 1868). Zusätzlich bittet Tepe um einen biographischen Abriß, für den Stifter Aprent vorschlägt, der jedoch aus Ablehnung der „engstirnig konfessionell geführten Zeitschrift“ (an Heckenast, 19. Dezember 1869 anläßlich der Herausgabe der Briefe Stifters) Arbeitsüberlastung vorschützt. So macht sich Stifter am 26. Dezember selbst an die Arbeit:

„Meine ersten Schriftstellerversuche liegen in meiner Kindheit, wo ich stets Donnerwetter beschrieb. Diese Blätter sind verloren gegangen.

Als Knabe quälte ich alle Leute, besonders Vater und Mutter um den Grund aller Dinge, die uns umgaben, besonders der Himmelserscheinungen und der Pflanzenwelt, was besonders die Mutter oft in arge Verlegenheit brachte, weshalb sie mich Grundschuhhiesel hieß. Daraus floß wohl meine spätere Vorliebe für die Naturwissenschaften.

Als unser Kappelan erklärte, ich sei völlig talentlos, sagte Franz Friepeß, der Vater meiner Mutter: ‚Das glaube ich in Ewigkeit nicht; der Bub ist ja findig wie ein Vogel.‘ Und dann führte er mich nach Kremsmünster.

Als ich ungefähr zehn Jahre alt war, wurde auf Veranlassung unseres Schullehrers Jenne von Musikfreunden Oberplans die Schöpfung von Haydn aufgeführt. Ich sang im Alt mit. Das Tonwerk machte einen so unermeßlichen Eindruck auf mich, wie nachher nie ein Kunstwerk mehr. Ich war in die höchsten Kreise der Andacht und Gottesverehrung gestellt. Aus den Proben und der Aufführung merkte ich mir oft lange Strecken und sang sie, wenn ich allein auf Wiese oder Feld war. Ich weiß nicht, ob jener Kindheitseindruck auf mein späteres Urteil einwirkte, vermöge welchem ich noch heut zu Tage die Schöpfung für das erhabenste Tonwerk halte und sie nie ohne tiefste Rührung hören kann. (Neben Haydn ist mir dann Mozart der größte Tonsetzer). In Kremsmünster wurden dann öfter auch die Jahreszeiten von Haydn aufgeführt.

In Kremsmünster, das in einer der wundervollsten Gegenden dieser Erde liegt, lernte ich die Alpen kennen, die nur ein paar Meilen davon im Süden sind. Ich ging von dort (später auch von Wien) sehr oft in das Hochgebirge. In den letzten zwei Jahren war meine Wohnung so, daß, wenn ich Morgens die Augen öffnete, die ganze Alpenkette in mein Bett herein schimmerte. Wie viele heimliche Gedichte machte ich damals, wenn ich Abends allein auf irgend einer Höhe unter Obstbäumen saß, und der unendlich zarte Rosenschimmer über die Berge floß.

In der fünften Klasse des Gimnasiums hatten wir öfter Verse zu Hausaufgaben zu machen. Es sollte zur Übung dienen und hatte auf das Schulzeugnis keinen Einfluß. Einmal hatten wir irgend einen Stoff in gereimten Jamben zu behandeln. Ich arbeitete mehrere Tage, feilte und feilte und machte die Sache außerordentlich schön. Kurz vor der Ablieferungszeit bat mich mein Mitschüler Tröger, ich möchte ihm bei den gereimten Jamben beistehen, er komme nicht zu recht. Ich sagte ihm, die Zeit sei nun schon sehr kurz, und man könne die Sache nur auf das Einfachste machen. Ich half ihm und wir brachten so ein Ding zu Stande. Als der Lehrer Ignaz Reischl nach seiner Gepflogenheit in einiger Zeit die Arbeiten in die Schule brachte, um die besseren vorzulesen, sagte er: ‚Dies Mal hat es Tröger am besten gemacht.‘ Als darauf ein Gelächter wurde, kam die Mithelferschaft an den Tag, und wir erhielten einen Verweis.“

Stifter gelangt bis zum Bericht über seinen öffentlichen Vortrag des Gedichts *Das Freudenfest am Trauermale* anläßlich der Preisverteilung in Kremsmünster 1824.

1868

Der letzte erhaltene Brief Stifters, datiert am 22. Januar, ist an Heckenast gerichtet: „Ich schreibe dir im Bette. Die Grippe, welche ich von meiner Gattin erbte, und die Anfangs so zahm und leicht auftrat, daß ich sie in meiner Rüstigkeit nicht viel beachtete, ist so groß verschleppt worden, daß ich sie jetzt im Bette ausdünsten muß. Zur Verzweiflung bringt mich die Unterbrechung meiner Arbeit, zur Verzweiflung, daß der Arzt zu uns vier Personen

(vier wurden ergriffen) schon seit October geht. Ich bitte dich bei Allem, was an unserer Freundschaft heilig ist, und sie ist ja sonst so innig gewesen, laß mich in dem Elend meines Hauses nicht im Stiche. Es wird sich ja Alles wieder ausgleichen. Du setzest dir und mir ein Denkmal, und gewiß wird dein Sohn die Früchte ernten."
In der Nacht vom 25. zum 26. Januar bringt sich Stifter mit dem Rasiermesser einen Schnitt am Hals bei; der sofort herbeigerufene Dr. Essenwein stillt die Blutung und vernäht die Fleischwunde. Stifter stirbt am Morgen des 28. Januar. Der Totenschein gibt als Todesursache „Zehrfieber infolge chronischer Leberatropie" an, die pfarramtliche Eintragung im Sterbebuch spricht von „Zehrfieber nach Lebererhärtung" (zur Frage einer Selbstmord-Absicht vgl. 1874, 1904 und 1958).
Am 30. Januar wird Adalbert Stifter auf dem St.-Barbara-Friedhof in Linz beigesetzt. Bei der Einsegnung in der Stadtpfarrkiche singt die Liedertafel „Frohsinn" unter der Leitung des kurz zuvor zum Chormeister der Liedertafel gewählten Anton Bruckner (1824–1896). Die „Linzer Zeitung" veröffentlicht in ihren Ausgaben vom 31. Januar und 1. Februar zwei Gedichte von Heinrich Reitzenbeck, deren Konventionalität und Theatralik die zwar nicht im persönlichen, wohl aber im künstlerisch-geistigen Sinne eingetretene Vereinsamung Stifters vor Augen führen. Das erste ist „Adalbert Stifter" betitelt und preist den „edlen Freund", „edlen Menschen", „Dichter" und „Propheten"; das zweite lautet:

Ein Cypressenzweig auf Stifters Grab

Wen tragen da sie zu den Toten?
Wem gilt der lange Trauerzug?
Wer war's, dem ernste Leichenboten
Bekränzen seinen Aschenkrug?

Wer war es? Einer von den Söhnen,
Die, Muse Du Dir oft erkürst,
Ein Liebling war es der Camönen,
Ein Dichter war's, und das – ein Fürst!

Ja, der hier starb, der hat geworben
Wohl um des Schönen schönsten Kranz;
D'rum ist er nimmer uns gestorben,
Ist unser – wie im Leben – ganz.

Abguß der vom Sohn des Bildschnitzers Johannes Rint abgenommenen Totenmaske Adalbert Stifters; er befindet sich im Stifter-Gedenkraum des Rosenbergerguts in Lackenhäuser (vgl. S. 90 und 123).

Hört Ihr das leise Harfenklingen?
Fühlt Ihr den heil'gen Flügelschlag?
Sein Genius ist es, der die Schwingen
Noch regt im kalten Sarkophag.

O! edler Barde, unvergessen
Bleibst über'm Grab uns Du vereint,
Und still – im Dunkel der Cypressen
Die Muse – sich verhüllend – weint.

Insbesondere Johannes Aprent unternimmt die Sichtung des Stifterschen Nachlasses und die Verhandlungen mit Heckenast über das durch ungedeckte Vorschußzahlungen entstandene Schuldenkonto, das einschließlich der Verluste beim Verkauf der Westbahnaktien über 18.000 Gulden beträgt. Der Ausgleich soll durch die Herausgabe von Schriften aus dem Nachlaß und die (von Stifter gewünschte) Ausgabe der Briefe erfolgen. Die Verrechnung ergibt schließlich ein Guthaben, das eine lebenslängliche Rente für Amalie Stifter (sie stirbt 1883) von 400 Gulden ermöglicht.

1869 Bei Heckenast erscheint eine Ausgabe der Werke Stifters in 17 Einzelbänden (abgeschlossen 1870); zu ihr gehören die von Aprent herausgegebenen Briefe Stifters in drei Bänden. Ferner gibt Aprent diejenigen Erzählungen neu heraus, die Stifter nicht in überarbeiteter Fassung in die *Studien* aufgenommen hat (so *Die drei Schmiede ihres Schicksals* oder *Zuversicht*). Des weiteren enthält die Ausgabe eine Auswahl von Gedichten Stifters und eine biographische Skizze von Aprent.

1870 Der Aufruf des Komitees für ein Grabmal Stifters appelliert: „In seinen Worten trägt der Dichter sein Leben von Geschlecht zu Geschlecht und bedarf des nur widerstrebend dem Meißel sich fügenden Steines nicht, daß er von ihm Zeugnis gebe. Gleichwohl soll der Ort, wo ihn zuerst das Licht der Sonne traf, die stille Stätte, die seine Asche birgt, nicht unbezeichnet bleiben, damit eine spätere Zeit nicht sage, daß er einsam unter uns gewandelt und unerkannt von uns geschieden sei."

Das Foto aus dem Jahr 1980 zeigt das Doppelgrab Adalbert und Amalie Stifters auf dem Friedhof von Linz. Im November 1871 konnte das zunächst nur dem Schriftsteller gewidmete, aus Spenden finanzierte Grabdenkmal errichtet werden. Es hat, ausgeführt in Granit, die Gestalt eines Obelisken auf einem Sarkophag, dessen Deckplatte ein bronzener Lorbeerkranz schmückt. Während Stifters Grabinschrift lediglich den Namen und die Lebensdaten nennt, zählt die seiner 1883 verstorbenen Gattin Stifters Titel und Ehrungen auf: „k. k. Hofrath, Ritter des Franz-Joseph-Ordens, Besitzer der gr. gold. Medaille für Kunst und Wissenschaft, Ritter des großherzogl. Sachsen-Weimar'schen Falken-Ordens". Die letztere Ehrung stammt aus dem Jahr 1867.

1872 Nachdem er bereits im März 1868 seine „Abhandlung über Stifter“ veröffentlicht hat, läßt der Wiener Literarhistoriker Emil Kuh (1828 bis 1876) nun seine vergleichende Gesamtdarstellung „Zwei Dichter Österreichs: Franz Grillparzer – Adalbert Stifter“ erscheinen. Gottfried Keller (1819–1890) dankt dem Freund im Brief vom 28. Juli 1872 „für die wahrhaft gedankenreiche und aus dem Stoffe herausblickende Diktion“, deutet jedoch zugleich Kritik am Werturteil an: Kuh scheine „Grillparzer fast etwas zu drücken, Stifter dagegen über sich hinauszuheben“; Stifters „Schranke“ liegt aus Kellers Sicht „wohl in dem Stück Philister, das in ihm war, vide [siehe] auch sein Portrait“.

1874 Die biographischen Nachforschungen insbesondere zum Tode Stifters scheinen die Selbstmord-Vermutung zu erhärten. So schreibt der Linzer Gerichtsarzt Dr. Theodor Pullitzer in einem Brief vom 10. Dezember: „Nachdem ich den behandelnden Arzt ausfündig gemacht hatte, wurde mir genaue Auskunft gegeben. – Dr. Essenwein sagte mir, daß er um 1 Uhr in der Nacht 36 Stunden [tatsächlich waren es 56 Stunden] vor dem Tode Stifters, zu ihm gerufen wurde und hat die aufgeschnittene Stelle zusammengenäht u. die Bluttung gestillt. Der Schnitt war an und für sich nicht tödlich, aber der Tod war auch ohne dieß im Anzuge und ohne diese Ungeduld [!] von Seite des Kranken wäre der Todt bald erfolgt.“
Am Plöckensteinsee im Böhmerwald, dem Schauplatz des *Hochwald,* wird als das erste Stifterdenkmal ein Obelisk errichtet; die Enthüllung findet am 28. August 1877 statt.

1879 Friedrich Nietzsche (1844 bis 1900) nimmt in „Menschliches, Allzumenschliches“ die folgende für die Stifter-Rezeption im 19. Jahrhundert kaum repräsentative Notiz zum Rang Stifters auf: „Wenn man von Goethes Schriften absieht und namentlich von Goethes Unterhaltungen mit Eckermann, dem besten deutschen Buche das es gibt: was bleibt eigentlich von der deutschen Prosa-Literatur übrig, das es verdiente, wieder und wieder gelesen zu werden? Lichtenbergs Aphorismen, das erste Buch von Jung-Stillings Lebensgeschichte, Adalbert Stifters *Nachsommer* und Gottfried Kellers Leute von Seldwyla, – und damit wird es einstweilen am Ende sein.“

1901 Erscheinungsbeginn der historisch-kritischen Ausgabe der „Sämmtlichen Werke“ Stifters, angelegt auf 50 Bände und herausgegeben von August Sauer, Franz Hüller, Kamill Eben, Gustav Wilhelm und anderen (Prager Stifter-Ausgabe). Im folgenden Jahr wird das Linzer Stifterdenkmal errichtet.

1904 Der Stifter-Forscher Alois Raimund Hein (1851–1937) veröffentlicht seine teilweise auf Befragungen der noch lebenden Freunde und Bekannten Stifters basierende umfangreiche Stifter-Biographie. Die Schilderung des Todes suggeriert die Selbstmord-Vermutung als Tatsache: „In der Nacht vom 27. auf den 28. Jänner 1868 . . . tastete er – die Uhr hatte eben die erste Stunde nach Mitternacht verkündet – wie von plötzlichem Wahnsinn erfaßt, in einem unbewachten Augenblicke mit zitternden Händen nach dem Tischchen, in welchem sein Rasiermesser verwahrt lag, ergriff es und brachte sich in der Raserei des unerträglichen Schmerzes einen furchtbaren Schnitt am Halse bei. – Ein dunkler Blutstrom quoll hervor und ergoß sich über das Linnen des Bettes und über die Kissen. Als Frau Stifter nach einigen Augenblicken das Leidensgemach wieder betrat, fand sie ihren Gatten röchelnd und mit dem nahen Tode ringend. Mit einem gräßlichen Aufschrei stürzte sie ohnmächtig zu Boden. Es entstand eine entsetzliche Verwirrung in dem Hause. Die Nichte Katharina und die Magd eilten jammernd herbei.“

1905 In der „Jugend“ veröffentlicht Peter Rosegger (1843–1918) zum 100. Todestag das folgende Stifter-Bekenntnis:
„. . . Unter allen deutschen Erzählern ist er mir der liebste. Bei dem Lesen seiner Schriften wird einem so behaglich, als wiege man sich in einer Sänfte unter dem blühenden Apfelbaum. Wenn ich mir einen feinen Seelenfesttag machen will, so gehe ich in die stillste meiner Stuben, oder an den Waldrain, wo man frei hin-

aussieht über die Felder und Matten, und lese eines der wundersamen Naturbilder von Adalbert Stifter. So sparsam ich vorgehe mit diesem Genuß, in wenigen Jahren bin ich doch herum, und ist die letzte Erzählung gelesen, fange ich bei der ersten wieder an. Also habe ich seit vierzig Jahren ungefähr achtmal den ganzen Stifter gelesen, (mit Ausnahme des *Witiko*) und, anstatt etwa langweilig, wurde er mir immer lieber. Immer findet man an ihm neue Schönheiten und ungeahnte Tiefen, so daß man manchmal nicht weiß, ist vor allem unsere Armseligkeit früherer Auffassung oder des Gedächtnisses zu beklagen oder die unerschöpfliche Mannigfaltigkeit dieser scheinbar so einfachen, schlichten Dichtungen zu bewundern.

Vielleicht auch ist es, daß ich einst meine Jugend in diese Bücher hineingelesen habe, so daß sie mir nun daraus wieder entgegenquillt in allen ihren sonnigen und wonnigen Stimmungen. Jeder Mensch sollte sich in seiner Jugend einen bestimmten Dichter zum besonderen Freunde machen. Im Alter, wenn alle Wiesen abgegrast sind, wenn man von Allem übersättigt ist, dann kommt noch einmal der Jugendfreund mit dem milden Widerschein längst vergangener Seligkeiten. Und besonders Adalbert Stifter ist einer der Treuesten. Wer sich ihm einmal hingegeben, den läßt er nimmer.

Aber diese Liebe zu Stifter machte es bei mir auch nötig, sich vor ihm zu wehren. In meine Feder schlich sich seine Art. Und obschon selbst empfunden und geschaut, mußte doch manches Blatt durchstrichen werden, weil es zu deutliche Züge Stifters trug. Es gelang mir zwar, mich vor ihm zu behaupten, aber einzelne Spuren seiner Art sind in meinen älteren Schriften nicht austilgbar. Jedenfalls ist Adalbert Stifter der Meister, bei welchem der literarische Lehrling am meisten gelernt, der große Dichter, dem der Mensch von der Jugend bis zum Alter so viele Freuden zu verdanken hat.“

Der Lyriker Detlev von Liliencron (1844 bis 1909) berichtet im Septemberheft der „Deutschen Arbeit“: „Als ich ein Knabe war, vor fünfzig Jahren, wurde Adalbert Stifter in Schleswig-Holstein viel gelesen. Nicht nur in meinem elterlichen Hause, sondern auch bei verwandten, befreundeten und bekannten Familien. Und ich entsinne mich, mit welcher Begeisterung ich mich damals schon in ihn versenkt habe. Seitdem habe ich ihn bis zum heutigen Tage immer wieder mit derselben Freude gelesen. Die *Narrenburg* wohl über dreißigmal. Es ist mir deutlich in Erinnerung, welchen überwältigenden Eindruck sie auf meine phantastische Seele hervorbrachte, als ich sie zum erstenmal in mir aufgenommen hatte. Meine Liebe für Adalbert Stifter wird bis zu meinem Tode dauern!“

1906

In Oberplan wird ein Stifter-Denkmal errichtet. Die Festrede bei der Enthüllung am 26. August hält der Literarhistoriker und Stifter-Herausgeber August Sauer (1855–1926). Im folgenden Jahr veranstaltet der Österreichische Kunstverein in Wien eine dem Maler Stifter gewidmete Adalbert-Stifter-Gedächtnisausstellung.

1916

Karl Kraus (1874–1936), der entschiedene Kritiker einer feuilletonistischen „Verfügung über die Sprache“ und jeglicher (gedanklichen, sprachlichen, künstlerischen) „Ornamentik“ (vgl. „Heine und die Folgen“, 1910 und 1911), erklärt in seiner Zeitschrift „Die Fackel“: „Wenn das, was heute in deutscher Sprache zu schreiben wagt, ohne ihres Atems einen Hauch mehr zu verspüren, irgendwie, von einem metaphysischeren Anstoß als dem Weltkrieg geschüttelt, imstande wäre, noch ein Quentchen Menschenwürde und Ehrgefühl aufzubringen, so müßte die Armee von Journalisten, Romansöldnern, Freibeutern der Gesinnung und des Worts vor das Grab Adalbert Stifters ziehen, das stumme Andenken dieses Heiligen für ihr lautes Dasein um Verzeihung bitten und hierauf einen solidarischen leiblichen Selbstmord auf dem angezündeten Stoß ihrer schmutzigen Papiere und Federstiele unternehmen.“

1918

In Wien wird die Adalbert-Stifter-Gesellschaft gegründet. In ihren Besitz geht ein Großteil der erhaltenen Zeichnungen und Gemälde Stifters über (1922 wird ihr die Sammlung des Freiherrn Bachofen von Echt vermacht), bis 1932 ausgestellt in der Porträtsammlung der Nationalbibliothek in Wien, anschließend in der Albertina.

Adalbert
Stifter

Das Foto links zeigt das am 23. Oktober 1919 enthüllte Stifterdenkmal im Wiener Türkenschanzpark, das gleichsam am Beginn der „Stifter-Renaissance" der zwanziger Jahre steht; das Standbild ist ein Werk des Akademieprofessors Karl Philipp. Voraus ging das 1902 errichtete Stifterdenkmal an der Promenade in Linz (oben links); die in Bronze gegossene Sitzfigur hat Hans Radhausky geschaffen. Das Foto unten zeigt einen Blick in die 1959 eingerichteten beiden Gedenkräume im Rosenbergergut in Lackenhäuser, das seit den dreißiger Jahren als Jugendherberge dient (ein erster Gedenkraum entstand 1943). Oben rechts eine Nachbildung des am 26. August 1877 am Plöckensteinsee als erstes Stifterdenkmal enthüllten Obelisken (vgl. die Gedenkmarke der Deutschen Bundespost zum 150. Geburtstag 1955); sie steht bei Aigen nordwestlich von Linz.

1919 Unter dem programmatischen Titel „Adalbert Stifter. Eine Entdeckung" veröffentlicht der aus Linz gebürtige Dramatiker und Essayist Hermann Bahr (1863–1934) – dem Selbstverständnis des späten Stifter folgend – eine Charakteristik des hierin Goethe vergleichbaren „Augenmenschen" Stifter: „Goethe war ein geborener Maler und ein geborener Dichter zugleich, Stifter hat sich den Dichter erst erwerben müssen, Dichten ist ihm nicht primär, er hat sich erst aus dem Maler in den Dichter übersetzen müssen und alles, was er schreibt, bis ans Ende, behält den Ton der Augensprache. Das scheidet ihn von den anderen Dichtern, aber es steigert ihn auch, er kann über ihre Grenzen und was er vielleicht an Unmittelbarkeit des Ausdrucks dabei verliert, gewinnt er an Freiheit und Weite. Es ist, als hätte sich die Natur in das unvergleichliche Phänomen Goethe so verliebt, daß sie's noch einmal wiederholen wollte, nur freilich mit einer gelinden Abwandlung, stiller, in kleineren Verhältnissen und mit einem Wechsel des Akzents, der dort auf den Dichter kommt, hier auf dem Maler bleibt." 1922 folgt ein Stifter-Essay Hermann Bahrs in der „Neuen Rundschau".
Am 23. Oktober wird im Wiener Türkenschanzpark das Stifterdenkmal der Hauptstadt des österreichischen Rumpfstaates enthüllt.

1923 Hermann Hesse (1877–1962) bekundet in „Vivos voco" seine Affinität mit dem Erzähler Stifter: „. . . so idyllisch-kleinmalerisch Stifters Dichtungen auf den ersten Blick scheinen, so fern ihre Probleme den heute aktuellen sein mögen, in etwas Grundsätzlichem und tief Wesentlichem ist dieser bescheidene alte Dichter modern, aufregend und vorbildlich: er sucht, jenseits seiner und unsrer Zeitprobleme, stets mit glühender Seele nach dem Wesen wahrer Menschlichkeit, und er beginnt sein Suchen und endet sein Finden im Geiste der Ehrfurcht. Und eben die Ehrfurcht ist es, deren Mangel die hinsterbende Generation so arm und dürr erscheinen läßt. Eine der feingestrichelten, wohl komponierten, ehrfurchtsvollen Erzählungen Stifters zu lesen, ist inmitten heutiger Stimmungen so fruchtbar, mahnend und klärend wie die Einkehr bei Tolstojs früheren Dichtungen oder den Gleichnissen des Dschuang Tse."

1925 Hugo von Hofmannsthal (1874–1929) wertet im Nachwort zu einer Neuausgabe des *Nachsommer:* „Als der *Nachsommer* erschien, nannte man das darin Dargestellte altväterisch und beschränkt. Den Gestalten, sagte man, mangle es an Leidenschaft und Tatkraft; die Darstellung sei ohne Farbe und weitschweifig, und der innere Gehalt längst von der vorschreitenden Epoche überholt. Heute heben sich uns diese zartumrissenen Gestalten, die spiegelreine Bildung ihres Lebens zeitlos und doch als sehr nahe entgegen, und auf der geheimen Spirale, auf der sich europäisches Geistesleben bewegt – entgegen jener erhabenen Beharrung des Orients –, sind wir an den Punkt gelangt, wo uns die Lehre dieses Buches als eine nicht erschöpfte, kaum bald zu erschöpfende in die Seele dringt."
Das Oberösterreichische Landesmuseum in Linz veranstaltet eine Adalbert-Stifter-Gedächtnisausstellung seiner Werke als bildender Künstler.

1928 Der Literarhistoriker und Schriftsteller Ernst Bertram (1884–1967) betont in seiner Rede „Adalbert Stifter als Dichter der Frühe" den reinen Kunstcharakter der Stifterschen Erzählweise: „Fast scheint es dem Leser Stifters, als habe die reine einfache Gestalt dieses Dichters und seines Gedichtes kaum einen Anteil an den schweren undurchsichtigen Verworrenheiten seines umdüsterten Jahrhunderts. Wie ein unwahrscheinliches Eiland von Klarheit, Stille, naturnaher Einfalt, gütiger Strenge, seliger Ordnung, so liegt die Landschaft dieser Kunst da. Es bedarf keines Aufwandes von spürender Seelenzergliederung und kluger Belauerung, um das kristallisch klare, demütig einfache und strahlend selige Wesen dieser Kunst sich darzustellen und deutlich zu machen. Es ist eine Kunst, darin Demut nicht hohen Stolz ausschließt, kindheitnahe Einfalt nicht die gewissenhafteste bauende und abwägende Kraft, scharfe und genaue Treue des Zeichnens nicht den fernsten und zartesten Traum, und dankbare Bejahung eines schönen Diesseits nicht die fromme Ahnung eines Hö-

heren. Diese Kunst ist, innerhalb ihres Gesamtwesens, das Reine Frühe heißen darf, zugleich bäuerlich und benediktinisch, zugleich volkstümlich und adlig, stammestreu und gesamtdeutsch. Sie ist zugleich dürerisch und antikisch, kindlich und tief weise, kräftig nüchtern und grenzenlos gläubig. Sie kommt aus einer Spätzeit, mit vielen Merkmalen wohl des Abends und der späten Weltstunde – und sie ist doch morgenfreudig und morgengewiß wie die Beginner und Gründer, wie die Jünglinge und Kinder, die sie so gern ehrt und feiert."
Die Wiener Adalbert-Stifter-Gesellschaft veranstaltet anläßlich des 60. Todestages eine Gedächtnisausstellung. In Kassel erscheint der erste Band von „Witiko. Zeitschrift für Kunst und Dichtung der literarischen Adalbert-Stifter-Gesellschaft in Eger"; es folgen bis 1931 zwei weitere Jahrgänge. Zugleich erscheinen von 1930 bis 1933 in Eger und Kassel die Schriften der „Stifter-Gemeinde".

1937 Erscheinungsbeginn des „Adalbert Stifter Almanachs" (Wien–Leipzig–Berlin), herausgegeben von der Adalbert-Stifter-Gesellschaft in Wien (bis 1953), die sich zugleich bis 1953 mit 48 Folgen ihres Nachrichtenblattes an ihre Mitglieder wendet.

1941 Der Kunsthistoriker Fritz Novotny (geb. 1903) veröffentlicht „Adalbert Stifter als Maler". Im Vorwort stellt er fest: „Adalbert Stifter als Maler war mehr als ein großer Dichter der auch malt und obgleich er kein ebenso großer Maler wie Dichter war, so zählt er doch mit in der Malerei um die Mitte des neunzehnten Jahrhunderts, oder richtiger: er s o l l t e nicht übersehen werden, wenn von der deutschen Landschaftskunst dieses Jahrhunderts die Rede ist. Zwei Ursachen gibt es dafür, daß das immer noch geschieht, daß Stifters Kunst auch in handbuchmäßigen Überblicken über die österreichische Malerei seiner Zeit nicht vorkommt. Die eine ist die geringe Kenntnis von seinen Werken, die meistens nur im Zusammenhang mit der Biographie behandelt wurden. Die zweite Ursache beruht in einer Eigenschaft der Malerei Stifters: in der Isoliertheit, dem Einzelgängerischen seiner Kunst, insofern als man sie entwicklungsgeschichtlich betrachten will. Deshalb liegen die wesentlichen Aufgaben, die sich für eine Untersuchung der malerischen Tätigkeit Stifters stellen, anderswo: sie haben das Persönlichkeitsproblem dieser Kunst zum Gegenstand, vor allem aber ihre Beziehung zu der Dichtung."
1943 folgt in der Reihe „Deutsche Malerei in Farben" der Stifter gewidmete Band mit zehn von Novotny erläuterten Farbtafeln. Seine Gesamtdarstellung erlebt weitere Auflagen in den Jahren 1947, 1948 und 1979; letztere verzeichnet im kritischen Katalog der (erhaltenen) Zeichnungen und Gemälde 169 Werke.

1947 Stifters Name dient einer Reihe von Organisationen der aus dem Sudetenland Vertriebenen als Galionsfigur. So bildet sich in München der Adalbert-Stifter-Verein, vorbereitet durch Überlegungen innerhalb der „Hilfsstelle für Flüchtlinge aus den Sudetengebieten". 1948 folgen Gründungen in Augsburg (Adalbert-Stifter-Verein für den Regierungsbezirk Schwaben) und Kassel (Adalbert-Stifter-Vereinigung in Hessen).
Im Geleitwort zum ersten „Stifter-Jahrbuch" des Münchner Stifter-Vereins (Gräfelfing bei München 1949) schreibt der Herausgeber Helmut Preidel:
„Unser Jahrbuch, das nach unserm großen Landsmann Stifter benannt ist, ist ebensowenig rein literarisch wie unser Verein selbst, der es sich zur Aufgabe gemacht hat, Kunst, Kultur und Wissenschaft im Geiste Adalbert Stifters zu fördern. Der Wissenschaftlichen Abteilung des Adalbert Stifter-Vereines in München fällt es daher zu, die Traditionen der zahlreichen wissenschaftlichen Einrichtungen der Deutschen in Böhmen und Mähren, vor allem die der Deutschen Akademie der Wissenschaften in Prag, fortzuführen. Es gilt die unterbrochenen wissenschaftlichen Arbeiten weiterzuführen, unseren entwurzelten Gelehrten und Geistesarbeitern, die größtenteils noch immer im Schatten stehen, wieder Gelegenheit zu geben, ihre reichen Erfahrungen, ihr Wissen und Können zu zeigen, und dabei jene Wege der Selbsthilfe zu beschreiten, die uns Sudetendeutschen nichts Fremdes mehr sind. Es gilt aber auch die geistige Trägheit zu überwinden und den Altbürgern vor Augen zu führen, daß die Heimatvertriebenen nicht lediglich beitra-

gen, die materiellen Nöte der Gegenwart zu vergrößern, daß sie vielmehr eine Fülle geistiger Güter mitbrachten und damit einen Zufluß darstellen, der der bodenständigen Wirtschaft und dem heimischen Geistesleben neues Blut, neue Anregungen und neue Energiequellen zuführt. Es gilt also auch eine Menge Fehl- und Vorurteile wegzuräumen und eine Plattform zu schaffen, auf der sich ‚Altbürger' und ‚Neubürger' zusammenfinden können.

Die wohl eindrucksvollste Stifter-Gedenkstätte bildet die von 1470 bis 1476 erbaute Kirche in Kefermarkt (vgl. S. 83) mit ihrem um 1500 vollendeten spätgotischen Schnitzaltar; seine Höhe beträgt 13,50 m, die Breite bei geöffneten Flügeln 6,30 m. Die Erzählung „Nachsommer" enthält im Kapitel „Die Begegnung" (I,7) folgende Schilderung des Altars: „Eustach geleitete uns in die Kirche, es war ein sonniger Vormittag, kein Mensch war zugegen, und wir traten vor das Schnitzwerk. Eustach konnte vieles aus den Regeln der alten Kunst und aus der Geschichte derselben erklären. Er sprach über das Mittelfeld, in welchem drei ganze überlebensgroße Gestalten auf reich verzierten Gestellen unter reichen Überdächern standen. Es waren die Gestalten des heiligen Petrus des heiligen Wolfgang – beide in Bischofsgewändern – und des heiligen Christophorus, wie er das Jesuskindlein auf der Schulter trägt, und wie dasselbe nach der Legende dem riesenhaften starken Manne schwer wie ein Weltball wird, und seine Kräfte erschöpft, welche Erschöpfung in der Gestalt ausgedrückt ist. Sehr viele kleine Gestalten waren noch nach der Sitte unserer Voreltern in dem Raume zerstreut. An dem Mittelfelde waren in gezierten Rahmen zwei Flügel, auf welchen Bilder in halberhabener Arbeit sich befanden: die Verkündigung des Engels, die Geburt des Heilandes, die Opferung der drei Könige, und der Tod Marias ... Mein Gastfreund sagte, es müßten einmal nicht nur viel kunstsinnigere Zeiten gewesen sein als heute, sondern es müßte die Kunst auch ein allgemeineres Verständnis bis in das unterste Volk hinab gefunden haben ..."

Diesen Aufgaben soll das Stifter-Jahrbuch in erster Linie dienen. Es kann daher nicht einseitig literarhistorischen Fragen nachgehen, sondern muß auch andere Disziplinen zu Worte kommen lassen. Im Sinne des alten ‚Sudetendeutschen Jahrbuches' soll das Stifter-Jahrbuch aber auch einen kleinen Querschnitt durch das geistige Leben des Sudetendeutschtums in der Diaspora bieten, das sich jetzt allenthalben zu entfalten beginnt . . ."

1950 Gründung des Adalbert-Stifter-Instituts des Landes Oberösterreich in Linz; ab 1952 erscheinen die Vierteljahresschrift des Instituts (mit Bibliographie) und eine Schriftenreihe.

1955 Anläßlich des 150. Geburtstages Stifters veranstaltet das Historische Museum der Stadt Wien eine Ausstellung „Adalbert Stifter", ebenso in München die Bayerische Akademie der schönen Künste in Zusammenarbeit mit dem Münchner Adalbert-Stifter-Verein und der Adalbert-Stifter-Gesellschaft.
Im Vorwort des Katalogs der Münchner Ausstellung zitiert Franz Hüller aus dem *Nachsommer:* „Daher rührt die Erscheinung, daß edle Werke der Kunst ein Zeitalter rühren und begeistern können, und daß ein Volk kömmt, dem sie nicht mehr sprechen. Sie verhüllen ihr Haupt, und harren, bis andere Geschlechter an ihnen vorüber wandeln, die wieder reines Sinnes sind, und zu ihnen empor blicken. Diesen lächeln sie, und von diesen werden sie wieder wie herübergerettete Heiligtümer in Tempel gebracht."
Hüller stellt fest: „Diese Zeit ist gekommen. Fünfzig Jahre sind vergangen, seit das Werk Adalbert Stifters von seiner Heimat wie eine heilende Quelle für die Menschheit neu gefaßt wurde. Die große Prager Stifter-Ausgabe August Sauers ist das Zeugnis dafür. Nach etwa zwei Jahrzehnten rief ihn seine zweite Heimat, sein geliebtes Österreich, aus der Vergessenheit zurück und zählte ihn zu den Höchsten unserer Dichtung. Der Ruf kam von dem Dichter Hermann Bahr. Heute gehört er dem ganzen deutschen Lande und der gesamten christlichen Welt des Abendlandes. Symbol dafür ist der Einzug in die Walhalla bei Regensburg. Stifter-Vereinigungen und ein zentrales

Die Volksschule in Kirchschlag bewahrt durch ihre Benennung das Andenken an den um die Förderung des Grundschulwesens verdienten Kultusbeamten und Pädagogen Adalbert Stifter.

Adalbert Stifter-Institut sind bestrebt, sein geistiges Erbe zu verwalten."
Auf Anregung des Adalbert-Stifter-Vereins in München entsteht unter der Regie und nach einem Drehbuch von Josef M. Rubner ein kurzer Dokumentarfilm über den Schriftsteller. Vorausgegangen sind zwei Filmversionen von *Bergkristall:* 1949 unter der Regie von Harald Reinl, 1954 unter der Regie von Albert Lippert. Letzterer, einer TV-Produktion (Ausstrahlung am 23. Dezember 1954 in der ARD), liegt die Dramatisierung der Erzählung von Friedrich Forster mit dem Titel „Der kristallene Berg" zugrunde. Die Filmaufzeichnung einer Aufführung dieses Stückes durch das Hamburger „Junge Theater" wird am 23. Dezember 1961 durch die ARD ausgestrahlt.

1956 Von Gewicht ist das Bekenntnis des modernen, freilich seinerseits „schwierigen" Schriftstellers Arno Schmidt (1914–1979): „Stifter behält stets diesen unanfechtbaren Satz vor Augen: daß ‚in Wirklichkeit' viel weniger ‚geschieht', als die Liebhaber von Kriminalromanen uns glauben machen wollen; das Leben besteht, was ‚Handlung' anbelangt, aus den bekannten kleinen Einförmigkeiten. Und logischerweise wird es sogleich zum vornehmsten Kennzeichen jener (‚unserer') Gruppe extremster Realisten, daß man sich um der Wahrheit willen der Fiktion pausenlos-aufgeregter Ereignisse verweigert; die radikalste Kühnheit in

Denkweise, Sprache, Architektonik, kann hierbei durchaus gepaart sein mit solcher, nur dem oberflächlichen Beurteiler befremdlichen, Handlungsarmut." Ein weiterer Autor der Moderne, der sich Stifter verpflichtet fühlt, ist Peter Handke (geb. 1942); seine „Lehre des Saint-Victoire" (1980) beginnt mit der Huldigung an den Autor der reinen Farbe Blau.

Der Kulturphilosoph und Schriftsteller Rudolf Pannwitz (1881–1969) tritt in der Vierteljahresschrift des Linzer Instituts für die Einsicht in die gattungsspezifische und -begrenzte Darstellungsweise des Erzählers Stifter ein: „Es ist Stifter vorgeworfen worden, daß er die Landschaft nur beschreibe und da minuziös und pedantisch eins ans andere reihe. So hat schon Hebbel geurteilt, der als psychologischer Dramatiker ohnedies auf der Gegenseite stand ... Ohne seine Grenze abzustreiten, muß man seine Form begreifen. Zu dieser gehört auch die Breite und Länge ... Der Mangel ist voll aufgewogen durch die Fülle, Buntheit, Wahrheit, Innigkeit der ausgespreiteten Teppiche, die von der Natur und der Seele im Einklang so wunderbar gewoben sind. Und dafür hätte sich keine andere Form gefunden."

1958 Otto Jungmair veröffentlicht in der Schriftenreihe des Adalbert-Stifter-Instituts des Landes Oberösterreich sein „Kalendarium" „Adalbert Stifters Linzer Jahre". Im Vorwort reflektiert Jungmair den gerade für die Stifter-Rezeption kennzeichnenden Wechselbezug zwischen biographischer Forschung (etwa zum Komplex der Selbstmord- oder Unfall-Hypothesen) und Textexegese:

„Wenn auch in der heutigen Literaturwissenschaft die biographische Forschung hinter die Interpretation des dichterischen Werkes gereiht wird, so ist doch bei Adalbert Stifter das Werk so innig von Eigenerlebnissen durchwoben, daß Fehlzeichnungen seines Lebens auch ein trübes Irrlichtern über seine Dichtung warfen, die schließlich als ‚Tarnung' seines wahren, dahinter verborgenen Wesens empfunden, ihrer inneren, sittlichen Überzeugungskraft entkleidet und zum bloßen Wunsch- und Traumbild eines zuletzt doch gescheiterten Lebens umgedeutet wurde. Es ist eine leider oft festzustellende Problematik der heute schon unüberschaubar gewordenen Stifter-Publizistik, daß biographische Untersuchungen zu völlig entgegengesetzten Ergebnissen führten, die, unbekümmert um Quellentreue, Leben und Werk des Dichters mehr entstellten als erhellten.

Diese problematischen Abhandlungen und vermeintlichen Deutungen spannen einen weiten Bogen, der von dem immer wieder kritiklos nachgedruckten Fehlurteil der zünftigen Literaturgeschichte des neunzehnten Jahrhunderts, die in Stifter nur ‚einen weltflüchtigen Idylliker und in Gefühlen schwelgenden Romantiker und Träumer' sah, über psychologische, psychopathische, psychoanalytische, existentielle, einseitig konfessionelle und nationalistische Deutungen bis zu der auf die Fiktion eines ‚Freitodes' des Dichters aufbauenden Version eines von allen bösen Geistern gejagten, dämonischen Triebmenschen reicht. Der Irrungen und Wirrungen schien kein Ende.

Die jeweilige persönliche und weltanschauliche Einstellung des Verfassers, welche seine objektive Schau trübte, zeichnete so oft aus vorgefaßter Meinung heraus ein immer wieder ‚neues' Stifterbild, das den wahren Gegebenheiten keineswegs entsprechen konnte, dann aber sensationell durch Presse und Leserwelt geisterte."

1968 Zu den Ehrungen anläßlich Stifters 100. Todestag gehört ein Staatsakt in Prag unter Anwesenheit des Kultusministers. Gewürdigt wird Stifter vor allem als Autor des *Witiko,* der in einer guten tschechischen Übersetzung von J. Fućikova vorliegt. Witiko gehört in der ČSSR zum Lektürekanon der höheren Schulen. „Der aktuelle Bezug des *Witiko* liegt für die Tschechen nahe: Der aufrechte und gerechte, vernünftige Witiko wird als Gegenstück zum listigen Schwejk verstanden – polare Verkörperung ihres Nationalcharakters" (Martin Selge).

1982 Unter der Regie von Wolfgang Glück entsteht als österreichische Produktion eine Filmversion von *Brigitta.* Vorausgegangen sind eine Filmversion von *Der Hochwald* unter dem Titel „Die Flucht" (BRD 1977/1978, Regie und Drehbuch Hajo Baumgärtner) und der Dokumentarfilm „Adalbert Stifter – Das Glück der Phantasie" (BRD/ČSSR/Österreich 1980, Regie Wulf Podzeit).

THEMEN

Stifter-Bilanz 1954 und 1978

Das Schaffen Adalbert Stifters gehört heute zum Kanon der deutschsprachigen Literatur. Dennoch scheint sein Werk wie bei kaum einem anderen Schriftsteller den Besitz einer Gemeinde zu bilden, deren Mitglieder sich ihm vor allem in künstlerisch-weltanschaulicher Hinsicht aus einem Bedürfnis nach ästhetischer Besänftigung anvertrauen. Zu ihnen zählt beispielsweise Peter Rosegger (1843–1918), der Stifter Ende August 1867 in Linz noch persönlich kennengelernt hat. Er schreibt 1874 im „Volkskalender Das Neue Jahr": „Stifter söhnt seine Leser aus mit der Welt, haben sie sich grollend von ihr gewendet; er legt den milden Sonnenschein auf die Menschen und über die Natur. Er belehrt nicht, er drängt uns nie seine Ideen auf, er sucht uns nie durch schöngeistige Phrasen zu bestechen, er erzählt uns nur lächelnden Auges. Aber er erzählt uns gleichsam mit dem Pinsel, er stellt uns ein Bild dar, das wir mit Augen sehen, aber es ist doch keine Malerei, es ist lebendig, verklärt, wie kein Maler malen kann – und so wie Stifter erzählt keiner. Man labt sich an seiner Milde und Ruhe und Liebe und wird im Lesen ein anderer Mensch. An Goethe erinnert die Stiftersche Form in Klarheit und Gegenständlichkeit, aber der Stiftersche Stil ist weicher, anspruchsloser und doch inniger, als die Goethesche Prosa. In der Eigentümlichkeit der Naturschilderung steht Stifter einzig da."

Stifter-Anhänger nehmen es lächelnd zur Kenntnis, daß andere (eingeschlossen so manche Vertreter der literaturwissenschaftlichen Zunft) Stifters Darstellungsweise als „langatmig", „langweilig", „steifleinen" beurteilen. Demgegenüber wird die „Stifter-Gemeinde" durch die mitunter auch in der wissenschaftlichen Literatur anzutreffende Aufforderung gekennzeichnet, sich gleichsam „mucksmäuschenstill" zu verhalten, um die feinsten Klänge und Nebenklänge der Stifterschen Prosa zu erlauschen. Als um so wesentlicher erscheint es, das durchaus vorhandene Spektrum von Fragestellungen hervorzuheben, unter dem Stifters Leben und Werk seit seinem ersten Hervortreten als Schriftsteller betrachtet worden ist und mit jeweiligen Erweiterungen und Verschiebungen der Schwerpunkte wohl auch weiterhin betrachtet werden wird.

Die vorausgehende „Chronik zu Leben, Werk und Wirkung" dokumentiert eine Reihe von Standpunkten in ihrer historischen Abfolge. Hier nun geht es, nicht zuletzt im Hinblick auf die nachfolgenden Textbeispiele, um eine breitere Darstellung und Vertiefung einzelner Betrachtungsweisen. Zugrunde liegen im wesentlichen zwei Veröffentlichungen: zum einen der Ende 1954 abgeschlossene Forschungsbericht „Probleme und Ergebnisse der Stifterforschung 1945–1954" von Erik Lunding, veröffentlicht im 49. Band von „Euphorion" (1955); zum zweiten die Vorträge und Lesungen des vom 27. bis 30. September 1978 im Rahmen des Linzer Internationalen Brucknerfestes veranstalteten Stifter-Symposions, herausgegeben in Zusammenarbeit mit der Österreichischen Gesellschaft für Literatur von der Linzer Veranstaltungsgesellschaft und dem Adalbert-Stifter-Institut des Landes Oberösterreich unter wissenschaftlicher Redaktion von Johann Lachinger, von dem auch die im folgenden zitierte Einleitung stammt.

Oberflächen- und Tiefenstruktur

Das Linzer Stifter-Symposion 1978 stand unter dem Leitthema „Adalbert Stifter – Die Dämonie des Realismus". Dieses sollte „mit seinem das herkömmliche Stifter-Bild verfremdenden Effekt ein breites Publikum ansprechen und zur Teilnahme einladen, um so dem Symposion eine über die Expertendiskussion hinausgehende Wirkung in der Öffentlichkeit zu verschaffen". Obwohl in den Vorträgen „kaum darauf eingegangen wurde", spiegelt das Motto aus der Sicht Johann Lachingers „die grundlegende Veränderung wider, die das gegenwärtige Verständnis Adalbert Stifters, des Biedermeiers und des Realismus von jenem der Tradition abhebt . . . Diese Verschiebungen resultieren vor allem aus bestimmten methodischen Ansätzen neuerer historischer Forschungsrichtungen in der Literaturwissenschaft, die über die ästhetische Immanenz hinausgehen und die Gesamtheit der historischen (vor allem ideologischen und politischen) und biographischen Bedingungen von Literatur ins Zentrum rükken. Dabei verläuft die methodische Entwicklung auf mehreren Ebenen: Während die eine Richtung der literaturgeschichtlichen Forschung an der Einbeziehung des historischen Kontexts und der biographisch-psychologischen Situation der Autoren nur insoweit interessiert ist, als sie zur Erhellung der historischen Bedingungen der ästhetischen Erscheinungen beiträgt, setzt eine dezidiert ideologie- und gesellschaftskritische und psychologistisch-psychoanalytisch orientierte Richtung viel radikaler an: Sie erklärt und bewertet die ästhetischen Produkte prinzipiell und daher mit einer gewissen Ausschließlichkeit aus einem dialektisch gesehenen funktionellen Zusammenhang mit den jeweils gegebenen politisch-gesellschaftlichen Konditionen bzw. aus den biographisch-psycho(patho)logischen Voraussetzungen der Künstlerpersönlichkeit. In diesen Perspektiven erscheint die ästhetische Qualität eines Kunstwerks – wenn überhaupt – weithin als nur mehr einer der Faktoren im Kategorienschema der Bewertung, die Person des Dichters wird nicht mehr als die große Ausnahme gesetzt, sondern vielleicht als besonders merkwürdiger Fall soziologischer bzw. psychologischer Analyse. Die daraus resultierende ‚Entmythologisierung‘ des Kunstwerks und die ‚Enttabuisierung‘ der Künstlerpersönlichkeit kann als spezifische Konsequenz eines kritischen Neo-Positivismus in der Literaturgeschichte angesehen werden. Der klassische literaturwissenschaftliche Positivismus des 19. Jahrhunderts ging im Gegensatz dazu von der Singularität von Künstler und Werk aus, er setzte die Genialität des Dichters und den Ausnahmecharakter seiner Schöpfungen als gegeben voraus. Es galt für den positivistisch operierenden Forscher, die Beziehungen zwischen dem Kunstwerk und seinem stofflichen Substrat einerseits und zwischen Werk, Biographie, physisch-geistiger Konstitution und Milieu des Autors andererseits in ihren kausalen Zusammenhängen zu rekonstruieren und so an Werk und Künstler zu erklären, was kausal erklärbar erschien. So besteht zwischen der früheren positivistischen und der sozialkritisch-psychologistisch verfahrenden neo-positivistischen Methode ein mehr als bloß gradueller Unterschied.“

Dieser Unterschied zeigt sich speziell im Hinblick auf die Auseinandersetzung mit Leben und Werk Stifters darin, daß die Frage nach der Oberflächen- und Tiefenstruktur der Texte in neuer Weise oder zumindest mit größerem Nachdruck als bisher gestellt wird. Eine gewisse Tradition besitzt die (vor allem aus den Umständen seines Todes abgeleitete) Vermutung, sein literarisches Schaffen sei in dem Sinne „oberflächlich“, daß der „schöne Schein“ im Widerstand gegen eine zugrundeliegende existentielle Not und Verzweiflung künstlich entstanden sei. Zu den Gewährsleuten dieser Tradition gehört – mit eigenen, weiterführenden Akzenten – Thomas Mann (1875–1955), der in „Die Entstehung des Doktor Faustus. Roman eines Romans“ (1949) notiert: „Außerdem beschäftigte Adalbert Stifter mich wieder einmal aufs angelegentlichste. Ich las seinen ‚Hagestolz‘ wieder, den ‚Abdias‘, den ‚Kalkstein‘, den ich ‚unbeschreiblich eigenartig und von stiller Gewagtheit‘ fand, und solche erstaunlichen Dinge wie den Hagelschlag und die Feuersbrunst in der ‚Geschichte vom braunen Mädchen‘. Man hat oft den Gegensatz hervorgekehrt zwischen Stifters blutig-selbstmörderischem Ende und der edlen Sanftmut seines Dichtertums. Seltener ist beobachtet worden, daß hinter der stillen, innigen Genauigkeit gerade seiner Naturbetrachtung eine Neigung zum Exzessiven, Elementar-Katastrophalen, Pathologischen wirksam ist, wie sie etwa in der unvergeßlichen Schilderung des gewaltigen Dauer-Schneefalls im Bayerischen Wald, in der berühmten Dürre im ‚Heidedorf‘ und in den vorhin genannten Stükken beängstigend zum Ausdruck kommt. Auch die Gewitterverwandtschaft des Mädchens im ‚Abdias‘, ihre Anzüglichkeit für den Blitz, gehört in diesen unheimlichen Bereich . . . Stifter ist einer der merkwürdigsten, hintergründigsten, heimlich kühnsten und wunderlich pakkendsten Erzähler der Weltliteratur, kritisch viel zu wenig ergründet.“ In einem Brief vom 6. Januar 1947 an den Analytiker Alfred Winterstein, den Verfasser einer 1946 in Wien erschienenen tiefenpsychologisch orientierten Stifter-Monographie, bemängelt Mann, „daß die bisherige Stifter-Kritik viel zu sinnig und gutmütig war, um ihrem durchaus seltsamen und oft recht unheimlichen Gegenstand gerecht zu werden“.

Umschlag-Vorderseite (gestaltet unter Verwendung eines Lichtbildes aus dem Jahr 1863, vgl. Abb. S. 104) der Broschüre mit den Vorträgen und Lesungen des Linzer Stifter-Symposions 1978. Ein Überblick über den Inhalt deutet den Umkreis der Fragestellungen und Betrachtungsweisen an: Die Kunstwissenschaft ist durch „Adalbert Stifters Zeichnungen aus den Lackenhäusern" von Fritz Novotny (geb. 1903) vertreten. Literaturwissenschaftliche Beiträge sind: „Mesmerismus und Magnetismus in Stifters Werk" von Johann Lachinger (geb. 1939), „Zeitbewältigung und Zeitüberwindung" von Karol Sauerland, „Stifters Kaktus. Zur naturwissenschaftlichen, (sexual-)symbolischen und ästhetischen Dimension des ‚Cereus peruvianus' im ‚Nachsommer'" von Martin Selge (geb. 1938), „Walter Benjamin als Leser Adalbert Stifters" von Peter Demetz (geb. 1922), „Adalbert Stifters späte Erzählkunst im Rahmen des bürgerlichen Realismus" von Herbert Seidler (geb. 1905), „Adalbert Stifters Verhältnis zur Geschichte" von Alfred Doppler (geb. 1921) und „‚Der Nachsommer' und ‚Das Glasperlenspiel': Probleme der ästhetischen Provinz" von Peter Stern (geb. 1920). Als Musikwissenschaftler kommt Franz Grasberger (geb. 1915) mit „Adalbert Stifter und Anton Bruckner", als Pädagogikwissenschaftler Ulrich Schöndorfer (geb. 1899) mit „Adalbert Stifter als Pädagoge" zu Wort. Autor des Beitrags „Das Dämonische in Adalbert Stifters ‚Hochwald'" ist der Psychiater Peter Dettmering (geb. 1933), Autor des Beitrags „‚Unter Witikos Banner'? Bemerkungen zu Adalbert Stifters böhmischem Geschichtsbild" der Historiker und Literaturwissenschaftler Joachim W. Storck. Durch Lesungen beteiligten sich die Schriftsteller Gertrud Fussenegger (geb. 1912), Jutta Schutting (geb. 1937), Franz Rieger (geb. 1923) und Franz Tumler (geb. 1912). Durch sein Motto „Adalbert Stifter – Die Dämonie des Realismus" distanzierte sich das Symposion zumindest in seiner Zielsetzung von einer Tradition des Stifter-Verständnisses, die weitgehend durch die Methode der werkimmanenten Interpretation gekennzeichnet ist und Stifters Schaffen eher ver- als erschlossen hat.

Als frühester Versuch in Richtung einer Einbeziehung jenes „Unheimlichen“ in das Stifter-Verständnis sind die 1907 erschienenen „Studien zu Adalbert Stifters Novellentechnik“ von Ernst Bertram (vgl. S. 124) aus dem George-Kreis zu werten. Erik Lunding stellt hierzu aus der Sicht von 1954 fest: „Nachdem schon Sauer [vgl. S. 121] gegen das Dogma der Leidenschaftslosigkeit Stifters protestiert hatte, erkennt Bertram, daß Stifters monoman anmutender Kampf gegen die Leidenschaft nur vor dem Hintergrund einer gegenteiligen Tiefenstimmung überhaupt psychologisch verständlich wird.“ Unter Anspielung auf Jean Pauls „Leben des vergnügten Schulmeisters Maria Wuz in Auental. Eine Art Idylle“, erschienen 1793 als Anhang zur „Unsichtbaren Loge“, fährt Lunding fort: „Bertram sieht, daß der von jedem Maria-Wuz-Optimismus abgerückte Stifter ein ‚philosophischer Dichter‘ ist, der ‚eine ganz persönliche Wertung von Sein und Sollen durch das Medium seiner Kunst‘ ausspricht, und er spürt ferner im österreichischen Geistesleben eine in einem tiefen Pessimismus wurzelnde unbewußte Philosophie der Lebensangst. Damit sind [von Bertram!] spätere Erfahrungen der Existenzphilosophie auf dem Wege der Umschreibung vorweggenommen.“

Anknüpfend an die oben zitierten Äußerungen Thomas Manns geht Peter Dettmering (geb. 1933) in seinem Symposionbeitrag „Das Dämonische in Adalbert Stifters ‚Hochwald‘“ der Frage nach dem „Unheimlichen“ nach, indem er Situationen mangelnder Kommunikation ins Auge faßt. Als biographischer Beleg dienen ihm Mitteilungen des Stifter-Illustrators und Linzer Zeichenlehrers Josef Maria Kaiser (1824–1893), die sich auf Stifters letzte Lebensjahre beziehen. Kaiser berichtet, daß sich Stifter ihm gegenüber in Details erging, „welche nicht selten in ihrer Breite und Umständlichkeit um so peinlicher wirkten, als ich nur zu gut fühlte, er betrachte mich hierin nur . . . als sein Gewissen etwa. Er hörte sich gerne reden, und da er vielleicht auch zuweilen das Bedürfnis fühlte, sich von dem reden zu hören, wofür man für sich selber kein gesprochenes Wort hat, so mußte ich herhalten – tat es ihm zuliebe, und er tat es ohne Gefahr, weil er gewiß wußte, daß ich in solchen Momenten verstand, ich habe nur als sein ‚zuhörendes Ich‘ zu gelten.“ „Ich selber“, heißt es in dem gleichen Zusammenhang bei Kaiser, „nahm nie in irgendwelcher Weise seine Teilnahme für mich in Anspruch, da ich mich nicht der Gefahr aussetzen wollte, verletzt zu werden, was nur zu leicht hätte geschehen können – und anderen auch geschehen ist, welche den Mann nicht so zu beurteilen wußten als ich.“ „So zeigte er sich nie geneigt, Vertrauen entgegenzunehmen“, schreibt Kaiser zur Charakterisierung dieser Beziehung, die Stifters Bedürfnis zeigt, über einen anderen Menschen – den Therapeuten gleichsam – mit einem Teil seiner selbst in Kommunikation zu treten, der für gewöhnlich stumm bleibt und nicht mit der Umwelt kommuniziert.

Dettmering folgert aus Kaisers Äußerungen: „Auf der einen Seite also Stifter als darbender, aussprachebedürftiger Mitmensch – ‚wie ein kleines Kind‘ unfähig, die Zuwendung seines Gegenübers mit Gleichem zu vergelten – und auf der anderen Seite etwas Übergroßes, schwer Verbalisierbares, für das Kaiser die Worte ‚sein Gewissen etwa‘ findet. In der Tat ist ja das Gewissen des Melancholikers durch den Anspruch auf Allwissenheit und Allmacht charakterisiert. Wenn daher Stifter seinem Gesprächspartner den Eindruck vermittelt, er wolle mit einem Überangebot von Worten über Dinge sprechen, für die es keine Worte gibt, so ist damit Stifters verzweifelter Versuch, seine innere Wirklichkeit mit der äußeren in Beziehung zu setzen, auf das genaueste bezeichnet. Frühe, unkonturierte, ‚ozeanische‘ Größenvorstellungen – wie sie Stifter in seiner autobiographischen Skizze [vgl. S. 12ff] zu verbalisieren versucht hat – haben sich, soweit sie nicht als ständige Katastrophendrohung stehengeblieben sind, in Gestalt eines geradezu übermenschlichen Gewissens niedergeschlagen, das seinem Träger vorschreibt, die Unergründlichkeit der Elemente, ihr rätselhaftes Anschwellen oder Versiegen ganz auszudenken.“

Die Verbindung zum „Hochwald“ ergibt sich aus einer Analogie zwischen der Verhaltens- und Erlebnisweise der literarischen Gestalten und jener des Autors: „Clarissa als das zentrale Ich der Erzählung findet sich zunächst mit dem gütig-zärtlichen Aspekt der Natur konfrontiert und macht sich dann im Lauf der Ereignisse deren grausam-erbarmungslosen

Aspekt in der Form zu eigen, daß sie die Schuld an dem eingetretenen Unheil übernimmt. Alles hätte vermieden werden können, heißt es gegen Ende, wäre sie ‚von jeher vertrauender gegen alle gewesen‘. Anders formuliert: Sprache muß, um Kommunikation zu werden, ihren monologischen Charakter aufgeben und die Natur verlassen, eine Gesetzmäßigkeit, von der nur das lyrische Lied (etwa Ronalds Gesang) ausgenommen ist. Das jedoch impliziert einen Trennungsschritt, den Stifters Figuren – in Übereinstimmung mit einer inneren Unfähigkeit ihres Schöpfers – nicht vollziehen können. Zwar wird das gesamte Werk hindurch der unheimliche, gewittrige Aspekt der Natur gefürchtet – Gewitterangst zieht sich ja in irgendeiner Form durch alle Erzählungen hindurch –, aber noch mehr Angst und Abwehr scheint dem Augenblick zu gelten, in dem das Schweigen der Natur durch ein Gespräch unterbrochen wird, das etwas von jeher Vermiedenes bei Namen nennt.“

Seine Antwort auf die Frage nach dem „Dämonischen“ im „Hochwald“ findet Dettmering unter Zuhilfenahme von Sigmund Freuds Begriff des Wiederholungszwanges. Über ihn heißt es in „Jenseits des Lustprinzips“ (1920), „daß die dunkle Angst der mit der Analyse nicht Vertrauten, die sich scheuen irgend etwas aufzuwecken, was man nach ihrer Meinung besser schlafen ließe, im Grunde das Auftreten dieses dämonischen Zwanges fürchtet“. Dieser Gegensatz von Schlafenlassen und Aufwecken charakterisiert, so Dettmering, in hohem Grade auch die Dichtung Stifters: „Clarissa im ‚Hochwald‘ wird von Ronald geweckt, schläft wieder ein, wird noch einmal geweckt und steht nun einer traumatisierenden Wirklichkeit gegenüber. Das Aufwecken ist bei Stifter immer traumatisch, womit es vielleicht zusammenhängt, daß Stifters Sprache insgesamt zu einer archaischen, ursprünglich-naiven und zugleich formelhaften Seinsform zurücktendiert, als solle der empirisch gegebene Gegensatz von Ich und Welt, von Subjekt und Objekt, aufgehoben werden. Das Leben erzählt sich selbst, gespiegelt in einem Bewußtsein, das es sich abverlangt, das Leben oder die Natur noch einmal zu sein. Es ist mit anderen Worten ein mythisches Bewußtsein – Mythos in seinem ursprünglichen Wortsinn als Bild –, von der Hoffnung gespeist, der unaufhebbaren Ambivalenz, dem Doppelaspekt der Natur zu entkommen ... Im ‚Hochwald‘ hat Stifter seine Figuren erst spurenhaft der Obhut des Mythos überantwortet; sie sind noch voll dem Entsetzen ausgeliefert, das der Wechsel von der allgütigen zur erbarmungslosen Natur mit sich bringt. Zum Teil hat Stifter dieses Entsetzen dadurch beschwichtigt, daß er auch die Natur den Wechsel vom Sommer zum Winter vollziehen läßt. Aber so behutsam innige Naturversenkung und Naturbetrachtung den Figuren diesen Schock ersparen möchte, so unerbittlich birgt die Genauigkeit von Stifters Prosa ihn bereits in sich. Der Vater hat seinen Töchtern als Mittel, die Entfernung zu überbrücken, das Fernrohr mitgegeben, mit dessen Hilfe sie an klaren Tagen das Bild der Waldburg – ‚bis zum Erschrecken ähnlich‘ – heranzaubern können. Es herrscht mit anderen Worten ein magischer Schwebezustand, bis dann eines Tages die Waldburg auf unheimliche Weise leer, ausgehöhlt, ihres Inhalts beraubt erscheint: ‚Es war ein unheimlicher Gedanke, daß in diesem Augenblicke dort vielleicht ein gewaltiges Kriegsgetümmel sei und Taten geschehen, die ein Menschenherz zerreißen können; aber in der Größe der Welt und des Waldes war der Turm selbst nur ein Punkt.‘ Indem Stifter die ‚Größe der Welt und des Waldes‘ und damit den Mythos beschwört und die Waldruine mit einer Aura der Lautlosigkeit umgibt, sucht er dem Vernichtenden etwas von seiner Schrecklichkeit und Unmittelbarkeit zu nehmen: jenes behutsame Schweigen oder V e r schweigen, von dem die großen späten Erzählungen wie ‚Nachsommer‘ und ‚Witiko‘ so nachhaltig geprägt sind.“

Für Dettmerings Befund, Stifter habe ein Stilprinzip des Verschweigens entwickelt, findet sich in Karl-Heinz Rossbachers Aufsatz „Die Tradition und ihre kritische Erneuerung. Zur Rezeption Adalbert Stifters bei Jutta Schutting“ („Vasilo“ 25, 1976, vgl. Jutta Schutting: „Tauchübungen. Prosa“, Salzburg 1974) das Bild vom „Eisberg-Stil“. Bei Stifter sind „die bedrohlichen Kräfte im Menschen ... häufig präsent, ohne daß sie direkt, in Sprache umgesetzt, ‚zur Sprache‘ kommen. Sie sind nicht verdrängt, auch nicht billig harmonisiert, sondern so vorhanden, wie sieben Achtel eines Eisbergs vorhanden sind, auch wenn man nur ein Achtel sieht.“

Das Eisberg-Bild ist uns als Vergleichsmodell für das Verhältnis zwischen Bewußtsein und Unterbewußtsein geläufig. Es lenkt somit den Blick auf die (schon mehrfach gestreiften) Interpretationsversuche auf tiefenpsychologischer Grundlage, die sich insbesondere um eine Entschlüsselung der (sexuellen) Symbolsprache bemühen. 1954 lag mit Alfred Wintersteins schon genannter, acht Jahre zuvor erschienener Monographie „Adalbert Stifter – Persönlichkeit und Werk. Eine tiefenpsychologische Studie" eine Arbeit vor, die Lunding als „ein ganz besonders unerquickliches Kuriosum der Stifterforschung" abqualifiziert: „Wir möchten freilich nicht von vornherein jedes Vorkommen sexualpathologischer Züge in der Dichtung Stifters in Abrede stellen – zu erwägen wäre beispielsweise, ob nicht im ‚Kalkstein' Fetischistisches zum Vorschein kommt –, man darf aber sagen, daß im Werke Stifters der Sexus eine sehr bescheidene Rolle spielt. Eine kaum überbietbare Entsexualisierung liegt im ‚Nachsommer' vor. Trotzdem ist Winterstein imstande, ein ganzes Kapitel über die Sexualsymbolik des ‚Nachsommers' zu schreiben. Zur Illustration seiner ‚Interpretationskunst' sei Folgendes hervorgehoben: Heinrichs Neigung zum Erröten dürfte eine Wurzel in der infantilen Kastrationsangst haben; sein Interesse für die Geschichte der ‚Mutter Erde' wird aus dem Drang nach Erforschung des mütterlichen Leibes abgeleitet; seine Pünktlichkeit in Geldangelegenheiten sei ein analerotischer Zug. Hinzugefügt sei, daß der Verfasser bei dem alten Roderer in ‚Nachkommenschaften' die Sublimierung einer intensiven Analerotik aus der Tatsache herausliest, daß er abends nicht mehr als ein Glas Bier trinkt. Es ist erstaunlich, mit welcher Naivität sich ein im Dogmatismus des gröbsten Freudianismus erstarrter Forscher an der Dichtung vergreift."

Inzwischen hat Arno Schmidt (vgl. S. 127) seine am Beispiel der Landschaftsschilderungen des Homoerotikers Karl May entwickelte „Theorie der Organ-Abbildungen" auch auf Stifter angewandt. Schmidts Entdeckungen sind im Nachwort zu „Sitara oder der Weg dorthin. Eine Studie über Wesen, Werk & Wirkung Karl Mays" (1963) enthalten. Daß es sich hierbei um eine spezielle Betrachtungsweise handelt, verdeutlicht Schmidt durch seine Aufforderung: „Reiten wir also, den Kneifer der ‚Mayschen Mechanismen' keckfest auf der Nase, durchs schwarze Tor unterhalb des Turmes von Prüglitz." Eingeleitet wird damit die sexualsymbolische Entschlüsselung der „Narrenburg", die aus Schmidts Sicht „das heimliche Centrum von Stifters Schaffen & Dichten & Trachten" bildet. Schmidt selbst gibt seinen zentralen Gesichtspunkt zu erkennen, indem er die „Rechte des Hinterns" verficht und vermutet, „der Menschheit dürfte spürbar wohler werden, wenn sie sich entschließen könnte, sich einmal etwas fester in dieses ‚Zweite Gesicht' zu blicken – und anschließend die bio-logischen Folgerungen daraus zu ziehen" (vgl. den Stichwortartikel „Gesicht" bzw. „Zweites Gesicht" in Heinz Küpper: „Illustriertes Lexikon der deutschen Umgangssprache", Band 3, Stuttgart 1983).

Martin Selge faßt zusammen: „Durch Schmidts Brille gelesen . . . wimmelt es in Stifters ‚Narrenburg', aber auch anderswo, im ‚Waldgänger', in den ‚Zwei Schwestern', im ‚Hochwald' und vor allem auf Stifters Gemälden mit ihrem ewig gleichen Strichschema, der ‚Grundritz-Zeichnung einer auf dem Rücken ruhenden Frau, die Knie hochgestellt', von Stiften, Stämmen, Säulen, Stylen, Stäben, Schlüsseln, Türmen und Obelisken männlicherseits, von Spalten, Fugen, Ritzen, Furchen, Klüften, Toren, dunklen Pforten, Gängen und Höhlen andererseits. Hinzu kommen zottige Moosbärte und (meist Rot-)Haarigkeiten aller Art, dann Becken, Brüstungen, Kuppen, Berge, die auf ihrem Gipfel rote Steine haben, und manches andere. Man lese Schmidts ‚tolle' Paraphrase des abenteuerlichen Aufstiegs vom Gardasee bis zu Rikars Haus in den ‚Zwei Schwestern'! Nebenher ‚befreit' Schmidt aus allem möglichen Wortmaterial, indem er es neu schreibt, sexuellen Geheimsinn: ‚Julianus' zeigt ihm einen ‚Juli-Anus', ‚Prokopus' heißt ‚im ›pro copus‹, wo copuliert und poculiert wird', aus jedem ‚empor' leuchtet ein ‚Po' und ein ‚überschwenglicher' Anblick bei Stifter enthüllt dem Bargfelder Boten [Schmidt] in seiner Heide-Eremitage einen ‚Über-Schwengel'. So harmlose Beschreibungssätzchen wie ‚Mit solchen Gedanken ging ich den Rest der Schlucht empor. Sie wurde enger und ungangbarer, aber auch seichter und unfruchtbarer' faszinieren Schmidt durch die ‚Silben-Daumenabdrücke des klein-großen Gottes': ‚im Po . . . enger . . .

seichen ... unfruchtbar: fließbandmäßig läuft die immerwährende S-Nationalhymne!'"

In seinem Symposionbeitrag „Stifters Kaktus. Zur naturwissenschaftlichen, (sexual-)symbolischen und ästhetischen Dimension des ‚Cereus peruvianus' im ‚Nachsommer'" räumt Martin Selge (geb. 1938) ein: „Arno Schmidt hat, man muß es ihm lassen, eine erstaunliche Fähigkeit zum Entdecken von Organ-Abbildungen in Landschaftsschilderungen und zum Dekuvrieren sexueller Bedeutungen durch Umschreiben von Wörtern. Er hat, klarer Phall, einen sexten Sinn. Wenn man nicht prüde ist, kann man diese Enthüllungen durchaus genießen, weil sie (meist) witzig sind, originell, grotesk, provozierend. Sie stimmen allerdings auch bedenklich, da in der Fixiertheit auf diese Perspektive m. E. ein Enthüllungszwang zum Ausdruck kommt, dem seinerseits eigenartige Verdrängungen zugrunde liegen müssen. Was den Wahrheitswert der Enthüllungen angeht, so glaube ich, daß an der These von der latenten Sexualität von Stifters Landschaftsbildern, Landschaftsschilderungen und auch sonstigem Ambiente etwas dran ist. Unbefriedigend aber bleibt Schmidts Methode, weil sie zu sehr an die individuelle Finderbegabung und auch ans zufällige Finderglück gebunden ist. Es ist eben die subjektive Methode eines Schriftstellers und kritischen Essayisten. Sie fördert Ergebnisse zutage, die letztlich mehr über den Interpreten als über den Interpretierten aussagen."

In seine Schmidt-Kritik unter wissenschaftstheoretischem und methodischem Gesichtspunkt bezieht Selge die von Jürgen Habermas (geb. 1929) in „Erkenntnis und Interesse" (1968) definierte „Tiefenhermeneutik" ein. Methodisch gesichert ist sie nach Habermas nur im psychoanalytischen Gespräch, das auf Selbstreflexion zielt. „Wo das (therapeutische) Gespräch und die Selbstreflexion (des Patienten/des Autors) nicht (mehr) möglich sind, bei schwerkranken Patienten ebenso wie bei toten Dichtern, bleibt die Tiefenhermeneutik spekulativ, hypothetisch, nomothetisch. Sie muß in diesem Fall ihre Annahmen als objektive Naturgesetze der psychischen Kräfte – Freuds Energieverteilungsmodell z. B. – hypostasieren. Habermas diskreditiert diese erkenntnistheoretische Prozedur als (Rückfall in den) Positivismus. Andere verteidigen sie gegen Habermas als ‚Ergebnis der Einblicke in die menschliche Psyche, die Freud durch seine klinische Arbeit gewann'. Weder Habermas noch Schmidt haben klinische Arbeit vorzuweisen. Die Art jedoch, wie Arno Schmidt als psychoanalytischer Laie, nehme ich an, aus dem manifesten Autortext den latenten Wunschgedanken der Person unvermittelt ableitet, halte ich für schlechten naturwissenschaftlichen Positivismus, und sie entlarvt hinter dem forschen Rationalisten Schmidt (‚mein Herz gehört dem Kopf') den Mystiker."

Sein „Exkurs in die Unterwelt der Tiefenhermeneutik" berechtigt Selge, guten Gewissens „an die Oberfläche der guten alten Textinterpretation geisteswissenschaftlicher Provenienz" zurückzukehren. Sein Ziel ist es, durch Kontextbezüge, das heißt „mit den schlichteren, vielleicht langweiligeren, aber prüfbareren Mitteln der ‚Oberflächenhermeneutik', die sexualsymbolistische Lesart Stifters am Beispiel des ‚Cereus peruvianus' plausibel zu machen". Unberücksichtigt bleiben hierbei „andere Bedeutungsdimensionen, etwa die, daß die Kranken- und Heilungsgeschichte des Kaktus auch ein massives Bildungssymbol, eine Erziehungsmetapher im buchstäblichen Sinn darstellt". Selge kommt zu dem Ergebnis: „Alles in allem symbolisiert der ‚Cereus peruvianus' in einem vitalen Bild Stifters zentrale ideologische These vom Beherrschen der Leidenschaft und vom Einordnen ins Allgemeine. Wir fügen aus heutiger Sicht hinzu: vom Sublimieren und vom Verdrängen, das Leidensdruck erzeugt, der Spuren hinterläßt. Und diese Spuren sieht man im Werk. Im Bild des riesenhaften Säulenkaktus, der an seinem Stamm die jungfräuliche Knospe heraustreibt, die sich in der Hochzeitsnacht, mühsam zurückgehalten, dem gesellschaftlichen Betrachten zur Blüte öffnet, kommt die objektiv-fatale Situation des bäuerlich-bürgerlichen Schriftstellers im Österreich der Mitte des vorigen Jahrhunderts scharf zum Ausdruck. Das Bild straft einerseits in seiner unverhüllten Direktheit des Geschlechtlichen alle bürgerlichen Unterdrückungsideologeme Lügen, spiegelt andererseits aber auch in seiner hypertrophen und autistischen Sexdimension jene Verzerrungen, die eine rigide gesellschaftliche Kontrolle des Geschlechtstriebs zur Folge hat. Der Phallus nicht als antike Marmorstatue, sondern als bürgerliches Stachelmonstrum –

Links die Spitze eines „Cereus alacriportanus" mit nach rechts geneigter Blüte, rechts unten die Spitze eines „Cereus peruvianus", Mitte oben die dazugehörige Blüte. Cereus (von lat. „cereus = Wachsfackel") ist die Bezeichnung für den Säulenkaktus. Der „Cereus peruvianus" erreicht in seiner Heimat Peru eine Höhe von bis zu 15 Metern. Förster, dessen 1846 erschienenes Kakteenbuch (vgl. Bildlegende S. 87) Stifter besessen hat, berichtet, daß Exemplare von drei bis vier Meter Höhe „in fast allen größeren Sammlungen" existierten. Aus der Tatsache, daß Stifters im Jahre 1958 im Prager Stifter-Archiv wiederentdecktes „Cacteen-Umse[t]zungsverzeichnis" mit Angaben und Beobachtungen zu rund 250 Arten erst 1858 beginnt, folgert Selge: „Stifter wurde zum emotional engagierten Kakteenforscher erst im Anschluß an den ‚Nachsommer', im sehnsüchtigen Rückblick auf die Nachsommer-Utopie, die er durch die systematische Beschäftigung mit den stachligen Individuen seiner Kakteensammlung zwischen den biedermeierlichen Fenstern der Linzer Wohnung ein Stück weit privat realisierte." Andererseits heißt es schon im Brief vom 1. Oktober 1829 an Fanny Greipl: „Pflege den Cactus, er ist von meinen Händen gepflanzt."

wenn das keine Dämonie des Realismus ist!" (Zum auf die Hochzeitsnacht bezogenen Textbeleg vgl. Bildlegende S. 87.)
Selge verweist in diesem Zusammenhang auf die „Nachsommer"-Parodie von Heinrich Böll (geb. 1917), enthalten in der 1971 erschienenen, von Peter Härtling herausgegebenen Sammlung „Leporello fällt aus der Rolle. Zeitgenössische Autoren erzählen das Leben von Figuren der Weltliteratur weiter". Böll hat, so Selge, „instinktsicher just nach dem ‚Cereus peruvianus' gegriffen, um Stifters Antileidenschaftsideologie zu konterkarieren. Am 12. Hochzeitstag ‚vergeht' sich Heinrich Drendorf ‚gründlich' (verführt oder verführend, das bleibt offen) zu Füßen des ‚Cereus peruvianus' an einer unbekannten, jungen Natalie, die da plötzlich aufgetaucht ist und sich die Kaktusblüte, ‚diese große, weiße, prachtvolle und fremdartige Blume', ins ‚rötlich schimmernde Haar' gesteckt hat. Böll skizziert die an Kleists ‚Marquise von O.' erinnernde Situation als eine Art Tagtraum: ‚war es noch Zeit oder war es Ewigkeit oder Zeitlosigkeit . . . ich befand mich, wie ich zu meinem Schrecken und meiner Freude feststellte, in einem wesentlich gewissenlosen Zustande'." Bölls Text endet damit, daß Heinrich Drendorf gerade noch rechtzeitig zum offiziellen Festtagsfeuerwerk auf dem Balkon und damit bei seinen sechs Kindern und der „richtigen" Natalie erscheint. Dieser überreicht er eine „künstliche, aus edelstem Porzellan gebildete" Kaktusblüte. Seine „Natta" flüstert ihm daraufhin, „aus Freude über das ganze Gesicht errötend, zu: ‚Dein Anzug, mein teurer Freund, ist nicht in seiner Gänze ordentlich – hast du im Staub gelegen?' Ich flüsterte zurück: ‚Ich habe im Gewächshaus einen Fehltritt getan und bin gestolpert', und da ich moralisches Unglück als lediglich mechanisches hatte darstellen wollen, ging mir die Zweideutigkeit meiner Mitteilung erst wenige Minuten später auf, als das Fest in vollem Gange war."
Selge reflektiert seine (durch Bölls Parodie in gewisser Weise vorweggenommene) sexualsymbolistische Interpretation unter dem Gesichtspunkt, inwiefern sie die Ansicht bestärken könnte, „der wahre Stifter stecke im unausgesprochenen Underground, in sexuellen oder sonstigen Hintergrundbedeutungen seiner vordergründig so schlichten und harmlosen Gegenständlichkeiten". Daß „dem keineswegs so ist", leitet Selge nicht zuletzt aus einer als allgemein vorausgesetzten Leseerfahrung ab, die jener „Eisberg-Stil"-Theorie Rossbachers widerspricht: „Beobachten Sie einmal Ihre Vorstellungskraft beim Lesen Stifterscher Prosa! Wird sie wirklich wie der Blick des Kapitäns, der sein Schiff durch so eine Eisberggegend steuern muß, immer zu den bedrohlichen sieben Achteln, die man nicht sieht, herabgezogen? Lesen Sie Stifter sozusagen vertikal? Oder ist es nicht vielmehr so, daß Stifter die

Kette unserer Vorstellungen bewußt in der Horizontalen hält, durch den unendlichen Faden seiner variantenreichen Aufzählungsstilistik, durch die Kunst der Monotonie, durch die Reihungen und Wiederholungen, durch die Ruhe, die Gleichmäßigkeit, den langen deskriptiven Atem?"

Selge folgert: „Jenes Unausgesprochene, das Verdrängte, Unterdrückte, Verschwiegene, Vergessene, das Ausgesparte, Weggelassene, das Angedeutete, Mitgemeinte, uneigentlich Ausgedrückte, kurz jene (dämonische) Tiefe, die für die Aufwertung der Schreibart Stifters immer wieder herhalten und die Rolle des großen Unbekannten spielen mußte, sie ist eine Mystifizierung der ästhetischen Wirkung Stifters ... Die Wirkung der Stifterschen Prosa liegt in der Oberfläche als solcher begründet, rührt nicht von verborgenen Tiefen her, von einer unausgesprochenen, unsichtbaren, aber irgendwie mitschwimmenden, gefährlichen Tiefenkomplexität. Das Beunruhigende ist nicht das Was des Ausgesparten, sondern das Wie des Aussparens. Es ist die Faszination der sanften Ästhetik, die von Stifter ausgeht. Nicht, weil das Unsanfte, das größtenteils draußen gelassen ist, so von draußen herein wetterleuchtete, sondern weil das Sanfte selbst faszinierend ist (oder langweilig). In dieser Sanftheit begegnen sich die ästhetische und die moralische Qualität, um die es Stifter mit seiner Schriftstellerei zu tun war."

„Witiko" und der „demokratische Stil"

Ein bedeutender Gewinn der neueren Stifter-Forschung sind die Ergebnisse der Bemühungen um „Witiko", Stifters „Dichtungsversuch aus der Geschichte seines Heimatlandes" (Widmung), genauer: um Stifter als den Autor dieses Spätwerks, das in der 1848 bekräftigten Entscheidung wurzelt, Geschichte als Stoff der Dichtung zu ergreifen. Einhelliger als bei jedem anderen Werk Stifters weckte der 1865 bis 1867 in drei Bänden erschienene, von Stifter als „Erzählung" bezeichnete Roman ein vertrautes (Vor-)Urteil: „Auch ich habe den ‚Witiko' lange gemieden", bekennt Thomas Mann in seiner Ende 1933 in „Die Welt im Wort" veröffentlichten Antwort auf eine Rundfrage, „weil ich ihn für langweilig hielt. Und dabei wußte ich doch, daß es höchst abenteuerliche Arten der Langeweile gibt und daß der Langweiligkeit nur ein wenig Genie beigemischt zu sein braucht, um in eine Sphäre versetzt zu werden, wo von langer und kurzer Weile all-überall nicht mehr die Rede sein kann." Mann faßt seine Leseerfahrung in dem Urteil zusammen: „‚Witiko' ist ein solches Traum-Abenteuer einer Langweiligkeit höchster Art. Die kühne Reinheit, die gewagte Pedanterie, die fromme Vorbildlosigkeit dieses Meisterwerkes sind über alle Beschreibung."

Es leuchtet ein, daß eine Wertbegründung dieser Art kaum Ermunterung bewirkt, sondern eher die Assoziation „Mühsal" weckt. Denselben Eindruck vermittelt Erik Lunding, indem er aus der Sicht von 1954 (im Anschluß an sein Resümee der „Nachsommer"-Literatur) meint: „Da ‚Witiko' ein noch eigenartigeres Kunstwollen verkörpert, wird hier das Problem der Rechte und der Grenzen einer gefühlsmäßig-unmittelbaren kritischen Stellungnahme noch verschärft. Überhaupt wird die ganze Forschungslage wesentlich komplizierter. ‚Witiko' wird als ein politisches Grundbuch aufgefaßt, die Ansichten über Sinn und Inhalt dieser Politik gehen aber sehr weit auseinander. Man sprach von Führer und Gefolgschaft und völkischer Sendung." Im Hinblick auf den Aufsatz „Adalbert Stifters ‚Witiko' und das Problem des historischen Romans" (in der „Wissenschaftlichen Zeitschrift der Universität Jena" 1953/54) stellt Lunding fest: „Auch Joachim Müller spricht von der Dorfgemeinschaft und vom ‚Dienst an Heimat und Volk', es handelt sich aber nicht mehr um ein nationales, sondern um ein soziales Ethos. Betont werden nicht mehr die gesamtdeutschen Belange, sondern das Eintreten für die kleinen Bauern, die von den mächtigen Feudalen unterdrückt werden – daß Witikos Bauern erbuntertänig sind, wird nicht erwähnt. Während früher das slawische Element bagatellisiert wurde, wird es hier unterstrichen, und wurde früher das Antiliberale und Wehrhafte akzentuiert, so hier das Demokratische und die Idee des Völkerfriedens. Erwähnt sei noch, daß sich der Verfasser bemüht, seine Auffassung eines sozialen Humanismus mit den Inhalten der katholischen Ontologie zu versöhnen. Zahlreiche deutsche – und auch russische – Romane werden herangezogen, es gelingt aber Joachim Müller nicht, die verschiedenen Teile zu verschmelzen. Das

Zentrifugale überwiegt. In einer Geschichte des historischen Romans wird ‚Witiko' in nie genug zu bestaunender Einzigartigkeit dastehen."

Lunding skizziert seine eigene Auffassung: „Der geheime Untergrund des ‚Witiko' ist der Wunschtraum von einer von Tragik und Dämonie erlösten Weltwirklichkeit. Mit dieser Utopie-Vision läßt sich selbst bei der kühnsten Stilisierung kein Geschichtsausschnitt in Einklang bringen, und besonders nicht eine blutige Spanne böhmischer Geschichte. Das Scheitern Stifters ist ein Scheitern angesichts einer unlösbaren Aufgabe. Durch seine riesigen Anstrengungen sind aber neue epische Formmöglichkeiten verwirklicht worden. Von einer episch-naiven Einfalt Stifters darf freilich nicht gesprochen werden, denn diese ‚Einfalt' ist durch zähen Fleiß und unermüdliches Feilen zustande gekommen. Die eigenartige Verflechtung von Wunschbild und Wirklichkeit spiegelt die ‚Witiko'-Literatur etwa in der Charakteristik des Titelhelden wider. Witiko wird als Vollstrecker des ‚sanften Gesetzes' und als Verkörperung des Prinzips der Gottähnlichkeit des Menschen betrachtet, gleichzeitig aber als böhmische Bauerngestalt und als altkluger, greisenhafter Jüngling charakterisiert. In Max Rychners Schilderung hebt die Realität die Idealität auf, wird doch Witiko als ‚schlau, ehrgeizig, machtfreudig' hingestellt. Daß sich in psychologisierender Betrachtung ein solches Bild gewinnen läßt, ist nicht in Frage zu stellen. Sicher ist aber auch, daß Stifters intensives Bestreben darauf gerichtet war, alle irdischen Schlacken auf dem Wege der Hochstilisierung zu vertilgen. Wer die reale Ebene nicht verläßt, hat keine Möglichkeit, mit dem tieferen Sinngehalt dieses Werkes Fühlung zu bekommen."

Diese Mahnung konnte Martin Selge offensichtlich nicht davon abhalten, Möglichkeiten der „Witiko"-Lektüre aus dem zeitgeschichtlichen Hintergrund der Entstehung des Romans zu entwickeln („Die Utopie im Geschichtsroman. Wie man Adalbert Stifters ‚Witiko' lesen kann" in „Der Deutschunterricht", Heft 3, 1975). Als zweite „reale" Bedingung der „Witiko"-Lektüre zieht Selge die heutige Einengung der (schulischen) Stifter-Lektüre („falls Stifter überhaupt noch auf dem Plan steht") auf „immer dieselben ‚Meisternovellen', ‚Brigitta' oder ‚Abdias' . . . und allenfalls Stücke aus dem als Bildungsroman verbuchten ‚Nachsommer'" in Betracht: „. . . dieser idyllische, d. h. auf die idyllischen Züge leicht einzuengende Stifter der ‚Studien', ‚Bunten Steine' und des ‚Nachsommer' erscheint heute kaum noch aktuell, zumal er wirkungsgeschichtlich belastet ist. Gerade dieser Stifter zählte bekanntlich im westdeutschen Nachkriegsbiedermeier zu den beliebtesten Autoren auf Schulen und Hochschulen – die zweite Stifter-Renaissance nach der ersten zu Beginn des Jahrhunderts – und hat mit seinen restaurativen Tendenzen, die zweifellos vorhanden sind, der ideologischen Restauration dienen müssen. Wenn demgegenüber heute die Ablösung von der deutschen Klassik/Romantik anhand jener literarischen Konzeptionen, wie sie Büchner, Heine und die Jungdeutschen entworfen haben, bevorzugt gearbeitet, so ist das erklärlich, notwendig und nützlich. Andererseits ist jedes adäquate Verständnis der deutschen Ideologie und ihrer literarischen Traditionen darauf angewiesen, daß neben dieser neuen Traditionslinie auch die ältere der Mörike, Stifter, Droste-Hülshoff in Erinnerung bleibt, d. h. jener Schriftsteller, die ihr Menschenbild vorwiegend in der ersten, der ‚natürlichen' Natur, nicht in der zweiten, der gesellschaftlichen ‚Natur' abzubilden suchten. Beide Traditionen wirken bis heute fort und bestimmen in unterschiedlicher Verquickung immer noch literarische Produktionen und Auseinandersetzungen . . . In dieser Situation, die einerseits durch das berechtigte Desinteresse am ‚Brigitta'-Stifter, andererseits durch das Bedürfnis, einer einseitigen literarischen Orientierung entgegenzutreten, gekennzeichnet ist, könnte eben der ‚Witiko' didaktisch relevant werden. Denn er zeigt einen gänzlich anderen Stifter, einen durch und durch politisch engagierten, oder besser: bewegten Schriftsteller, dem die revolutionären Ereignisse von 1848 spät, aber endlich doch die Zunge gelöst haben zur großen politischen Stellungnahme aus dem Lager jener konservativ-liberalen Humanisten österreichischer Prägung, wie es etwa durch die Namen Grillparzer, Feuchtersleben oder (Stifters Freund und Gönner) Frh. von Kriegs-Au bezeichnet wird. ‚Witiko' spiegelt im weitesten Sinne den idealistischen Geist dieser Richtung, der die politischen Reformbestrebungen nach 1848, z. B. die österreichische Schulreform inspirierte und eine Zeitlang auch trug. Stifter selbst, nicht zu vergessen, hat sich als Pädagoge und Schulrat 15 Jahre lang bemüht, diesen Reformgeist in die Praxis der oberösterreichischen Realität umzusetzen. Daß er schließlich resignierte, hatte zunächst persönliche Gründe, erscheint aber wie ein Symptom jener allgemeinen Resignation, der bekanntlich viele demokratische Reformansätze anheimfielen. Doch sofern reformerischer Idealismus, als typisch bürgerliche Antwort auf revolutionäre Herausforderungen, heute noch eine politische Kraft ist, bleibt Stifters ‚Witiko' aktuell. Denn er ist ein originäres dichterisches Dokument eben dieser bürgerlich-liberalen Hoffnung auf demokratische Humanisierung der gesellschaftlichen Verhältnisse und zugleich eine ‚grandiose Utopie' (Claude David) von literarischer Außerordentlichkeit, die in der deutschen Sprache nicht ihresgleichen hat."

Diese „Außerordentlichkeit" bildet jedoch zugleich eine Barriere zwischen Werk und Leser. Stifter selbst war sich bewußt, völliges Neuland betreten zu haben: „Ich bin durch die Natur der Sache von der gebräuchlichen Art des historischen Romanes abgelenkt worden. Man erzählt gewöhnlich bei geschichtlichen Hintergrunde Gefahren Abenteuer und Liebesweh eines Menschen oder einiger Menschen. Mir ist das nie recht zu Sinne gegangen. Mir haben unter Walter Scotts Romanen die am besten gefallen, in denen das Völkerleben in breiten Massen auftritt wie z. B. in den ‚Presbiterianern' [1816]. Es erscheinen da bei dieser Art die Völker als großartige Naturprodukte aus der Hand des Schöpfers hervorgegangen, in ihren Schicksalen zeigt sich die Abwicklung eines riesigen Gesetzes auf, das wir in Bezug auf uns Sittengesetz nennen, und die Umwälzungen des Völkerlebens sind Verklärungen dieses Gesetzes. Es hat das etwas geheimnisvoll Außerordentliches. Es erscheint mir daher in historischen Romanen die Geschichte die Hauptsache und die einzelnen Menschen die Nebensache, sie werden von dem großen Strome getragen, und helfen den Strom bilden" (an Gustav Heckenast, 8. Juni 1861).

Die Probleme, die sich aus der Umsetzung dieser Konzeption in Sprache ergeben, hat der Literarhistoriker und Schriftsteller Rudolf Gottschall (1823–1908) in seiner am 25. Juni 1868 in den „Blättern für literarische Unterhaltung" veröffentlichten „Witiko"-Rezension wie folgt beschrieben: „Es fehlt dem Stil wie der ganzen Erzählung an einem künstlerischen Moment, welches unreife Kunstbildung nicht kennt, die reife aber nicht entbehren kann – an der *Perspektive.* Schon die Sätze sind in gerader, steifer Linie aufmarschiert, alles Hauptsätze, der hinterste ganz so aufdringlich wie der vorderste, gar keine Neben- und Unterordnung, gar keine Verkürzung, keine Einschiebung. Ähnlich geht es mit den Gestalten; es fehlt an jeder künstlerischen Disziplin und Subordination. Die unbedeutendste macht sich so breit wie die bedeutendste; alles tritt patzig in den Vordergrund; es gibt überhaupt gar keinen Hintergrund, keine Abstufung, keine Fernsicht; die Gestalten bewegen sich wie auf einem ägyptischen Sarkophagdeckel und an einer chinesischen Wand."

Kriterien wie „Disziplin" und „Subordination" machen hellhörig. Sie provozieren direkt dazu, die Kritik in ihr Gegenteil zu verkehren. „Nicht was einzelne tun oder denken, schon gar nicht was sie fühlen, tritt hervor", so Selge, „sondern die Handlungen und Sprachhandlungen der Vielen, die sich unablässig in immer neu variierter Gleichförmigkeit wiederholen, sie sind es, die so etwas wie demokratischen Fortschritt, in idealtypischer Gestalt und anachronistisch in die mittelalterliche Feudalgesellschaft interpoliert, verwirklichen. Das Medium seiner Verwirklichung aber ist die vielgescholtene ‚Witiko'-Sprache, ist beispielsweise der ‚Gänsemarsch' der kurzen und gleichförmigen Sätze, die mit ‚Chronikstil', wenn überhaupt, nur äußerlich etwas zu tun hat. Wesentlich ist die ästhetische Motivation: Der Leser soll mithineingezogen werden in die allgemeine Bewegung, soll das Stiftersche Fortschrittsmaß übernehmen und – welch kühne Utopie! – im lesenden Nachvollzug einer ‚demokratisch' organisierten Sprache demokratisches Verhalten üben. Jedenfalls kann er sich der permanenten stilistischen Herausforderung nicht anders als durch Flucht entziehen. Denn diese ‚demokratische' Organisation des sprachlichen Materials, mit anderen Worten: die strikt antirealistische, durch ständige Wiederholungen, Aufzählungen, lange Namenslisten, stereotype Redewendungen, zeremonielle Formeln usw. stets verallgemeinernde und die gesellschaftlichen Aspekte hervorkehrende, darin aber reich nuancierte Sprache beherrscht in ungeheurer Rigorosität das ganze Buch: die großen Massenszenen der Rede- und Feldschlachten ebenso wie das einfache Leben im Walde, den intimen Liebesdialog wie die offizielle Audienz, Witikos Sorge um sein Pferd wie sein politisches Argumentieren. Insofern trägt ... Stifters Sprache den Gehalt der politischen Interpretation des historischen Sujets, ja sie ist die politische Utopie selber. Dies zunächst, weil sie sich nicht nur von der Umgangssprache, sondern auch von jeder realistischen Erzählsprache derart weit entfernt, daß sie einen ganz eigenen, *quasi* utopischen Raum schafft. Sodann, und dies vor allem, weil sie in jeder Zeile den überindividuellen, gesellschaftlichen Charakter aller menschlichen Handlungen und Äußerungen eben durch ihre ‚gleichmacherische' stilistische Verfassung wach und lebendig hält. Diese Sprache spricht nicht nur über vernünftiges und gerechtes Verhalten, sondern sie ist es selbst, indem sie einerseits die Emotionalität zurückdrängt bzw. gänzlich ausspart und andererseits alles gleich behandelt, allen Einzelheiten die gleiche deskriptive, merkmalabschreibende Sorgfalt widmet ... Getrieben von dem idealistischen Willen eines bürgerlichen Schriftstellers (von bäuerlicher Herkunft!), aus der unvermeidlichen Vereinzelung und Entfremdung heraus gleichwohl die humane Gestalt des gesellschaftlichen Menschen zu entwerfen, spiegelt die Sprache in ihrer Diskrepanz von elitärer Absonderung (von der wirklichen Sprache der wirklichen Menschen) und durchgängiger Gesellschaftlichkeit exakt des Schriftstellers schizophrene Situation, das ‚unegale Verhältnis' (Karl Marx) zwischen Sein und Bewußtsein. Daß Stifters ‚Witiko' in seiner sprachlichen Gestalt diesen Widerspruch nicht verkleistert, wie so viele realistische Erzählungen, die *per forma* vorspiegeln, die Welt sei für den Erzähler noch in Ordnung, darin liegt seine Progressivität und die Chance, beim Leser von heute historisches Bewußtsein für demokratische Traditionen zu produzieren."

Im (schul-)praktischen Teil seines Aufsatzes empfiehlt Selge die exemplarische Lektüre, beispielsweise die im dritten Kapitel des ersten Bandes geschilderte Herzogswahl Wladislaws II. im Jahr 1140 („Es war ein großer Saal"). Als Paralleltext bietet sich die entsprechende Schilderung im ersten Band der 1836 in Prag erschienenen „Geschichte von Böhmen" (Stifters Hauptquelle) an. Ihr Verfasser ist der tschechische Historiker František Palacký (1798–1876), der zugleich als Führer der tschechischen Nationalisten (er leitete 1848 den Prager Slawenkongreß) politisch eine bedeutende Rolle gespielt hat. Der Textvergleich beschränkt sich somit nicht auf Beobachtungen zum Verhältnis zwischen wissenschaftlicher und literarischer Geschichtsschreibung, sondern erweitert sich zwangsläufig zur Erörterung zweier politischer Konzeptionen. Die Grundlagen hierfür hat der Historiker Ferdinand Seibt gelegt, und zwar durch seinen Aufsatz „Stifters ‚Witiko' als konservative Utopie", enthalten in der 1971 erschienenen Sammlung „Deutsche und Tschechen. Beiträge zur Frage der Nachbarschaft zweier Nationen". Während Palacký, so Seibt, „von seinem Konzept des unheilvollen deutschen Einflusses in Böhmen, von der schicksalhaften und unglücklichen Rivalität, vom Gegeneinander zwischen Deutschen und Tschechen" überzeugt ist, stimmt Stifter „das hohe Lied der übernationalen Gemeinsamkeit, des Miteinander von Deutschen und Tschechen an".

In dieser inhaltlichen Konzeption sieht Joachim W. Storck nicht allein eine herausragende historische Leistung Stifters, sondern auch die Chance für die aktuelle politische Wirkungsmöglichkeit des „Witiko". Storck eröffnet seinen Symposionbeitrag „‚Unter Witikos Banner'? Bemerkungen zu Adalbert Stifters böhmischem Geschichtsbild" durch folgende Beispiele eines „Überlieferungsklischees", das Stifter vor allem als Autor des „Witiko" anhängt: „Am 6. Juli 1968 erschien in der ‚Süddeutschen Zeitung' zu München ein Kommentar, der die Überschrift trug: ‚Unter Witikos Banner'. Der Verfasser beklagt darin, daß ‚der kleine nationalistische ›Witiko-Bund‹ es verstanden habe, zahlreiche ›Kommandohöhen‹ in der ›Sudetendeutschen Landsmannschaft‹' innerhalb der Bundesrepublik Deutschland zu erobern. So entstamme auch der Sprecher dieser Landsmannschaft, Dr. Walter Becher, jenem ‚kleinen Männerbund unter dem Banner des Germanenfürsten Witiko'. Dem gleichen Politiker hatte wiederum Dietrich Strohmann in der Hamburger Wochenschrift ‚Die Zeit' vom 2. Februar desselben Jahres ein Porträt gewidmet, worin gleichfalls von dem kleinen, aber einflußreichen ‚Bund der Spät-Völkischen' die Rede ist. Dieser habe, so heißt es dort, seine Geisteshaltung drapiert ‚mit der Romanfigur Witiko, dem Ostlandreiter des Spätromantikers Adalbert Stifter'. Und bereits zwei Jahre zuvor hatte, in der gleichen Wochenzeitung vom 24. Juni 1966, Thilo von Uslar die undurchsichtige Rolle Franz Karmasins, des ehemaligen deutschen Volksgruppenleiters in der Slowakei, während des Zweiten Weltkriegs zu durchleuchten versucht. Dieser sei dann nach dem Kriege in der Bundesrepublik Deutschland Geschäftsführer des ‚Witiko-Bundes' geworden; dessen Name, so fügt der Schreiber erläuternd hinzu, sollte ‚an Stifters Romanfigur erinnern', an jenen Witiko, ‚der nach Jahren des Exils von Passau aus in seine Prager Heimat zurückkehrte'. Diese wenigen Beispiele aus der jüngsten Vergangenheit, denen sich zahlreiche weitere zur Seite stellen ließen, mögen genügen, um zu erweisen, in welchem Maße es der – verbreitete literarisch-politische Topoi subsumierenden – Namensgebung jenes erwähnten Bundes gelungen ist, die Vorstellung eines breiteren Publikums von Adalbert Stifters wenig gelesenem Spätwerk zu prägen. Selbst liberale Journalisten haben sich, bei ihrer wohlmeinenden Aufklärungsabsicht, von jenem Überlieferungsklischee blenden lassen und es auf ihre Weise reproduziert. Kein Zweifel: mit dieser ominösen Namensgebung sollte in der Tat die einprägsame Symbolfigur eines ‚germanischen' Rückkehrers in seine böhmische – allerdings nicht Prager – Heimat herausgestellt werden. Es liegt auf der Hand, welches konkrete Ziel man, zumindest für eine bestimmte geschichtliche Zeitspanne der Nachkriegsepoche, mit der Wahl eines solchermaßen stilisierten Sinnbildes zu setzen versuchte. Offensichtlich haben aber diejenigen, welche ihrem Bund den Namen Witikos gaben, nur die ersten Seiten von Stifters Roman gelesen, auf denen der Heimritt des Helden aus Passau ins südliche Böhmen geschildert wird. Danach aber müssen jene Leser, falls sie sich nicht überhaupt mit der bloßen Kenntnisnahme des Roman-*Titels* begnügt haben, der weiteren, Geduld heischenden Lektüre von Stifters Spätwerk entraten haben, dessen hohem Anspruch und spröder Strenge sie wohl nicht gewachsen waren. Denn andernfalls müßte man ihnen unterstellen, daß sie, den Absichten des Buches gegenüber unempfindlich, willentlich eine Täuschung jener breiten Öffentlichkeit beabsichtigten, bei der man eine Kenntnis gerade dieses Stifterschen Werkes nicht voraussetzen kann. Auf diese Weise sollte dann, so scheint es, durch die in der Namenswahl begründete Berufung auf Adalbert Stifter bestimmten, revisionistisch ausgerichteten Bestrebungen ein Mäntelchen der Legitimität umgehängt werden."

Die somit dringend notwendigen Korrekturen fußen auf folgenden Tatbeständen: „Adalbert Stifter hat in seinem ‚Witiko' eine slawische Geschichts- und Lebenswelt mit einer Breite und faktischen Genauigkeit zu entfalten versucht, für die es in der deutschen Literatur nur wenige gleichrangige Beispiele gibt. Historisch bedeutsam wird dies durch den zeitgenössischen Hintergrund, vor dem Stifter seinen böhmischen Roman geschrieben hat. Die Ergründung, die Wiederbewußtmachung der mittelalterlichen Vergangenheit Böhmens – was sicherlich, unter vielen anderen, *einen* Aspekt der Stoffwahl und der epischen Gestaltungsabsicht Stifters trifft – bildete im 19. Jahrhundert den Ausgangspunkt und einen wesentlichen Antrieb zur sogenannten ‚tschechischen Renaissance', der Wiedergewinnung einer historischen und nationalen Identität der Tschechen. Die Rückbesinnung auf die ‚große Zeit' der böhmischen Vergangenheit, die allemal weit hinter den Zeitpunkt der Schlacht am Weißen Berge zurückzugreifen hatte, sollte als Ansporn für die Gegenwart in Erkenntnis und Handeln dienen." Auf dieser Grundlage gestaltete Stifter „gleichsam das utopische Grundmodell der austroslawischen Staatsidee aus der Sicht eines Deutschböhmen" (im Unterschied etwa zu Grillparzer, der sich „auch und gerade in seiner Tragödie von ‚König Ottokars Glück und Ende' . . . als der hauptstädtische Wiener, als der österreichische Zentralist [ausspricht], wenn er sich den Problemen Böhmens zuwendet").

Daß Stifters „Austroslawismus" selbst in der Stifter-Forschung bisher kaum zur Sprache gekommen ist, erklärt Storck aus der Wirkungsgeschichte des „Witiko":

„Wir wissen, daß der Roman zur Zeit seines ersten Erscheinens kaum irgendein Verständnis unter einer befremdeten Leserschaft zu finden vermochte; und daß er danach über Jahrzehnte hin völlig vergessen blieb. Zu jener Zeit aber, da man im Zuge einer allgemeinen Stifter-Renaissance auch den ‚Witiko' wieder entdeckte – und das geschah erst Anfang der zwanziger Jahre unseres Jahrhunderts –, war in weiten Kreisen des deutschen und des deutsch-österreichischen Bildungsbürgertums das Slawische im weitesten Sinne, jedenfalls aber jenes positive Slawenbild, wie es im Zeitalter der bürgerlichen Revolutionen von 1830 und 1848 noch weit verbreitet war, längst tabuisiert. Dies hatte keineswegs erst als eine Folge des Ersten Weltkrieges und der damit verbundenen territorialen Veränderungen in Mitteleuropa zu gelten. Es bildete sich vielmehr bereits in den vorangegangenen Jahrzehnten immer deutlicher aus: als ein Ergebnis der politisch-staatsrechtlichen Versäumnisse der österreichischen Staatslenker, als eine Reaktion auf die – von den Ideen Herders und der deutschen Romantik angeregte – nationale Selbstbesinnung der west- und südslawischen Völker, vor allem aber, dialektisch darauf bezogen und durch sozio-ökonomische Regressionserscheinungen unter den Deutschböhmen gefördert, durch die vielverzweigte Verbreitung einer Ideologie, welche den Deutschen und ihren ‚germanischen' Vorfahren die Qualität einer ‚Herrenrasse' zuzumessen strebte. Das begann schon mit den politischen Schriften von Paul de Lagarde in der Mitte des 19. Jahrhunderts, schlug sich nieder im populär-bürgerlichen wie im national-historischen Roman der folgenden Jahrzehnte – Gustav Freytag oder Felix Dahn mögen als Beispiele gelten –; absorbierte die Rassenlehre des Grafen Gobineau, einen mißverstandenen Vulgärdarwinismus oder einen unkritisch angelesenen, auf wenige aggressive Schlagworte reduzierten Nietzsche – und kulminierte schließlich in Vorstellungen, mit denen eine 1911 erschienene, repräsentative Anthologie deutschböhmischer Dichter programmatisch eingeleitet wurde. Die von Felix Dahn verfaßten Geleitverse zu diesem Band, deren Wirkungsabsicht schon in der Überschrift ‚An die Deutschen in Böhmen' zum Ausdruck kommt, geben die bereits zur Ideologie verfestigte Mischung von deutschem ‚Herrenvolk'-Dünkel und Slawenverachtung auf eine geradezu exemplarische Weise wieder – wobei es der Universitätshistoriker und Verfasser sogenannter ‚Professorenromane' mit der historischen Genauigkeit im einzelnen ebenso wie im ganzen nicht allzu genau zu nehmen scheint –:

Wenn heut aus Wolken niederstiege
Herrn Rudolfs kaiserlicher Geist,
der einst in Feuerglut der Siege
dies Reich aus Erz und Blut geschweißt,
der in dies Waldland Recht und Sitte
gepflanzt mit deutschem Schwert und Pflug
und in der Ostbarbaren Mitte
die Wohltat deutscher Bildung trug, –
wie würd er staunen, zürnen, klagen,
säh er die Früchte seiner Saat
und wie der schwachen Zeiten Zagen
verdarb des Ahnherrn mutge Tat! . . ."

Frühe Zeugnisse dieser Gesinnung finden sich nicht zuletzt in den ersten „Witiko"-Rezensionen, die bis hin zu Beschimpfungen des „Tschechenfreundes" Stifter reichen. Die oben zitierte Rezension Gottschalls enthält die Passage: „Diese böhmischen Wladislaws und Wratislaws, die um die Oberherrschaft kämpfen – was kümmern sie uns, was kümmern sie die Geschichte? Welche nationale Theilnahme knüpft sich an diese czechischen Streitigkeiten, und welche Theilnahme sollen wir einem Helden schenken, dessen Hauptverdienst darin besteht, daß er mit unwandelbarer Treue die deutschen Colonisten aus den Wäldern der oberen Moldau den Herrschaftsgelüsten des slawischen Adels und Herrscherthums opfert?" Storck kommentiert: „Auch von dieser polemischen Kritik läßt sich sagen, daß sie die böhmische Grundthematik des Romans und seine – in der Perspektive des zeitgenössischen Lesers – tschechenfreundliche Gesinnung, die man später eher zu verschleiern suchte, noch durchaus ernst nimmt, wenn auch mit negativen Wertungsvorzeichen. Ebenso deutlich aber tritt im Tenor dieser Äußerungen zutage, in welcher Weise sich das politische Bewußtsein der deutschsprachigen Leserschaft zu jener Zeit, wenige Jahre vor der sogenannten ‚Reichsgründung', bereits nationalistisch zu verengen begonnen hatte – und wie fern einer solchen Entwicklung und Gedankenwelt der spätere Stifter stand."

Die Stifters Spätwerk „eingewobenen Grundsätze – und somit die Grundzüge seines böhmischen Geschichtsbildes“ faßt Storck in den folgenden fünf Punkten zusammen, die zugleich als eine Grundlage der „Witiko“-Lektüre dienen können:

„1. Böhmen (mit Mähren) ist, in seiner topographischen Gestalt wie in seiner geschichtlichen Entwicklung und rechtlichen Legitimität, eine unteilbare, auf seine Mitte hin gerichtete Einheit.

2. Die staatliche Eigenständigkeit, die Böhmen unter oftmals bedeutenden Herrscherpersönlichkeiten besaß – Wladislaw II. erscheint bei Stifter als ihr Vorbild –, war die jenem Lande angemessene und rechtmäßige Ordnung. Ihre Erneuerung im Rahmen übernationaler Zusammenhänge mußte sich aus Stifters Geschichtsbild für seine Zeit – die Zeit erhoffter, am Ende jedoch versäumter föderativer Umgestaltungen der Donaumonarchie – zwingend ergeben.

3. Als angestammte Bewohner und als ‚Staatsvolk‘ Böhmens hatten die Tschechen zu gelten. Die als Siedler in die böhmisch-mährischen Randgebiete gerufenen oder zugewanderten Deutschen waren durch ihre dortige Niederlassung und die damit verbundene Verflechtung in die böhmische Geschichte und in den böhmischen Rechts- und Staatszusammenhang gleichfalls zu Böhmen geworden, mit dem Anspruch auf gleiche Rechte wie mit der Verpflichtung zur Loyalität gegenüber dem Lande Böhmen und seinen legitimen Herrschern. Daher spricht Stifter auch gegenüber dem Gemeinderat der Stadt Prag – welcher er seinen Roman widmet – ausdrücklich und in voller Identifikation von ‚unserem Vaterland Böhmen‘ und von ‚seinem großen König Wladislaw‘. Desgleichen gibt die Widmung selbst – ‚Seinen Landsleuten insbesondere der alten ehrwürdigen Stadt Prag . . .‘ – der Zugehörigkeit des Verfassers zu der ‚Geschichte seines Heimatlandes‘ eindeutigen Ausdruck.

4. Im Verhältnis von Deutschen und Tschechen, von Germanen und Slawen überhaupt (deren Vermischung in Mitteleuropa ohnehin evident ist), läßt sich in der Konsequenz von Stifters Darstellung keinerlei kulturgeschichtliche oder gar – eine für Stifter nicht existente Kategorie – ‚rassische‘ Höherwertung des einen oder des anderen Teils ableiten. Die bereits in den Altersjahren des Dichters unter Deutschen und Deutsch-Österreichern sich einnistende, kompensatorische Legende vom angeblichen ‚Herrenvolk‘, nach welcher es erst die deutschen Kolonisatoren gewesen seien, die ein vordem ‚barbarisches‘ Böhmen ‚kultiviert‘ – also ‚in der Ostbarbaren Mitte‘ die ‚Wohltat deutscher Bildung‘ getragen – hätten, wird durch Stifters Roman von vornherein widerlegt und ad absurdum geführt. Das geschieht etwa durch die eingehende Darstellung der gesellschaftlichen und staatsrechtlichen Verhältnisse Böhmens im 12. Jahrhundert, durch die mehrfach in die Handlung eingeblendeten geschichtlichen Rückerinnerungen, ganz besonders aber durch das Herausstellen des Herzogs Wladislaw als Idealfigur eines gerechten Herrschers.

5. Die besondere Beziehung des Herzogtums (und des späteren Königreichs) Böhmen zum ‚Reich‘ war stets auf das universale römische Kaisertum gerichtet, galt also nicht der deutschen Königswürde im engeren Sinne. Gerade darauf hebt in Stifters Roman – und analog zu den staatsrechtlichen Begründungen Palackýs – Wladislaw immer wieder mit Betonung ab, sowohl als jugendlicher ‚Scharlachreiter‘ wie später als Herzog und König.“

Storck resümiert: „Daß Stifter seinen Geschichtsroman im Hinblick auf gesellschaftliche, rechtliche und didaktische Grundfragen als historische Utopie entworfen hat, ist schon mehrfach in der Literatur über den ‚Witiko‘ gesehen und begründet worden. Hier jedoch wurde darzutun versucht, daß mit einer solchen im Kerne zutreffenden Auslegung noch nicht die *ganze* Wirkungsdimension des Romans erfaßt wird; daß sich also auch von der konkreten Gestaltung eines spezifisch böhmischen, die Grundprobleme Böhmens modellhaft erfassenden Stoffes deutliche Wirklichkeitsbezüge ablesen lassen. Der Roman entstand in einer geschichtlichen Entwicklungsperiode, die sich, wie Stifter zu bemerken nicht umhin konnte, im Gesamtbereich der auf Universalität angelegten Donaumonarchie auf jenen verhängnisvollen ‚Reichsausgleich‘ von 1867 hinbewegte, welcher der slawischen Majorität im österreichischen Kaiserstaat die gleichberechtigte Stimme – für die ein Palacký mit einer immer verzweifelter artikulierten Nachdrücklichkeit eintrat und der Stifters historischer Roman auf seine eigene, insgeheime Weise Ausdruck zu geben suchte – versagt hat.“

TEXTE

Wien und die Wiener in Bildern aus dem Leben

Ein Gang durch die Katakomben

... Es war ein feuchter, neblichter Novembernachmittag, als wir uns, fünfe an der Zahl, auf dem nassen Pflaster des St. Stephansplatzes, rückwärts der Kirche, wo der Turm emporsteigt, einfanden. Ein Freund hatte uns versprochen, uns in die Katakomben zu führen. Wir standen lachend und scherzend, als wir ihn erwarteten, und machten Bemerkungen über das trübselige Wetter und die Unpünktlichkeit des Freundes; aber nach einer Stunde war es ganz anders: nie werde ich den Eindruck vergessen, den diese Stunde unterirdischen Aufenthaltes in mir hervorbrachte.

Als wir einige Zeit gewartet hatten, erschien der Freund, und mit ihm zwei Führer, weil er, obwohl schon öfter unten, doch nicht sicher war, sich und uns vor Verirrung zu bewahren. Nicht von der Kirche aus, wie ich wähnte, war der Hinabgang, sondern einer der Führer winkte uns an ein Haus des Platzes, das einen vorspringenden Winkel bildet, und Wohnparteien und Handelsgewölbe enthält, – es liegt mit dem Winkel schief gegenüber der Wohnung des Küsters, die sich im Erdgeschoße des Stephansturmes befindet. – An diesem Hause sperrte er eine dunkle schwarze hohe Türe auf, an der ich wohl hundertmal vorüber gegangen war, und die ich immer für die zufällig zugemachte Hälfte des Tores einer Bude gehalten hatte. Als wir eingetreten waren, befanden wir uns in einem schmalen Gange; der Führer schloß hinter uns die Türe wieder zu, und der andere machte Licht, woran er eine Fackel, und wir jeder unsere Wachskerze anzündeten, und dann ging es nicht über eine Treppe, sondern wie über einen sanften Gang abwärts; ein schwacher Tagesschein fiel in das erste Gewölbe durch einen schmalen Schacht herab, der in den Hof des deutschen Hauses mündet. Dieses Gewölb war gleichsam eine Vorhalle, und es lagen Stangen, Stroh, Bretter, Tragbahren und dergleichen in dem Winkel, alles von seltsamem, veraltetem Ansehen.

Dann kamen wir in allerlei Gänge und Gewölbe, die leer waren. Nach Art unserer Voreltern sind die Gänge schmal, und die Gewölbe verhältnismäßig klein und niedrig, aber das Mauerwerk fest und dicht, als wäre es aus einem einzigen riesenhaften Granitblocke gegossen worden. Ob wir in diesen Gängen nach Ost oder West, nach Nord oder Süd gingen, konnten wir keiner erkennen, und da sie sich vielfach kreuzten, und die gewölbten Zellen sich alle ähnlich sahen, so war es uns einleuchtend, daß man sich hier verirren, und stundenlange herum suchen könnte, ohne den Ausgang zu finden. Endlich kamen die ersten Bewohner dieser stillen, finstern Stadt, nämlich: wie Holz aufgeschichtet, viele Klafter lang und hoch, lauter Knochen von Armen und Füßen – es überläuft einen ein seltsamer Schauer. – Was werden alle diese Werkzeuge, als sie noch ein den-

Die gegenüberliegende Seite zeigt den 137 Meter hohen, im Jahre 1433 vollendeten *Südturm des Stephansdomes* im (heutigen) Zentrum von Wien. Von seiner Höhe aus entfaltet Stifter im ersten seiner Beiträge zur Sammlung „Wien und die Wiener in Bildern aus dem Leben" (1844) ein Bild der erwachenden Stadt, bis die Glocke des Nordturmes Mittag verkündet, „und von den hundert Türmen der Stadt hallt es nach – so lasse uns denn wieder hinabsteigen. Tauche denn nun getrost in dieses Treiben, und es wird an dir sein, dir Glück oder Unglück darinnen zu suchen; beides ist in Menge da zu haben.
Nimm die Menschen und Bilder, wie sie kommen. Jetzt ein kleines unbedeutendes Wesen, jetzt ein tiefer Mann voll Bedeutung; jetzt Scherz, jetzt Ernst, jetzt ein Einzelbild, jetzt Gruppen und Massen – und alles dies zusammen malet dir dann zuletzt Geist und Bedeutung dieser Stadt in allem, was in ihr liegt, sei es Größe und Würde, sei es Lächerlichkeit und Torheit, sei es Güte und Fröhlichkeit. So, nun steige hinab, und trete an das nächst beste Individuum, und beachte es und studiere es, und werde gemach auch einer aus diesen allen, welche in Wien leben, und leben und sterben wollen nur in Wien" („Aussicht und Betrachtungen von der Spitze des St. Stephansturmes", August 1841).

Der zweite Beitrag, „Ein Gang durch die Katakomben", ist im Oktober 1841 entstanden. Es handelt sich um die Schilderung der ab 1720 unter dem Stephansdom als Begräbnisstätte der Wiener Bevölkerung angelegten Gänge und Hallen. Zu ihnen gehört die 1754/1755 unter Maria Theresia erweiterte Herzogsgruft unter dem Domchor. 1953 wurde in den Katakomben eine Grablege der Wiener Erzbischöfe eingerichtet.

Im einleitenden Teil erinnert Stifter an die ursprüngliche Umgebung des Stephansdomes: „... und wie es eine rührende Sitte unserer Ahnen war, um den Ort, an dem sie sich im Leben Trost und Zuversicht holten, nämlich um die Kirche, auch im Tode zu schlummern, welchen Platz sie mit dem schönen Namen Friedhof belegten: so war es auch um diese Kirche, und manche alte Leute Wiens sagen noch immer statt Stephansplatz Stephans-Friedhof, aber es ist kein Friedhof mehr; denn diese Sitte der Altväter ist ebenfalls aus sehr nützlichen Sanitätsrücksichten abgeschafft worden, und heute ragt jede Kirche geradewegs aus dem lustigen Getümmel des Alltagslebens empor, und ist fast ein gewöhnliches Haus geworden ..."
Eine Anordnung, die Beisetzungen innerhalb von Ortschaften, aber auch in unterirdischen Grüften verbot, ging von Joseph II. aus, mußte jedoch wieder zurückgenommen werden. Der Zustand, in dem Stifter die Katakomben unter dem Stephansdom vorfand, wurde durch eine teilweise Räumung der Gänge und Hallen in den Jahren 1872 und 1873 geändert.

kender Geist belebte, ein liebendes oder hassendes Gemüt stachelte, Schönes, Herrliches oder Entsetzliches getan haben? und nun liegen sie hier, starr, über einander geschichtet, eine wertlose, schauererregende Masse. – In gewissen Abständen, gleichsam symmetrisch geordnet, stecken zwischen ihnen die Köpfe, aber auch auf der Erde liegen bereits Trümmer herum, und der weiche Tritt läßt merken, daß man auf Moder gehe. Ein Führer bedeutete uns, daß man die vielfach zerstreuten Knochen der Katakomben, und die einst auf dem Stephansfriedhofe ausgegrabenen hier der Ordnung wegen aufgeschichtet habe. Meine Phantasie fing bereits zu arbeiten an, sei es durch den Anblick vor mir aufgeschreckt, oder gedrückt durch das Bewußtsein, unter der Erde zu sein. Die Luft trug nichts bei; denn trotz den hier vorgegangenen Akten der Zersetzung, waren diese doch schon vor so vieler Zeit, und es ist seitdem eine solche Trockenheit eingetreten, daß die Luft, durch viele Schachte in Kommunikation mit der äußern erhalten, ganz trocken und rein ist. Wir ließen das Licht unserer Kerzen und Fackeln längs des großen Knochenstoßes hingleiten, und beleuchteten bald diese, bald jene Partie, und das fahle verwitterte Grau dieser ausgetrockneten uralten Gebeine erglühte düster rot in dem Scheine unserer Lichter, die demungeachtet, trotz der anscheinenden Kleinheit dieser Räume, nicht bis zu den obern Rändern dringen konnten, so daß der Schein in unheimliche geheimnisvolle Schatten überlief, die hoch oben, und seitwärts in den Ecken saßen und glotzten. Wenn wir einer Wand nahe kamen, so erglänzte das Gestein der Mauer in allerlei kleinen Flimmern, wahrscheinlich die schönen Glimmertäfelchen des Granites. Auf dem Fußboden war dichter Moder, hie und da ein Splitter, und der Fuß streifte zuweilen an einen Lappen von einst kostbarem und schimmerndem Seidenstoffe. – Wir gingen weiter in einem Kreuzgange: Ein Schädel mit langen staubigen Haaren lag da. Einer leuchtete ihn an; ich aber mußte augenblicklich die Augen weg wenden, und es rieselte mit seltsam in dem Körper – „Lassen sie das liegen", sagte ein Führer, „wir werden schon noch mehr solches und besser erhalten antreffen." Ei freilich trafen wir es an. An einem viereckigen, machtvoll großen Pfeiler stand ein Sarg, ein einziger in diesem Gewölbe, als wäre er von seinem Orte absichtlich hieher gebracht, und geöffnet worden, und dann stehen gelassen; denn wirklich lag sein Deckel nebenan, und zwischen den Brettern, die vom Alter geschwärzt, und nur mehr lose zusammenhängend waren, lag der einstige Bewohner dieses gezimmerten Hauses, eine Frau – – ach! wer war sie? mit welchem Pompe mag sie einst begraben worden sein! und in welchem Zustande liegt sie jetzt da! bloßgegeben dem Blicke jedes Beschauers, schnöde auf die bloße Erde niedergestellt, und unverwahrt vor rohen Händen; das Antlitz und der Körper ist wunderbar erhalten – in diese verschlossenen Räume muß die Verwesung nicht haben eindringen können, so daß die organischen Gebilde bloß vertrockneten, aber nicht zerstört wurden – die Züge des Gesichtes sind erkennbar, die Glieder des Körpers sind da, aber die züchtige Hülle desselben ist verstaubt und zerrissen, nur einige schmutzig schwarze Lappen liegen um die Glieder und verhüllen sie dürftig, auf einem Fuße schlottert ein schwarzer seidener Strumpf, der andere ist nackt, die Haare liegen wirr und staubig, und Fetzen eines schwarzen Schleiers ziehen sich seitwärts und kleben an einander wie ein gedrehter Strick – diese Zerfetzung des Anzuges und die Unordnung, gleichsam wie eine Art von Liederlichkeit, zeigte mir ins Herz schneidend die rührende Hülflosigkeit eines Toten, und kontrastierte fürchterlich mit der Heiligkeit einer Leiche. – Ich legte mit der Spitze meines Stockes die Reste des gewiß einst prunkenden Anzuges so anständig, als es noch möglich war, über die Glieder, und leuchtete dann der vergessenen Toten ins Antlitz. Es war im Todeskampfe und durch die nachher wirkenden Naturkräfte verzogen, und in dieser, dem Menschenangesichte gewaltsamen Lage erstarrt, und so blieb es, wer weiß wie viel hundert Jahre, in unheimlicher Ruhe ein Bild eines einstigen gewaltsamen Kampfes, der das so heiß geliebte Leben von diesen Formen abgelöset hatte, und eben das ist das Erschütternde an Mumien und Leichen, daß sie meistens in ihrer eisernen Ruhe doch auf einen furchtbar bewegten Moment zurückweisen – und dann das, daß wir sie uns schon jenseits jenes Vorhanges denken müssen, der so geheimnisvoll zwischen diesseits und jenseits hängt, daß sie schon wissen wie es ist – und dennoch mit dem ehernen Schweigen da vor unsern Augen liegen, fremde Bürger einer andern Welt. Wer mag die Tote vor meinen Augen – wer mag sie einst gewesen sein? Welchen Unterschied auch die Menschen im Leben machen, wie nichtigem Flitter sie auch Wert geben, ja wie sehr sie sich auch bemühen, diesen Unterschied bis über das Grab fortzupflanzen: der Tod macht alles gleich, und vor ihm sinkt lächerlich nieder, was wir uns hienieden bemühen, wichtig zu finden. Wer weiß, mit welchem Ansehen und mit welchen Kosten es diese Tote dahin gebracht hatte, daß sie dereinst in diesen unbezwinglichen Gewölben ruhen möge, dem Asyle der Reichen und Vornehmen: und nun steht ein Mann vor ihr, der vielleicht bei ihrem Leben sich kaum ihrer Schwelle hätte nähern dürfen, und legt, nicht mit der Hand, weil's ihn ekelt, sondern mit der Spitze seines Stockes einige Lappen zurechte, daß sie ihren Leib bedecken – und wer weiß, ob nicht bald eine mutwillige Hand erscheint, sie aus dem Sarge reißt und nackt und zerrissen dort auf jenen Haufen namenlosen Moders wirft, wo sie dann jeder, der diese Keller besucht, emporreißt, anleuchtet, herumdreht, und wieder hinwirft.

Mitleidig wandte ich mich ab, um weiter zu gehen; da sah ich, daß ich bereits allein war, und die Lichter meiner Freunde schon fern und klein in einem Gange hinabschwebten. Mit raschen Schritten ging ich nach – es wollte mich fast wie Furcht überkommen.

„Hier stehen wir gerade unter dem Hochaltare der Kirche", sagte ein Führer, und leuchtete mit der Fackel gegen das Gewölbe empor. Wir waren zufällig in dem Augenblicke alle stille, und da hörten wir deutlich in langen schweren Tönen die Orgel aus der Kirche heruntertönen. Wie durch Verabredung blieben wir stehen und horchten einige Augenblicke, bis die Orgel schwieg, und dann wieder in höheren sanfteren Tönen anhob, die wunderbar deutlich und lieblich durch die Gewölbe zu uns herabsanken – es mußte gerade Nachmittagsgottesdienst sein – und wie eine holde goldene Leiter, schien mir's, gingen diese gedämpften Töne von den geliebten Lebenden zu uns hernieder.

Zu den drei Abbildungen der folgenden Seite: oben links der *Katakombenausgang* an der Nordseite des Stephansdomes neben der sogenannten Capistrani-Kanzel, der um 1430 geschaffenen, wohl ältesten Domkanzel, die von einer barocken Apotheose des „Türkenpredigers" bekrönt wird (der Zugang befindet sich heute im nördlichen Querschiff). Oben rechts das *Pflaster vor dem Stephansdom* mit einer Gruppe von Fiaker-Kutschern. Das Foto unten zeigt eines der *Massengräber* in den Katakomben.

Stifter irrt, wenn er annimmt, die Katakomben seien ein „Asyl der Reichen und Vornehmen" gewesen; möglicherweise betont bzw. behauptet er das, um die Empfindung im Sinne des Vanitas-Motivs, der Einsicht in die Vergänglichkeit alles Irdischen, zu verstärken.

AN DIESER STÄTTE
WURDE DES UNSTERBLICHEN
W. A. MOZART
LEICHNAM
AM 6. DEZ. 1791 EINGESEGNET
Wr. SCHUBERTBUND 1931

Zur vorausgehenden Seite: oben der Blick in eines der *Schachtgräber* der Wiener Katakomben, in die in Pestzeiten (etwa 1679) die Toten hineingeworfen und die dann vermauert wurden; im Hintergrund sind die Knochen aufgestapelt. Unten links der *Sarkophag eines Habsburgers,* dessen Eingeweide separat in einer Urne beigesetzt wurden; unten rechts die *Gedenktafel an die Einsegnung von Mozarts Leichnam* im Katakombenaufgang – ein Gedenkstein auf dem Wiener St.-Marx-Friedhof bezeichnet die (vermutete) Stelle seiner Beisetzung in einem Armengrab.

Endlich schwieg alles, und wir gingen weiter. Wie doch die Musik wunderbar auf unsere Seele wirkt! Ich brauchte einige Zeit, um mich wieder zu orientieren, wo ich sei, und meine Phantasie wieder an diese unterirdischen Gemächer zu gewöhnen, und doch war es wahrscheinlich nur das sogenannte Segenlied gewesen, was wir herunter gehört hatten.

Wir traten nun wieder in eine neue Halle, und wie ich um die Ecke des Pfeilerbogens komme und vor mich hinleuchte, erschrak ich heftig. Ein großer nackter Mann lehnte starr an der Mauer; zu seinen Füßen saß ein anderer zusammengekauert, die Hände über der Brust gefaltet, und den Kopf, der nur mehr an einem losen Bande des Halses hing, über die Schulter seitwärts gesunken – eine Frau in sich gebückt und eingesunken, gleichfalls mit gefalteten Händen, lauerte im Winkel, und an den Wänden lehnten oder saßen, oder lagen andere – und wie ich so vor mir herleuchte, wieder andere und wieder andere – lauter Leichen und lauter Mumien, der eine mit offenem Munde, der andere mit furchtbar zusammen gepreßtem, der eine gestreckt, der andere zusammengeknittert, fast alle mit gefalteten Händen, wie man sie ihnen im Sarge gegeben – alle mit verzerrten Zügen; aber bis zum Erschrecken deutlich waren die Gesichter und die Körperformen, als wären sie gestern hieher gestellt worden; – denn aus einer mir unbekannten Ursache war hier keine Verwesung eingetreten, sondern die Haut war sanft getrocknet, und war anzufühlen wie weich gegerbtes Leder, das Zellgewebe des Fleisches war ebenfalls ausgetrocknet und füllte die Haut wie eingestopfte Sägespäne, so daß selbst die Muskeln elastisch blieben, dem Drucke unserer Stöcke wichen, und wieder sachte emporschwollen, wenn der Druck nachließ.

Es war ein seltsamer, gespenstiger Anblick in dieser Halle, und überwältigend für Gefühl und Phantasie. Ein Berg von Moder stieg gegen die Gewölbmauer empor; aus ihm ragten Lappen von Gewändern heraus, mitunter Holzsplitter, oder es blickte ein Arm hervor, oder ein Fuß mit allen Zehen, oder eine zusammengekrümmte Gestalt saß auf demselben, eine andere lag der Länge nach, wieder andere standen aufrecht, und obwohl sie einst unverletzt gewesen waren, und ihrer Art nach bleiben konnten, so mochte doch schon der Mutwille an ihnen manches verübt haben; denn viele derselben waren zerrissen, daß ein Arm herabhing, oder der Kopf, oder Glieder ganz fehlten – vielleicht hat auch teilweise Verwesung das ihrige getan. – Seltsam ist es, die Körper sind geblieben, und die Gewänder sind fast alle zerstäubt und vermodert, nur wo sie durch Schutt gesichert waren, haben sich ganze Lappen erhalten, und waren sogar erkennbar, meistens Linnen und Seidenzeug, welches letztere ganz besonders stark und fest gearbeitet war.

Wie wir nun so dastanden in der Versammlung von längst verstorbenen unbekannten Menschen, die vor Jahrhunderten hieher gebracht wurden, um zu verwesen, und die aber nun ihren Ururenkeln dieselben Züge weisen müssen, die man einst, davor grauend, mit einem Tuche zugehüllt, und in einen Sarg verborgen hatte – und wie das reine, weiße Wachslicht, oder die dunkelrote Glut der Fackeln, die wir trugen, über die Gesichter und Glieder der Toten lief, und darinnen schweren Kampf, oder starre Ruh, oder häßlich Grinsen wies: so waren wir alle bis in das Innerste erschüttert. Mir war, als sei ich in ein fabelhaft Gebiet des Todes geraten, in ein Gebiet, so ganz anders, als wir es im Leben der Menschen erfahren, ein Gebiet, wo alles gewaltsam zernichtet wird, was wir im Leben mit Scheu und Ehrfurcht zu betrachten gewohnt sind – wo das Höchste und Heiligste dieser Erde, die menschliche Gestalt, ein wertlos Ding wird, hingeworfen in das Kehricht, daß es liege, wie ein anderer Unrat. – Ach! welch eine furchtbare, eine ungeheure Gewalt muß es sein, der wir dahin gegeben sind, daß sie über uns verfüge – – und wie riesenhaft, all unser Denken vernichtend, muß Plan und Zweck dieser Gewalt sein, daß vor ihr millionenfach ein Kunstwerk zu Grunde geht, das sie selber mit solcher Liebe baute, und zwar gleichgültig zu Grunde geht, als wäre es eben nichts! – Oder gefällt sich jene Macht darin, im öden Kreislaufe immer dasselbe zu erzeugen, und zu zerstören? – es wäre gräßlich absurd! – Mitten im Reiche der üppigsten Zerstörung durchflog mich ein Funke der innigsten Unsterblichkeitsüberzeugung. Wir standen alle stumm, und ließen unsere Fackeln und unsere Lichter lodern. Der Eindruck ist so mächtig, so neu und ernst; er nimmt unser ganzes Wesen so ein, daß alles andere abfällt, und vor seiner Gewalt nichtig wird. – Ich war so aus mir selber getreten, daß mir das Rollen eines Wagens, das wir in diesem Augenblicke auf dem Pflaster über uns hörten, ganz abenteuerlich vorkam, ja durch den Kontrast schauerlich. Ist es denn der Mühe wert, dachte ich, daß sich der im Wagen oben brüstet, und über das Pflaster weg rollt? daß sie Häuser bauen, und bunte Lappen heraus hängen, als wäre es was?

Wir fragten die Führer, ob man denn gar nicht mehr weiß, wer einer von denen gewesen sein möge, die wir da vor uns haben? „Es mag wohl im Pfarrarchive zu finden sein", antwortete er, „wer überhaupt herab begraben worden ist, aber da es schon viel über hundert Jahre sein mag, daß man niemanden mehr herab begraben hat, so kann man auch gar nicht wissen, wer dieser oder jener sei. Sie haben einmal sehr getrachtet, in die Stephansgruft begraben zu werden, damit sie ein vornehmes und ungestörtes Begräbnisplätzchen hätten."

Ein vornehmes und ungestörtes Begräbnisplätzchen! als ob irgend auf der Erde etwas Ungestörtes, etwas Unvergängliches wäre! ja ist nicht am Ende sie selber vergänglich, und wird eine Leiche, so wie die, die man jetzt so sorglich in ihrem Bauche verbirgt?

Mir fiel die Sage von dem Hunnenkönige Attila ein, dessen Leiche man in einen goldenen Sarg tat, den goldenen in einen silbernen, diesen in einen eisernen, und diesen zuletzt in einen steinernen. Dann grub man einen Fluß ab, senkte die Särge tief in die Erde seines Bettes, und ließ dann die Wasser wieder darüber weg rollen – ja endlich tötete man die, die um das Werk wußten, und es machen halfen, damit niemand auf Erden das Grab des Hunnenkönigs wisse!! – – aber eines Tages wird der Fluß den Sand und Schlamm in einer Überschwemmung herausstoßen, oder man wird eine Wasserbaute anlegen, oder der Fluß wird seinen Lauf ändern, und man wird im alten Bette ein Feld oder einen Garten graben: dieses Tages wird man dann den Sarg finden, das Gold und Silber nehmen, den König aber hinaus werfen auf den Anger der Heide.

Die unten erwähnte „Sage von dem Hunnenkönige Attila" wird gewöhnlich auf König Alarich bezogen, unter dessen Führung (395–410) die Westgoten mehrfach in Italien eingedrungen sind und Nordafrika, die Kornkammer Roms, zu erobern versucht haben.

Populär wurde sie durch das Gedicht „Das Grab im Busento" von August von Platen (1796–1835):

„. . . Und am Ufer des Busento reihten sie sich um die Wette,
Um die Strömung abzuleiten, gruben sie ein frisches Bette.

In der wogenleeren Höhlung wühlten sie empor die Erde,
Senkten tief hinein den Leichnam mit der Rüstung auf dem Pferde;
Deckten dann mit Erde wieder ihn und seine stolze Habe,
Daß die hohen Stromgewächse wüchsen aus dem Heldengrabe.

Abgelenkt zum zweiten Male, ward der Fluß herbeigezogen,
Mächtig in ihr altes Bette schäumten die Busentowogen . . ."

Daß ein Besuch der Katakomben zu den extravaganten Programmpunkten eines Wienaufenthaltes gehörte, belegt der 1838 in London erschienene Reisebericht „Vienna and the Austrians" der Schriftstellerin Frances Trollope (1780–1863), die 1836 Wien besucht hat (eine Bearbeitung der zeitgenössischen deutschen Ausgabe ist 1966 unter dem Titel „Briefe aus der Kaiserstadt" erschienen): „. . . Plötzlich änderte sich der Schauplatz, jede Beziehung zu Ordnung und Ehrfurcht vor den hier aufgeschichteten menschlichen Überresten schwand. Es bot sich uns ein solches Bild, wie es mich sicher das ganze Leben hindurch in meinen Träumen verfolgen wird. Wir erreichten eine große, viereckige Gruft, in der unser Führer hielt, und indem er das Licht, das er trug, senkte, zeigte er uns auf dem Boden, der von ungeheuren Massen widerlichen Moders bedeckt war, einen Haufen ganzer, nackter, unbestatteter Leichen in den verschiedensten Lagen, wie sie nur der Zufall bewirken kann.
Durch eine besondere Beschaffenheit der Luft, wahrscheinlich wegen des auffallenden Mangels an Feuchtigkeit, findet die Zersetzung, welche gewöhnlich dem Tode folgt, hier nicht statt. Die Haut ist statt dessen zu dikkem Leder eingetrocknet, während die Form der Körper und in vielen Fällen sogar die Gesichtszüge so unverändert blieben, daß ihre grinsende Ähnlichkeit sie uns so ergreifend und entsetzlich wie möglich macht. Die verschiedenen Stellungen und der vielfältige Ausdruck jedes gespenstischen Hauptes schien dem Tode Leben zu geben, und ich zitterte, als ich diese Dinge des Schreckens betrachtete, daß ich wahnsinnig würde."

Und so ist jeder Ruhm; denn für uns Sterbliche ist keine Stelle in diesem Universum so beständig, daß man auf ihr berühmt werden könnte; die Erde selber wird von den nächsten Sonnen nicht mehr gesehen, und hätten sie dort auch Röhre, die zehntausendmal mehr vergrößerten, als die unsern. Und wenn in jener Nacht, wo unsere Erde auf ewig aufhört, ein Siriusbewohner den schönen Sternenhimmel ansieht, so weiß er nicht, daß ein Stern weniger ist, ja hätte er sie alle einst gezählt, und auf Karten getragen, und zählte sie heute wieder, und sieht seine Karten an, so fehlt keiner, und so prachtvoll, wie immer, glüht der Himmel über seinem Haupte. Und tausend Milchstraßen weiter außer dem Sirius wissen sie auch von seinem Untergange nichts, ja sie wissen nichts von unserm ganzen Sternenhimmel; nicht einmal ein Nebelfleck, nicht einmal ein lichttrübes Pünktchen erscheint er in ihrem Rohre, wenn sie damit ihren nächtlichen Himmel durchforschen.
Während ich dies dachte, rasselte wieder ober uns das Geräusche eines rollenden Wagens auf dem Pflaster des Stephansplatzes, und es deuchte mir so leichtsinnig oder so wichtig, wie etwa die Weltgeschichte der Mücken oder der Eintagsfliegen.
Wir aber leuchteten noch einmal die unbewegliche gespenstige Versammlung in die Runde an, und wendeten uns dann zum Fortgehen; sie aber sanken hinter unsern weichenden Lichtern in ihre alte Ruhe, in ihre alte Nacht zurück.
Immer weiter, immer verwickelter und größer entfaltete sich diese Stadt der Grüfte; immer neue Tote waren zu treffen; Trümmer von Särgen, Hügel und Wälle von getrocknetem Moder, dann kommen wieder Knochen, dann leere Gewölbe und Gänge – und wie weit sich dies alles hin erstrecke, weiß man jetzt noch gar nicht mit Gewißheit; denn in manchem Gemache sieht man in der Mauer einen Steinbogen, fest und künstlich gefügt, daß er etwas trage, oder daß man hindurchgehe, so wie durch den, durch welchen wir hereingekommen waren: aber dieser Schwibbogen ist mit Mauer angefüllt, so daß die Vermutung entsteht, daß hinter ihm wieder ein Gewölbe sei, das man zugemauert hatte, als es voll mit Toten war. – Und wirklich traten wir jetzt an eine Stelle, wo man eine Schlußmauer durchbrochen hatte, und siehe! aus der Bresche ragten eine Unzahl Särge hervor, klafterhoch auf einander geschlichtet, mit gräßlichen Trümmern und Splittern herausragend aus der Finsternis des Gewölbes – die Zeit hatte Bretter und Fugen gelöset, daß ein ganzes Wirrsal derselben herabgegleitet da lag, und oben in der Öffnung nackte Füße und Glieder der Toten in die Luft herausstanden, verlassen von der schützenden und bergenden Wand ihrer Särge, ebenfalls bestimmt, auf den hängenden Brettern vorwärts zu gleiten, und endlich wie sie herab zu stürzen. Es war ein Anblick, noch erschütternder, als jener in dem Gewölbe der Mumien, weil er unmittelbarer das Reich der Verwesung und Zerstörung auftat, und näher der Zeit lag, wo alle diese noch wandelten und lebten, weil er eindringender wies, wie auch wir einst werden sollen, und weil das Werk der Vergehung und Vernichtung gleich massenhafter und großartiger ersichtlich war. Auch einen solchen aufgeschichteten Stoß von Kindersärgen sahen wir hervorblicken, einen über einander geworfenen Haufen kleiner Häuschen, deren Bewohner starben, ehe sie

lebten. Es tat unsäglich wohl, daß man von den Särgen keines der zarten Glieder hervorragen sah, sondern alle verdeckt waren, wahrscheinlich ihres geringen Gewichtes wegen, das die Särge nicht aus den Fugen zu drücken vermochte. Arme kleine Welt!
Es war ein düster großartiger Anblick, wie wir so dastanden vor dem starren Ruinengewirre und der Lichtblick unserer Fackeln auf dem Granit der Mauer und auf den alten braunen Sargbrettern glänzte – und wie weiter zurück zwischen den Brettertrümmern heraus Finsternis glotzte, und sich unsere Phantasie hinter ihr dieselbe Bevölkerung von Toten vorstellen mußte, immer fortgesetzt und immer fortgesetzt – liegend in der eisernen Nacht, bis einmal diese vorderen zerstäubt sind, und wieder ein anderes Jahrhundert und eine andere Hand das fernere Gewölbe erbricht, und die Schläfer dem Lichte der Fackeln bloßlegt, so wie diese da in dem der unsern düster glänzen.
Es war einleuchtend, daß dieses System von Gewölben, wie weitläufig es auch sein möge, doch einmal angefüllt werden mußte, an welchem Tage sich dann die Gruft von St. Stephan auf immer schloß – daß es nur die Mächtigsten und Reichsten sein können, die wir da in dieser Zerwürfnis und schnöder Verlassenheit liegen sehen, und dieser Gegensatz machte die Szene noch tragischer, und all den Flitter noch erbärmlicher, um den wir gewohnt sind, die andern zu beneiden. Ein Stück Vergangenheit und Weltgeschichte halfen die da bauen, welche da vor uns liegen. Vielleicht sind Helden darunter, ein Todesblick für Feinde; vielleicht sanfte Künstler, die den Himmel des Schönen in ihrer Brust trugen, nicht daran denkend, wie schnöde die Wohnung des Himmels einst herum geworfen werde – vielleicht schöne Frauen und Jungfrauen, deren Auge die Seligkeit der Liebe in andrer Herzen strahlte, und um die der schwärmende wahnsinnige Jüngling seinen Leib dahin vorausschleuderte. Wie sie nun auch liegen: – – vorüber gegangen ist der Traum, und beide sind sie eine wertlose Masse – vielleicht liegen auch solche da, deren Glieder Samt und Purpur deckte, auf deren Wimper tausend Augen blickten, ob sie freundlich zucke, oder zürne, die aus Gold und Silber aßen, jedes Rauhe und Ekle von sich ferne hielten, und nun selber ärmer und ekler sind, als das Tier des Berges, welches in die Felskluft stürzte, und dort in der Mittagssonne dörret, und von den Winden der Nacht getrocknet wird – – Sie alle mühten sich, erwarben, verzehrten, arbeiteten, stiegen empor, verrichteten Taten, die tausend Arme regten sich täglich, die Seelen dachten, die Herzen glühten in Wunsch und Begierde, oder in Befriedigung und Triumph, die Leidenschaften kochten und kühlten sich – nun ist alles vorüber, und von dem Gebirge von Arbeiten aus dem Leben dieser ist ein Blatt Geschichte übrig geblieben, und selbst dieses Blatt, wenn die Jahrhunderte rollen, schrumpft zu einer Zeile ein, bis auch endlich diese verschwindet, und die Zeit gar nicht mehr ist, die den darin Lebenden so ungeheuer und so einzig herrlich vorkommen.
In die Stille unserer Betrachtungen tönte jetzt das Wort eines Führers: „Es wird hier, wenn einmal alles ausgegraben und gelüftet sein wird, noch viel weitläufiger und wunderbarer herum zu gehen sein, als jetzt; denn auch der Boden, auf dem wir in dem Augenblicke

Mrs. Trollope fährt fort: „Solch ein Schauspiel und die nachlässige Unordnung, in welcher die schauderhaften Gerippe zerstreut lagen, waren in der Tat genug, um die Schritte eines Weibes wankend zu machen und ihre Sinne zu verwirren, dennoch war dies erst der Anfang der Schrecken. Nachdem unser Führer uns Zeit gelassen hatte, uns umzusehen und die ganze eklige Szene zu überblicken, faßte er eines dieser kläglichen Überreste menschlichen Seins an der Kehle, hob die Leiche vor unseren Augen hoch, ließ sie vor uns aufrecht stehen und schwenkte dabei seine Fackel so, daß wir sie in ihrer ganzen gräßlichen Häßlichkeit sehen konnten. Dann verbreitete er sich dabei über ihre Größe und ihre guten Proportionen, ließ plötzlich die rasselnde Leiche vor unseren Füßen fallen, hob eine andere auf, sagte, daß es ein Frauenzimmer wäre, erhob eine dritte, lehnte sie mit der Hand, in der er das Licht hielt, gegen seinen Körper und riß mit der anderen lange Streifen der vertrockneten Haut ab, um uns zu zeigen, wie zähe sie sei.
Hätte ich klar überlegen können, so würde ich mit Macht darauf bestanden haben, wieder zurückzukehren, um mit allen noch verbliebenen Kräften den gesegneten Anblick des Lichtes und des menschlichen Lebens wiederzuerlangen; aber ich war benommen, von Schauder ergriffen und gänzlich verwirrt, und so folgte ich der Gesellschaft (welche außer uns noch aus einigen uns fremden Herren bestand), ohne ein Wort zu sprechen.“

„Menschliche Gerippe vor einer Felsenhöhle“; Pinselzeichnung in Sepia (Format 19,2 × 27,5 cm) von *Caspar David Friedrich* (1774–1840; Kunsthalle in Hamburg). Das Blatt gehört zu einer 1826 in Dresden ausgestellten siebenteiligen Folge (vgl. S. 24). Die „Blätter für literarische Unterhaltung“ brachten ihren Lesern die Darstellung mit folgender Beschreibung nahe: „Zwischen Stalaktitenhöhlen und Tropfsteinfelsen liegt ein verwitterndes, bleichendes Menschengerippe. Das Skelett des Erdkolosses scheint sich schützend über das Skelett seines armen Bewohners zu wölben, in grauenvoller Öde harren beide der Verwandlung.“

wandeln, ist höchst wahrscheinlich wieder nur die Decke von andern Gewölben, die unter uns befindlich sind.“ Wirklich war es uns schon öfter, wo wir nicht weichen Moderboden unter den Füßen hatten, vorgekommen, als gingen wir über harte sanft gewölbte Stellen weg. Und als der Führer obige Worte gesagt hatte, verließen wir die traurige Bresche, und gelangten nun in der Tat in ein Gemach, dessen Fußboden durchbrochen war, und siehe es war unten wieder eine solche Halle, wie die, in der wir standen, eine Leiter führte durch die aufgebrochene Öffnung in dieselbe hinab, und zweie von uns stiegen hinunter. Das Gewölbe schien niedriger, wahrscheinlich nur des gehäuften Schuttes wegen. Gegen die Wände hin und in den Winkeln war wegen Moder und dicker Finsternis, in der unsere Lichter ordentlich ohnmächtig waren, nichts deutlich zu sehen, aber unser Führer versicherte uns, es sei hier unten alles vollgestopft mit Toten. Unendlich erleichtert stiegen wir wieder empor – seltsam! – Obwohl die Luft unbegreiflich trocken und rein war: so fühlte sich doch die Phantasie erleichtert, als sie wieder nur mehr eine Decke über dem Haupte wußte. Die nicht hinabgestiegen waren, leuchteten nun noch einmal in die Höhle hinab, und wir gingen dann weiter durch mehrere Gänge und leere Gewölbe, wie es mir schien, auf dem Rückweg begriffen. Wir hatten alle Orientierung bereits so verloren, daß jedem die Unmöglichkeit einleuchtete, ohne Führer hinaus zu finden – namentlich, wenn einer ganz allein wäre. Er müßte nur, meinte man, die Wege, die er schon gegangen ist, mit Knochen bestreuen, um immer andere Gänge zu finden, und so auch den, der ihn herausführt.

„Aber wenn ihm allenfalls das Licht ausginge“, bemerkte ein anderer.

Es ist entsetzlich, dies zu denken, und furchtbar inhaltschwer wäre die Geschichte solcher Augenblicke. Das Licht flackert noch einmal, und ist aus: eine Nacht, so dick, wie die Erde keine kennt, ist um ihn; die Toten, die ihm früher sein Licht gezeigt hatte, ist er nun genötiget, mit dem innern Auge zu schauen, und zwar, da ihm die Begrenzung seines Raumes, die ihm das Licht vorher so freundlich gewiesen hatte, durch die Finsternis entrückt ist, so muß er sich nun gleich das ganze Totengewölbe auf einmal vorstellen, die ganze durchbrochene Totenstadt mit all ihren Bewohnern – er horcht – vielleicht rührt sich heimlich etwas – alles stille, nur das Knistern seines Trittes, und das stumpfe Rascheln seiner Hände, wie er sich an den Mauern fortgreift – er ruft, er ruft – keine Hoffnung, gehört zu werden; er geht in Todes- und Geisterangst – gestachelt fort durch Gänge und Gewölbe, die sich ewig in einander münden. – Es sind bereits Stunden, es ist vielleicht schon ein Tag vergangen – er faßt, an der Felsenmauer fortgreifend, einen Toten, und erkennt, daß es derselbe sei, den er schon einmal ergriffen habe – dabei hört er von oben herab die Orgel tönen, vielleicht auch das Singen der Gemeinde, oder das Läuten der Glocken, das Rasseln der lustigen Wägen auf dem Straßenpflaster – er ruft, und ruft – – alle gehen sie ihrer Wege, es wird stille, also Nacht – und des andern Tages hört er es wieder so – und so fort, und so fort – – bis in der Gruft um einen Toten mehr ist.

Mir schauerte, als ich dies dachte, und unwillkürlich drängte ich mich an die Führer, mit leisem Frösteln mir den Einfall hinwerfend, „wenn nur diese sicher zu der schmalen hohen Türe zurück finden, bei der sie uns hereingelassen hatten."

„Wir sind jetzt unter der Post", sagte einer von ihnen und leuchtete im Gange weiter.

Fast fing es mir an, in diesen massiven Kreuzgängen und Überwölbungen drückend zu werden – immer Mauer, eisenfeste Steinmauer, keine Fenster, keine Öffnung. – Wie schwer der Mensch jene leichte lichte Decke entbehrt, deren Köstlichkeit er in seinem Leichtsinne nicht beachtet, die Decke des Firmamentes! – Es schien mir, als entbehrte ich die Luft selber. – –

In dem Momente fiel ein blasser Streifen von oben herab, es war Tageslicht durch den Schacht vom deutschen Hause – ich erkannte die Stangen und das Stroh, die Bretter und Tragbahren des ersten Gewölbes wieder – der Boden hob sich – der schmale Türflügel ging auf und wir traten auf das vom Regen glänzende Steinpflaster des Stephansplatzes hinaus.

Die Brust des stärksten Mannes hob sich freier in der frischen Luft; ein feiner Novemberregen rieselte von dem Himmel. Man zündete eben die Abendlichter an, Gold, Silber, schimmernde Seidenstoffe wurden davon in den strahlenden Kaufbuden beleuchtet – kostbar gekleidete Menschen wimmelten an mir vorüber; glänzende Karossen rollten; der Turm St. Stephans stieg riesig empor, und Sprechen und Lachen erscholl ihm gegenüber, den beleuchteten Häusern entlang. – –

Ich aber ging wie im schweren Traume nach Hause, während an mir vorüberhuschte der Strom des unbegreiflichen Lebens der Menschen.

Caspar David Friedrichs auf der gegenüberliegenden Seite wiedergegebene Darstellung ist lediglich ein Bestandteil eines Bildprogramms, das von den Zeitgenossen als Lebensbeschreibung gedeutet wurde, „die über das Beginnen und Enden dieses Erdenlebens hinausreicht". Gleichwohl enthält das Blatt eine Tendenz zur unmittelbaren Vergegenwärtigung des Gerippe-Schauers, der auch in Goethes 1826 entstandenem Gedicht „Im ernsten Beinhaus war's . . ." (verfaßt anläßlich der Exhumierung der Gebeine Schillers) anklingt.
Stifters Katakomben-Erlebnis mündet in die Vorstellung des Lebendig-Begrabenseins. Es ist dies ein Thema, das in den vierziger Jahren des 19. Jahrhunderts, der eigentlichen Biedermeierzeit, eine eigentümliche Verbreitung gewinnt: genannt seien Ludwig Uhland, Gottfried Keller (Gedichtzyklus „Lebendig begraben" bzw. „Gedanken eines lebendig Begrabenen", entstanden 1846), aber auch Edgar Allan Poe und schließlich – als Vertreterin einer Trivialisierung des Motivs – Friederike Kempner.

„Der Condor" ist Stifters erste veröffentlichte Erzählung, erschienen 1840 in der „Wiener Zeitschrift für Kunst, Literatur, Theater und Mode" (zur anekdotischen Überlieferung über den Anstoß zur Veröffentlichung vgl. S. 47); der erste Band der „Studien" (1844) enthält die hier abgedruckte überarbeitete Fassung. Die Erzählung gliedert sich in die vier Kapitel „Nachtstück", „Tagstück", „Blumenstück" und „Fruchtstück". Diese Titel enthalten den Begriff „Stück" im Sinne von „Gemälde"; in der (Barock-)Malerei bezeichnen sie (ausgenommen „Tagstück") bestimmte, inhaltlich gekennzeichnete Bildgattungen mit entsprechenden Merkmalen der Gestaltungsweise. So gilt etwa für das „Nachtstück", daß durch die Verwendung natürlicher (Mond, Sterne) oder künstlicher, auf jeden Fall aber „nächtlicher" Lichtquellen eine lediglich partielle Ausleuchtung von Räumen oder Beleuchtung von Gestalten und Gegenständen entsteht, mit der entsprechenden Verstärkung der Kontraste von Helligkeit und Dunkelheit. Ähnlich wie bei E.T.A. Hoffmann, dessen Sammlung mit dem Titel „Nachtstücke" 1817 erschienen ist, läßt sich Stifters Verwendung der kunstgeschichtlichen Begriffe als Ausdruck seiner „Doppelbegabung" als Maler und Schriftsteller verstehen. Hinzu kommt ein dritter Aspekt: Stifters naturwissenschaftliche Kenntnisse und Interessen. Ihnen geht Martin Selge nach, wobei er in seiner Untersuchung „Adalbert Stifter. Poesie aus dem Geist der Naturwissenschaft" (Stuttgart 1976) das „Condor"-Kapitel betitelt: „Die Reise im Ballon: Kosmonautische Entfremdung".

Der Condor

1

Ein Nachtstück

Um zwei Uhr einer schönen Junimondnacht ging ein Kater längs des Dachfirstes und schaute in den Mond. Das eine seiner Augen, von dem Strahle des Nachtgestirnes schräg getroffen, erglänzte wie ein grüner Irrwisch, das andere war schwarz wie Küchenpech, und so glotzte er zuletzt, am Ende der Dachkante ankommend, bei einem Fenster hinein – und ich heraus. Die großen freundlichen Räder seiner Augen auf mich heftend, schien er befremdlich fragen zu wollen: „Was ist denn das, du lieber alter Spiel- und Stubengenosse, daß du heute in die späte Nacht dein Gesicht zum Fenster hinaushältst, das sonst immer rot und gesund auf dem weißen Kissen lag und ruhig schlummerte, wenn ich bei meinen Nachtgängen gelegentlich vorbeikam und hineinschaute?"

„Ei, Trauter", erwiderte ich ihm auf die stumme Frage, „die Zeiten haben sich nun einmal sehr geändert, das siehst du; – die weißen Kissen liegen unzerknittert dort auf dem Bettgestelle, und der Vollmond malt die lieblich flirrenden Fensterscheiben darauf, statt daß er in mein schlummerndes Angesicht schiene, welches Gesicht ich dafür da am Simse in die Nacht hinaushalten muß, um damit schon durch drei Vierteile derselben auf den Himmel zu schauen; denn an demselben wird heute das seltenste und tollste Gestirn emporsteigen, was er je gesehen. Es wird zwar nicht leuchten, aber wenn nach Verdienst gerichtet würde, so ist etwas in ihm, das strahlenreicher ist als der Mond und alle Sterne zusammengerechnet, deine glänzenden Augen nicht ausgenommen, Verehrtester."

So sagte ich ungefähr zu dem Kater, er aber drehte seine Augen, als verstände er meine Rede, noch einmal so groß und noch einmal so freundlich gegen mich, daß sie wie Glimmerscheiben leuchteten, und die Seite seines weichen Felles gegen meine Hand krümmend und stemmend, hob er sofort sein traulich Spinnen an, während ich fortfuhr mit ihm zu kosen: „Man sieht viel in einer langen Mondnacht, das wirst du wissen, Lieber, wenn du sonst Beobachtungsgeist besitzest; aber siehe, ich wußte es nicht, da ich nie Zeit hatte, eine so recht von Herzen anzuschauen, allein in diesem Harren und Schauen nach dem Himmel, namentlich da der gehoffte Weltkörper immer nicht kam, hatte ich Muße genug, den Lebenslauf einer Frühlingsnacht zu studieren."

Da aber alles wahr ist, was ich da meinem lieben Freunde Hinze eröffnete, so sehe ich nicht ab, warum ich es nicht auch einem noch liebern Menschenauge eröffnen, dem einst dieses Blatt vorkommen könnte, warum ich nicht sagen sollte, daß mich wirklich ein närrisches und unglückliches Verhängnis an dieses Fenster kettete, und meine Blicke die ganze Nacht in die Lüfte bannte. Es will fast närrisch sein, aber jeder säße auch bei mir heroben, wenn er vorher das erlebt hätte, was ich.

Die Zeit war zäh, wie Blei.

Leider war ich schon viel zu früh heraufgestiegen, als sich noch das leidige Abendgetümmel der Menschen durch die Gassen schleppte, und eine wunderliche Dissonanz bildete zu dem lieben Monde, der bereits mit rosenrotem Angesichte dort drüben zwischen zwei mächtigen Rauchfängen lag und auf meine zwei Fenster herübergrüßte. Allmählich puppte sich denn doch alles, was Mensch heißt, in seine Nachthüllen ein, und nur die Rufe der Schlemmer tönten hie und da herauf, wie sie ihren späten Nachtweg nach Hause suchten – dann hob jene Zeit an, die die Philosophen, Dichter und Kater lieben, die Nachtstille – mein vierpfotiger Freund hat eben nicht den übelsten Geschmack für die Zeit seiner Spaziergänge. – Der Mond hatte sich endlich von den Dächern gelöset, und stand hoch im Blau – ein Glänzen und ein Flimmern und ein Leuchten durch den ganzen Himmel begann, durch alle Wolken schoß Silber, von allen Blechdächern rannen breite Ströme desselben nieder, und an die Blitzableiter, Dachspitzen und Turmkreuze waren Funken geschleudert. Ein feiner Silberrauch ging über die Dächer der weiten Stadt, wie ein Schleier, der auf den hunderttausend schlummernden Herzen liegt. Der einzige Goldpunkt in dem Meere von Silber war die brennende Lampe drüben in dem Dachstübchen der armen Waschfrau, deren Kind auf den Tod liegt.

So schön das alles war, so wurden doch die Stunden eine nach der andern länger – die Schatten der Schornsteine hatten sich längst umgekehrt, die silberne Mondkugel rollte schon bergab auf der zweiten Hälfte ihres dunklen Bogens – es war die tödlichste Stille – nur ich und jenes Lämpchen wachten.

Was ich aber suchte, das erschien nicht.

Zweimal schritt Hinze über die Dächer, ohne zu mir zu kommen. Die große Stadt unter mir, in der undeutlichen Magie des Mondlichts schwimmend, lag im tiefsten Schlummer, als sollte man sie atmen hören – aber auch der Himmel an der gesuchten Stelle blieb glänzend einsam, wie er die ganze Nacht gewesen. Ich harrte fort. Es war, als würde es mit jeder Minute lautloser. Der Mond zog sichtlich der zweiten Halbkugel zu; eine Herde Lämmerwolken, die tief gegen Süden auf der blauen Weide gingen, wurde leise angezündet, und selbst ferne Wolkenbänke, die schon seit Abend unten am Westhimmel schlummerten und sich dehnten – und lange in unsere Nacht hinein die Sonne Amerikas widergeschienen hatten, waren erloschen, und glommen nun vom Monde an, und durch ihre Glieder floß ein sanftes, blasses Licht, als regten sie sich leise.

Da schlug es zwei Uhr und Hinze kam. Er war mir in dieser Nacht ordentlich bedeutsam geworden. Es entspann sich das stumme Gespräch mit ihm, das ich anfangs dieses Blattes berichtete; aber freilich dauerte die Unterhaltung mit ihm nicht lange, da wir beide des Zwiegesprächs bald müde waren, und jeder zu unserm Geschäfte übergingen: er zu seinem Lustwandeln, ich zu meinem einförmigen Schauen.

Das Lämpchen der Witwe war mittlerweile ausgelöscht worden, dafür fürchtete ich, daß bald eine ganz andere Lampe angezündet werden würde; denn im Osten kroch bereits ein verdächtiges Lichtgrauen herum, als sei es der Morgen; auch die Luft, bisher so warm und todesruhig, machte sich auf; denn ich fühlte es schon zweimal

Die ruhige Betrachtung der nächtlichen Welt ist ein häufig wiederkehrendes Erzählmotiv Stifters bis hin zum „Nachsommer". Am Abend seines Verlobungstages (vgl. S. 262–273) gibt sich Heinrich Drendorf dieser Betrachtung des Himmels hin:
„Es stand kein Mond an demselben und keine Wolke, aber in der milden Nacht brannten so viele Sterne, als wäre der Himmel mit ihnen angefüllt, und als berührten sie sich gleichsam mit den Spitzen. Die Feierlichkeit traf mich erhebender, und die Pracht des Himmels war mir eindringender als sonst, wenn ich sie auch mit großer Aufmerksamkeit betrachtet hatte . . . Wie es sonderbar ist, dachte ich, daß in der Zeit, in der die kleinen wenn auch tausendfältigen Schönheiten der Erde verschwinden, und sich erst die unermeßliche Schönheit des Weltraums in der fernen stillen Lichtpracht auftut, der Mensch und die größte Zahl der andern Geschöpfe zum Schlummer bestimmt ist!"
Gedanken dieser Art ließen sich bei jenen dem Betrachter den Rücken zukehrenden Gestalten vermuten, die auf den „Nachtstücken" Caspar David Friedrichs durch ihre bloße Anwesenheit eine solche Betrachtungsweise zu verkörpern scheinen. Im Hinblick auf das erste „Condor"-Kapitel betont Martin Selge jedoch: Stifters „Nachtstück" „bietet keineswegs nur eine romantisierende Mondnachtbeschreibung, wie immer behauptet wird, sondern entwickelt planvoll das planetarische System, in dem die Erzählung angesiedelt ist. Mond, Erde und Sonne werden durchweg in ihrer stereometrischen Körperlichkeit evoziert: ‚Die silberne Mondkugel rollte schon bergab'; ‚Der Mond zog sichtlich der zweiten Halbkugel zu'; ‚bis endlich eine andere, aber glühende Kugel emporstieg'. In dieser Gesellschaft erscheint auch der ‚Condor' als Planetoid" (vgl. S. 160).

Rainer Maria Rilke (1875 bis 1926) hatte wohl diese Stelle der Erzählung im Auge, als er 1913 in seinem Aufsatz „Über den jungen Dichter" über die möglicherweise fundamentale Erfahrung des Dichters Stifter schrieb: „Irgendein nachdenklicher Leser ... könnte es bei sich zur Vermutung bringen, daß diesem dichterischen Erzähler sein innerer Beruf in dem Augenblick unvermeidlich geworden ist, da er, eines unvergeßlichen Tages, zuerst durch ein Fernrohr einen äußerst entlegenen Punkt der Landschaft herbeizuziehen suchte und nun, in völlig bestürzter Vision, ein Flüchten von Räumen, von Wolken, von Gegenständen erfuhr, einen Schrecken von solchem Reichtum, daß in diesen Sekunden sein offen überraschtes Gemüt Welt empfing, wie die Danae den ergossenen Zeus." Selge, dem Rilkes „Enträtselung" der „dichterischen Voraussetzungen" Stifters als ein „willkommener Einstieg" in die Untersuchung des „Werkverfahrens" dient, betont die Bedeutung des an die Suche mit dem Fernrohr sich anschließenden „Festhaltens des Bildes", der „Phase seiner erstaunten Beobachtung". Erst hierdurch wird die ins Moralische („leichtsinnigstes Weib") abgewandelte Irritation wirksam, die Selge in der „Diskrepanz von Wissen und Wahrnehmung, von sinnlicher Information und theoretischem Bewußtsein" begründet sieht. Gemeint ist das „Grauen" des Beobachters, daß er „durchaus die Stricke nicht sehen konnte, mit denen das Schiff am Ballon hing".

kühl aus Morgen her an mein Gesicht wehen, und das Rauschen der Frühlingsgewässer wurde deutlich von den Bergen herübergetragen. Da auf einmal, in einem lichten Gürtel des Himmels, den zwei lange Wolkenbänder zwischen sich ließen, war mir's, als schwebe langsam eine dunkle Scheibe – ich griff rasch um das Fernrohr, und schwang es gegen jene Stelle des Firmaments – Sterne, Wolken, Himmelsglanz flatterten durch das Objektiv – ich achtete ihrer nicht, sondern suchte angstvoll mit dem Glase, bis ich plötzlich eine große schwarze Kugel erfaßte und festhielt.

Also ist es richtig, e i n e Voraussage trifft ein: gegen den zarten weißen Frühhimmel, so schwach rot erst, wie eine Pfirsichblüte, zeichnete sich eine bedeutend große dunkle Kugel, unmerklich emporschwebend – und unter ihr an unsichtbaren Fäden hängend, im Glase des Rohres zitternd und schwankend, klein wie ein Gedankenstrich am Himmel – das Schiffchen, ein gebogenes Kartenblatt, das drei Menschenleben trägt, und sie noch vor dem Frührote herabschütteln kann, so naturgemäß, wie aus der Wolke daneben ein Morgentropfen fällt.

Cornelia, armes verblendetes Kind! möge dich Gott retten und schirmen!

Ich mußte das Rohr weglegen; denn es wurde mir immer grauiger, daß ich durchaus die Stricke nicht sehen konnte, mit denen das Schiff am Ballon hing.

Ist nun auch die zweite Tatsache so gewiß, wie die erste; dann lebe wohl, du mein Herz, – dann kanntest du und liebtest du das schönste, großherzigste, leichtsinnigste Weib!!

Ich mußte doch das Rohr wieder nehmen; aber der Ballon war nicht mehr sichtbar, wahrscheinlich hatte ihn das obere jener Wolkenbänder aufgenommen, gegen dessen Grund seine Zeichnung verschwand. Ich wartete, und suchte dann noch lange am Himmel, fand aber nichts mehr.

Mit seltsamen Gefühlen des Unwillens und der Angst legte ich das Fernrohr weg und starrte in die Lüfte, bis endlich eine andere, aber glühende Kugel emporstieg, und ihr strahlendes Licht über die große heitere Stadt ausgoß, und auf meine Fenster, und auf einen ungeheuren, klaren, heitern, leeren Himmel.

2

Tagstück

Der junge Mann, aus dessen Tagebuche das Vorstehende wörtlich genommen wurde, war ein angehender Künstler, ein Maler, noch nicht völlig zweiundzwanzig Jahre alt, aber seinem Ansehen nach hätte man ihm kaum achtzehn gegeben. Aus einer Fülle blonder Haare die er noch fast knabenhaft in Locken trug, sah ein unbeschreiblich treuherziges Gesicht heraus, weiß und rot, voll Gesundheit, geziert mit den Erstlingen eines Bartes, den er sehr liebte, und der kindisch trotzig auf der Oberlippe saß, – zwei dunkelblaue schwärmerische Augen unter einer ruhigen Stirn, auf der noch alle Unschuld seiner Kindheit wohnte. Wirklich hatte er auch aus der Einsamkeit des Waldlandes, in dem er erzogen wurde, alle Herzens-

einfalt seines Tales und so viel Wissen, als bei seinen Jahren überhaupt möglich ist, in die große lasterhafte Stadt gebracht.
Und so saß er früh nach jener ihm merkwürdigen Nacht, die er oben beschrieb, auf seiner Dachstube, die nach und nach voll warmen Morgenlichts anquoll, rückgelehnt auf die hohe Lehne eines tuchenen altmodischen Sessels, dessen unzählige gelbe Nägel im Frühlichte einen gleißenden Sternenbogen um ihn spannten. Die Hände ruhten auf dem Schoße, und die Augen schauten auf die leere Leinwand, die vor ihm auf der Staffelei stand, aber sie sannen nicht auf Bilder, sondern in ihrem tiefen, schwermütigen Feuer stand der Anfang einer Leidenschaft, die düster-selig in dem Herzen anbrannte, und trotzig-schön in das kindliche Antlitz trat – auf dem unbeschriebenen Blatte die ersten Lettern der großen Stadt, der Titel, daß nun ein heißes Leben beginne, voll Seligkeit und Unruhe, aber fernabliegend von der friedlichen Insel seiner Kindheit.
Die Liebe ist ein schöner Engel, aber oft ein schöner Todesengel für das gläubige, betrogne Herz!
Sein Nachtgenosse, Hinze, der Kater seiner Mietsfrau, lag auf dem breiten Fenstersimse, und schlief in den Strahlen der Morgensonne. Nicht weit davon auf der Zeichnung eines Cherubs lag das Fernrohr. Unten in den Gassen lärmte bereits die Industrie einer großen Hauptstadt, sorgend für den heutigen Hunger und für die heutige Üppigkeit.
Während nun der Künstler so saß in seiner engen Dachstube, die ihm der Himmel endlich ganz mit Sonnengold angefüllt hatte, begab sich anderswo eine andere Szene: hoch am Firmamente in der Einöde unbegrenzter Lüfte schwebte der Ballon, und führte sein Schiffchen, und die kühnen Menschen darinnen in dem wesenlosen Ozeane mit einem sanften Luftstrome westwärts. Rings ausgestorbene Stille, nur zeitweise unterbrochen durch das zarte Knarren des Taffets, wenn der Ostwind an seinen Wänden strich, oder durch ein kaum hörbares Seufzen in dem seidnen Tauwerk. Drei Menschen, ebenfalls im tiefsten Schweigen, saßen in dem Schiffe, bis ans Kinn in dichte Pelze gehüllt, und doppelte grüne Schleier über die Gesichter. Durch einen derselben schimmerten die sanften Umrisse eines schönen blassen Frauenantlitzes mit großen, geistvollen, zagenden Augen – und somit war auch die zweite Tatsache richtig, welche der nächtliche Beobachter der Auffahrt vermutet hatte. Aber wie sie hier schiffte, war in ihr nicht mehr jene kühne Cornelia zu erkennen, die gleich ihrer römischen Namensschwester erhaben sein wollte über ihr Geschlecht, und gleich den heldenmütigen Söhnen derselben den Versuch wagen, ob man nicht die Bande der Unterdrückten sprengen möge, und die an sich wenigstens ein Beispiel aufstellen wollte, daß auch ein Weib sich frei erklären könne von den willkürlichen Grenzen, die der harte Mann seit Jahrtausenden um sie gezogen hatte – frei, ohne doch an Tugend und Weiblichkeit etwas zu verlieren. Sie war nicht mehr was sie kaum noch vor einer halben Stunde gewesen; denn alles, alles war anders geworden, als sie sich gedacht hatte.
In frühester Morgendämmerung, um jeder unberufenen Beobachtung zu entgehen, ward die Auffahrt veranstaltet, und mit hochgehobenem Herzen stand die schöne Jungfrau dabei, als der Ballon

Der mittelbaren Charakterisierung des jungen Künstlers im „Nachtstück" durch dessen Ich-Erzählung folgt das Jünglingsporträt aus der Sicht des auktorialen Erzählers. Es bereitet innerhalb des Gefüges der Erzählung die im dritten Kapitel („Blumenstück") „in einer Minute" sich vollziehende Wandlung zum „Mann" vor: „Wie war er verwandelt! Aus den Locken des Knaben schaute ein gespanntes, ernstes Männerantlitz empor, schimmernd in dem fremden Glanze des tiefsten Fühlens; – aber auch sie [Cornelia] war anders: in den stolzen dunklen Sonnen lag ein Blick der tiefsten Demut, und diese demütigen Sonnen hafteten beide auf ihm . . ." Die Erzählung endet mit einem Fernblick auf den Künstler, von dem zwei nächtliche Landschaften in einer Pariser Ausstellung Aufsehen erregt haben: „. . . in den Urgebirgen der Kordilleren wandelte ein unbekannter, starker, verachtender Mensch, um dort neue Himmel für sein wallendes, schaffendes, dürstendes, schuldlos gebliebenes Herz zu suchen."

Cornelias „römische Namensschwester" ist die Mutter der beiden Volkstribunen Tiberius (ermordet 133 v. Chr.) und Gaius Gracchus (Selbstmord 121 v. Chr.), die durch Landreformen und eine Ausdehnung des römischen Bürgerrechts auf die Bundesgenossen die Macht der Patrizier einzuschränken versucht haben.

Die Abbildung zeigt eine zeitgenössische, als „Besondere Bilder Beilage zur Theaterzeitung" in Wien verlegte Darstellung vom *Aufstieg des Freiballons „Adler von Wien"* am 23. Mai 1846. Der Startplatz ist der Prater in Wien; zu den Passagieren gehört – sechs Jahre nach der (literarischen) Ballonfahrt von Stifters Cornelia – eine Carolina Lehmann. Ob sie Stifters Erzählung kannte und durch sie herausgefordert wurde, läßt sich wohl kaum mehr feststellen. Die umgekehrte Suche nach der Anregung für Stifter hat unter anderem zu einem kuriosen, 1966 in der Zeitschrift „Vasilo" veröffentlichten Ergebnis geführt: eine in Begleitung eines „jungen Frauenzimmers" von dem Franzosen Garnerin durchgeführte Ballonfahrt bzw. ein Bericht hierüber habe Stifter das Thema geliefert. Dieser Aufstieg fand allerdings dreißig Jahre nach Stifters Tod, nämlich am 10. Juli 1898, statt. „Möglich ist vieles, vor allem in der Stifterforschung", kommentiert Martin Selge.

Der Beginn der Ballonfahrt und damit der Kosmonautik läßt sich auf 1783 datieren, als die Brüder Montgolfier in Paris einen Heißluftballon aufsteigen ließen und P. de Rozier noch im selben Jahr die erste Fahrt mit einer bemannten Montgolfiere unternahm. Im folgenden Jahr experimentierten selbst Goethe und der Apotheker Buchholz in Weimar mit Heißluftballons „auf Montgolfiersche Art", wie Goethe am 9. Juni 1784 dem in Kassel lehrenden Naturforscher Samuel Thomas Sömmerring brieflich mitteilte. Die ersten konkreten Pläne zur militärischen Nutzung der „Luftschiffe" entstanden spätestens im Zusammenhang mit der Vorbereitung einer französischen Invasion Englands im Jahr 1803; 1849 setzte Österreich mit Bomben bestückte Ballons auf dem oberitalienischen Kriegsschauplatz (Aufstand in Venedig) ein.

gefüllt wurde, fast nicht bändigend den klopfenden Busen, und die ahnungsreiche Erwartung der Dinge, die da kommen sollten. Dennoch war es ein banger Augenblick für die umstehenden Teilnehmer, als der unscheinbare Taffet zu einer riesenhaften Kugel anschwoll und die mächtigen Taue straff spannte, mit denen sie an die Erde gebunden war. Seltsame Instrumente und Vorrichtungen wurden gebracht und in die Fächer des Schiffes geschnallt. Ein schöner großer Mann – sonst war er sanft, fröhlich und wohlgemut, heute blaß und ernst – ging vielmal um die Maschine herum, und prüfte sie stellenweise um ihre Tüchtigkeit. Endlich fragte er die Jungfrau, ob sie auf ihrem Wunsche beharre, und auf das Ja sah er sie mit einem seltsamen Blicke der Bewunderung an, und führte sie ehrerbietig in das Schiff, bemerkend, daß er ihr nicht mit Wiederholung der Warnungen lästig sein wolle, die er ihr schon vor vierzehn Tagen gemacht, da sie dieselben ohne Zweifel wohl überlegt haben würde. Er wartete noch einige Minuten, und da keine Antwort erfolgte, so stieg auch er ein, und ein alter Mann war der letzte; sie hielt ihn für einen ergrauten, wissenschaftlichen Famulus.

Alle waren sie nun in Bereitschaft, die Maschine in Ordnung. Einen Blick noch tat Cornelia auf die Bäume des Gartens, die ins Morgengrau vermummt umherstanden und zusahen – dann erscholl aus dem Munde ihres Begleiters der Ruf: „Nun laßt im Namen Gottes den braven Condor fliegen – löst die Taue!" Es geschah, und von den tausend unsichtbaren Armen der Luft gefaßt und gedrängt, erzitterte der Riesenbau der Kugel, und schwankte eine Sekunde – dann sachte aufsteigend zog er das Schiffchen los vom mütterlichen Grunde der Erde, und mit jedem Atemzuge an Schnelligkeit gewinnend, schoß er endlich pfeilschnell, senkrecht in den Morgenstrom des Lichts empor, und im Momente flogen auch auf seine Wölbung und in das Tauwerk die Flammen der Morgensonne, daß Cornelia erschrak, und meinte, der ganze Ballon brenne; denn wie glühende Stäbe schnitten sich die Linien der Schnüre aus dem indigoblauen Himmel, und seine Rundung flammte wie eine riesenhafte Sonne. Die zurücktretende Erde war noch ganz schwarz und unentwirrbar, in Finsternis verrinnend. Weit im Westen auf einer Nebelbank lag der erblassende Mond.

So schwebten sie höher und höher, immer mehr und mehr an Rundsicht gewinnend. Zwei Herzen, und vielleicht auch das dritte alte, pochten der Größe des Augenblicks entgegen.

Die Erhabenheit begann nun allgemach ihre Pergamente auseinanderzurollen – und der Begriff des Raumes fing an mit seiner Urgewalt zu wirken. Die Schiffenden stiegen eben einem Archipel von Wolken entgegen, die der Erde in demselben Augenblicke ihre Morgenrosen sandten, hier oben aber weiß schimmernde Eisländer waren, in den furchtbar blauen Bächen der Luft schwimmend, und mit Schlünden und Spalten dem Schiffe entgegen starrend. Und wie sie näher kamen, regten und rührten sich die Eisländer als weiße, wallende Nebel. In diesem Augenblicke ging auf der Erde die Sonne auf, und diese Erde wurde wieder weithin sichtbar. Es war noch das gewohnte Mutterantlitz, wie wir es von hohen Bergen sehen, nur lieblich schön errötend unter dem Strahlennetze der Morgensonne, welche eben auch das Fenster des Dachstübchens vergoldete, in dem der arme junge Meister saß.

„Wie weit, Coloman?" fragte der Luftschiffer.

„Fast Montblancs Höhe", antwortete der alte Mann, der am andern Ende des Schiffchens saß, „wohl über vierzehntausend Fuß, Mylord."

„Es ist gut."

Cornelia sah bei dieser Rede behutsam über Bord des Schiffes, und tauchte ihre Blicke senkrecht nieder durch den luftigen Abgrund auf die liebe verlassene, nunmehr schimmernde Erde, ob sie etwa bekannte Stellen entdecken möge – aber siehe, alles war fremd und die vertraute Wohnlichkeit derselben war schon nicht mehr sichtbar, und mithin auch nicht die Fäden, die uns an ein teures, kleines

Als Paralleltext bietet sich eine Schilderung in Jean Pauls 1797 erschienener Erzählung „Das Kampaner Tal oder Über die Unsterblichkeit der Seele" an. Dem folgenden Abschnitt geht der Aufstieg Giones in einem Fesselballon voraus. „... Nadine, durch die Wiederkehr der unversehrten Schwester und durch den Teilnehmer der Gefahr verwegener, betrat mit ihrer gewöhnlichen auflodernden Wärme das Schiff, um das dürstende Herz an der majestätischen Unermeßlichkeit der Nacht zu laben. – – Und nun zogen uns die Sonnen empor. Die schwere Erde sank wie eine Vergangenheit zurück – Flügel, wie der Mensch in glücklichen Träumen bewegt, wiegten uns aufwärts – die erhabene Leere und Stille der Meere ruhte vor uns bis an die Sterne hin – wie wir stiegen, verlängerten sich die schwarzen Waldungen zu Gewitterwolken und die beschneieten beglänzten Gebirge zu lichten Schneewolken – die auftreibende Kugel flog mit uns vor die stummen Blitze des Mondes, der wie ein Elysium unten im Himmel stand, und in der blauen Einöde wurden wir von einem gaukelnden Sturm gleichsam in die nähere schimmernde Welt des Mondes geblendet gewiegt ... und dann wurd' es dem leichtern Herz, das hoch über dem schweren Dunstkreis schlug, als flattert' es im Äther und sei aus der Erde gezogen, ohne die Hülle zurückzuwerfen. – Plötzlich stockte unser Flug – wir blickten hinunter in das von der Tiefe und der Nacht verschlungene Tal, und nur die Lichter des Schlosses schimmerten zusammenfließend hinauf – eine westliche Wolke hing vor uns in Gestalt einer weißen Nebelbank, und ein schwarzer Adler glitt wie ein Todesengel von Morgen vorüber und durchschnitt die leichte Wolkensäule und suchte seinen Gipfel – und ein kaltes Wehen zog uns spielend gegen die Insel aus Dunst."

Jean Pauls Schilderung gipfelt in dem Ausruf: „O wie richtete sich der innere Mensch unter den Sternen auf und wie leicht wurde über der Erde das Herz." Gleichwohl stellt sich – bei der Frau – das „Heimweh" ein, ausgelöst durch die „leisen Harmonien", die vom Schloß heraufklingen: „Und da Nadine hinuntersah, brach ihr das einsame Herz vor Sehnen nach den teuren Menschen"; es „strömten helle und glänzende Tränen unverhüllt aus ihren sanften Augen, und sie blickte mich gleichsam mit der Bitte um Nachsicht und Verschweigen an und sagte erschüttert: ‚Wir sind ja doch so weit von der harten Erde!'"

Fleckchen binden, das wir Heimat nennen. Wie große Schatten zogen die Wälder gegen den Horizont hinaus – ein wunderliches Bauwerk von Gebirgen, wie wimmelnde Wogen, ging in die Breite, und lief gegen fahle Flecken ab, wahrscheinlich Gefilde. Nur ein Strom war deutlich sichtbar, ein dünner zitternder Silberfaden, wie sie oft im Spätherbste auf dunkler Haide spinnen. Über dem Ganzen schien ein sonderbar gelbes Licht zu schweben.

Wie sie ihre Blicke wieder zurückzog, begegnete sie dem ruhigen Auge des Lords, an dem sie sich erholte. Er stellte eben ein Teleskop zurecht, und befestigte es.

Dies nun war der Moment, in welchem wir den Ballon trafen, als wir uns aus der Stube des Künstlers entfernten. Er zog, wie wir sagten, mit einem sanften Luftstrome westwärts, ohne weiter zu steigen; denn schon über zwanzig Minuten fiel das Quecksilber in der Röhre gar nicht mehr. Die beiden Männer arbeiteten mit ihren Instrumenten. Cornelia drückte sich tiefer in ihre Gewänder, und in die Ecke ihres Sitzes. Die fließende Luft spielte um ihre Locken, und das Fahrzeug wiegte sich. Von ihrem Herzen gab sie sich keine Rechenschaft.

Die Stille wurde nur unterbrochen durch eintönige Laute der Männer, wie der eine diktierte, der andere schrieb. Am Horizonte tauchten jetzt in nebelhafter Ferne ungeheure schimmernde Schneefelder auf, die sich Cornelia nicht enträtseln konnte. „Es ist das Mittelmeer, verehrtes Fräulein", sagte Coloman; „wir wollen hier nur noch einige Luftproben in unsere Fächer schöpfen und die Elektrizität prüfen; dann sollen Sie den Spiegel noch viel schöner sehen, nicht mehr silbern, sondern wie lauter blitzendes Gold."

In seinen „Anmerkungen zu dem Condor" erläutert Stifter die Formulierungen „goldner Rauch", „schwarzer Abgrund" (S. 164 unten) und „wurden alle Sterne sichtbar" (S. 165 oben) für Nichtphysiker": „1. Da das von der beleuchteten Erde allseitig in die Luft geworfene Licht b l a u reflektiert wird, so ist das hinausgehende (nach der Optik) das komplementäre O r a n g e, daher die Erde, von außen gesehen, golden erscheint, wie die andern Sterne. 2. Das Licht selbst ist nicht sichtbar, sondern nur die von ihm getroffenen Flächen, daher der gegenstandslose Raum schwarz ist . . . Wäre unsere Erde von keiner Luft umgeben, so stände die Sonne als scharfe Scheibe in völligem Schwarz. 3. Daß wir am Tage keine Sterne sehen, rührt von dem Lichtglanze, den alle Objekte ins Auge senden; wo dieser abgehalten wird, wie zum Beispiel in tiefen Brunnen, erscheinen uns auch die Sterne am Tage."

Während dessen hatte der junge Luftschiffer eine Phiole mit starkem Kaffee gefüllt, in ungelöschten Kalk gelegt, hatte Wasser auf den Kalk gegossen und so die Flüssigkeit gewärmt; dann goß er etwas Rum dazu und reichte der Jungfrau einen Becher des heißen und erhitzenden Getränkes. Bei der großen Kälte fühlte sie die wohltätige Wirkung augenblicklich wie neues Leben durch ihre Nerven fließen. Auch die Männer tranken. Dann redeten sie leise und der jüngere nickte. Hierauf fing der ältere an, Säcke mit Sand, die im Schiffe standen, über Bord zu leeren. Der Condor wiegte sich in seinem Bade, und wie mit den prächtigen Schwingen seines Namensgenossen hob er sich langsam und feierlich in den höchsten Äther – und hier nun änderte sich die Szene schnell und überwältigend.

Der erste Blick Cornelias war wieder auf die Erde – diese aber war nicht mehr das wohlbekannte Vaterhaus: in einem fremden goldnen Rauche lodernd, taumelte sie gleichsam zurück, an ihrer äußersten Stirn das Mittelmeer, wie ein schmales, gleißendes Goldband tragend, überschwimmend in unbekannte phantastische Massen. Erschrocken wandte die Jungfrau ihr Auge zurück, als hätte sie ein Ungeheuer erblickt – aber auch um das Schiff herum wallten weithin weiße, dünne, sich dehnende und regende Leichentücher – von der Erde gesehen – Silberschäfchen des Himmels. – Zu diesem Himmel floh nun ihr Blick – aber siehe, er war gar nicht mehr da: das ganze Himmelsgewölbe, die schöne blaue Glocke unserer Erde, war ein ganz schwarzer Abgrund geworden, ohne Maß und Grenze in die Tiefe gehend – jenes Labsal, das wir unten so gedankenlos genießen, war hier oben völlig verschwunden, die Fülle und Flut des Lichtes auf der schönen Erde. Wie zum Hohne, wurden alle Sterne sichtbar – winzige, ohnmächtige Goldpunkte, verloren durch die Öde gestreut – und endlich die Sonne, ein drohendes Gestirn, ohne Wärme, ohne Strahlen, eine scharfgeschnittene Scheibe aus wallendem, blähendem, weißgeschmolzenem Metalle: so glotzte sie mit vernichtendem Glanze aus dem Schlunde – und doch nicht einen Hauch des Lichtes festhaltend in diesen wesenlosen Räumen; nur auf dem Ballon und dem Schiffe starrte ein grelles Licht, die Maschine gespenstig von der umgebenden Nacht abhebend und die Gesichter totenartig zeichnend, wie in einer laterna magica.

Und dennoch – die Phantasie begriff es kaum – dennoch war es unsere zarte, liebe Luft, in der sie schifften – dieselbe Luft, die morgen die Wangen eines Säuglings fächelt. Der Ballon kam, wie der Alte bemerkte, in den obern umgekehrten Passatstrom, und mußte mit fürchterlicher Schnelligkeit dahingehen, was das ungemeine Schiefhängen des Schiffes bewies, und das gewaltige Rütteln und Zerren an dem Taffet, der dessenungeachtet keinen stärkern Laut gab, als das Wimmern eines Kindes; denn auch das Reich des Klanges war hier oben aus – und wenn das Schiff sich von der Sonne wendete, so war nichts, nichts da, als die entsetzlichen Sterne, wie Geister, die bei Tage umgehen.

Jetzt, nach langem Schweigen, taten sich zwei schneebleiche Lippen auf und sagten furchtsam leise: „Mir schwindelt."

Man hörte sie aber nicht.

Sie schlug nun den Pelz dichter um sich, um den schüttelnden Fieberfrost abzuwehren. Die Männer arbeiteten noch Dinge, die sie gar nicht verstand; nur der junge, schöne, furchtbare Mann, deuchte es ihr, schoß zuweilen einen majestätischen Blick in die großartige Finsternis und spielte dichterisch mit Gefahr und Größe – an dem Alten war nicht ein einzig Zeichen eines Affektes bemerkbar.

Nach langer, langer Zeit der Vergessenheit neigte der Jüngling doch sein Angesicht gegen die Jungfrau, um nach ihr zu sehen: sie aber schaute mit stillen, wahnsinnigen Augen um sich, und auf ihren Lippen stand ein Tropfen Blut.

„Coloman", rief der Jüngling, so stark er es hier vermochte, „Coloman, wir müssen niedergehen; die Lady ist sehr unwohl."

Der alte Mann stand auf von den Instrumenten und sah hin, es war ein Blick voll strahlenden Zornes, und ein tief entrüstetes Antlitz. Mit überraschend starker Stimme rief er aus: „Ich habe es dir gesagt, Richard, das Weib erträgt den Himmel nicht – die Unternehmung, die so viel kostete, ist nun unvollendet; eine so schöne Fahrt, die einfachste und ruhigste in meinem ganzen Leben, geht umsonst verloren. Wir müssen freilich nieder, das Weib stirbt sonst hier. Lüfte nur die Klappen."

Nach diesen Worten saß er wieder nieder, klammerte sich an ein Tau und zog die Falten seines Mantels zusammen; der Jüngling aber tat einen jähen Zug an einer grünseidnen Schnur – und wie ein Riesenfalke stieß der Condor hundert Klafter senkrecht nieder in der Luft – und sank dann langsamer immer mehr und mehr.

Der Lord hielt die ohnmächtige Cornelia in den Armen.

Der Vergleich mit Jean Pauls Schilderung eines Aufstiegs im (Fessel-)Ballon verdeutlicht die Steigerung der Phänomene bei Stifters literarischem, mit dem Streben nach naturwissenschaftlicher Genauigkeit verbundenem Flug im (Frei-)Ballon. Dieser zunächst im Fortschritt der technischen Entwicklung begründete Unterschied schlägt sich in einer Reihe von „Condor"-Interpretationen in der Weise nieder, daß der „schwärmerischen Vertraulichkeit mit dem Universum" bei Jean Paul die „existentielle Beunruhigung" bei Stifter gegenübergestellt wird (William H. Rey in seinem 1952 veröffentlichten Aufsatz „Das kosmische Erschrecken in Stifters Frühwerk"). Emil Staiger formuliert (in „Adalbert Stifter als Dichter der Ehrfurcht", 1943) das Urteil über Cornelia („. . . das Weib erträgt den Himmel nicht") um in „der Mensch erträgt den Himmel nicht" und erniedrigt es damit „zum Kernspruch biedermeierlich-ehrfürchtiger Bescheidenheitsideologie" (Selge).
Demgegenüber ist das Augenmerk auf die Ansätze einer Vermittlung von Kunst und Wissenschaft zu richten: „Was Stifter thematisiert, ist eben nicht nur das kosmische Erschrecken, sondern der Dualismus von Schrecken und Begeisterung angesichts der zum Weltraum veränderten Welt. Unübersehbar stehen, wie klischeehaft immer, dem weiblichen Schrecken und Schwindel die konzentrierte Sachlichkeit und emphatische Begeisterung der beiden Wissenschaftler gegenüber. Beiden Reaktionsweisen aber liegt als gemeinsame, objektive Erfahrung die Wahrnehmung der allmählichen Entfremdung des vertrauten Weltbildes zugrunde, und die Leistung von Stifters neuem Realismus besteht u. a. darin, daß die wissenschaftliche Verläßlichkeit dieser Erfahrung . . . als Legitimationshorizont wirksam bleibt" (Selge).

Die hier vollständig wiedergegebene Erzählung „Zuversicht" ist erstmals 1846 in dem Sammelband „Moosrosen. Ein Kranz von Novellen, Erzählungen, Märchen und Gedichten" erschienen. Stifter ließ es bei dieser einen Veröffentlichung bewenden. Ein Wiederabdruck erfolgte 1869 in den „Erzählungen"; die vom Herausgeber Johannes Aprent vorgenommenen textlichen Änderungen sind durch die Heranziehung des Erstdruckes wieder getilgt. „Zuversicht" ist das einzige unmittelbare Resultat von Stifters Beschäftigung mit Quellen zur Französischen Revolution. Dieses Quellenstudium ergab sich aus dem Wunsch, „mit ernsteren und größeren Sachen" (an Gustav Heckenast, 17. Juli 1844) aufzutreten. Als Thema wählte Stifter *Maximilien-François-Isidore de Robespierre* (1758–1794), dessen Bildnis (Stich nach einer Miniatur von *Jean Urbain Guérin,* 1760–1836) die Abbildung unten links zeigt.

Unten rechts: *Jean Paul Marat* (1743–1793), dargestellt in einem Stich nach einem Gemälde von *Joseph Boze* (um 1744–1826).

Zuversicht

Es war neulich in einer großen Gesellschaft von der Französischen Revolution die Rede, und es wurden sittliche Urteile über manche ihrer Charaktere gegeben. Der Stoff war anziehend, die vereinzelten Teilgespräche verstummten nach und nach, und – was so selten in großen Gesellschaften geschieht, alle Anwesenden verwickeln sich endlich in ein und denselben Gegenstand.

Man legte diese und jene Handlungen vor, und suchte ihre Beweggründe und moralischen Rätsel zu lösen.

Es wurde aber nicht in die Prinzipfrage eingegangen, wer Recht oder Unrecht habe, sondern man suchte Erscheinungen, die plötzlich an Charakteren hervorgesprungen sind, von denen man ganz andere erwartet hätte, auf ihre Ursprünge zurückzuführen, und in dem menschlichen Seelenleben zu erklären. Hauptredner war ein junger Mann, der sich das Studium der Revolution zur Lebensaufgabe gemacht haben mußte; denn er brachte eine Menge Dinge aus Quellen zu Tage, die man früher nicht gewußt, oder wenigstens in dieser Innerlichkeit nicht gewußt hatte.

Nachdem man sich lange an den verschiedenen Tatsachen, die er gab, verwundert oder gegraut hatte, und das Gespräch auf die einige Phrase zurückkam, daß es ein Unglück sei, daß gerade diese merkwürdige Zeit auf Menschen getroffen sei, die in ihrer entsetzlichen Gemütsart dieselbe verdreht haben und ihr einen so abscheulichen Stempel aufdrückten, daß sich jedes Gefühl davon abwenden müsse; nahm plötzlich ein alter Mann mit schlichten, weißen Haaren, der bisher nicht eine Silbe darein geredet hatte, das Wort und sagte: „Ich glaube kaum, daß man die Sache so ausdrücken dürfe, daß die Zeit auf die Charaktere getroffen sei, sondern daß sie dieselben gemacht habe. Mancher, der einen ganzen Berg von Taten getürmt

hatte, und zuletzt davon erdrückt worden war, wäre zu einer andern Zeit ein harmloser Mensch und ein guter Hausvater gewesen."
Man bestritt diesen Satz und sagte, daß dort, wo nicht schon eine tigerartige Anlage sei, die Zeit keinen Tiger hervorrufen könne.
„Ich gehe noch weiter", sagte er, „wir alle haben eine tigerartige Anlage, so wie wir eine himmlische haben, und wenn die tigerartige nicht geweckt wird, so meinen wir, sie sei gar nicht da, und es herrsche bloß die himmlische, darum beurteilen wir die Charaktere stürmender Zeiten so ganz unrecht, weil sie in einem kranken Zustande, z. B. des Fiebers, handelten; wir aber diese Voraussetzung in uns nicht finden, und daher ihren Handlungen unseren gesunden Zustand unterschieben, und sie also nicht begreifen. Der größte Mann – ich meine den Tugendhaften darunter, widersteht nur dem geweckten Tiger und läßt ihn nicht reißen, während der Schwache unterliegt und rasend wird. Wir alle können nicht wissen, wie wir in den gegebenen Fällen handeln würden, weil wir nicht wissen, welche unbekannten Tiere durch die schreckliche Gewalt der Tatsachen in uns empor gerufen werden können; so wenig wir wissen, was wir im Falle eines Nervenfiebers reden oder tun werden."
„Sie verteidigen also die Männer der Schreckenszeit?" rief ein anderer.
„Nein, ich verteidige sie nicht!" sagte der Alte. „Ich schiebe nur die sittliche Zurechnung auf einen anderen Standpunkt, als auf dem wir sie haben, wenn wir ruhig und unschuldbewußt auf dem Sofa sitzen."
„Aber es gibt doch gewisse Dinge", sagte eine Dame, „von denen man gewiß weiß, daß man nie fähig wäre, sie zu begehen, und es gibt so abgrundvolle Charaktere, wie wir nie werden können, zum Beispiel der wahnsinnige Marat."
„Sie nennen ihn selber wahnsinnig", erwiderte der Mann. „Ich weiß nicht, wie es in diesen Dingen ist; aber ich denke allemal, wenn von ihnen geredet wird, daß ich meinem Gott danken müsse, der mich so nebenher mit meinen kleinen Stürmen und Leidenschaften fertig werden läßt, da ich nicht ergründen kann, welche fürchterliche in meinem Herzen schlafen geblieben sein mögen, die mich vielleicht unterjocht und zu Entsetzlichem getrieben hätten. Ich bescheide mich, und es fällt mir allemal unheimlich der alte, gebrechliche Sprachmeister ein."
„Wer ist denn der alte, gebrechliche Sprachmeister, was ist es denn mit ihm, erzählen Sie!" riefen die Damen.
„Nun, es ist der kleine, französische Sprachmeister, der immer den tabakbraunen Rock an hat, und so in den mittleren Bürgershäusern gesehen wird. Es ist ein lebendiger, herumwandelnder Beweis meines Satzes."
„Der" – riefen ein paar Herren – „der ist ja der demütigste, harmloseste Mensch, den es geben kann!"
„Er ist freilich harmlos", – entgegnete der alte Mann – „aber er ist die Ruine und das Überbleibsel eines fürchterlich untergegangenen Hauses. –
Als die Revolution ausbrach, lebte in den Ardennen ein alter, ehrenfester Mann, der einzige Stammhalter eines einst bedeutenden Hauses, mit seinem Sohne, Mark Emil; – der Familienname tut hier

Werbeanzeige für den Film „The Howling" (wörtlich „Das Geheul", deutscher Verleihtitel *„Das Tier"*) aus dem Jahr 1981. Für den Werwolf-Schocker (nach einem Roman von Gary Brandner) wirbt ein Slogan, der durch die Formulierung „In jedem von uns steckt ein Tier – wehe – es bricht einmal aus" als Abwandlung von Stifters Kernsätzen über die „tigerartige Anlage" und die „unbekannten Tiere" im Menschen erscheint. Das für unser Textverständnis sicher nicht unmittelbar hilfreiche Beispiel von Stifter-Rezeption (wobei unwahrscheinlich ist, daß der Werbetexter sich auf „Zuversicht" bezieht) lenkt immerhin den Blick auf die Frage nach tiefenpsychologisch zu erschließenden Bedeutungsebenen im Werk Stifters (vgl. auch Randspalte S. 169 unten).

nichts zur Sache. Vater und Sohn liebten sich so, daß sie zum Gespräche des Landes wurden. Sie konnten schier keiner ohne den andern sein. Der Vater ließ den Sohn auf dem Schlosse erziehen, hielt ihm die vortrefflichsten Lehrer, und nahm ihn, wo er ging und stand, immer mit sich.

Der Sohn vergalt es durch Fleiß und sanfte Sitten, namentlich aber durch eine Aufmerksamkeit gegen den Greis, welche von einer Tochter nicht schöner erwartet werden konte. Sie lebten ganz allein auf dem alten Schlosse, denn die Mutter war schon lange gestorben, und Verwandte kamen keine, weil keine mehr übrig waren. Emil schlief in einem Zimmer neben dem des Vaters.

Die Türe stand offen, und wenn der Greis sich regte, im Traume stöhnte, oder dergleichen, so stand der Jüngling auf, ging an das Bette und sah lange auf die geliebten, schlummernden Züge, ehe er wieder hinausging und seine Schlafstätte suchte.

Der Vater, als Emil einmal krank war, saß Tag und Nacht an dem Bette, reichte selbst die Arznei und wachte so lange, bis die Krisis vorüber und der Anfang der Genesung eingetreten war.

Wenn der Vater in den Wald gehen wollte, stand Emil mit dessen Jagdzeuge zu rechte; wenn er ausfahren wollte, spannte Emil selber die Pferde ein; er holte ihm den Wein aus dem Keller, rückte seine Teppiche und prüfte gar mit eigener Hand die Weichheit seiner Kissen. Kaum konnte der Vater so viel Liebe des Sohnes vergelten; denn dieser bot nie etwas, heischte nie etwas, hatte keinen Wunsch, und wie auf dem Schlosse gelebt wurde, so war es ihm recht.

Nur in einem einzigen Dinge wurden sie uneins, und diese Uneinigkeit führte alles herbei, was später geschah. Emil hatte nämlich, da ihn die Jugend öfter auf weitere Ausflüge herumtrieb, wo ihm der Vater nicht folgen konnte, ein Mädchen bürgerlicher Eltern kennen gelernt, und in kurzem liebten sich die jungen Leute.

Emil, nach seiner sanften und abgezogenen Gemütsart, gab sich der Schwärmerei dieses Gefühles hin und hielt es sehr geheim; das Mädchen, in ihrer Unschuld, folgte dem Zuge zu dem schönen Manne, war auch froh, wenn das Geheimnis gehütet wurde, und litt es, daß man bald in dem Garten, bald im Walde, bald sogar in der Ruine des alten Schlosses heimliche Zusammenkünfte hielt.

Die Seligkeit, die sie verborgen mit sich herumtragen mußten, erfüllte sie ganz, daß sie kaum auf etwas anderes denken konnten, und band sie hinwieder desto näher zusammen, da sie die einzigen waren, die sich dieselbe mitteilen konnten. Emil hatte keine Vorstellung, daß irgend jemand etwas gegen diese Sache haben könnte.

Im Sommer des zweiten Jahres fühlte sich das Mädchen Mutter, und nun überwand Emil seine Scham und sagte dem Vater alles und verlangte sie zum Weibe. Aber der Vater geriet in äußerste Entrüstung, rannte in dem Zimmer herum, raufte sich die Haare, und sandte noch an demselben Tage, damit er aus den Banden gerissen würde, seinen Sohn nach Paris.

Eben war dort der erste Taumel und die Entzückung über die Republik. Emil sollte in Familien und in das Leben der Welt eingeführt werden; aber die Stürme der Zeit verwirrten alles, rückten die Dinge in andere Fugen, trennten den Briefwechsel zwischen Vater und Sohn – und so geschah es, daß Emil von dem Geiste der Jugend

Die schon angeführte Bewertung eines Stoffes aus der Französischen Revolution als Beispiel für „ernstere und größere Sachen" steht in folgendem textlichem Zusammenhang: „Dann, meinte ich, noch den ‚Maximilian Robespierre' (historischer Roman in 3 Bänden) heraus zu geben, ehe ich die zweite Sammlung schon erschienener Novellen veranstaltete, damit ich mit ernsteren und größeren Sachen auftrete. Der letzte Stoff ist so schön und hinreißend, daß ich oft selber beim Lesen von Memoiren und beim Notizenmachen in einen Schauer komme, und das Gesicht jener furchtbaren Zeit fühle. Hätte ich Muße, ich würde mich sogleich nieder setzen, und diesen Stoff in jener einfachen, quaderartigen Größe hinzuwerfen versuchen, wie er es verdient. Ich glaube zwischen 2 und 3 Jahren fertig zu sein. Gelingt es, so muß gerade ein solches Werk großes Aufsehen machen. Im Verbrechen und in seinem Sturze trotz aller übermenschlicher Kraft (wie sie oft in Danton sichtbar wird) liegt eine erschütternde moralische Größe, und der Weltgeist schaut uns mit den ernstesten Augen an – wie schön müssen neben diesen Männern einfach schöne, sittliche Frauencharaktere stehen? – – Doch gerate da ins Schwärmen ..." (an Heckenast, 17. Juli 1844).

Zur Ausnahmestellung der Erzählung bemerkt Fritz Krökel: „... ironisch, skeptisch und grüblerisch zugleich, in der Darstellung der Begebenheit von einer Knappheit, die an französische Novellisten erinnert." Zum Titel: „Stifter verspottet die Zuversicht, die keine Bewährungsprobe zu bestehen hatte" (vgl. den letzten Abschnitt der Erzählung).

und von der Verzweiflung ergriffen, in dem Heere des General Dumauriez gegen die Emigranten stand.

In einem ganz unbedeutenden Gefechte, wo er, mit der Schärpe eines Offiziers angetan, ein mutiges Pferd ritt, hatte er zufällig einen Greis, ebenfalls zu Pferde, gegenüber bemerkt, welcher ihm etwas Bekanntes hatte. Er ritt näher gegen ihn und erkannte mit Entsetzen seinen Vater. Dieser erkannte ihn auch, riß seinen Degen aus der Scheide und drang auf ihn ein. Da Emil dieses sah, wendete er sein Pferd und floh.

Die Franzosen hatten eigentlich gesiegt, und begriffen nicht, wie ihr Führer hinter dem Rücken seiner Schwadron fliehen könne, von einem einzigen Mann verfolgt; denn der Vater war hinter dem Sohne her, er ritt ein fast eben so gutes Pferd, und Emil konnte das Schnauben des verfolgenden Tieres hinter seinem Nacken hören.

Plötzlich stand er vor einem Graben, der zu tief und breit war, um ihn übersetzen zu können. In dem Augenblicke wendete er sich um, riß sein Pistol aus der Halfter und schoß den Greis mitten in die Brust, daß dieser taumelte und vom Pferde sank.

Die Sache geschah so schnell, daß Emils Leute noch nicht gefaßt waren, ob sie ihrem Führer zu Hilfe kommen, oder was sie sonst tun sollten. Im Augenblick des Schusses aber flogen sie herbei und sahen, daß bereits keine Gefahr mehr sei, indem der feindliche Reiter am Boden lag. Auch andere Schwadronen ritten an die Stelle hin, und ein Obrist kopfte Emil auf die Schulter und sagte: ‚Das hast du gut gemacht, daß du den Alten hieher gelockt und abgetan hast.'

Emil aber stieg vom Pferde, nahm sein anderes Pistol aus dem Halfter und zerschmetterte sich damit die Stirn.

In der Brusttasche des Greises, von dem Blute seines eigenen Herzens befleckt, fand man das Konzept eines Schreibens an Emil, worin er ihm ankündigte, daß das Mädchen einen schönen Knaben geboren habe, daß er sie selber kennen gelernt, daß er sie öfter besucht habe, und daß er einwillige, daß Emil sie zu seiner Gattin erhebe. Am Schlusse waren liebreiche Vorwürfe, warum er schon zwei Briefe unbeantwortet lasse, und weshalb er nicht komme, für die gute Sache und für die Gesetzlichkeit an seiner Seite zu stehen.

Die Kameraden Emils waren über dessen Tat aufs äußerste erstaunt und wußten dieselbe nicht zu begreifen. Erst spät klärte sich das ganze Rätsel, und jeder bedauerte das Schicksal des Hauses. Der alte, gebrechliche Sprachmeister ist der uneheliche Sohn Emils. Die Güter des Geschlechtes wurden vom Konvente verschleudert, und heute denkt kein Mensch in Frankreich mehr an die Habschaften und an den Namen dieses Hauses."

Als der Alte seine Erzählung geendet hatte, war eine Weile ein Schweigen, weil jeder den Dämon des Vatermordes mit düsteren Augen ansah – dann redete man von dem Sprachmeister, und dieser hatte ihn da, jener dort gesehen; man wußte diesen und jenen Zug von ihm und hatte ihn schon lange gekannt – aber endlich wendete sich das Gespräch auch von dem Sprachmeister weg, und geriet auf andere Dinge, die gleichgültig waren.

Da die Stunde der Trennung gekommen, sagten sie sich schöne Dinge, gingen nach Hause, lagen in ihren Betten und waren froh, daß sie keine schweren Sünden auf dem Gewissen hätten.

Charles François Dumouriez (1739–1823) gehört zu den zwielichtigsten Gestalten der Revolutionsepoche. Zunächst Offizier, dann im Geheimdienst tätig, schloß er sich bei Revolutionsbeginn 1789 zuerst Mirabeau, dann den Jakobinern an, wurde am 10. März 1792 von Ludwig XVI. zum Außenminister ernannt, mußte jedoch schon Mitte Juni demissionieren. Als Oberbefehlshaber der Nordarmee errang er den Sieg bei Jemappes (6. November 1792). Seine Niederlage bei Neerwinden (18. März 1793) bzw. die drohende Aburteilung durch den Konvent veranlaßte ihn, die Pariser Abgesandten an die Österreicher auszuliefern und selbst ins gegnerische Lager überzuwechseln. Er starb im englischen Asyl.

Im Hinblick auf Stifters Versuch, die Revolution unter einem menschlichen und insofern die Oberfläche der Erscheinungen durchdringenden Blickwinkel zu betrachten, sei auf Joseph von Eichendorffs (1788–1857) literarische Auseinandersetzung mit dem Thema der Französischen Revolution verwiesen. Wir finden sie in der Erzählung „Das Schloß Dürande" (1837), dem Versepos „Robert und Guiscard" (1855), schließlich in dem 1866 postum veröffentlichten kulturgeschichtlichen Memoirenfragment „Der Adel und die Revolution". Diese Werke zeichnen sich durch die historisch begründete Kritik am überlebten, von Standesdünkel geprägten Adel aus. „Das Schloß Dürande" enthält allerdings wie Stifters Erzählung einen allgemeinen Appell durch den Schlußsatz: „Du aber hüte dich, das wilde Tier zu wecken in der Brust, daß es nicht plötzlich ausbricht und dich selbst zerreißt." Es dürfte außer Zweifel stehen, daß Stifter hier gleichsam das Stichwort für den eigenen kritischen Ansatz gefunden hat.

In der Novelle „Feldblumen“ (erste Veröffentlichung 1840 in der „Iris“ für 1841, zweite Fassung im ersten Band der „Studien“ 1844) begegnen wir Stifter als dem zwar noch von Jean Paul abhängigen, jedoch erfolgreichen Almanach-Autor. Das kleine Werk gliedert sich in 19 Kapitel, die mit Blumennamen betitelt sind: von der Primel und dem Veilchen, der Glockenblume und der Nachtviole über den Wiesenbocksbart und den Erdrauch bis hin zum Ginster, der Lilie und dem Himmelsröschen. Letzteres ist der Titel des abschließenden Berichts, dem 18 Tagebuchblätter vorangehen, die der junge Maler Albrecht im Lauf eines Sommers für seinen in den Pyrenäen wandernden Freund Titus verfaßt hat. Im Mittelpunkt steht die Begegnung, aufkeimende Liebe, Verlobung, plötzliche Trennung, schließlich Eheschließung Albrechts und Angelas, einer geheimnisvollen Schönheit, deren erste Charakterisierung das Kapitel „Nachtviole“ enthält. Die genannte Abhängigkeit von Jean Paul zeigt sich stilistisch in zahlreichen Abschweifungen, Nebenhandlungen und -personen, in überschwenglichen Betrachtungen und Gefühlsschilderungen des Ich-Erzählers.

Feldblumen

Nachtviole

11. Mai 1834

Schon wieder muß ich die Nacht zu Hilfe nehmen, und wer weiß es, ob ich sie nicht verschreibe, bis die helle Morgendämmerung durch meine Fenster scheint; in dieser gehobenen Stimmung ist an keinen Schlaf zu denken. Und sollte ich töricht und lächerlich im höchsten Grade sein, – Titus, Dir muß mein Herz offen liegen – aber es ist geschwellt, schwärmend und genugsam verrückt. Ich spielte und scherzte in Haimbach mit gewissen Wünschen und Verhältnissen, und der Himmel strafte mich mit einer verkehrten Gewährung. Höre nur. Ich weiß nicht, ob damals, als wir beide zugleich in Wien waren, in der Mitte des Paradiesgartens ein schwarzer erhabner Spiegel auf einem Untersatze angebracht war – den Garten kennst Du – kurz, jetzt ist ein solcher Spiegel da und ein Teil der Stadt, die grünen Bäume und der Rasenplatz vor derselben und der Ring der Vorstädte steht in niedlicher Kleinheit darinnen durch die Schwärze des Spiegels in einer Art Dämmerungsdüster schwimmend. An diesem Spiegel stand, als mich heute mittags, wo fast gar keine Menschen in dem Garten sind, meine gewöhnliche Frühlingsspaziersucht vorbeiführte, ein Weib, durch ihren Bau, den ich nur von rückwärts sah, große Schönheit versprechend, und sah hinein. Ich blieb stehen und zeichnete mit den Augen die wirklich ausnehmend schöne Gestalt – deshalb war ich fest entschlossen, auch ihr Angesicht zu sehen. Ich stellte mich ruhig hinter sie, um ihr Weggehen zu erwarten; denn mich ihr gegenüber zu stellen, war ich nicht dreist genug.
Als sie immer und immer stehen blieb, malte ich im Gedanken die lächerliche Gruppe, die wir bildeten, und hiedurch kam mir der Mut, sie zum Umsehen zu zwingen, nämlich ich sagte plötzlich: „Eine wahre Unterweltbeleuchtung schwebt über diesem kleinen Nachbilde.“ Sie sah auch um – und ich prallte fast zurück. – – –
Von meiner Kindheit an war immer etwas in mir, wie eine schwermütig schöne Dichtung, dunkel und halbbewußt, in Schönheitsträumen sich abmühend – oder soll ich es anders nennen, ein ungeborner Engel, ein unhebbarer Schatz, den selber die Musik nicht hob – – in diesem Augenblicke hatte ich das Ding zwei Spannen breit meinen Augen sichtbar gegenüber. –
War sie so unermeßlich schön?
Ich weiß es nicht, aber es war mir wie einem Menschen, der in dunkler Nacht wandert in vermeintlich unbekannter Gegend – auf einmal geschieht ein Blitz – und siehe, wunderbar vergoldet steht sein Vaterhaus und seine Kindesfluren vor den Augen.
Ein Blick von mir war es, ein einziger, ein heftiger, der die ganze Dichtung dieses Angesichts in sich schlingen wollte – dann schnell ein zweiter und dritter. Sie sah mich ernst und unverwirrt an, und ließ dann einen dichten Schleier herabfallen. In mein Angesicht flog die brennende Röte der Scham, daß ich ihr aufgelauert hatte.

Zum Stil der (kulturgeschichtliche Kenntnisse andeutenden) Abschweifungen gehört der Vergleich Angelas mit Zenobia, die von Palmyra in Syrien aus das um 260 n. Chr. von ihrem Gatten Odenathus begründete Palmyrenische Reich regiert hat (die Abbildung zeigt die *antiken Ruinen von Palmyra*). Zunächst ein römischer Vasallenstaat, löste sich das Reich unter Zenobia von Rom und umfaßte um 270 n. Chr. nahezu das gesamte Kleinasien und Ägypten. Lucius Domitius Aurelianus (215–275, römischer Kaiser ab 270) gelang zwei Jahre nach seinem Regierungsantritt die Rückeroberung des östlichen Imperiums; ein Aufstand führte im Jahr 273 zur Zerstörung Palmyras. Während ihre griechischen und christlichen Ratgeber zum Tode verurteilt wurden, konnte Zenobia, nachdem sie im Triumphzug Aurelians durch Rom geführt worden war, ihre Tage in einer Villa bei Tibur beschließen. Zenobias Leben hat Stoff zu zahlreichen (Barock-)Opern und Dramen geliefert; genannt sei „Die große Zenobia" von Pedro Calderón de la Barca (1600–1681).

Ob ich in sie verliebt wurde? – Nein, in diese war ich es seit meinem ganzen Leben schon gewesen.

Sie ging langsam, wie eine stolze Südländerin – wie jene Zenobia, die Königin der Wüstenstadt – zu einer Gruppe Herren und Frauen und mischte sich unter sie – und ich auf einmal unendlich verarmt schritt aus dem Garten, und als ich die Steintreppe in die düstre Stadtgasse hinabstieg, wallte mir das vorher erschrockene Herz erst recht auf, und es wurde mir, als sollt ich sie ohne Maß und ohne Grenzen lieben. Eine Ahnung solchen Gefühles vermag Beethoven zu geben, wenn er dir den schönsten unbekannten Demant aus deinem eigenen Herzen hebt, und ihn dir glänzend und lichtersprühend vor die Augen hält.

Ich ging noch sehr lange in den lärmenden Gassen und auf den Basteien herum, und suchte erst, als schon alle Laternen brannten, meine Stube und trug das neuerworbene Bild mit hinein.

Diese ist es.

Alle die mir sonst so sehr gefielen, selbst die aus der Annenkirche – sie sind gar nicht mehr. – –

Zur Schönheit „aus der Annenkirche" vgl. Bildlegende S. 38.

Und nun erkläre mir ein Erdenmensch die Heftigkeit eines solchen Eindruckes. Es ist im Leben schon öfters dagewesen – auch zwischen Mann und Mann war es schon. Ich bin kein Kind, das sich überraschen läßt, ich bin kein Weichling, der sich Gefühle vorlügt – das Leben hat mich wacker durchgerüttelt – aber ihr Erscheinen in dem Kreis meiner Vorstellungen wirkte wie ein Riß in dieselben. Ist es ein Schönheitseindruck, den ich nur verkenne? – wie etwa alle

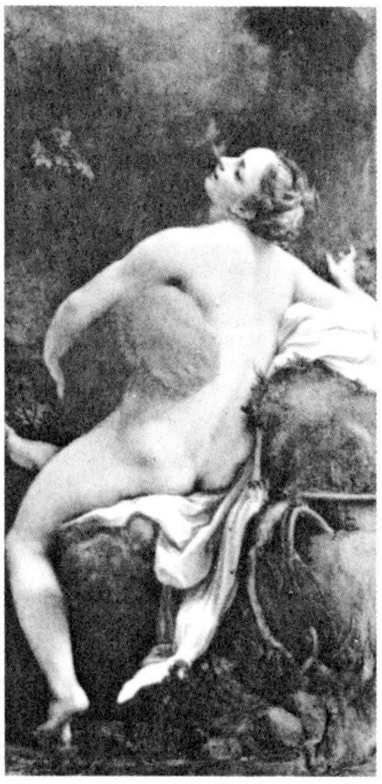

Es entspricht dem Geschmack des 19. Jahrhunderts, daß Albrecht in einem Atemzug mit Raffael (1483–1520; in Wiener Besitz befindet sich die „Madonna im Grünen") den Barockmaler Guido Reni (1575–1642; in Wiener Besitz ist die „Taufe Christi") und *Correggio* (1494–1534) nennt. Von letzterem stammt das oben wiedergegebene Gemälde *„Jupiter und Io"*, das sich wie sein Gegenstück „Ganymed" im Wiener Kunsthistorischen Museum befindet (zur Zeit Stifters in dem 1781 der Öffentlichkeit zugänglich gemachten Oberen Belvedere). Beide Werke gehören zu Correggios sechsteiliger Folge der „Götterliebschaften" (außer den genannten sind dies „Jupiter und Antiope", „Danae", „Venus, Merkur und Amor" sowie „Leda").

Gemälde, Musiken, Dichtungen flach werden, sobald etwas Außerordentliches dieser Art an unser Herz tritt? Aber ich sah ja Rafaele, Guidos, Correggios – sie waren wunderschön, aber anders. Ich sah ungewöhnlich schöne Weiber, und fühlte etwas anderes. – Aber Schönheit war es ja nicht, was eben wirkte; denn ich erinnere mich keines Zuges ihres Angesichtes, selbst wenn ich alle Nerven des Gehirns martere; nur das eine, das ganze Bild liegt auf ihnen, wie eingebrannt dem Spiegel meiner Augen, und wenn ich sie beide schließe, so sehe ich es noch immer vor mir schweben. Ich kann nicht sagen, daß ich sie liebe; denn man liebt ja nur, was man kennt – und doch ist's, als wäre sie vor ungezählten Jahren in einem andern Sterne meine Gattin gewesen.

Sind das Wechselseitigkeiten der Geister, sind es Seelenwahlverwandtschaften? Ist es gänzliche Narrheit?

O Titus, Titus! da gehe ich in meinem Zimmer auf und ab, draußen am Himmel liegt eine schwere warme Wolkennacht, ganz ruhig, ganz ruhig – – und ich herinnen bin ein heftiger, schwärmerischer Tor und trage mich selber in ein immer heißeres Gefühl hinein.

Ich mag nun Astons versprochene Angela gar nicht einmal sehen und werde auch gar nicht hingehen – mir ekelt vor den sogenannten Schönheiten. Warum ich mich um sie gar nicht weiter erkundigte? – ich weiß es nicht – aber es schien mir so unwesentlich und nicht zu meiner Empfindung gehörig, daß ich auf den Gedanken nicht verfiel, und jetzt mache ich mir doch Vowürfe, daß ich es nicht tat. Du wirst wohl lächeln, daß ich wieder einmal außer mir bin; aber siehe, es ist herrlich um ein schwärmendes, hochwallendes Herz – es sind das Augenblicke, in denen wir uns ohne Vorwurf lieben dürfen – auch die Nacht stimmt zu der Feier. Ich habe den Schreibtisch an das Fenster gerückt und dasselbe geöffnet, und sternenlos schaut sie zu mir herein; aber selbst so ist sie großartig, besonders wenn, wie eben, am Himmel geheime Rüstung ist. Es schlägt zwölf Uhr, kein Lüftchen geht, die Lenznacht wird immer stiller und wärmer, immer seltner kommt ans Ohr das schwache Rollen verspäteter Wagen aus mancher träumenden Gasse, und am Rande des Gesichtskreises lechzen die Erstlingsblitze wie flüchtige Küsse der Mitternacht.

Ich war ans Fenster getreten.

Du große, weite, dämmervolle Stadt unter mir, ruhe wohl – auch i h r Herz, ein lebender, klopfender, fühlender Punkt unter den andern tausenden, pocht schlummernd in einem deiner Häuser. Über all die Dome und Paläste und Türme breitet sich stumm und elektrisch der Gewitterhimmel, und brütet Fruchtbarkeit. In den Wohnungen der Menschen gehen die Träume aus und ein, und die Nacht fördert ihr Werk. Erst hatte sie über alle Dächer sanft das große Tuch des Schlummers ausgebreitet, und als sie alles zur Ruhe gebracht, und das Schweigen kam, dann löste sie hoch über den Lagern der begrabenen Menschen von ihrer erhabenen Trauerfahne sachte eine Falte nach der andern, und ließ dieselbe endlich schwer und breit vom Himmel niederhängen.

Ich sah noch lange zum Fenster hinaus, und es ergriff mich, daß nun nicht ein Laut ertönte in diesem Vulkane menschlichen Treibens – selbst die Luft stand unbeweglich still. Endlich schlug es ein Uhr morgens, und es war, als hätte dieser eine Klang die hängende Lawine gelöst; denn gleich nach dem Glockenschlage wollte schlaftrunken durch den ganzen Himmelschleier das erste tiefe, schwache Donnern, wie ein Traumreden der schlummernden Frühlingsnacht. So ruhet wohl, alle Menschenherzen – und auch du, unbekanntes Herz in deinem schönen Busen, schlummre wohl – und auch du, des fernen lieben Reisenden, schlummre wohl!

Vergissmeinnicht und Wolfsmilch

2. August 1834

Ich bitte Dich, bleibe bei Deinem Vorsatze und komme bald; denn ich brauche Dich hier, wie nie in meinem ganzen Leben. Zwei Dinge sind hereingebrochen, die alles ändern und alles zerbrechen. Lothar ist bereits zurück, und auf übermorgen ist der Postwagen nach Linz bestellt. Angelas Lehrer ist zurück – aber ich tat etwas und ich erfuhr etwas, das mich auf ewig um diesen ersehnten Menschen bringen kann und muß.

Ich bin in Verwirrung; aber dennoch will ich versuchen, Dir alles in der Ordnung zu schreiben.

Am dreißigsten Juli abends ging ich zu Aston. Sie waren alle in Dornbach, sollten aber jeden Augenblick kommen; ich ging ins Musikzimmer, um ihre Rückkunft abzuwarten. Angela saß am Piano, und aus der Abendröte strömte mir eine heitere Tonflut entgegen, als ich eintrat. Sie stand sogleich auf, da sie mich erblickte, und kam mir mit einem strahlenden Gesichte entgegen, meldend, heute morgens endlich sei ihr teurer Freund und Lehrer Emil gekommen, und morgen nach Tische dürfe ich keinen Pinsel mehr berühren, sondern müsse gleich in Astons Garten erscheinen, da werde er, der Oheim und alles da sein, und sie müsse die Freude haben, zwei Menschen, wie er und ich, mit einander bekannt zu machen, „und ihr werdet euch", setzte sie hinzu, „im Fluge lieb gewinnen und dann nie mehr von einander lassen können; das weiß ich so gewiß, als es gewiß ist, daß ich schon über eine Stunde hier auf die böse Lucie warte."

Ihr Gesicht schimmerte recht im eigentlichen Sinne von innerer Seligkeit, und mein Herz war schlecht genug, den Menschen um die Freude in diesen Augen zu beneiden – siehst Du, wie viel besser sie ist, als wir alle. – Hätte sie dies mein häßliches Gefühl nur von ferne geahnt, sie hätte gewiß ihre Freude mäßiger gezeigt – aber sie traut mir geradewegs ihr eignes schönes Herz zu.

O Titus! Jetzt, wie ich davon schreibe, quellen die Empfindungen jener merkwürdigen Stunde wieder in mir empor, jener Stunde, die ich hervorrief und ewig, ewig, ach, ewig nicht vergessen werde können.

Ich sagte ihr, daß ich recht gern kommen werde, setzte aber hinzu, daß die Bewillkommnung sehr bald in einen Abschied übergehen werde, da ich mit Freund Lothar in einigen Tagen eine Reise nach dem Glockner antreten werde. – Denke Dir, Titus, wie mir ward, da bei diesen Worten ihr Gesicht noch eben leuchtend von der höchsten Freude, auf einmal mit Todesblässe überzogen wurde!

„Wie lange bleiben Sie aus?" fragte sie.

Das Kapitel „Osterluzei" (22. Juli 1834), das dem in zwei gegensätzliche Teile gegliederten „Vergißmeinnicht und Wolfsmilch"-Kapitel vorausgeht, enthält die folgende, an der Persönlichkeit Angelas entwickelte Schilderung der von Fesseln reiner Häuslichkeit befreiten Frau:

„. . . Endlich selbst Vorbereitung und Erfüllung der Mutterpflicht schließt nicht den Kreis des Weibes. Ist es nicht auch um sein selbst willen da? Stehen ihm nicht Geist- und Körperreich offen? – Endlich hat es nicht einen Gatten zu beglücken, und darf es ihm statt des schönen Herzens eine Wirtschaftsfertigkeit zubringen, die geistig genug zu sehen glaubt, wenn sie nur unschuldig ist? Das ist der Knecht, der sein Talent in das Schweißtuch vergraben hat.

O Titus! Angela hat mir die Augen geöffnet über Wert und Bedeutung des Weibes."

„Zwei Monate“, sagte ich.

„Dann sind wir bei Ihrer Rückkehr schon in Frankreich“, erwiderte sie leise; „in vierzehn Tagen gehen wir auf immer fort und werden am Jura wohnen.“

Nun war der Schrecken an mir; ich starrte sie zu Tode betroffen an.

„Wußten Sie das nicht?“ fragte sie.

„Ich nicht, sonst hätte ich die Reise verschoben.“

Sie schwieg und ich auch – es war ein peinlich schwüler Augenblick. Die Ankündigung meines Entschlusses, daß ich ja meine Reise aufgeben könne, hätte alles gelöst; aber es wollte schon so sein, wie es war. – Ich sagte nichts; mir wurde, als liebe ich sie seit einer einzigen Sekunde millionenmal mehr als je – ich begreife jetzt gar nicht, warum ich denn das Wort nicht sagen konnte, daß ich gar nicht reisen wolle – sondern eine Stimme lag in meinen Ohren: ‚Nimm jetzt den Abschied von ihr, in dieser Sekunde nimm den Abschied; denn es wird keine mehr kommen, wo du allein bist mit der geliebtesten, schönsten, freundlichsten Gestalt deines Lebens, die nun auf ewig, ewig untersinkt; morgen stehe ich wie ein Fremder, wie ein Geschiedener neben ihr‘ – – ich weiß nicht: war es diese Stimme, war es Verhängnis, war es sonst etwas – kurz, ich weiß nichts mehr von dem Augenblicke, als daß ich mich schmerzenswild von ihr abwandte und dadurch auch in ihr die Erregung emporjagte – und daß ich die bittern Worte ausstieß: „Ja, ja – so ist es – ich sollte mein Herz an nichts hängen – an gar nichts; – – den in den Pyrenäen wird schon auch eine Kugel treffen; o gewiß – gewiß!“

Ich wendete mich nicht um und starrte in das Blut des Abendhimmels hinaus; sie regte sich auch nicht hinter mir – wahrscheinlich war sie erschrocken – da trat ein Diener Astons herein und meldete, sein Herr habe den Wagen geschickt und lasse das Fräulein bitten, damit in den Augarten zu fahren, wo man sie am Eingange erwarten werde. Als er abgegangen, wandte ich mich um, und suchte scheu ihr Auge – sie stand noch auf demselben Flecke und ihre Blicke wurzelten auf dem Boden. Ich konnte nicht reden, sondern ging zweimal im Zimmer auf und ab; dann leise zu ihr tretend, sagte ich sanft: „Da es nun einmal unvermeidlich ist – da es doch einmal sein müßte, so gestatten Sie, daß ich Ihnen hier, wo wir allein sind, das Abschiedswort sage; denn vor den vielen Blicken vermöchte ich es nicht – –“

Da hob sie auf einmal die zwei Augen auf, groß und dunkel auf mich gerichtet, und von etwas umdüstert, wie von einem schweren Schmerze – dies lockte plötzlich auch den ganzen Strom des meinen hervor. – Es ist ja eine alte Schönheit des Menschenherzens: Scheidende lieben sich am heißesten, und alles Schöne und alles Gute, was sie sich in langem Zusammensein getan, preßt sich in den letzten Augenblick – „O Angela“, rief ich, „liebe, liebe Freundin; ich kann ja die Öde nicht fassen und nicht tragen, daß nun ein ganzes langes Leben vor mir liegt, in dem Sie nicht sind – nicht mehr die holde Stimme, das liebe Auge, das gute Herz – Sie sind so gut, so gut – – und jetzt ist alles aus!“

Auch durch ihre ganze Gestalt ging eine Erschütterung und Abschiedswehmut, die immer wuchs und immer mehr ihr Angesicht entfärbte, – aber schneebleich wurde sie plötzlich, und plötzlich wegtreten mußte sie, als ich die Worte sagte: „Waren denn Sie mir auch nur im kleinsten, nur im wenigsten gut, das heißt anders gut, als Sie es ja allen Menschen, selbst den bösen sind? – Ach, ich weiß erst jetzt, wie unaussprechlich lieb Sie mir gewesen – ach, so unaussprechlich lieb!"

Sie stand am Fenster in Unentschlossenheit und Tränen wankend – mir war vor Bewegung und Erregung alle Welt vergangen; nur das Glutauge der untergehenden Sonne, war mir, als sähe ich es draußen zwischen den grünen Zweigen liegen, und eine Gestalt mit Gold besäumen, die hier vor mir stand und mir so unermeßlich bedeutsam geworden war.

Ich weiß nicht mehr, wie kurz, wie lang diese Zeitlage dauerte – vor meinen Augen schwebt nur immer noch das so weiche, so gütige Angesicht der sonst immer so ruhigen Gestalt, das Angesicht, mit dem sie sich zu mir umwandte – die verhaltnen Tränen waren hervorgebrochen, sie aber trocknete dieselben schnell und sagte mit gesammelter Stimme: „Ich weiß es ja erst seit einer Minute, was ich weiß – gegen Sie muß ich aufrichtig und wahr sein; Sie sind es auch immer gegen mich – ich weiß nicht, ist es gut, was ich tue, ist es nicht gut; aber ich folge meinem Gefühle, das mir sagt, ich müsse es tun: – ich gebe Ihnen gern, gern mein Herz, und ich will Sie lieben, so lang ich lebe." Sie hielt einen Augenblick inne; dann aber, gleichsam erleichtert, setzte sie noch die Worte hinzu: „Ich mußte es sagen, da es so ist und da Sie fragten; aber da es nun gesagt ist, so dürfen Sie auch für alle Zukunft darauf bauen."

Ich stand sprachlos bei ihr; in die großen, schönen Augen waren wieder Tränen getreten, und freiwillig, ohne Ziererei und gütig durch die Tränen lächelnd reichte sie mir die Hand, nach der ich schüchtern langte – ich beugte mich darauf nieder und drückte meine Lippen darauf: sie aber, welche meinte, sie müsse nun recht treuherzig gegen mich sein, legte unbeholfen ihre andere Hand auf mein Haupt, – ich glaubte, wir haben beide in jenem Augenblicke gezittert.

Ich weiß nicht, wie es war; nur daß ich ihre Hand immer fester gegen mich ziehend, fast erstickt sagte: „Wie, wie nur in der Welt kann ich dieses Glück begreifen und verdienen? O Angela, o Braut, o Gattin!"

Sie zuckte bei diesem Worte auf, und sich sanft los machend, sprach sie sehr ernst: „So muß es ja auch sein – so muß es sein, ich werde gern und mit Freuden Ihre Gattin werden; aber es ist noch ein Mensch, dem ich alles sagen muß – und er ist gut, so gut, wie Sie sich kaum vorstellen können; auch er wird sich sehr darüber freuen. Morgen werden wir wieder davon sprechen."

O Titus! Du ahnst nicht, wie selig dieses reine Gold der Natürlichkeit in meine Seele floß. Es öffnete sich ein weites Paradies vor mir, und hatte ich jemals in meinem Leben einen Himmel zu erwarten, in jenem Augenblicke war er mein.

Einige Minuten standen wir noch neben einander am Fenster und sahen in das Abendrot, das langsam ausbrannte, und sprachen nichts; – dann, als wieder gleichsam mahnend, der Diener eintrat, nahm sie ihren Hut und sagte, sie wolle nun in den Augarten fahren, aber ich möge sie nicht dahin begleiten; denn sie würden sonst wie-

Das Vergißmeinnicht mag als das bescheidene Sinnbild für Liebe und Treue, die Wolfsmilch als Sinnbild für Enttäuschung und Verletzung gedacht sein. Zugrunde liegt mangelndes Vertrauen der beiden Liebenden – ein Hauptmotiv Stifters, wobei der Konflikt in den „Feldblumen" mit einem gewissen Maß an Leichtigkeit und Heiterkeit gelöst wird.

Allerdings besteht, wie Stifter in der Erstfassung in seiner „Note zum Ehrenpreis" anmerkt, kaum ein „Zusammenhang der Feldblumen mit dem Inhalt der Kapitel – es ist keiner – außer wo doch ein kleiner ist". Dieser Einsicht konnte sich auch Moritz Enzinger in seiner Untersuchung „Die Überschriften in den ‚Feldblumen'" nicht verschließen (enthalten in M. Enzinger: „Gesammelte Aufsätze zu Adalbert Stifter", Wien 1967). Demgegenüber sieht Martin Selge schon in den „Feldblumen" Stifters Streben nach einem (in den Titeln der „Bunten Steine" zur Entfaltung gelangten) „zyklischen Prinzip", das darin besteht, „die literarische Komposition an einen außerliterarisch garantierten (zyklischen) Zusammenhang zu binden". „Der wichtige Zusammenhang ist der zwischen den Tagebuch d a t e n als Zeitpunktreihe menschlicher Begebenheiten und der Blumenreihe als Repräsentant des jahreszeitlichen Blühezyklus."

Es ist sicher begründet, die „Feldblumen" vor dem biographischen Hintergrund Stifters gegen Ende der dreißiger Jahre zu betrachten. Dieser ist geprägt durch materielle Beschränkung einerseits, das Streben nach Ausbildung der künstlerischen Anlagen andererseits, vor allem aber durch das problematische Verhältnis zu Amalie. Mit den „Feldblumen" antwortet Stifter als der „romantische Träumer" seiner Umwelt: „... dem kleinstädtischen Milieu von Friedberg stellt er eine Welt hoher Geistigkeit gegenüber, seinem Wiener Hungerleben ein utopisches Tuskulum am Traunsee, der prosaischen Amalie aber ‚den ernsten, ruhigen, gemütsgewaltigen Cherub, die hochgeistige Gestalt' der Angela, diesen zur Vollkommenheit gesteigerten Blaustrumpf. Ihm ist's, als sei sie einst auf einem anderen Stern seine Gattin gewesen, als habe er sie, ohne von ihr zu wissen, immer geliebt. Und diese Liebe ist ‚ein zartes Gewebe von Vernunft und Sitte' – was sonst als Liebe gilt, nennt er ‚Geschlechtsleidenschaft'. Einfalt bei höchster Bildung, Keuschheit und Unschuld sind die erhabensten Tugenden, die er seiner Heldin und allem um sie her andichtet, er, der sich so schwer vergangen zu haben wähnt. Indem der Dichter so die sinnliche Liebe verwirft, reißt er eine Kluft auf zwischen seinem realen Dasein und dem Wunschbild, das er ... von sich selbst hegt und prägt. Erlösung aus dem heillosen Zwiespalt von Sünde und Reinheit sucht er in der Kunst, im imaginären Reich der Freiheit und Harmonie. Und während der Maler Albrecht in diesen platonischen Höhen wandelt und die hohe, die überirdische Angela, nachdem er sie in einer Anwandlung von Eifersucht verloren gegeben hatte, am Ende doch gewinnt, hat sich der malende und schreibende Adalbert doch entschlossen, seine Amalie zu ehelichen" (Urban Roedl).

der sagen, das habe sich nicht geschickt. Ich führte sie an den Wagen, und da ich ihr sagte, daß ich meine Reise ganz aufgeben wolle, freute sie es sichtlich, und die Hand noch nach ihrer Art herausreichend, sagte sie: „Kommen Sie nicht später, als um vier Uhr." Dies waren ihre letzten Worte, und dies war ihr letzter Blick – wer hätte damals gedacht, daß es das Letzte in diesem Leben sein werde! Noch schwebt der Blick vor meinem Auge, und noch klingen die Worte in meinen Ohren.

Ich will versuchen, Dir das Ende noch zu schreiben, wie es sich begab.

Ich ging, da mir das letzte Rad ihres Wagens entschwunden war, vor die Stadt ins Grüne. Ich war wie ein Träumer, wie ein Trunkener, fast nicht ertragend das ungeheure Glück – und als ich schon zu Hause war – als ich ohne Licht auf meinem Sofa saß, malte ich mir dieses Glück noch seliger in die finstere wimmelnde Luft.

Oh, ich Tor! ich Tor!

Auch am andern Tage, als ich erwachte, mußte erst einige Zeit verfließen, ehe ich es mir wieder stückweise klar machen konnte, was seit gestern mit mir geschehen.

Es war erst vier Uhr; ich aber stand auf und dachte, ich wolle den Morgen im Freien genießen. Mein Weg führte mich in den Park von Schönbrunn, alle Zweige hingen voll Morgengetön der Vögel, und ganz fern über den Karpaten stand der sanftblaue Duft eines Morgengewitters, und die Luft versprach etwas mehr als einen gewöhnlich schönen Tag.

Du kennst den Obelisk im kaiserlichen Garten; hinter ihm erhebt sich eine kleine buschige Wildnis, die ich sehr liebe. Deshalb lenkte ich meine Schritte dorthin – es war kaum fünf Uhr morgens vorüber; in dem ganzen Parke war kein einziger Mensch zu sehen, als nur die Schildwache am Schlosse. Rechts vor dem Obelisk ist eine nachgeahmte römische Ruine um ein melancholisches Wasserbekken herum, in welchem allerlei bunte Tierchen und Wasserpflanzen schwimmen. Vor diesem Wasser sah ich zwei Menschen stehen, einen Mann und eine Frau; sie standen mit dem Rücken gegen mich, als blickten sie ins Wasser; aber bald erkannte ich, daß sie mit einander sprechen. Ich dachte, sie hätten wohl auch die Morgenstunden gewählt, wie ich, um einsam zu sein; deshalb wollte ich sie nicht stören, sondern schlug den Seitenpfad ein, der zur Brunnennymphe führt, um von dort in meine Wildnis hinauf zu gelangen. Aus Neugier blickte ich von oben herab noch einmal durch die Zweige auf das Paar, und fand es in der traulichsten süßesten Unterredung stehen, ja, er legte einmal sogar beide Hände auf ihre Schultern und zog sie sanft gegen sich. Von den Angesichten konnte ich nichts sehen, weil meine Richtung gegen sie zu schief war. Er zeigte von rückwärts eine schöne Gestalt, ganz in Schwarz gekleidet; seine Bewegungen waren so fein, als gehöre er den höchsten Ständen an; von ihr sah ich nur Teile des weißen Kleides, da er sie mir fast ganz deckte.

Einen Augenblick nur hätte es noch bedurft, und ich wäre weiter gegangen; aber gerade in diesem Augenblicke hob sie ihr Haupt empor und zeigte mir durch eine Wendung ihr volles Gesicht, und denke Dir, es war Angela!

Das Foto zeigt den Schauplatz der Szene, die scheinbar Albrechts Glück vernichtet: die *Römische Ruine im Park von Schloß Schönbrunn.* Es ist ein imposantes Beispiel der Ruinenromantik des 18. Jahrhunderts, 1778 errichtet durch den Hofbaumeister Johann Ferdinand Hetzendorf von Hohenberg (1732–1816), dessen Hauptwerk das Palais Pallavicini in Wien ist.

Ich weiß nicht mehr, wie mir wurde – ich weiß es eigentlich noch nicht, wie mir ist – aber ich will jede Empfindung wegweisen und nur erzählen, was sich weiter ergab. In meiner Jugend geschah es einmal, daß ich mit einem Messer im Spiele meinen Bruder in die Seite stach, und als sogleich ein dunkler Blutbach das Kinderhemdlein netzte, und der rote Fleck riesig weiter wuchs – damals verzweifelte ich, hielt mich für einen Mörder und wurde ohnmächtig – später, als der Bruder verbunden und ich geweckt war, fragte man mich, wie mir gewesen, und ich konnte es in meiner Kindereinfalt nicht anders ausdrücken, als daß ich sagte, das Herz sei mir stehen geblieben, der Himmel sei finster geworden und voll Regenbogen, und hätte mich zusammengedrückt; aber das Herz habe auf einmal einen Stoß getan und die Regenbogen seien verschwunden. Gerade so, mein Titus, war es mir in diesem Augenblicke wieder. Ich erinnere mich deutlich, daß ich eine Zeit gar nichts sah als Farben, und auch den Stoß des Herzens spürte ich deutlich, wodurch die Farben verschwanden. Als sich die Gegenstände vor meinen Augen wieder lösten und sich begrenzten, standen auch die zwei Gestalten wieder da – ich sah klar die großen, schwarzen, schönen Augen, mit denen sie ihn so aufrichtig anschaute, wie gestern mich. Es half kein Sträuben: sie war es.

Anknüpfend an die auf S. 176 zitierte biographische Betrachtung Urban Roedls mag der folgende Brief Stifters an Sigmund von Handel, datiert 24. Juni 1836, als Paralleltext zu nebenstehender Schilderung dienen: „Meine himmelschönen Ideale der Frauenliebe sind elend hin, das Herz, närrisch und warm, einst pochend in Überlust, und die Herrliche, Schwärmerische, Trunkene, Treue, Seraphreine, Künftige mit der namenlosesten, unsäglichsten Überschwenglichkeit lieben wollend, mußte lächerlich verpuffen zwischen Himmel und Erde, und niemand war entzückt über seine schönen Raketen, niemand wärmte sich an seinem stillern Fortbrennen, höchstens die eine oder andere Suppe wurde daran gekocht, und aller Satan. Selber alle Afterwüchse jener Wollustpoesie, zu deren Kelch ich griff, waren doch nur dumme Wülste an demselben Kaktus, an dem die wunderbare Glutblume hätte blühen und leuchten können, das dürftige Herz vergriff sich nur am Tranke, und goß Feuer statt Kühlung hinunter ... Wie hätte ich ein geliebtes Weib geliebt und geschmückt mit den Schönheiten, die Gott so unerhört in seiner Welt aufhäufte, und die in der Kunst widerspiegeln, und dann hätt' ich gejubelt und zu Gott gesagt, er solle mich nur gerade totschlagen, weil ich doch des Glückes unwert bin, wenn ihr liebes großes Herz aufgegangen wäre in seine Wunderblüten, lauter Schönes, Herrliches, köstlich Liebendes in seinem Kelche tragend, das doch ich selber wieder vorgelocket habe – es muß kostbar, himmlisch sein, so ein Tuch um das andere wegzuhüllen, und nun zu erstaunen, welch abgrundlich tiefe Schätze in dem unscheinbaren Ding lagen, das nun seinerseits auch staunt, und dann so liebt und nichts als liebt." Anzumerken ist, daß die „Wunderblüte" ein Sinnbild des weiblichen Genitales darstellt.

Jetzt redete er, und sie sah ihn unverwandt an; dann redete sie und er horchte – dann schien es wieder, als schwiegen sie, und schauten rätselhaft in das Wasser, wie ich sie gefunden hatte. Ich mußte eine Sekunde die Augen schließen – dann öffnete ich sie wieder. Sie hatte das Antlitz jetzt weggewendet und auch von der bloßen Gestalt war es als flösse noch der ganze betörende Zauber nieder, und die Hoheit, und die Unschuld womit sie mich besiegt hatte. An ihm war, wie ich schon gesagt habe, jene Art Herrschaft und Sicherheit der hohen Stände. – Einmal streckte er den Arm aus; sie schmiegte sich etwas näher gegen ihn und bog das Hinterhaupt zurück, wie eine, die emporschaue; er aber krümmte mit Feinheit den ausgestreckten Arm zurück und endete damit, daß er die Hand auf ihr Haupt legte, gleichsam mit Zärtlichkeit die gescheitelten Haare streichelnd, denn sie war barhaupt und der wohlbekannte Strohhut hing an ihrem linken Arme. Dann wendeten sie sich; ich sah noch ihre Hand in seinem Arme liegend – ein dichtbelaubter Ulmenast stellte sich dann zwischen mich und sie – dann sah ich noch weiße Kleiderstückchen zwischen dem Baumgitter schimmern und dann nichts mehr. Ich blickte noch länger, aber die Stelle blieb leer und es war, als sei der ganze Garten leer. Der weiße einsame Obelisk zeichnete sich gegen die dunkelblaue Wand des Ostgewitters, das indes langsam heraufgezogen war – es war schwül geworden – kein Vogel sang mehr in dem Parke, und ich drückte meine Stirn fester gegen den Stamm der Akazie, an der ich saß.
O Titus, ein Gefühl, so häßlich, daß ich mich fast verachtete, kroch in mir herauf, – aber dennoch war es, als riefe jede Ader in mir, das Gefühl sei gerecht!
Ich blieb sitzen an der Pyramide und brütete, wie der Vormittag, der sein Gewitter braute. Nicht ein Hälmchen rührte sich und der ganze Garten wartete gedrückt; über ihm stand schwer niederhängend die Wucht stummer, warmer, dicker Wolken, die sich rüsteten und mit leisen Regungen durcheinanderschoben. Mein Auge starrte entzündet hinauf, und dem Herzen taten ordentlich die armen kleinen, glänzenden Flöckchen weh, die aus dem dunkeln Knäuel vorhingen – gleichsam gerettete, schöne Kindheitsgedanken in einem dumpfen Herzen – und immer dicker und schwerer wurden Luft und Wolken; im fernen Osten ging in schiefen Streifen schon der rötlich graue Schleier des Regens nieder – da kam der Wind geflogen und der Donner, rollend über alle Wipfel des Gartens; große Tropfen fielen und somit löste sich die Stille am Himmel und auch in mir. Ein frisches Rauschen wühlte in den Bäumen und mischte Grün und Silber durcheinander, und in mir raffte sich ein fester, körniger Entschluß empor und gab mir meine Schnellkraft wieder, nämlich der Entschluß, sogleich abzureisen. – Fahre wohl, Armida, – dachte ich – fahre wohl! Ich ging nach Hause; ein prachtvoller Regen rauschte nieder, und ich freute mich, je toller er um meine Schläfe rasselte, und je nasser ich wurde.
Den Rest des Tages, als ich mich umgekleidet hatte, verbrachte ich mit Packen, war abgesperrt und ließ niemanden zu mir. Den Lothar hatte ich beredet, daß wir am andern Tage, das ist: heute abreisen. Von der Familie Aston nahm ich schriftlich Abschied, weil ich Angela dort zu treffen fürchtete. Ich sagte in dem Briefe, daß mich am

letzten Juli um fünf Uhr früh am Obelisk zu Schönbrunn etwas betroffen habe, was es mir unmöglich mache, ihn persönlich zu sehen. Bei meiner Zurückkunft werde ich vielleicht manches aufklären; an die liebe Lucie und Emma gab ich viele Grüße auf.
Noch eins muß ich Dir melden. Anselm Ruffo, ein Bekannter von mir, ein kalter philosophischer Geselle, begegnete mir zufällig auf der Straße und hing sich an mich und sagte mir nebst vielem andern, ich möchte mich in Acht nehmen mit meinem weiblichen Umgange; denn das Mädchen, dem ich sehr viele Aufmerksamkeiten erweise, sei stadtbekannt als die Geliebte des Engländers Grafen Lorrel. Ich dankte ihm kühl für die Nachricht – sie war mir nun fast gleichgiltig. Und nun, Titus! Wenn Du Deine Herreise beschleunigen kannst, so tue es, ich bitte Dich, tue es; ohnedies bangt mir oft sehr für Dich, wenn ich von den Abscheulichkeiten lese, die der spanische Bürgerkrieg erzeugt. Lebe wohl für heute! In München triffst Du Briefe, die Dir sagen, wo Du mich findest . . .

Gundelrebe

Wien, 18. September 1834

Ich muß Dir noch dies Blättchen senden, ehe ich Dich an meinem Herzen habe. Es freut mich etwas gar zu sehr. Aston hat es zwar allein geordnet, der Plan aber ging von allen aus. Mein Paphos, mein Eldorado, meine zwei Zimmer, wie ich sie einst dichtete, sind leibhaftig und in Wahrheit da. Aston, der vor Freude um volle dreißig Jahre jünger ist, und Emil holten mich heute in meiner Stube ab, und führten mich hin. Diese Zeilen schreibe ich schon da. Die Staffelei, die Tropenpflanzen, die Bilder, die Statuen, die grauen Vorhänge, die Geräte, das Fernrohr (aber es ist ein Plößl), alles, alles ist da, und wie ich so recht freudig war, wie ein Kind, und dem guten freudigen Aston die Hände drückte, machte er sich los, riß eine unbemerkte Tapetentür auf, und dahinter stand lächelnd Angela und Lucie, und Natalie und Emma, und hinter ihnen die drei Zimmer, wie sie gewünscht wurden, mit dem Piano, und der Glastür und dem Balkone und dem Garten. Alle Mädchen lachten und freuten sich, und alle mußten den alten Aston küssen; denn er allein hat alles gemacht und ordnen lassen, und kein Auge durfte es früher sehen, als heute. Eine Tafel stand in einem der Zimmer gedeckt und bereitet, das Mahl zu empfangen, das heute hier in meiner Wohnung eingenommen werden soll, – und Angela hat das ganze Mahl gerüstet. – Sie kann also doch auch kochen – o Titus! wie schön, wie unsäglich reizend läßt der hochgeistigen Gestalt die liebe Wirtlichkeit, die Schürze, die Schlüssel, das hausmütterliche Auge, und die höhere Wangenröte von der Bewegung und Arbeit! – Sie war selbst so sehr freudig und neckisch, daß sie ordentlich irdischer wurde und ich den Mut bekam, bei einer gelegenen Sekunde ihre Wange zu küssen, was ich nie gewagt hatte; sie litt es ohne Ziererei, sah mich an, und enteilte. Lothar und Natalie sind auch ein Paar. – O komme nur, komme, daß ich Dich nur einmal fassen kann, und fast an mir zerdrücken; sonst werde ich noch vor Freude närrisch.

Kehren wir vom biographischen in den fiktionalen Bereich zurück. Die „Leichtigkeit und Heiterkeit" der Konfliktlösung beruht auf der Tatsache, daß Albrechts bittere Enttäuschung durch ein Mißverständnis entstanden ist. Jener Fremde, dessen Vertraulichkeit mit Angela Albrecht im Park beobachtet hat, ist der väterliche Erzieher der Geliebten. Sie ist, wie Albrecht nun erfährt, eine Waise aus einer russischen Adelsfamilie. Ihre Eltern wurden ermordet, sie selbst kam durch Zufall in das Haus ihrer Wiener Freunde, und erst jetzt, nach vielen Jahren, hat sie ihre Zwillingsschwester, eine stolze, schöne Fürstin, wiedergefunden. Da diese aber fordert, „daß Angela hinfort den Umgang mit den ihr vertrauten Menschen abbreche . . ., sie habe nicht weiter not, als aufgelesenes Findelkind bei derlei Menschen zu verbleiben", verzichtet sie auf die „neugefundene Schwester", um bei denen zu bleiben, „die doch eigentlich die Verwandten ihres Herzens geworden sind"; dem bürgerlichen Lesepublikum konnte Stifter kaum eine rührendere Botschaft zukommen lassen.

Das Foto zeigt das *Stifter-Denkmal in Haimbach,* dem Schauplatz des „großen Frühstücks". Die Abbildung der gegenüberliegenden Seite gibt ein Gemälde des mit Stifter befreundeten Linzer Malers *Carl Löffler* (1823–1905) wieder. Es erhielt von Stifter den Titel *„Angela".* Zwanzig Jahre nach dem Erscheinen der „Feldblumen" berichtete Stifter dem in Wien tätigen Stecher Joseph Axmann über ein geselliges Beisammensein „in Gesellschaft von Künstlern und Dichtern und dergleichen Gelichter in einem Gasthaus vor der Stadt" (Linz); die Briefzeilen mögen die reale Zukunftsperspektive der „überirdischen Köpfe" der idealen „Feldblumen"-Gesellschaft andeuten: „Es wurde gesprochen, es wurden Gedichte vorgetragen, der Figurenmaler Löffler blies trefflich die Flöte, dann setzte der Wirt einen Tisch mit einer Zither zu uns, und spielte sehr schön auf diesem Musikgeräte. Er spielte lange, er begleitete Deklamationen mit seinen Tönen, und alles war erfreut über sein Spiel. Da die Sache ihr Ende hatte, nahm nach einer Weile Dein Sohn Ferdinand die Zither, fing zu klimpern an, und spielte dann um vieles schöner als der Wirt. Jetzt erst ging das Entzücken an, und [wir] blieben lange beisammen" (an Axmann, 20. September 1861).

Himmelsröschen

Wien, 1. Mai 1835

Die Gundelrebe war das letzte Tagebuchblatt Albrechts, und das Himmelsröschen ist ganz von mir, das heißt von dem Sammler und Erzähler der obigen Blätter – und das Himmelsröschen hätte mit Fug eine Vorrede abgegeben, wenn nicht alles dadurch verraten worden wäre. Deshalb folgt es jetzt gleichsam als Nachrede, und enthält wieder eine Geschichte. Am ersten Mai anno domini 1835 war zu Haimbach ein großes Frühstück. Es war da: erstens ein junger, schöner, höchst geistvoller Mann mit ernsten Augen und mutigem Antlitz, Albrecht, der Schreiber obiger Blätter; an seiner Seite war Angela, sein wohlgetrautes Eheweib, eine vollendete Minerva. Item ein zweites junges Ehepaar: Lothar und Natalie; Albrecht zeichnete sie in seinen Blättern ohnedies sehr gut. Tertio: Emil und Lucie, kein Ehepaar, sondern gute Freunde. Ferner ein sonnverbrannter, feurig blickender Mann, mit mehr Lockenwald, als Jupiter Olympicus, aber etwas klein und stämmig: der Titus aus den Pyrenäen. Ihm zur Seite saß – nicht sein Weib – sondern Jungfrau Emma, frisch herumblickend voll trotziger Gesundheit, item Onkel und Tante; und zuletzt Aston, zu dem sich kein weiblicher Gesponse vorfand, man müßte nur die Wirtin rechnen, die freudig und verschämt lächelnd herumging, und alle Hände voll zu tun, und ihres Wunderns und Gesegnens kein Ende hatte; denn ganz oben am Ende des Tisches, im schönsten Goldrahmen prangend, steht ihr sehr gelungenes Konterfei auf ‚schneeweißem Papiere' in netten Farben ausgeführt, wie es Albrecht in der Glockenblume versprochen hatte.

So war also jener Scherz schon in einem Jahre in Erfüllung gegangen, nur verkehrt. Lothar hatte das Griechenbild und Albrecht die Verschleierte gewonnen. Und dem damaligen Scherze zu lieb wurde das heutige Frühstück veranlaßt, um die Voraussagung so wahr als möglich zu machen.

Ich saß jenes gesegneten Tages aus purem blinden Zufalle in Haimbach, und diesem Zufalle verdankt der Leser die ganze obige Geschichte; denn, weiß Gott, wie es kam – die Leutchen alle gefielen mir so sehr, und ich etwa ihnen auch, daß sich eine Bekanntschaft entspann, und dann gar ein Mitihnenfahren, und sofort eine nähere bis heute fortgesetzte Freundlichkeit und ein traulicher Umgang, und lieb wäre es mir, wenn ich eines schönen Tages die liebholdeste Emma zum Altare führen könnte. Noch einen Rat füge ich in Schnelle bei, bevor wir scheiden, nämlich:

„Wer etwa diese Zeit her Lust hat, den Traunsee zu besuchen, der warte noch zwei oder drei Jahre, wenn es angeht; denn dann sind die zwei wunderschönen Landhäuser schon fertig, die ganz nach Albrechts Angabe am Traunkirchner Ufer werden aufgeführt werden, als Wohnung der obigen Frühstückgesellschaft – wenn nicht bis dahin ein anderer Plan gefaßt wird, etwa am Jura zu wohnen, oder in Neuseeland, oder sonst wo, was von so überirdischen Köpfen nicht zu wundern wäre."

Und so, lieber Leser, gehabe dich wohl!!!

Der Hochwald.

Von

Adalbert Stifter.

Mit Illustrationen nach Zeichnungen von J. M. Kaiser.

Ausschnitt aus dem Titelblatt (mit einer Darstellung der *Ruine Wittinghausen* nach einer Zeichnung von *Josef Maria Kaiser,* 1824–1893) der 1868 bei Heckenast erschienenen Einzelausgabe. Die erste Veröffentlichung erfolgte 1842 in der „Iris"; der zweite Band der „Studien" (1844) enthält die überarbeitete Fassung.

WALDBURG

An der Mitternachtseite des Ländchens Österreich zieht ein Wald an die dreißig Meilen lang seinen Dämmerstreifen westwärts, beginnend an den Quellen des Flusses Thaya, und fortstrebend bis zu jenem Grenzknoten, wo das böhmische Land mit Österreich und Bayern zusammenstößt. Dort, wie oft die Nadeln bei Kristallbildungen, schoß ein Gewimmel mächtiger Joche und Rücken gegen einander, und schob einen derben Gebirgsstock empor, der nun von drei Landen weithin sein Waldesblau zeigt, und ihnen allerseits wogiges Hügelland und strömende Bäche absendet. Er beugt, wie seinesgleichen öfter, den Lauf der Bergeslinie ab, und sie geht dann mitternachtwärts viele Tagreisen weiter.

Der Ort dieser Waldesschwenkung nun, vergleichbar einer abgeschiednen Meeresbucht, ist es, in dessen Revieren sich das begab, was wir uns vorgenommen zu erzählen. Vorerst wollen wir es kurz versuchen, die zwei Punkte jener düsterprächtigen Waldesbogen dem geneigten Leser vor die Augen zu führen, wo die Personen dieser Geschichte lebten und handelten, ehe wir ihn zu ihnen selber geleiten. Möchte es uns gelingen, nur zum tausendsten Teile jenes schwermütig schöne Bild dieser Waldtale wieder zu geben, wie wir es selbst im Herzen tragen, seit der Zeit, als es uns gegönnt war, dort zu wandeln, und einen Teil jenes Doppeltraumes dort zu träumen, den der Himmel jedem Menschen einmal und gewöhnlich vereint gibt, den Traum der Jugend und den der ersten Liebe. Er ist es, der eines Tages aus den tausend Herzen e i n e s hervorhebt, und es als unser Eigentum für alle Zukunft als einzigstes und schönstes in unsere Seele prägt, und dazu die Fluren, wo es wandelte, als ewig schwebende Gärten in die dunkle warme Zauberphantasie hängt!

Wenn sich der Wanderer von der alten Stadt und dem Schlosse Krumau, dieser grauen Witwe der verblichenen Rosenberger, westwärts wendet, so wird ihm zwischen unscheinbaren Hügeln bald hier bald da ein Stück Dämmerblau hereinscheinen, Gruß und Zeichen von draußen ziehendem Gebirgslande, bis er endlich nach Ersteigung eines Kammes nicht wieder einen andern vor sich sieht, wie den ganzen Vormittag, sondern mit eins die ganze blaue Wand von Süd nach Norden streichend, einsam und traurig. Sie schneidet einfärbig mit breitem, lotrechtem Bande den Abendhimmel, und schließt ein Tal, aus dem ihn wieder die Wasser der Moldau anglänzen, die er in Krumau verließ; nur sind sie hier noch jugendlicher und näher ihrem Ursprunge. Im Tale, das weit und fruchtbar ist, sind Dörfer herumgestreuet, und mitten unter ihnen steht der kleine Flecken Oberplan. Die Wand ist obgenannter Waldesdamm, wie er eben nordwärts beugt, und daher unser vorzüglichstes Augenmerk. Der eigentliche Punkt aber ist ein See, den sie ungefähr im zweiten Drittel ihrer Höhe trägt.

Krumau (tschech. Český Krumlov) liegt am Ostrand des Böhmerwaldes an der Moldau. Südlich von Krumau befindet sich Schloß Rosenberg. Als erste historisch faßbare Gestalt aus dem Geschlecht der Rosenberger gilt Witiko (bzw. Witco, Witego, Witek), der in der zweiten Hälfte des 12. Jahrhunderts gelebt hat. Im 1864 datierten Vorwort zum ersten Band von „Witiko" (dem ersten Teil der geplanten Rosenberger-Trilogie) heißt es: „In meiner Kindheit traten mir schon öfter Spuren eines Geschlechts [d. h. der Rosenberger] entgegen, das im mittäglichen Böhmen gehaust hat, und in der Erinnerung und in den Erzählungen des Volkes fortlebte. Als Jüngling ging ich diesen Spuren nach, und habe manchen Tag in den Trümmern der Stammburg [Wittinghausen] dieses Geschlechtes zugebracht. Hierauf strebte das Ding sich in verschiedenen kindischen Versuchen dichterisch zu gestalten." Zu diesen „Versuchen" gehört der „Hochwald".

Dichte Waldbestände der eintönigen Fichte und Föhre führen stundenlang vorerst aus dem Moldautale empor, dann folgt, dem Seebache sacht entgegensteigend, offenes Land; – aber es ist eine wilde Lagerung zerrissener Gründe, aus nichts bestehend, als tief schwarzer Erde, dem dunklen Totenbette tausendjähriger Vegetation, worauf viele einzelne Granitkugeln liegen, wie bleiche Schädel von ihrer Unterlage sich abhebend, da sie vom Regen bloßgelegt, gewaschen und rund gerieben sind. – Ferner liegt noch da und dort das weiße Gerippe eines gestürzten Baumes und angeschwemmte Klötze. Der Seebach führt braunes Eisenwasser, aber so klar, daß im Sonnenscheine der weiße Grundsand glitzert, wie lauter rötlich heraufflimmernde Goldkörner. Keine Spur von Menschenhand, jungfräuliches Schweigen.

Ein dichter Anflug junger Fichten nimmt uns nach einer Stunde Wanderung auf, und von dem schwarzen Samte seines Grundes herausgetreten, steht man an der noch schwärzern Seesfläche.

Die Abbildung der vorhergehenden Doppelseite gibt eine *Ansicht des Plöckensteinsees* wieder. Es handelt sich um eine kolorierte Tonlithographie von *August Haun* (1825–1894) nach einer Zeichnung von *Eduard Herold* (1820–1895), enthalten in der dreißigteiligen Folge „Malerisch-historisches Album vom Königreich Böhmen", die 1860 in Olmütz erschienen ist.

Ein Gefühl der tiefsten Einsamkeit überkam mich jedesmal unbesieglich, so oft und gern ich zu dem märchenhaften See hinaufstieg. Ein gespanntes Tuch ohne eine einzige Falte liegt er weich zwischen dem harten Geklippe, gesäumt von einem dichten Fichtenbande, dunkel und ernst, daraus manch einzelner Urstamm den ästelosen Schaft emporstreckt, wie eine einzelne altertümliche Säule. Gegenüber diesem Waldbande steigt ein Felsentheater lotrecht auf, wie eine graue Mauer, nach jeder Richtung denselben Ernst der Farbe breitend, nur geschnitten durch zarte Streifen grünen Mooses, und sparsam bewachsen von Schwarzföhren, die aber von solcher Höhe so klein herabsehen, wie Rosmarinkräutlein. Auch brechen sie häufig aus Mangel des Grundes los, und stürzen in den See hinab; daher man, über ihn hinschauend, der jenseitigen Wand entlang in gräßlicher Verwirrung die alten ausgebleichten Stämme liegen sieht, in traurigem weiß leuchtendem Verhack die dunklen Wasser säumend. Rechts treibt die Seewand einen mächtigen Granitgiebel empor, Blockenstein geheißen; links schweift sie sich in ein sanftes Dach herum, von hohem Tannenwald bestanden, und mit einem grünen Tuche des feinsten Mooses überhüllet.

Da in diesem Becken buchstäblich nie ein Wind weht, so ruht das Wasser unbeweglich, und der Wald und die grauen Felsen, und der Himmel schauen aus seiner Tiefe heraus, wie aus einem ungeheuern schwarzen Glasspiegel. Über ihm steht ein Fleckchen der tiefen, eintönigen Himmelsbläue. Man kann hier tagelang weilen und sinnen und kein Laut stört die durch das Gemüt sinkenden Gedanken, als etwa der Fall einer Tannenfrucht oder der kurze Schrei eines Geiers.

Oft entstieg mir ein und derselbe Gedanke, wenn ich an diesen Gestaden saß: – als sei es ein unheimlich Naturauge, das mich hier ansehe – tief schwarz – überragt von der Stirne und Braue der Felsen, gesäumt von der Wimper dunkler Tannen – drin das Wasser regungslos, wie eine versteinerte Träne.

Rings um diesen See, vorzüglich gegen Bayern ab, liegen schwere Wälder, manche nie besuchte einsame Talkrümme samt ihren Bächlein zwischen den breiten Rücken führend, manche Felsenwand schiebend mit den tausend an der Sonne glänzenden Flittern, und manche Waldwiese dem Tagesglanze unterbreitend, einen schimmernden Versammlungssaal des mannigfachsten Wildes.

Die „zwei Punkte" (vgl. S. 183 oben) strukturieren nach der Analyse Martin Selges (im „Hochwald"-Kapitel „Der Blick durchs Fernrohr: Teleskopische Vermittlung") die gesamte Erzählung. Sie bilden gleichsam die beiden Brennpunkte einer Ellipse, zwischen denen zunächst durch einen Weg, dann durch das Fernrohr die Verbindung hergestellt wird.

Dieses ist der eine der zwei obbemerkten Punkte. Lasset uns nun zu dem andern übergehen. Es ist auch ein Wasser, aber ein freundliches, nämlich das leuchtende Band der Moldau, wie es sich darstellt von einem Höhepunkt desselben Waldzuges angesehen, aber etwa zehn Wegestunden weiter gegen Sonnenaufgang. Durch die duftblauen Waldrücken noch glänzender, liegt es geklemmt in den Talwindungen, weithin sichtbar, erst ein Lichtfaden, dann ein flatternd Band, und endlich ein breiter Silbergürtel um die Wölbung dunkler Waldesbusen geschlungen – dann, bevor sie neuerdings schwarze Tannen- und Föhrenwurzeln netzt, quillt sie auf Augenblicke in ein lichtes Tal hervor, das wie ein zärtlich Auge aufgeschlagen ist in dem ringsum trauernden Waldesdunkel. – Das Tal trägt dem wandernden Waldwasser gastliche Felder entgegen, und grüne Wiesen, und auf einer derselben, wie auf einem Samtkissen, einen kleinen

Ort mit dem schönen Namen Friedberg. – Von da, nach kurzem Glanze, schießt das Wellensilber wieder in die Schatten erst des Jesuiterwaldes, dann des Kienberges, und wird endlich durch die Schlucht der Teufelsmauer verschlungen.
Der Punkt, von dem aus man fast so weit als es hier beschrieben, den Lauf dieser Waldestochter übersehen kann, ist eine zerfallene Ritterburg, von dem Tale aus wie ein luftblauer Würfel anzusehen, der am obersten Rande eines breiten Waldbandes schwebet. Friedbergs Fenster sehen gegen Südwesten auf die Ruine, und dessen Bewohner nennen sie den Thomasgipfel oder Thomasturm, oder schlechthin St. Thoma, und sagen, es sei ein uraltes Herrenschloß, auf dem einst grausame Ritter wohnten, weshalb es jetzt verzaubert sei und in tausend Jahren nicht zusammenfallen könne, ob auch Wetter und Sonnenschein daran arbeite.
Oft saß ich in vergangenen Tagen in dem alten Mauerwerke, ein liebgewordenes Buch lesend, oder bloß den lieben aufkeimenden Jugendgefühlen horchend, durch die ausgebröckelten Fenster zum blauen Himmel schauend, oder die goldnen Tierchen betrachtend, die neben mir in den Halmen liefen, oder statt all dessen bloß müßig und sanft den stummen Sonnenschein empfindend, der sich auf Mauern und Steine legte – – oft und gern verweilte ich dort, selbst als ich das Schicksal derer noch nicht kannte, die zuletzt diese wehmütige Stätte bewohnten.
Ein grauer viereckiger Turm steht auf grünem Weidegrunde, von schweigendem, zerfallenem Außenwerke umgeben, tausend Gräser, und schöne Waldblumen, und weiße Steine im Hofraume hegend, und von außen umringt mit vielen Platten, Knollen, Blöcken und andern wunderlichen Granitformen, die ausgesäet auf dem Rasen herumliegen. Keine Stube, kein Gemach ist mehr in wohnbarem Zustande, nur seine Mauern, jedes Mörtels und Anwurfes entkleidet, stehen zu dem reinen Himmel empor, und tragen hoch oben manche einsame Tür, oder einen unzugänglichen Söller, nebst einer Fensterreihe, die jetzt in keinem Abendrot mehr glänzen, sondern eine Wildnis schöner Waldkräuter in ihren Simsen tragen. – Keine Waffen hängen an den Mauerbögen, als die hundert goldenen Pfeile der schief einfallenden Sonnenstrahlen; keine Juwelen glänzen aus der Schmucknische, als die schwarzen befremdeten Äuglein eines brütenden Rotkehlchens; – kein Tragebalken führt vom Mauerrande sein Dach empor, als manch ein Fichtenbäumchen, das hoch am Saume im Dunkelblau sein grünes Leben zu beginnen sucht. – Keller, Gänge, Stuben – alles Berge von Schutt, gesucht und geliebt von mancher dunkeläugigen Blume. Einer der Schutthügel reicht von innen bis gegen das Fenster des zweiten Stockwerkes empor. Dem, der ihn erklimmt, wird ein Anblick, der, obwohl im geraden Gegensatze mit den Trauerdenkmalen ringsum, dennoch augenblicklich fühlen läßt, daß eben er die Vollendungslinie um das beginnende Empfinden lege, nämlich: über alle Wipfel der dunklen Tannen hin ergießt sich dir nach jeder Richtung eine unermeßne Aussicht, strömend in deine Augen und sie fast mit Glanz erdrükkend. – Dein staunender und verwirrter Blick ergeht sich über viele, viele grüne Bergesgipfel in webendem Sonnendufte schwebend, und gerät dann hinter ihnen in einen blauen Schleierstreifen – es ist das

Zur einleitenden Gestaltung des „Bauplans der Erzählung" und deren teleskopischer Technik bemerkt Selge: „Die Einleitung verläuft offensichtlich nach dem Verfahren der schrittweisen Annäherung, das für Stifters Naturbeschreibung prinzipiell charakteristisch ist. Die ‚zwei Punkte . . ., wo die Personen dieser Geschichte lebten', werden zunächst aus der Vogelschau, dann aus der gewöhnlichen Sicht des Wanderers und schließlich aus der ins Mädchenschlafzimmer [vgl. S. 189] und in den Mikrokosmos des Waldes eindringenden Intimperspektive beschrieben. Die Annäherung geschieht schritt- und stufenweise, wobei . . . jeweils sozusagen das Objektiv des beschreibenden Teleskops gewechselt wird und folglich eine andere Objektivität sich zeigt. Von diesem ‚teleskopischen' Beschreibungsverfahren her mag die Punktualisierung der Handlungsschauplätze ihren Sinn darin haben, daß sie die zugleich räumliche und zeitliche Distanz des beschreibenden Erzählers vom Beschriebenen als Ausgangslage, wenn nicht als Bedingung des Erzählens bewußt hält."

Die Ruine Wittinghausen, der „stumme Held des ‚Hochwaldes' und zuletzt noch im ‚Witiko'" (Fritz Novotny), dargestellt in einem um 1833–1835 entstandenen Ölgemälde *Adalbert Stifters* (Format 24,4 × 29 cm; Stifter-Gesellschaft in Wien).

gesegnete Land jenseits der Donau mit seinen Getreidehängen und Obstwäldern – bis der Blick endlich auf jenen ungeheuren Halbmond trifft, der den Gesichtskreis einfasset: die Norischen Alpen. – Der große Briel glänzt an heitern Tagen wie eine lichte Flocke am Himmelsblaue hängend, – der Traunstein zeichnet eine blasse Wolkenkontur in den Kristall des Firmaments. – Der Hauch der ganzen Alpenkette zieht wie ein luftiger Feengürtel um den Himmel, bis er hinausgeht in zarte, kaum sichtbare Lichtschleier, drinnen weiße Punkte zittern, wahrscheinlich die Schneeberge der ferneren Züge. Dann wende den Blick auch nordwärts; da ruhen die breiten Waldesrücken und steigen lieblich schwarzblau dämmernd ab gegen den Silberblick der Moldau; – westlich blauet Forst an Forst in angenehmer Färbung, und manche zarte schöne blaue Rauchsäule steigt fern aus ihm zu dem heitern Himmel auf. Es wohnet unsäglich viel Liebes und Wehmütiges in diesem Anblicke.

Un nun, lieber Wanderer, wenn du dich satt gesehen hast, so gehe jetzt mit mir zwei Jahrhunderte zurück, denke weg aus dem Gemäuer die blauen Glocken, und die Maßlieben und den Löwenzahn, und die andern tausend Kräuter; streue dafür weißen Sand bis an die Vormauer, setze ein tüchtig Buchentor in den Eingang und ein sturmgerechtes Dach auf den Turm, spiegelnde Fenster in die Mau-

ern, teile die Gemächer, und ziere sie mit all dem lieben Hausrat und Flitter der Wohnlichkeit – dann, wenn alles ist wie in den Tagen des Glückes, blank, wie aus dem Gusse des Goldschmiedes kommend – – dann geh mit mir die mittlere Treppe hinauf in das erste Stockwerk, die Türen fliegen auf – – Gefällt dir das holde Paar?
Es sind die Töchter Heinrichs des Wittinghausers, in dessen Wohnung du dich befindest – Wittinghausen hieß vor Zeiten das Schloß, ehe es von einem in der Nähe erbauten und nun ebenfalls verfallenden Kirchlein den Namen St. Thoma erhielt.
Die jüngere sitzt am Fenster und stickt, und obwohl es noch früh am Morgen ist, so ist sie doch schon völlig angekleidet und zwar mit einem mattblauen Kleide nach der so malerischen Art, wie wir sie noch hie und da auf Gemälden aus der Zeit des Dreißigjährigen Krieges sehen. Alles ist nett. Ärmel und Mieder schließen reinlich, jede Falte der Schleppe liegt bewußtvoll, jede Schleife sitzt wohlberechtigt, und jede Buffe gilt, und über dem Ganzen des Trachtenbaues schwebt als Giebel ein schönes Köpfchen, über und über blondlockig, und schaut fast wunderselig jung aus der altväterischen Kleiderwolke. Man sieht es offenbar, sie hat hohe Freude an ihrem Anzuge, und hat ihn auch deswegen schon ganz und gar an. Zu den blonden Locken stehen seltsam die dunkelbraunen, fast schwarzen Augen, wenn sie mit ihnen gelegentlich erschrocken oder neugierig emporleuchtet – aber dann liegen sie so rein und rund in ihrem Rahmen, daß man sieht, wie die junge Seele, unberührt von Schmerz und Leidenschaft, noch so arglos zutäppisch durch ihre Fensterlein herausschaut, weil die Welt gar so groß und prächtig ist. Den Locken nach ist sie älter, als achtzehn, den Augen nach, jünger als vierzehn Jahre. Vielleicht steht sie mitten.
Die ältere ist noch nicht angezogen. Sie sitzt in einem weißen Nachtkleide auf einer Art von Ruhebett, auf dem sie viele Papiere und Pergamentrollen ausgebreitet hat, in denen sie herumsucht. Eine Fülle äußerst schwarzer Haare ist aufgelöst und schneidet in breitem niedergehendem Strome den faltenreichen Schnee des Nachtgewandes. Das Gesicht ist fein und geistreich, nur etwas blaß, daher die Augen desto dunkler daraus vorleuchten, da sie den Haaren entsprechend sind, tief schwarz, und fast noch größer, als die braunen der Schwester.
Das Zimmer ist das Wohn- und Schlafgemach der Mädchen; denn in seiner Tiefe stehen die zwei aus Eichenholz geschnitzten Bettgestelle, jedes überwölbt mit einem seidenen Baldachin und umlegt mit blühenden Teppichen; – Sessel und Schemel stehen verschoben, als eben gebraucht und zum Teil bedeckt mit Stücken weißen Nachtzeuges. Die Betschemel stehen jeder in einer andern Fensterbrüstung, daß sich die betenden Schwestern nicht sehen können; denn die Andacht ist verschämt, wie die Liebe. Auf dem Putztische ist nur ein hoher schmaler Spiegel und echte Schmuckstücke. Es ist noch sehr früh am Morgen, wie die langen Schatten und die Silberblitze an den taufeuchten Tannen draußen zeigen. Der Tag ist ganz heiter, die Alpenkrone liegt in den zwei Fenstern, wie in einem Rahmen, und ein glänzender Himmel spannt sich darüber weg.
Die am Fenster stickt emsig fort, und sieht nur manchmal auf die Schwester. Diese hat mit einmal ihr Suchen eingestellt, und ihre

Ausschnitt aus dem Gemälde „*Die Stickerin*" von *Friedrich Georg Kersting* (1785–1847; Kunsthalle in Kiel). Das Gemälde ist mit der nebenstehenden Schilderung Stifters zunächst lediglich durch das Thema „junges Mädchen sitzt am Fenster und stickt" verbunden. Gerade hierdurch ist jedoch die für Kersting – den Maler biedermeierlich einfacher, lichtdurchfluteter Innenräume mit still beschäftigten Gestalten – charakteristische Darstellung geeignet, das im historischen Sujet enthaltene gegenwartsbezogene Interesse Stifters anzudeuten. Dieses ist im Fenstermotiv konzentriert: der Blick in die „Welt" geht vom geschützten und schützenden Innenraum aus.

„Es war einmal ein König,
Er trug 'ne goldne Kron.
Der mordete im Walde
Sein Lieb –
und ging davon.

Da kam ein grüner Jäger:
‚Gelt, König, suchst ein Grab?
Sieh da die grauen Felsen,
Ei, springe flugs hinab.'

Und wieder war ein König,
Der ritt am Stein vorbei:
Da lagen weiße Gebeine,
Die goldne Kron dabei."

Dieses Lied Ronalds kündigt im fünften Kapitel („Waldwiese") die Wiederbegegnung des Jungen mit Clarissa am Zufluchtsort der Schwestern an. Durch die beiden Verszeilen, die Clarissa singt, dringt gleichsam ein Stück der Außenwelt in den Innenraum des Mädchenzimmers, dessen Harmonie freilich schon durch den Kontrast im seelischen Empfinden der Schwestern gestört ist.

Harfe ergriffen, aus der schon seit länger einzelne Töne wie träumend fallen, die nicht zusammenhängen, oder Inselspitzen einer untergesunkenen Melodie sind.
Plötzlich sagte die jüngere: „Siehe, Clarissa, wenn du auch die Melodie verbergen willst, ich kenne doch das Lied, das du schon wieder singen möchtest. –"
Die Angeredete, ohne zu antworten, sang mit leiser Stimme die zwei Verse:

Da lagen weiße Gebeine,
Die goldne Kron dabei.

Dann ließ sie ab vom Spiele, und ohne die Harfe wegzustellen, sah sie durch die Saiten in das unschuldige Angesicht der Schwester.
Diese erwiderte mit den guten runden Augen den Blick, und sagte dann fast schüchtern: „Ich weiß nicht, das Lied ist mir so unheimlich, es ahnt einen Unglückliches an – und der Inhalt ist so schauerlich – – auch weißt du ja, daß es der Vater nicht gern höret, daß du gerade dieses Lied singest – –"
„Sieh, und dennoch hat es einer gedichtet, der sehr sanft und gut war", fiel die ältere Schwester ein.
„So hätte er gleich lieber ein sanfteres und freundlicheres dichten können", erwiderte die jüngere, „denn ein Lied muß gut und hold sein, daß man es liebet, und nicht fürchtet, wie dieses." Clarissa sah bei diesen Worten mit einer so gütigen Zärtlichkeit auf die Schwester, fast wie eine Mutter, und sagte: „O du gutes Ding, du treuherziges, wie bist du noch gar so jung! – – – Jene Furcht, jenes Schauern ist ja eben der Abgrund unseres Gewissens, und versöhnt zuletzt zu gedoppelter Güte."
„Nein, nein", antwortete die andere; „ich bin lieber gleich vom Anfange gut. Ein Lied muß bei mir lieb und hell sein, wie der heutige Tag, kein Wölkchen, so weit du schauen magst, lauter Blau und lauter Blau, das reinste und freundlichste Blau. Deine Melodieen sind jetzt immer wie Nebel und Wolken, oder gar wie Mondschein, der wohl auch schön ist, aber bei dem man sich fürchtet."
„O die vielgeliebten, schwebenden, webenden Wolken", entgegnete Clarissa, „wie sie aufblühen in der Öde des Himmels, um die Berge glänzen und träumen, schimmernde Paläste bauen, massenweise sich sonnen, und abends so liebrot entbrennen, wei schlafmüde Kinder! – – – O Johanna, liebes Mädchen, wie bist du noch dein eigner Himmel, tief und schön und kühl! Aber es werden in ihm Düfte emporsteigen, – der Mensch gibt ihnen den Mißnamen Leidenschaft – du wirst wähnen, sie seien wonnevoll erschienen, Engel wirst du sie heißen, die sich in der Bläue wiegen – aber gerade aus ihnen kommen dann die heißen Blitze, und die warmen Regen, deine Tränen – und doch auch wieder aus diesen Tränen baut sich jener Verheißungsbogen, der so schön schimmert, und den man nie erreichen kann – – – der Mondschein ist dann hold und unsre Melodieen weich. – – Kind, es gibt Freuden auf der Welt, von einer Überschwenglichkeit, daß sie unser Herz zerbrechen könnten – – und Leiden von einer Innigkeit – – – o sie sind so innig!! –"
Johanna stand schnell auf, ging zu ihrer Schwester, und küßte sie unsäglich zärtlich auf den Mund, indem sie beide Arme um ihren

Hals schlang, und sagte: „So bist du, ich weiß es; dein Herz tut dir weh, liebe Schwester; aber denke, der Vater liebt dich, der Bruder, ich, und gewiß alle Menschen, weil du so gut bist, wie sonst gar kein Mensch; aber sprich nicht so – singe lieber, singe alles, selbst das von dem König. Ich weiß, daß du heute schon seit dem Aufstehen daran dachtest."

Clarissa küßte sie zweimal recht innig entgegen auf die Kinderlippen, an deren unbewußter schwellender Schönheit sie wie ein Liebender Freude hatte, und sagte dann lächelnd: „Schaffe dir keine Sorgen, liebes Herz, ich werde fleißig mit dir arbeiten, daß unser Vater Vergnügen an den schönen Blumen habe, die unter deinen Händen erwachsen." Sie setzte sich an die entgegengesetzte Seite des Stickrahmens, und während Johanna an den Blumen arbeitete, begnügte sie sich den Grund auszufüllen. Sie sprachen noch vielerlei, dann schwiegen sie – dann sprachen sie wieder, aber immer blieb als Grundton die Innigkeit zweier herzlieben Geschwister, wobei jedoch die ältere eine Art sanfter Vormundschaft ausübte. Die Kleine hatte etwas auf dem Herzen, so schien es; denn sie holte schon einige Male aus – aber jetzt nahm sie sich einen Anlauf, und brachte einen kühnen Wildschützen daher, von dem sie gehört habe, daß er die westlichen Wälder zu seiner Wohnung erkoren, die damals ungleich größer waren, als jetzt. Es seien von ihm die sonderbarsten Gerüchte im Umlaufe. Sie erzählte, daß sie gestern gehört habe, daß er mit keiner andern Kugel als einer geweihten erschossen werden könne, und daß er in der Nacht mit Männern Unterredungen habe, die gar nicht von Fleisch und Blut sind.

Ohne noch die Zusammenhänge zu kennen, spricht auch Johanna von Ronald, denn er ist jener „Wildschütz" bzw. Freischütz. Der Glaube an Wilderer oder Jäger, die durch irgendeine Form des Teufelspaktes jedes Ziel treffen und selbst unverwundbar sind, läßt sich seit dem 15. Jahrhundert nachweisen. Die Popularität des Motivs im 19. Jahrhundert wurde durch die Oper „Der Freischütz" von Carl Maria von Weber (1786–1826) unterstützt, mit deren Uraufführung 1821 das neue Berliner Schauspielhaus eröffnet wurde.

Clarissa widersprach diesem, und meinte, derlei dichte der Aberglaube dazu, wahrscheinlich gäbe es gar nicht einmal einen solchen Mann, da sich das Volk nur so gern in schaurigen Berichten gefalle.

„Wohl, wohl gibt es einen solchen", fiel Johanna eifrig ein.

„Und wenn auch", antwortete Clarissa, „so ist er gewiß nicht das, wofür man ihn hält."

„O vielleicht ist er etwas noch viel Ärgeres – weißt du von jenem unglücklichen Müller in Spitzenberg – den hat er erschossen."

„Rede doch nicht so freventlich nach, was nicht erwiesen ist. Jener Müller ließ sich zu Kundschaft in dem schwedischen Heere gebrauchen, deshalb ist er erschossen worden."

„Ja, so hat man vermutet, aber niemand kann es erweisen – und daß ich es dir nur gestehe – ich habe gestern abends zugehört, als der Jägerbursche, der dem Vater den Brief vom Ritter brachte, in der Gesindestube von diesem Manne erzählte. Er ist groß und stark wie ein Baum, trägt einen wilden Bart, und geht Tagereisen weit mit seiner langen Flinte durch die Wälder. Von den Menschen, die hier im flachen Lande wohnen, haben ihn noch wenige gesehen, aber der Jägerbursche sah ihn schon so nahe, wie ich dich – und er und kein anderer hat den Mord verübt. Man fand den Müller im Parkfriedergehölze beim Muttergottesbilde, wo sich die Wege teilen, und keine einzige Wunde an seinem Leibe, als das Loch der kleinen Kugel durch die Schläfe, und kein Mensch, als nur dieser Wildschütze, gebraucht so kleine Kugeln. Dann sagte er noch etwas, das aber zu gottlos ist, als daß es wahr sein könnte."

„Nun?"

„Bildnis eines jungen Feldherrn in goldverzierter Rüstung" (um 1624) von *Anthonis van Dyck* (1599–1641; Kunsthistorisches Museum in Wien).

„Daß dieser Mann sein Gewehr nur losschießen dürfe, und er treffe doch immer den, den er sich denke."

„Wie magst du nur solchen Reden zuhören", sagte Clarissa sehr ernst, „das ist blinder leerer Frevel. Wie könnte denn Gott, der allmächtige Herr des Weltalls, solche böse Wunder zulassen, wenn er wollte, daß wir noch fürder seinen Einrichtungen trauen sollten, wie es ja doch unsre Pflicht und unsre Freude ist."

„Ich habe es ja auch nicht geglaubt", sagte Johanna treuherzig; „aber da ich zuhörte, und sah, wie unsre Mägde fast erbleichten, so schauderte es mich auch, und trotz dem, daß ich gehen wollte, horchte ich doch wieder auf seine Worte hin. Er hat alles so lebendig beschrieben, auch die Wälder alle dort oben, unermeßlich und undurchdringlich, so daß unsre nur Gärten dagegen sind. Ein schöner schwarzer Zaubersee soll in ihrer Mitte ruhen, und wunderbare Felsen und wunderbare Bäume um ihn stehen, und ein Hochwald ringsherum sein, in dem seit der Schöpfung noch keine Axt erklungen. Der Jäger sagte, daß er wohl bisher noch nicht so tief hineingedrungen sei, um zu dem Wasser zu gelangen, aber nächstens würde er es tun, und da trägt er auch einen geweihten silbernen Knopf bei sich, um den Wildschützen und Mörder niederzuschießen, sobald er ihn ansichtig wird; denn gegen Blei ist er fest."

„Warum tat er es denn nicht schon", sagte Clarissa, „da er ihn, wie du sagst, schon öfters sah? – Siehst du, du bist ein argloses Närrchen, und der Bursche ist ein prahlender Schalk, der euch gern schaudern machte, daß er als desto größerer Held erscheine. An deiner Stelle hätte ich gar nicht zugehört. Jener Mann ist wohl nur ein harmloser Schütze – oder es existiert ganz und gar kein solcher; denn alle, die je in jene Waldländer gerieten, fanden eine schöne Wildnis voll gesunder Blumen, Kräuter und herrlicher Bäume, die Wohnung unzähliger fremder Vögel und Tiere, aber nicht das mindeste Verdächtige."

„Aber in den Glöckelbergen schwemmte der Bach erst neulich die Knochen eines Eberkopfes aus, in denen die kleine Kugel steckte."

„Nun laß gehen", sagte Clarissa lächelnd; – „über dem Gewimmel deiner Wälder, Seen und Knochen und Jäger hat dir diese Rose ein häßlich Eck bekommen."

Johanna, eben in dem Alter des größten Wucherns der Räuber- und Zauberphantasieen, wollte nicht so leicht ablassen, jedoch Clarissa ließ sich nicht mehr hinlenken, und so kam das Gespräch auf die Stickerei, da Johanna die angegriffene Rose verteidigte, und wurde mit jener Folgerichtigkeit fortgeführt, die sie jetzt auf Tanz und Sterbefälle bringt, jetzt auf Kriegsrüstungen, Lavendel, Eingesottenes und Kometen. Wie des Blutes Welle aus dem Herzen hüpfet, springt das leichte Gedankengeschwader mit, die Kinderzunge plaudert sie heraus, das runde Auge schaut uns groß und freundlich an – und unser Herz muß sie mehr lieben, als alle Weisheit der Weisen. So über alle Maßen kostbar ist das reine Werk des Schöpfers, die Menschenseele, daß sie, noch unbefleckt und ahnungslos des Argen, das es umschwebt, uns unsäglich heiliger ist, als jede mit größter Kraft sich abgezwungene Besserung; denn nimmermehr tilgt ein solcher aus seinem Antlitz unsern Schmerz über die einstige Zerstörung – und die Kraft, die er anwendet, sein Böses zu besiegen, zeigt uns fast drohend, wie gern er es beginge; wir bewundern ihn, aber mit der natürlichen Liebe quillt das Herz nur dem entgegen, in dem kein Arges existiert. Daher sagte vor zweitausend Jahren jener Eine: „Wehe dem, der eines dieser Kleinen ärgert!" Und wenn wir so die zwei schönen Angesichte gegenübersehen, ihre Worte hören, jedes ein durchsichtiger Demant, gefaßt in das Silberklar der Blicke, so deucht uns das einfache Gemach, obgleich umlegt mit Geräten täglichen Gebrauches, dennoch geweiht und rein, wie eine Kirche.

Die Abbildung der gegenüberliegenden Seite kontrastiert die Berichte über den geheimnisvollen Wildschützen mit jener Erscheinungsweise Ronalds, die im letzten Kapitel („Waldruine") im Bericht des „Ritters" (Bruno) über den Tod von Clarissas Verlobtem und die Zerstörung der Burg Wittinghausen aufleuchtet: „. . . Da, eines schönen Morgens, sahen wir, gleichsam wie einen neuen Befehlshaber einen jungen Mann in prachtvollen Kleidern durch die Reihen der Belagerer reiten, gleichsam wie Anordnungen treffend." Unmittelbar begegnen wir Ronald lediglich in der Verlobungsszene im Kapitel „Waldwiese", in der auch seine Herkunft als unehelicher Sohn Gustavs II. Adolf (1594–1632, König von Schweden ab 1611) angedeutet wird. Dies wie die Ronald bestimmte Rolle im schwedischen Heer bleibt jedoch – da außerhalb des Gesichtskreises der Schwestern liegend – im ungewissen. Hierin wird die „perspektivische" Darstellungsweise greifbar.

Der Erzähler bezieht sich auf das Jesuswort: „Wer einen von diesen Kleinen, die an mich glauben, zum Bösen verführt, für den wäre es besser, wenn er mit einem Mühlstein um den Hals ins Meer geworfen würde" (Markus 9,42).

Die Sonne hatte sich allbereits über den Wald geschwungen, der Vormittag glänzte und funkelte über den schweigenden Wipfeln, und ein lichter Sonnenstreifen begann sich gemach über die Stickerei zu legen – siehe, da pochte es draußen ehrbar leise an der Tür, Einlaß heischend. Johanna sprang auf, und öffnete eilig den noch vorgeschobenen Riegel. Es trat sofort ein Mann herein, freundlich Willkommen bringend – der Vater der Mädchen, der in ihr Morgengemach so bescheiden und ehrfürchtig eintrat, wie ein Fremder. Er war damals schon hoch in den Jahren, aber ein wunderschöner Greis, eine Gestalt, als träte sie aus einem Rahmen van Dycks – in schwarzen Samt gekleidet, hoch und stattlich, weißen Haupthaares und eines Bartes, der glänzend auf die schöne breite Greisenbrust herniederwallte, – ein Auge, stark gewölbt und sprechend, unter einer felsigen, gefurchten Stirne – so hob sich die Erscheinung fast in jene Zeit der Seher und Propheten hinüber, eine Ruine gewaltiger Männerkraft und Männergröße, eine Ruine, jetzt nur noch beschienen von der milden Abendsonne der Güte, wie ein stummer Nachsommer nach schweren, lärmenden Gewittern – wie der müde Vollmond auf den Garben des Erntefeldes – – die stille, milde, tiefe Güte. Er war eine der wenigen damals noch sichtbaren Figuren des abgeblühten Rittertums, so unpassend für seine Mitwelt, wie eine Zeitlose auf der plattgeschornen Herbstwiese, da die andern Blumen alle längst in die Scheunen gesammelt sind.

Der in Antwerpen geborene Rubens-Schüler Anthonis van Dyck (vgl. S. 192), 1620/1621 und ab 1632 in London tätig, wird als einer der bedeutendsten Bildnismaler seiner Zeit in Erinnerung gerufen.

Beide Kinder hängen an seinen Augen. Er heißt sie fortsticken – und da sie es tun, weilt sein Blick ungesehen auf ihnen mit Ernst und Liebe. Er besieht die Arbeit und lobt sie, fragt dieses und jenes und weiß immer eine Antwort, die wie Öl in ihre Herzen fließet.

Da die Mutter der Mädchen schon vor zehn Jahren gestorben war, so war es um so rührender, den alten Mann unter den mutterlosen Töchtern zu sehen – es ist eine Art von Zartheit darinnen, wie er mit ihnen umgeht, um ihnen das verlorne Mutterherz zu ersetzen. Vorzugsweise beschäftigt er sich mit der jüngeren, als sei sie es noch am bedürftigsten.

Der Tempuswechsel vom Imperfekt zum Präsens, dem im nächsten Abschnitt die Rückkehr zum Imperfekt folgt, knüpft an den Appell an, sich die historische Szenerie unmittelbar vor Augen zu führen (vgl. S. 188 unten). Die epische Darstellung intendiert hier die Gegenwärtigkeit eines Bildes, die durch die Herauslösung von Gestalten und Handlungen aus dem Fluß der unablässig von Gegenwart in Vergangenheit sich wandelnden Ereignisse als möglich erscheint. Thematisiert wird damit der Wechsel der „Optik", unter der durch das Handeln des Erzählers sein Erzählgegenstand in Erscheinung tritt.

Nachdem er sie befragt, ob sie in ihrem kleinen Haushalte etwas benötigten, ob keine Farbe der Stickerei auszugehen drohe, ob ihre Kleider und Stoffe in gutem und prunkendem Stande seien, ob keine Magd oder Zofe etwas verschuldet, oder ob sie sonst nichts vermißten oder wünschten – und als er auf all dies lauter „Nein" oder lauter „guter, lieber Vater" zur Antwort erhielt, so lächelte er, und sagte, er habe gleichwohl die schönsten und seltensten Dinge aus der Stadt Augsburg zum Ansehen und Aussuchen verschrieben, und wie er der festen Hoffnung sei, daß sie binnen jetzt und acht Tagen da sein müssen, und daß er Ehre und Freude damit einlegen werde. Sie mögen sich bis dahin nur recht mit Wünschen und Vorspiegelungen rüsten, was Not täte, und was man vielleicht, wäre es dabei, wählen würde, und was nicht. Ferner, als ob er ein Bitteres und Ungewünschtes vor seinem eigenen Herzen noch hinausschieben möchte, ging er in all ihre Kleinigkeiten ein, und nahm ernsthaften Anteil – – an Johannens Hühnern, an ihrem Rehe und Schwarzkehlchen, an ihren Fensterblumen – an Clarissens Harfe und Zeichenbüchern, an Briefen und am Befinden entfernter Freundinnen – und zuletzt tat er an Blondköpflein die Frage, ob sie wohl nie ihr Abendgebet verschlummere, wie noch vor wenig Jahren, wo man sie oft vom Söller oder Gartenanger rotgeschlafen auflas, und bei noch schimmernder Abendsonne mühselig entkleidete – und als er endlich gar beide mit Rührung fragte, ob sie denn auch allemal im Gebete der verstorbenen Mutter gedächten: so ahnete es ihnen wohl, daß er etwas auf dem Herzen trage, was er sich scheue, ihnen zu eröffnen; denn es war eine der holdesten Blüten an dem kraftvollen Greise, daß er, wie ganze und starke Menschen so oft, mit der Sorge des Vaters um seine Töchter auch fast eine Scheu vor ihnen darlegte, wie ein Geliebter, und da ihre Verehrung und Hochachtung noch unbegrenzter war, so hingen ihre Augen wohl mit Ängstlichkeit an seinen Mienen, aber keine getraute sich zu fragen. Die Liebe, in jeder Gestalt, ist scheu, wie die Tugend, und die Ehrfurcht zaghafter, als selbst die Furcht. Er verstand sie, wie sie ihn verstanden hatten.

Mit Sorgsamkeit, daß er es nicht zerknittere, nahm er ein Stück eines gefalteten Weißzeuges von einem Sessel, rückte denselben näher an Fenster und Stickrahmen, und setzte sich den Mädchen gegenüber, scheinbar noch immer, als täte er es der Behaglichkeit willen, weniger die Mädchen, als vielmehr sich selbst mit einem Anscheine von Unbefangenheit täuschend.

„Ich glaube“, begann er, „ihr habt schon vernommen, daß der Ritter gestern von seinem Jagdausfluge zwar nicht selbst zurückgekommen, aber einen Boten mit einem Schreiben gesandt habe. Sie waren sehr glücklich und eine ganze Fracht von Wild ist unterwegs; auch kann er nicht genug Lobes sagen, wie schön und still und wie abgeschlossen und unzugänglich jene Waldesgärten sind, in denen er nun schon über vier Wochen dem Jagdvergnügen obliegt. Es ist fast wehmütig zu lesen, wie schwer sie Abschied davon nehmen – er sagt: Kein Hauch, keine Ahnung von der Welt draußen dringt hinein, und wenn man sieht, wie die prachtvolle Ruhe Tagereisen weit immer dieselbe, immer ununterbrochen, immer freundlich in Laub und Zweigen hängt, daß das schwächste Gräschen ungestört gedeihen mag, so hat man schwere Mühe, daran zu glauben, daß in der Welt der Menschen schon die vielen Jahre her der Lärm des Krieges und der Zerstörung tobe, wo das kostbarste und kunstreichste Gewächs, das Menschenleben, mit eben solcher Eil und Leichtfertigkeit zerstört wird, mit welcher Müh und Sorgfalt der Wald die kleinste seiner Blumen hegt und auferziehet. Denkt nur, einen schönen Felsenberg haben sie gefunden, der über den Wald emporragt, von wo aus man unser Schloß erblicken kann; sie meinen, von unserm roten Eckzimmer müssen wir denselben sehen können. Wir wollen heute noch in demselben das Sehrohr aufstellen, und sehen, ob wir den Felsenstock entdecken können, der der Blockenstein heißt – oder wäre es nicht gar noch schöner, ehe der Winter kommt, geradewegs selber einen Spaziergang in jene anmutigen Wildnisse zu machen?“

Ein zu Tode erschrockener Blick schlug aus den Augen Johannas gegen den Vater empor, und traf auf das freundlich fragende Vaterauge. Er stand auf, und ging einige Male unruhig im Zimmer auf und nieder, dann vor sie tretend, die mit Angst jede seiner Bewegungen hütete, sagte er ernst und liebreich: „Johanna, liebes furcht-

Das Lob der Waldeinsamkeit, in die „keine Ahnung von der Welt draußen dringt“, verleitet zu der Auffassung, die gesamte Erzählung huldige diesem (biedermeierlichen) Ideal der Ungestörtheit. Dem widerspricht die Tatsache, daß es gerade der Vater ist, der durch seine Fürsorge einerseits, durch sein eigenes Fehlverhalten andererseits die Katastrophe heraufbeschwört. Im abschließenden Bericht des „Ritters“ heißt es: „War es nun Verblendung, war es Verhängnis, das sich erfüllen mußte, wir verstanden die Zeichen des Jünglings [gemeint ist Ronald] nicht, wie er zuversichtlich vorritt, ja euer Vater mit allen Merkmalen höchster Überraschung sah lang und unverwandt auf ihn hin; – da sah ich nach und nach Rot in seine Wangen steigen, bis sie dunkel, wie in Zornesglut brannten.“ Die Lanze, die der Vater gegen Ronald schleudert, wird zum Anlaß für den Kampf, dem Ronald ebenso wie der Vater und die Burg Wittinghausen zum Opfer fallen.

sames Reh – – und dennoch muß es sein, wir werden alle zusammen jene Wälder besuchen – – – – antworte noch nicht; – – es tut Not, Kinder, daß ich euch eröffne, was wir diesen Sommer fürgesorgt haben. Dieser Brief ist aus Rosenberg – hier einer aus Goldenkron – dieser von Prag – dieser aus Meißen und endlich einer aus Bayern. Ich habe euch stets mit Nachrichten aus den Kriegsfeldern verschont, daß euer Herz nicht mit Dingen beleidiget werde, die ihr lieber nicht wisset; aber ich habe ein Netz über alle Kriegsplätze gesponnen, daß ich stets Kenntnis der schwebenden Sache behielt und Voraussicht der künftigen – es geschah zu Frommen des Vaterlandes, und zu eurem Schutze, wie es ja Gott zu meiner lieben väterlichen Pflicht gemacht. Man bereitet noch vor Winter eine Unternehmung gegen die obern Donauländer vor, deren rechter Flügel bestimmt ist, über unsre Berge zu gehen – diese Schweden kennen meinen Namen gar wohl – und auch, wenn sie ihn nicht kennten, so ist aller Grund zu glauben, daß sie unser Haus mitfegen werden und die ersten Schneeflocken des künftigen Winters werden wahrscheinlich auf seine schwarzgebrannten Mauertrümmer fallen – mag es – das Haus werden wir wieder aufbauen, und für euch habe ich nach bester Meinung gesorgt. Wie ich es mit Geld und Geldeswert veranstaltet, werde ich später darlegen – jetzt, was wichtiger – von euch. Es liegt ein Platz im Hochwalde, ich kenne ihn längst, so einsam, so abseit alles menschlichen Verkehrs, daß kein Pfad, kein Fußtritt, keine Spur davon erspählich ist, überdem unzugänglich an allen Seiten, außer einer, die zu verwahren ist – sonst aber wundersam lieblich und anmutsreich, gleichsam ein freundliches Lächeln der Wildnis, ein beruhigender Schutz- und Willkommensbrief. Auf diesem Platze steht ein Haus, das ich diesen Sommer zimmern ließ, allbereits schön und wohnlich für euch eingerichtet; denn dort werdet ihr wohnen, bis es hier wieder hergestellt und gefahrlos ist. Kein Mensch kennt dessen Dasein; denn die es zimmerten, sind mir dreifach verbunden: vorerst weil ich sie in Eid und Pflicht nahm, dann weil sie mir als Untertanen seit Jahren mit Liebe zugetan gewesen, und endlich, weil ich nur solche Leute wählte, die mir zufällig vor längerer Zeit schon ihre ganze Barschaft eingehändigt, daß ich sie als Aufbewahrtes neben meinem Eigentume schütze, bis die Kriegsgefahr vorüber. Diese werden sich wohl hüten, durch Verletzung ihres Eides mir Schaden zuzuwenden. Sie wurden alle über einen sehr steilen Felsenweg dahingeführt, der aber nun durch gesprengte Steine unzugänglich ist. Wir werden einen weitern Weg durch bisher unbetretenen Wald einschlagen, wo ich es viel bequemer vermute, da der Boden eben ist, und der Ritter meint, der Wald müsse dort sehr dünne sein, daß man sogar vielleicht reiten könne. Wo es sodann beschwerlicher wird, dort werden wir von einem Führer, der eines andern Weges von seiner Heimat herüberkommen wird, erwartet werden, und für euch wird eine Sänfte bereitet sein. Der Wald, wenn auch Urwald, ist so schön und traulich, wie bei uns, und Menschen werdet ihr die ganze Zeit eures Aufenthaltes daselbst nicht sehen, außer die zu euch gehören. So habe ich gesorgt, und ich glaube, daß es gut sei. – – – Und nun, Kinder, redet."

Beide, totenstill, sahen ihn an.

Diese sowie an anderer Stelle eingefügte Angaben deuten an, daß die Erzählung historisch zwischen dem Tod des Schwedenkönigs Gustav II. Adolf in der Schlacht bei Lützen (1632) und dem Prager Frieden (1635) angesiedelt ist. Diese Bezugspunkte sind jedoch im Grunde beliebig; um so weniger bildet der 1618 durch den „Prager Fenstersturz" ausgelöste und 1648 durch den Westfälischen Frieden beendete Dreißigjährige Krieg insgesamt den historischen „Hintergrund". Stifter selbst urteilte zwanzig Jahre nach dem Entstehen der Erzählung, er habe im „Hochwald" „die Geschichte als leichtsinniger Mensch über das Knie gebrochen" und sie dann „in die Schubfächer" seiner „Phantasie gepfopft" (an Heckenast, 7. März 1860).

„Windsturz im Böhmerwald" von *Adalbert Stifter.* Die Zeichnung mag – als Landschaftsdarstellung – der Perspektive bildhaften Ausdruck verleihen, unter der Johanna die „unberührte Natur" als Gegensatz zur häuslichen Geborgenheit betrachtet.

„Nun, Johanna," sagte er lächelnd, „tut es dir so leid um deine Stube hier? Sieh, die dortige ist gerade so gebaut, und so eingerichtet wie die – – Nun?"
Mit ordentlicher Mühe preßte sie schüchtern die Worte heraus: „Aber ein Mörder und Wildschütze ist dort."
Der Vater zuckte unwillig auf bei diesen Worten, sagte aber dann sehr gelassen und fest: „Es ist keiner dort. Leid ist es mir aber sehr, äußerst unangenehm ist es mir, daß das widersinnige Gerücht auch in eure Stube Eingang gefunden. Es ist keiner dort, glaubt es mir; denn die drei ganzen Monate, die der Ritter abwesend war, hat er mit Felix den Wald weit und breit durchsucht, und bei allen seinen Randwohnern und in allen Köhler-, Holzschläger- und Forsthütten um Grund oder Ungrund jener Gerüchte geforscht – es war überflüssige, aber zu unsrer eignen Beruhigung unternommene Vorsicht; kein Gedanke irgend eines solchen Mannes ist dort, selbst nicht die Sage von ihm, die nur müßig in unsrer Gegend schweifte – aber sehr unlieb ist es mir um euch, denn es wird unnötig eure Phantasie beschweren. Glaubst du denn, Johanna, du abtrünnig Mädchen, dein Vater werde dich zu Räubern und Mördern führen? und wenn ein Wildschütze dort ist, so ist es ein schöner alter Mann, der zu eurer Bedienung gehören wird, und den du bald so lieben wirst, wie deinen eignen Vater. Seid wohlgemut, meine Kinder, ihr werdet von eurem neuen Wohnorte sehr traurig scheiden, und wenn wir euch verkünden werden, daß dieses Schloß wieder neu und blank heraus-

geputzt ist, wie vorher nie, so wird wohl auch aus dem freudigen Auge ein Tränlein auf die holde Stelle fallen, von der ihr scheidet. Werfet das Unkraut getrost aus eurem Herzen, und bedenket, daß in einem Monate hier die Kriegslager rauchen, und Waffentosen, und wüstes Handwerk statt der Harfenklänge in diesem Gemache schallen werden. Seid heiter und rüstet euch. In acht Tagen wollen wir den Weg antreten. Oder wüßtet ihr noch etwas gegen den Vorschlag?"

Sie wußten wohl beide nichts, aber wohlgemut waren sie auch nicht, sondern, wie immer, erkannten sie seine Absicht als gut, und versprachen, in einigen Tagen zur Reise vollkommen vorbereitet zu sein. In dem schönen und heitern Morgenzimmer, schwimmend im sanften Glanze der Vormittagssonne, geweiht durch die Anwesenheit zweier Engel, und angeschaut von der ruhigen Naturfeier draußen, war nunmehr mit einem Male ein düstrer Flor herniedergelassen, hinter dem drei beklommene Gesichter standen; der Vater wegen der Mädchen, diese wegen der Sache, und wie auch jedes rang nach Unbefangenheit, so war sie eben deshalb ungewinnbar.

Die Szene der Vorbereitung auf den Rückzug in die sichere Waldeinsamkeit führt das Motiv des Fernrohrs ein, durch das die Verbindung zwischen den „beiden Punkten" erhalten bleiben soll. Dieser Gegenstand ist gleichsam ein interpretatorischer Leckerbissen. Die Deutungen reichen von der Identifizierung zwischen Fenstermotiv und Fernrohr, das hierdurch als „Konkretisierung eines bestimmten Lebensgefühls" (Hermann Meyer) erscheint, bis hin zur Auffassung des Fernrohrs als Sinnbild für Stifters „‚telescopical' method of narration" (Gerald Gillespie: „Space and time seen through Stifters telescope", in: „The German Quarterly" 1964). Hieraus wird vielfach der Schluß gezogen, Stifters Erzählung bzw. seine Erzählweise gründe sich auf Weltangst und legitimiere die Beschränkung auf einen winzigen, aus der Distanz wahrgenommenen und aus seinem Zusammenhang herausgelösten Wirklichkeitsausschnitt. Demgegenüber hebt Martin Selge, ausgehend von der Frage nach Stifters „Poesie aus dem Geist der Naturwissenschaft", die Tatsache hervor, daß das Fernrohr als Erfindung des frühen 17. Jahrhunderts einen bestimmten Punkt in der geistesgeschichtlichen Entwicklung markiert, indem es die sinnliche Wahrnehmung bis in den kosmischen Bereich erweitert und damit zugleich problematisiert hat.

Demgemäß trat er an das Fenster, und schaute emsig nach dem Wetter, damit nur die erste Befangenheit der Mädchen sich etwas lüften möge, und als sollte er die Himmelsschäfchen zählen, die eben vom Süd heraufzukommen begannen, so lange und sorglich sah er nach ihnen, die Hand ob den Augen haltend. Die Mädchen – es ist wunderbar, was für ein Zauber der Beruhigung in geliebten treuen Augen liegt – zwei Blicke waren es nur in die gegenseitige Güte derselben – – und Johannens Angst, eben noch riesig und unbesiegbar, war alle ganz und gar verflogen. Der Vater kam lächelnd von dem Fenster herüber, und sagte, wenn sie heute den Waldfelsen und nebstbei auch die schöne ferne anstrebende Waldmauer sehen wollten, in der, wie in einer Nische, ihr hölzern Waldschloß stehe, so müßte dies bald geschehen, und er werde auch deshalb das Sehrohr vorläufig im roten Zimmer aufstellen; denn, trügen nicht alle Zeichen, so käme gewiß heute noch ein Gewitter – er sah schelmisch nach Johanna, deren Lippen, schon wieder in allem Purpur prangend, ein leises Lächeln zu hegen und zu bergen suchten, das er gleichwohl sah und kannte. Es gehörte nämlich zu seinen Schwächen, Gewitter zu prophezeien, und wenn nach zehn ausgebliebenen eines eintraf, so überzeugte sich niemand fester von der Untrüglichkeit seiner Symptome als er selber. Ob er aber heute solche Symptome an dem spiegelreinen Himmel entdeckte, oder sich in der Trefflichkeit seines Herzens nur derlei vorgelogen, um Reiz zur Heiterkeit zu wecken – – wer könnte es entscheiden? – Genug er war vergnügt, daß er die Pein der ersten Spannung aus den ihm lieben Angesichtern schwinden sah, und wohl wissend, daß, wenn er sie verlassen, er sie eben gegenseitig in die besten Hände gebe, schritt er heiter und scherzend der Tür zu; „Clarissa", rief er, noch die Klinke in der Hand haltend, „du wirst wieder mit deinem Anzuge die Ewigkeit brauchen – übereil dich deshalb nicht – ich habe vorher noch ein Geschäft, und wenn ihr fertig seid, mögt ihr gelegentlich in die rote Stube kommen, und es mir sagen lassen, – aber eilt deshalb nicht."

Und somit zog er die Tür hinter sich zu.

Dieses *Fernrohr* befindet sich im Besitz des Kepler-Museums im württembergischen Weil der Stadt, dem Geburtsort des Astronomen Johannes Kepler (1571–1630). Er wurde 1594 Lehrer an der Grazer Stiftsschule; 1601–1612 war er als kaiserlicher Mathematiker und Hofastronom in Prag, anschließend bis 1626 als Professor in Linz tätig. Stifter trug sich mit dem Plan eines Kepler-Romans.
Es erscheint als fruchtbar, Stifters Vertrautheit mit der Astronomie und der Entwicklung ihrer technischen Instrumente als eine der Grundlagen der „Hochwald"-Erzählung vorauszusetzen. Sie gewinnt hierdurch einen bestimmten historischen Gehalt, indem sie eine zu Beginn des 17. Jahrhunderts aufbrechende Frage thematisiert. Der Mensch hatte zu erkennen, so schreibt Hans Blumenberg in „Die kopernikanische Wende" (1965), „daß das, was in der Natur für ihn wirklich und gegenständlich war, sich nicht von selbst darbot und sich ihm in alle Ewigkeit nicht gezeigt hätte, wenn er sich nicht der eigenen Findigkeit bedient hätte, um den Horizont der Sichtbarkeit zu durchstoßen und mit der Erwartung ständiger Steigerung seines Vermögens zu überschreiten".

Einzige geliebte Menschen! Ob ihnen auch der Vater die Ewigkeit ihres Anziehens selbst in den Mund legte, als Gelegenheit sich zu vertrauen und zu besprechen, so waren sie doch zu unschuldig, ihn zu verstehen, sondern sie sputeten sich maßlos, um nur irgend einen Anzug zu Stande zu bringen, daß er nicht zu lange warten dürfe.
Nur ein einziges Mal hatten sich die Schwestern, als er fort war, umarmt und zwei, drei heiße Küsse auf die Lippen gedrückt als feste, kräftige, unzerreißbare Versicherungen und Siegel gegenseitigen Schutzes und Beisammenbleibens.
So wundergleich ist die Macht der Liebe, daß ihr Strahl, wenn er bei Gefahr und Not aus dem andern Auge bricht, sogleich eine eherne Mauer von Zuversicht um unser Herz erbauet, wenn er gleich aus den Augen eines zagen Mädchens kommt, das selber alles Schutzes bar und bedürftig ist.
Freudigkeit, Zutrauen, ja sogar Lustigkeit, Scherzen und Neugierde war aus jenen Küssen in die Herzen der Mädchen gekommen, und sie lachten, wenn sie in der übertriebenen Eile des Anziehens etwas verhasteten und abgeschmackt erzielten.
Sie eilten, da sie endlich fertig waren, in das rote Zimmer, und trafen dort den jungen Jäger, dem der Freiherr eben eine Strafpredigt über scin gestriges Prahlen und Haselieren hielt – „jetzt geh", schloß er, da er die Mädchen eintreten sah, „geh und trolle dich – – – nun, nun, Sebastian, bin ich denn so furchtbar", rief er in sanfterem Tone dem Burschen nach, „daß du dich so eilig und so linkisch fortsputest? lasse dir unten einen Becher Wein geben, oder meinetwegen zwei. Jetzt geh."
Der Jäger ging und der Vater wendete sich äußerst vergnügt an die Mädchen. „Ei, ei, ihr seid ja sehr bald fertig geworden; schau wie schön – jetzt wollen wir das Rohr aufstellen, und durchsehen."
Und so geschah es.

Die vorausgehenden Kapitel 2–5 („Waldwanderung", „Waldhaus", „Waldsee" und „Waldwiese") schildern den Weg der Schwestern durch die immer dichtere Waldwildnis zum See am Fuße des Blockenstein bzw. Plöckenstein, die Überfahrt über den See zu dessen Füßen, das Leben in ihrer Hütte unter der Obhut des alten Gregor, das Auftauchen Ronalds, seine Verlobung mit Clarissa und seine Rückkehr auf den Kriegsschauplatz mit der Absicht, durch seinen Einfluß im schwedischen Heer die Burg Wittinghausen und deren Bewohner zu schützen.

Waldfels

Und die alte Ruhe war wieder über dem Walde. – – Zuweilen, wenn das silberne Schiff, die Wolke, einzeln durch die Bläue zieht, so geht unten ein Schatten über den Wald, und dann steht wieder dasselbe feste Licht auf seiner ganzen Breite – – oder wenn das Stahlgrau des Spätherbstes fest über die ganze Himmelskuppel gegossen liegt, so tritt ein Sonnenstrahl heraus, und küsset aus dem fernen Buchenhange ein goldnes Fleckchen, das gegen den Rand zieht, und von ihm unsichtbar in die Luft tritt, nachher ist dasselbe Grau über alle Weiten. Und so war es mit den Schwestern.

Sonnen waren wieder gekommen und waren wieder gegangen, aber sie wurden immer kürzer und kühler. Gregor traf allerlei Vorkehrungen. Das Tor an den Pflöcken stand nachgerade wieder offen, weder gesperrt, noch eingeklinkt, und die Mädchen konnten wieder auf ihrer Wiese weit und breit gehen, und sie taten es auch. – Am Hause sammelte sich gemach eine Schicht Brennholzes nach der andern, von den Knechten aus den Gaben des Waldes gelesen; denn Gregor ließ nicht zu, daß ein frischer Baum gefällt werde – eine Mooshülle begann man über die Wände zu weben, das Winterkleid des Hauses. – Der zarte, schwerfällige Sohn des Spätjahres hatte sich bereits eingestellt, der Nebel, und oft, wenn die Schwestern an der noch immer sonnenwarmen Wand ihrer Felsen saßen, die einzelnen Glanzblicke des Tages genießend, so wogte und webte er draußen, entweder Spinnenweben über den See und durch die Täler ziehend, oder silberne Inseln und Waldesstücke durcheinander wälzend, ein wunderbar Farbengewühl von Weiß und Grau und der roten Herbstglut der Wälder; dazu mischte sich die Sonne und wob heiße weißgeschmolzne Blitze und kalte feuchte blaue Schatten hinein, daß ein Schmelz quoll, schöner und inniger, als alle Farben des Frühlings und Sommers. Und wenn die Mädchen dann so schweigend hinaussahen, so rieselte es neben ihnen leise, und ein oder zwei blutrote Blätter des Waldkirschbaumes fielen zu ihren Füßen. Sie saßen da und sahen selber herbstlich trauernd dem Schauspiele zu, ahnend, wie majestätisch der Winter hier sein müsse, da sich ihm ihre Wildnis mit solcher Feierlichkeit und Stille entgegenrüste. Im Hause wurden Hauen, Schaufeln, Schneereife, Schlitten und andere Geräte angehäuft, um nicht eingeschneit zu werden, oder durch Schneemassen von der Welt abgeschnitten.

Das Leben Gregors und der Schwestern in der Wildnis sowie dessen Kontrast zur „Zivilisation" steht in mancherlei Hinsicht in Einklang mit Schilderungen James Fenimore Coopers (1789–1851) in seinen „Lederstrumpf"-Romanen. Auf diese in Stifters Cooper-Lektüre begründeten Zusammenhänge hat schon August Sauer in der Einleitung zum ersten Band der „Sämmtlichen Werke" („Studien", 1904) aufmerksam gemacht. Die Folge der „Lederstrumpf"-Romane begann 1823 mit „The Pioneers" (deutsch 1824 „Die Ansiedler") und endete 1841 mit „The Deerslayer" (deutsch 1841 „Der Hirschtöter", 1842 „Der Wildtöter").

Seltsam ist der Mensch und seltsamer sein Herz. Wie einförmig waren vor Ronalds Ankunft die Tage einer um den andern im Walde hingegangen! Täglich dieselben Farben, dieselben Stimmen, dieselbe Feierlichkeit, und auf dem See dieselbe Windstille, daß es öfters war, als hätten sie lange Weile; – nun war eine Fülle, ja ein Schauer von Wonne über Clarissas Herz gegangen, ausströmend von jenem unbegreiflichen Gefühle, wodurch der Schöpfer die zwei Geschlechter bindet, daß sie selig seinem Zwecke dienen – aber dennoch war ihr nicht, als sei sie selig, ja ihr war, als seien jene einförmigen Tage vorher glücklicher gewesen, als die jetzigen, und als habe sie sich damals mehr geachtet und geliebt. – Sie blickte fast mit Wehmut darnach zurück, wie sie so gegangen war durch die Stellen des Waldes mit Gregor, mit Johannen, unschuldig plaudernd, selbst so unschuldig wie die Schwester und der Greis, die so schön an sie geglaubt hatten, dann abends kosend und lehrend und einschlafend mit Johannen, deren einfältigem Herzen sie Schatz und Reichtum dieser Erde gewesen – – und jetzt: ein schweres süßes Gefühl trug sie im Herzen, hinweggehend von den zwei Gestalten an ihrer Seite, den sonst geliebten, und suchend einen Fremden, und suchend die Steigerung der eignen Seligkeit. – – O du heiliges Gold des Gewissens, wie schnell und schön strafst du das Herz, das beginnet, selbstsüchtig zu werden.

Johanna, wie überschüttend auch die Liebesbeweise ihrer Schwester waren, und vielleicht eben darum, fühlte recht gut, daß sie etwas verloren – nicht die Liebe der Schwester, diese war ja noch größer und zarter, nicht ihr früher gegenseitig Tun und Wandeln, das war wie ehedem – was denn nun? Sie wußte es nicht; aber es war da, jenes Fremde und Unzuständige, das sich wie ein Totes in ihrem Herzen fortschleppte; – sie liebte Clarissen noch heißer, als früher, weil sie ihr erbarmte, aber oft überkam ihr Herz, wie ein Kind, ein Heimwehgefühl nach der Vergangenheit, und dies trat dann zuweilen bei den geringfügigsten Dingen hervor, die sich mit ein paar Fäden zurückspannen in die Zeit, die einzig schön und einfach war. So kamen sie eines Tages ob dem See über dem Verhau herüber, und traten auf ein Birkenplätzchen hinaus, das sie im Sommer seiner Hitze wegen geflohen hatten; denn es lag in eine Felsenbucht hinein, von der die Sonnenstrahlen glühend widerprallten. Jetzt floß, wie süße Milch, der laue Nachsommer um die weißen Stämme und um ihre einzelnen goldgelben Blätter; er floß hier wärmer, und schmeichelnder als an jeder andern Stelle, und wie sie vorwärts schritten, gewahrten sie, ordentlich sonderbar in so spätem Herbste, eine ganze Versammlung jener schönen großen Tagesfaltern, die von den vier dunklen, beinahe schwarzen Flügeln mit den gelben Randbändern den Namen Trauermantel erhalten haben, teils auf dem weißen Stamme sitzend, die dürftige Sonne suchend, und nach Art dieser Tiere in derselben spielend, indem sie die Flügel sachte auf- und zulegten – oder indem sie mit den unhörbaren Flügelschlägen um denselben Stamm herumflatterten, auf dem die andern saßen. Die Mädchen blieben überrascht stehen, und betrachteten das seltsame Schauspiel. Die zarten Mäntel waren von so weichem unverletztem Samte, die Bänder von so frischem dunklem Gelb, daß Johanna augenblicklich ausrief: „O ihr armen betrognen Dinger, ihr seid noch Kinder, und alle noch in eurer Kinderstube versammelt; die warme Herbstsonne dieses Platzes log euch heraus, und nun seid ihr da, unheimliche Fremdlinge dieser Sonne, trägen Flügelschlages in diesem Afterfrühlinge, und gewiß sehr hungrig; denn wo sind die Blumen und die Lüfte und die summende Gesellschaft, die euch das Herz eures Raupenlebens versprach, und von denen euer Puppenschlaf träumte. – Sie werden alle kommen, aber dann seid ihr längst erfroren."

„Da irret Ihr Euch, Jungfrau", fiel der alte Jäger ein, „es kommt nur darauf an, ob sie sich vermählen oder nicht. Diese Tierchen sterben bald nach ihrer Hochzeit, und wie oft habe ich nicht eine Mutter tot an demselben Zweige hängen gefunden, um den sie ihre

Der schon im ersten Kapitel angedeutete Zwiespalt zwischen den Schwestern, der äußerlich durch Clarissas Bindung an Ronald und die darin zum Ausdruck kommende „Selbstsucht" motiviert wird, besitzt seinen eigentlichen Bezugsrahmen in der Frage nach dem Verhältnis zwischen Mensch und Natur. Die Verknüpfung der Motive erfolgt im mittleren Kapitel „Waldsee": Über dem See schwebt ein Geier, „sanft kreisend und schwimmend, oder oft sekundenlang so unbeweglich stehend, als wäre er eine in diesem Dome aufgehängte geflügelte Ampel". Währenddessen entfaltet Gregor im Gespräch mit den Schwestern seine Auffassung von der Natur als dem Werk Gottes, der die Menschen in seine Liebe einbezieht, „obwohl sie ihm, wie es mir oft gedeucht hat, seine Tiere und Pflanzen mißbrauchen, weil sie im Hochmute sich die einzigen wähnen, und in ihrer Einfalt nie hinausgehen in die Reiche und Wohnungen derselben, um ihre Sprache und Wesenheit zu lernen – – –" An dieser Stelle wird Gregor durch einen Schuß unterbrochen; getroffen stürzt der Geier in den See. Im Körper des Vogels finden Gregor und die Schwestern die „kleinen Kugeln" des „Wildschützen": auf diesem Wege gibt Ronald seine Nähe zu erkennen. Der Sturz des Geiers bildet gleichsam den Zusammenbruch einer geometrischen Figur, die aus den im Geier sich schneidenden „Sehlinien Clarissas und des unsichtbaren Schützen" gebildet wird. Der Schuß „reduziert das Dreieck, indem seine metaphysische Spitze entlang der Höhe ‚pfeilgerade' auf die Basis stürzt, zur Strecke, deren Mittelpunkt der tote Vogel, ‚wie ein weißer Punkt beleuchtet', markiert" (Martin Selge).

Nach Selges Meinung besitzt die Gestalt des alten Gregor besondere Bedeutung für die Erkenntnis von Stifters Absicht, im „Hochwald" die geschichtliche Entwicklung des Mensch-Natur-Verhältnisses ins Blickfeld zu bringen: „Als Naturwissenschaftler der Erzählung ist Gregor Vertreter einer vorinstrumentalen, auf unvoreingenommener Beobachtung und umgänglicher Vertrautheit basierenden Naturkunde. Aus solcher Haltung erteilt er seinen höfischen Schülerinnen naturkundlichen Unterricht." (Das Wort „umgänglich" bezieht sich auf den Begriff des Umgangs, den Theodor Litt in „Das Bildungsideal der deutschen Klassik" in die moderne Arbeitswelt eingeführt und definiert hat.) Selge fährt fort: „Offensichtlich ist es Stifter darum zu tun, Gregors Naturauffassung im Rahmen ihres historischen Kontextes zu thematisieren, der hier als Sequenz der mythologischen, der umgänglichen und der instrumentalen Epoche menschlicher Kenntnisnahme von der Natur erscheint. Wer also Stifters Naturauffassung mit der Gregors identifiziert, übersieht dies, übersieht, daß der lesende Wanderer zu Beginn aufgefordert wird, ‚zwei Jahrhunderte zurück' zu gehen [vgl. S. 188], und daß eine gewisse Historizität auch in Gregors Reden selbst stets spürbar bleibt. Sein Sprechen unterscheidet sich gezielt, vor allem durch den naturfrommen Grundton, von dem des Erzählers . . . Gregor ist nicht das Sprachrohr Stifters, sondern erfüllt als zentrale Figur der Erzählung die Funktion, durch sein dichterisches, naturerfahrenes und naturfrommes Erzählen die Mädchen in der Natursphäre, ihrem Exil, heimisch zu machen, damit sie dem Schock aus der Welt der Geschichte, ihrer Heimat, gewachsen sind."

Eier gelegt hatte. Wenn sie sich aber nicht vermählen, so erstarren sie, und seht, in einer Felsenritze geduckt, oft in Eis und Schnee gefroren, überdauert dieses zerbrechliche Wesen den harten Winter des Waldes, und erlebt dann seinen versprochenen Frühling. Habt Ihr noch nie schon beim ersten Sonnenblicke, wenn noch kaum Halm und Gras hervor ist, einen Falter fliegen gesehen mit ausgebleichten zerfetzten Flügeln, wie ein vorjährig verwittert Blatt? – Dies ist so ein Überwinterer."

Aber Johanna antwortete nicht; die Rede des Alten fiel ihr wie ein Stein auf das Herz; es wurde ihr fast so weh, daß sie nichts redete, und der armen Schwester nachsah, die vorausging und ihre Gedanken längst schon von den Faltern abgewendet hatte.

„Die in unsrem Garten zu Hause sind aber auch viel lustiger und schöner", sagte sie endlich zu Gregor, „sonst hätte Clarissa schon mehr auf sie, und auf unsere Rede geachtet."

Aber ein Tränentropfen kam ihr in die Augen.

Gregor schwieg und schüttelte den Kopf.

Schon früher einmal, da sie es selbst nicht wußte, hatte er ihr schweres Herz bemerkt. Zwei Sperlinge waren die Veranlassung gewesen. Als nämlich Johanna einmal nach dem Mittagessen auf den Söller trat, um den Hühnern die Brosamen hinabzuwerfen, so bemerkte sie unter ihnen zwei dieser menschenliebenden Vögel, mit hastigem Hunger von den Körnern pickend, die für die Hühner dalagen. Sie erschrak beinahe freudig, denn sie meinte, sie können nicht anders als vom Vaterhause gekommen sein, und eine solche Wehmut kam über sie, daß ihr fast ein Weinen ankam!! –

„Gregor, verscheucht sie nicht", rief sie hinab, „daß sie ihr Mittagsbrot verzehren können, ehe sie ihre weite Reise wieder antreten."

„Sie reisen nicht", antwortete er, „denn sie sind schon drei Tage hier. Dieser Vogel sucht den Menschen, und findet ihn selbst in der Wildnis, um in seinem Hause zu wohnen. Wenn wir über Winter da sind, diese bleiben gewiß auch da."

Johanna schaute zärtlich hinunter, und ließ Brosamen und Tränen fallen, – sie wußte nicht, warum ihr Herz bedrängt sei. – – Du ahnungsvolle Unschuld! – der glänzendweiße Seraph deiner Schwesterliebe fühlt sich bedrückt durch den, der seine dunklen Schwingen im Herzen der Schwester reget.

Und dennoch ging sie hinein und zog Clarissen heraus, um ihr die Sperlinge zu zeigen.

Gregor führte ‚seine Kinder' wie vor und ehe durch die Wälder und zeigte ihnen das allgemache Winterrüsten, das langbärtige Moos der Birken- und Tannenäste, die fliegenden Waldsamen, unter die dürre Hülle der Gräser und Blätter schlüpfend, das Abfallen der letzten Himbeeren und das Verkümmern der noch nicht gezeitigten; er zeigte ihnen an den Laubzweigen schon jetzt die Vorbilder der künftigen Frühlingsknospen in ihren braunen Panzern. Die Fichtengeschlechter standen unverändert in düstergrüne Mäntel eingehüllt, auf Eis und Schnee harrend, und der Eichbaum hielt sein raschelnd Laub fest in den tausend zähen Fingern. Ja, Gregor malte ihnen schon die künftige Winterschönheit vor: an heiteren Tagen das Glänzen und Flimmern, das Leuchten, Spiegeln hier und dort und oben und unten, ein durchbrochner Eispalast der ganze Wald, zart wie Spitzengewebe ihres Kleides, ja tausendmal zarter hängend von Zweig zu Zweig, dann das Krachen, wenn eine Schnee- oder Eislast bricht, und die feste kalte Luft erschüttert – oder wenn sie nachts bei Lichte in der warmen Stube sitzen, kein Lüftchen um das Haus, oben aber Tauwind geht, daß die Wälder seufzen, und sie das ferne Wehen und Sausen bis in ihr Bette hören, oder das Knarren und Girren der reibenden Stämme, und vom Felsen das Brechen und Fallen der Lawine – oder im Frühlinge, wenn die neugebornen Bäche nächtlich allüberall von den Höhen rauschen, und ahnungsreich ans Ohr schlagen – – – es ist keine Jahreszeit, in der er nicht die Pracht des Waldes gesehen.

Er dichtete und erzählte auf den Wanderungen wie früher, und schwärmte sich in Phantasieen und Gefühle der Einöde hinein, wie früher, aber der dichterischen Rede fehlte jetzt das dichterische Ohr; denn er in seiner Einfalt wußte nicht, daß Clarissa viel öfter an Ronald dachte, als er selber, und Johanna an Clarissen. Dafür aber, wenn sich jetzt ein Ohr für ihn auftat, so fielen seine Worte in empfänglichere schwülere Herzen, und lockten aus ihnen Blumen empor, größer, dunkler, duftender als je zuvor.

Vom Vater war seit langem gar keine Botschaft gekommen, Gregors Enkel blieb aus, und zu ihrer Unruhe dauerte schon die Verschleierung des Himmels über vierzehn Tage, so daß man nicht gegen Wittinghausen sehen konnte.

Die Kohlmeise wurde nicht mehr gehört, der Krammetsvogel war fort, und fast täglich zog sich durch den grauen Himmel der graue Faden der Wandergänse, nach Süden ziehend.

Oft, wenn der Nachtnebel über den See sank, riesenarmige Schatten durcheinandergriffen, unten am Wasser gestaltlose schwarze Dinge standen, und die sanfte Mondesscheibe über all den Perlenflor ein trübes, gehauchtes Gelb goß: saß das schöne Paar in dem bereits geheizten Zimmer, durch dessen Fenster ihr Lampenlicht goldne Fäden hinausspann in die Silbernacht des Nebels, und Clarissa goß all ihr Lieben und ihr Hoffen in die Harfentöne, und Johanna sah sie liebreich und erbarmend an, in ihrem Herzen denkend, oh, es ist nicht gut so – mir ahnt, es ist nicht gut so . . .

„Wie schön er ist, und wie hold er unsre Sprache redet", sagte Clarissa plötzlich.

„Aber", entgegnete Johanna, „eines Tages wird er fortgehen und ein Held werden, wie sie sagen, das heißt er wird Menschenblut vergießen, wie die anderen, ohne um den Grund zu fragen, wenn nur Abenteuer und Gefahr dabei ist, und da wird er sich erst groß und würdig dünken. Klebt auch, wie du sagst, noch kein Tröpflein deutsches Blut an seinen Händen, so wissen wir nicht, ob es nicht in dem Augenblicke der Fall sein kann, als wir hier reden, oder morgen oder übermorgen – – es ist ein hartes gewalttätiges Geschlecht – o wie hasse ich sie, diese Männer!"

Clarissa lächelte selig und schüttelte sanft das Haupt.

Endlich war ein Abend gekommen, der ungleich seinen grauen Vorgängern so rein und kalt, wie eine aus Gold gegoßne Kuppel über dem Walde stand, und auch blieb, ja des Nachts sich mit einem Übermaß der Sterne füllte, daß man meinte, sie hätten nicht Platz und einer berühre den andern.

Ronald, von dem hier die Rede ist, verkörpert (etwa durch seine „Zweisprachigkeit") die Überwindung von Grenzen und Feindschaft im geschichtlichen Raum. In Johannas Urteil klingt dagegen der Pessimismus gegenüber jeglichem Handeln an, den Franz Grillparzer in „Ein Bruderzwist in Habsburg" am Beispiel der Gestalt Rudolfs II. (1552–1612, Kaiser ab 1576) gestaltet hat. Der Stoff beschäftigte Grillparzer ab 1825/1826; die Uraufführung erfolgte 1872.

„In schöner Unveränderlichkeit umsteht die kosmische Sphäre die radikale Veränderung der familiären Welt zum Schlimmen und Schrecklichen, deren Fassung dem Teleskop versagt ist. An seiner Statt informieren die Vergleiche (‚in lauter weißen Funken brennend‘, ‚wie schwache blutige Streifen‘) genau und fast zu deutlich über das umwölkte Geschehen, Vergleiche, die ... strikt aus der Optik der Mädchen formuliert sind, doch so, daß sie vom aufgeklärten Leser zu Informationen über die Ereignisse in der geschichtlichen Wirklichkeit umgemünzt werden können." Selge verweist in einer Anmerkung zu „wie schwache blutige Streifen" auf das Stifter gewidmete Buch „Natur und Gemüth. Beiträge zur Ästhetik der Pflanzenwelt" (1867) von Carl von Hippel; dem fünften Kapitel, „Eine Buchenwaldung im Spätherbst", ist der betreffende Satz („bis ins fernste Blau ...") vorangestellt. „Daß die Zitierung in dem Rahmen so glatt möglich ist, belegt, wie sehr die von Stifter funktionalisierten Elemente (blutig, Wölklein, Waldestrauer) zugleich einem objektiven Herbstbild angehören" (Selge).

Eine sehr kalte Nacht folgte, und als die Sonne aufgegangen, stand der ganze Wald in weißem Reife da, in lauter weißen Funken brennend und glitzernd, so dicht, als wäre nachts der ganze Sternenhimmel auf ihn herabgesunken.

Gregor gab nicht zu, daß man im Reife und der Morgennässe aufbreche, sondern erst gegen Mittag, als der ungewöhnlich kalten Nacht eine ungewöhnlich heiße Sonne gefolgt war, traten sie den Weg auf den ersehnten Blockenfels an.

Sie waren jetzt lange nicht dort gewesen. Wie verändert war der Wald! – Bis ins fernste Blau zog sich das Fahlrot und Gelb des Herbstes, wie schwache blutige Streifen durch das Dämmerdunkel der Nadelwälder gehend, und alles war ruhig, gleichsam ergeben harrend, daß es einschneie. Nur der Himmel, so lieb und rein, wie einst, ohne ein einzig Wölklein, zog über die schweigsame Waldestrauer hinaus. Johanna fand durchaus den kleinen blauen Würfel nicht am Waldesrand, wie sehr sie ihr Auge auch anstrengte, und wie klar und fast wesenlos die Herbstluft auch war. Clarissa, wie gewöhnlich, richtete das Rohr – – aber auch sie fand das Schloß nicht, sondern rückte und rückte am Waldessaume entlang, und wieder zurück, sie sah wohlbekannte Biegungen und Linien, in deren Nähe das Schloß sein sollte, – – endlich erklärte sich das Rätsel: wenn auch nicht am ganzen Himmel, so lag doch an dem fernen Waldsaume ein kleines Wölklein gerade da, wo sie das Vaterhaus sehen sollten. Gregor glaubte, sie sollen ein wenig warten, etwa vergehe es bald, wenn es nicht sei, wie im Herbste so oft, daß der Nebel an einem einzigen kleinen Punkte anzuschießen beginne, wie ein unbedeutend Wölklein, das hereindrängt, bis er sich schnell vergrößert, und endlich ganze Waldstrecken einhüllt. Wenn letzteres der Fall ist, wird morgen gewiß schlechtes Wetter sein, und dann harren sie vergebens.

Sie warteten. –

Aber weder vergrößerte sich das Wölklein sonderlich, noch auch verzog es sich, bis sogar der Greis darauf drang, die Sache für heute ganz aufzugeben, da der Nachmittag jetzt so kurz sei, und sie doch bei zwei Stunden brauchen könnten, bis sie in ihr Haus kämen. Morgen sei gewiß allen Anzeichen nach ein noch schönerer Tag, und er werde sie sodann so früh, als möglich heraufführen. Noch drei- noch viermal sahen sie durch das Rohr, aber ohne Erfolg, und sie trennten sich endlich ungern und unruhig von dem Platze. – Man langte zu Hause an. Dieselbe goldne wunderschöne Kuppel, wie gestern, baute sich auch heute abend über die dunklen abendfrischen Waldhöhen auf, und dasselbe Wimmeln der Gestirne folgte, wie gestern, aber fast noch dichter, als sänke der ganze Himmel in einem leisen lichten Schneeregen nieder, woraus der Alte einen noch klareren Tag prophezeite.

Alles suchte die Ruhe. Gregor verbrachte eine schwere kummervolle Nacht.

Endlich kam der Morgen. Dieselbe spiegelreine Sonne stieg herauf, wie gestern, und beleuchtete den Reif, der schnell so Blatt als Gras der Veralterung und dem Verfalle entgegenführte. Die Mädchen drängten den Greis, aber er hieß sie die reine Mittagsluft erwarten. Endlich brachen sie auf, wieder von einer fast heißen Sonne geleitet.

Im Emporsteigen konnten sie recht die Verwüstungen des Frostes betrachten, wie noch rückgebliebene Blätter rostbraun oder blutrot oder vergelbt am Strauchwerke hingen, und wie die Farrenkräuter, und die Blätter der Beeren und die aufgeschoßnen Schafte gleichsam gesotten und schlapp herabhingen.

Johanna war die erste am Gipfel des Felsens, und erhob ein lautes Jubeln; denn in der glasklaren Luft, so rein, als wäre sie gar nicht da, stand der geliebte kleine Würfel auf dem Waldesrande von keinem Wölklein mehr verdeckt, so deutlich stand er da, als müßte sie mit freiem Auge seine Teile unterscheiden, und der Himmel war von einem so sanften Glanze, als wäre er aus einem einzigen Edelsteine geschnitten.

Clarissa hatte inzwischen das Rohr befestigt und gerichtet. Auf einmal aber sah man sie zurücktreten, und ihre Augen mit sonderbarem Ausdrucke auf Gregor heften. Sogleich trat Johanna vor das Glas, der Würfel stand darinnen, aber siehe, er hatte kein Dach, und auf dem Mauerwerke waren fremde schwarze Flecken. Auch sie fuhr zurück – aber als sei es ein lächerlich Luftbild, das im Augenblicke verschwunden sein müsse, drängte sie sogleich ihr Auge wieder vor das Glas, jedoch in derselben milden Luft stand dasselbe Bild, angeleuchtet von der sanften Sonne, ruhig starr, zum Entsetzen deutlich – und der glänzende, heiter funkelnde Tag stand darüber – nur zitterte es ein wenig in der Luft, wie sie angestrengten Auges hineinsah; dies war aber daher, weil ihr Herz pochte, und ihr Auge zu wanken begann.

Als sie sich nun ohnmächtig zurücklehnte, hörte sie eben, wie Clarissa mit schneebleichem Antlitze sagte: „Es ist geschehen."

„Es ist geschehen", erwiderte Gregor; „mir ahnete gestern schon aus dem sanften unbeweglichen Wölklein – aber lasset mich es auch erblicken."

Mit diesem Worte schaute er in das Rohr, aber ob auch sein Auge durch Übung vielmal schärfer war, als das der Mädchen, so sah er doch auch nichts anders, als sie: in schöner Klarheit einen gewaltigen Turm von dem Waldrande emporstehen ohne Dach, und mit den schwarzen Brandflecken, nur schien es ihm, als schwebe noch eine ganz schwache blaue Dunstschichte über der Ruine. Es war ein unheimlicher Gedanke, daß in diesem Augenblicke dort vielleicht ein gewaltiges Kriegsgetümmel sei, und Taten geschehen, die ein Menschenherz zerreißen können; aber in der Größe der Welt und des Waldes war der Turm selbst nur ein Punkt. Von Kriegsgetümmel ward man gar nichts inne, und nur die lächelnde schöne Ruhe stand am Himmel und über der ganzen Einöde.

Es ergriff hart das Herz des alten Mannes, daß er mit den Zähnen knirschte, jedoch er tat nicht den geringsten Schmerzenslaut, sondern vom Rohre wegtretend, sagte er: „Da haben sie etwas davon, wenn sie das alte Dach abbrennen, wo man ohnedies bald ein neues hätte setzen müssen. – Was er doch für ein erfahrner Kriegsmann ist, euer Vater; er hat es gerade so vorausgesagt. Tröstet euch nur, meine Kinder, – Clarissa, schaut nicht so schreckhaft auf einen Punkt hinaus!"

„Ja", erwiderte sie langsam, „das Dach ist verbrannt worden, das sehen wir, aber was noch geschehen ist, das sehen wir mit diesem

Diese Szene dient Walter Höllerer in seiner die Biedermeierforschung auf neue Wege leitenden Epochendarstellung „Zwischen Klassik und Moderne. Lachen und Weinen in der Dichtung einer Übergangszeit" (1958) als Grundlage seines Stifter-Kapitels. Aus Höllerers Sicht entspricht das im Fernrohr sichtbare „Bild, angeleuchtet von der sanften Sonne, ruhig starr, zum Entsetzen deutlich" in seinem Kontrast zum „glänzenden, heiter funkelnden Tag" jenen Bildern der Erstarrung und Unnahbarkeit, die sich beispielsweise in „Dantons Tod" (1835, Uraufführung 1902) von Georg Büchner (1813–1837) finden. Höllerer knüpft hierbei an einen Aufsatz von Heinz Otto Burger aus dem Jahr 1951 an: „Für Stifter symbolisiert die lächelnde Ruhe, die am Himmel steht, eine leidenschaftslose Macht, der alles gleich gilt und einerlei ist ... Das innerste Gefüge von Stifters Vorstellungswelt begreift sich im Doppelsinn des Wortes Gleichgültigkeit, entsprechend der Ambivalenz des Ekels bei Büchner." Burger verweist in diesem Zusammenhang auf Entsprechungen zwischen der „Gleichgültigkeit" Stifters und dem Begriff der „impassibilité" („Leidenschaftslosigkeit") bei Gustave Flaubert (1821–1880).

Anknüpfend an Burger und Höllerer (vgl. Randspalte S. 205) betont Selge die inhaltliche wie ästhetische, die Erzählweise bestimmende Funktion des Fernrohrs hinsichtlich der „Gleichgültigkeit", die sich im Bild der „lächelnden schönen Ruhe am Himmel" zu manifestieren scheint: „Man verkürzt seinen Sinn, wenn man es [das Bild] nur den Schrecken des Krieges, ‚die ein Menschenherz zerreißen können', zuordnet. Die kosmische Gleichgültigkeit steht über der ‚ganzen Einöde', sowohl über dem Kriegsgetümmel, das nur ein ‚unheimlicher Gedanke' bleibt, wie über der wirklich erzählten Vergeblichkeit, das Geschehen teleskopisch [das heißt mittels des Fernrohrs] begreifen zu können. Daher gewinnt das Bild erst seine eigentliche Spannung. In einem Augenblick, da gemeinhin menschliche Kommunikation sich aus innerster Legitimität zu bewähren trachtet, weil sie das Unverständliche im gegenseitigen Verstehen bewältigt und aufhebt, im Unglück, sind die Mädchen, angewiesen auf einen Informanten [das Fernrohr], der der Selbstgesetzlichkeit des Himmels, nicht aber den Zufällen geschichtlicher Ereignisse gewachsen ist, einem Wahrnehmungsmodus ausgeliefert, der Verstehen gerade nicht ermöglicht"; Clarissa und Johanna sind „im Geltungsbereich des nomologischen [Verfahrens] gefangen". Als Problemhorizont der Erzählung erweist sich somit die moderne Erfahrung insbesondere im Bereich der Naturwissenschaft, daß die Zunahme an (instrumenteller) Wahrnehmung im umgekehrten Verhältnis zur Verständnismöglichkeit steht.

Rohre nicht – – sagt, warum kommt Euer Enkel Raimund nicht, warum keine Botschaft schon seit Wochen?"

„Weil nichts entschieden war", fiel Gregor ein; „gestern, vorgestern kann der Brand erst stattgefunden haben, darum wird und muß morgen oder übermorgen Botschaft eintreffen, ja wer weiß, ob sie nicht schon unser im Hause harret. Kommt, – es geschah, was wir voraus wußten. – Daß ein Haus verbrannt von durchziehenden Heerhaufen wurde, ist nichts Absonderliches, und wird oft in diesem Kriege geschehen sein."

„Aber zwei Menschen waren in diesem Hause . . ."

„Und einer davon", unterbrach er, „war einst ein großer Krieger, der gewiß für Abzug und Geleite, oder für ehrliche Haft unterhandelt haben wird."

„Und ein andrer war dabei", fuhr Clarissa fort, „der sagte, daß auf dem hochverehrten Haupte kein einzig Härchen sollte gelüftet werden."

„Und es wurde auch kein einziges gelüftet, wenn Ronald zugegen war . . ."

„Oder?"

„Es ist auch auf seinem Haupte kein einziges mehr lebendig."

Zwei angstvolle Gesichter sahen in maßloser Bestürzung auf ihn.

„Macht mich nicht selbst zum Toren", rief er unwillig aus, „und jagt mir nicht kindische Angst ein – ich sage euch ja, es ist nichts geschehen, weil's zu unvernünftig wäre – – darum gebt eure Sorge und euer Herz in Gottes Hand, und harret nach eures Vaters Willen auf die Entscheidung. Kommt, nehmt weg das Rohr, und lasset uns den Heimweg suchen."

Aber sie nahmen das Rohr nicht weg. Clarissa warf sich neuerdings vor das Glas, und sah lange hinein – aber dieselbe eine Botschaft war immer darinnen, doppelt ängstend durch dieselbe stumme Einförmigkeit und Klarheit. Auch Johanna sah hindurch, um ihn nur gewöhnen zu können, den drohenden unheimlichen Anblick; denn sobald sie das Auge wegwendete, und den schönen blauen Waldduft sah, wie sonst, und den lieblich blauen Würfel, wie sonst, und den lachenden blauen Himmel gar so prangend, so war es ihr, als könne es ja ganz und gar nicht möglich sein – und wenn sie wieder in das Glas sah, so war's, als sei selbst das heitre Firmament düster und schreckhaft, und das Walddunkel ein riesig hinausgehendes schwarzes Bahrtuch.

Endlich – Clarissa faßte sich zuerst, und den Gedanken verwerfend, den die erste Fieberhaftigkeit eingegeben, nämlich alsogleich aufzubrechen, und, koste es, was es wolle, das Vaterhaus zu suchen, schlug sie vor, ohne Säumen in das Haus zu gehen, und sogleich einen der Knechte auf Kundschaft auszusenden, und, bis er zurückkehre, oder ein anderer Bote eintreffe, bei vorsichtigster Bewachung der Zugänge im Hause zu verharren. Sogleich nahm sie auch das Rohr ab, und schob es ineinander, sich selbst und Johannen jeden ferneren Blick strenge versagend, um nicht länger den untätigen Schmerz und die vielleicht unnötige Angst zu nähren.

Johanna, mit einem Schmerzblick, ließ es geschehen: aber es loderte in ihr auch Bewunderung Clarissens auf, die wieder ihre schöne starke Schwester geworden, der sie sich sonst so gerne und so liebend unterworfen hatte.

Gregor billigte alles, nur nicht das Wegsenden eines Knechtes. „Euer Vater“, sagte er, „weiß, daß ihr dies Rohr habt, und von dem Stande der Dinge unterrichtet sein müsset: er wird daher keine Minute säumen, euch das Nähere kund zu tun. – Der Knecht könnte in Feindeshand geraten, und in der Angst euren Aufenthalt offenbaren.“

Die Mädchen sahen ein, und gaben nach.

Noch einen traurigen Blick taten sie über Weite und Breite ihrer herbstlichen Wildnis, und dann verließen sie den Gipfel ihres vielgeliebten Felsens mit Gefühlen, so ganz anders, als sie sonst immer herabgestiegen waren – mit Ahnungsgefühlen, die jede heimlich angstvoll wälzte, und der andern verbarg und sie an ihr bekämpfte. Am See standen die zwei ruhigen dunklen Gestalten der Knechte, die auf sie warteten; man bestieg den Floß und fuhr über. Gregor ließ das Fahrzeug anbinden, und als man durch das Pfahltor eingegangen war, wurde es eingeklinkt und mit den Riegeln verschlossen. Nachts löseten sich die Knechte im Wachen ab.

Morgen erschien und verging, aber kein Bote war gekommen. Ebenso übermorgen.

Und so verging Tag um Tag, bis ihrer eilf vorüber waren, ohne daß Botschaft gekommen. Gregor gab nach, und geleitete sie noch einmal auf den Felsen. Mit derselben starren Einfachheit stand die Ruine am Waldrande, wie des ersten Tages, aber nicht ein Hauch einer andern Nachricht war von ihr herübergekommen. Die Angst mit breiten schwarzen Flügeln senkte sich auf Tal und Wald.

Endlich sanken die ersten weißen zarten Schneeflocken in den dunklen See – und man hatte nun doch einen Knecht auf Kundschaft ausgesendet – –

Aber auch er ist nicht wieder gekommen.

Soldaten beim Überfall auf ein Dorf; Radierung von *Hans Ulrich Franck* (1603–1680) aus dem Jahr 1643.
Das Clarissa und Johanna zunächst verborgene Geschehen – die Zerstörung Friedbergs und der Burg Wittinghausen, der Tod des Vaters, des Bruders und Ronalds – wird im abschließenden Kapitel „Waldruine“ durch den Bericht des „Ritters“ Bruno nachgetragen. Die Erzählung endet mit einem erneuten Perspektivewechsel: „Daß die Schwestern sehr alt geworden, wußte man bis in die neueste Zeit ...“ Über Gregor heißt es (wobei – filmisch gedacht – das Bild langsam verdunkelt): „Einen alten Mann, wie einen Schemen, sah man noch öfter durch den Wald gehen, aber kein Mensch kann eine Zeit sagen, wo er noch ging, und eine, wo er nicht mehr ging.“

Die erste Fassung der Erzählung ist 1843 im „Österreichischen Novellenalmanach“ erschienen, die zweite, dem hier wiedergegebenen Text zugrundeliegende Fassung 1847 im vierten Band der „Studien“. Sie gliedert sich in zwei kürzere („Esther“ und „Deborah“, das heißt nach der Mutter und der Gattin des Abdias benannte) und ein längeres, nach Abdias' Tochter Ditha benanntes Kapitel. Abdias, der Sohn jüdischer Händler, wächst in einer verfallenen Römerstadt in einem Wüstengebiet des Atlasgebirges auf. Nachdem er selbst als Händler in der Welt herumgekommen ist, kehrt er mit seiner schönen Gattin Deborah in die Wüstenstadt zurück. Von hier aus unternimmt er weite Handelsreisen und häuft die erworbenen Schätze in seiner in den Ruinen verborgenen Wohnung.

Das auf der gegenüberliegenden Seite wiedergegebene Gemälde von *Peter Johann Nepomuk Geiger* (1805–1880) zeigt *Abdias vor dem Hintergrund des römischen Triumphbogens,* in dessen Nähe sich die unterirdische Behausung befindet. Stifter, der das Gemälde 1858 als Geschenk erhalten hat, empfand es als „feuriges, tiefgedachtes Meisterwerk“ (an Louise von Eichendorff).

Die Schicksalsschläge, die Abdias treffen, beginnen mit einer Pockenerkrankung, die sein Gesicht entstellt. Deborah wendet sich von ihm ab. Kurz darauf plündern Räuber seine Wohnung aus. Heimkehrend findet Abdias seine Frau mit einem neugeborenen Kind vor. Ihre Liebe zu Abdias erwacht neu in ihrer Todesstunde. Abdias verläßt mit seiner blindgeborenen Tochter Ditha Afrika, um sich in den böhmischen Wäldern niederzulassen. Er errichtet ein Haus und bestellt das Land. Um das Kind nach seinem Tode nicht mittellos zurückzulassen, beginnt er erneut mit dem Handel.

Abdias

Ditha

... Wenn er zu Hause war, saß er immer in Dithas Zimmer, sobald er nur seine Rechnungen und seine Geschäfte abgetan hatte. Der kleine Sessel mit der Hinterlehne für ihr schönes Haupt war ihr lieb geworden, sie saß jetzt gerne darinnen, obwohl er für die aufblühenden und empor strebenden Glieder zu klein geworden war. Da kauerte der Jude auf einem kleinen Schemel neben ihr, und sprach immerwährend zu ihr. Er lehrte sie Worte sagen, deren Bedeutung sie nicht hatte – sie sagte die Worte nach und erfand andere, welche aus ihrem inneren Zustande genommen waren, die er nicht verstand, und die er wieder lernte. So sprachen sie stundenlange mit einander, und jedes wußte, was das andere wollte. Sie streichelte öfter mit ihren kunstreichen Händen, nachdem sie ein wenig in der Luft gesucht hatte, seine harten Wangen, und seine schlichten dünner werdenden Haare. Zuweilen legte er Geschenke in ihre Hand, ein Stückchen Stoff zu einem Kleide, dessen Feinheit sie greifen konnte, und verstand; namentlich Linnen, das sie sehr liebte, dessen Glätte, Weiche und Reinheit sie besonders zu beurteilen verstand, und das, weil sie nie unter Menschen kam und Putz brauchte, nicht nur das ihrem Körper zunächstliegende, sondern meistens auch einzige Kleidungsstück war. Wenn sie ihr linnenes Überkleid über das untere getan hatte, um damit im Hause zu sein, legte sie seine Falten so schön, und machte vorne die Spange zu, daß Sehende geglaubt haben würden, sie hätte das Werk vor dem Spiegel gemacht. Und dann strich sie mit der Hand längs des Stoffes hinab, und faßte ihn zwischen Daumen und Zeigefinger, und sagte: „Vater, das ist noch weicher, als das andere.“

Die Füßchen, an denen Schuhe waren, stellte sie nebeneinander auf den Schemel, und griff die Weichheit desselben. Manchmal gab er ihr Eßwaren, die er gebracht, Früchte und dergleichen – und wenn sie den Kern oder anderes, das weg zu legen war, zwischen den Fingern hielt, suchte sie nach der daneben stehenden Tasse, damit ja nichts beschmutzt würde.

Ihr Gliederbau bildete sich allgemach höher, und wenn sie in dem Grase des Gartens ging, oder die weiße Gestalt neben der weißen Mauer desselben, so gab sie das Bild eines erwachsenden Mädchens. Unter den sehenden Wesen war Asu, der Hund, von dem Abdias am meisten geliebt wurde. Er hatte ihn einstens, weil man seine Mutter erschlagen hatte, und er noch blind war, aufgelesen und erzogen. Dieser Hund, da er erwachsen war, begleitete Abdias überall, und wenn er halbe Tage lang bei Ditha in dem Zimmer, oder manchmal auch in dem Grase des Gartens saß, so saß der Hund immer dabei, wendete kein Auge von den beiden, als verstünde er, was sie sagten, und als liebte er sie beide. Wenn Abdias nachts in sein Zimmer ging, um zu schlafen, legte er dem Hunde unter dem Tische seinen Teppich zurecht, und richtete ihn, daß er weich sei.

Mit diesem Hunde hatte Abdias ein Unglück, als wenn es mit dem

Stifter stellt seiner Erzählung eine weltanschauliche Betrachtung voran, in der er zwischen Fatum und Schicksal unterscheidet, um beides in Frage zu stellen: „Es gibt Menschen, auf welche eine solche Reihe Ungemach aus heiterm Himmel fällt, daß sie endlich da stehen und das hagelnde Gewitter über sich ergehen lassen: so wie es auch andere gibt, die das Glück mit solchem ausgesuchten Eigensinne heimsucht, daß es scheint, als kehrten sich in einem gegebenen Falle die Naturgesetze um, damit es nur zu ihrem Heile ausschlage ... Dieses war den Alten Fatum, furchtbar letzter starrer Grund des Geschehenden, über den man nicht hinaus sieht, und jenseits dessen auch nichts mehr ist, so daß ihm selber die Götter unterworfen sind: uns ist es Schicksal, also von einer höheren Macht Gesendetes, das wir empfangen sollen ... Aber eigentlich mag es weder ein Fatum geben, als letzte Unvernunft des Seins, noch auch wird das einzelne auf uns gesendet; sondern eine heitre Blumenkette hängt durch die Unendlichkeit des Alls und sendet ihren Schimmer in die Herzen – die Kette der Ursachen und Wirkungen – und in das Haupt des Menschen ward die schönste dieser Blumen geworfen, die Vernunft, das Auge der Seele, die Kette daran anzuknüpfen, und an ihr Blume um Blume, Glied um Glied hinab zu zählen bis zuletzt zu jener Hand, in der das Ende ruht ..."

Manne immer hätte so sein müssen, daß sich die Dinge zu den seltensten Widrigkeiten verketten.
Es war zu einer Zeit, da sich eben in vielen Teilen der Gegend Fälle von Hundswut ergeben hatten, daß Abdias eine Reise nach Hause machte, und zwar auf einem Maultiere reitend, und wie gewöhnlich von Asu begleitet. In einem Walde, der nur mehr einige Meilen von seinem Hause entfernt war, und der Länge nach gegen jenen Föhrenwald mündete, von dem wir oben gesprochen haben, merkte er an dem Tiere eine besondere Unruhe, die sich ihm aufdrang, weil er sonst nicht viel hin geschaut hatte. Der Hund gab unwillige Töne, er lief dem Maultiere vor, bäumte sich, und wenn Abdias hielt, so kehrte er plötzlich um, und schoß des Weges fort, woher sie gekommen waren. Ritt Abdias nun wieder weiter, so kam das Tier in einigen Sekunden wieder neuerdings vorwärts, und trieb das alte Spiel. Dabei glänzten seine Augen so widerwärtig, wie Abdias es nie gesehen hatte, so daß ihm ängstliche Besorgnisse aufzusteigen begannen. Über eine Weile kamen sie zu einem kleinen flachen Wässerlein, durch welches man hindurch reiten mußte. Hier wollte der Hund nun gar nicht hinein. An seinen Lippen zeigte sich ein leichter Schaum, er stellte sich vor, und mit heiserem Schluchzen schnappte er nach den Füßen des Maultieres, da es dieselben ins Wasser setzen wollte. Abdias nahm eine seiner berberischen Pistolen aus dem Halfter, hielt das Maultier einen Augenblick zurück, und drückte das Gewehr gegen den Hund ab. Er sah durch den Rauch, wie das Tier taumelte und blutete. Dann ritt er in der Verwirrung durch das Wasser und jenseits weiter. Nachdem er eine halbe Stunde Weges zurückgelegt hatte, bemerkte er plötzlich, daß er einen Gürtel mit Silbermünze, den er zu diesem Zwecke immer um hatte, nicht mehr habe – und er erkannte den ungeheuren Irrtum in Hinsicht des Hundes. Er hatte den Gürtel an einer Waldstelle, an welcher er sich eine Weile aufgehalten hatte, hingelegt, und sah nun, daß er ihn dort vergessen habe. Sogleich jagte er zurück. In Schnelligkeit war das Wässerlein erreicht, aber Asu war nicht dort, er lag nicht an der Stelle, auf welcher er erschossen worden war, sondern es zeigten sich nur Blutspuren da. Abdias jagte weiter zurück, und auf dem Wege sah er überall Blut. Endlich kam er an die Waldstelle, er fand dort den Gürtel – und den sterbenden Hund vor demselben liegend. Das Tier machte vor Freude unbeholfene Versuche zu wedeln, und richtete das gläserne Auge auf Abdias. Da dieser auf den Hund niederstürzte, ihm Liebkosungen sagte, und die Wunde untersuchte, wollte das Tier mit matter Zunge seine Hand lecken – aber es war nicht mehr möglich und nach einigen Augenblicken war es tot. Abdias sprang nun auf, und wollte sich die weißen Haare ausraufen – er heulte – er stieß ungeheure Verwünschungen aus – er lief gegen das Maultier hin und riß die zweite Pistole aus dem Halfter, und krampfte seine Finger darum. Nach einer Weile warf er sie in das Gras des Waldes. Den Gürtel nahm er zehnmal auf, warf ihn zehnmal hin, und stampfte ihn mit den Füßen. Endlich als schon beinahe die Nacht hereingebrochen war, da er doch den Hund kaum in der Hälfte des Nachmittages erschossen hatte, nahm er den Gürtel mit Dithas Gelde wieder auf und band ihn um. Er suchte die hingeworfene Pistole in dem Grase, und steckte sie in das Halfter. Dann be-

stieg er das Maultier, und schlug wieder den Weg nach Hause ein. Da schon das Morgengrauen auf das öde Tal nieder schien, kam er an seinem Hause an, alle Kleider mit dem Blute des ermordeten Tieres besudelt; denn er hatte es beinahe in seinen Schoß gelegt, als er die Wunde untersuchte. Er hatte wohl wenig Glauben an die Rettung gehabt, da er wußte, wie gut er in der Wüste schießen gelernt hatte. Den Tag, als er angekommen war, gönnte er sich Ruhe, am andern aber mietete er sich zwei Männer, reisete mit ihnen zu der Waldesstelle, und sie mußten den Hund vor seinen Augen in die Erde verscharren.
Dann kam er zurück und betrieb seine Geschäfte fort, wie er sie vordem betrieben hatte.
Einige Zeit nach diesem Ereignisse verfiel er in eine Krankheit. Man weiß nicht, war es die Erregung, die er von dieser Tatsache hatte, oder war es der ihm ungewohnte feindselige Landstrich, was ihn darnieder warf: genug, die Krankheit war gefährlich, und er konnte sehr lange nicht von derselben genesen.
Aber gerade in dieser Krankheit, wo man meinte, daß alles in einfacher Ruhe nun fortgehen werde, geschah es auch wieder, daß eine jener Wendungen in dem Geschicke dieses Mannes eintrat, wie wir schon öfter Gelegenheit hatten sie in seinem Leben zu bemerken. Es geschah eine wundervolle Begebenheit – eine Begebenheit, die so lange wundervoll bleiben wird, bis man nicht jene großen verbreiteten Kräfte der Natur wird ergründet haben, in denen unser Leben schwimmt und bis man nicht das Liebesband zwischen diesen Kräften und unserm Leben wird freundlich binden und lösen können. Bisher sind sie uns kaum noch mehr als bloß wunderlich, und ihr Wesen ist uns fast noch nicht einmal in Ahnungen bekannt.
Ditha war beinahe völlig herangewachsen – ein schlankes Mädchen mit blühenden Gliedern, die sich auszubilden versprachen, und eine große Schönheit zu hoffen berechtigten. Abdias war während seiner Krankheit nicht zu ihr in ihr Zimmer gekommen; aber auch sie war in dieser Zeit nicht gesund gewesen: ein seltsames Zittern war an ihren Gliedern, das öfter verschwand, öfter kam und anhielt, zu verschiedenen Zeiten erschien, und namentlich, wenn heiße dunstige Tage waren. Der Arzt konnte es nicht recht erkennen, und sagte, es sei von dem Wachsen, weil sie in letzter Zeit ganz vorzüglich in die Höhe gegangen sei, und sich die Glieder wider Vermögen gedehnt hätten. Bis sie sich voller rundeten, würden die Erscheinungen verschwinden. Abdias war in den Tagen der Wiedergenesung, wo man schon in den Zimmern und in den Grenzen des Hauses herum gehen kann, aber noch nicht weiter fort, und seinen Beschäftigungen nicht nachzukommen vermag. Als er in diesem Zustande eines Tages auf seiner Stube saß, und mit Rechnungen und Entwürfen beschäftigt war, insbesondere darüber nachdachte, wie er es beginnen müsse, um die Zeit, die er jetzt krank war, herein zu bringen, daß sie im ganzen Verlaufe nicht zum Nachteile wäre: geschah es, daß ein Gewitter heraufzog. Er achtete nicht weiter darauf, da die Gewitter, die er hier erlebt hatte, sich nicht von ferne an Heftigkeit und Stärke mit denen vergleichen ließen, die er in der Wüstenstadt und sonst in Afrika gesehen hatte. Aber mit einem Male, wie er wieder so rechnete, und da der Regen noch kaum leise auf die Dä-

Durch den Begriff der Verkettung ist die Hunde-Episode mit der einleitenden Betrachtung Stifters verbunden. Zugleich ist einsichtig, daß der schreckliche Irrtum des Abdias ein Beispiel für den in der Einleitung angesprochenen Folgezusammenhang von Ursache und Wirkung bildet. Andererseits bricht jene Einleitung ab: „Wir wollen nicht weiter grübeln, wie es sei in diesen Dingen, sondern schlechthin von einem Manne erzählen, an dem sich manches davon darstellte, und von dem es ungewiß ist, ob sein Schicksal ein seltsameres Ding sei, oder sein Herz. Auf jeden Fall wird man durch Lebenswege wie der seine zur Frage angeregt: ‚Warum nun dieses?' und man wird in ein düsteres Grübeln hinein gelockt über Vorsicht Schicksal und letzten Grund der Dinge."

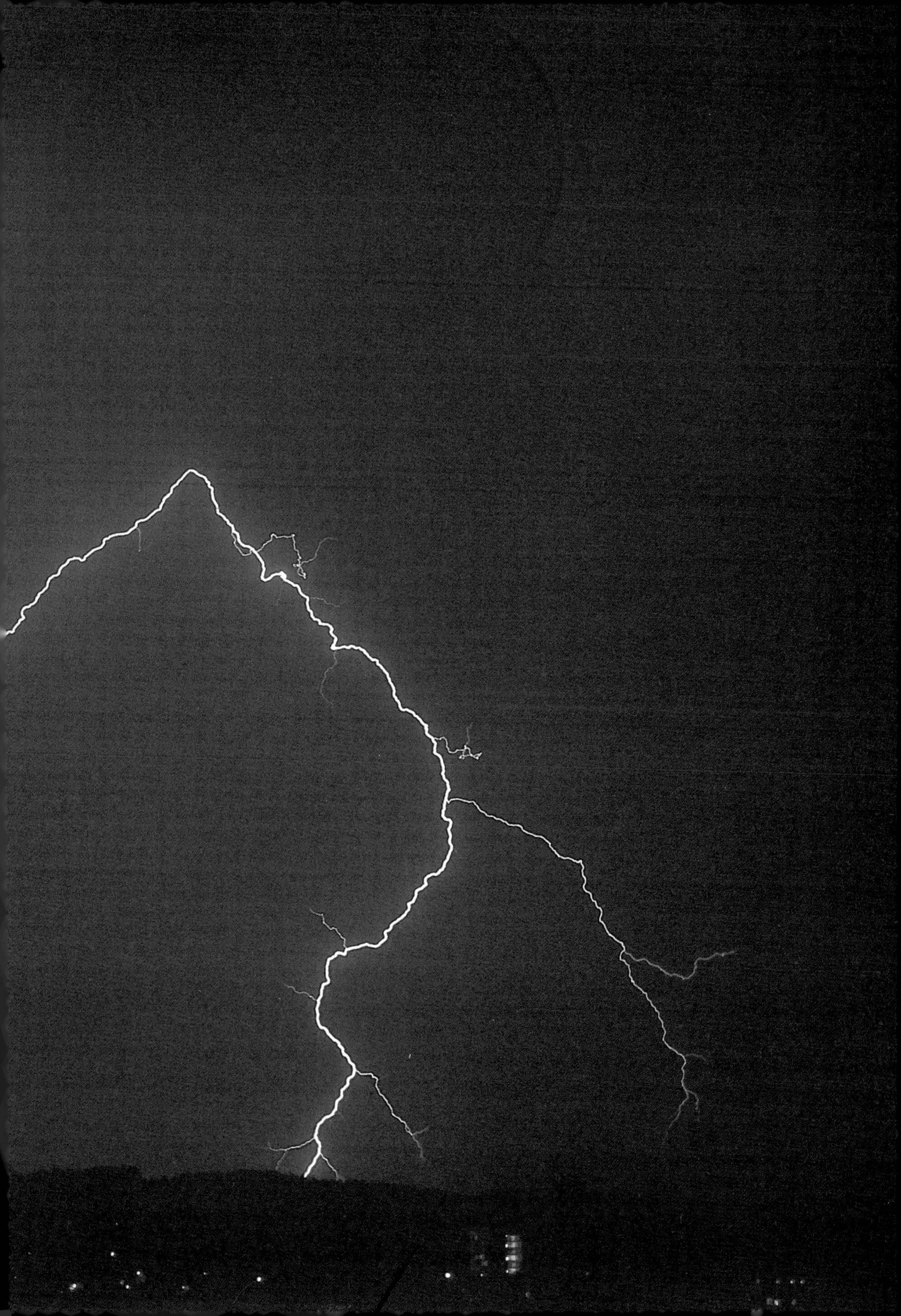

Die *Gewitterszene* der vorhergehenden Doppelseite unterstreicht die Bedeutung dieses Motivs nicht allein in „Abdias", sondern in einer ganzen Reihe von Erzählungen Stifters („Der Hagestolz", „Kalkstein", „Katzensilber", „Der Nachsommer"); Gewitterschilderungen finden sich auch in Stifters Briefen, ja Stifters letzte autobiographische Skizze stellt diese sogar an den Anfang seiner schriftstellerischen Tätigkeit: „Meine ersten Schriftstellerversuche liegen in meiner Kindheit, wo ich stets Donnerwetter beschrieb" (an Leo Tepe, 26. Dezember 1867). Selge unterscheidet drei literarische Funktionstypen der Stifterschen Gewitterschilderung: beim metaphorischen „spiegelt" das Naturgeschehen ein menschliches „Gewitter"; beim epischen – hierzu gehört die nebenstehende Szene – greift das Gewitter (rettend oder vernichtend) in den Ablauf des menschlichen Geschehens ein; beim methodischen ist es – beispielsweise im „Nachsommer" bei der ersten Begegnung zwischen Heinrich und Risach – das Objekt meteorologischer Auseinandersetzung.

cher niederträufelte, geschah ein schmetternder Schlag, von Feuer begleitet, das das ganze Haus in einen blendenden Schein setzte. Abdias erkannte augenblicklich, daß der Blitz in sein Haus gefahren sei. Sein erster Gedanke war Ditha. Obgleich in den Gliedern noch ermüdet, eilte er sogleich in ihr Zimmer. Der Blitz war durch dasselbe gegangen, er hatte die Decke und den Boden durchgeschlagen, daß dicker Staub in der Stube war, er hatte die eisernen Drähte des Käfigs, in dem das Schwarzkehlchen war, dessen Singen Ditha so erfreute, niedergeschmolzen, ohne den Vogel zu verletzen; denn derselbe saß gesund auf seinen Sprossen – auch Ditha war unbeschädigt; denn sie saß aufrecht in ihrem Bette, in das sie sich gelegt hatte, weil sie heute ganz besonders mit dem Zittern behaftet gewesen war. Abdias, der gewitterkundige Wüstenbewohner, sah das alles mit einem Blicke, er stieß nun schnell ein Fenster auf, um den heftigen widrigen Phosphorgeruch zu verscheuchen, dann sah er gegen Ditha – und wie er genau hinblickte, bemerkte er, daß eine fürchterliche Erregung auf ihrem Antlitze lag, wie Entsetzen, wie Todesschreck. Als er näher ging, um zu sehen wie es sei, kreischte sie, als drohte sich ein Ungeheuer über sie zu legen, und sie regte die Hände wie abwehrend entgegen – es war das erste Mal, daß sie die Hände nach etwas geradezu ausstreckte. – – Eine wahnsinnige Vermutung stieg in Abdias auf: er rannte nach dem Herde, auf welchem man eben ein Feuer hatte, riß einen glühenden Stumpf heraus, lief in Dithas Zimmer und schwang ihn vor ihren Augen. Sie aber tat wieder einen Schrei, arbeitete dann heftig mit den Gesichtszügen, als wollte sie etwas beginnen, was sie nicht konnte – endlich, als hätte sie es plötzlich gefunden, regten sich mit einmal ihre Augen im Haupte, indem sie den funkelnden Kreisen des Feuerbrandes folgten. Der Arzt war nicht anwesend. Abdias rannte nach dem Hauswächter, und sagte, er gebe ihm hundert Goldstücke, wenn er reite, was ein Pferd zu rennen vermöge, und den Arzt bringe. Der Wächter zog ein Pferd aus dem Stalle, sattelte es in Schnelligkeit, und ritt davon. Abdias sah ihm von einem Fenster aus, das er schnell aufgerissen hatte, zu. Indessen der Mann das Pferd sattelte, hatte Abdias die Eingebung gehabt, alle Fensterbalken in Dithas Zimmer zu zu machen, und noch dazu die Vorhänge herab zu lassen, damit die Augen vorerst in der ihnen holden Finsternis blieben, und von dem plötzlich eindringenden Lichte nicht verletzt würden. Als er dieses getan hatte, wobei Ditha immer stille gewesen war, hatte er, wie wir oben sagten, das Fenster des Ganges aufgerissen, um dem abreitenden Boten zuzusehen, dann ging er leise wieder in ihr Zimmer zu ihrem Bette, setzte sich zu ihr, und fing über eine Weile zu reden an. Die Stimme war das Gewisseste, was sie an ihm kannte, und sie übte nach und nach ihren gewöhnlichen Einfluß aus. Das geschreckte Kind beruhigte sich nach einiger Zeit – und in der Finsternis vergaß es gemach den furchtbar herrlichen Sturm des ersten Sehens. Nach mehreren Augenblicken fing es sogar selber zu reden an, und erzählte ihm von fernen bohrenden Klängen, die da gewesen, von schneidenden, stummen, aufrechten Tönen, die in dem Zimmer gestanden seien. Er antwortete ihr auf alles, und sagte recht freundliche Worte der Liebe. Bisweilen, wenn ein kurzer Stillstand des Gespräches war, stand er auf, rang in der Finsternis die

Hände über seinem Haupte, oder er krampfte sie in einander, wie man in Holz oder Eisen knirscht, um die innere Erregung abzuleiten. – Dann setzte er sich doch wieder zu dem Bette, und blieb längere Zeit sitzen, indem er sich mehr und mehr beruhigen lernte. Ditha, welche zu der Stimme noch ein anderes Merkmal hinzu geben wollte, faßte nach seinen Händen, und als sie dieselben hatte, streichelte sie darüber hin, um sich zu überzeugen, daß er es wirklich sei, den sie habe. Er blieb nun ganz bei ihr sitzen, und sie fing nach und nach an, die gewöhnlichen Dinge, wie sie bei ihr alle Tage vorkamen, zu reden. Sie schien hiebei immer müder zu werden, insbesondere, da sie ihm auf sein Befragen erzählte, daß das Zittern ganz aufgehört habe, was recht gut sei. Nach einer Weile sagte sie gar nichts mehr, nachdem sie noch einige zutrauliche unzusammenhängende Worte geredet hatte, richtete ihr Köpfchen auf dem Kissen zu rechte, und es schlossen sich im Schlafe die Augenlider über die neuen gerade erst bekommenen und von ihr noch nicht gekannten Juwelen. Abdias lösete, als sie ruhig schlief, sachte seine Hand aus der ihrigen, und ging in den Garten hinaus, um zu schauen, wie denn jetzt der Tag draußen beschaffen wäre. Es war Abend. Dasselbe Gewitter, welches Ditha sehend gemacht hatte, hatte ihm mit Hagel das Hausdach und seinen Nachbarn die Ernte zerschlagen – er aber hatte davon nichts gemerkt. Jetzt, da er im nassen Grase stand, war alles vorüber. Die Gegend war sehr stille, die Sonne ging eben im tiefen Abend unter, und spannte im Morgen, wohin eben das Gewitter hinauszog, einen weiten schimmernden Regenbogen über dem ganzen dunkeln Grund desselben.

Das (ganz natürliche) Bild des Regenbogens enthält unweigerlich biblische Bezüge. Seine „Erschaffung" als Zeichen des Bundes zwischen Gott, der Erde und den Menschen nach der Sintflut findet sich in Genesis 9,13–15: „Meinen Bogen setze ich in die Wolken; er soll das Bundeszeichen sein zwischen mir und der Erde. Balle ich Wolken über der Erde zusammen und erscheint der Bogen in den Wolken, dann gedenke ich des Bundes, der besteht zwischen mir und euch und allen Lebewesen, allen Wesen aus Fleisch, und das Wasser wird nie wieder zur Flut werden, die alle Wesen aus Fleisch vernichtet."

Nach Mitternacht kam endlich der ersehnte Arzt. Er hielt es aber nicht für gut, das sanft schlummernde Mädchen zu wecken, sondern ordnete an, daß die Untersuchung erst bei Tageslichte zu geschehen habe. Er billigte übrigens, was Abdias getan hatte.

Als am andern Morgen die Sonne aufgegangen war, wurde Dithas Zimmer nur in so weit gelichtet, daß man den Versuch mit ihr anstelle, ob sie sehe, oder nicht; denn ihr das volle Licht zu geben, hielt man für schädlich. Der Versuch war kurz, und der Arzt erklärte, daß sie sehe. Man beschloß nun, daß das Zimmer, das sie nicht verlassen durfte, nur allmählich gelichtet werde, damit sie sich an die Gegenstände, die nach und nach hervortauchten, gewöhne, und das Auge durch allzugroßen und ungewohnten Lichtreiz nicht erkranke. Man sagte ihr, sie sei unwohl und müsse das Zimmer hüten, aber die Krankheit würde bald vorüber gehen, und dann würde sie mit ihren Augen sehen. Sie wußte nicht, was Sehen sei, aber sie blieb geduldig auf ihrem kleinen Sessel sitzen, lehnte das Haupt auf die Lehne desselben zurück, und hatte einen grünen Schirm ober den Augen, den sie bloß griff. Eine Verhüllung nach der andern wurde von den Fenstern zurückgetan, ein Raum kam nach und nach um sie zum Vorscheine, sie wußte aber nicht, was es sei – die Fensterbalken wurden allgemach gelichtet – endlich wurden die letzten Vorhänge der Fenster empor gezogen – – und die ganze große Erde und der ungeheure Himmel schlug in das winzig kleine Auge hinein. – – Sie aber wußte nicht, daß das alles nicht sie sei, sondern ein anderes, außer ihr Befindliches, das sie zum Teile bisher gegriffen habe, und das sie auch ganz greifen könnte, wenn sie nur durch die

Räume in unendlich vielen Tagen dahin zu gelangen vermöchte. Abdias fing nun an, Ditha sehen zu lehren. Er nahm sie bei der Hand, daß sie fühle, daß das dieselbe Hand sei, die sie so oft an der ihrigen im Zimmer oder im Garten herum geführt hatte. Er hob sie von dem kleinen Sessel empor. Der Arzt und die drei Diener des Hauses standen dabei. Er führte sie einen Schritt von dem Sessel weg, dann ließ er sie die Lehne greifen die ihr so lieb geworden war, dann die Seitenarme des Stuhles, die Füße, und anderes – und sagte, das sei ihr Sessel, auf dem sie immer gerne gesessen sei. Dann hob er den Schemel empor, und ließ sie ihn fühlen, und sagte: hierauf habe sie die Füße gehabt. Dann ließ er sie ihre eigene Hand, ihren Arm, die Spitze ihres Fußes sehen – er gab ihr den Stab, dessen sie sich gerne zum Fühlen bedient hatte, ließ sie ihn nehmen, und die Finger sichtbar um ihn herum schlingen – er ließ sie sein Gewand greifen, gab ihr ein Stückchen Leinwand, führte ihre Hand darüber hin, und sagte, das sei das Linnen, welches sie so liebe und gerne befühlt habe. Dann setzte er sie wieder in den Sessel zurück, kauerte vor sie hin, zeigte mit den zwei Zeigefingern seiner Hände auf seine Augen, und sagte, das seien die Dinge, mit denen sie nun alles, was um sie herum sei, sehe, wenn auch hundert Arme aneinander gefügt zu kurz seien, es zu greifen. Er ließ sie die Augenlider schließen, und mit ihren Fingern die durch sie verhüllten Äpfel greifen. Sie kannte – tat aber die Finger schnell weg und öffnete die Lider wieder. Er wies ihr nun, da sie saß, alle Dinge des Zimmers, die sie sehr gut kannte, und sagte ihr, wie sie dieselben gebraucht habe. Um ihr dann den Raum zu weisen, führte er das widerstrebende Mädchen, weil es anzustoßen fürchtete, durch das Zimmer zu den verschiedenen Gegenständen, von einem zu dem andern, und zeigte, wie man Zeit brauche, um zu jedem zu gelangen, obgleich sie alle auf einmal in dem Auge seien. Er blieb den ganzen Tag bei ihr in dem Zimmer. Die äußeren Gegenstände des Gartens und der Fluren wollte er ihr noch nicht zeigen, damit sie nicht mit zu viel auf einmal überladen werde, und es ihr schade. Beim Essen zeigte er ihr die Speisen, nannte ihr den Löffel; denn Messer und Gabel hatte sie bisher nie gehandhabt, und sie fuhr eben so ungeschickt zum Munde, wie sie es getan, da sie noch blind gewesen war.

Am Abende dieses Tages hatte das Kind ein bedeutend heftiges Fieber. Man brachte es zu Bette.

Als es immer dunkler geworden, und endlich die Nacht hereingebrochen war, meinte das Kind, es sei wieder blind geworden, und sagte es dem Vater. Dieser aber antwortete ihm, das sei die Nacht, wo, wie sie es wissen müsse, sich bisher immer alle zu Bette gelegt hatten, um zu schlafen, weil das Tageslicht, bei dem allein die Augen sehen, vergangen sei, und erst nach einiger Zeit wieder kommen würde, während welcher sich die Augen schließen, und die Menschen schlummern. Daß sie aber nicht blind sei, könne er ihr gleich zeigen. Er zündete eine große Lampe an, und stellte sie auf den Tisch. Sofort zeigten sich wieder alle Gegenstände, aber anders als bei Tage, grell hervortretend und von tiefen und breiten Schatten unterbrochen. Die Flamme der Lampe erinnerte Ditha an den Blitz, und sie sagte, ein solcher Hauch sei bei ihr gewesen, als es gestern so gekracht habe, und der Vater dann zu ihrem Bette herein ge-

Die Abbildung der gegenüberliegenden Seite zeigt das Gemälde *„Das blinde Mädchen“* (Format 78,5×53,4 cm) des „Präraffaeliten“ *John Everett Millais* (1829–1896; City Museum and Art Gallery in Birmingham). Allein schon die Datierung 1856 schließt natürlich einen quellenmäßigen Zusammenhang mit Stifters Erzählung aus. Gleichwohl ist bemerkenswert, daß hier wie dort das Motiv der Blindheit mit dem des abziehenden Gewitters und des Regenbogens (vgl. S. 215 und S. 229) in Verbindung steht. Der entscheidende Unterschied liegt jedoch darin, daß Millais in der Weise steigert, daß dem blinden Mädchen ein jüngeres Kind als Hilfe wie als Schutzbefohlene zugeordnet ist, während Stifters Ditha unter der Obhut des Vaters steht.

Unter dem Gesichtspunkt der (pädagogischen) Förderung gleichsam verschütteter Fähigkeiten läßt sich „Abdias" mit der 1851 veröffentlichten Erzählung „Der Pförtner im Herrenhaus" (1853 in den „Bunten Steinen" unter dem Titel „Turmalin") vergleichen. Hier geht es um das Schicksal eines Mädchens, das mit seinem Vater, einem geistesverwirrten Rentier, jahrelang in einem Keller gehaust hat und dessen natürliche Entwicklung hierdurch irreparabel geschädigt worden ist. Es gelingt lediglich, das Mädchen zu sprachlicher und sozialer Kommunikation zu befähigen, doch bleibt es infantil.

Die Erzählung gibt Antwort auf die Frage, „wie weit der Mensch kömmt, wenn er das Licht seiner Vernunft trübt"; gemeint ist damit der Vater des Kindes, der – als dilettierender Künstler – im Ästhetizismus befangen und der Wirklichkeit gegenüber blind ist. So reagiert er auf die Verführung seiner Frau mit der Flucht in jenen Keller, in dem er sich und sein Kind verborgen hält.

stürzt sei. Abdias löschte die Lampe wieder aus, setzte sich zu ihrem Bette, nahm sie bei der Hand, wie in den Tagen der Blindheit und redete mit ihr, bis sie, wie gewöhnlich entschlummerte.

Als sie am andern Tage ruhig und gestärkt erwachte, und die Dinge im Zimmer schon mit viel mehr Fassung betrachtete, als gestern, ließ er sie ankleiden, und da gegen die Hälfte des Vormittags hin der Tau auf den Gräsern vergangen war, führte er sie in den Garten, und nicht nur in den Garten, sondern auch in das Freie hinaus, in das Tal. Er zeigte ihr hier den Himmel, das unendliche tiefe Blau, in dem die silbernen Länder, die Wolken schwammen, und sagte ihr, das sei blau, das weiß. Dann zeigte er auf die Erde, wie die sanfte weiche Wiege des Tales so von ihnen hinaus ging, und sagte, das sei das Land, auf dem sie wandeln, das Weiche unter ihren Füßen sei das grüne Gras, das Blendende, das ihre Augen nicht vertragen, und das noch einschneidender sei, als gestern die Lampe, sei die Sonne, die Lampe des Tages, die nach dem Schlummer immer komme, den Tag mache, und den Augen die Kraft gebe, alles sehen zu können. Dann führte er sie in den Hof zu dem Brunnen, zog vor ihren Augen an dem Metallknopfe, daß der Strahl hervorschoß, und zeigte ihr das ihm so merkwürdige Wasser, und ließ sie von der hellen, kristallenen, frischen Flut einen Trunk tun, den er mit einem Glase schöpfte. Er zeigte ihr am Tage hinüber die Bäume, die Blumen, er erklärte ihr die Farben, was namentlich ein ganz Neues für sie war, und was sie beim Nachsagen nicht nur durcheinander warf, sondern auch ganz unrichtig anwendete, insbesondere wenn Farben und Klänge zugleich sich in ihrem Haupte drängten. Zwischen den Gräsern waren oft Tierchen, die er ihr zeigte, und wenn ein Vogel durch die Luft strich, suchte er ihre Augen auf ihn hin zu lenken. Auch das Gehen mußte er ihr erst beibringen und angewöhnen, wenn sie so von dem Garten weg auf den Anger des öden Tales hinauswandelten; denn sie griff den Boden gleichsam mit den Fühlfäden ihrer Füße, und getraute sich nicht die Spitze schnell und sicher vor sich in das Gras zu setzen, weil sie nicht wußte, wie groß oder klein der Abgrund zwischen diesem und dem nächsten Tritte sei, wodurch es kam, daß sie jetzt im Sehen weit unsicherer ging, als früher in der Blindheit; denn da hatte sie den Fuß jederzeit im Bewußtsein des festen Bodens, den sie bisher immer gegriffen, vorwärts gestellt, und hatte nicht gewußt, welche ungeheure Menge von Gegenständen auf dem nächsten Schritte liege. Ditha hatte an allem, was sie sah, Freude, schaute immer herum, und bewunderte insbesondere das Haus, in dem sie wohnten, das einzige merkwürdigste Ding dieser Art, das sie auf dem öden Grunde des Grases erblickte. Sie wollte beinahe nicht in die Stube gehen, daß sie das Blau des Himmels, der ihr besonders gefiel, und das lange immer fortgehende Grün des Grundes nicht verliere. Sie schaute in einem fort, und begriff nicht, wie ihr ein Baum, ein Stück Mauer des Gartens, oder ein flatternder Zipfel des Gewandes ihres Vaters gleich einen so großen Teil der Welt nehmen könne, und wie sie mit der kleinen Hand, wenn sie sie unter die Stirne lege, gleich alles, alles bedecke.

Der Abend kam wie am vorigen Tage mit Erschöpfung in seinem Geleite, und der Vater schläferte die Tochter wie gestern ein, um morgen in dem begonnenen Geschäfte fortzufahren.

Abdias gab nun den Handel, den er die Zeit her so eifrig betrieben hatte, auf, und beschäftigte sich bloß mit Ditha, sie in dem neuen Reiche des Sehens fort zu führen.
Was den andern Eltern weit auseinander gerückt, gleichsam in Millionen Augenblicke verdünnt erscheint, das wurde ihm jetzt gewisser Maßen auf einmal zugeteilt. Eilf Jahre waren Dithas Augen zugehüllt gewesen, eilf Jahre war sie auf der Welt gewesen, und hatte auf das Sehen warten müssen, nachdem ihr diese Welt schon auf einer andern Seite, auf der Seite des engen, dunkeln, einsamen Tastens war zugeteilt gewesen: aber wie man von jener fabelhaften Blume erzählt, die viele Jahre braucht, um im öden grauen Kraute zu wachsen, dann aber in wenigen Tagen einen schlanken Schaft emportreibt, und gleichsam mit Knallen in einem prächtigen Turm von Blumen aufbricht: – so schien es mit Ditha; seit die zwei Blumen ihres Hauptes aufgegangen waren, schoß ein ganz anderer Frühling rings um sie herum mit Blitzesschnelle empor; aber nicht allein die äußere Welt war ihr gegeben, sondern auch ihre Seele begann sich zu heben. Gleichsam wie die Flatterflügel wachsen, daß man sie sieht, wenn der junge Vogel noch an der Stelle sitzt, an welcher er aus der Puppe gekommen war, die die Fittiche so lange eingefaltet gehalten hatte, so dehnte das junge Innere Dithas die neuen eben erst erhaltenen Schwingen – denn die Sekunden flogen mit Kleinodien herbei, auf den Augenblicken lagen Weltteile, und jeder Tag endete mit einer Last, die er ihr auflud. So wunderbar ist das Licht, daß auch ihr Körper in sehr kurzer Zeit ein anderer ward; die Wangen wurden rot, die Lippen blüheten, und nach wenigen Wochen war sie in ihren Gliedern voller und stärker. Abdias hatte lauter weiße Haare, sein Gesicht war schwarz, von gekreuzten Narben durchzogen, und in den Zügen war Verfall eingegraben. So ging er neben der Tochter, die jetzt schon schlank und sicher wandelte; denn sie waren schier immer im Freien, das Ditha so liebte, und er nicht minder.
Aber nicht nur schöner ward das Antlitz des Mädchens, sondern es begann auch zu leben, und sichtlich immer mehr das Schönste zu zeigen, was der Mensch vermag, das Herz.
Wie Abdias vor mehreren Jahren angefangen hatte, plötzlich geizig zu werden, so wußte man jetzt nicht mehr, ist er es noch, oder nicht. Er ging immer neben dem Mädchen. Alle, die den Juden haßten, sahen mit sichtbarem Wohlgefallen in das unschuldige Angesicht seiner Tochter.
Auch die Augen, die einst so starren unheimlichen Bilder, wurden nun menschlich lieb und traulich; denn sie fingen zu reden an, wie Menschenaugen reden – und Fröhlichkeit oder Neugierde oder Staunen malte sich darinnen – auch Liebe malte sich, wenn sie plaudernd und schmeichelnd auf Abdias' Züge schaute, die nur ihr allein nicht häßlich erschienen; denn was die Außenwelt für ihre Augen war, das war er für ihr Herz – ja er war noch mehr, als die Außenwelt; denn sie glaubte immer, er sei es, der ihr diese ganze äußere Welt gegeben habe.
So verging der Sommer, so der für das Mädchen sehr traurige Winter, und wieder ein Sommer und ein Winter. Ditha gedieh immer mehr, und blühte immer schöner.

In seinen „Winterbriefen aus Kirchschlag" (1866) schreibt Stifter:
„Es sei mir erlaubt, zuerst im Allgemeinen von einigen Dingen zu reden, welche die Grundwirkungen auf das menschliche Leben ausüben ... Beginnen wir mit dem Feinsten und Holdesten, was wir für das Leben unseres Körpers und unserer Seele auf dieser Erde haben, mit dem Lichte. Wer kennt nicht das schauerlich schöne Gedicht Byrons ‚Die Finsternis', in welchem der Dichter erzählt, was wurde, nachdem das Licht von der Erde genommen war. Die Menschen zünden endlich Häuser, Kirchen, Wälder an, um Licht zu haben. Und zuletzt sind nicht mehr Menschen, Häuser, Kirchen, Wälder, und die Erde ist ein toter Klumpen. Welche Glut und Pracht der Farben haben Pelze, Gefieder, Blätter, Blumen und Früchte des lichtreichen Mittelgürtels der Erde, und wie geht das alles in ein eintöniges Graugrün, Grau und Weiß in den Gürteln der lichtarmen Pole über ... Und wer weiß es nicht an sich selbst, wie Klarheit des Lichtes Klarheit der Seele ist, und Dumpfheit des Lichtes Dumpfheit der Seele."

Das Pfingstfest („... Und es erschienen ihnen Zungen wie von Feuer, die sich verteilten; auf jeden von ihnen ließ sich eine nieder"; Apostelgeschichte 2,3). Ausschnitt aus einem *Giotto di Bondone* (1266–1337) zugeschriebenen Gemälde im Besitz der National Gallery in London.

In zwei Dingen war sie eigentümlich und von den gewöhnlichen Menschen abweichend.

Das erste betraf ein Naturwunder, das wohl zuweilen, aber selten vorkömmt. Abdias hatte es in jüngeren Jahren auch gehabt, aber mit dem Alter hatte es sich allmählich verloren. Man bemerkte nämlich an Ditha seit dem Tage, an welchem der Blitz in ihr Zimmer geschlagen, und ihre Nerven umgestimmt hatte, daß sie an Gewittertagen, oder auch nur an solchen, wo Gewitter drohten, und an dem entfernten Gesichtskreise hinauszogen, ganz besonders lebhaft, sogar heiter und freudig gestimmt sei, unähnlich den andern Mädchen und Frauen, welche Gewitter gewöhnlich fürchten. Sie liebte dieselben, und wenn eines wo immer am Himmel stand, ging sie hinaus, um zu sehen, ob es komme. Einmal in der Dämmerung einer sehr gewitterschwülen Nacht, da sie eben an dem offenen Fenster stand und dem entfernten Blitzen zusah, bemerkte Abdias, der hinter ihr in einem Stuhle saß, daß ein leichter, schwacher, blasser Lichtschein um ihr Haupt zu schweben beginne, und daß die Enden der Seidenbändchen, womit ihr Haar gebunden war, sich sträuben und gerade empor ständen. Er erschrak nicht, denn gerade dieses war auch die Erscheinung gewesen, die bei ihm in der Jugend öfters ohne Veranlassung und in späteren männlichen Jahren bei starker Erregung wahrgenommen, und ihm von seiner Mutter mehr als einmal erzählt worden war. Er ist gewöhnlich, wie die Mutter sagte, zu solchen Zeiten sehr heiter gewesen, oder ist sehr stark gewachsen. Einen Nachteil aber hatte die Erscheinung für seinen Körper nie gehabt. Abdias blieb ganz stille hinter Ditha in dem Stuhle sitzen, und sagte ihr nichts von dem, was er an ihr sehe. Er hatte ohnedem gleich nach dem Tage, an welchem der Blitz in Dithas Zimmer gefahren war, ihre Schlafstelle in ein anderes Gemach verlegt, jetzt da er diese Erscheinung wahrgenommen hatte, ließ er auch sogleich Blitzableiter auf das Haus setzen, wie er sie an mehreren Orten Europas gesehen hatte. Er erinnerte sich jetzt auch, daß ihm einmal im Morgenlande erzählt worden war, daß wenn es nachts an dem Himmel blitzte und ein Gewitter nicht auszubrechen vermöge, die Blumen unten manchmal eine leichte Flamme aus ihrem Kelche entlassen, oder daß gar ein fester ruhiger Schein darüber steht, der nicht weicht und doch nicht die Blätter und die zarten Fäden verbrennt. Ja diese Blumen sind dann gar die schönsten.

Abdias beobachtete nun Ditha genauer, und sah die Erscheinung in diesem Sommer noch zweimal an ihr. Im Winter war nichts zu bemerken.

Das zweite, was Ditha eigentümlich und von anderen Menschen abweichend hatte, war wohl nur eine natürliche Folge ihrer Verhältnisse, die von allem verschieden waren, was Menschen gewöhnlich begegnen kann, es war die Folge ihres früheren Zustandes und ihrer einsamen Entwicklung. Wie nämlich bei andern Menschen das Tag- und Traumleben gesondert ist, war es bei ihr vermischt. Bei andern ist der Tag die Regel, die Nacht die Ausnahme: bei ihr war der Tag vielmehr das Ausgenommene. Ihre vergangene, lange, vertraute Nacht reichte nun in ihren Tag herüber, und jene willkürlichen von andern Menschen nicht verstandenen Bilder ihrer innern Welt, die sie sich damals gemacht hatte, mischten sich nun unter ihre äußeren, und so entstand ein träumend sinnendes Wesen, nur zuweilen von einem schnell handelnden unterbrochen, wie es eigentlich Abdias' Natur war; es entstand eine Denk- und Redeweise, die den andern, welche sie gar nicht kannten, so fremd war wie wenn etwa eine redende Blume vor ihnen stände. Sonst einsam in ihrer Nacht sitzend war sie auch jetzt gerne allein, oder mit ihrem Vater, der sie sehr gut verstand. Aus jener langen Nacht mochte es auch herkommen, daß sie nicht die brennenden, sondern die kühlen und dämmernden Farben vorzugsweise liebte, und darunter wieder das Blau. Als sie einmal etwas weit von ihrem Hause waren, durch den Föhrenwald gingen, von dem wir oben geredet haben, und jenseits desselben an einem großen blühenden Flachsfelde standen, rief sie aus: „Vater, sieh nur, wie der ganze Himmel auf den Spitzen dieser grünen stehenden Fäden klingt!"

Sie verlangte hierauf, daß ein Stück davon nach Hause genommen würde. Er aber führte sie näher, zog einige Fäden aus, zeigte ihr die feinen kleinen Blumen, und machte ihr so klar, daß man nicht gleich

Die Abbildung der gegenüberliegenden Seite verweist auf die von Paul Requadt (im Nachwort zur Reclam-Ausgabe der Erzählung, 1961) skizzierte Interpretation des Lichtscheins als Anklang an das Pfingstwunder: „In der Erleuchtung Dithas sammelt sich der Sinn der Erzählung. Abdias selbst wird in diesem Geschehnis über sich erhöht, weil nun die frühen Lichterscheinungen über seinem Haupte einen höheren Zusammenhang finden. Wie weit er, so vorbereitet, dem Wunder gewachsen ist, wird sich noch zeigen. Vorerst muß man den Blick auf Ditha richten, denn nicht ihre geistige Geburt durch den Blitz allein, das erweckte Mädchen selbst ist das Wunder. Wieder sollte man sich klarmachen, daß das Wunder für Stifter statt in der Durchbrechung in der Offenbarung des Naturgesetzes besteht. Auf Ditha bezogen, heißt das: was ihr begegnet, ist, obwohl unerhört, doch natürlich; auch wie sie die Welt ergreift und in der Berührung mit ihr ihre Sprache sich bildet, läßt sich mit der freilich jahrelangen Entwicklung jedes anderen Kindes vergleichen, nur daß sie sich bei Ditha auf kurze Zeit zusammendrängt. Das Wunderbare liegt also hauptsächlich in der Potenzierung dieses Bildungsvorgangs, als wenn uns das Wachstum der Pflanzen erst ins Auge fällt, sobald wir es zeitraffend zusammenschauen. Beides, das Unerhörte der Naturvorgänge, die Ditha betreffen, und ihre Potenzierung lassen das Natürliche übernatürlich, nämlich wundersam und poetisch werden. Man fragt von selbst nach dem Sinn, und in der biblischen Luft des ‚Abdias' rührt diese Sinnfrage an das Religiöse."

Die im Begriff der „violetten Klänge" ausgedrückte Synästhesie, das heißt die Vermischung verschiedenartiger (hier optischer und akustischer) Sinneseindrücke, verweist auf die romantische Poesie, wie sie uns etwa in dem Gedicht „Abendständchen" von Clemens Brentano (1778–1842) durch die Verszeilen „Golden wehn die Töne nieder –" und „Blickt zu mir der Töne Licht" begegnet. Dennoch erscheint es als interpretatorische Überfrachtung der Erzählung, wenn Requadt Ditha als „Inkarnation des Urdichterischen" auffaßt: „Mit Bedacht läßt Stifter sie Augenlicht und Sprache in einem nicht mehr kindlichen Alter empfangen, denn er mußte eine gewisse Stufe der Sprachausbildung und einen gewissen Weltkontakt voraussetzen, um an ihr den Eintritt des Poetischen in die Welt darzustellen. Sie stammelt darum nicht, sondern sie spricht etwa von ‚violetten Klängen', sie vermischt Gehör- und Gesichtssphäre, lebt also anfangs in einer ganzheitlich aufgefaßten Welt, bis sie nach menschlicher Weise sprechen kann. Wir lesen, daß sie dabei Europäisches mit Orientalischem vermischt. Fassen wir alle Fäden zusammen, ihre Herkunft aus dem Morgenland, in Stifters Augen die Urheimat der Poesie, ihre Spracheigenart und die Bedeutung des Blitzes als Ausgießung von Geist und Sprache, so gibt sich Ditha als Inkarnation des Urdichterischen zu erkennen."

ein ganzes Stück von diesem Blau wegnehmen könne. Dafür versprach er ihr, daß sie bald zu Hause ein solches blaues Feld haben werde.

So sprach sie auch von violetten Klängen, und sagte, daß sie ihr lieber seien, als die, welche aufrecht stehen und widerwärtig seien, wie glühende Stäbe. Ihre Stimme, die sich in der letzten Zeit ihrer Blindheit immer lieber zum Singen, als zum Sprechen erhoben hatte, wendete sich frühzeitig einer sanften klaren Alte zu. So lebte sie eine Welt aus Sehen und Blindheit, und so war ja auch das Blau ihrer Augen, so wie das unsers Himmels, aus Licht und Nacht gewoben.

Als sie den Gebrauch ihrer Augen bekommen hatte, und Abdias, wie wir schon oben bemerkten, aufgehört hatte, seine Zeit dem Handel und dem Herumreisen zuzuwenden, fing er etwas anderes an. Er hatte zugleich mit dem Platze, auf welchem das Haus und der Garten stand, einen nicht gar kleinen Landteil des unfruchtbaren Tales erworben. Er hatte diesen Teil bisher unbenützt liegen lassen, und nur wenn er mit seinen Füßen darüber wandelte, gedacht: dies gehört mir. Jetzt fing er an, diesen Teil zu bebauen, und wollte ihn nach und nach in Felder umwandeln, wie er hinter den verdorrten Palmen in der Wüstenstadt auch ein Feld gehabt hatte, auf dem ihm etwas Gemüse und dünn stehender niedriger Mais wuchs. Er dingte Knechte, kaufte die gehörigen Gerätschaften, und fing an. Zum ersten Umgraben und zur Klärung der Erde, daß sie eine Saat annehme, hatte er eine große Zahl Taglöhner aus entfernten Gegenden kommen lassen. Zugleich fing er den Bau der Scheuern und anderer Gebäude an, welche bestimmt waren, die Ernte aufzunehmen. Da alles in zureichendem Stande war, entließ er die fremden Arbeiter, und führte die Sache durch seine Knechte fort. In dem Garten hatte er wohl schon bei seiner Ankunft des Schattens wegen Bäume gesetzt, nun aber gab er noch allerlei Gesträuche hinzu, er lockerte einen Teil des Bodens, der früher bloß mit Gras bewachsen gewesen war, auf, und legte Blumenbeete an. Auf einer andern Seite des Hauses wurde Erde für Gemüse aufgegraben.

Schon in dem ersten Frühlinge, an welchem Ditha sah, wogte ein schöner grüner Kornwald an einer Stelle, an welcher früher nur kurzes fahlgrünes Gras gewesen war, und graue Steine aus dem Boden hervor gesehen hatten. Als die Halme gelb geworden waren, standen gleichsam für Ditha die blauen Zyanen darin. Abdias ging unter all dem herum, und oft wenn der mäßige Vormittagswind die reifenden Ähren zu silbernen Wogen mischte, stand seine Gestalt aus dem Rohrfeld hervorragend da, wie er den weißen Turban um seine schwarze Stirne geschlungen hatte, der dunkle Kaftan im Winde sich regte, und der große Bart, der vom Antlitze nieder hing, noch weißer war, als der Turban.

Gleich im ersten Sommer wurde ein Stück Feld hergerichtet, und mit Flachs besäet. Als er blühte, wurde Ditha hinausgeführt, und Abdias sagte ihr, der ganze Himmel, der da auf den Spitzen dieser grünen stehenden Fäden klinge, gehöre ihr. Ditha stand nun recht oft vor dem blauen Tuche des Feldes und sah es an. Auf dem Heimwege pflückte sie sich einen Strauß Zyanen, die im Korne standen.

Gegen die Mitte dieses Sommers ging ein mit dem gelben Getreide des Abdias hoch beladener Wagen in die neugebaute Scheuer und widerlegte den Wahn der in der Entfernung wohnenden Nachbarn, daß das grüne mit Steinen besäete Wiegental unfruchtbar sei. Diesem Wagen folgte bald ein zweiter, ein dritter – und er wurde so lange beladen, bis alles Ausgesäete als Ernte zu Hause war. An einem andern Platze wurde schon wieder zur Vergrößerung der Felder für das nächste Jahr gereutet.

So lebte Abdias wieder in einer andern ihm vollkommen neuen Tätigkeit, und er betrieb sie immer weiter. Nachdem mehrere Jahre vergangen waren, hatte er schon alles Land, welches ihm eigen gehörte, umgegraben, und er sann bereits darüber nach, an seinen Handelsfreund zu schreiben, daß er durch dessen Vermittlung wieder ein neues Stück dazu bekomme, welches er bearbeiten wollte. Seinen Garten hatte er erweitert, und die Mauer um das Stück ziehen lassen. Die Gebäude, die er zum Wirtschaftsbetriebe aufgeführt hatte, wurden zu klein, und er baute immer an der Erweiterung. Auch sann er über neue Dinge, die er unternehmen, und über Anlagen und Baulichkeiten, die er erfinden wollte.

Er hatte wieder mehrere Diener und Mägde genommen. Das Innere des Hauses richtete er fast so her, wie die Wohnung der Wüstenstadt zur Zeit der Esther gewesen war. Er legte weiche Teppiche, er baute durch Bretter und seidene Überzüge Nischen, ließ Ruhebetten in dieselben stellen, und gelbseidene Vorhänge vor sie niederhängen, die man auseinander ziehen konnte. In mehrere Fächer tat er Dinge, daß sie einst Ditha, wenn er tot wäre, und sie die Schlüssel bekäme, finden möge. Im Hofraume, und draußen im Tale pflanzte er Bäumchen, die ihr Schatten geben, wenn sie eine Matrone sein würde. Wenn er nach Art des Alters nicht schlafen konnte, oder wenn ihm die lange europäische Dämmerung zu lange wurde, stand er auf, und ging zu ihrem Bette, in dem sie meistens rot und gesund, wie eine Rose schlummerte. Dann sah man ihn in dem Garten herum gehen, und dies und jenes anschauen und befestigen.

Aus Büchern lesen, oder sonst etwas lernen hatte er Ditha nicht lassen; es war ihm nicht eingefallen. Von fremden Menschen kam nie einer in das Haus des Abdias herein, und wenn ein Wanderer in das Tal kam, so sah man ihn höchstens mit der hohlen Hand aus dem Bache trinken, und dann weiter gehen. Die Knechte des Abdias bearbeiteten seine Felder, taten wie er anordnete, führten das Getreide auf den Markt, und brachten das bestimmte Geld heim, das Abdias immer voraus wußte, wie viel es sein mußte, weil er die Marktpreise kannte. Sonst waren sie meistens unter sich und in dem Gesindhause, das am andern Ende des Gartens stand; denn obwohl sie hier aus dem Volke seines Glaubens genommen worden waren, hatten sie doch eine Scheu vor ihm und seinem abenteuerlichen Wesen. So waren auch die andern Diener. Die Zofe Dithas saß schier immer in der Stube, weil man sie hatte aus der Stadt kommen lassen, sie nähete Kleider oder las; denn sie haßte die Luft und die Sonne. Abdias und Ditha waren immer draußen. Als er Bäume gepflanzt hatte, damit sie Schatten geben, hatte er den Himmel Europas nicht gekannt, oder nicht auf ihn gedacht; denn sie brauchten hier kaum einen Schatten. Wenn eine heiße Sonne schien, daß jedes

Wesen ermattet war und Wohnung oder Kühle suchte, saß Ditha gerne auf dem Sandwege des Gartens unter abgefallener Bohnenblüte, und ließ die Mittagsstrahlen auf sich niederregnen, indem sie leise eine Weise sang, die sie selber erfunden hatte. Abdias aber, in dem weiten Talare, mit den funkelnden Augen, weißem Haupte und Barte, saß auf dem Bänkchen an dem Hause, und glänzte im Mittagsscheine. So wuchs Ditha auf, gleichsam neben Erlen, Wachholder und anderm Gesträuche der schlanke Schaft einer Wüstenaloe – so waren sie allein, und auf dem Tale lag gleichsam eine öde afrikanische Sonne.

Er hatte nach Europa verlangt, er war nun da. In Europa wurde er nicht mehr geschlagen, sein Eigentum wurde ihm nicht genommen, allein er hatte den afrikanischen Geist und die Natur der Einsamkeit nach Europa gebracht.

Öfter saß Ditha oben an dem Getreideabhange, bis wohin Abdias ganz nahe an dem Föhrenwalde seine Anlagen ausgedehnt hatte, und betrachtete die Halme des Getreides, oder der Gräser, die darin wuchsen, oder die Wolken, die an dem Himmel zogen, oder sie ließ Gräsersamen über die graue Seide ihres Kleides rieseln und sah zu, wie er rieselte. Abdias kleidete sie nämlich gerne reich, und wenn sie nicht in dem von ihr noch immer sehr geliebten Linnen ging, so ging sie in dunkelfarbiger Seide, entweder blau, oder grau, oder violett, oder schwach braun – aber niemals schwarz. Der Schnitt ihres Kleides war wohl von ferne dem europäischen ähnlich, da die Kleider von ihrer Zofe gemacht wurden, aber er mußte immer so sein, daß die Kleider weit und faltig um sie hingen, da sie von ihrer Heimat her an keinen Druck gewöhnt war, und keinen litt. Öfter stand sie auf, wenn sie lange an dem Rande des Kornes gesessen war, und wandelte allein an dem Saume des Getreides dahin, daß ihre Gestalt weit in dem Tale gesehen wurde, wie sie entweder in Linnen leuchtete, oder schwach und unbestimmt in Seide glänzte. Abdias holte sie dann gewöhnlich ab, und sie gingen miteinander nach Hause. Er dachte, er müsse mit ihr verständig reden, daß sie selber verständig würde, und fortleben könnte, wenn er tot sei. Und wenn sie so gingen, redete er mit ihr: er erzählte ihr arabische Wüstenmärchen, dichtete ihr südliche Bilder, und warf seine Beduinengedanken gleichsam wie ein Geier des Atlasses an ihr Herz. Er bediente sich hiezu meistens der arabischen Sprache, welche die seines Vaters war. Er hatte wohl, wie er es in seinen jugendlichen Wanderjahren sich angewöhnt hatte, sehr schnell die Sprache des Landes gelernt, und hatte sie mit denen, mit welchen er früher im Handel umgegangen war, geredet, und redete sie mit denen, die er jetzt im Dienste hatte; aber mit Ditha sprach er am liebsten arabisch. Da er aber auch zuweilen eine andere Sprache des Morgenlandes gegen sie gebrauchte, da sie auch sowohl von seinem Munde als auch von dem der Dienstleute die Landessprache lernte; so kannte sie eigentlich ein Gemisch von allem, drückte sich darin aus, und hatte eine Gedankenweise, die dieser Sprache angemessen war.

Wenn Abdias nun so voraus dachte, wie alles werden würde; wenn er an einen künftigen Bräutigam dachte, so fiel ihm die schöne, dunkle, freundliche Gestalt Urams ein, dem er sie gegeben hätte – aber da Uram tot war, konnte er sich nichts anders denken, als daß

Das Blau des Flachses und das *Blau der Zyanen* (das heißt der *Kornblumen,* Foto auf der gegenüberliegenden Seite) ist Dithas Lieblingsfarbe im Pflanzenreich. Der Erzähler erklärt diese Vorliebe für die „kühlen und dämmernden Farben" mit der langen „Nacht", die Dithas Heilung vorangegangen ist (vgl. S. 221 unten). Goethe charakterisiert das Blau in der Abteilung „Sinnlich-sittliche Wirkung der Farbe" des „Didaktischen Teils" seiner Farbenlehre: „So wie Gelb immer ein Licht mit sich führt, so kann man sagen, daß Blau immer etwas Dunkles mit sich führe. Diese Farbe macht für das Auge eine sonderbare und fast unaussprechliche Wirkung. Sie ist als Farbe eine Energie; allein sie steht auf der negativen Seite und ist in ihrer höchsten Reinheit gleichsam ein reizendes Nichts. Es ist etwas Widersprechendes von Reiz und Ruhe im Anblick. Wie wir den hohen Himmel, die fernen Berge blau sehen, so scheint eine blaue Fläche auch vor uns zurückzuweichen. Wie wir einen angenehmen Gegenstand, der vor uns flieht, gern verfolgen, so sehen wir das Blaue gern an, nicht weil es auf uns dringt, sondern weil es uns nach sich zieht."

Ditha immer schöner und blühender werde und so fort leben würde. Und in der Tat schien es, daß dieser Wunsch in Erfüllung gehen sollte. Sie war in der letzten Zeit bedeutend vollkommener geworden. Ihr Körper war stärker, das Auge ward schöner, dunkler, sehnsüchtiger, die Lippe reifer, und ihr Wesen kräftiger, wie sie denn überhaupt in ihrer Art das Traumhafte ihrer Mutter mit dem Feurigen ihres Vaters verband. Sie liebte diesen Vater unsäglich, und wenn sie oft gedrängt war von der wilden ungebändigten Liebe, dann nahm sie seine alte Hand, und drückte deren Finger gegen ihre Augen, ihre Stirne, ihr Herz – den Kuß kannte sie nicht, weil sie keine Mutter hatte – er aber gab nie einen, da er häßlich war.

Weil Ditha während ihrer Blindheit fast immer gesessen war, oder ihre Füße nur schwach in Bewegung hatte setzen können, wenn sie ging, – ja weil sie einen bei weitem größeren Teil ihrer Zeit in dem Bette zubrachte, als außerhalb desselben, so war ihre Entwicklung sehr langsam gegangen, und obwohl sie, da ihr das Licht der Augen zu Teil geworden war, schneller als früher, fortschritt, so kam doch die Zeit der Reife bei ihr später, als sie sonst zu kommen pflegt. Sie war schon sechzehn Jahre alt, als sie an jenem Zeitpunkte angelangt zu sein schien. Ihr früheres drängendes Wesen stillte sich, das Auge wurde milder und schmachtender, und die Glieder waren schlank und freudig, wie bei jedem vollkommenen Wesen dieser Erde.

Abdias tat sich absichtlich einen Schmerz an, oder er opferte etwas Liebes, damit nicht das Schicksal ein Größeres begehre.

Wie bei allen Mädchen in dieser Zeit große Veränderungen vor sich gehen, wie namentlich in Dithas Stamme eine ruhige Schlankheit des Leibes und ein zartes Scheuen des Blickes das Hereintreten des Jungfrauenalters anzeigen, so war dieses bei Ditha ganz besonders der Fall. Ihr körperliches Wesen schien in der Tat in einer Art Spannung zu sein, und obwohl sie freudig und heiter und fast so kühn war, wie früher, so war es doch, als sei ein Ausdruck süßen Leidens über sie ausgegossen.

Es war eben Sommer und die Zeit der Ernte.

Ditha ging zu dieser Zeit an einem Nachmittage, der den andern Leuten recht heiß vorkam, über den Hügelsaum eines Kornfeldes empor, das der Vater am Tage vorher hatte abmähen lassen. Sie ging so lange, bis sie an dem oberen Rande angekommen war; denn sie hatte dort ein Feld mit Flachs, den sie spät gesäet hatte, zu dem sie sonst, da das Korn stand, immer mit Umwegen hatte gelangen müssen, und der jetzt alle Tage in Blüte zu brechen versprach. Sie war ganz allein durch die Stoppeln empor gegangen, und stand ganz allein, die höchste Gestalt, auf dem Saume der Anhöhe, wenn man den weiter draußen stehenden Föhrenwald ausnimmt, dessen Wipfel noch näher an dem Himmel hinzuziehen schienen. Auf dem Kornfelde hatten sie die Knechte des Abdias hinauf gehen gesehen, die eben über dasselbe Kornfeld nach Hause kehrten, weil sie ein Gewitter fürchteten. Sie kümmerten sich aber nicht weiter um sie. Nur einer, da er ein wenig später den Vater sah, der Ditha zu suchen schien, sagte, wenn er seine Tochter suche, sie sei oben auf dem Bühel. Wirklich hatte sie Abdias gesucht; denn die zarte Wolkenwand war dichter geworden und schob sich über den Himmel empor, obgleich an dem größeren Teile desselben noch das reine Blau

herrschte, und die Sonne noch heißer nieder schien, als früher. Er stieg also, da er von dem Knechte die Nachricht erhalten hatte, über dasselbe Kornfeld, das wir erwähnten, empor, sah Ditha am Rande des Flachses stehen, und ging ganz zu ihr hinzu. Das Feld war über und über in blauer Blüte, und auf den kleinen zitternden Blättchen, über die kein Lüftchen ging, war eine große Anzahl von Tierchen.
„Was tust du denn hier, Ditha?“ fragte Abdias.
„Ich schaue meinen Flachs an“, antwortete das Mädchen, „siehe, gestern war keine einzige Blume offen, und heute sind sie alle da. Ich glaube, die Stille und die Wärme haben sie hervorgetrieben.“
„Siehst du nicht die Wolken am Himmel“, sagte Abdias, „sie kommen herauf, und wir müssen nach Hause gehen, sonst wirst du naß und krank.“
„Ich sehe die Wolken“, antwortete Ditha, „aber sie kommen noch nicht so bald, wir können schon noch hinunter gehen. Wenn sie aber auch eher kommen, als sie versprechen, so werde ich doch nicht naß, denn ich will in ein solches Haus, wie sie hier aus Garben gemacht haben, hinein gehen, will dort nieder sitzen, und zusehen, wie die silbernen Regenkugeln in die Halme niederschießen, davon von jedem nur ein abgemähtes Stückchen empor steht. Bei mir drinnen aber wird es warm und trocken sein.“
Abdias schaute gegen den Abendhimmel, und in der Tat schien die Vermutung des Kindes wahr zu werden, daß die Wolken eher kommen würden, als sie versprachen; denn die gleiche und schwachfärbige Wand, die noch vor kurzem an dem Abendhimmel stand, hatte sich gelöset, und in Ballen gesondert, die mit weißen Rändern überhingen, und alle Augenblicke die Farbe änderten. Gegen unten, am Gesichtskreise hin, war rötliches Grau.
Abdias erkannte, daß sie vor dem Regen kaum mehr das Haus erreichen würden, und daß vielleicht der Rat Dithas der beste wäre. Da er aber der Leichtigkeit des Garbenhauses nicht traute, wenn etwa ein Wind käme, so fing er an, mit eigenen Händen noch mehr Garben herbei zu tragen. Als Ditha seine Absicht begriff, half sie ihm, bis ein solcher Vorrat beisammen war, daß er die Wetterseite mit einer dichten Garbenmauer besetzen, und dem Ganzen eine solche Festigkeit geben konnte, daß es nicht leicht vom Winde zu zerreißen war. Gegen Morgen hin ließ er die Öffnung frei, daß sie auf das Spiel des Regens hinaussehen, und eine Übersicht auf den Abzug des Gewitters haben könnten. Das Obdach wurde endlich fertig, aber es rührte sich noch immer kein Lüftchen, und es fiel kein Tropfen. Die gelben Stoppeln lagen vor ihnen, die zarten von dem Schirme der weggenommenen Halme entblößten Gräschen regten sich nicht, und über dem blauen Felde des Flachses hoch in der Luft sang eine Lerche, von dem fernen tiefen Donner zuweilen unterbrochen.
Ditha hatte ihre Gewitterfreudigkeit, sie wendete sich gegen Abend, und sagte: „Wie es so herrlich ist, wie es so unsäglich herrlich ist. Weil du nun auch da bist, o Vater, so ist es mir noch lieber.“
Sie standen vor ihrer aus Garben aufgebauten Behausung, schauten die Wolken an, und waren in jedem Augenblicke bereit, wenn der Regen beginne, sich in die Hütte hinein zu setzen. In den oberen Teilen des Himmels mußte schon der Wind herrschen; denn die

grauen Schleier, die dem Gewitter vorher zu gehen pflegen, liefen sichtlich dahin, sie hatten schon die Sonne überholt, standen bereits über den Häuptern der Zuschauenden und eilten gegen Morgen.
Abdias hatte im Innern des gebauten Obdaches mehrere Garben zu einem Sitze zurecht gelegt, und setzte sich hinein. Ditha, mit der den Kindern eigentümlichen Liebe zur Heimlichkeit setzte sich in dem kleinen gelben Häuschen zu ihm. Der vor ihnen gegen Morgen offen gelassene Raum nützte gerade so viel, daß sie zu ihren Füßen ein Teilchen Stoppelfeld sahen, dann ein Stückchen Flachs, und oben die grauen luftigen Schleier, die am Himmel hinzogen, auch konnten sie die Lerche hören, die oberhalb des Flachses sang. Die Donner waren noch immer ferne, obgleich die Wolken schon den ganzen Himmel angefüllt hatten, und nicht nur über ihre Häupter, sondern auch schon weit gegen Morgen hinaus gegangen waren.
In diesem Verstecke saßen sie und sprachen mit einander.
„Glaubst du nicht auch", sagte Ditha, „daß die Wolken gar nicht dicht sind, und daß sie gewiß nicht große und gar schwere Tropfen werden fallen lassen? Es wäre mir leid, wenn sie die feinen schönen Linnenblüten herabschlügen, die heute erst aufgebrochen sind."
„Ich denke, daß sogar schwere Tropfen die blauen Blätter nicht abzuschlagen vermögen, weil sie erst heute aufgeblüht sind, und noch strenge haften", sagte Abdias.
„Ich liebe die Flachspflanzen sehr", fing nach einer Weile Schweigens Ditha wieder an, „es hat mir Sara auf mein Befragen vor langer Zeit, da noch das traurige schwarze Tuch in meinem Haupte war, vieles von dem Flachse erzählt, aber ich habe es damals nicht verstanden. Jetzt aber verstehe ich es und habe es selbst beobachtet. Sie ist ein Freund des Menschen, diese Pflanze, hat Sara gesagt, sie hat den Menschen lieb. Ich weiß es jetzt, daß es so ist. Zuerst hat sie die schöne Blüte auf dem grünen Säulchen, dann wenn sie tot ist, und durch die Luft und das Wasser zubereitet wird, gibt sie uns die weichen silbergrauen Fasern, aus denen die Menschen das Gewebe machen, welches, wie schon Sara sagte, ihre eigentlichste Wohnung ist, von der Wiege bis zum Grabe. Siehst du, das ist auch wahr: – wie sie nur so wunderbar, diese Pflanze, zu dem weißen lichten Schnee zu bleichen ist – dann legt man die Kinder, wenn sie recht klein sind, wie ich war, hinein, und hüllt die Glieder zu – ihrer Tochter hat Sara viel Linnen mit gegeben, da sie fort zog, um den fremden Mann zu heiraten, der sie wollte; sie war eine Braut, und je größere Berge dieses Schnees man einer Braut mitgeben kann, desto reicher ist sie – unsere Knechte tragen die weißen Linnenärmel auf den bloßen Armen – und wenn wir tot sind, hüllen sie die weißen Tücher um uns, weißt du." – –
Sie schwieg plötzlich. Ihm war es, als hätte er seitwärts an der Garbe einen sanften Schein lodern gesehen. Er dachte, sie habe wieder ihren Schimmer; denn er hatte schon früher alle Spitzen von Bändchen und Haaren an ihr aufwärts stehen gesehen. – Aber sie hatte ihren Schimmer nicht gehabt. Da er hinblickte, war schon alles vorüber. Es war auf den Schein ein kurzes heiseres Krachen gefolgt, und Ditha lehnte gegen eine Garbe zurück, und war tot.
Kein Tropfen Regen fiel, nur die dünnen Wolken rieselten, wie schnell gezogene Schleier, über den Himmel.

Führen wir Requadts Interpretation bis zur Konsequenz fort, so erscheint Dithas Tod als „symbolisch verhüllt": „Alles deutet darauf hin: Dithas Tod ist Heimkehr des Poetischen, damit es seine Reinheit in der Welt nicht einbüßt." Dies ist – gemessen am Text – zweifellos eine unzulässige Romantisierung, die sich aus dem Bedürfnis ergibt, auch hier „Reinheit und Vollstimmigkeit" zu entdekken, wie sie etwa im „Nachsommer" im abschließenden „Dreiklang ‚Einfachheit, Halt und Bedeutung'" enthalten sind. Eigentlich gehört „Abdias" nämlich wie „Der Hochwald" und „Der Waldgänger" aus Requadts Sicht zur „kleinen Gruppe von Erzählungen" Stifters, die „ohne Hoffnung enden, deren Handlung wie ins Leere verläuft". Dieses Urteil lenkt von Stifters Streben ab, der einleitenden Reflexion über den unabänderlichen Zusammenhang von Ursache und Wirkung Gestalt zu verleihen.

Der Greis gab nicht einen Laut von sich, sondern er starrte das Wesen vor sich an, und glaubte es nicht, daß dies Ding seine Tochter sei. Ihre Augen waren geschlossen und der redende Mund stand still.

Er schüttelte sie, und redete ihr zu – – aber sie sank aus seiner Hand und war tot.

Er selber hatte nicht die geringste Erschütterung empfunden. Draußen war es, als sei auch noch kein Gewitter an die Stelle gekommen. Die folgenden Donner waren wieder ferne, es ging kein Lüftchen, und zeitweise sang noch die Lerche.

Dann stand der Mann auf, lud das tote Mädchen mechanisch auf seine Schulter und trug sie nach Hause.

Zwei Hirten, die ihm begegneten, entsetzten sich, wie sie ihn so im Winde, der mittlerweile aufgestanden war, schreiten sahen, und wie das Haupt und der Arm des Kindes rückwärts seiner Schulter herab hing.

Das neue Wunder und Strafgericht, wie sie es nannten, flog sogleich durch das Land. Am dritten Tage nach dem Unglücke kamen Brüder seines Volkes und legten die Lilie in die Erde.

Das Gewitter, welches dem Kinde mit seiner weichen Flamme das Leben von dem Haupte geküßt hatte, schüttete an dem Tage noch auf alle Wesen reichlichen Segen herab, und hatte, wie jenes, das ihr das Augenlicht gegeben, mit einem schönen Regenbogen im weiten Morgen geschlossen.

Abdias saß nach diesem Ereignisse auf dem Bänkchen vor seinem Hause, und sagte nichts, sondern er schaute die Sonne an. Er saß viele Jahre, die Knechte besorgten auf Anordnung des Handelsfreundes, von dem wir öfter geredet hatten, die Felder – aus Dithas Gliedern sproßten Blumen und Gras – eine Sonne nach der andern verging, ein Sommer nach dem andern – und er wußte nicht, wie lange er gesessen war, denn nach glaublichen Aussagen war er wahnsinnig gewesen.

Auf einmal erwachte er wieder, und wollte jetzt nach Afrika reisen, um Melek ein Messer in das Herz zu stoßen; aber er konnte nicht mehr; denn seine Diener mußten ihn am Morgen aus dem Hause bringen, und mittags und abends wieder hinein.

Dreißig Jahre nach dem Tode Dithas lebte Abdias noch. Wie lange nachher, weiß man nicht. In hohem Alter hatte er die schwarze Farbe verloren, und war wieder gebleicht worden, wie er in seiner Jugend gewesen war. Viele Menschen haben ihn auf der Bank seines Hauses sitzen gesehen.

Eines Tages saß er nicht mehr dort, die Sonne schien auf den leeren Platz, und auf seinen frischen Grabhügel, aus dem bereits Spitzen von Gräsern hervor sahen.

Wie alt er geworden war, wußte man nicht. Manche sagten, es seien weit über hundert Jahre gewesen.

Das öde Tal ist seit der Zeit ein fruchtbares, das weiße Haus steht noch, ja es ist nach der Zeit noch verschönert und vergrößert worden, und das Ganze ist das Eigentum der Söhne des Handelsfreundes des Abdias.

So endete das Leben und die Laufbahn des Juden Abdias.

„Zweifelnd, ja verzweifelt hat der Dichter die ewige Frage gestellt: ‚Warum nun dieses?‘ Die Antwort verbirgt er. Gibt er sie überhaupt? Scheint es nicht, als widerspreche das Schicksal des Abdias dem vorher so zuversichtlich vorgetragenen Gesetz von Ursache und Wirkung, als gehe die Rechnung des Händlers mit dem Himmel nicht auf, und in der heiteren Blumenkette klaffe eine entsetzliche Lücke? . . . Von allen Bemühungen der Interpreten, eine Antwort zu geben, kann keine ganz befriedigen, es sei denn jene, welche den Dichter, statt ihn der Unlogik oder der Vergeßlichkeit zu zeihen, beim Wort nimmt und den Beweis seiner These, daß alles Unglück nur die Folge eines Verschuldens sei, aus so leisen wie deutlichen Anspielungen erbringen will. Dann nämlich kann das Vergehen des Juden einzig darin liegen, daß er seine eigentliche Bestimmung, so weise zu werden, ‚wie es die alten Propheten und Führer seines Geschlechtes gewesen waren‘, nicht erkannt, sondern dem Irdischen gedient habe: Für diese geistige Blindheit mußte er büßen, und die leibliche Blindheit der Tochter wird zum Gleichnis seiner selbst. Zwar wurde er sehend, als sie sehend wurde; aber was alle anderen Geschöpfe der Stifterschen Dichtung entsühnt, sittliche Läuterung, Vaterliebe, Veredlung der Natur, es ist nicht genug, die Schuld zu tilgen, die der Auserwählte auf sich genommen hat, da er sich dem großen, unerkannten Auftrag entzog. Ungeheuer ist der an ihn gestellte Auftrag, und schrecklich wie in den Worten des Psalmisten das Gericht Gottes“ (Urban Roedl).

Die Sammlung „Bunte Steine" mit dem Untertitel „Ein Festgeschenk" ist Ende 1852 (mit der Jahreszahl 1853) erschienen. Sie enthält sechs Erzählungen, von denen fünf jeweils Neufassungen früher publizierter Texte sind, während die Erzählung „Katzensilber" für diesen Band verfaßt wurde. Die „Vorrede", die Levin Schücking in seiner Rezension in der „Allgemeinen Zeitung" (21. Februar 1853) als „Schutzrede" bezeichnet, führt die Auseinandersetzung mit Friedrich Hebbel weiter (vgl. Stifters Brief an Aurelio Buddeus vom 21. August 1847, S. 70f), wobei Stifters Ankündigung, er habe den Lesern mit dieser Sammlung „ein noch Kleineres und Unbedeutenderes an zu bieten", als ironischer Einstieg zu verstehen ist.

Bunte Steine

Vorrede

Es ist einmal gegen mich bemerkt worden, daß ich nur das Kleine bilde, und daß meine Menschen stets gewöhnliche Menschen seien. Wenn das wahr ist, bin ich heute in der Lage, den Lesern ein noch Kleineres und Unbedeutenderes an zu bieten, nämlich allerlei Spielereien für junge Herzen. Es soll sogar in denselben nicht einmal Tugend und Sitte geprediget werden, wie es gebräuchlich ist, sondern sie sollen nur durch das wirken, was sie sind. Wenn etwas Edles und Gutes in mir ist, so wird es von selber in meinen Schriften liegen; wenn aber dasselbe nicht in meinem Gemüte ist, so werde ich mich vergeblich bemühen, Hohes und Schönes darzustellen, es wird doch immer das Niedrige und Unedle durchscheinen. Großes oder Kleines zu bilden hatte ich bei meinen Schriften überhaupt nie im Sinne, ich wurde von ganz anderen Gesetzen geleitet. Die Kunst ist mir ein so Hohes und Erhabenes, sie ist mir, wie ich schon einmal an einem anderen Orte gesagt habe, nach der Religion das Höchste auf Erden, so daß ich meine Schriften nie für Dichtungen gehalten habe, noch mich je vermessen werde, sie für Dichtungen zu halten. Dichter gibt es sehr wenige auf der Welt, sie sind die hohen Priester, sie sind die Wohltäter des menschlichen Geschlechtes; falsche Propheten aber gibt es sehr viele. Allein wenn auch nicht jede gesprochenen Worte Dichtung sein können, so können sie doch etwas anderes sein, dem nicht alle Berechtigung des Daseins abgeht. Gleichgestimmten Freunden eine vergnügte Stunde zu machen, ihnen allen bekannten wie unbekannten einen Gruß zu schicken, und ein Körnlein Gutes zu dem Baue des Ewigen beizutragen, das war die Absicht bei meinen Schriften, und wird auch die Absicht bleiben. Ich wäre sehr glücklich, wenn ich mit Gewißheit wüßte, daß ich nur diese Absicht erreicht hätte. Weil wir aber schon einmal von dem Großen und Kleinen reden, so will ich meine Ansichten darlegen, die wahrscheinlich von denen vieler anderer Menschen abweichen. Das Wehen der Luft das Rieseln des Wassers das Wachsen der Getreide das Wogen des Meeres das Grünen der Erde das Glänzen des Himmels das Schimmern der Gestirne halte ich für groß: das prächtig einherziehende Gewitter, den Blitz, welcher Häuser spaltet, den Sturm, der die Brandung treibt, den feuerspeienden Berg, das Erdbeben, welches Länder verschüttet, halte ich nicht für größer als obige Erscheinungen, ja ich halte sie für kleiner, weil sie nur Wirkungen viel höherer Gesetze sind. Sie kommen auf einzelnen Stellen vor, und sind die Ergebnisse einseitiger Ursachen. Die Kraft, welche die Milch im Töpfchen der armen Frau empor schwellen und übergehen macht, ist es auch, die die Lava in dem feuerspeienden Berge empor treibt, und auf den Flächen der Berge hinab gleiten läßt. Nur augenfälliger sind diese Erscheinungen, und reißen den Blick des Unkundigen und Unaufmerksamen mehr an sich, während der Geisteszug des Forschers vorzüglich auf das Ganze und Allgemeine

An dieser Stelle mag ein Hinweis auf die editorischen Grundsätze der verwendeten Ausgabe des Winkler Verlages dem Verdacht vorbeugen, hinsichtlich der Interpunktion wimmle es von Satzfehlern. Die fehlenden Kommata entsprechen einer Eigentümlichkeit von Stifters Spätstil, der sich in den „Bunten Steinen" ankündigt. Stifter verwendete das Komma konsequenter als heute üblich als Satzzeichen und vermied es, wenn etwa bei Aufzählungen die Einheit des Vergleichbaren und Zusammengehörigen durch die Interpunktion beeinträchtigt würde. Eine Rezitation dieser Sätze hätte diese Verbundenheit sprachgestalterisch zum Ausdruck zu bringen.

geht, und nur in ihm allein Großartigkeit zu erkennen vermag, weil es allein das Welterhaltende ist. Die Einzelheiten gehen vorüber, und ihre Wirkungen sind nach kurzem kaum noch erkennbar. Wir wollen das Gesagte durch ein Beispiel erläutern. Wenn ein Mann durch Jahre hindurch die Magnetnadel, deren eine Spitze immer nach Norden weist, tagtäglich zu festgesetzten Stunden beobachtete, und sich die Veränderungen, wie die Nadel bald mehr bald weniger klar nach Norden zeigt, in einem Buche aufschriebe, so würde gewiß ein Unkundiger dieses Beginnen für ein Kleines und für Spielerei ansehen: aber wie ehrfurchterregend wird dieses Kleine und wie begeisterungserweckend diese Spielerei, wenn wir nun erfahren, daß diese Beobachtungen wirklich auf dem ganzen Erdboden angestellt werden, und daß aus den daraus zusammengestellten Tafeln ersichtlich wird, daß manche kleine Veränderungen an der Magnetnadel oft auf allen Punkten der Erde gleichzeitig und in gleichem Maße vor sich gehen, daß also ein magnetisches Gewitter über die ganze Erde geht, daß die ganze Erdoberfläche gleichzeitig gleichsam ein magnetisches Schauern empfindet. Wenn wir, so wie wir für das Licht die Augen haben, auch für die Elektrizität und den aus ihr kommenden Magnetismus ein Sinneswerkzeug hätten, welche große Welt welche Fülle von unermeßlichen Erscheinungen würde uns da aufgetan sein. Wenn wir aber auch dieses leibliche Auge nicht haben, so haben wir dafür das geistige der Wissenschaft, und diese lehrt uns, daß die elektrische und magnetische Kraft auf einem ungeheuren Schauplatze wirke, daß sie auf der ganzen Erde und durch den ganzen Himmel verbreitet sei, daß sie alles umfließe, und sanft und unablässig verändernd bildend und lebenerzeugend sich darstelle. Der Blitz ist nur ein ganz kleines Merkmal dieser Kraft, sie selber aber ist ein Großes in der Natur. Weil aber die Wissenschaft nur Körnchen nach Körnchen erringt, nur Beobachtung nach Beobachtung macht, nur aus Einzelnem das Allgemeine zusammen trägt, und weil endlich die Menge der Erscheinungen und das Feld des Gegebenen unendlich groß ist, Gott also die Freude und die Glückseligkeit des Forschens unversieglich gemacht hat, wir auch in unseren Werkstätten immer nur das Einzelne darstellen können nie das Allgemeine, denn dies wäre die Schöpfung: so ist auch die Geschichte des in der Natur Großen in einer immerwährenden Umwandlung der Ansichten über dieses Große bestanden. Da die Menschen in der Kindheit waren, ihr geistiges Auge von der Wissenschaft noch nicht berührt war, wurden sie von dem Nahestehenden und Auffälligen ergriffen, und zu Furcht und Bewunderung hingerissen: aber als ihr Sinn geöffnet wurde, da der Blick sich auf den Zusammenhang zu richten begann, so sanken die einzelnen Erscheinungen immer tiefer, und es erhob sich das Gesetz immer höher, die Wunderbarkeiten hörten auf, das Wunder nahm zu.

So wie es in der äußeren Natur ist, so ist es auch in der inneren, in der des menschlichen Geschlechtes. Ein ganzes Leben voll Gerechtigkeit Einfachheit Bezwingung seiner selbst Verstandesgemäßheit Wirksamkeit in seinem Kreise Bewunderung des Schönen verbunden mit einem heiteren gelassenen Sterben halte ich für groß: mächtige Bewegungen des Gemütes furchtbar einherrollenden Zorn die Begier nach Rache den entzündeten Geist, der nach Tätigkeit

Mit diesem Beispiel spricht Stifter Probleme an, die noch oder gerade heute von höchstem Interesse sind. Es handelt sich um die Frage nach dem Bezugsrahmen des für die moderne Naturwissenschaft grundlegenden Messens und Registrierens. Das Schwergewicht liegt heute vielfach auf dieser Tätigkeit, wobei die täglich sich vermehrende Fülle von Einzeldaten es immer schwieriger macht, aus diesen ein Gesamtbild zu formen. Nur ein solches steigert jedoch Kenntnisse zur Erkenntnis und hebt die Trennung zwischen Objekt und Subjekt auf.

Der herausragende Vertreter einer solchen (in der Nachfolge Goethes stehenden) ganzheitlichen Naturwissenschaft ist zur Zeit Stifters Alexander von Humboldt (1769–1859). Unter dem Titel „Kosmos“ (fünf Bände 1845–1862) unternahm er den „Entwurf einer physischen Weltbeschreibung“ (so der Untertitel). Humboldt ging es darum, „in der Mannigfaltigkeit die Einheit zu erkennen . . ., der erhabenen Bestimmung des Menschen eingedenk den Geist der Natur zu ergreifen, welcher unter der Decke der Erscheinungen verhüllt liegt. Auf diese Weise reicht unser Bestreben über die Grenzen der Sinnenwelt hinaus, und es kann uns gelingen, die Natur begreifend den rohen Stoff empirischer Anschauung gleichsam durch Ideen zu beherrschen.“

Diese Grundgedanken (vgl. auch S. 230: „Das Wehen der Luft das Rieseln des Wassers . . .“) finden sich schon in teilweise wörtlicher Übereinstimmung in Stifters auf S. 85 zitiertem Albumblatt.

Die Montage (unter Verwendung eines am 4. März 1866 in der Leipziger „Illustrierten Zeitung" veröffentlichten Holzstichs *„Vulkanausbruch im Golf von Santorin am 31. Januar 1866")* verbildlicht die vielzitierte Gegenüberstellung des *„feuerspeienden Berges"* und der *„Kraft, welche die Milch im Töpfchen der armen Frau empor schwellen"* läßt (S. 230). Allerdings muß gesehen werden, daß der Schwerpunkt der „Vorrede" nicht auf der Frage nach Größe und Kleinheit der Erscheinungen und erst recht nicht auf einer vordergründigen „Umwertung" liegt. „Es geht um den Versuch einer poetologischen Neudefinition des Verhältnisses von Besonderem und Allgemeinem, wobei die Analogie zur Naturwissenschaft dazu dient, das Besondere als Merkmal und das Allgemeine als Gesetz zu interpretieren. Insofern läßt sich sagen, daß Stifter in der ‚Vorrede' das Verfahren der Naturwissenschaft, Besonderes nur als Merkmal einer allgemeinen Gesetzlichkeit zu betrachten, als Orientierungsbasis seines literarischen Verfahrens anerkennt" (Martin Selge).

strebt, umreißt, ändert, zerstört, und in der Erregung oft das eigene Leben hinwirft, halte ich nicht für größer, sondern für kleiner, da diese Dinge so gut nur Hervorbringungen einzelner und einseitiger Kräfte sind, wie Stürme feuerspeiende Berge Erdbeben. Wir wollen das sanfte Gesetz zu erblicken suchen, wodurch das menschliche Geschlecht geleitet wird. Es gibt Kräfte die nach dem Bestehen des Einzelnen zielen. Sie nehmen alles und verwenden es, was zum Bestehen und zum Entwickeln desselben notwendig ist. Sie sichern den Bestand des einen und dadurch den aller. Wenn aber jemand jedes Ding unbedingt an sich reißt, was sein Wesen braucht, wenn er die Bedingungen des Daseins eines anderen zerstört, so ergrimmt etwas Höheres in uns, wir helfen dem Schwachen und Unterdrückten, wir stellen den Stand wieder her, daß er ein Mensch neben dem andern bestehe, und seine menschliche Bahn gehen könne, und wenn wir das getan haben, so fühlen wir uns befriediget, wir fühlen uns noch viel höher und inniger als wir uns als Einzelne fühlen, wir fühlen uns

Abgesehen davon, daß der Holzstich eines der Beispiele Stifters illustriert, verweist er auf ein Merkmal der neueren populären (Bild-)Publizistik: die Darstellung der Sensation (was freilich schon für die Einblattdrucke des 16. Jahrhunderts gilt, die in Bild und Schrift beispielsweise über ungewöhnliche Himmelserscheinungen oder unerhörte Mißgeburten berichten). Hierbei ist in Erinnerung zu rufen, daß der englische Begriff „sensation" ursprünglich jegliche Sinneswahrnehmung (im Unterschied zur geistigen) bezeichnet. Stifters Verständnis von Wahrnehmung zielt auf eine solche Gleich-Gültigkeit der Erscheinungen, unter der Voraussetzung, daß ihre Bedeutung ohnehin nur aus ihrer Beziehung zu den in Natur und Geschichte waltenden Gesetzen hervorgeht.

als ganze Menschheit. Es gibt daher Kräfte, die nach dem Bestehen der gesamten Menschheit hinwirken, die durch die Einzelkräfte nicht beschränkt werden dürfen, ja im Gegenteile beschränkend auf sie selber einwirken. Es ist das Gesetz dieser Kräfte das Gesetz der Gerechtigkeit das Gesetz der Sitte, das Gesetz, das will, daß jeder geachtet geehrt ungefährdet neben dem andern bestehe, daß er seine höhere menschliche Laufbahn gehen könne, sich Liebe und Bewunderung seiner Mitmenschen erwerbe, daß er als Kleinod gehütet werde, wie jeder Mensch ein Kleinod für alle andern Menschen ist. Dieses Gesetz liegt überall, wo Menschen neben Menschen wohnen, und es zeigt sich, wenn Menschen gegen Menschen wirken. Es liegt in der Liebe der Ehegatten zu einander in der Liebe der Eltern zu den Kindern der Kinder zu den Eltern in der Liebe der Geschwister der Freunde zu einander in der süßen Neigung beider Geschlechter in der Arbeitsamkeit, wodurch wir erhalten werden, in der Tätigkeit, wodurch man für seinen Kreis für die Ferne

Diese Sätze bewahren den Kosmopolitismus der deutschen Klassik (Schillers „Steigerung des Individuums zur Menschheit") mit der für Stifter charakteristischen Konzentrik, deren Mittelpunkt die Familie bildet.

für die Menschheit wirkt, und endlich in der Ordnung und Gestalt, womit ganze Gesellschaften und Staaten ihr Dasein umgeben, und zum Abschlusse bringen. Darum haben alte und neue Dichter vielfach diese Gegenstände benützt, um ihre Dichtungen dem Mitgefühl naher und ferner Geschlechter anheim zu geben. Darum sieht der Menschenforscher, wohin er seinen Fuß setzt, überall nur dieses Gesetz allein, weil es das einzige Allgemeine das einzige Erhaltende und nie Endende ist. Er sieht es eben so gut in der niedersten Hütte wie in dem höchsten Palaste, er sieht es in der Hingabe eines armen Weibes und in der ruhigen Todesverachtung des Helden für das Vaterland und die Menschheit. Es hat Bewegungen in dem menschlichen Geschlechte gegeben, wodurch den Gemütern eine Richtung nach einem Ziele hin eingeprägt worden ist, wodurch ganze Zeiträume auf die Dauer eine andere Gestalt gewonnen haben. Wenn in diesen Bewegungen das Gesetz der Gerechtigkeit und Sitte erkennbar ist, wenn sie von demselben eingeleitet, und fortgeführt worden sind, so fühlen wir uns in der ganzen Menschheit erhoben, wir fühlen uns menschlich verallgemeinert, wir empfinden das Erhabene, wie es sich überall in die Seele senkt, wo durch unmeßbar große Kräfte in der Zeit oder im Raume auf ein gestaltvolles vernunftgemäßes Ganzes zusammen gewirkt wird. Wenn aber in diesen Bewegungen das Gesetz des Rechtes und der Sitte nicht ersichtlich ist, wenn sie nach einseitigen und selbstsüchtigen Zwecken ringen, dann wendet sich der Menschenforscher, wie gewaltig und furchtbar sie auch sein mögen, mit Ekel von ihnen ab, und betrachtet sie als ein Kleines als ein des Menschen Unwürdiges. So groß ist die Gewalt dieses Rechts- und Sittengesetzes, daß es überall, wo es immer bekämpft worden ist, doch endlich allezeit siegreich und herrlich aus dem Kampfe hervorgegangen ist. Ja wenn sogar der Einzelne oder ganze Geschlechter für Recht und Sitte untergegangen sind, so fühlen wir sie nicht als besiegt, wir fühlen sie als triumphierend, in unser Mitleid mischt sich ein Jauchzen und Entzücken, weil das Ganze höher steht als der Teil, weil das Gute größer ist als der Tod, wir sagen da, wir empfinden das Tragische, und werden mit Schauern in den reineren Äther des Sittengesetzes emporgehoben. Wenn wir die Menschheit in der Geschichte wie einen ruhigen Silberstrom einem großen ewigen Ziele entgegen gehen sehen, so empfinden wir das Erhabene das vorzugsweise Epische. Aber wie gewaltig und in großen Zügen auch das Tragische und Epische wirken, wie ausgezeichnete Hebel sie auch in der Kunst sind, so sind es hauptsächlich doch immer die gewöhnlichen alltäglichen in Unzahl wiederkehrenden Handlungen der Menschen, in denen dieses Gesetz am sichersten als Schwerpunkt liegt, weil diese Handlungen die dauernden die gründenden sind, gleichsam die Millionen Wurzelfasern des Baumes des Lebens. So wie in der Natur die allgemeinen Gesetze still und unaufhörlich wirken, und das Auffällige nur eine einzelne Äußerung dieser Gesetze ist, so wirkt das Sittengesetz still und seelenbelebend durch den unendlichen Verkehr der Menschen mit Menschen, und die Wunder des Augenblickes bei vorgefallenen Taten sind nur kleine Merkmale dieser allgemeinen Kraft. So ist dieses Gesetz, so wie das der Natur das welterhaltende ist, das menschenerhaltende.

Mit den Begriffen „Hütte" und „Palast" knüpft Stifter polemisch an eine Parole der revolutionären Volksheere der Französischen Revolution an. Sie wird auf den Schriftsteller Nicolas Chamfort (1741–1794) zurückgeführt und lautet: „Guerre aux châteaux! Paix aux chaumières!" Die deutsche Übersetzung „Friede den Hütten! Krieg den Palästen!" hat Georg Büchner seiner Flugschrift „Der Hessische Landbote" (1834) als Motto vorangestellt.

In diesem Satz formuliert Stifter seine Position mit unmittelbarer Stoßrichtung gegen Hebbel. Wogegen sich Stifter vor allem wendet, ist der bei Hebbel sich ankündigende Determinismus und Psychologismus, ist die Auffassung, daß „das Leben als Vereinzelung, die nicht maßzuhalten weiß, die Schuld nicht bloß zufällig erzeugt, sondern notwendig mit einschließt und bedingt" (Friedrich Hebbel).

Wie in der Geschichte der Natur die Ansichten über das Große sich stets geändert haben, so ist es auch in der sittlichen Geschichte der Menschen gewesen. Anfangs wurden sie von dem Nächstliegenden berührt, körperliche Stärke und ihre Siege im Ringkampfe wurden gepriesen, dann kamen Tapferkeit und Kriegesmut dahin zielend, heftige Empfindungen und Leidenschaften gegen feindselige Haufen und Verbindungen auszudrücken und auszuführen, dann wurde Stammeshoheit und Familienherrschaft besungen, inzwischen auch Schönheit und Liebe so wie Freundschaft und Aufopferung gefeiert, dann aber erschien ein Überblick über ein Größeres: ganze menschliche Abteilungen und Verhältnisse wurden geordnet, das Recht des Ganzen vereint mit dem des Teiles, und Großmut gegen den Feind und Unterdrückung seiner Empfindungen und Leidenschaften zum Besten der Gerechtigkeit hoch und herrlich gehalten, wie ja Mäßigung schon den Alten als die erste männliche Tugend galt, und endlich wurde ein vökerumschlingendes Band als ein Wünschenswertes gedacht, ein Band, das alle Gaben des einen Volkes mit denen des andern vertauscht, die Wissenschaft fördert, ihre Schätze für alle Menschen darlegt, und in der Kunst und Religion zu dem einfach Hohen und Himmlischen leitet.

Wie es mit dem Aufwärtssteigen des menschlichen Geschlechtes ist, so ist es auch mit seinem Abwärtssteigen. Untergehenden Völkern verschwindet zuerst das Maß. Sie gehen nach einzelnem aus, sie werfen sich mit kurzem Blicke auf das Beschränkte und Unbedeutende, sie setzen das Bedingte über das Allgemeine; dann suchen sie den Genuß und das Sinnliche, sie suchen Befriedigung ihres Hasses und Neides gegen den Nachbar, in ihrer Kunst wird das Einseitige geschildert das nur von einem Standpunkte Gültige, dann das Zerfahrene Unstimmende Abenteuerliche, endlich das Sinnenreizende Aufregende und zuletzt die Unsitte und das Laster, in der Religion sinkt das Innere zur bloßen Gestalt oder zur üppigen Schwärmerei herab, der Unterschied zwischen Gut und Böse verliert sich, der einzelne verachtet das Ganze, und geht seiner Lust und seinem Verderben nach, und so wird das Volk eine Beute seiner inneren Zerwirrung oder die eines äußeren wilderen aber kräftigeren Feindes. – –

Da ich in dieser Vorrede in meinen Ansichten über Großes und Kleines so weit gegangen bin, so sei es mir auch erlaubt zu sagen, daß ich in der Geschichte des menschlichen Geschlechtes manche Erfahrungen zu sammeln bemüht gewesen bin, und daß ich einzelnes aus diesen Erfahrungen zu dichtenden Versuchen zusammengestellt habe; aber meine eben entwickelten Ansichten und die Erlebnisse der letztvergangenen Jahre lehrten mich meiner Kraft zu mißtrauen, daher jene Versuche liegen bleiben mögen, bis sie besser ausgearbeitet oder als unerheblich vernichtet werden.

Diejenigen aber, die mir durch diese keineswegs für junge Zuhörer passende Vorrede gefolgt sind, mögen es auch nicht verschmähen, die Hervorbringung bescheidenerer Kräfte zu genießen, und mit mir zu den harmlosen folgenden Dingen übergehen.

Im Herbste 1852

Adalbert Stifter

Im Mittelpunkt der Auseinandersetzung um und mit Stifters „Vorrede“ steht die Frage, ob sie ein bestimmtes Menschenbild enthalte oder ein poetisches Verfahren begründe. Die nebenstehende Skizze von Grundformen in der Entwicklung der „sittlichen Geschichte der Menschen“ unterstützt die erste Auffassung. Dennoch führt eine genaue Betrachtung von Stifters Begriff des (Natur- bzw. Sitten-)Gesetzes in eine andere Richtung. Sein wesentliches Ziel bestimmt Stifter mit dem Satz: „Wir wollen das sanfte Gesetz zu erblikken suchen, wodurch das menschliche Geschlecht geleitet wird“ (S. 232). Selge kommentiert: „Also beinhaltet dieser Kernspruch der ‚Vorrede‘ eine auf den Gesetzesbegriff gegründete und d a r i n für die Geschichte der Literaturtheorie innovative, poetologische Maxime, nicht aber ein ethisches Postulat, wie zumeist aus einem, freilich naheliegenden, Mißverständnis des Wortes ‚sanft‘ heraus angenommen wird. Das ‚sanfte Gesetz‘ ist eine eher tautologische . . . Prägung, da für Stifter die Alternative des harten, unerbittlichen Gesetzes gar nicht existiert. Das Wirken des Allgemeinen, Gesetzlichen besitzt p e r s e, sowohl im natürlichen wie im moralischen Bereich, die Qualität des Sanften, d. h. der stillen, unbemerkten, alltäglich-gewöhnlichen Veränderung. Insofern geht die Bedeutung von ‚sanft‘ weit über ‚mild‘ hinaus, hat in bezug auf menschliches Verhalten nahezu den gleichen Umfang wie ‚sozial‘.“

Unsere Kirche feiert verschiedene Feste, welche zum Herzen dringen. Man kann sich kaum etwas Lieblicheres denken als Pfingsten und kaum etwas Ernsteres und Heiligeres als Ostern. Das Traurige und Schwermüthige der Charwoche und darauf das Feierliche des Sonntags begleiten uns durch das Leben. Eines der schönsten Feste feiert die Kirche fast mitten im Winter, wo beinahe die längsten Nächte und kürzesten Tage sind, wo die Sonne am schiefsten gegen unsere Gefilde steht, und Schnee alle Fluren dekt, das Fest der Weihnacht. Wie in vielen Ländern der Tag vor dem Geburtsfeste des Herrn der Christabend heißt, so heißt er bei uns der heilige Abend, der darauf folgende Tag der heilige Tag und die dazwischen liegende Nacht die Weihnacht. Die katholische Kirche begeht den Christtag als

Bergkristall

... Einmal war am Heiligen Abende, da die erste Morgendämmerung in dem Tale von Gschaid in Helle übergegangen war, ein dünner trockener Schleier über den ganzen Himmel gebreitet, so daß man die ohnedem schiefe und ferne Sonne im Südosten nur als einen undeutlichen roten Fleck sah, überdies war an diesem Tage eine milde beinahe laulichte Luft unbeweglich im ganzen Tale und auch an dem Himmel, wie die unveränderte und ruhige Gestalt der Wolken zeigte. Da sagte die Schustersfrau zu ihren Kindern: „Weil ein so angenehmer Tag ist, weil es so lange nicht geregnet hat, und die Wege fest sind, und weil es auch der Vater gestern unter der Bedingung erlaubt hat, wenn der heutige Tag dazu geeignet ist, so dürft ihr zur Großmutter nach Millsdorf gehen; aber ihr müßt den Vater noch vorher fragen."

Die Kinder, welche noch in ihren Nachtkleidchen da standen, liefen in die Nebenstube, in welcher der Vater mit einem Kunden sprach, und baten um die Wiederholung der gestrigen Erlaubnis, weil ein so schöner Tag sei. Sie wurde ihnen erteilt, und sie liefen wieder zur Mutter zurück.

Die Schustersfrau zog nun ihre Kinder vorsorglich an, oder eigentlich, sie zog das Mädchen mit dichten gut verwahrenden Kleidern an; denn der Knabe begann sich selber anzukleiden, und stand viel früher fertig da, als die Mutter mit dem Mädchen hatte ins reine kommen können. Als sie dieses Geschäft vollendet hatte, sagte sie: „Konrad, gib wohl acht: weil ich dir das Mädchen mit gehen lasse, so müsset ihr bei Zeiten fort gehen, ihr müsset an keinem Platze stehen bleiben, und wenn ihr bei der Großmutter gegessen habt, so müsset ihr gleich wieder umkehren, und nach Hause trachten; denn die Tage sind jetzt sehr kurz, und die Sonne geht gar bald unter."

„Ich weiß es schon, Mutter", sagte Konrad.

„Und siehe gut auf Sanna, daß sie nicht fällt, oder sich erhitzt."

„Ja Mutter."

„So, Gott behüte euch, und geht noch zum Vater, und sagt, daß ihr jetzt fortgehet."

Der Knabe nahm eine von seinem Vater kunstvoll aus Kalbfellen genähte Tasche an einem Riemen um die Schulter, und die Kinder gingen in die Nebenstube, um dem Vater Lebewohl zu sagen. Aus dieser kamen sie bald heraus, und hüpften von der Mutter mit einem Kreuze besegnet fröhlich auf die Gasse.

Sie gingen schleunig längs des Dorfplatzes hinab, und dann durch die Häusergasse und endlich zwischen den Planken der Obstgärten in das Freie hinaus. Die Sonne stand schon über dem mit milchigen Wolkenstreifen durchwobenen Wald der morgendlichen Anhöhen, und ihr trübes rötliches Bild schritt durch die laublosen Zweige der Holzäpfelbäume mit den Kindern fort.

In dem ganzen Tale war kein Schnee, die größeren Berge, von denen er schon viele Wochen herab geglänzt hatte, waren damit bedeckt, die kleineren standen in dem Mantel ihrer Tannenwälder und im Fahlrot ihrer entblößten Zweige unbeschneit und ruhig da. Der

Die erste Fassung der Erzählung hat Stifter 1845 unter dem Titel „Der heilige Abend" in der Wiener Zeitschrift „Die Gegenwart" veröffentlicht; die zweite Fassung mit dem Titel „Bergkristall" ist im zweiten Band der „Bunten Steine. Ein Festgeschenk von Adalbert Stifter" (1853) enthalten (zur Entstehungsgeschichte vgl. Simonys Bericht, S. 63). Die gegenüberliegende Seite zeigt den Beginn der Erzählung in der dritten Auflage der „Bunten Steine" (1869?); der Vignette mit der Darstellung der Geschwister *Konrad und Susanne („Sanna") auf ihrem Weg durch den schon verschneiten Wald* (vgl. S. 240) liegt eine Zeichnung des mit Stifter befreundeten Linzer Zeichenlehrers *Josef Maria Kaiser* (1824–1893) zugrunde.

Dem hier abgedruckten Hauptteil der Erzählung gehen drei einleitende Teile voraus, deren Themen sich im folgenden verknüpfen: Betrachtungen über das Weihnachtsfest, eine Schilderung des Schauplatzes der Erzählung im Wandel der Jahreszeiten und ein Bericht über das Leben in den Bergtaldörfern Gschaid und Millsdorf; aus ersterem stammt Konrads und Sannas Vater, ein Schuster, aus letzterem ihre Mutter, die Tochter eines Färbers.

Die einleitende genaue topographische Schilderung bildet die Voraussetzung dafür, daß der Leser – indem er die landschaftlichen Gegebenheiten vor Augen hat – die im Verlauf der Erzählung zunehmende Aufhebung jeglicher Orientierung um so intensiver miterlebt. Die beiden Dörfer Gschaid und Millsdorf sind durch den Schneeberg voneinander getrennt; ihn kennzeichnen zwei mit ewigem Schnee bedeckte Gipfel, die Hörner. „Was nun die Besteigung des Berges betrifft, so geschieht dieselbe von dem Tale aus. Man geht nach der Mittagsrichtung zu auf einem guten schönen Wege, der über einen sogenannten Hals in ein anderes Tal führt. Hals heißen sie einen mäßig hohen Bergrücken, der zwei größere und bedeutendere Gebirge mit einander verbindet, und über den man zwischen den Gebirgen von einem Tale in ein anderes gelangen kann. Auf dem Halse, der den Schneeberg mit einem gegenüberliegenden großen Gebirgszuge verbindet, ist lauter Tannenwald. Etwa auf der größten Erhöhung desselben, wo nach und nach sich der Weg in das jenseitige Tal hinab zu senken beginnt, steht eine sogenannte Unglücksäule. Es ist einmal ein Bäcker, welcher Brot in seinem Korbe über den Hals trug, an jener Stelle tot gefunden worden. Man hat den toten Bäcker mit dem Korbe und mit den umringenden Tannenbäumen auf ein Bild gemalt, darunter eine Erklärung und eine Bitte um ein Gebet geschrieben, das Bild auf eine rot angestrichene hölzerne Säule getan, und die Säule an der Stelle des Unglückes aufgerichtet.“

Boden war noch nicht gefroren, und er wäre vermöge der vorhergegangenen langen regenlosen Zeit ganz trocken gewesen, wenn ihn nicht die Jahreszeit mit einer zarten Feuchtigkeit überzogen hätte, die ihn aber nicht schlüpfrig sondern eher fest und widerprallend machte, daß sie leicht und gering darauf fortgingen. Das wenige Gras, welches noch auf den Wiesen und vorzüglich an den Wassergräben derselben war, stand in herbstlichem Ansehen. Es lag kein Reif und bei näherem Anblicke nicht einmal ein Tau, was nach der Meinung der Landleute baldigen Regen bedeutet.

Gegen die Grenzen der Wiesen zu war ein Gebirgsbach, über welchen ein hoher Steg führte. Die Kinder gingen auf den Steg und schauten hinab. Im Bache war schier kein Wasser, ein dünner Faden von sehr stark blauer Farbe ging durch die trockenen Kiesel des Gerölles, die wegen Regenlosigkeit ganz weiß geworden waren, und sowohl die Wenigkeit als auch die Farbe des Wassers zeigten an, daß in den größeren Höhen schon Kälte herrschen müsse, die den Boden verschließe, daß er mit seiner Erde das Wasser nicht trübe, und die das Eis erhärte, daß es in seinem Innern nur wenige klare Tropfen abgeben könne.

Von dem Stege liefen die Kinder durch die Gründe fort, und näherten sich immer mehr den Waldungen.

Sie trafen endlich die Grenze des Holzes, und gingen in demselben weiter.

Als sie in die höheren Wälder des Halses hinauf gekommen waren, zeigten sich die langen Furchen des Fahrweges nicht mehr weich, wie es unten im Tale der Fall gewesen war, sondern sie waren fest, und zwar nicht aus Trockenheit, sondern, wie die Kinder sich bald überzeugten, weil sie gefroren waren. An manchen Stellen waren sie so überfroren, daß sie die Körper der Kinder trugen. Nach der Natur der Kinder gingen sie nun nicht mehr auf dem glatten Pfade neben dem Fahrwege, sondern in den Gleisen, und versuchten, ob dieser oder jener Furchenaufwurf sie schon trage. Als sie nach Verlauf einer Stunde auf der Höhe des Halses angekommen waren, war der Boden bereits so hart, daß er klang, und Schollen wie Steine hatte. An der roten Unglücksäule des Bäckers bemerkte Sanna zuerst, daß sie heute gar nicht da stehe. Sie gingen zu dem Platze hinzu, und sahen, daß der runde rot angestrichene Balken, der das Bild trug, in dem dürren Grase liege, das wie dünnes Stroh an der Stelle stand, und den Anblick der liegenden Säule verdeckte. Sie sahen zwar nicht ein, warum die Säule liege, ob sie umgeworfen worden, oder ob sie von selber umgefallen sei, das sahen sie, daß sie an der Stelle, wo sie in die Erde ragte, sehr morsch war, und daß sie daher sehr leicht habe umfallen können; aber da sie einmal lag, so machte es ihnen Freude, daß sie das Bild und die Schrift so nahe betrachten konnten, wie es sonst nie der Fall gewesen war. Als sie alles – den Korb mit den Semmeln, die bleichen Hände des Bäckers, seine geschlossenen Augen, seinen grauen Rock und die umstehenden Tannen – betrachtet hatten, als sie die Schrift gelesen und laut gesagt hatten, gingen sie wieder weiter.

Abermal nach einer Stunde wichen die dunkeln Wälder zu beiden Seiten zurück, dünnstehende Bäume teils einzelne Eichen teils Birken und Gebüschgruppen empfingen sie, geleiteten sie weiter, und nach kurzem liefen sie auf den Wiesen in das Millsdorfer Tal hinab. Obwohl dieses Tal bedeutend tiefer liegt als das von Gschaid, und auch um so viel wärmer war, daß man die Ernte immer um vierzehn Tage früher beginnen konnte als in Gschaid, so war doch auch hier der Boden gefroren, und als die Kinder bis zu den Loh- und Walkwerken des Großvaters gekommen waren, lagen auf dem Wege, auf den die Räder oft Tropfen heraus spritzten, schöne Eistäfelchen. Den Kindern ist das gewöhnlich ein sehr großes Vergnügen.

Die Großmutter hatte sie kommen gesehen, war ihnen entgegen gegangen, nahm Sanna bei den erfrornen Händchen, und führte sie in die Stube. Sie nahm ihnen die wärmeren Kleider ab, sie ließ in dem Ofen nachlegen, und fragte sie, wie es ihnen im Herübergehen gegangen sei.

Als sie hierauf die Antwort erhalten hatte, sagte sie: „Das ist schon recht, das ist gut, es freut mich gar sehr, daß ihr wieder gekommen seid; aber heute müßt ihr bald fort, der Tag ist kurz, und es wird auch kälter, am Morgen war es in Millsdorf nicht gefroren."

„In Gschaid auch nicht", sagte der Knabe.

„Siehst du, darum müßt ihr euch sputen, daß euch gegen Abend nicht zu kalt wird", antwortete die Großmutter.

Hierauf fragte sie, was die Mutter mache, was der Vater mache, und ob nichts Besonderes in Gschaid geschehen sei.

Nach diesen Fragen bekümmerte sie sich um das Essen, sorgte, daß es früher bereitet wurde als gewöhnlich, und richtete selber den Kindern kleine Leckerbissen zusammen, von denen sie wußte, daß sie eine Freude damit erregen würde. Dann wurde der Färber gerufen, die Kinder bekamen an dem Tische aufgedeckt wie große Personen, und aßen nun mit Großvater und Großmutter, und die letzte legte ihnen hiebei besonders Gutes vor. Nach dem Essen streichelte sie Sannas unterdessen sehr rot gewordene Wangen.

Hierauf ging sie geschäftig hin und her, und steckte das Kalbfellränzchen des Knaben voll, und steckte ihm noch allerlei in die Taschen. Auch in die Täschchen von Sanna tat sie allerlei Dinge. Sie gab jedem ein Stück Brot, es auf dem Wege zu verzehren, und in dem Ränzchen, sagte sie, seien noch zwei Weißbrote, wenn etwa der Hunger zu groß würde.

„Für die Mutter habe ich einen guten gebrannten Kaffee mitgegeben", sagte sie, „und in dem Fläschchen, das zugestopft und gut verbunden ist, befindet sich auch ein schwarzer Kaffeeaufguß, ein besserer, als die Mutter bei euch gewöhnlich macht, sie soll ihn nur kosten, wie er ist, er ist eine wahre Arznei, so kräftig, daß nur ein Schlückchen den Magen so wärmt, daß es den Körper in den kältesten Wintertagen nicht frieren kann. Die anderen Sachen die in der Schachtel und in den Papieren im Ränzchen sind, bringt unversehrt nach Hause."

Da sie noch ein Weilchen mit den Kindern geredet hatte, sagte sie, daß sie gehen sollten.

„Habe acht, Sanna", sagte sie, „daß du nicht frierst, erhitze dich nicht; und daß ihr nicht über die Wiesen hinauf und unter den Bäumen lauft. Etwa kömmt gegen Abend ein Wind, da müßt ihr langsamer gehen. Grüßet Vater und Mutter, und sagt, sie sollen recht glückliche Feiertage haben."

Die Großmutter küßte beide Kinder auf die Wangen, und schob sie durch die Tür hinaus. Nichts desto weniger ging sie aber auch selber mit, geleitete sie durch den Garten, ließ sie durch das Hinterpförtchen hinaus, schloß wieder, und ging in das Haus zurück.

Die Kinder gingen an den Eistäfelchen neben den Werken des Großvaters vorbei, sie gingen durch die Millsdorfer Felder, und wendeten sich gegen die Wiesen hinan.

Der hier einsetzende Schneefall begleitet und bedingt die Handlung bis zum Einbruch der Dunkelheit – in Seitenzahlen (als Maß der „Erzählzeit" im Verhältnis zur „erzählten Zeit") ausgedrückt: bis zur Seite 249 (vgl. S. 250 oben). Die teils direkte, teils indirekte Vergegenwärtigung des stetigen Schneiens gehört zu Stifters herausragenden stilistischen Leistungen. (Einen ungewöhnlichen Schneefall, durch den er Mitte November 1867 in den Lackenhäusern tagelang festgehalten wurde, schildert Stifter in „Aus dem Bayrischen Wald", seiner letzten literarischen Arbeit.)

Als sie auf den Anhöhen gingen, wo, wie gesagt wurde, zerstreute Bäume und Gebüschgruppen standen, fielen äußerst langsam einzelne Schneeflocken.

„Siehst du, Sanna", sagte der Knabe, „ich habe es gleich gedacht, daß wir Schnee bekommen; weißt du, da wir von Hause weg gingen, sahen wir noch die Sonne, die so blutrot war wie eine Lampe bei dem Heiligen Grabe, und jetzt ist nichts mehr von ihr zu erblicken, und nur der graue Nebel ist über den Baumwipfeln oben. Das bedeutet allemal Schnee."

Die Kinder gingen freudiger fort, und Sanna war recht froh, wenn sie mit dem dunkeln Ärmel ihres Röckchens eine der fallenden Flocken auffangen konnte, und wenn dieselbe recht lange nicht auf dem Ärmel zerfloß. Als sie endlich in dem äußersten Rand der Millsdorfer Höhen angekommen waren, wo es gegen die dunkeln Tannen des Halses hinein geht, war die dichte Waldwand schon recht lieblich gesprenkelt von den immer reichlicher herab fallenden Flocken. Sie gingen nunmehr in den dicken Wald hinein, der den größten Teil ihrer noch bevorstehenden Wanderung einnahm.

Es geht von dem Waldrande noch immer aufwärts, und zwar bis man zur roten Unglücksäule kömmt, von wo sich, wie schon oben angedeutet wurde, der Weg gegen das Tal von Gschaid hinab wendet. Die Erhebung des Waldes von der Millsdorfer Seite aus ist sogar so steil, daß der Weg nicht gerade hinan geht, sondern daß er in sehr langen Abweichungen von Abend nach Morgen und von Morgen nach Abend hinan klimmt. An der ganzen Länge des Weges hinauf zur Säule und hinab bis zu den Wiesen von Gschaid sind hohe dichte ungelichtete Waldbestände, und sie werden erst ein wenig dünner, wenn man in die Ebene gelangt ist und gegen die Wiesen des Tales von Gschaid hinaus kömmt. Der Hals ist auch, wenn er gleich nur eine kleine Verbindung zwischen zwei großen Gebirgshäuptern abgibt, doch selbst so groß, daß er in die Ebene gelegt einen bedeutenden Gebirgsrücken abgeben würde.

Das erste, was die Kinder sahen, als sie die Waldung betraten, war, daß der gefrorne Boden sich grau zeigte, als ob er mit Mehl besät wäre, daß die Fahne manches dünnen Halmes des am Wege hin und zwischen den Bäumen stehenden dürren Grases mit Flocken beschwert war, und daß auf den verschiedenen grünen Zweigen der Tannen und Fichten, die sich wie Hände öffneten, schon weiße Fläumchen saßen.

„Schneit es denn jetzt bei dem Vater zu Hause auch?" fragte Sanna.

„Freilich", antwortete der Knabe, „es wird auch kälter, und du wirst sehen, daß morgen der ganze Teich gefroren ist."

„Ja, Konrad", sagte das Mädchen.

Es verdoppelte beinahe seine kleinen Schritte, um mit denen des dahinschreitenden Knaben gleich bleiben zu können.

Sie gingen nun rüstig in den Windungen fort, jetzt von Abend nach Morgen, jetzt von Morgen nach Abend. Der von der Großmutter vorausgesagte Wind stellte sich nicht ein, im Gegenteile war es so stille, daß sich nicht ein Ästchen oder Zweig rührte, ja sogar es schien im Walde wärmer, wie es in lockeren Körpern, dergleichen ein Wald auch ist, immer im Winter zu sein pflegt, und die Schneeflocken fielen stets reichlicher, so daß der ganze Boden schon weiß war, daß der Wald sich grau zu bestäuben anfing, und daß auf dem Hute und den Kleidern des Knaben so wie auf denen des Mädchens der Schnee lag.

Die Freude der Kinder war sehr groß. Sie traten auf den weichen Flaum, suchten mit dem Fuße absichtlich solche Stellen, wo er dichter zu liegen schien, um dorthin zu treten, und sich den Anschein zu geben, als wateten sie bereits. Sie schüttelten den Schnee nicht von den Kleidern ab.

Es war große Ruhe eingetreten. Von den Vögeln, deren doch manche auch zuweilen im Winter in dem Walde hin und her fliegen, und von denen die Kinder im Herübergehen sogar mehrere zwitschern gehört hatten, war nichts zu vernehmen, sie sahen auch keine auf irgend einem Zweige sitzen, oder fliegen, und der ganze Wald war gleichsam ausgestorben.

Weil nur die bloßen Fußstapfen der Kinder hinter ihnen blieben, und weil vor ihnen der Schnee rein und unverletzt war, so war daraus zu erkennen daß sie die einzigen waren, die heute über den Hals gingen.

Sie gingen in ihrer Richtung fort, sie näherten sich öfter den Bäumen, öfter entfernten sie sich, und wo dichtes Unterholz war, konnten sie den Schnee auf den Zweigen liegen sehen.

Ihre Freude wuchs noch immer; denn die Flocken fielen stets dichter, und nach kurzer Zeit brauchten sie nicht mehr den Schnee aufzusuchen, um in ihm zu waten; denn er lag schon so dicht, daß sie ihn überall weich unter den Sohlen empfanden, und daß er sich bereits um ihre Schuhe zu legen begann; und wenn es so ruhig und heimlich war, so war es, als ob sie das Knistern des in die Nadeln herab fallenden Schnees vernehmen könnten.

„Werden wir heute auch die Unglücksäule sehen?“ fragte das Mädchen, „sie ist ja umgefallen, und da wird es darauf schneien, und da wird die rote Farbe weiß sein.“

„Darum können wir sie doch sehen“, antwortete der Knabe, „wenn auch der Schnee auf sie fällt, und wenn sie auch weiß ist, so müssen wir sie liegen sehen, weil sie eine dicke Säule ist, und weil sie das schwarze eiserne Kreuz auf der Spitze hat, das doch immer heraus ragen wird.“

„Ja Konrad.“

Indessen da sie noch weiter gegangen waren, war der Schneefall so dicht geworden, daß sie nur mehr die allernächsten Bäume sehen konnten. Von der Härte des Weges oder gar von Furchenaufwerfungen war nichts zu empfinden, der Weg war vom Schnee überall gleich weich, und war überhaupt nur daran zu erkennen, daß er als ein gleichmäßiger weißer Streifen in dem Walde fort lief. Auf allen Zweigen lag schon die schöne weiße Hülle.

Die Kinder gingen jetzt mitten auf dem Wege, sie furchten den

Schnee mit ihren Füßlein, und gingen langsamer, weil das Gehen beschwerlicher ward. Der Knabe zog seine Jacke empor an dem Halse zusammen, damit ihm nicht der Schnee in den Nacken falle, und er setzte den Hut tiefer in das Haupt, daß er geschützter sei. Er zog auch seinem Schwesterlein das Tuch, das ihm die Mutter um die Schulter gegeben hatte, besser zusammen, und zog es ihm mehr vorwärts in die Stirne, daß es ein Dach bilde.

Der von der Großmutter vorausgesagte Wind war noch immer nicht gekommen; aber dafür wurde der Schneefall nach und nach so dicht, daß auch nicht mehr die nächsten Bäume zu erkennen waren, sondern daß sie wie neblige Säcke in der Luft standen.

Die Kinder gingen fort. Sie duckten die Köpfe dichter in ihre Kleider, und gingen fort.

Sanna nahm den Riemen, an welchem Konrad die Kalbfelltasche um die Schulter hängen hatte, mit den Händchen, hielt sich daran, und so gingen sie ihres Weges.

Die Unglücksäule hatten sie noch immer nicht erreicht. Der Knabe konnte die Zeit nicht ermessen, weil keine Sonne am Himmel stand, und weil es immer gleichmäßig grau war.

„Werden wir bald zu der Unglücksäule kommen?“ fragte Sanna.

„Ich weiß es nicht“, antwortete der Knabe, „ich kann heute die Bäume nicht sehen, und den Weg nicht erkennen, weil er so weiß ist. Die Unglücksäule werden wir wohl gar nicht sehen, weil so viel Schnee liegen wird, daß sie verhüllt sein wird, und daß kaum ein Gräschen oder ein Arm des schwarzen Kreuzes hervor ragen wird. Aber es macht nichts. Wir gehen immer auf dem Wege fort, der Weg geht zwischen den Bäumen, und wenn er zu dem Platze der Unglücksäule kömmt, dann wird er abwärts gehen, wir gehen auf ihm fort, und wenn er aus den Bäumen hinaus geht, dann sind wir schon auf den Wiesen von Gschaid, dann kömmt der Steg, und dann haben wir nicht mehr weit nach Hause.“

„Ja Konrad“, sagte das Mädchen.

Sie gingen auf ihrem aufwärtsführenden Wege fort. Die hinter ihnen liegenden Fußstapfen waren jetzt nicht mehr lange sichtbar; denn die ungemeine Fülle des herabfallenden Schnees deckte sie bald zu, daß sie verschwanden. Der Schnee knisterte in seinem Falle nun auch nicht mehr in den Nadeln, sondern legte sich eilig und heimlich auf die weiße schon daliegende Decke nieder. Die Kinder nahmen die Kleider noch fester, um das immerwährende allseitige Hineinrieseln abzuhalten.

Sie gingen sehr schleunig, und der Weg führte noch stets aufwärts. Nach langer Zeit war noch immer die Höhe nicht erreicht, auf welcher die Unglücksäule stehen sollte, und von wo der Weg gegen die Gschaider Seite sich hinunter wenden mußte.

Endlich kamen die Kinder in eine Gegend, in welcher keine Bäume standen.

„Ich sehe keine Bäume mehr“, sagte Sanna.

„Vielleicht ist nur der Weg so breit, daß wir sie wegen des Schneiens nicht sehen können“, antwortete der Knabe.

„Ja, Konrad“, sagte das Mädchen.

Nach einer Weile blieb der Knabe stehen, und sagte: „Ich sehe selber keine Bäume mehr, wir müssen aus dem Walde gekommen sein, auch geht der Weg immer bergan. Wir wollen ein wenig stehen bleiben, und herum sehen, vielleicht erblicken wir etwas."

Aber sie erblickten nichts. Sie sahen durch einen trüben Raum in den Himmel. Wie bei dem Hagel über die weißen oder grünlich gedunsenen Wolken die finsteren fransenartigen Streifen herabstarren, so war es hier, und das stumme Schütten dauerte fort. Auf der Erde sahen sie nur einen runden Fleck Weiß und dann nichts mehr.

„Weißt du Sanna", sagte der Knabe, „wir sind auf dem dürren Grase, auf welches ich dich oft im Sommer herauf geführt habe, wo wir saßen, und wo wir den Rasen betrachteten, der nach einander hinauf geht, und wo die schönen Kräuterbüschel wachsen. Wir werden da jetzt gleich rechts hinab gehen!"

„Ja Konrad."

„Der Tag ist kurz, wie die Großmutter gesagt hat, und wie du auch wissen wirst, wir müssen uns daher sputen."

„Ja Konrad", sagte das Mädchen.

„Warte ein wenig, ich will dich besser einrichten", erwiderte der Knabe.

Er nahm seinen Hut ab, setzte ihn Sanna auf das Haupt, und befestigte ihn mit den beiden Bändchen unter ihrem Kinne. Das Tüchlein, welches sie um hatte, schützte sie zu wenig, während auf seinem Haupte eine solche Menge dichter Locken war, daß noch lange Schnee darauf fallen konnte, ehe Nässe und Kälte durchzudringen vermochten. Dann zog er sein Pelzjäckchen aus, und zog dasselbe über die Ärmelein der Schwester. Um seine eigenen Schultern und Arme, die jetzt das bloße Hemd zeigten, band er das kleinere Tüchlein, das Sanna über die Brust, und das größere, das sie über die Schultern gehabt hatte. Das sei für ihn genug, dachte er, wenn er nur stark auftrete, werde ihn nicht frieren.

Er nahm das Mädchen bei der Hand, und so gingen sie jetzt fort. Das Mädchen schaute mit den willigen Äuglein in das ringsum herrschende Grau, und folgte ihm gerne, nur daß es mit den kleinen eilenden Füßlein nicht so nachkommen konnte, wie er vorwärts strebte gleich einem, der es zur Entscheidung bringen wollte.

Sie gingen nun mit der Unablässigkeit und Kraft, die Kinder und Tiere haben, weil sie nicht wissen, wie viel ihnen beschieden ist, und wann ihr Vorrat erschöpft ist.

Aber wie sie gingen, so konnten sie nicht merken, ob sie über den Berg hinabkämen oder nicht. Sie hatten gleich rechts nach abwärts gebogen, allein sie kamen wieder in Richtungen, die bergan führten, bergab und wieder bergan. Oft begegneten ihnen Steilheiten, denen sie ausweichen mußten, und ein Graben, in dem sie fortgingen, führte sie in einer Krümmung herum. Sie erklommen Höhen, die sich unter ihren Füßen steiler gestalteten, als sie dachten, und was sie für abwärts hielten, war wieder eben, oder es war eine Höhlung, oder es ging immer gedehnt fort.

„Wo sind wir denn, Konrad?" fragte das Mädchen.

„Ich weiß es nicht", antwortete er.

„Wenn ich nur mit diesen meinen Augen etwas zu erblicken im Stande wäre", fuhr er fort, „daß ich mich darnach richten könnte."

Aber es war rings um sie nichts als das blendende Weiß, überall das Weiß, das aber selber nur einen immer kleineren Kreis um sie zog,

Das siebzehnmalige „Ja, Konrad" (beginnend S. 240 unten) findet sich erst in der Zweitfassung der Erzählung; in der Erstfassung ist es nur viermal enthalten. Die formelhafte Redeweise kann als ein Beispiel für Stifters „Eisberg-Stil" (Karl-Heinz Rossbacher) dienen. Sie ist zugleich Gegenstand der Erörterung, in welcher Weise sich Stifters Revolutionserlebnis in den nachrevolutionären Texten bzw. Neubearbeitungen spiegelt. Ein Vergleich der beiden Fassungen jener fünf für die „Bunten Steine" bearbeiteten Erzählungen zeigt, daß „das Thema sprachlicher Kommunikation und Bildung als Basis einer vernünftigen Wirklichkeitsbeziehung ausnahmslos in den Zweitfassungen größeres Gewicht erhält. Am auffälligsten ... geschieht dies in ‚Turmalin': Aus den sechs Schlußseiten der Zeitschriftenfassung macht Stifter in der Buchfassung einen siebzehnseitigen pädagogischen Exkurs, der ein vorwiegend sprachtherapeutisches Modell für die Resozialisierung einer ‚Kaspar-Hauserin' entfaltet. Zwar bleibt das Mädchen infantil, doch zeigt sich Stifter immerhin so optimistisch, das Bemühen der Erzählerin um Wiedererwekkung der Fähigkeit sprachlich-sozialer Kommunikation wenigstens auf dieser niedrigen Stufe gelingen zu lassen" (Martin Selge).

und dann in einen lichten streifenweise niederfallenden Nebel überging, der jedes weitere verzehrte, und verhüllte, und zuletzt nichts anderes war als der unersättlich niederfallende Schnee.
„Warte Sanna", sagte der Knabe, „wir wollen ein wenig stehen bleiben, und horchen, ob wir nicht etwas hören können, was sich im Tale meldet, sei es nun ein Hund oder eine Glocke oder die Mühle oder sei es ein Ruf, der sich hören läßt, hören müssen wir etwas, und dann werden wir wissen, wohin wir zu gehen haben."
Sie blieben nun stehen, aber sie hörten nichts. Sie blieben noch ein wenig länger stehen, aber es meldete sich nichts, es war nicht ein einziger Laut auch nicht der leiseste außer ihrem Atem zu vernehmen, ja in der Stille, die herrschte, war es, als sollten sie den Schnee hören, der auf ihre Wimpern fiel. Die Voraussage der Großmutter hatte sich noch immer nicht erfüllt, der Wind war nicht gekommen, ja was in diesen Gegenden selten ist, nicht das leiseste Lüftchen rührte sich an dem ganzen Himmel.
Nachdem sie lange gewartet hatten, gingen sie wieder fort.
„Es tut auch nichts, Sanna", sagte der Knabe, „sei nur nicht verzagt, folge mir, ich werde dich doch noch hinüber führen. – Wenn nur das Schneien aufhörte!"
Sie war nicht verzagt, sondern hob die Füßchen, so gut es gehen wollte, und folgte ihm. Er führte sie in dem weißen lichten regsamen undurchsichtigen Raume fort.
Nach einer Weile sahen sie Felsen. Sie hoben sich dunkel und undeutlich aus dem weißen und undurchsichtigen Lichte empor. Da die Kinder sich näherten, stießen sie fast daran. Sie stiegen wie eine Mauer hinauf, und waren ganz gerade, so daß kaum ein Schnee an ihrer Seite haften konnte.
„Sanna, Sanna", sagte er, „da sind die Felsen, gehen wir nur weiter, gehen wir weiter."
Sie gingen weiter, sie mußten zwischen die Felsen hinein, und unter ihnen fort. Die Felsen ließen sie nicht rechts und nicht links ausweichen, und führten sie in einem engen Wege dahin. Nach einer Zeit verloren sie dieselben wieder und konnten sie nicht mehr erblicken. So wie sie unversehens unter sie gekommen waren, kamen sie wieder unversehens von ihnen. Es war wieder nichts um sie als das Weiß, und ringsum war kein unterbrechendes Dunkel zu schauen. Es schien eine große Lichtfülle zu sein, und doch konnte man nicht drei Schritte vor sich sehen; alles war, wenn man so sagen darf, in eine einzige weiße Finsternis gehüllt, und weil kein Schatten war, so war kein Urteil über die Größe der Dinge, und die Kinder konnten nicht wissen, ob sie aufwärts oder abwärts gehen würden, bis eine Steilheit ihren Fuß faßte, und ihn aufwärts zu gehen zwang.
„Mir tun die Augen weh", sagte Sanna.
„Schaue nicht auf den Schnee", antwortete der Knabe, „sondern in die Wolken. Mir tun sie schon lange weh; aber es tut nichts, ich muß doch auf den Schnee schauen, weil ich auf den Weg zu achten habe. Fürchte dich nur nicht, ich führe dich doch hinunter ins Gschaid."
„Ja, Konrad."
Sie gingen wieder fort; aber wie sie auch gehen mochten, wie sie sich auch wenden mochten, es wollte kein Anfang zum Hinabwärtsgehen kommen. An beiden Seiten waren steile Dachlehnen nach

aufwärts, mitten gingen sie fort, aber auch immer aufwärts. Wenn sie den Dachlehnen entrannen, und sich nach abwärts beugten, wurde es gleich so steil, daß sie wieder umkehren mußten, die Füßlein stießen oft auf Unebenheiten, und sie mußten häufig Büheln ausweichen.

Sie merkten auch, daß ihr Fuß, wo er tiefer durch den jungen Schnee einsank, nicht erdigen Boden unter sich empfand, sondern etwas anderes, das wie älterer gefrorener Schnee war; aber sie gingen immer fort, und sie liefen mit Hast und Ausdauer. Wenn sie stehen blieben, war alles still, unermeßlich still; wenn sie gingen, hörten sie das Rascheln ihrer Füße, sonst nichts; denn die Hüllen des Himmels sanken ohne Laut hernieder, und so reich, daß man den Schnee hätte wachsen sehen können. Sie selber waren so bedeckt, daß sie sich von dem allgemeinen Weiß nicht hervor hoben, und sich, wenn sie um ein paar Schritte getrennt worden wären, nicht mehr gesehen hätten.

Eine Wohltat war es, daß der Schnee so trocken war wie Sand, so daß er von ihren Füßen und den Bundschühlein und Strümpfen daran leicht abglitt und abrieselte, ohne Ballen und Nässe zu machen.

Endlich gelangten sie wieder zu Gegenständen.

Es waren riesenhaft große sehr durch einander liegende Trümmer, die mit Schnee bedeckt waren, der überall in die Klüfte hinein rie-

Die Abbildung zeigt die Zeichnung *„Eiszerklüftungen im Dachsteingebiet“* von *Friedrich Simony* (1813–1896), datiert 17. Oktober 1840. Sie mag zu den Darstellungen gehören, die Stifter 1845 in Hallstatt gesehen hat und die als „Quellen“ seiner Erzählung gedient haben (vgl. S. 63). Das Blatt ist mit den Notizen versehen: „Eiszerklüftungen am Aufstieg nach dem hohen Dachstein; theilweise mit frischem Schnee bedeckt. Die Eiswand z. Teil 3 Klafter [etwa 6 Meter] hoch.“

„*Das Eismeer*“ bzw. „*Die gescheiterte ‚Hoffnung‘ im Eis*“; Ölgemälde (Format 98×128) von *Caspar David Friedrich* (1774–1840), entstanden 1823/1824 (Kunsthalle in Hamburg). In dieser wohl eindringlichsten malerischen Darstellung des Eises als eines lebensfeindlichen Elements bleibt kein Raum für eine Vermittlung zwischen Mensch und Natur; gerade dies postuliert jedoch Stifters Erzählung auch im ewigen Eis des Hochgebirges. Diese Vermittlung geht der sozialen – der Integration der Kinder und ihrer Mutter in die Dorfgemeinschaft (vgl. S. 261) – voraus.

selte, und an die sie sich ebenfalls fast anstießen, ehe sie sie sahen. Sie gingen ganz hinzu, die Dinge anzublicken.

Es war Eis – lauter Eis.

Es lagen Platten da, die mit Schnee bedeckt waren, an deren Seitenwänden aber das glatte grünliche Eis sichtbar war, es lagen Hügel da, die wie zusammengeschobener Schaum aussahen, an deren Seiten es aber matt nach einwärts flimmerte und glänzte, als wären Balken und Stangen von Edelsteinen durch einander geworfen worden, es lagen ferner gerundete Kugeln da, die ganz mit Schnee umhüllt waren, es standen Platten und andere Körper auch schief oder gerade aufwärts so hoch wie der Kirchturm in Gschaid oder wie Häuser. In einigen waren Höhlen eingefressen, durch die man mit einem Arme durchfahren konnte, mit einem Kopfe, mit einem Körper, mit einem ganzen großen Wagen voll Heu. Alle diese Stücke waren zusammen oder empor gedrängt, und starrten, so daß sie oft Dächer bildeten, oder Überhänge, über deren Ränder sich der Schnee herüber legte, und herab griff wie lange weiße Tatzen. Selbst ein großer schreckhaft schwarzer Stein, wie ein Haus, lag unter dem Eise, und war empor gestellt, daß er auf der Spitze stand, daß kein Schnee an seinen Seiten liegen bleiben konnte. Und nicht dieser Stein allein – noch mehrere und größere staken in dem Eise, die man erst später sah, und die wie eine Trümmermauer an ihm hingingen.

„Da muß recht viel Wasser gewesen sein, weil so viel Eis ist“, sagte Sanna.

„Nein, das ist von keinem Wasser“, antwortete der Bruder, „das ist das Eis des Berges, das immer oben ist, weil es so eingerichtet ist.“
„Ja Konrad“, sagte Sanna.
„Wir sind jetzt bis zu dem Eise gekommen“, sagte der Knabe, „wir sind auf dem Berge, Sanna, weißt du, den man von unserm Garten aus im Sonnenscheine so weiß sieht. Merke gut auf, was ich dir sagen werde. Erinnerst du dich noch, wie wir oft nachmittags in dem Garten saßen, wie es recht schön war, wie die Bienen um uns summten, die Linden dufteten, und die Sonne von dem Himmel schien?“
„Ja, Konrad, ich erinnere mich.“
„Da sahen wir auch den Berg. Wir sahen wie er so blau war, so blau, wie das sanfte Firmament, wir sahen den Schnee, der oben ist, wenn auch bei uns Sommer war, eine Hitze herrschte, und die Getreide reif wurden.“
„Ja Konrad.“
„Und unten wo der Schnee aufhört, da sieht man allerlei Farben, wenn man genau schaut, grün, blau, weißlich – das ist das Eis, das unten nur so klein ausschaut, weil man sehr weit entfernt ist, und das, wie der Vater sagte, nicht weggeht, bis an das Ende der Welt. Und da habe ich oft gesehen, daß unterhalb des Eises die blaue Farbe noch fort geht, das werden Steine sein, dachte ich, oder es wird Erde und Weidegrund sein, und dann fangen die Wälder an, die gehen herab und immer weiter herab, man sieht auch allerlei Felsen in ihnen, dann folgen die Wiesen, die schon grün sind, und dann die grünen Laubwälder, und dann kommen unsere Wiesen und Felder, die in dem Tale von Gschaid sind. Siehst du nun Sanna, weil wir jetzt bei dem Eise sind, so werden wir über die blaue Farbe hinab gehen, dann durch die Wälder, in denen die Felsen sind, dann über die Wiesen, und dann durch die grünen Laubwälder, und dann werden wir in dem Tale von Gschaid sein, und recht leicht unser Dorf finden.“
„Ja Konrad“, sagte das Mädchen.
Die Kinder gingen nun in das Eis hinein, wo es zugänglich war.
Sie waren winzigkleine wandelnde Punkte in diesen ungeheuern Stücken.
Wie sie so unter die Überhänge hinein sahen, gleichsam als gäbe ihnen ein Trieb ein, ein Obdach zu suchen, gelangten sie in einen Graben, in einen breiten tiefgefurchten Graben, der gerade aus dem Eise hervor ging. Er sah aus wie das Bett eines Stromes, der aber jetzt ausgetrocknet, und überall mit frischem Schnee bedeckt war. Wo er aus dem Eise hervorkam, ging er gerade unter einem Kellergewölbe heraus, das recht schön aus Eis über ihn gespannt war. Die Kinder gingen in dem Graben fort, und gingen in das Gewölbe hinein, und immer tiefer hinein. Es war ganz trocken, und unter ihren Füßen hatten sie glattes Eis. In der ganzen Höhlung aber war es blau, so blau, wie gar nichts in der Welt ist, viel tiefer und viel schöner blau, als das Firmament, gleichsam wie himmelblau gefärbtes Glas, durch welches lichter Schein hinein sinkt. Es waren dickere und dünnere Bogen, es hingen Zacken Spitzen und Troddeln herab, der Gang wäre noch tiefer zurückgegangen, sie wußten nicht wie tief, aber sie gingen nicht mehr weiter. Es wäre auch sehr gut in der

Konrad verdankt seine topographischen Kenntnisse der „Talansicht“ des Berges, wie sie sich im Sommer bietet. Sie gehört zur einleitenden Landschaftsschilderung: „. . . Die Bergfelder um die Hörner aber verlieren, wenn es recht heiß ist, an ihren höheren Teilen wohl den Firn nicht, der gerade dann recht weiß auf das Grün der Talbäume herab sieht, aber es weicht von ihren unteren Teilen der Winterschnee, der nur einen Flaum machte, und es wird das unbestimmte Schillern von Bläulich und Grünlich sichtbar, das das Geschiebe von Eis ist, das dann bloß liegt, und auf die Bewohner unten hinab grüßt. Am Rande dieses Schillerns, wo es von ferne wie ein Saum von Edelsteinsplittern aussieht, ist es in der Nähe ein Gemenge wilder riesenhafter Blöcke, Platten und Trümmer, die sich drängen, und verwirrt ineinander geschoben sind. Wenn ein Sommer gar heiß und lang ist, werden die Eisfelder weit hinauf entblößt, und dann schaut eine viel größere Fläche von Grün und Blau in das Tal, manche Kuppen und Räume werden entkleidet, die man sonst nur weiß erblickt hatte, der schmutzige Saum des Eises wird sichtbar, wo es Felsen, Erde und Schlamm schiebt, und viel reichlichere Wasser fließen in das Tal . . .“

Höhle gewesen, es war warm, es fiel kein Schnee, aber es war so schreckhaft blau, die Kinder fürchteten sich, und gingen wieder hinaus. Sie gingen eine Weile in dem Graben fort, und kletterten dann über seinen Rand hinaus.

Sie gingen an dem Eise hin, so fern es möglich war, durch das Getrümmer und zwischen den Platten durchzudringen.

„Wir werden jetzt da noch hinüber gehen, und dann von dem Eise abwärts laufen", sagte Konrad.

„Ja", sagte Sanna, und klammerte sich an ihn an.

Sie schlugen von dem Eise eine Richtung durch den Schnee abwärts ein, die sie in das Tal führen sollte. Aber sie kamen nicht weit hinab. Ein neuer Strom von Eis, gleichsam ein riesenhaft aufgetürmter und aufgewölbter Wall lag quer durch den weichen Schnee und griff gleichsam mit Armen rechts und links um sie herum. Unter der weißen Decke, die ihn verhüllte, glimmerte es seitwärts grünlich und bläulich und dunkel und schwarz und selbst gelblich und rötlich heraus. Sie konnten es nun auf weitere Strecken sehen, weil das ungeheure und unermüdliche Schneien sich gemildert hatte, und nur mehr wie an gewöhnlichen Schneetagen vom Himmel fiel. Mit dem Starkmute der Unwissenheit kletterten sie in das Eis hinein, um den vorgeschobenen Strom desselben zu überschreiten, und dann jenseits weiter hinab zu kommen. Sie schoben sich in die Zwischenräume hinein, sie setzten den Fuß auf jedes Körperstück, das mit einer weißen Schneehaube versehen war, war es Fels oder Eis, sie nahmen die Hände zu Hilfe, krochen, wo sie nicht gehen konnten, und arbeiteten sich mit ihren leichten Körpern hinauf, bis sie die Seite des Walles überwunden hatten, und oben waren.

Jenseits wollten sie wieder hinabklettern.

Aber es gab kein Jenseits.

So weit die Augen der Kinder reichen konnten, war lauter Eis. Es standen Spitzen und Unebenheiten und Schollen empor wie lauter furchtbares überschneites Eis. Statt ein Wall zu sein, über den man hinüber gehen könnte, und der dann wieder von Schnee abgelöst würde, wie sie sich unten dachten, stiegen aus der Wölbung neue Wände von Eis empor, geborsten und geklüftet, mit unzähligen blauen geschlängelten Linien versehen, und hinter ihnen waren wieder solche Wände, und hinter diesen wieder solche, bis der Schneefall das weitere mit seinem Grau verdeckte.

„Sanna, da können wir nicht gehen", sagte der Knabe.

„Nein", antwortete die Schwester.

„Da werden wir wieder umkehren, und anderswo hinab zu kommen suchen."

„Ja Konrad."

Die Kinder versuchten nun von dem Eiswalle wieder da hinab zu kommen, wo sie hinauf geklettert waren, aber sie kamen nicht hinab. Es war lauter Eis, als hätten sie die Richtung, in der sie gekommen waren, verfehlt. Sie wandten sich hierhin und dorthin, und konnten aus dem Eise nicht heraus kommen, als wären sie von ihm umschlungen. Sie kletterten abwärts, und kamen wieder in Eis. Endlich da der Knabe die Richtung immer verfolgte, in der sie nach seiner Meinung gekommen waren, gelangten sie in zerstreutere Trümmer, aber sie waren auch größer und furchtbarer, wie sie gerne am Rande des Eises zu sein pflegen, und die Kinder gelangten kriechend und kletternd hinaus. An dem Eisessaume waren ungeheure Steine, sie waren gehäuft, wie sie die Kinder ihr Leben lang nicht gesehen hatten. Viele waren in Weiß gehüllt, viele zeigten die unteren schiefen Wände sehr glatt und fein geschliffen, als wären sie darauf geschoben worden, viele waren wie Hütten und Dächer gegen einander gestellt, viele lagen auf einander wie ungeschlachte Knollen. Nicht weit von dem Standorte der Kinder standen mehrere mit den Köpfen gegen einander gelehnt, und über sie lagen breite gelagerte Blöcke wie ein Dach. Es war ein Häuschen, das gebildet war, das gegen vorne offen, rückwärts und an den Seiten aber geschützt war. Im Innern war es trocken, da der steilrechte Schneefall keine einzige Flocke hinein getragen hatte. Die Kinder waren recht froh, daß sie nicht mehr in dem Eise waren, und auf ihrer Erde standen.

Aber es war auch endlich finster geworden.

„Sanna", sagte der Knabe, „wir können nicht mehr hinab gehen, weil es Nacht geworden ist, und weil wir fallen, oder gar in eine Grube geraten könnten. Wir werden da unter die Steine hinein gehen, wo es so trocken und so warm ist, und da werden wir warten. Die Sonne geht bald wieder auf, dann laufen wir hinunter. Weine nicht, ich bitte dich recht schön, weine nicht, ich gebe dir alle Dinge zu essen, welche uns die Großmutter mitgegeben hat."

Sie weinte auch nicht, sondern nachdem sie beide unter das steinerne Überdach hinein gegangen waren, wo sie nicht nur bequem sitzen, sondern auch stehen, und herumgehen konnten, setzte sie sich recht dicht an ihn, und war mäuschenstille.

„Die Mutter", sagte Konrad, „wird nicht böse sein, wir werden ihr von dem vielen Schnee erzählen, der uns aufgehalten hat, und sie wird nichts sagen; der Vater auch nicht. Wenn uns kalt wird – weißt du – dann mußt du mit den Händen an deinen Leib schlagen, wie die Holzhauer getan haben, und dann wird dir wärmer werden."

„Ja Konrad", sagte das Mädchen.

Sanna war nicht gar so untröstlich, daß sie heute nicht mehr über den Berg hinab gingen, und nach Hause liefen, wie er etwa glauben mochte; denn die unermeßliche Anstrengung, von der die Kinder nicht einmal gewußt hatten, wie groß sie gewesen sei, ließ ihnen das Sitzen süß unsäglich süß erscheinen, und sie gaben sich hin.

Jetzt machte sich aber auch der Hunger gelten. Beide nahmen fast zu gleicher Zeit ihre Brote aus den Taschen, und aßen sie. Sie aßen auch die Dinge – kleine Stückchen Kuchen Mandeln und Nüsse und andere Kleinigkeiten – die die Großmutter ihnen in die Tasche gesteckt hatte.

„Sanna, jetzt müssen wir aber auch den Schnee von unsern Kleidern tun", sagte der Knabe, „daß wir nicht naß werden."

„Ja, Konrad", erwiderte Sanna.

Die Kinder gingen aus ihrem Häuschen, und zuerst reinigte Konrad das Schwesterlein von Schnee. Er nahm die Kleiderzipfel, schüttelte sie, nahm ihr den Hut ab, den er ihr aufgesetzt hatte, entleerte ihn von Schnee, und was noch zurück geblieben war, das stäubte er mit einem Tuche ab. Dann entledigte er auch sich, so gut es ging, des auf ihm liegenden Schnees.

Es versteht sich von selbst, daß die (provozierend) als „Spielereien für junge Herzen" (S. 230) charakterisierten Erzählungen auf Sinnbildlichkeit und Symbolik hin untersucht worden sind, um ihnen auf diese Weise Gewicht zu geben. So widmet sich Hans Dietrich Irmscher in einem 1969 veröffentlichten Aufsatz der „Verwendung und Bedeutung der Form des geschlossenen Raumes in Stifters Werk", beispielsweise der Höhle und der Hütte in „Granit", „Bergkristall", „Turmalin" und „Katzensilber". Die Schlußthese beschränkt sich freilich auf die Einsicht, Stifter gehe es um „Grundformen des Raumes und typische räumliche Verhaltensweisen des Menschen". Enttäuschung bereitet erst recht der Versuch, zwischen dem im jeweiligen Titel genannten Mineral und der Erzählung eine symbolhafte Beziehung im Goetheschen Sinne aufzuspüren. Es zeigt sich hier ein ähnliches methodisches Dilemma wie bei der Märchen-Symbolforschung, die ihren „einfachen" Gegenstand zu überfordern droht.

Etwas anderes ist die Frage nach Märchenelementen in den „Bunten Steinen". So stellt sich bei „Bergkristall" wohl unwillkürlich der Gedanke an „Hänsel und Gretel" ein, wobei das Gemeinsame vor allem in der Widerspiegelung des im Kinderbewußtsein verankerten Wissens um Einsamkeit zu suchen ist. Stifter tut freilich alles, um Konrad und Sanna als mit ihren Eltern innig verbunden zu charakterisieren – als verbunden durch Gehorsam: „Die Mutter wird nicht böse sein ..." (vgl. Stifters Widmung für Juliane Mohaupt, zitiert in der Bildlegende S. 85).

Der Schneefall hatte zu dieser Stunde ganz aufgehört. Die Kinder spürten keine Flocke.

Sie gingen wieder in die Steinhütte, und setzten sich nieder. Das Aufstehen hatte ihnen ihre Müdigkeit erst recht gezeigt, und sie freuten sich auf das Sitzen. Konrad legte die Tasche aus Kalbfell ab. Er nahm das Tuch heraus, in welches die Großmutter eine Schachtel und mehrere Papierpäckchen gewickelt hatte, und tat es zu größerer Wärme um seine Schultern. Auch die zwei Weißbrote nahm er aus dem Ränzchen, und reichte sie beide an Sanna: das Kind aß begierig. Es aß eines der Brote und von dem zweiten auch noch einen Teil. Den Rest reichte es aber Konrad, da es sah, daß er nicht aß. Er nahm es, und verzehrte es.

Von da an saßen die Kinder, und schauten.

So weit sie in der Dämmerung zu sehen vermochten, lag überall der flimmernde Schnee hinab, dessen einzelne winzige Täfelchen hie und da in der Finsternis seltsam zu funkeln begannen, als hätte er bei Tag das Licht eingesogen, und gäbe es jetzt von sich.

Die Nacht brach mit der in großen Höhen gewöhnlichen Schnelligkeit herein. Bald war es ringsherum finster, nur der Schnee fuhr fort, mit seinem bleichen Lichte zu leuchten. Der Schneefall hatte nicht nur aufgehört, sondern der Schleier an dem Himmel fing auch an, sich zu verdünnen, und zu verteilen; denn die Kinder sahen ein Sternlein blitzen. Weil der Schnee wirklich gleichsam ein Licht von sich gab, und weil von den Wolken kein Schleier mehr herab hing, so konnten die Kinder von ihrer Höhle aus die Schneehügel sehen, wie sie sich in Linien von dem dunkeln Himmel abschnitten. Weil es in der Höhle viel wärmer war, als es an jedem andern Platze im ganzen Tage gewesen war, so ruhten die Kinder enge aneinander sitzend, und vergaßen sogar die Finsternis zu fürchten. Bald vermehrten sich auch die Sterne, jetzt kam hier einer zum Vorscheine jetzt dort, bis es schien, als wäre am ganzen Himmel keine Wolke mehr.

Das war der Zeitpunkt, in welchem man in den Tälern die Lichter anzuzünden pflegt. Zuerst wird eines angezündet und auf den Tisch gestellt, um die Stube zu erleuchten, oder es brennt auch nur ein Span, oder es brennt das Feuer auf der Leuchte, und es erhellen sich alle Fenster von bewohnten Stuben, und glänzen in die Schneenacht hinaus – aber heute erst – am Heiligen Abende – da wurden viel mehrere angezündet, um die Gaben zu beleuchten, welche für die Kinder auf den Tischen lagen, oder an den Bäumen hingen, es wurden wohl unzählige angezündet; denn beinahe in jedem Hause in jeder Hütte jedem Zimmer war eines oder mehrere Kinder, denen der Heilige Christ etwas gebracht hatte, und wozu man Lichter stellen mußte. Der Knabe hatte geglaubt, daß man sehr bald von dem Berge hinab kommen könne, und doch, von den vielen Lichtern, die heute in dem Tale brannten, kam nicht ein einziges zu ihnen herauf; sie sahen nichts als den blassen Schnee und den dunkeln Himmel, alles andere war ihnen in die unsichtbare Ferne hinab gerückt. In allen Tälern bekamen die Kinder in dieser Stunde die Geschenke des Heiligen Christ: nur die zwei saßen oben am Rande des Eises, und die vorzüglichsten Geschenke, die sie heute hätten bekommen sollen, lagen in versiegelten Päckchen in der Kalbfelltasche im Hintergrunde der Höhle.

Die Schneewolken waren ringsum hinter die Berge hinab gesunken, und ein ganz dunkelblaues fast schwarzes Gewölbe spannte sich um die Kinder voll von dichten brennenden Sternen, und mitten durch diese Sterne war ein schimmerndes breites milchiges Band gewoben, das sie wohl auch unten im Tale aber nie so deutlich gesehen hatten. Die Nacht rückte vor. Die Kinder wußten nicht, daß die Sterne gegen Westen rücken und weiter wandeln, sonst hätten sie an ihrem Vorschein den Stand der Nacht erkennen können; aber es kamen neue und gingen die alten, sie aber glaubten, es seien immer dieselben. Es wurde von dem Scheine der Sterne auch lichter um die Kinder; aber sie sahen kein Tal keine Gegend, sondern überall nur Weiß – lauter Weiß. Bloß ein dunkles Horn ein dunkles Haupt ein dunkler Arm wurde sichtbar, und ragte dort und hier aus dem Schimmer empor. Der Mond war nirgends am Himmel zu erblicken, vielleicht war er schon frühe mit der Sonne untergegangen, oder er ist noch nicht erschienen.

Als eine lange Zeit vergangen war, sagte der Knabe: „Sanna, du mußt nicht schlafen; denn weißt du, wie der Vater gesagt hat, wenn man im Gebirge schläft, muß man erfrieren, so wie der alte Eschenjäger auch geschlafen hat, und vier Monate tot auf dem Steine gesessen ist, ohne daß jemand gewußt hatte, wo er sei."

„Nein, ich werde nicht schlafen", sagte das Mädchen matt.

Konrad hatte es an dem Zipfel des Kleides geschüttelt, um es zu jenen Worten zu erwecken.

Nun war es wieder stille.

Nach einer Zeit empfand der Knabe ein sanftes Drücken gegen seinen Arm, das immer schwerer wurde. Sanna war eingeschlafen, und war gegen ihn herüber gesunken.

„Sanna, schlafe nicht, ich bitte dich, schlafe nicht", sagte er.

„Nein", lallte sie schlaftrunken, „ich schlafe nicht."

Er rückte weiter von ihr, um sie in Bewegung zu bringen, allein sie sank um, und hätte auf der Erde liegend fortgeschlafen. Er nahm sie an der Schulter, und rüttelte sie. Da er sich dabei selber etwas stärker bewegte, merkte er, daß ihn friere, und daß sein Arm schwerer sei. Er erschrak, und sprang auf. Er ergriff die Schwester, schüttelte sie stärker, und sagte: „Sanna, stehe ein wenig auf, wir wollen eine Zeit stehen, daß es besser wird."

„Mich friert nicht, Konrad", antwortete sie.

„Ja, ja, es friert dich, Sanna, stehe auf", rief er.

„Die Pelzjacke ist warm", sagte sie.

„Ich werde dir empor helfen", sagte er.

„Nein", erwiderte sie, und war stille.

Da fiel dem Knaben etwas anderes ein. Die Großmutter hatte gesagt: Nur ein Schlückchen wärmt den Magen so, daß es den Körper in den kältesten Wintertagen nicht frieren kann.

Er nahm das Kalbfellränzchen, öffnete es und griff so lange, bis er das Fläschchen fand, in welchem die Großmutter der Mutter einen schwarzen Kaffeeabsud schicken wollte. Er nahm das Fläschchen heraus, tat den Verband weg, und öffnete mit Anstrengung den Kork. Dann bückte er sich zu Sanna, und sagte: „Da ist der Kaffee, den die Großmutter der Mutter schickt, koste ihn ein wenig, er wird dir warm machen. Die Mutter gibt ihn uns, wenn sie nur weiß, wozu wir

Nach dem Ende des Schneefalls befinden sich die Kinder in einer vollkommen neuen Wahrnehmungssituation, die sich auch von der des Tals unterscheidet. Es ist eine verführerische Schönheit, zumal sie von den Kindern mangels astronomischer Kenntnisse nicht rational gewertet werden kann. Dennoch sind die Kinder der Natur nicht hilflos ausgeliefert, solange sie zur sprachlichen Zuwendung fähig sind.
Peter Küpper befaßt sich in seinem Aufsatz „Literatur und Langeweile. Zur Lektüre Stifters" (in: „Adalbert Stifter. Studien und Interpretationen", Heidelberg 1968) in diesem Zusammenhang mit Sannas „Ja, Konrad" (vgl. Randspalte S. 243). Küpper betont hierbei die Tragfähigkeit der Übereinstimmung von Wesen und Ausdruck:
„. . . die Unerschütterlichkeit des Mädchens macht die inhaltlich sinnlose Formel unangreifbar: ‚Ja, Konrad' ist der feste Grund, auf dem sich sprachlich die spätere Rettung der Kinder aufbaut, ja mehr noch – ihr Gespräch *ist* ihre Rettung: sie kommen in der Frostnacht nicht zu Schaden, weil und solange sie miteinander sprechen. Redend, wie spärlich auch immer, überleben sie. Die Sprache wird zu ihrem Rettungsgrund."

ihn nötig gehabt haben." Das Mädchen, dessen Natur zur Ruhe zog, antwortete: „Mich friert nicht."

„Nimm nur etwas", sagte der Knabe, „dann darfst du schlafen."

Diese Aussicht verlockte Sanna, sie bewältigte sich so weit, daß sie fast das eingegossene Getränk verschluckte. Hierauf trank der Knabe auch etwas.

Der ungemein starke Auszug wirkte sogleich, und zwar um so heftiger, da die Kinder in ihrem Leben keinen Kaffee gekostet hatten. Statt zu schlafen, wurde Sanna nun lebhafter, und sagte selber, daß sie friere, daß es aber von innen recht warm sei, und auch schon so in die Hände und Füße gehe. Die Kinder redeten sogar eine Weile mit einander.

So tranken sie trotz der Bitterkeit immer wieder von dem Getränke, sobald die Wirkung nachzulassen begann, und steigerten ihre unschuldigen Nerven zu einem Fieber, das im Stande war, den zum Schlummer ziehenden Gewichten entgegen zu wirken.

Es war nun Mitternacht gekommen. Weil sie noch so jung waren, und an jedem Heiligen Abende in höchstem Drange der Freude stets erst spät entschlummerten, wenn sie nämlich der körperliche Drang übermannt hatte, so hatten sie nie das mitternächtliche Läuten der Glocken, nie die Orgel der Kirche gehört, wenn das Fest gefeiert wurde, obwohl sie nahe an der Kirche wohnten. In diesem Augenblicke der heutigen Nacht wurde nun mit allen Glocken geläutet, es läuteten die Glocken in Millsdorf, es läuteten die Glocken in Gschaid, und hinter dem Berge war noch ein Kirchlein mit drei

Die *Bergweihnacht*, wie wir sie, wenn nicht aus eigener Anschauung, so doch als Postkartenmotiv kennen.

hellen klingenden Glocken die läuteten. In den fernen Ländern draußen waren unzählige Kirchen und Glocken, und mit allen wurde zu dieser Zeit geläutet, von Dorf zu Dorf ging die Tonwelle, ja man konnte wohl zuweilen von einem Dorfe zum andern durch die blätterlosen Zweige das Läuten hören: nur zu den Kindern herauf kam kein Laut, hier wurde nichts vernommen; denn hier war nichts zu verkündigen. In den Talkrümmen gingen jetzt an den Berghängen die Lichter der Laternen hin, und von manchem Hofe tönte das Hausglöcklein, um die Leute zu erinnern; aber dieses konnte um so weniger herauf gesehen und gehört werden, es glänzten nur die Sterne, und sie leuchteten und funkelten ruhig fort.

Wenn auch Konrad sich das Schicksal des erfrornen Eschenjägers vor Augen hielt, wenn auch die Kinder das Fläschchen mit dem schwarzen Kaffee fast ausgeleert hatten, wodurch sie ihr Blut zu größerer Tätigkeit brachten, aber gerade dadurch eine folgende Ermattung herbei zogen: so würden sie den Schlaf nicht haben überwinden können, dessen verführende Süßigkeit alle Gründe überwiegt, wenn nicht die Natur in ihrer Größe ihnen beigestanden wäre, und in ihrem Innern eine Kraft aufgerufen hätte, welche im Stande war, dem Schlafe zu widerstehen.

In der ungeheueren Stille, die herrschte, in der Stille, in der sich kein Schneespitzchen zu rühren schien, hörten die Kinder dreimal das Krachen des Eises. Was das Starrste scheint, und doch das Regsamste und Lebendigste ist, der Gletscher, hatte die Töne hervorgebracht. Dreimal hörten sie hinter sich den Schall, der entsetzlich war, als ob die Erde entzwei gesprungen wäre, der sich nach allen Richtungen im Eise verbreitete, und gleichsam durch alle Aderchen des Eises lief. Die Kinder blieben mit offenen Augen sitzen, und schauten in die Sterne hinaus.

Auch für die Augen begann sich etwas zu entwickeln. Wie die Kinder so saßen, erblühte am Himmel vor ihnen ein bleiches Licht mitten unter den Sternen, und spannte einen schwachen Bogen durch dieselben. Es hatte einen grünlichen Schimmer, der sich sachte nach unten zog. Aber der Bogen wurde immer heller und heller, bis sich die Sterne vor ihm zurück zogen, und erblaßten. Auch in andere Gegenden des Himmels sandte er einen Schein, der schimmergrün sachte und lebendig unter die Sterne floß. Dann standen Garben verschiedenen Lichtes auf der Höhe des Bogens wie Zacken einer Krone, und brannten. Es floß helle durch die benachbarten Himmelsgegenden, es sprühte leise, und ging in sanftem Zucken durch lange Räume. Hatte sich nun der Gewitterstoff des Himmels durch den unerhörten Schneefall so gespannt, daß er in diesen stummen herrlichen Strömen des Lichtes ausfloß, oder war es eine andere Ursache der unergründlichen Natur, nach und nach wurde es schwächer und immer schwächer, die Garben erloschen zuerst, bis es allmählich und unmerklich immer geringer wurde, und wieder nichts am Himmel war als die tausend und tausend einfachen Sterne.

Die Kinder sagten keines zu dem andern ein Wort, sie blieben fort und fort sitzen, und schauten mit offenen Augen in den Himmel.

Es geschah nun nichts Besonderes mehr. Die Sterne glänzten, funkelten und zitterten, nur manche schießende Schnuppe fuhr durch sie.

Peter Küppers Qualifizierung der Sprache als „Rettungsgrund" der Kinder (vgl. S. 251) betont – ausgehend vom Vergleich der beiden Textfassungen – dieses in der Zweitfassung verstärkte Element. Der Text bringt jedoch die Natur selbst „zum Sprechen". Lauschend und schauend nehmen die Kinder Phänomene wahr, die vorgefaßten Ansichten widersprechen, indem sich etwa das „Starrste" als das „Regsamste und Lebendigste" erweist. Vom Schlußsatz der Erzählung aus betrachtet, erweist sich die Frostnacht als eine Art „Schule des Sehens".

Der „grünliche Schimmer" weist die Himmelserscheinung als Nordlicht aus. Es wird durch elektrische Korpuskularstrahlung der Sonne verursacht, die durch das erdmagnetische Feld eingefangen wird und in den hohen, stark verdünnten Schichten der Atmosphäre Leuchtprozesse anregt.

Endlich, nachdem die Sterne lange allein geschienen hatten, und nie ein Stückchen Mond an dem Himmel zu erblicken gewesen war, geschah etwas anderes. Es fing der Himmel an, heller zu werden, langsam heller, aber doch zu erkennen; es wurde seine Farbe sichtbar, die bleichsten Sterne erloschen, und die andern standen nicht mehr so dicht. Endlich wichen auch die stärkeren, und der Schnee vor den Höhen wurde deutlicher sichtbar. Zuletzt färbte sich eine Himmelsgegend gelb, und ein Wolkenstreifen, der in derselben war, wurde zu einem leuchtenden Faden entzündet. Alle Dinge waren klar zu sehen, und die entfernten Schneehügel zeichneten sich scharf in die Luft.

„Sanna, der Tag bricht an", sagte der Knabe.

„Ja, Konrad", antwortete das Mädchen.

„Wenn es nur noch ein bißchen heller wird, dann gehen wir aus der Höhle, und laufen über den Berg hinunter."

Es wurde heller, an dem ganzen Himmel war kein Stern mehr sichtbar, und alle Gegenstände standen in der Morgendämmerung da.

Konrad und Sanna, versunken in die gemeinsame Betrachtung des Himmels; Vignette nach einer Zeichnung von *Josef Maria Kaiser* (vgl. S. 236).

„Nun jetzt gehen wir", sagte der Knabe.
„Ja, wir gehen", antwortete Sanna.
Die Kinder standen auf, und versuchten ihre erst heute recht müden Glieder. Obwohl sie nichts geschlafen hatten, waren sie doch durch den Morgen gestärkt, wie das immer so ist. Der Knabe hing sich das Kalbfellränzchen um, und machte das Pelzjäckchen an Sanna fester zu. Dann führte er sie aus der Höhle.
Weil sie nach ihrer Meinung nur über den Berg hinab zu laufen hatten, dachten sie an kein Essen, und untersuchten das Ränzchen nicht, ob noch Weißbrote oder andere Eßwaren darinnen seien.
Von dem Berge wollte nun Konrad, weil der Himmel ganz heiter war, in die Täler hinab schauen, um das Gschaider Tal zu erkennen, und in dasselbe hinunter zu gehen. Aber er sah gar keine Täler. Es war nicht, als ob sie sich auf einem Berge befänden, von dem man hinab sieht, sondern in einer fremden seltsamen Gegend, in der lauter unbekannte Gegenstände sind. Sie sahen heute auch in größerer Entfernung furchtbare Felsen aus dem Schnee empor stehen, die sie gestern nicht gesehen hatten, sie sahen das Eis, sie sahen Hügel und Schneelehnen empor starren, und hinter diesen war entweder der Himmel, oder es ragte die blaue Spitze eines sehr fernen Berges am Schneerande hervor.
In diesem Augenblick ging die Sonne auf.
Eine riesengroße blutrote Scheibe erhob sich an dem Schneesaume in den Himmel, und in dem Augenblicke errötete der Schnee um die Kinder, als wäre er mit Millionen Rosen überstreut worden. Die Kuppen und die Hörner warfen sehr lange grünliche Schatten längs des Schnees.
„Sanna, wir werden jetzt da weiter vorwärts gehen, bis wir an den Rand des Berges kommen, und hinunter sehen", sagte der Knabe.
Sie gingen nun in den Schnee hinaus. Er war in der heiteren Nacht noch trockener geworden, und wich den Tritten noch besser aus. Sie wateten rüstig fort. Ihre Glieder wurden sogar geschmeidiger und stärker, da sie gingen. Allein sie kamen an keinen Rand, und sahen nicht hinunter. Schneefeld entwickelte sich aus Schneefeld, und am Saume eines jeden stand alle Male wieder der Himmel.
Sie gingen desohngeachtet fort.
Da kamen sie wieder in das Eis. Sie wußten nicht, wie das Eis daher gekommen sei, aber unter den Füßen empfanden sie den glatten Boden, und waren gleich nicht die fürchterlichen Trümmer, wie an jenem Rande, an dem sie die Nacht zugebracht hatten, so sahen sie doch, daß sie auf glattem Eise fortgingen, sie sahen hie und da Stükke, die immer mehr wurden, die sich näher an sie drängten, und die sie wieder zu klettern zwangen.
Aber sie verfolgten doch ihre Richtung.
Sie kletterten neuerdings an Blöcken empor. Da standen sie wieder auf dem Eisfelde. Heute bei der hellen Sonne konnten sie erst erblicken, was es ist. Es war ungeheuer groß, und jenseits standen wieder schwarze Felsen empor, es ragte gleichsam Welle hinter Welle auf, das beschneite Eis war gedrängt, gequollen, empor gehoben, gleichsam als schöbe es sich noch vorwärts, und flösse gegen die Brust der Kinder heran. In dem Weiß sahen sie unzählige vorwärts gehende geschlängelte blaue Linien. Zwischen jenen Stellen,

„Bergkristall", „generell aus erwachsener Sentimentalität für kleine Kinder überschätzt" (Selge), spiegelt dennoch in besonders eindringlicher Weise Stifters Opposition gegen das Vordringen des Sensationellen in die Literatur. Wird hier wirklich eine Katastrophe geschildert? Geht es nicht eher um die Vermittlung der Grundstimmung von Stetigkeit und Unerschütterlichkeit selbst auf Kosten realistischer Darstellung kindlichen Verhaltens? Jene Unerschütterlichkeit wird nicht zuletzt dadurch zum Ausdruck gebracht, daß die Erwachsenenwelt ausgeblendet bleibt bis zu dem Zeitpunkt, an dem sie ins Blickfeld der Kinder gerät. Nun erst wird nach und nach erkennbar, welche Reaktionen das Ausbleiben Konrads und Sannas ausgelöst hat.

wo die Eiskörper gleichsam wie aneinandergeschmettert starrten, gingen auch Linien wie Wege, aber sie waren weiß, und waren Streifen, wo sich fester Eisboden vorfand, oder die Stücke doch nicht gar so sehr verschoben waren. In diese Pfade gingen die Kinder hinein, weil sie doch einen Teil des Eises überschreiten wollten, um an den Bergrand zu gelangen, und endlich einmal hinunter zu sehen. Sie sagten kein Wörtlein. Das Mädchen folgte dem Knaben. Aber es war auch heute wieder Eis, lauter Eis. Wo sie hinüber gelangen wollten, wurde es gleichsam immer breiter und breiter. Da schlugen sie ihre Richtung aufgebend den Rückweg ein. Wo sie nicht gehen konnten, griffen sie sich durch die Mengen des Schnees hindurch, der oft dicht vor ihrem Auge wegbrach, und den sehr blauen Streifen einer Eisspalte zeigte, wo doch früher alles weiß gewesen war; aber sie kümmerten sich nicht darum, sie arbeiteten sich fort, bis sie wieder irgend wo aus dem Eise heraus kamen.

„Sanna", sagte der Knabe, „wir werden gar nicht mehr in das Eis hinein gehen, weil wir in demselben nicht fortkommen. Und weil wir schon in unser Tal gar nicht hinab sehen können, so werden wir gerade über den Berg hinab gehen. Wir müssen in ein Tal kommen, dort werden wir den Leuten sagen, daß wir aus Gschaid sind, die werden uns einen Wegweiser nach Hause mitgeben."

„Ja, Konrad", sagte das Mädchen.

So begannen sie nun in dem Schnee nach jener Richtung abwärts zu gehen, welche sich ihnen eben darbot. Der Knabe führte das Mädchen an der Hand. Allein nachdem sie eine Weile abwärts gegangen waren, hörte in dieser Richtung das Gehänge auf, und der Schnee stieg wieder empor. Also änderten die Kinder die Richtung, und gingen nach der Länge einer Mulde hinab. Aber da fanden sie wieder Eis. Sie stiegen also an der Seite der Mulde empor, um nach einer andern Richtung ein Abwärts zu suchen. Es führte sie eine Fläche hinab, allein die wurde nach und nach so steil, daß sie kaum noch einen Fuß einsetzen konnten, und abwärts zu gleiten fürchteten. Sie klommen also wieder empor, um wieder einen andern Weg nach abwärts zu suchen. Nachdem sie lange im Schnee empor geklommen, und dann auf einem ebenen Rücken fortgelaufen waren, war es wie früher: entweder ging der Schnee so steil ab, daß sie gestürzt wären, oder er stieg wieder hinan, daß sie auf den Berggipfel zu kommen fürchteten. Und so ging es immer fort.

Da wollten sie die Richtung suchen, in der sie gekommen waren, und zur roten Unglücksäule hinab gehen. Weil es nicht schneit, und der Himmel so helle ist, so würden sie, dachte der Knabe, die Stelle schon erkennen, wo die Säule sein solle, und würden von dort nach Gschaid hinab gehen können.

Der Knabe sagte diesen Gedanken dem Schwesterchen, und diese folgte.

Allein auch der Weg auf den Hals hinab war nicht zu finden.

So klar die Sonne schien, so schön die Schneehöhen da standen, und die Schneefelder da lagen, so konnten sie doch die Gegenden nicht erkennen, durch die sie gestern herauf gegangen waren. Gestern war alles durch den fürchterlichen Schneefall verhängt gewesen, daß sie kaum einige Schritte von sich gesehen hatten, und da war alles ein einziges Weiß und Grau durch einander gewesen. Nur die Felsen hatten sie gesehen, an denen und zwischen denen sie gegangen waren: allein auch heute hatten sie bereits viele Felsen gesehen, die alle den nämlichen Anschein gehabt hatten, wie die gestern gesehenen. Heute ließen sie frische Spuren in dem Schnee zurück; aber gestern sind alle Spuren von dem fallenden Schnee verdeckt worden. Auch aus dem bloßen Anblicke konnten sie nicht erraten, welche Gegend auf den Hals führe, da alle Gegenden gleich waren. Schnee lauter Schnee. Sie gingen aber doch immer fort, und meinten, es zu erringen. Sie wichen den steilen Abstürzen aus, und kletterten keine steilen Anhöhen hinauf.

Auch heute blieben sie öfter stehen, um zu horchen; aber sie vernahmen auch heute nichts, nicht den geringsten Laut. Zu sehen war auch nichts als der Schnee, der helle weiße Schnee, aus dem hie und da die schwarzen Hörner und die schwarzen Steinrippen empor standen.

Endlich war es dem Knaben, als sähe er auf einem fernen schiefen Schneefelde ein hüpfendes Feuer. Es tauchte auf, es tauchte nieder. Jetzt sahen sie es, jetzt sahen sie es nicht. Sie blieben stehen, und blickten unverwandt auf jene Gegend hin. Das Feuer hüpfte immer fort, und es schien, als ob es näher käme; denn sie sahen es größer und sahen das Hüpfen deutlicher. Es verschwand nicht mehr so oft und nicht mehr auf so lange Zeit wie früher. Nach einer Weile vernahmen sie in der stillen blauen Luft schwach sehr schwach etwas wie einen lange anhaltenden Ton aus einem Hirtenhorne. Wie aus Instinkt schrien beide Kinder laut. Nach einer Zeit hörten sie den Ton wieder. Sie schrien wieder, und blieben auf der nämlichen Stelle stehen. Das Feuer näherte sich auch. Der Ton wurde zum drittenmale vernommen, und dieses Mal deutlicher. Die Kinder antworteten wieder durch lautes Schreien. Nach einer geraumen Weile erkannten sie auch das Feuer. Es war kein Feuer, es war eine rote Fahne, die geschwungen wurde. Zugleich ertönte das Hirtenhorn näher, und die Kinder antworteten.

„Sanna“, rief der Knabe, „da kommen Leute aus Gschaid, ich kenne die Fahne, es ist die rote Fahne, welche der fremde Herr, der mit dem jungen Eschenjäger den Gars bestiegen hatte, auf dem Gipfel aufpflanzte, daß sie der Herr Pfarrer mit dem Fernrohre sähe, was als Zeichen gälte, daß sie oben seien, und welche Fahne damals der fremde Herr dem Herrn Pfarrer geschenkt hat. Du warst noch ein recht kleines Kind.“

„Ja, Konrad.“

Nach einer Zeit sahen die Kinder auch die Menschen, die bei der Fahne waren, kleine schwarze Stellen, die sich zu bewegen schienen. Der Ruf des Hornes wiederholte sich von Zeit zu Zeit, und kam immer näher. Die Kinder antworteten jedes Mal.

Endlich sahen sie über den Schneehang gegen sich her mehrere Männer mit ihren Stöcken herabfahren, die die Fahne in ihrer Mitte hatten. Da sie näher kamen, erkannten sie dieselben. Es war der Hirt Philipp mit dem Horne, seine zwei Söhne, dann der junge Eschenjäger, und mehrere Bewohner von Gschaid.

„Gebenedeit sei Gott“, schrie Philipp, „da seid ihr ja. Der ganze Berg ist voll Leute. Laufe doch einer gleich in die Sideralpe hinab, und läute die Glocke, daß die dort hören, daß wir sie gefunden ha-

Titelvignette zum zweiten Band der „Bunten Steine" von *Adrian Ludwig Richter* (1803–1884; die gesamte Titelseite ist auf S. 85 abgebildet). Richter wählte den Moment aus, in dem Konrad und Sanna die nach ihnen Suchenden entdecken. Die Bekleidung der Kinder entspricht genau der Schilderung der Maßnahmen, die Konrad am Vortag getroffen hat: „Er nahm seinen Hut ab, setzte ihn Sanna auf das Haupt, und befestigte ihn mit den beiden Bändchen unter ihrem Kinne. Das Tüchlein, welches sie um hatte, schützte sie zu wenig, während auf seinem Haupte eine solche Menge dichter Locken war, daß noch lange Schnee darauf fallen konnte, ehe Nässe und Kälte durchzudringen vermochten. Dann zog er sein Pelzjäckchen aus, und zog dasselbe über die Ärmelein der Schwester. Um seine eigenen Schultern und Arme, die jetzt das bloße Hemd zeigten, band er das kleinere Tüchlein, das Sanna über die Brust, und das größere, das sie über die Schultern gehabt hatte. Das sei für ihn genug, dachte er, wenn er nur stark auftrete, werde ihn nicht frieren" (S. 243).

Wir wissen nicht, was Stifter zu seinem vernichtenden Urteil über Richters Arbeiten veranlaßt hat (den Auftrag hatte Heckenast erteilt). Vielleicht störte ihn die mangelnde Einbindung der Gestalten in die landschaftliche Szenerie, während sich Kaisers Illustrationen zu „Bergkristall" gerade dadurch auszeichnen.

ben, und einer muß auf den Krebsstein gehen, und die Fahne dort aufpflanzen, daß sie dieselbe in dem Tale sehen, und die Pöller abschießen, damit die es wissen, die im Millsdorfer Wald suchen, und damit sie in Gschaid die Rauchfeuer anzünden, die in der Luft gesehen werden, und alle, die noch auf dem Berge sind, in die Sideralpe hinab bedeuten. Das sind Weihnachten!"

„Ich laufe in die Alpe hinab", sagte einer.

„Ich trage die Fahne auf den Krebsstein", sagte ein anderer.

„Und wir werden die Kinder in die Sideralpe hinab bringen, so gut wir es vermögen, und so gut uns Gott helfe", sagte Philipp.

Ein Sohn Philipps schlug den Weg nach abwärts ein, und der andere ging mit der Fahne durch den Schnee dahin.

Der Eschenjäger nahm das Mädchen bei der Hand, der Hirt Philipp den Knaben. Die andern halfen, wie sie konnten. So begann man den Weg. Er ging in Windungen. Bald gingen sie nach einer Richtung, bald schlugen sie die entgegengesetzte ein, bald gingen sie abwärts bald aufwärts. Immer ging es durch Schnee, immer durch Schnee, und die Gegend blieb sich beständig gleich. Über sehr schiefe Flächen taten sie Steigeisen an die Füße, und trugen die Kinder. Endlich nach langer Zeit hörten sie ein Glöcklein, das sanft und fein zu ihnen heraufkam, und das erste Zeichen war, das ihnen die niederen Gegenden wieder zusandten. Sie mußten wirklich sehr tief herab gekommen sein; denn sie sahen ein Schneehaupt recht hoch und recht blau über sich ragen. Das Glöcklein aber, das sie hörten, war das der Sideralpe, das geläutet wurde, weil dort die Zusammenkunft verabredet war. Da sie noch weiter kamen, hörten sie auch schwach in die stille Luft die Pöllerschüsse herauf, die in Folge der ausgesteckten Fahne abgefeuert wurden, und sahen dann in die Luft feine Rauchsäulen aufsteigen.

Da sie nach einer Weile über eine sanfte schiefe Fläche abgingen, erblickten sie die Sideralphütte. Sie gingen auf sie zu. In der Hütte brannte ein Feuer, die Mutter der Kinder war da, und mit einem furchtbaren Schrei sank sie in den Schnee zurück, als sie die Kinder mit dem Eschenjäger kommen sah.

Dann lief sie herzu, betrachtete sie überall, wollte ihnen zu essen geben, wollte sie wärmen, wollte sie in vorhandenes Heu legen; aber bald überzeugte sie sich, daß die Kinder durch die Freude stärker seien, als sie gedacht hatte, daß sie nur einiger warmer Speise bedurften, die sie bekamen, und daß sie nur ein wenig ausruhen mußten, was ihnen ebenfalls zu Teil werden sollte.

Da nach einer Zeit der Ruhe wieder eine Gruppe Männer über die Schneefläche herabkam, während das Hüttenglöcklein immer fortläutete, liefen die Kinder selber mit den andern hinaus, um zu sehen, wer es sei. Der Schuster war es, der einstige Alpensteiger, mit Alpenstock und Steigeisen, begleitet von seinen Freunden und Kameraden.

„Sebastian, da sind sie", schrie das Weib.

Er aber war stumm, zitterte, und lief auf sie zu. Dann rührte er die Lippen, als wollte er etwas sagen, sagte aber nichts, riß die Kinder an sich, und hielt sie lange. Dann wandte er sich gegen sein Weib, schloß es an sich, und rief: „Sanna, Sanna!"

Nach einer Weile nahm er den Hut, der ihm in den Schnee gefallen war, auf, trat unter die Männer, und wollte reden. Er sagte aber nur: „Nachbarn, Freunde, ich danke euch."

Da man noch gewartet hatte, bis die Kinder sich zur Beruhigung erholt hatten, sagte er: „Wenn wir alle beisammen sind, so können wir in Gottes Namen aufbrechen."

„Es sind wohl noch nicht alle", sagte der Hirt Philipp, „aber die noch abgehen, wissen aus dem Rauche, daß wir die Kinder haben, und sie werden schon nach Hause gehen, wenn sie die Alphütte leer finden."

Man machte sich zum Aufbruche bereit.

Man war auf der Sideralphütte nicht gar weit von Gschaid entfernt, aus dessen Fenstern man im Sommer recht gut die grüne Matte sehen konnte, auf der die graue Hütte mit dem kleinen Glockentürmlein stand; aber es war unterhalb eine fallrechte Wand, die viele Klafter hoch hinab ging, und auf der man im Sommer nur mit Steigeisen im Winter gar nicht hinab kommen konnte. Man mußte daher den Umweg zum Halse machen, um von der Unglücksäule aus nach Gschaid hinab zu kommen. Auf dem Wege gelangte man über die Siderwiese, die noch näher an Gschaid ist, so daß man die Fenster des Dörfleins zu erblicken meinte.

Als man über diese Wiese ging, tönte hell und deutlich das Glöcklein der Gschaider Kirche herauf, die Wandlung des heiligen Hochamtes verkündend.

Der Pfarrer hatte wegen der allgemeinen Bewegung, die am Morgen in Gschaid war, die Abhaltung des Hochamtes verschoben, da er dachte, daß die Kinder zum Vorscheine kommen würden. Allein endlich, da noch immer keine Nachricht eintraf, mußte die heilige Handlung doch vollzogen werden.

Als das Wandlungsglöcklein tönte, sanken alle, die über die Siderwiese gingen, auf die Knie in den Schnee, und beteten. Als der Klang des Glöckleins aus war, standen sie auf und gingen weiter.

Der Schuster trug meistens das Mädchen, und ließ sich von ihm alles erzählen.

Als sie schon gegen den Wald des Halses kamen, trafen sie Spuren, von denen der Schuster sagte: „Das sind keine Fußstapfen von Schuhen meiner Arbeit."

Dieser Satz des Schusters, der ihn fast als Cooperschen Pfadfinder erscheinen läßt, wird im einleitenden Teil durch die folgende Schilderung von Konrads und Sannas Vater vorbereitet (wobei die Verdinglichung des „gestirnten Himmels" als Metapher für die Anordnung der Nägel auf der Schuhsohle auffällt): „Nach seiner Vorliebe zu den Bergen machte er auch jetzt die Gebirgsbundschuhe am besten. Er pflegte in der Wirtsstube zu sagen: Es gäbe keinen, der ihm einen fremden Gebirgsbundschuh zeigen könne, der sich mit einem seinigen vergleichen lasse. ‚Sie wissen es nicht', pflegte er beizufügen, ‚sie haben es in ihrem Leben nicht erfahren, wie ein solcher Schuh sein muß, daß der gestirnte Himmel der Nägel recht auf der Sohle sitze . . .'"

Die Sache klärte sich bald auf. Wahrscheinlich durch die vielen Stimmen, die auf dem Platz tönten, angelockt, kam wieder eine Abteilung Männer auf die Herabgehenden zu. Es war der aus Angst aschenhaft entfärbte Färber, der an der Spitze seiner Knechte seiner Gesellen und mehrerer Millsdorfer bergab kam.

„Sie sind über das Gletschereis und über die Schründe gegangen, ohne es zu wissen", rief der Schuster seinem Schwiegervater zu.

„Da sind sie ja – da sind sie ja – Gott sei Dank", antwortete der Färber, „ich weiß es schon, daß sie oben waren, als dein Bote in der Nacht zu uns kam, und wir mit den Lichtern den ganzen Wald durchsucht und nichts gefunden hatten – und als dann das Morgengrau anbrach, bemerkte ich an dem Wege, der von der roten Unglücksäule links gegen den Schneeberg hinan führt, daß dort, wo man eben von der Säule weg geht, hin und wieder mehrere Reiserchen und Rütchen geknickt sind, wie Kinder gerne tun, wo sie eines Weges gehen – da wußte ich es – die Richtung ließ sie nicht mehr aus, weil sie in der Höhlung gingen, weil sie zwischen den Felsen gingen, und weil sie dann auf dem Grat gingen, der rechts und links so steil ist, daß sie nicht hinab kommen konnten. Sie mußten hinauf. Ich schickte nach dieser Beobachtung gleich nach Gschaid, aber der Holzknecht Michael, der hinüber ging, sagte bei der Rückkunft, da er uns fast am Eise oben traf, daß ihr sie schon habet, weshalb wir wieder herunter gingen."

„Ja", sagte Michael, „ich habe es gesagt, weil die rote Fahne schon auf dem Krebssteine steckt, und die Gschaider dieses als Zeichen erkannten, das verabredet worden war. Ich sagte euch, daß auf diesem Wege da alle herab kommen müssen, weil man über die Wand nicht gehen kann."

„Und knie nieder, und danke Gott auf den Knien, mein Schwiegersohn", fuhr der Färber fort, „daß kein Wind gegangen ist. Hundert Jahre werden wieder vergehen, daß ein so wunderbarer Schneefall niederfällt, und daß er gerade niederfällt, wie nasse Schnüre von einer Stange hängen. Wäre ein Wind gegangen, so wären die Kinder verloren gewesen."

„Ja, danken wir Gott, danken wir Gott", sagte der Schuster.

Der Färber, der seit der Ehe seiner Tochter nie in Gschaid gewesen war, beschloß, die Leute nach Gschaid zu begleiten.

Da man schon gegen die rote Unglücksäule zu kam, wo der Holzweg begann, wartete ein Schlitten, den der Schuster auf alle Fälle

dahin bestellt hatte. Man tat die Mutter und die Kinder hinein, versah sie hinreichend mit Decken und Pelzen, die im Schlitten waren, und ließ sie nach Gschaid vorausfahren.
Die andern folgten, und kamen am Nachmittage in Gschaid an.
Die, welche noch auf dem Berge gewesen waren, und erst durch den Rauch das Rückzugszeichen erfahren hatten, fanden sich auch nach und nach ein. Der letzte, welcher erst am Abende kam, war der Sohn des Hirten Philipp, der die rote Fahne auf den Krebsstein getragen, und sie dort aufgepflanzt hatte.
In Gschaid wartete die Großmutter, welche herüber gefahren war. „Nie nie", rief sie aus, „dürfen die Kinder in ihrem ganzen Leben mehr im Winter über den Hals gehen."
Die Kinder waren von dem Getriebe betäubt. Sie hatten noch etwas zu essen bekommen, und man hatte sie in das Bett gebracht. Spät gegen Abend, da sie sich ein wenig erholt hatten, da einige Nachbarn und Freunde sich in der Stube eingefunden hatten, und dort von dem Ereignisse redeten, die Mutter aber in der Kammer an dem Bettchen Sannas saß, und sie streichelte, sagte das Mädchen: „Mutter, ich habe heute nachts, als wir auf dem Berge saßen, den Heiligen Christ gesehen."
„O du mein geduldiges, du mein liebes, du mein herziges Kind", antwortete Mutter, „er hat dir auch Gaben gesendet, die du bald bekommen wirst."
Die Schachteln waren ausgepackt worden, die Lichter waren angezündet, die Tür in die Stube wurde geöffnet, und die Kinder sahen von dem Bette auf den verspäteten hell leuchtenden freundlichen Christbaum hinaus. Trotz der Erschöpfung mußte man sie noch ein wenig ankleiden, daß sie hinaus gingen, die Gaben empfingen, bewunderten, und endlich mit ihnen entschliefen.
In dem Wirtshause in Gschaid war es an diesem Abend lebhafter als je. Alle, die nicht in der Kirche gewesen waren, waren jetzt dort, und die andern auch. Jeder erzählte, was er gesehen und gehört, was er getan, was er geraten, und was für Begegnisse und Gefahren er erlebt hat. Besonders aber wurde hervorgehoben, wie man alles hätte anders und besser machen können.
Das Ereignis hat einen Abschnitt in die Geschichte von Gschaid gebracht, es hat auf lange den Stoff zu Gesprächen gegeben, und man wird noch nach Jahren davon reden, wenn man den Berg an heitern Tagen besonders deutlich sieht, oder wenn man den Fremden von seinen Merkwürdigkeiten erzählt.
Die Kinder waren von dem Tage an erst recht das Eigentum des Dorfes geworden, sie wurden von nun an nicht mehr als Auswärtige sondern als Eingeborne betrachtet, die man sich von dem Berge herab geholt hatte.
Auch ihre Mutter Sanna war nun eine Eingeborne von Gschaid.
Die Kinder aber werden den Berg nicht vergessen, und werden ihn jetzt noch ernster betrachten, wenn sie in dem Garten sind, wenn wie in der Vergangenheit die Sonne sehr schön scheint, der Lindenbaum duftet, die Bienen summen, und er so schön und so blau wie das sanfte Firmament auf sie hernieder schaut.

Der Hermetik der Bergwelt, die sich in Sannas Vision konzentriert, folgt die Hektik der Erwachsenenwelt. Hierzu gehört der Blick des Erzählers ins Gschaider Wirtshaus. Ihm entspricht im einleitenden Teil eine Bemerkung über die Tätigkeit der männlichen Dorfbewohner als Bergführer: „Sie reden oft davon, wenn sie in der Wirtsstube bei einander sitzen, und erzählen ihre Wagnisse und ihre wunderbaren Erfahrungen, und versäumen aber auch nie zu sagen, was dieser oder jener Reisende gesprochen habe, und was sie von ihm als Lohn für ihre Bemühungen empfangen hätten." Hier klingt eine Verwandtschaft der Gschaider Dörfler mit den Leuten von Seldwyla an (zum Verhältnis Keller – Stifter vgl. in der Chronik den Abschnitt 1872).

Titelseite der Erstausgabe des Romans (Band 1, 1857). Der Stich von *Joseph Axmann* (nach einer Zeichnung von *Peter Johann Nepomuk Geiger*) zeigt Herrn von Risach, die – abgesehen vom Ich-Erzähler Heinrich Drendorf – Hauptgestalt des Romans. Seinen Namen erfährt der Erzähler und damit auch der Leser erst gegen Ende des Romans – nach jahrelanger Bekanntschaft Heinrichs mit dem väterlichen Freund. Max Rychner spricht in diesem Zusammenhang vom „Pathos der Distanz", von einem Abstand zwischen den Personen, als habe „das spanische Hofzeremoniell von Wien hier eine Übersetzung ins Bürgerliche erfahren" („Stifters ‚Nachsommer'", in: „Interpretationen", Band 3: „Deutsche Romane von Grimmelshausen bis Musil", Frankfurt/Main 1966). Auf Risach, den Besitzer des von Rosen umgebenen Asperhofs, und Mathilde Tarona bezieht sich der Titel des Romans. Die Aufklärung ihrer Beziehung zueinander erfolgt im vorletzten Kapitel („Der Rückblick"): Risach war während seiner Studienzeit als Privatlehrer im Hause Tarona tätig; seiner heftigen Leidenschaft zu Mathilde stand deren Jugend entgegen; erst die verwitwete Mathilde und der aus dem Staatsdienst ausgetretene Risach traten wieder zueinander in Beziehung und blieben daraufhin, bewußt auf eine späte Ehe verzichtend, in „nachsommerlicher" Liebe einander verbunden. Der Ich-Erzähler Heinrich Drendorf ist der Sohn eines wohlhabenden Wiener Kaufmanns. Seine Herkunft gestattet ihm, ausgehend vom genossenen Privatunterricht, seine Anlagen in freier Wahl auszubilden. Das Hauptgewicht legt er auf die Geologie. Angeleitet von Risach, erweitert Heinrich nicht allein seine naturwissenschaftlichen Kenntnisse, sondern er wird zugleich in die Kunst eingeführt.

Zweiter Band, Fünftes Kapitel

Der Bund

... Am dritten Tage meines Aufenthaltes in dem Sternenhofe nachmittags, da ich eine Weile in die Zeilen des alten Homer geblickt hatte, wollte ich meine Wohnung, in der ich mich befand, verlassen, und in den Garten gehen. Ich legte die Worte Homers auf den Tisch, begab mich in das Vorzimmer, schloß die Tür meiner Wohnung hinter mir ab, und ging über die kleinere Treppe im hinteren Teile des Hauses in den Garten. Es war ein sehr schöner Tag, keine einzige Wolke stand an dem Himmel, die Sonne schien warm auf die Blumen, daher es stille von Arbeitern und selbst vom Gesange der Vögel war. Nur das einfache Scharren und leise Hämmern der Arbeiter hörte ich, welche mit der Hinwegschaffung der Tünche des Hauses in der Nähe meines Ausganges auf Gerüsten beschäftigt waren. Ich ging neben Gebüschen und verspäteten Blumen einem Schatten zu, welcher sich mir auf einem Sandwege bot, der mit ziemlich hohen Hecken gesäumt war. Der Sandweg führte mich zu den Linden, und von diesen ging ich durch eine Überlaubung der Eppichwand zu. Ich ging an ihr entlang, und trat in die Grotte des Brunnens. Ich war von der linken Seite der Wand gekommen, von welcher man beim Herannahen den schöneren Anblick der Quellnymphe hat, dafür aber das Bänkchen nicht gewahr wird, welches in der Grotte der Nymphe gegenüber angebracht ist. Als ich eingetreten war, sah ich Natalien auf dem Bänklein sitzen. Sie war sehr erschrocken, und stand auf. Ich war auch erschrocken; dennoch sah ich in ihr Angesicht. In demselben war ein Schwanken zwischen Rot und Blaß, und ihre Augen waren auf mich gerichtet.

Ich sagte: „Mein Fräulein, Ihr werdet mir es glauben, wenn ich Euch sage, daß ich von dem Laubgange an der linken Seite dieser Wand gegen die Grotte gekommen bin, und Euch nicht habe sehen können, sonst wäre ich nicht eingetreten, und hätte Euch nicht gestört."

Sie antwortete nichts, und sah mich noch immer an.

Ich sagte wieder: „Da ich Euch nun einmal beunruhigt habe, wenn auch gegen meinen Willen, so werdet Ihr mir es wohl gütig verzeihen, und ich werde mich sogleich entfernen."

„Ach nein, nein", sagte sie.

Da ich schwankte, und die Bedeutung der Worte nicht erkannte, fragte ich: „Zürnet Ihr mir, Natalie?"

„Nein, ich zürne Euch nicht", antwortete sie, und richtete die Augen, die sie eben niedergeschlagen hatte, wieder auf mich.

„Ihr seid auf diesen Platz gegangen, um allein zu sein", sagte ich, „also muß ich Euch verlassen."

„Wenn Ihr mich nicht aus Absicht meidet, so ist es nicht ein Müssen, daß Ihr mich verlasset", antwortete sie.

„Wenn es nicht eine Pflicht ist, Euch zu verlassen", erwiderte ich, „so müßt Ihr Euren Platz wieder einnehmen, von dem ich Euch verscheucht habe. Tut es, Natalie, setzt Euch auf Eure frühere Stelle nieder."

Sie ließ sich auf das Bänkchen nieder ganz vorn gegen den Ausgang, und stützte sich auf die Marmorlehne.

Ich kam nun auf diese Weise zwischen sie und die Gestalt zu stehen. Da ich dieses für unschicklich hielt, so trat ich ein wenig gegen den Hintergrund. Allein jetzt stand ich wieder aufrecht vor dem leeren Teile der Bank in der nicht sehr hohen Halle, und da mir auch dieses eher unziemend als ziemend erschien, so setzte ich mich auf den andern Teil der Bank, und sagte: „Liebt Ihr wohl diesen Platz mehr als andere?"

„Ich liebe ihn", antwortete sie, „weil er abgeschlossen ist, und weil die Gestalt schön ist. Liebt Ihr ihn nicht auch?"

Der Schauplatz des hier abgedruckten zweiten Teils des fünften Kapitels ist das Gut von Mathilde Tarona. Heinrich hat sie und ihre Tochter Natalie bei Risach kennengelernt und ist von Anfang an in das familiäre Verhältnis der Bewohner des Asper- und des Sternenhofs einbezogen worden.

Der Versuch, sich das äußerliche Verhalten Natalies und Heinrichs als reale Szene vor Augen zu führen, ergibt wohl zwangsläufig die Vorstellung einer Groteske mit Buster Keaton, dem „Mann, der niemals lachte", als männlichem Darsteller. Nur so ließe sich Heinrichs Kampf mit der „Tücke des Objekts", nämlich den vertrackten räumlichen Verhältnissen, bildhaft adäquat erfassen. Gerade dies widerspräche jedoch der Intention des Textes, der – obwohl als Ich-Erzählung gestaltet – vor allem das zwischenmenschliche Geschehen auf „statisch-zeremoniöse, völlig konfliktarme Verhaltensformen" reduziert (Christoph Buggert).

Breiten Raum nimmt die Schilderung von Örtlichkeiten ein, wobei insbesondere Risachs Asperhof mit seinen verschiedenen Wohngemächern, der Gärtnerei, dem Meierhof und der Kunsttischlerei als „Mikrokosmos" in Erscheinung tritt. Der Nachdruck, der auf diesen Schilderungen liegt, ergibt sich weniger aus deren Anschaulichkeit (etwa durch die Wortwahl), als vielmehr aus ihrer variierenden Wiederholung. So werden wir im Kapitel I,7 („Die Begegnung", nämlich zwischen Natalie und Heinrich zunächst auf dem Asperhof, der sich ein Besuch auf dem Sternenhof anschließt) mit dem Schauplatz der Verlobung zwischen Natalie und Heinrich in folgender Weise vertraut gemacht: „... Als wir etwa vierzig oder fünfzig Schritte gegangen waren, öffnete sich das Dickicht, und ein freier Platz umfing uns, der rückwärts mit dichtem Grün abgeschlossen war. Das Grün bestand aus Efeu, welcher eine Mauer von großen Steinen bekleidete, die an ihren Enden riesenhafte Eichen hatte. In der Mitte der Mauer war eine große Öffnung, oben mit einem Bogen begrenzt, gleichsam wie eine große Nische oder wie eine Tempelwölbung. Im Innern dieser Wölbung, die gleichfalls mit Eppich überzogen war, ruhte eine Gestalt von schneeweißem Marmor ... Die Gestalt war die eines Mädchens, aber weit über die gewöhnliche Lebensgröße, was aber in der Efeuwand und neben den großen Eichen nicht auffiel ..."

„Ich habe die Gestalt immer mehr lieben gelernt, je länger ich sie kannte", antwortete ich.

„Ihr ginget früher öfter her?" fragte sie.

„Als ich durch die Güte Eurer Mutter manche Geräte in dem Sternenhofe zeichnete, und fast allein in demselben wohnte, habe ich oft diese Halle besucht", erwiderte ich. „Und später auch, wenn ich durch freundliche Einladung hieher kam, habe ich nie versäumt, an diese Stelle zu gehen."

„Ich habe Euch hier gesehen", sagte sie.

„Die Anlage ist gemacht, daß sie das Gemüt und den Verstand erfüllet", antwortete ich, „die grüne Wand des Eppichs schließt ruhig ab, die zwei Eichen stehen wie Wächter, und das Weiß des Steins geht sanft von dem Dunkel der Blätter und des Gartens weg."

„Es ist alles nach und nach entstanden, wie die Mutter erzählt", erwiderte sie, „der Eppich ist erzogen worden, die Wand vergrößert erweitert und bis an die Eichen geführt. Selbst in der Halle war es einmal anders. Die Bank war nicht da. Aber da der Marmor so oft betrachtet wurde, da die Menschen vor ihm standen, oder selbst in der Halle neben ihm, da die Mutter ebenfalls die Gestalt gerne betrachtete, und lange betrachtete: so ließ sie aus dem gleichen Stoffe, aus dem die Nymphe gearbeitet ist, diese Bank machen, und ließ dieselbe mit der kunstreichen vorchristlich ausgeführten Lehne versehen, damit sie einerseits zu dem vorhandenen Werke stimme, und damit andererseits das Werk mit Ruhe und Erquickung angesehen werden könne. Mit der Zeit ist auch die Alabasterschale hieher gekommen."

„Die Menschen werden von solchen Werken gezogen", antwortete ich, „und die Lust des Schauens findet sich."

„Ich habe diese Gestalt von meiner Kindheit an gesehen, und habe mich an sie gewöhnt", sagte sie, „haltet Ihr nicht auch den bloßen Stein schon für sehr schön?"

„Ich halte ihn für ganz besonders schön", erwiderte ich.

„Mir ist immer, wenn ich ihn lange betrachte", sagte sie, „als hätte er eine sehr große Tiefe, als sollte man in ihn eindringen können, und als wäre er durchsichtig, was er nicht ist. Er hält eine reine Fläche den Augen entgegen, die so zart ist, daß sie kaum Widerstand leistet, und in der man als Anhaltspunkte nur die vielen feinen Splitter funkeln sieht."

„Der Stein ist auch durchsichtig", antwortete ich, „nur muß man eine dünne Schichte haben, durch die man sehen will. Dann scheint die Welt fast goldartig, wenn man sie durch ihn ansieht. Wenn mehrere Schichten übereinander liegen, so werden sie in ihrem Anblicke von außen weiß, wie der Schnee, der aus lauter durchsichtigen kleinen Eisnadeln besteht, weiß wird, wenn Millionen solcher Nadeln auf einander liegen."

„So habe ich nicht unrecht empfunden", sagte sie.

„Nein", erwiderte ich, „Ihr habt recht geahnt."

„Wenn die Edelsteine nicht nach dem geachtet werden, was sie kosten", sagte sie, „sondern nach dem, wie sie edel sind, so gehört der Marmor gewiß unter die Edelsteine."

„Er gehört unter dieselben, er gehört gewißlich unter dieselben", erwiderte ich. „Wenn er auch als bloßer Stoff nicht so hoch im

Preise steht, wie die gesuchten Steine, die nur in kleinen Stücken vorkommen, so ist er doch so auserlesen und so wunderbar, daß er nicht bloß in der weißen sondern auch in jeder andern Farbe begehrt wird, daß man die verschiedensten Dinge aus ihm macht, und daß das Höchste, was menschliche bildende Kunst darzustellen vermag, in der Reinheit des weißen Marmors ausgeführt wird."

„Das ist es, was mich auch immer sehr ergriff, wenn ich hier saß, und betrachtete", sagte sie, „daß in dem harten Steine das Weiche und Runde der Gestaltung ausgedrückt ist, und daß man zu der Darstellung des Schönsten in der Welt den Stoff nimmt, der keine Makel hat. Dies sehe ich sogar immer an der Gestalt auf der Treppe unsers Freundes, welche noch schöner und ehrfurchterweckender als dieses Bildwerk hier ist, wenn gleich ihr Stoff in der Länge der vielen Jahre, die er gedauert hat, verunreinigt worden war."

Diese Marmorstatue lernen wir bei Heinrichs erstem Aufenthalt auf dem Asperhof kennen: „Wir befanden uns draußen in dem schönen Marmorgange, von dem eine gleiche Marmortreppe emporführte . . . In der Mitte der Treppe, wo sie einen Absatz machte, gleichsam einen erweiterten Platz oder eine Stiegenhalle, stand eine Gestalt aus weißem Marmor auf einem Gestelle." Später erfahren wir, daß es sich um die Darstellung einer Muse handelt.

„Es ist gewiß nicht ohne Bedeutung", entgegnete ich, „daß die Menschen in den edelsten und selbst hie und da ältesten Völkern zu diesem Stoffe griffen, wenn sie hohes Göttliches oder Menschliches bilden wollten, während sie Ausschmückungen in Laubwerk Simsen Säulen Tiergestalten und selbst untergeordnete Menschen- und Götterbilder aus farbigem Marmor aus Sandstein aus Holz Ton Gold oder Silber verfertigten. Es wäre zugänglicherer behandelbarerer Stoff gewesen: Holz Erde weicher Stein manche Metalle: sie aber gruben weißen Marmor aus der Erde, und bildeten aus ihm. Aber auch die andern Edelsteine, aus denen man verschiedene Dinge macht, geschnittene Steine allerlei Gestalten Blumen- und Zierwerk, so wie endlich diejenigen, die man besonders Edelsteine nennt und zum Schmucke der menschlichen Gestalt und hoher Dinge anwendet, haben in ihrem Stoffe etwas, das anzieht, und den menschlichen Geist zu sich leitet, es ist nicht bloß die Seltenheit oder das Schimmern, das sie wertvoll macht."

„Habt Ihr auch die Edelsteine kennen zu lernen gesucht?" fragte sie.

„Ein Freund hat mir vieles von ihnen gezeigt und erklärt", antwortete ich.

„Sie sind freilich für die Menschen sehr merkwürdig", sagte sie.

„Es ist etwas Tiefes und Ergreifendes in ihnen", antwortete ich, „gleichsam ein Geist in ihrem Wesen, der zu uns spricht, wie zum Beispiele in der Ruhe des Smaragdes, dessen Schimmerpunkten kein Grün der Natur gleicht, es müßte nur auf Vogelgefiedern wie das des Kolibri oder auf den Flügeldecken von Käfern sein – wie in der Fülle des Rubins, der mit dem rosensamtnen Lichtblicke gleichsam als der vornehmste unter den gefärbten Steinen zu uns aufsieht – wie in dem Rätsel des Opals, der unergründlich ist – und wie in der Kraft des Diamantes, der wegen seines großen Lichtbrechungsvermögens in einer Schnelligkeit wie der Blitz den Wechsel des Feuers und der Farben gibt, den kaum die Schneesterne noch der Sprühregen des Wasserfalles haben. Alles, was den edlen Steinen nachgemacht wird, ist der Körper ohne diesen Geist, es ist der inhaltleere spröde harte Glanz statt der reichen Tiefe und Milde."

„Ihr habt von der Perle nicht gesprochen."

„Sie ist kein Edelstein, gesellt sich aber im Gebrauche gerne zu ihm. In ihrem äußern Ansehen ist sie wohl das Bescheidenste; aber nichts

Es zeichnet den „Nachsommer" aus, daß er (zunächst) kaum anders als kritisch betrachtet werden kann. Hier eine durchaus gemäßigte Stimme: „Die erzieherische Absicht droht den Menschen des erlesenen kleinen Gesellschaftskreises manchmal die Luft abzuziehen, so daß sich das Leben nur noch über die geringsten Widerstände der Repräsentation fortleitet, wo den Tagen wenig mehr auferlegt ist als genaue Wiederholung. Die Kraft geistiger Bezauberung ist dann geschwächt und rinnt matt in gegenseitiger sachlicher Belehrung dahin: Gespräche oder gar Vorträge über Mauertünche [das weiß verputzte Hauptgebäude des Sternenhofs wird in seinem ursprünglichen Zustand wiederhergestellt; vgl. S. 263 oben und S. 269 unten], Vogelleben, Edelsteinkunde, Täfelverkleidungen usw. laufen in der Gesamtbewegung noch symbolisch übermüdet mit, ohne aber selbst etwas bewegen zu können. Die mit vielen Sachen so eifrig aufgebaute Fülle überzeugt zuweilen kaum noch, daß sie mehr sei als mühsam bezwungene, gelegentlich nurmehr verstellte Leere; sie wirkt wie ein verzweifeltes Festhalten von Dingen, die man entgleiten fühlt und im Innersten bereits entglitten weiß. Es ist ein magisches Beschwören, ein großartig tragischer Wille am Werk, der größeren Welt weimarischer Bedeutung noch einmal von Linz aus dieselbe Bedeutung zuzusprechen – mit weniger, wenn auch einigen hochentwickelten Mitteln" (Max Rychner).

schmückt mit dem so sanft umflorten Seidenglanze die menschliche Schönheit schöner als die Perle. Selbst an dem Kleide eines Mannes, wo sie etwas hält, wie die Schleife des Halstuches oder wie die Falte des Brustlinnens, dünkt sie mich das Würdigste und Ernsteste."

„Und liebt Ihr die Edelsteine als Schmuck?" fragte sie.

„Wenn die schönsten Steine ihrer Art ausgewählt werden", antwortete ich, „wenn sie in einer Fassung sind, welche richtigen Kunstgesetzen entspricht, und wenn diese Fassung an der Stelle, wo sie ist, einen Zweck erfüllt, also notwendig erscheint: dann ist wohl kein Schmuck des menschlichen Körpers feierlicher als der der Edelsteine."

Wir schwiegen nach diesen Worten, und ich konnte Natalien jetzt erst ein wenig betrachten. Sie hatte ein mattes hellgraues Seidenkleid an, wie sie es überhaupt gerne trug. Das Kleid reichte, wie es bei ihr immer der Fall war, bis zum Halse und bis zu den Knöcheln der Hand. Von Schmuck hatte sie gar nichts an sich, nicht das geringste, während ihr Körper doch so stimmend zu Edelsteinen gewesen wäre. Ohrgehänge, welche damals alle Frauen und Mädchen trugen, hatte weder Mathilde je, seit ich sie kannte, getragen, noch trug sie Natalie.

In unserem Schweigen sahen wir gleichsam wie durch Verabredung gegen das rieselnde Wasser.

Endlich sagte sie: „Wir haben von dem Angenehmen dieses Ortes gesprochen, und sind von dem edlen Steine des Marmors auf die Edelsteine gekommen; aber eines Dinges wäre noch Erwähnung zu tun, das diesen Ort ganz besonders auszeichnet."

„Welches Dinges?"

„Des Wassers. Nicht bloß, daß dieses Wasser vor vielen, die ich kenne, gut zur Erquickung gegen den Durst ist, so hat sein Spielen und sein Fließen gerade an dieser Stelle und durch diese Vorrichtung etwas Besänftigendes und etwas Beachtungswertes."

„Ich fühle, wie Ihr", antwortete ich, „und wie oft habe ich dem schönen Glänzen und dem schattenden Dunkel dieses lebendigen flüchtigen Körpers an dieser Stelle zugesehen, eines Körpers, der wie die Luft wohl viel bewunderungswürdiger wäre, als es die Menschen zu erkennen scheinen."

„Ich halte auch das Wasser und die Luft für bewunderungswürdig", entgegnete sie, „die Menschen achten nur so wenig auf beides, weil sie überall von ihnen umgeben sind. Das Wasser erscheint mir als das bewegte Leben des Erdkörpers wie die Luft sein ungeheurer Odem ist."

„Wie richtig sprecht Ihr", sagte ich, „und es sind auch Menschen gewesen, die das Wasser sehr geachtet haben; wie hoch haben die Griechen ihr Meer gehalten, und wie riesenhafte Werke haben die Römer aufgeführt, um sich das Labsal eines guten Wassers zuzuleiten. Sie haben freilich nur auf den Körper Rücksicht genommen, und haben nicht, wie die Griechen die Schönheit ihres Meeres betrachteten, die Schönheit des Wassers vor Augen gehabt; sondern sie haben sich nur dieses Kleinod der Gesundheit in bester Art verschaffen wollen. Und ist wohl etwas außer der Luft, das mit größerem Adel in unser Wesen eingeht als das Wasser? Soll nicht nur das Reinste und Edelste sich mit uns vereinigen? Sollte dies nicht ge-

rade in den gesundheitverderbenden Städten sein, wo sie aber nur Vertiefungen machen, und das Wasser trinken, das aus ihnen kömmt? Ich bin in den Bergen gewesen in Tälern in Ebenen in der großen Stadt, und habe in der Hitze im Durste in der Bewegung den kostbaren Kristall des Wassers und seine Unterschiede kennen gelernt. Wie erquickt der Quell in den Bergen und selbst in den Hügeln, vorzüglich wenn er am reinsten aus dem reinen Granit fließt, und Natalie, wie schön ist außerdem der Quell!"

Hatte nun Natalie schon früher einen Durst empfunden, und hatte derselbe ihr Gespräch auf das Wasser gelenkt, oder war durch das Gespräch ein leichter Durst in ihr hervorgerufen worden: sie stand nun auf, nahm die Alabasterschale in die Hand, ließ sie sich in dem sanften Strahle füllen, setzte sie an ihre schönen Lippen, trank einen Teil des Wassers, ließ das übrige in das tiefere Becken fließen, stellte die leere Schale an ihren Platz, und setzte sich wieder zu mir auf die Bank.

Mir war das Herz ein wenig gedruckt, und ich sagte: „Wenn wir beide das Schöne dieses Ortes betrachtet, und wenn wir von ihm und von andern Dingen, auf die er uns führte, gerne gesprochen haben, so ist doch etwas in ihm, was mir Schmerz erregt."

„Was kann Euch denn an diesem Orte Schmerz erregen?" fragte sie.

„Natalie", antwortete ich, „es ist jetzt ein Jahr, daß Ihr mich an dieser Halle absichtlich gemieden habt. Ihr saßet auf derselben Bank, auf welcher Ihr jetzt sitzet, ich stand im Garten, Ihr tratet heraus, und ginget von mir mit beeiligten Schritten in das Gebüsch."

Sie wendete ihr Angesicht gegen mich, sah mich mit den dunkeln

Der dreigeschossige *Pont du Gard* bei Nîmes in Südfrankreich, erbaut im Jahr 14 n. Chr., gehört zu den am besten erhaltenen römischen Aquädukten („aqua ductus" = Wasserleitung). Diese „riesenhaften Werke" (S. 266) dienten dazu, das Quellwasser bei gleichbleibend leichtem Gefälle über weite Strekken (bis zu 90 km) über Täler und Ebenen hinweg in die Städte zu leiten. Aus der „Nachsommer"-Perspektive erscheinen sie als eine durch reine Zweckmäßigkeit bedingte Störung der idealen Harmonie zwischen Natur und Kultur.

Augen an, und sagte: „Dessen erinnert Ihr Euch, und das macht Euch Schmerz?“
„Es macht mir jetzt im Rückblicke Schmerz, und hat ihn mir damals gemacht“, antwortete ich.
„Ihr habt mich ja aber auch gemieden“, sagte sie.
„Ich hielt mich ferne, um nicht den Schein zu haben, als dränge ich mich zu Euch“, entgegnete ich.
„War ich Euch denn von einer Bedeutung?“ fragte sie.
„Natalie“, antwortete ich, „ich habe eine Schwester, die ich im höchsten Maße liebe, ich habe viele Mädchen in unserer Stadt und in dem Lande kennen gelernt; aber keines selbst nicht meine Schwester achte ich so hoch wie Euch, keines ist mir stets so gegenwärtig, und erfüllt mein ganzes Wesen wie Ihr.“
Bei diesen Worten traten die Tränen aus ihren Augen, und flossen über ihre Wangen herab.
Ich erstaunte, ich blickte sie an, und sagte: „Wenn diese schönen Tropfen sprechen, Natalie sagen sie, daß Ihr mir auch ein wenig gut seid?“
„Wie meinem Leben“, antwortete sie.
Ich erstaunte noch mehr, und sprach: „Wie kann es denn sein, ich habe es nicht geglaubt.“
„Ich habe es auch von Euch nicht geglaubt“, erwiderte sie.
„Ihr konntet es leicht wissen“, sagte ich. „Ihr seid so gut, so rein, so einfach. So seid Ihr vor mir gewandelt, Ihr waret mir begreiflich wie das Blau des Himmels, und Eure Seele erschien mir so tief, wie das Blau des Himmels tief ist. Ich habe Euch mehrere Jahre gekannt, Ihr waret stets bedeutend vor der herrlichen Gestalt Eurer Mutter und der Eures ehrwürdigen Freundes, Ihr waret heute, wie Ihr gestern gewesen waret, und morgen wie heute, und so habe ich Euch in meine Seele genommen zu denen, die ich dort liebe, zu Vater Mutter Schwester – nein, Natalie, noch tiefer, tiefer –“
Sie sah mich bei diesen Worten sehr freundlich an, ihre Tränen flossen noch häufiger, und sie reichte mir ihre Hand herüber.
Ich faßte die Hand, ich konnte nichts sagen, und blickte sie nur an. Nach mehreren Augenblicken ließ ich ihre Hand los, und sagte: „Natalie, es ist mir nicht begreiflich, wie ist es denn möglich, daß Ihr mir gut seid, mir, der gar nichts ist, und nichts bedeutet?“
„Ihr wißt nicht, wer Ihr seid“, antwortete sie. „Es ist gekommen, wie es kommen mußte. Wir haben viele Zeit in der Stadt zugebracht, wir sind oft den ganzen Winter in derselben gewesen, wir haben Reisen gemacht, haben verschiedene Länder und Städte gesehen, wir sind in London Paris und Rom gewesen. Ich habe viele junge Männer kennen gerlernt. Darunter sind wichtige und bedeutende gewesen. Ich habe gesehen, daß mancher Anteil an mir nahm; aber es hat mich eingeschüchtert, und wenn einer durch sprechende Blicke oder durch andere Merkmale es mir näher legte, so entstand eine Angst in mir, und ich mußte mich nur noch ferner halten. Wir gingen wieder in die Heimat zurück. Da kamet Ihr eines Sommers in den Asperhof, und ich sah Euch. Ihr kamet im nächsten Sommer wieder. Ihr waret ohne Anspruch, ich sah, wie Ihr die Dinge dieser Erde liebtet, wie Ihr ihnen nach ginget, und wie Ihr sie in Eurer Wissenschaft hegtet – ich sah, wie Ihr meine Mutter verehrtet, un-

Die Vorbildlichkeit der Verbindung zwischen Natalie und Heinrich ergibt sich aus ihrem Kontrast zur Jugendliebe zwischen Risach und Mathilde. Diese hat sich in heimlichem Einverständnis entfaltet. Risach berichtet im vorletzten Kapitel: „Es begann nun eine merkwürdige Zeit. In meinem und Mathildens Leben war ein Wendepunkt eingetreten. Wir hatten uns nicht verabredet, daß wir unsere Gefühle geheimhalten wollen; dennoch hielten wir sie geheim, wir hielten sie geheim vor dem Vater der Mutter vor Alfred und vor allen Menschen. Nur in Zeichen, die sich von selber gaben, und in Worten, die nur uns verständlich waren, und die wie von selber auf die Lippen kamen, machten sie wir uns gegenseitig kund. Tausend Fäden fanden sich, an denen unsere Seelen zu einander hin und her gehen konnten, und wenn wir in dem Besitz von diesen tausend Fäden waren, so fanden sich wieder tausend, und mehrten sich immer.“ Als der junge Risach schließlich um Mathildes Hand anhielt und vorerst mit der Begründung, sie sei zu jung, abgewiesen wurde, verlangte er von der Geliebten, sich dem Urteil der Eltern zu fügen. Mathilde verstand diese Aufforderung als Treubruch und wies Risach von sich.

sern Freund hochachtetet, den Knaben Gustav beinahe liebtet, von Eurem Vater Eurer Mutter und Eurer Schwester nur mit Ehrerbietung sprachet, und da – – da –"

„Da, Natalia?"

„Da liebte ich Euch, weil Ihr so einfach so gut und doch so ernst seid."

„Und ich liebte Euch mehr, als ich je irgend ein Ding dieser Erde zu lieben vermochte."

„Ich habe manchen Schmerz um Euch empfunden, wenn ich in den Feldern herumging."

„Ich habe es ja nicht gewußt, Natalie, und weil ich es nicht wußte, so mußte ich mein Inneres verbergen, und gegen jedermann schweigen, gegen den Vater gegen die Mutter gegen die Schwester, und sogar gegen mich. Ich bin fortgefahren, das zu tun, was ich für meine Pflicht erachtete, ich bin in die Berge gegangen, habe mir ihre Zusammensetzung aufgeschrieben, habe Gesteine gesammelt und Seen gemessen, ich bin auf den Rat Eures Freundes einen Sommer beschäftigungslos in dem Asperhofe gewesen, bin dann wieder in die Wildnis gegangen und zu der Grenze des Eises emporgestiegen. Ich konnte nur Eure Mutter Euren Freund und Euren Bruder immer wärmer lieben: aber, Natalie, wenn ich auf den Höhen der Berge war, habe ich Euer Bild in dem heitern Himmel gesehen, der über mir ausgespannt war, wenn ich auf die festen starren Felsen blickte, so erblickte ich es auch in dem Dufte, der vor denselben webte, wenn ich auf die Länder der Menschen hinausschaute, so war es in der Stille, die über der Welt gelagert war, und wenn ich zu Hause in die Züge der Meinigen blickte, so schwebte es auch in denen."

„Und nun hat sich alles recht gelöset."

„Es hat sich wohl gelöset, meine liebe liebe Natalie."

„Mein teurer Freund!"

Wir reichten uns bei diesen Worten die Hände wieder, und saßen schweigend da.

Wie hatte seit einigen Augenblicken alles sich um mich verändert, und wie hatten die Dinge eine Gestalt gewonnen, die ihnen sonst nicht eigen war. Nataliens Augen, in welche ich schauen konnte, standen in einem Schimmer, wie ich sie nie, seit ich sie kenne, gesehen hatte. Das unermüdlich fließende Wasser die Alabasterschale der Marmor waren verjüngt; die weißen Flimmer auf der Gestalt und die wunderbar im Schatten blühenden Lichter waren anders; die Flüssigkeit rann plätscherte oder pippte oder tönte im einzelnen Falle anders; das sonnenglänzende Grün von draußen sah als ein neues freundlich herein, und selbst das Hämmern, mit welchem man die Tünche von den Mauern des Hauses herabschlug, tönte jetzt als ein ganz verschiedenes in die Grotte von dem, das ich gehört hatte, als ich aus dem Hause gegangen war.

Nach einer geraumen Weile sagte Natalie: „Und von dem Abende im Hoftheater habt Ihr auch nie etwas gesprochen."

„Von welchem Abende Natalie?"

„Als König Lear aufgeführt wurde."

„Ihr seid doch nicht das Mädchen in der Loge gewesen?"

„Ich bin es gewesen."

Die Geologie, der sich Heinrich aus eigenem Antrieb widmet, ist zu Beginn des 19. Jahrhunderts geradezu eine Modewissenschaft. Die Auseinandersetzungen zwischen Neptunisten (die den Vorgang der Gesteinsbildung durch Ablagerung im Meer erklären; zu ihnen gehört Goethe) und Plutonisten, zwischen Entwicklungs- und Katastrophentheorien besitzen denselben Stellenwert wie gegen Ende des Jahrhunderts der Streit um den Darwinismus. Insofern zeigt Heinrichs geologisches Interesse zeitgeschichtliches Kolorit. Darüber hinaus erweist sich Heinrich durch seine Beschäftigung mit Gesteinen und deren Entstehung als geeignet, auch im sozialen Bereich die Notwendigkeit langsamer, stetiger Entwicklung anzuerkennen – einschließlich seiner Liebe zu Natalie. Hier wird mittelbar der politische, antirevolutionäre Horizont der gesellschaftlichen „Nachsommer"-Landschaft erkennbar.

Heinrich Anschütz (1785 bis 1865) als *König Lear* in einer Shakespeare-Aufführung des Wiener Burgtheaters. Sie ist vermutlich das Vorbild für die im Kapitel I,6 geschilderte Aufführung, bei der sich Heinrich und Natalie zum erstenmal begegnet sind: „. . . Nur in einer ebenerdigen Loge sehr nahe bei mir saß ein Mädchen, welches nicht auf die Darstellung merkte, sie war schneebleich, und die Ihrigen waren um sie beschäftigt. Sie kam mir unbeschreiblich schön vor . . . Plötzlich war es mir, als ob sich meinen Blicken, die auf den Ausgang gerichtet waren, ganz nahe etwas zur Betrachtung aufdrängte. Ich zog sie zurück, und in der Tat hatte ich zwei große schöne Augen den meinigen gegenüber, und das Angesicht des Mädchens aus der ebenerdigen Loge war ganz nahe an dem meinigen. Ich blickte sie fest an, und es war mir, als ob sie mich freundlich ansähe, und mir lieblich zulächelte. Aber in dem Augenblick war sie vorüber."

„Nein, Ihr seid so blühend wie eine Rose, und jenes Mädchen war blaß wie eine weiße Lilie."

„Es mußte mich der Schmerz entfärbt haben. Ich war kindisch, und es hat mir damals wohlgetan, in Euren Augen allein unter allen denen, die die Loge umgaben, ein Mitgefühl mit meiner Empfindung zu lesen. Diese Empfindung wurde durch Euer Mitgefühl zwar noch stärker, so daß sie beinahe zu mächtig wurde; aber es war gut. Ich habe nie einer Vorstellung beigewohnt, die so ergreifend gewesen wäre. Ich sah es als einen günstigen Zufall an, daß mir Eure Augen, die bei dem Leiden des alten Königs übergeflossen waren, bei dem Fortgehen aus dem Schauspielhause so nahe kamen. Ich glaubte ihnen mit meinen Blicken dafür danken zu müssen, daß sie mir beigestimmt hatten, wo ich sonst vereinsamt gewesen wäre. Habt Ihr das nicht erkannt?"

„Ich habe es erkannt, und habe gedacht, daß der Blick des Mädchens wohlwollend sei, und daß er ein Einverständnis über unsere gemeinschaftliche Empfindung bei der Vorstellung bedeuten könne."

„Und Ihr habt mich also nicht wieder erkannt?"

„Nein, Natalie."

„Ich habe Euch gleich erkannt, als ich Euch in dem Asperhofe sah."

„Es ist mir lieb, daß es Eure Augen gewesen sind, die mir den Dank gesagt haben; der Dank ist tief in mein Gemüt gedrungen. Aber wie konnte es auch anders sein, da Eure Augen das Liebste und Holdeste sind, was für mich die Erde hat."

„Ich habe Euch schon damals in meinem Herzen höher gestellt als die andern, obwohl ihr ein Fremder waret, und obwohl ich denken konnte, daß Ihr mir in meinem ganzen Leben fremd bleiben werdet."

„Natalie, was mir heute begegnet ist, bildet eine Wendung in meinem Leben, und ein so tiefes Ereignis, daß ich es kaum denken kann. Ich muß suchen, alles zurecht zu legen, und mich an den Gedanken der Zukunft zu gewöhnen."

„Es ist ein Glück, das uns ohne Verdienst vom Himmel gefallen, weil es größer ist als jedes Verdienst."

„Drum lasset uns es dankbar aufnehmen."

„Und ewig bewahren."

„Wie war es gut, Natalie, daß ich die Worte Homers, die ich heute nachmittag las, nicht in mein Herz aufnehmen konnte, daß ich das Buch weglegte, in den Garten ging, und daß das Schicksal meine Schritte zu dem Marmor des Brunnens lenkte."

„Wenn unsere Wesen zu einander neigten, obgleich wir es nicht gegenseitig wußten, so würden sie sich doch zugeführt worden sein, wann und wo es immer geschehen wäre, das weiß ich nun mit Sicherheit."

„Aber sagt, warum habt Ihr mich denn gemieden, Natalie?"

„Ich habe Euch nicht gemieden, ich konnte mit Euch nicht sprechen, wie es mir in meinem Innern war, und ich konnte auch nicht so sein, als ob Ihr ein Fremder wäret. Doch war mir Eure Gegenwart sehr lieb. Aber warum habt denn auch Ihr Euch ferne von mir gehalten?"

„Mir war wie Euch. Da Ihr so weit von mir waret, konnte ich mich

nicht nahen. Eure Gegenwart verherrlichte mir alles, was uns umgab, aber das dunkle künftige Glück schien mir unerreichbar."
„Nun ist doch erfüllet, was sich vorbereitete."
„Ja es ist erfüllt."
Nach einem kleinen Schweigen fuhr ich fort: „Ihr habt gesagt, Natalie, daß wir das Glück, das uns vom Himmel gefallen ist, ewig aufbewahren sollen. Wir sollen es auch ewig aufbewahren. Schließen wir den Bund, daß wir uns lieben wollen, so lange das Leben währt, und daß wir treu sein wollen, was auch immer komme, und was die Zukunft bringe, ob es uns aufbewahrt ist, daß wir in Vereinigung die Sonne und den Himmel genießen, oder ob jedes allein zu beiden emporblickt, und nur des andern mit Schmerzen gedenken kann."
„Ja, mein Freund, Liebe unveränderliche Liebe, so lange das Leben währt, und Treue, was auch die Zukunft von Gunst oder Ungunst bringen mag."
„O Natalie, wie wallt mein Herz in Freude! Ich habe es nicht geahnt, daß es so entzückend ist, Euch zu besitzen, die mir unerreichbar schien."
„Ich habe auch nicht gedacht, daß Ihr Euer Herz von den großen Dingen, denen Ihr ergeben waret, wegkehren und mir zuwenden werdet."
„O meine geliebte meine teure ewig mir gehörende Natalie!"
„Mein einziger mein unvergeßlicher Freund!"
Ich war von Empfindung überwältigt, ich zog sie näher an mich, und neigte mein Angesicht zu ihrem. Sie wendete ihr Haupt herüber, und gab mit Güte ihre schönen Lippen meinem Munde, um den Kuß zu empfangen, den ich bot.
„Ewig für dich allein", sagte ich.
„Ewig für dich allein", sagte sie leise.
Schon als ich die süßen Lippen an meinen fühlte, war mir, als sei ein Zittern in ihr, und als fließen ihre Tränen wieder.
Da ich mein Haupt wegwendete, und in ihr Angesicht schaute, sah ich die Tränen in ihren Augen.
Ich fühlte die Tropfen auch in den meinen hervorquellen, die ich nicht mehr zurückhalten konnte. Ich zog Natalien wieder näher an mich, legte ihr Angesicht an meine Brust, neigte meine Wange auf ihre schönen Haare, legte die eine Hand auf ihr Haupt, und hielt sie so sanft umfaßt, und an mein Herz gedrückt. Sie regte sich nicht, und ich fühlte ihr Weinen. Da diese Stellung sich wieder löste, da sie mir in das Angesicht schaute, drückte ich noch einmal einen heißen Kuß auf ihre Lippen, zum Zeichen der ewigen Vereinigung und der unbegrenzten Liebe. Sie schlang auch ihre Arme um meinen Hals, und erwiderte den Kuß zu gleichem Zeichen der Einheit und der Liebe. Mir war in diesem Augenblicke, daß Natalie nun meiner Treue und Güte hingegeben, daß sie ein Leben eins mit meinem Leben sei. Ich schwor mir, mit allem, was groß gut schön und stark in mir ist, zu streben, ihre Zukunft zu schmücken, und sie so glücklich zu machen, als es nur in meiner Macht ist, und erreicht werden kann.

Wir saßen nun schweigend neben einander, wir konnten nicht sprechen, und drückten uns nur die Hände als Bestätigung des geschloßnen Bundes und des innigsten Verständnisses.

„Der pädagogische Eros ist im ‚Nachsommer' dermaßen vorwaltend, daß sich die Liebe sozusagen ebenfalls nach seinen Satzungen entfalten muß. Ihr ist auferlegt, nicht das natürliche, sondern das sittliche Wesen der Ergriffenen auf die Spitze zu treiben, wo es in verklärter Körperlosigkeit zittert. Zwei Liebesgeschichten sind einander entgegengestellt und zugleich an einem äußersten Ende noch miteinander verflochten: wie Heinrich und Natalie in sorgfältig abgewogener Stufung einander nahen, in edler Mäßigung einander sich und die prästabilierte Harmonie ihrer Herzen offenbaren, ohne die Last des mindesten Schattens auf sich gefühlt zu haben, da erzählt der alte Risach seine schmerzliche Lebensgeschichte ... Erst gegen Ende des Romans hin wird diese erregte Novelle in den Zusammenhang eingebaut, kontrapunktisch als Beispiel unglücklicher, weil leidenschaftlicher Liebe. Stolz und Ungeduld der Leidenschaft haben das junge Mädchen [Mathilde] bis zu äußerster, mithin maßloser Forderung an ihren Geliebten getrieben; er entspricht ihrer Erwartung [sich über die Weigerung der Eltern hinwegzusetzen] nicht und wird verworfen. Grausam wütet die Leidenschaft gegen den, der sie hegt; sie sprengt, gleichviel in welcher Gestalt, Unmenschliches im Menschen. Sie versucht, Zeit zu überspringen, sich über Gesetze der gemäßigten Entwicklungen hinwegzusetzen" (Max Rychner).

Rychner fährt im Hinblick auf die Jugendliebe zwischen Mathilde und Risach fort: „Es lag Stifter daran, zu zeigen, wie das, was für die Gesellschaft gilt, auch für den Einzelnen gelte. Leidenschaftliche Liebe, das ist ihm Revolution im Kleinen mit absoluten Forderungen und mit zerstörerischen Folgen. Ungezügeltes Leben zerstört Leben: dies aufzuzeigen ist warnende Absicht des Dichters. Wohltemperiert ist im Gegensatz dazu das Klima, in dem der junge Held und Natalie sich einander zuneigen. Die beiden sind in völlige Windstille hineingestellt; kein Blitz, kein Brausen, kein Wetterdunkel ... Die Zurückhaltung der noch verheimlichten Liebe wirkt überzeugender als deren Offenbarung, wo die nahezu geschlechtslose Musterhaftigkeit der beiden etwas leicht Ältliches aufzuweisen scheint ..." Martin Selge, der sich in seinem Beitrag zum Linzer Stifter-Symposion 1978 (vgl. „Themen") mit vor allem psychoanalytischen Versuchen auseinandersetzt, diesen Anschein des „Ältlichen" als reine Verdrängung des Autors zu demaskieren, spricht von Stifters „Antileidenschaftsideologie". Selge faßt seine Beobachtungen an der „ungeheuer stilisierten, zeremoniellen (steifleinenen, sagen die Kritiker) Verlobungsszene" in dem Urteil zusammen: „Man bekommt keinen Hinweis auf das, was ausgeblendet ist, ich möchte fast sagen: es ist nichts ausgeblendet, sondern das, was zur Sprache kommt, ist das, was Stifter für das Wesentliche am Verlöbnis hält, das Allgemeine des Bundes, des Sich-Verbindens. Dieses aber tritt ästhetisch in Erscheinung, es wird nicht nur genannt, sondern dargestellt, man könnte sagen: hergestellt mit sprachlichem Material zu ästhetischer Realität."

Da eine Zeit vergangen war, sagte endlich Natalie: „Mein Freund, wir haben uns der Fortdauer und der Unaufhörlichkeit unserer Neigung versichert, und diese Neigung wird auch dauern; aber was nun geschehen, und wie sich alles andere gestalten wird, das hängt von unsern Angehörigen ab, von meiner Mutter, und von Euren Eltern."

„Sie werden unser Glück mit Wohlwollen ansehen."

„Ich hoffe es auch; aber wenn ich das vollste Recht hätte, meine Handlungen selber zu bestimmen, so würde ich nie auch nicht ein Teilchen meines Lebens so einrichten, daß es meiner Mutter nicht gefiele; es wäre kein Glück für mich. Ich werde so handeln, so lange wir beisammen auf der Erde sind. Ihr tut wohl auch so?"

„Ich tue es; weil ich meine Eltern liebe, und weil mir eine Freude nur als solche gilt, wenn sie auch die ihre ist."

„Und noch jemand muß gefragt werden."

„Wer?"

„Unser edler Freund. Er ist so gut, so weise, so uneigennützig. Er hat unserm Leben einen Halt gegeben, als wir ratlos waren, er ist uns beigestanden, als wir es bedurften, und jetzt ist er der zweite Vater Gustavs geworden."

„Ja, Natalie, er soll und muß gefragt werden; aber sprecht, wenn eins von diesen nein sagt?"

„Wenn eines nein sagt, und wir es nicht überzeugen können, so wird es recht haben, und wir werden uns dann lieben, so lange wir leben, wir werden einander treu sein in dieser und jener Welt; aber wir dürften uns dann nicht mehr sehen."

„Wenn wir ihnen die Entscheidung über uns anheim gegeben haben, so müßte es wohl so sein; aber es wird gewiß nicht gewiß nicht geschehen."

„Ich glaube mit Zuversicht, daß es nicht geschehen wird."

„Mein Vater wird sich freuen, wenn ich ihm sage, wie Ihr seid, er wird Euch lieben, wenn er Euch sieht, die Mutter wird Euch eine zweite Mutter sein, und Klotilde wird sich Euch mit ganzer Seele zuwenden."

„Ich verehre Eure Eltern und liebe Klotilde schon so lange, als ich Euch von ihnen reden und erzählen hörte. Mit meiner Mutter werde ich noch heute sprechen, ich könnte die Nacht nicht über das Geheimnis heraufgehen lassen. Wenn Ihr zu Euren Eltern reiset, sagt ihnen, was geschehen ist, und sendet bald Nachricht hieher."

„Ja Natalie."

„Geht Ihr von hier wieder in die Berge?"

„Ich wollte es; nun aber hat sich Wichtigeres ereignet, und ich muß gleich zu meinen Eltern. Nur auf kurzes will ich, so schnell es geht, in meinen jetzigen Standort reisen, um die Arbeiten abzubestellen, die Leute zu entlassen, und alles in Ordnung zu bringen."

„Das muß wohl so sein."

„Die Antwort meiner Eltern bringt dann nicht eine Nachricht, sondern ich selber."

„Das ist noch erfreulicher. Mit unserm Freunde wird wohl hier geredet werden."

„Natalie, dann habt Ihr eine Schwester an Klotilden, und ich einen Bruder an Gustav."

„Ihr habt ihn ja immer sehr geliebt. Alles ist so schön, daß es fast zu schön ist."
Dann sprachen wir von der Zurückkunft der Männer, was sie sagen würden, und wie unser Gastfreund die schnelle Wendung der Dinge aufnehmen werde.
Zuletzt, als die Gemüter zu einer sanfteren Ruhe zurückgekehrt waren, erhoben wir uns, um in das Haus zu gehen. Ich bot Natalien meinen Arm, den sie annahm. Ich führte sie der Eppichwand entlang, ich führte sie durch einen schönen Gang des Gartens, und wir gelangten dann in offnere freie Stellen, in denen wir eine Umsicht hatten.
Als wir da eine Strecke vorwärts gekommen waren, sahen wir Mathilden außerhalb des Gartens gegen den Meierhof gehen. Das Pförtchen, welches von dem Garten gegen den Meierhof führt, war in der Nähe, und stand offen.
„Ich werde meiner Mutter folgen, und werde gleich jetzt mit ihr sprechen", sagte Natalie.
„Wenn Ihr es für gut haltet, so tut es", erwiderte ich.
„Ja, ich tue es, mein Freund. Lebt wohl."
„Lebt wohl."
Sie zog ihren Arm aus dem meinigen, wir reichten uns die Hände, drückten sie uns, und Natalie schlug den Weg zu dem Pförtchen ein. Ich sah ihr nach, sie blickte noch einmal gegen mich um, ging dann durch das Pförtchen, und das graue Seidenkleid verschwand unter den grünen Hecken des Grundes.
Ich ging in das Haus, und begab mich in meine Wohnung.
Da lag das Buch, in welchem die Worte Homers waren, die heute die Gewalt über mein Herz verloren hatten – es lag, wie ich es auf den Tisch gelegt hatte. Was war indessen geschehen. Die schönste Jungfrau dieser Erde hatte ich an mein Herz gedrückt. Aber was will das sagen? Das edelste wärmste herrlichste Gemüt ist mein, es ist mir in Liebe und Neigung zugetan. Wie habe ich das verdient, wie kann ich es verdienen?!
Ich setzte mich nieder, und sah gegen die Ruhe der heitern Luft hinaus.
Ich verließ an diesem Tage gar nicht mehr das Haus. Gegen Abend ging ich in den Gang, der im Norden des Hauses hinläuft, und sah auf den Garten hinaus. Auf einer freien Stelle, in welcher ein weißer Pfad durch Wiesengrün hingeht, sah ich Mathilden mit Natalien wandeln.
Ich ging wieder in mein Zimmer zurück.
Als es dunkelte, wurde ich zu dem Abendessen gerufen.
Da Mathilde und Natalie in den Speisesaal getreten waren, lud mich Mathilde mit einem sanften Lächeln und mit der Freundlichkeit, die ihr immer eigen war, ein, an ihrer Seite Platz zu nehmen.

Die „prästabilierte Harmonie ihrer Herzen" (Rychner) schließt die beiden Familien wie auch den „edlen Freund" Risach mit ein. Die selbstauferlegte Unterwerfung unter das Urteil der Angehörigen kann somit keinerlei Konflikt hervorbringen. Gleichwohl schildert der Roman die Erfüllung dieser Selbstverpflichtung Schritt für Schritt und bringt somit jene Harmonie wieder und wieder zur Geltung. Die Eheschließung zwischen Natalie und Heinrich betrifft daher auch nicht in erster Linie diese beiden: „An mir hatten die Frauen Mathilde u n d Natalie wieder einen Halt gefunden, daß sich ein fester Kern ihres Daseins wieder darstelle; ein neues Band war durch mich von ihnen zu den Meinigen geschlungen, und selbst das Verhältnis zu Risach hatte an Rundung und Festigkeit gewonnen." Der Roman endet nach einem noch zweifelnden Ausblick Heinrichs auf seinen beruflichen Werdegang: „... aber eines ist gewiß, das reine Familienleben, wie es Risach verlangt, ist gegründet, es wird, wie unsre Neigung und unsre Herzen verbürgen, in ungeminderter Fülle dauern, ich werde meine Habe verwalten, werde sonst noch nützen, und jedes selbst das wissenschaftliche Bestreben hat nun Einfachheit Halt und Bedeutung."

Titelseite des ersten der 1865–1867 erschienenen drei „*Witiko*"-Bände; der Stich von *Joseph Axmann* nach einer Zeichnung von *Peter Johann Nepomuk Geiger* zeigt den Titelhelden als den „grauen Reiter" (vgl. S. 109). Die Handlung setzt im Spätsommer 1138 ein: Witiko, der nach dem frühen Tod seines tschechischen Vaters in der Obhut seiner bayerischen Mutter aufgewachsen ist, reitet als Zwanzigjähriger von seinem Schulort Passau aus nach Böhmen. Am Fuß des Dreisesselberges (vgl. S. 91) begegnet er Bertha von Jugelbach, seiner künftigen Gemahlin. Zwei Jahre später nimmt er als Kundschafter des todkranken böhmischen Herzogs Soběslaw am Prager Wahllandtag teil, auf dem statt des designierten Sohnes Soběslaws dessen Neffe Wladislaw II. zum neuen Herzog gewählt wird (er regiert 1140–1174). Witiko, der die Rechtmäßigkeit dieser Wahl nicht zu beurteilen vermag, zieht sich auf den Oberen Plan zurück. In den Nachfolgekämpfen stellt er sich jedoch mit seinen „Waldleuten" auf die Seite Wladislaws. Eigenmächtiges Handeln – er läßt mährische Fürsten entkommen – bringt ihn vor ein Kriegsgericht, doch rechtfertigen ihn die sittlichen Motive und sein politischer Weitblick. Witikos weiterer Weg führt über Passau nach Wien, wo seine Mutter am Babenberger Hof lebt, und zurück nach Böhmen, wo der Kampf im Frühjahr 1143 zugunsten Wladislaws entschieden wird; Witiko wird mit dem südlichen Waldland belehnt und errichtet seine Stammburg Wittinghausen. Als Gefolgsmann Wladislaws beteiligt sich Witiko am zweiten Italienzug (1158–1162) Kaiser Friedrichs I.; nach seiner Rückkehr steigt er zum Heerführer, Gesandten und Truchseß des Königreichs Böhmen auf. Der Roman endet mit dem Mainzer Hoftag des Jahres 1184.

Zweiter Band, Zweites Kapitel

In einfachen Gewändern

... Sie ritten in einer Richtung zwischen Mittag und Abend an Gehölzen, Waldhütten, kleinen Wiesen und Feldern vorüber, und kamen, da die Sonne sich zu ihrem Untergange neigte, gegen die Stadt Passau.

Sie ritten über den Hals an die Ilz hinab, neben der Ilz an die Donau hinaus, dann zwischen der Donau und den Felsgesteinen eine Strecke dem Wasser entgegen, bis sie zu einer Brücke kamen. Dann ritten sie über die Brücke in die Stadt.

Witiko ritt durch eine lange Gasse, die zwei andern folgten ihm. Er gelangte aus der Gasse auf einen freien Platz, der über die andere Stadt erhöht war. An einer Seite dieses Platzes stand die große Kirche des Hochstiftes Passau. Witiko ritt an der Kirche vorüber in der Richtung gegen Morgen von dem Hügel abwärts. Da kamen sie an ein sehr großes Haus, das eine dunkle Farbe hatte, und in breiten Gliedern gebaut war. Witiko hielt an einer Pforte dieses Hauses an, neigte sich von dem Pferde, und schlug mit dem eisernen Klöppel, der sich an dem Tore befand, drei Mal auf die Eisenschiene, auf welche der Klöppel paßte. Es öffnete sich hierauf ein kleines Türchen in dem Tore, und unter dem Türchen stand ein Mann, der eine veilchenfarbene Haube und ein veilchenfarbenes Mäntelchen hatte, sonst aber in ein gelbes Wams und in gelbe Beingewandung gekleidet war. Er hatte weiße Haare und einen weißen Bart. Dieser Mann sagte: „Was begehret ihr?"

„Wir begehren zu dem hochehrwürdigen Bischofe von Passau", sagte Witiko, „da wir ihm Nachrichten bringen."

„Ich hätte es nicht geglaubt", antwortete der Mann, „daß Ihr so bald wieder kommen werdet, Witiko, weil Ihr einen so großen Schmerz um den Tod des Bischofes Regimar empfunden habt, und weil Ihr fort geritten seid. Wie ist es Euch denn ergangen?"

„Ich werde dir schon meine Schicksale erzählen, Odilo", sagte Witiko, „aber jetzt ist mir daran gelegen, zu dem Bischofe zu gelangen."

„Wenn ich sagte, daß ich nicht eine große Freude habe, Euch wieder zu sehen", antwortete der Mann, „so wäre es eine Lüge. Und zu dem hochehrwürdigen Bischofe werde ich Euch weisen; denn er schenkt mir das Vertrauen, das mir der selige Herr Regimar geschenkt hat. Und ist denn der Krieg aus, in welchem Ihr gewesen seid?"

„Jetzt ist er aus", sagte Witiko, „und ich weiß, daß du in dem Hause als der Torwart viel giltst, und du wirst uns das Tor öffnen, daß wir einreiten, die Pferde unterbringen, und zu dem hochehrwürdigen Bischofe gehen können."

„Ja", sagte der Mann, „und ich habe mit dem hocherhabenen Bischofe von Euch gesprochen, wie Ihr klug gewesen seid und tapfer sein werdet. Und wenn Ihr meint, daß ich einem Freunde, der an mein Tor klopft, die Gastlichkeit verweigere, so irret Ihr Euch."

Er wendete sich in dem Türchen um, und rief nach innen: „Hans!"

„Ja", ertönte im Innern eine sehr starke Stimme.

„Schließe auf", sagte der Torwart.

Hierauf rasselten hinter dem Tore Eisenstangen, der andere Flügel, in welchem sich kein Türlein befand, wurde geöffnet, und ein sehr großer junger Mann stand an dem Flügel. Er hatte wie der Torwart ein veilchenfarbenes Mäntelchen, aber auf seinem Haupte war eine Eisenhaube, um seine Brust ein Harnisch, und an seinen Beinen Schienen.

Witiko und seine Begleiter ritten an dem Manne vorüber in einen großen Hof. Dort hielten sie an, und stiegen von den Pferden. Der Torwart und der junge Mann gingen ihnen nach.

„Hans", sagte der Torwart, „rufe die Stallbuben, und gehe zu Rudolph, dem Steiner."

Der Ausschnitt aus dem Kapitel II,2 schildert Witikos zweiten Aufenthalt in Passau. Anlaß für die Rückkehr an die Stätte seiner Ausbildung ist die Aufgabe, den bedrohten Zdik (Heinrich II.), Oberhaupt des 1063 begründeten Bistums Olmütz, sicher durch feindliches Gebiet zu geleiten.

Regi(n)mar hatte das Amt des Bischofs von Passau von 1121 bis 1138 inne. Sein Nachfolger ist Regimbert (Reginbert) Graf von Hagenau und Heyda; er regiert bis 1147. Der Krieg, dessen Beendigung Witiko bestätigt, ist der 1142 durch Witiko und seine Waldleute in der Schlacht am Berg Wysoka zugunsten Wladislaws II. entschiedene Nachfolgekrieg. Witikos Eintreten für Wladislaw wurde dadurch motiviert, daß dessen Konkurrent, der ursprünglich designierte Sohn Soběslaws, seinen Herrschaftsanspruch an Herzog Konrad von Znaim abgetreten hatte.

Der Roman beginnt mit der folgenden Schilderung der Bischofsstadt (vgl. die Abbildung der gegenüberliegenden Seite): „Am oberen Laufe der Donau liegt die Stadt Passau. Der Strom war eben nur aus Schwaben und Bayern gekommen, und netzt an dieser Stadt einen der mittäglichen Ausgänge des bayerischen und böhmischen Waldes. Dieser Ausgang ist ein starkes und steiles Geklippe. Die Bischöfe von Passau haben auf ihm eine feste Burg gebaut, das Oberhaus, um gelegentlich ihren Untertanen Trotz bieten zu können. Gegen Morgen von dem Oberhause liegt ein anderer Steinbühel, auf dem ein kleines Häuslein steht, welches einst den Nonnen gehörte, und daher das Nonngütlein heißt. Zwischen beiden Bergen ist eine Schlucht, durch welche ein Wasser hervorkömmt, das von oben gesehen so schwarz wie Tinte ist. Es ist die Ilz, es kömmt von dem böhmisch-bayerischen Walde, der überall die braunen und schwarzen Wässer gegen die Donau sendet, und vereinigt sich hier mit der Donau, deren mitternächtliches Ufer es weithin mit einem dunklen Bande säumt. Das Oberhaus und das Nonngütlein sehen gegen Mittag auf die Stadt Passau hinab, die jenseits der Donau auf einem breiten Erdrücken liegt. Weiter hinter der Stadt ist wieder ein Wasser, das aus den fernen mittäglichen Hochgebirgen kömmt. Es ist der Inn, der hier ebenfalls in die Donau geht, und sie auch an ihrer Mittagsseite mit einem Bande einfaßt, das aber eine sanftgrüne Farbe hat."

Der junge Mann rief gegen die Vertiefung des Hofes, und ging dann in das Gebäude.
Es kamen drei Stallbuben, und wollten die Pferde hinwegführen.
„Wartet noch", sagte Witiko.
Die Stallbuben und alle andern blieben bei den Pferden stehen.
Hans kam wieder aus dem Gebäude, und ein ritterlich gekleideter junger Mann ging neben ihm.
Da sie herzu gekommen waren, sagte der Torwart: „Dieser ist der Schüler Witiko, und sie haben für den hochehrwürdigsten Bischof Nachrichten. Ich empfehle Witiko."
„Sei mir gegrüßt, du treues Blut", sagte der ritterlich gekleidete Mann.
„Sei gegrüßt, Rudolph", sagte Witiko, „wir sollten zu dem hochehrwürdigen Bischofe."
„Wir sind nicht mehr in der Schule des Bischofes, Witiko", antwortete Rudolph, „aber einer sollte den andern so lieben wie damals, und ich liebe dich, Witiko. Gehe nur mit deinen Knappen über die Treppe zu der Rathalle, und von ihr in den roten Saal, und dort harre. Morgen werden wir mit einem Feste den Gruß erst recht begehen, weil du wieder da bist."
„Das werden wir tun", sagte Witiko.
Nachdem dieses gesprochen war, ging Rudolph wieder durch eine Tür in das Gebäude zurück.
Witiko sagte zu den Stallbuben: „Jetzt zeigt uns den Weg zur Unterbringung der Pferde."
Die Buben zeigten den Weg, und halfen die Pferde in den Stall führen.
Als die ersten Notwendigkeiten geschehen waren, sagte Witiko zu seinen Begleitern, sie mögen ihm folgen.
Er ging mit ihnen wieder in den Hof hinaus. Dort stand noch der Torwart und Hans.
„Ich danke dir, Odilo", sagte Witiko, „was nun ferner sein muß, weiß ich schon."
„Ich habe eingerichtet, daß alles für dich gut wird", sagte der Torwart.
„Das ist gut", antwortete Witiko.
Nach diesen Worten ging der Torwart in ein Gemach, das neben dem Torbogen war. Hans schloß den Flügel des Tores, und stieg über eine Treppe neben dem Tore in ein Gemach empor.
Witiko aber führte seine Begleiter durch die Tür, durch welche Rudolph in das Gebäude gegangen war, in eine große Halle. Von der Halle führte Witiko seine Begleiter über eine breite Stiege in einen Gang empor. In dem Gange wandelten sie eine Strecke weiter. Dann öffnete Witiko eine hohe Tür, und sie kamen durch dieselbe in ein Gemach, in welchem viele Stühle und Tische waren. Von dem Gemache gingen sie in einen großen Saal. Der Saal war mit rotem Marmor gepflastert. An seinen Wänden waren Bänke von gelben Pölstern. Sonst enthielt er nichts. Er hatte drei Türen. Durch eine war Witiko gekommen, die andere war geschlossen, und durch die dritte, welche offen war, sahen sie in eine große Stube mit vier Fenstern, deren Wände mit roter abgeblaßter Seide beschlagen waren, und die viele Bänke und Gesiedel von gleicher Seide enthielt. Die

Fenster des Saales und der Stube sahen auf die Berge, die an dem jenseitigen Ufer des Flusses Inn standen.
In dem Saale wartete Witiko.
Nach einer Weile kam aus der Seidenstube ein Mann heraus, der eine hohe Gestalt, braune Haare, einen braunen Bart und ein längliches Angesicht hatte. Er war in ein weites veilchenblaues Gewand gekleidet, und trug über demselben eine goldene Kette und ein goldenes Kreuz. Hinter ihm gingen zwei Männer in priesterlichen Kleidern. Der Mann sah Witiko und seine Begleiter an. Dann gab er den zwei Männern, die hinter ihm waren, ein Zeichen zur Entfernung. Die zwei Männer öffneten die geschlossene Tür, und gingen durch dieselbe in ein weiteres Gemach.
Da dieses geschehen war, trat der Mann in dem braunen Gewande, der mit Witiko gekommen war, gegen den mit der goldenen Kette vor, und stand ein Weilchen vor ihm.
Dann nahm er die Haube von seinem Haupte, und sprach mit laut tönender Stimme: „Hochehrwürdiger Bischof von Passau, hochedler Graf von Peilstein und Hagenau, ehrwürdiger geweihter Priester Regimbert! ich komme zu dir in dem Gewande Jakobs, da er in der Wüste auf der Flucht war.“
„Hochehrwürdiger Bischof und teurer Bruder Zdik“, antwortete der Bischof von Passau, „und wenn du in dem Gewande des Lazarus kämest, so wärest du der Herr dieses Hauses. Sei gegrüßt.“
Er legte die Hände auf die Schultern des Mannes in dem braunen Gewande, und küßte ihn auf die Stirne. Der Mann in dem braunen Gewande legte dann auch die Hände auf die Schultern des Bischofes, und küßte ihn auch auf die Stirne.

Blick auf Passau. Im Vordergrund mündet die Ilz in die Donau; unmittelbar an der Einmündung befindet sich die fürstbischöfliche Feste Unterhaus, darüber die Feste Oberhaus. Im Hintergrund ist der Zusammenfluß von Donau und Inn erkennbar.

Die Sprache der Kleriker ist durch häufige Vergleiche und Beispiele aus der Bibel gekennzeichnet. Hier spielt Zdik auf Genesis 28 (Jakobs Flucht vor seinem Bruder Esau nach Haran) an.

Dann sagte er: „Ich will nicht der Herr des Hauses sein, sondern ich bitte nur, daß ich den Panzer und das Schwert, welche ich durch Tage und Nächte unter diesem Kleide trage, ablegen darf, daß ich in einfältigen Kleidern gehe, daß dein Dach über meinem Haupte sei, daß ich die geringe Speise genieße, die mein Körper bedarf, und daß ich in deiner Kirche zu Gott bete."

„Lebe, wie du es wünschest, und wie ich dich ehre", sagte der Bischof von Passau. „Und du, Witiko, hast dich der Mühe unterzogen, den hochehrwürdigen Bischof zu mir zu geleiten. Sei gegrüßt."

Silvester ist der Abt von Sazawa; 1139 wurde er zum Bischof von Prag gewählt, doch lehnte er die Wahl ab. Auf dem Prager Wahllandtag gehörte er zu den Verfechtern der Erblichkeit der Herzogswürde und war damit ein Gegenspieler des Bischofs Zdik. Zu Beginn des Kapitels II,2 finden wir Witiko bei Silvester, um dessen Rat einzuholen; Silvester bestärkt ihn in seiner Entscheidung für Wladislaw.

Witiko antwortete: „Der hochehrwürdige Bischof und Abt Silvester hat zu mir gesagt, ich solle in Demut vor Gott dem Herrn handeln, und ich hätte jeden Verfolgten des Weges geführt, und hätte ihn geschützt, um wie viel mehr den hohen Bischof Zdik, den ich verehre. Ich bin nebst meinem Knechte, der da steht, mit ihm geritten."

„So gehe mit mir in meine Stube, hochehrwürdiger Bruder Zdik, und du auch, Witiko, bis eure Wohnung bereitet ist", sagte der Bischof von Passau.

Witiko sprach zu Raimund: „Du hast gesehen, was geschehen ist, gehe nun zu unsern Tieren, sie zu pflegen, und sei dessen gewärtig, was ich dich weiter heißen werde."

Raimund ging durch die Tür hinaus.

Der Bischof von Passau berührte den Ärmel an dem braunen Gewande Zdiks, und führte ihn an diesem Ärmel in die Stube von Seide. Witiko folgte. In der Stube führte der Bischof seinen Gast zu einem rotseidenen Stuhle, über dem ein Seidendach war, und nötigte ihn, dort nieder zu sitzen. Witiko wies er ein anderes seidenes Gesiedel an. Witiko setzte sich auch. Der Bischof aber ging zu einer silbernen Glocke, die an einem silbernen Wandarme befestigt war, und tat mit einem silbernen Hammer einen Schlag auf die Glocke. Da dieses Zeichen erscholl, öffnete sich eine Tür, und ein Kämmerling, der ein Gewand von veilchenblauer und gelber Farbe hatte, trat herein.

„Rufe mir den Vater Konstantin", sagte der Bischof.

Der Kämmerling ging wieder durch die Tür hinaus. Der Bischof setzte sich auf einen Stuhl neben Zdik. Nach einer Weile kam ein Priester in die Stube, welcher ein schwarzes Gewand an hatte, und eine silberne Kette auf der Brust trug.

Zu diesem Priester sagte der Bischof von Passau: „Ehrwürdiger Bruder Konstantin, und Meister im Hochstifte, der hochehrwürdige Oberpriester des Landes Mähren wird dieses Haus als Gast ehren, ich bitte dich, lasse ordnen, was zu dieser Absicht notwendig ist."

„Ich werde meines Amtes walten", sagte der Priester.

Er verneigte sich vor den zwei Bischöfen, und ging wieder durch die Tür hinaus.

In Jesu Rede über das allgemeine Weltgericht ist der Satz enthalten: „Darauf wird der König ihnen antworten: Amen, ich sage euch: Was ihr für einen meiner geringsten Brüder getan habt, das habt ihr mir getan" (Matthäus 25,40).

„Und nun sei noch einmal in meinem Hause willkommen, Bruder Zdik", sagte der Bischof von Passau.

„Ich habe es gewußt, daß du dem flüchtigen Haupte ein Kissen geben wirst", antwortete Zdik, der Bischof von Olmütz.

„Was ihr dem geringsten eurer Brüder getan habt, das habt ihr mir getan", sagte der Bischof Regimbert.

„So ist es", entgegnete Zdik.

„Und weil die Geringen dem Heilande gleich sind, so müssen wir sie ehren, und müssen sie ehren, wenn sie Gott heimgesucht hat. In deinem Sprengel sind die Sachen hoch gediehen, Zdik", sagte Regimbert.
„Ich habe meine Hand erhoben, und den Bann über das Land Mähren ausgesprochen, und irre nun flüchtig auf der Erde, und muß die Menschen eines guten Herzens bitten, daß sie mich geleiten und schützen", antwortete Zdik.
„Und so segnet dich der Herr, begnadeter Bruder Zdik", sagte der Bischof Regimbert.
„Ich kann einen Segen nicht erkennen, weil ich eines Segens nicht wert bin", erwiderte Zdik.
„Du bist des Segens wert", sprach Regimbert, „weil du dem frommen Bischofe Adalbert nachstrebest, Zdik, der einmal aus einem hohen Geschlechte den Hirtenstab über eure Länder ergriffen hat. Dann aber hat dir der allmächtige Gott die Huld gewährt, daß du schon zwei Male in Jerusalem gewesen bist, und an dem Grabe seines Sohnes gebetet hast. Und dann hat er das Zeichen des Unglücks auf dein Haupt gesetzt, daß er dich erhöhen wolle. Siehe, wie Hiob mehr bekam, als er je hatte, wie Jakobs Trauer um Joseph in Jakobs Freude über Joseph verwandelt wurde, wie David aus den Höhlen der Erde in die Gemächer des Königshauses ging, wie der Tempel nach der Gefangenschaft herrlicher wurde als vorher, wie die Schmach des Todes Petrus' Rom zum Haupte der Christenheit erhob, wie die Verbannung und der Tod Gregors die Kirche mächtiger machte, als die Siege Heinrichs die Welt machen konnten: so verkläret der Herr das Haus des Glaubens durch Kümmernis, und die Säulen, die dieses Haus tragen, werden glänzender sein, als sie vordem gewesen sind."
„Mir geziemt es nicht, so zu sprechen", sagte Zdik. „Ich bin ein Sünder, und habe Strafe verdient, und was gekommen ist, das ist die Strafe. Höre mich an, ehrwürdiger Bruder Regimbert. Seit langen Zeiten ist wegen der Sünden vieler die Hand des Herrn schwer auf unsern Ländern gelegen, und sie ist wegen der Sünden der einzelnen auch auf die einzelnen gekommen. Da unsere Völker noch Heiden waren, hat ihnen Gott, soweit er Heiden, die nicht an ihn glauben, beglücken kann, zuweilen Männer gesandt, die ihnen in ihrer Finsternis beistanden. So war Zaboy, so war Lumir, so war Samo, so war Krok, so war die Frau Libuša, und so war Přemysl, der Ackerer und der Gatte Libušas. Von ihm ist ein Geschlecht gekommen, aus dem die Häupter des Landes wurden, die Wladyken, wie wir das Haupt eines Hauses den Wladyk nennen. Es sind Nezamysl, Mnata, Woyen, Unislaw, Křesomysl, Neklan und Hostiwit gekommen. Sie sind lauter Heiden gewesen, da bei euch schon lange das Christentum entstanden war. Dann ist Bořiwoy gewesen, der ein Christ geworden ist, und dann sind sie lauter Christen gewesen. Sie haben sich Herzoge genannt, und sind geworden, wie bei euch Pipin von Heristal und Karl Martell und die andern, die sich zu Herrschern gemacht haben. Die Nachkommen Přemysls sind immer zahlreicher geworden. Sie betrachteten das Land als ihr Eigentum, teilten es, haderten darum, und führten Kriege, in welchen ihre Anhänger das Blut verloren. Da machten sie ein Gesetz, es sind jetzt neunzig oder

Der (heiliggesprochene) Adalbert (eigentl. Wojtech, mit dem Beinamen „von Prag"), geb. um 955, wurde 983 von Erzbischof Willigis von Mainz zum Bischof von Prag konsekriert. Auf seiner Missionsreise zu den Pruzzen (Preußen) im Jahr 997 wurde er im Samland bei Königsberg erschlagen. Ein Adler soll seinen Leichnam bewacht haben, bis er in Gnesen begraben werden konnte. Die Mitte des 12. Jahrhunderts geschaffenen Bronzetüren des Gnesener Domes schildern seine Legende in 18 Reliefszenen.

Die Kette der Beispiele für den Wandel von Trauer und Unglück in Freude und Heil reicht vom Patriarchen Jakob (vgl. Genesis 37 und 46) bis zur Auseinandersetzung („Investiturstreit") zwischen Heinrich IV. (1050–1106, deutscher König ab 1056 bzw. 1065) und Gregor VII. (Papst 1073–1085).

Krok ist der sagenhaften Überlieferung zufolge der Nachfolger von Čech (Tschech), dem ersten Herzog der in Böhmen eingewanderten Slawen, und Vater der Drillinge Libussa, Tetka und Kascha. Die Seherin Libussa heiratete Přemysl von Staditz, von dem das erste Königsgeschlecht der Přemisliden seinen Namen erhalten hat. Grillparzers Trauerspiel „Libussa", entstanden ab 1822, wurde 1874 uraufgeführt.

Bořiwoj, der erste historisch gesicherte böhmische Fürst, ließ sich 874 taufen.
Pip(p)in der Mittlere (um 635–714) vereinigte als Majordomus (Hausmeier, das heißt Verwalter der königlichen Güter) die drei Merowingerreiche Austrien, Neustrien und Burgund; er legte damit die Grundlagen für das Karolingerreich, das durch den Majordomus Karl Martell (um 688–741) vollends der Herrschaft der merowingischen Könige entzogen wurde; der letzte Merowinger (Childerich III.) wurde 743 abgesetzt.

Der unten wiedergegebene kolorierte Stich aus dem Jahr 1796 zeigt den im 14. Jahrhundert errichteten *St.-Veits-Dom in Prag*. Der Dom beherbergt in der Wenzelskapelle den Reliquienschrein des hl. Wenzel (Herzog von Böhmen 926–935), der als bedeutender Förderer des Christentums in Böhmen gilt. 928 wurde er durch Heinrich I. zur Anerkennung der deutschen Lehnsoberhoheit gezwungen. Wenzels Ermordung, die von seinem Bruder Boleslaw veranlaßt wurde, stand wohl im Zusammenhang mit nationalen Strömungen gegen die Bindung Böhmens an das Deutsche Reich.

hundert Jahre, daß in jeder Zeit der Älteste des Stammes der Herzog sein solle, daß die andern zu ihrem Nutzen Gebietsteile in Mähren bekommen, und daß sie dem Herzoge gehorchen müssen. Aber bald wurde das Gesetz nicht mehr befolgt; denn wer die Macht hatte, suchte die Nachfolge dem zu gewinnen, den er liebte, oder den er sonst wollte. Da entstanden Kämpfe von entsetzlicher Art, und es kam noch größeres Unheil in die Länder, als früher gewesen war. Den Beginn machte Swatopluk, der ein wilder Mann gewesen ist, und er dauerte siebenunddreißig Jahre, bis auf unsere Tage, und wir wissen noch das Ende nicht. Swatopluk ist ermordet worden, weil er gemordet hat, und sein Nachfolger, Wladislaw, der Vater des jetzigen Herzoges, ein gerechter und guter Mann, mußte sich den Fürstenstuhl gegen seinen Bruder Bořiwoy erkämpfen, und Soběslaw, der dann folgte, mußte mit dem deutschen Könige Lothar wegen des schwarzen Otto von Olmütz, der das Herzogtum anstrebte, Krieg führen. Als der starke und rechtgesinnte Soběslaw herrschte, und als das Volk die Süßigkeit der Ordnung kennen lernte, wollten viele Männer der Länder, deren ich auch einer war, die Vorsorge treffen, daß bei seinem Ende nicht wieder das Unglück herein komme. Soběslaw hatte einen Sohn, namens Wladislaw, den er sehr liebte. Wir, die Männer und ich, sagten, er solle ihn von Konrad, dem Könige

der Deutschen aus dem Geschlechte der Hohenstaufen, mit den Ländern Böhmen und Mähren belehnen lassen, und Konrad belehnte den Knaben Wladislaw auf dem Tage in Bamberg, da derselbe achtzehn Jahre alt war. Und in einem Monate darnach schwuren auf unserem Tage in Sadska so die hohen wie die niederen Herren der Länder dem jungen Wladislaw. Als ein halbes Jahr vergangen war, erkrankte der Herzog Soběslaw, und die Ärzte sagten, er werde sterben. Da riefen die Männer: Jetzt haben wir einen Knabenherzog, den sein Vater nicht mehr zu einem rechten Herzoge hat erziehen können, ein jeder wird ihn anfallen, und sie sagten: Nun müssen wir selber einen Herzog wählen. Der erwählte Bischof Silvester, der die weißen Haare des Alters auf dem Haupte hat, sagte aber: Tut das Gute, und bleibt bei eurem Schwure, alles andere wird kommen. Allein wir vermeinten klüger zu sein, und versammelten uns auf dem Wyšehrad zur Wahl. Da war Wladislaw, der Sohn des guten vorigen Herzoges Wladislaw, von dem einige Macht und Ansehen, andere eine gute Regierung erhofften, und wir wählten ihn zum Herzoge. Im Frühlinge dieses Jahres aber wählten viele wieder einen andern Herzog, Konrad von Znaim, und zogen in Waffen gegen Böhmen. Auf dem Berge Wysoka ist eine Schlacht gewesen, und viele hundert Menschen, ja tausend, sind erschlagen worden. Und dann waren Kämpfe und die Belagerung von Prag. Die Saaten sind zerstört, die Häuser öde, weil die Menschen fliehen, die heiligen Bauwerke und kostbare Handschriften und Kirchenschätze sind verbrannt worden, und in die Geschlechter ist die Wildheit gekommen. Der Herzog Wladislaw ist zu dem deutschen Könige Konrad um Hilfe gegangen, und als die Hilfsheere heran zogen, haben sich die Feinde zerstreut. In Mähren sind die Fürsten gegen mich aufgestanden, sie haben die Kirchengüter genommen, und Zuchtlosigkeit gestiftet. Ich sprach die Worte des Bannes. Und als der Bann in dem Lande war, als das heilige Opfer bei verschlossenen Kirchentüren gehalten wurde, als man die Toten nicht kirchlich beerdigen konnte, als die Gnadenspendungen nur den Sterbenden gereicht wurden, und als sich alle nach einem Zeichen auf die Erde werfen mußten, um Gott zu bitten, daß er das Unglück wende: da drangen sie gegen mich, sie suchten mich an dem Halse zu drosseln, daß ich das Übel wegnehme, und da ich darauf meine Männer zur Hilfe aufbot, boten sie noch mehr auf, und ich floh aus dem Lande durch ödes Gefild nach Böhmen, und ich wurde dann flüchtig in fremde Länder, wo die Zahl ihrer Anhänger nicht ist. Das ist Strafe, hochehrwürdiger Bischof, und Silvester hat gesagt, daß sie kommen wird."

„Und wenn es Strafe ist, hochehrwürdiger Bruder", antwortete der Bischof von Passau, „so bist du durch Gott beglückt, daß du hienieden noch büßen kannst, wenn du gefehlt hast. Die er züchtiget, die liebt er, und wenn deine Gedanken, die Gutes wollten, nicht zum Guten taugten, so wird er dich zu dem Guten führen. Ich würde mich an deiner Stelle preisen, und ich bete, daß ich meine Sünden auf dieser Welt abbüßen könne. Wie oft habe ich gebetet, daß ich auf jener Stätte Buße zu tun vermöchte, auf welcher mein Erlöser gelitten hat."

„Gott wird dir diese Gnade gewähren", sagte der Bischof Zdik.

„Wenn die Spanne meines Lebens nicht schon zu kurz ist, so werde

Gemeint ist Konrad III. (1093–1152), der erste Hohenstaufer auf dem deutschen Königsthron (ab 1138).

Zdik rekapituliert die Ereignisse um und auf dem Prager Wahllandtag, auf dem er für die Wahl Wladislaws gegen den designierten Erbnachfolger eingetreten ist.
In seinem Aufsatz „Die Utopie im Geschichtsraum. Wie man Adalbert Stifters ‚Witiko' lesen kann" schlägt Martin Selge Stifters Schilderung des Wahllandtages (Kapitel I,3: „Es war ein großer Saal") als Schullektüre vor, da sich hier der Unterschied zwischen wissenschaftlicher Geschichtsschreibung und historischer Erzählung besonders anschaulich aufzeigen lasse. So fand Stifter etwa in seiner Quelle, Franz Palackýs „Geschichte von Böhmen", folgenden Schlußsatz: „Hierauf entschied man sich fast einstimmig für den ältesten Sohn Wladislaws I., den man am 17. Februar 1140 als Wladislaw II. auf den altehrwürdigen Fürstenstuhl in Prag setzte." Denselben Sachverhalt schildert nun Stifter:
„So geschah es, daß Wladislaw der Sohn des Herzogs Wladislaw am siebzehnten Tage des Monates Hornung auf den Stuhl der Fürsten von Böhmen gesetzt wurde."
Hierzu Selge: „Das ‚Hierauf' ist ein rein begrifflicher Anschluß, während ‚So geschah es' für den Leser des ‚Witiko' gefüllt ist: Er hat das redende Geschehen in all seinen Verzweigungen verfolgt, hat den Abstraktionsprozeß mitvollzogen, wie das lebendige Geschehen zur Geschichte der Schlußformel geronnen ist. Noch in dem langgezogenen altertümelnden Datum hält sich gleichsam der Stiftersche Impuls, Geschichte als Geschehen (nicht als begriffliches Resümee) . . . zu vergegenwärtigen."

ich die Pilgerschaft in die heiligen Länder beginnen", antwortete der Bischof von Passau; „dir aber, Zdik, wird er den Kranz reichen, der nach der Strafe bestimmt ist, die Wilden werden Lämmer werden, und dein Volk wird zurückkehren, und vor den Altären auf die Knie fallen."

„Ich erwarte, was in der Hand des Herrn ist", sagte Zdik.

„Er hat deinen Gegner gerührt, daß er dich beschützt hat", sagte der Bischof Regimbert, „ist nicht dieser Jüngling auf dem Wyšehrad dir entgegen gestanden?"

Witiko wird hier als Mitglied der Gegenpartei Zdiks angesprochen, da er sich als Kundschafter Soběslaws die (passive) Teilnahme am Wahllandtag erkämpft hat. Er fungiert jedoch lediglich als Beobachter und besitzt zunächst kein eigenes Urteil über die Rechtmäßigkeit des Wahlrechts gegenüber dem Erbrecht. Dieser Konflikt kann als das dramatische und thematische Zentrum zumindest des ersten Bandes betrachtet werden. In ihm spiegelt sich eine Grundfrage des Feudalsystems wider. Schon Shakespeare rückte diese Frage in den Mittelpunkt seines vom 13. bis zum 16. Jahrhundert reichenden Zyklus der „Historien" bzw. „Königsdramen", indem er die Absetzung eines Königs, Richards II., als den „Sündenfall" erscheinen läßt, dem das Chaos der nachfolgenden Kriege bis hin zum Schreckensregiment Richards III. entspringt.

„Ich bin bei der Wahl nicht ein Gegner des hochehrwürdigen Bischofes Zdik gewesen", sagte Witiko, „ich bin ein Diener des Herzoges Soběslaw gewesen, und habe der Wahl nur zugeschaut. Aber wenn ich auch ein Gegner des hochehrwürdigen Bischofes gewesen wäre, so hätte ich ihn doch geleitet und beschützt, wenn ich es gekonnt hätte. In meiner Sache hat mich der hochehrwürdige Bischof damals sehr unterstützt. Jedoch beschützen habe ich ihn jetzt nicht können, weil auf den Wegen, die wir geritten sind, nirgends eine Gefahr gewesen ist."

„Ihr habt mich doch beschützt, Witiko", sagte Zdik, „denn wer solche Wege wählt, daß es wie ein Tuch vor den Augen meiner Feinde ist, und wer solche Nachtlager findet, auf denen ich ruhig sein kann, der ist mein Beschützer wie der, der gerade die Waffe des Feindes zurück schlägt."

„Welche Wege seid Ihr denn geritten, Witiko?" fragte der Bischof von Passau.

„Von Přic gleich in den Mittagwald", sagte Witiko, „und in ihm auf Pfaden, die die Säumer nicht besuchen, über Elhenic, Tiš und über die Heide Ogfolds nach Plan in mein Häuschen zur Nachtruhe. Von Plan durch die Moldau, durch den ebenen Wald, an dem Berge des heiligen Ulrich vorüber zu dem Mittagsfuße der drei Sessel, wo wir in dem Waldhause Heinrichs von Jugelbach übernachteten. Von dem Waldhause über den breiten Berg und den Hauzenberg nach Passau."

„Du hast gute Wege gewählt", sagte der Bischof von Passau, „obgleich noch wildere und abgelegenere sind, darauf ein Fuß kaum gehen oder klettern kann."

Immer wieder gestaltet Stifter seine engere Heimat (Oberplan, den Blöcken- bzw. Plöckenstein, den Dreisesselberg) als Schauplatz seiner Erzählungen (vgl. „Hochwald") wie auch des „Witiko".

„Ja", sagte Witiko, „von dem schwarzen See über den Blöckenstein oder über die drei Sessel zu der kalten Moldau, die durch lange und breite Wälder fließt."

„Oder von dem Hohensteine auf der Waldschneide zum Arber, wo Luchse und Bären und Hirsche und Rehe sind", sagte der Bischof Regimbert. „Hat euch Heinrich von Jugelbach erkannt?"

„Mich hat er von früherer Zeit gekannt", sagte Witiko, „er hat meinen Vater gekannt, und kennt meine Mutter. Er hat uns eine feste Wohnung in seinem Hause gegeben, hat den hochehrwürdigen Bischof beim Mahle unter den Knechten sitzen lassen, hat das eiserne Zugangsgitter zu unserer Wohnung mit seinen eigenen Händen gesperrt und geöffnet, und hat bei dem Abschiede zu mir gesagt: Ich danke Euch für das Vertrauen, welches Ihr mir heute in der Nacht erwiesen habt."

„Er ist ein gewalttätiger ehrenhafter Mann", sprach der Bischof von Passau, „und beschützt, wen er beschützen will. Hast du schon Bot-

schaft an den Heiligen Vater getan, hochehrwürdiger Bruder?"
„Ich habe sie getan", entgegnete Zdik, „und es kann in jeder Frist die Antwort nach Mähren gelangen."
„Sie wird dahin gelangen, und eine Leuchte ihrer Taten sein", sagte der Bischof von Passau.
„Möge es so werden", antwortete Zdik.
„Heinrich von Jugelbach ist schon in sehr vielen Ländern gewesen", sagte Regimbert, „und hat dich gewiß gesehen und kennt dich, ehrwürdiger Bischof von Olmütz. Er hat schon zum öftern die Gnade genossen, zu der Stätte des Leidens und des Sterbens des Heilandes gelangen zu können, und er will wieder dahin gehen. Ich habe ihn vor sieben Jahren in großem Schmucke mit seinem Vater Werinhart gesehen, da die Klöster an dem Randshofe eingeweiht worden sind. Er wollte verhindern, daß, wie der Pfarrer Erimbert von Pfaffing das Ordenskleid nahm, desgleichen auch die Herren Ebo von Aua, Richer von Rohr und Stilicho von Engersheim täten, weil er nicht gemeint war, daß das weltliche Gut in die heiligen Hände gelange. Sie haben es aber doch getan, und er und sein Vater sind im Unmute von den Klöstern fort geritten. Sie sind immer der Habe und des Wachsens begierig gewesen. Werinhart, der Vater Heinrichs, hat wegen einiger Rechte und einigen Besitzes mit dem Kloster Berchtesgaden Streit begonnen. Konrad, der Erzbischof von Salzburg, und Roman, der Bischof von Gurk, haben vermittelt, ja es ist sogar die Hilfe des Heiligen Vaters angegangen worden, und der Streit hat sein Ende bis in unsere Tage nicht erlangen können. Da der letzte Herr von Aschach gestorben ist, so hat die Tochter desselben, welche die Mutter Heinrichs von Jugelbach ist, das ganze Habe von Aschach geerbt. Und die zwei Brüder Heinrich von Jugelbach und Gebhart von Jugelbach wollen gegen Aschach gehen, und zwei Burgen bauen, indes der alte Werinhart in Jugelbach sitzt. Wenn die Abtei Wilhering, die man stiften will, entstehen kann, dann wollen sie ihr Totenlager von der Abtei Formbach nach Wilhering verlegen. Von Benedicta erbt Heinrich einmal die Wassermaut von Aschach, und da kann ich durch meine Schiffer mit ihm in Streit geraten, wie das Kloster Berchtesgaden mit seinem Vater in Streit geraten ist. Die zwei Brüder werden die Fittiche schon regen."
„Das Totenlager verlegen sie", sagte Zdik, „es ist allwärts wie bei uns, erst üben sie Gewalt, dann haben sie Reue, und begaben die Orte ihrer letzten Ruhe. In deinem Lande, ehrwürdiger Bruder, ist uns Gewalt begegnet. Man hat Bolzen auf uns gesendet, die abgeprallt sind."
„Wer hat solches gewagt?" fragte der Bischof von Passau.
„Ich habe einen der zwei Männer fangen lassen", entgegnete Witiko.
„Und habet Ihr ihn in unser Gericht gebracht? fragte der Bischof.
„Nein", antwortete Witiko, „ich habe ihn selber abgeurteilt. Weil ich durch Fragen im Hauzenberge erkannt hatte, daß er nur einen Gauneranfall hatte verüben wollen, so ließ ich ihn mit einer Drohung aus der Haft. Wir hatten nicht Frist zu Gerichtsdingen, und ich wollte nicht, wenn ich den Mann bei unserem Weiterreiten mitziehen ließe, die Aufmerksamkeit der Leute auf uns richten."
„Das ist gut, Witiko", sagte der Bischof.

Bei seinem Aufenthalt im Hause Heinrichs von Jugelbach hat Witiko von seinem künftigen Schwiegervater gleichsam das Ziel seines Handelns vorgeschrieben erhalten: „. . . Ihr habt in der Schlacht die rote Waldrose auf dem weißen Schilde getragen, sehet, daß die Rose in die Geschicke Eurer Länder hinein blühet, und dann kommt. Bis dahin ist Bertha von Euch getrennt, und seid Ihr von Bertha getrennt."

Konrad I. war von 1106 bis 1147 Bischof von Salzburg.

Wilhering ist ein 1146 gegründetes Zisterzienserstift oberhalb von Linz.
Mit Formbach ist das heutige Vornbach am Inn gemeint, eine Klostergründung des 11. Jahrhunderts, die nach 1094 zu einem Benediktinerkloster ausgebaut worden ist.

„Du darfst die Sache nicht beachten, hochehrwürdiger Bruder", sagte Zdik, „die Bolzen stammen nicht aus dem Lande Mähren, und der Mann, der aus eigenem Rate auf uns geschossen hat, wird der Strafe nicht entrinnen."

„Es ist arg, daß sich die Ordnung in diesen Tagen immer mehr verwirrt", sagte Regimbert, „und am ärgsten, daß in unserm Lande Bayern kein Herr und Herzog ist. Der König hält das Land in seiner Macht, und es müßte vieles geschehen, wenn nicht der Markgraf Heinrich in Wien einen Teil davon erhielte."

Der Welfe Heinrich der Stolze (um 1108–1139) verlor, indem er von Konrad III. geächtet wurde, das Herzogtum Bayern.
Der Babenberger Heinrich Jasomirgott (um 1114–1177), ab 1141 Markgraf von Österreich, verzichtete 1156 zugunsten Heinrichs des Löwen (1129–1195), des „Knäblein Heinrich zu Sachsen", auf Bayern und erhielt dafür die österreichische Herzogswürde.

„Der König ist der Stiefbruder des Markgrafen Heinrich", antwortete Zdik, „und weil er mit euerm stolzen Herzoge Heinrich und seinem Bruder Welf den schweren Krieg gehabt hat, so fürchtet er, wenn er dem Knäblein Heinrich zu Sachsen auch noch Bayern gäbe, daß es einst zu mächtig werden könnte. Und so kann es schon geschehen, wie du gesagt hast."

„Dann ist der Sprengel des Bischoftumes Passau noch weiter in die Ostmark hinein gelegt, als jetzt", sagte Regimbert.

„In unsern Zeiten werden die Dinge vielfältig von ihrer Stelle gerückt", antwortete Zdik, „und die Kirche erleidet auch Änderungen."

Die Stammeltern der Staufer sind Hildegard und Friedrich (gest. 1094) von Büren (heute Wäschenbeuren bei Göppingen). Ihr Sohn Friedrich (um 1050–1105) erhielt 1079 das Herzogtum Schwaben. Der erste staufische König ist Konrad III. (vgl. S. 281), der erste staufische Kaiser Friedrich I. Barbarossa (1120–1190, deutscher König ab 1152, römisch-deutscher Kaiser ab 1155).

„Ja, es geschehen Zeichen und Wunder, und Mächte wachsen und vergehen, wie wir nicht geahnt haben", sagte Regimbert, „wir sollten sorgsam auf diese Zeichen achten. Denke an Friedrich von Büren, und was er geworden ist. Er ist ein edler Mann gewesen, wie auch sein Vater ein edler Mann gewesen ist, und wie sein Großvater gewesen sein mag. Aber er ist nur ein edler Mann gewesen, und um sein Vorgeschlecht war Dunkelheit gehüllt. Er stieg von seinem Dorfe Büren auf den Gipfel des hohen Staufen, und baute dort eine Burg. Und dann hat er mit seiner Hand und seinem Rate dem vierten Heinriche stets gedient, daß dieser endlich gesagt hat: Ich gebe dir meine Tochter Agnes zum Weibe, und verleihe dir das Herzogtum Schwaben. Und sitzt nicht der Sohn dieses Mannes Büren, Konrad, jetzt auf dem Königsstuhle der Deutschen, dem ersten weltlichen Stuhle auf dieser Erde, welcher gleich nach dem Stuhle des Heiligen Vaters kommt? Und wird dieses Geschlecht nicht wachsen? Hat er nicht die alten Welfe, die in Bayern und Sachsen mächtig waren, nieder geworfen? Und wird er nicht gegen Heinrich, den Sohn unsers verstorbenen stolzen Herzoges Heinrich, dem sie Sachsen gegeben haben, und in dem ein rächender Löwe heran wächst, einst streiten? Und wenn die Mächtigen streiten, kannst du sagen, Bruder Zdik, in welche Zeiten und in welche Länder sich der Streit fortpflanzen wird? Und wie der Mann Büren auf den hohen Staufen gestiegen ist, und seinem Geschlechte den deutschen Königstuhl errungen hat, so hat ein anderer Mann in der Zeit vor unsern Tagen seine Söhne ausgesendet, daß sie sich ihren Lebensunterhalt suchen, und sie haben Königskronen gefunden, die furchtbar sind, und die noch furchtbarer werden können. Es ist der Mann Tankred gewesen, der in dem Lande Normandie gehauset hat. Er ist auch nur ein edler Mann gewesen, und sein Geschlecht hat einiges Ansehen gehabt. Er hat die edle Jungfrau Moriella geheiratet, und sie hat ihm Töchter und fünf Söhne geboren. Und da sie gestorben war, hat er die edle Jungfrau Fresenda geheiratet, und sie hat ihm Töchter

und sieben Söhne geboren. Und sie hat die Töchter und die Söhne erzogen. Und die Jünglinge waren in allen Tugenden der Männer und Ritter geübt. Da sagte der Vater: Wenn meine Habe unter euch geteilt wird, so hat jeder wenig, wenn sie aber einer bekömmt, so kann er sein Geschlecht in Ansehen fortführen, und wenn die übrigen sich Ruhm und Habe erwerben, so könnt ihr alle bedeutsam sein. Da gingen drei Söhne, Wilhelm, Drogo und Humfried, nach Italien, und verdingten sich dem Fürsten von Capua. Als der Fürst kargte, gingen sie in den Dienst des Fürsten von Salerno. Derselbe übergab sie dem griechischen Kaiser Michael, und sie schlugen mit den Männern der Normandie, die nach gekommen waren, für ihn ein sizilisches und sarazenisches Heer auf der Insel Sizilien. Die Griechen aber betrogen sie um die Beute, und waren arglistig, und die Männer mußten nach Italien fliehen. Dort errannten sie im Sturme die Stadt Malfi, machten aus ihr eine Veste, und sie sollte gemeinschaftliches Eigentum sein, und was man erobern würde, sollte geteilt werden. Wilhelm wurde als Haupt erkannt. Er führte sie gegen die Griechen, welche bestrebt waren, die Eindringlinge aus dem Lande zu werfen, und besiegte die Griechen. Aber er starb. Da wurde Drogo das Haupt, und es kamen wieder sieben Söhne Tankreds zu ihm. Weil die Griechen nicht zu siegen vermochten, und auch durch Geschenke die Fremden nicht aus dem Lande bringen konnten, dachten sie auf Hinterlist. Drogo wurde, als er in die Kirche von Montello ging, ermordet, viele seiner Leute wurden getötet, und es sollten an diesem Tage alle Normannen ermordet werden. Aber an Drogos Stelle trat Humfried, er rief die Seinigen zusammen, sie erstürmten Montello, töteten die Verräter,

Die Abbildung zeigt eines der *Prunkgemächer im Königspalast von Palermo,* den Roger II., ab 1130 Herrscher über das normannische Königreich auf Sizilien und in Unteritalien, errichten ließ. Stifter bzw. dem Passauer Bischof dient die Errichtung des normannischen „Königreichs beider Sizilien" als imposantes Beispiel für den politischen Aufstieg eines Geschlechts – und die damit verbundene Gewalt.
Tankred von Hauteville (S. 284) ist ein normannischer Ritter des 11. Jahrhunderts, dessen zwölf Söhne, darunter Robert Guiskard (gest. 1085) und Roger I. (gest. 1101), nach Unteritalien gezogen sind.

Gemeint ist Leo IX. (1002 bis 1054, Papst ab 1049); unter ihm kam es zur endgültigen Trennung zwischen der griechisch-orthodoxen und der römisch-katholischen Kirche („Morgenländisches Schisma" 1054).

und befestigten ihre Macht. Nun wies sie der Heilige Vater Leo aus dem Lande, und befahl, daß sie aus Italien weichen sollten. Sie gehorchten nicht. Und so zog er mit den Leuten des Fürsten von Benevent, mit Griechen, und selbst mit Deutschen gegen sie. Allein sie siegten, und nahmen den Heiligen Vater gefangen. Sie bezeigten ihm große Ehrerbietung, und er belehnte sie mit dem, was sie hatten, und was sie in dem untern Italien erwerben würden. Als Drogo starb, kam der nächste der Söhne Tankreds, Robert Guiskard, an seine Stelle. Sie sagen, daß Robert sehr schöne rote Wangen und blaue Augen und blonde Haare gehabt hatte. Aber die Männer gehorchten dem Haupte nicht mehr. Sie zerstreuten sich in Fehdefahrten, und wohnten auf Burgen. Robert baute sich ein Schloß, und mußte sich dahin Lebensmittel stehlen, er mußte einen falschen Leichenzug in ein Kloster führen, um von den Mönchen durch Schreck Geld und Nahrung zu erpressen, und er trug einen reichen Mann gegen sein Schloß, um Lösegeld zu erzwingen. Da kam nun auch der jüngste der Söhne Tankreds, Roger, nach Apulien. Er war schön und blond wie sein Bruder, aber größer. Zuerst war er mit seinem Bruder Robert vereinigt. Aber sie zerfielen dann, und bekriegten sich. Roger erhielt von einem Bruder eine Burg zum Geschenke, und er mußte Wegelagerung treiben, und stahl in der Nacht mit seinem Knechte Pferde. Die Brüder versöhnten sich wieder, und da sie versöhnt waren, bezwang Robert Länder in Apulien, und Roger machte Raubzüge nach Sizilien, und behielt die Stadt Messina in seiner Gewalt. Sie entzweiten sich dann wieder, und kämpften gegen einander. Da rettete Roger einmal seinen Bruder aus der Gefangenschaft und von dem Tode, und nun blieben sie vereint durch die Zeit ihres Lebens, und halfen einer dem andern. Roger besiegte die Sarazenen in Sizilien, dann kam Robert zu ihm, und sie durchzogen die Insel. Dann gingen beide nach Apulien, bezwangen Städte durch Hunger, durch Sturm oder durch Schreck, und dann eroberten sie wieder Palermo, und dann die letzten Teile von Apulien. Roger wurde als Fürst von Sizilien und Robert als Fürst von Apulien anerkannt. Robert rüstete darauf ein Heer gegen den griechischen Kaiser Alexius, schiffte nach Griechenland, besiegte den Kaiser in mehreren Schlachten, und war daran, das ganze Reich zu bezwingen. Da ward ihm zu Hause Empörung erregt, und der Heilige Vater Gregor der Siebente rief ihn zu Hilfe, weil er in der Engelsburg von dem Kaiser Heinrich belagert wurde. Robert ließ seinen Sohn Boemund in Griechenland, ging heim, schlug die Empörer, zog mit seinem Bruder nach Rom, und befreite den Heiligen Vater. Boemund besiegte in der Zeit die Griechen in drei Schlachten. Robert machte nun den zweiten Zug gegen sie; allein da starb er. Seine Söhne haderten, und endlich erlosch seine Nachkommenschaft gänzlich. Und da auch Roger gestorben, und da ihm sein Sohn desselben Namens Roger gefolgt war, kam alle Herrschaft in Sizilien und Apulien an diesen zweiten Roger. Er wurde dann König und vor zwölf Jahren in der heiligen Weihnachtszeit von dem Gegenpapste Anaklet durch einen Kardinal in der erzbischöflichen Kirche in Palermo gesalbt. Der im Himmel selige Kaiser Lothar hat wohl nach seinem Krönungszuge nach Rom das ganze Land Italien erobert, und Roger auf Sizilien zurückgedrängt, und den Heiligen Vater In-

Robert Guiskard unternahm seinen Kriegszug gegen den byzantinischen Kaiser Alexios I. Komnenos (er regierte 1081–1118) unmittelbar nach dessen Regierungsantritt. Papst Gregor VII. (vgl. S. 279) wurde 1084 durch Robert Guiskard befreit und – nach der Plünderung Roms – nach Salerno gebracht. Der Tod Guiskards (1085) ist Gegenstand des 1803 abgebrochenen, 1808 im „Phöbus" veröffentlichten Trauerspielfragments „Robert Guiskard, Herzog der Normänner" von Heinrich von Kleist (1777–1811), uraufgeführt im Jahr 1901.

Anaklet wurde 1130 als Gegenpapst zu Innozenz II. gewählt; im selben Jahr anerkannte er Roger II. (1098 bis 1154) als König von Sizilien.

nozenz auf seinen Stuhl nach Rom geführt; aber da Lothar nach Deutschland zurück gezogen, und auf dem Wege gestorben war, eroberte Roger wieder alle Länder des untern Italien, und wurde von dem Heiligen Vater Innozenz als König von Apulien, Calabrien, Capua und Sizilien erkannt. Und da steht er nun, der Enkel des Mannes Tankred, als ein gewaltiger Herrscher da, bereit, alles zu nehmen, und sei es so viel, als eines Menschen Haupt zu denken vermag. Und wie sind die Sachen indessen in dem oberen Italien gediehen? Wenn man mit Worten den Kaiser nennt, so achtet in Taten niemand sein, die Begierden herrschen, und Venedig kämpft mit Ravenna, Florenz und Pisa mit Lucca und Siena, Verona und Vicenza mit Padua und Treviso, Bologna mit Modena, und die Herren in dem Lande sind dabei, der Markgraf von Tuszien steht zu den Florentinern, der Graf Guido zu den Feinden derselben, und es erheben sich Räuberhorden, die den Freund und den Feind plündern, und Bischöfe und Äbte anfallen. Und hat nicht der Abt von Clugny, der auch von Räubern ergriffen worden war, an den König Roger geschrieben: Oh, wenn nur das arme Land deinen Befehlen unterworfen würde? Und sind nicht diese Worte bekannt gemacht worden? Wenn nicht ein deutscher König zu retten kommt, so wird Roger das Land ergreifen, es mit einem Arme halten, und mit dem andern über die Alpen langen, und alles zu verschlingen streben, oder alles wird zerfallen."

„So ist es, hochehrwürdiger Bruder Regimbert", sagte Zdik, „das Erhobene wird gedemütigt, das Kleine wird erhoben. So stark wie dieser Roger, Robert, Boemund, Wilhelm und Drogo, so sind noch andere auf dieser Welt, und wer weiß, ob nicht der deutsche König und römische Kaiser schon unter uns wandelt, der die Rettung bringt."

„Konrad wird jetzt auf seinen Römerzug gehen", sagte Regimbert, „auch preisen viele den Knaben Friedrich."

„Was ist alles vor den Augen Gottes", antwortete Zdik, „Geschlechter steigen in die Grube, andere breiten sich aus, Reiche vergehen, und werden. Bei uns sind Männer von dem Herzogstuhle in das Elend gegangen, andere von dem Pfluge zur Herrschaft, Städte und Stämme haben geboten, und sind dahin. Aber Gott wirkt durch die Menschen Wunder, welche leuchten von dem Aufgange bis zu dem Untergange, und welche nicht vergessen werden, wenn wir sie auch durch Unreinheit des Herzens verlieren."

„Du sagst es, Bruder Zdik", antwortete Regimbert, „das ist die Befreiung des Heiligen Landes von der Schmach der Entweihung durch den Eifer gebrechlicher Menschen. Das ist das Wunder, das vor unserer Zeit geschehen ist, und das nicht vergessen werden kann. Es ist mein Gebet beim Tage, meine Betrachtung in der Nacht, und mein Traum in dem Schlafe, daß ich einmal in das Land gelange. Ich erzähle mir, und wiederhole mir, wie es sich wundervoll zugetragen hat. Da ist ein Mann mit einem kleinen Körper, mit schwachen Gliedern, mit geschwärzten Wangen, und mit nackten Füßen, der Einsiedler Peter, zu dem Heiligen Vater Urban gekommen. Er hat erzählt, wie er nach Jerusalem gegangen ist, und wie ihn die Leute gepflegt haben, und wie ihm vornehme Frauen die Füße gewaschen haben; denn es hat sich ausgebreitet, daß die Pilge-

Gemeint ist Lothar III., der 1106 die sächsische Herzogswürde, 1125 die deutsche Königswürde und 1133 die Kaiserwürde erhielt. Er starb im Jahre 1137.

Der „Abt von Clu(g)ny" ist Petrus Venerabilis, der die französische Reformabtei von 1122 bis 1156 geleitet hat.

Der „Knabe Friedrich" ist der nachmalige König und Kaiser Friedrich I. (vgl. S. 284 und S. 294).

Hier setzt der Rückblick über die Kreuzzugsbewegung ab dem Ende des 11. Jahrhunderts ein, durch die das „Hohe Mittelalter" der Stauferzeit wesentlich geprägt worden ist. Zu ihren frühesten Propagandisten gehörte der Augustinerchorherr Peter von Amiens, gen. „der Einsiedler" (um 1050–1115). Er ist als erster mit einem völlig ungeordneten Heerhaufen nach Palästina aufgebrochen und im Oktober 1096 in Kleinasien vollständig besiegt worden.

Die Miniatur aus einer im 15. Jahrhundert geschaffenen Handschrift der „Geschichte der Kreuzzüge" von Wilhelm von Tyrus (gest. 1185) zeigt *Urban II.* (um 1042–1099, Papst ab 1088) *auf dem Konzil von Clermont* (1095).

rungen zum Seelenheile dienen, damit man sich von Schuld löse, oder frömmer werde, oder Überbleibsel hole, die ewigen Segen bringen, und viele Menschen sind nach Jerusalem gewandelt, und immer mehrere, um des Heiles teilhaftig zu werden. Und je mehr Menschen nach Jerusalem gezogen sind, desto mehr Ungläubige

„Die Vorbereitung zur Erstürmung Jerusalems"; Wandgemälde im Tasso-Saal des Casino Massimo in Rom, das ab 1817 im Auftrag des Marchese Massimo durch Mitglieder des 1809 geschlossenen „Lukasbundes" („Nazarener") ausgemalt worden ist. Die Gemälde nach Themen von Torquato Tassos Epos „La Gerusalemme liberata" („Das befreite Jerusalem"), erschienen 1580, stammen von *Friedrich Overbeck* (1789–1869).

sind aus dem Lande Asien heraus gezogen, und haben alles erobert bis an das Meer, und sind den Pilgern zum Schrecken und zur Gefahr geworden, und haben Zins begehrt, wenn man die heiligen Stätten betreten wollte. Aber die Pilger duldeten den Schrecken und die Gefahr, und leisteten den Zins. Siegfried, der Erzbischof von Mainz, Otto, der Bischof von Regensburg, Günther, der Bischof von Bamberg, Wilhelm, der Bischof von Utrecht, die große Geleite hatten, wurden angefallen, und verloren Habe und Männer. Von siebentausend Christen, die eine Wallfahrt unternommen haben, sind fünftausend getötet worden. Dietrich, der Graf von Trier, welcher Kuno, den Erzbischof von Köln, erschlagen hatte, ging, um die schwere Schuld zu sühnen, nach Jerusalem, und ist nicht wieder zurückgekehrt. Die pilgernden Herren von Wulfenberg, vom Thal, von Bingen sind verschollen, und ist nie mehr etwas von ihnen gehört worden. Eine schöne Äbtissin hat man bis zum Tode entwürdigt. Die Türken schändeten die heiligen Orte, die Kirchengeräte wurden zerstört, die Priester geschlagen und mißhandelt, der Patriarch wurde bei den Haaren und dem Barte zu Boden geworfen, und es wurde ihm in das Angesicht gespien, und wenn die armen Pilger den Zins nicht zahlen konnten, so wurden sie zurück gejagt, und die Christen konnten ihnen nicht helfen, weil sie selber beraubt und geplündert worden waren, und da man die Pilger nicht pflegen konnte, mußten sie oft auf der Heimkehr verschmachten. Der Einsiedler zog Briefe heraus, die ihm Simeon, der Patriarch, gegeben hatte, die ihm andere Leute gegeben hatten, und die ihm unzählige Leute gegeben hatten. Der Heilige Vater antwortete, daß er auf Abhilfe denken werde. Peter ging darauf über die Alpen, und erzählte dort, und teilte Briefe aus. Auf den November des Jahres 1095 berief der Heilige Vater eine Versammlung nach Clermont. Es kamen über dreihundert Bischöfe und Äbte, und dann Fürsten, Edle, Ritter und Volk. Der Heilige Vater hielt die Versammlung unter dem freien Himmel, und sprach: Die Lehre des Heilandes ist durch viele hundert Jahre in dem Lande Asien geübt worden, sie ist von da in die ganze Welt ausgegangen; jetzt aber sind Ungläubige dort, und walten. Welch ein Jammer ist dieses! Und doch ist der Jammer noch größer. Die heilige Stadt Jerusalem und das Heilige Land ist in ihrer Gewalt. Der Erlöser, welcher die menschliche Gestalt angenommen hat, ist dort gewandelt, hat dort seine Worte gesprochen, seine Wunder gewirkt, hat dort gelebt, und ist dort gestorben. Jetzt ist dort keine Erlösung mehr. In der Kirche der Auferstehung, durch die er dem Tode die Macht genommen hat, werden Teufelsworte verkündiget, in dem heiligen Raume stehen Lasttiere, die Christen werden verfolgt, die Priester mißhandelt und erschlagen, und um das nur anblicken zu können, müssen die Pilger einen schweren Zins zahlen. Uns allen wäre besser, daß wir stürben, als daß wir leben, und dieses Unheil dulden. Ich sage: Jeder verleugne sich selbst, jeder nehme das Kreuz des Heilandes, kein Christ streite mehr wider den andern, keiner rufe den andern vor Gericht, keiner sei tapfer gegen den Nachbar, sondern gegen die Heiden zur Vergebung der Sünden, keiner fürchte Gefahr; denn wer reinen Herzens für den Herrn streitet, dem sind die Feinde dahin gegeben, keiner fürchte Mangel; denn wer Gott gewinnt, ist reich, keiner lasse sich

Jerusalem wurde im Jahr 638 durch Omar, den ersten Kalifen (Nachfolger Mohammeds), erobert und befand sich seitdem in „heidnischer" Hand (wobei Jerusalem zu den heiligen Stätten auch des Islam gehört). Die seit dem 4. Jahrhundert, der Zeit Konstantins des Großen, üblichen Pilgerfahrten ins Heilige Land wurden durch das Vordringen der türkischen Seldschuken (Eroberung Palästinas 1071) immer stärker behindert.

„Der Einsiedler" ist Peter von Amiens (vgl. S. 287). Bernhard von Clairvaux (1090–1153) nennt ihn in seinem Aufruf zum Zweiten Kreuzzug (1147–1149 unter Beteiligung Konrads III.) als warnendes Beispiel übereilten Handelns: „Es war nämlich in dem früheren Zug ... ein Mann mit Namen Peter, von dem auch Ihr gewiß oft gehört habt. Der brachte das Volk, das ihm vertraut hatte, in solche Gefahren, daß niemand oder doch nur die wenigsten entrannen, die andern verdarben durch Hunger oder Schwert. Und deshalb ist sehr zu fürchten, wenn Ihr ähnlich handelt, daß es Euch auch ähnlich ergehe. Davor bewahre Euch Gott, der auf ewig gesegnet ist. Amen."

Vgl. Matthäus 16,24: „Darauf sagte Jesus zu seinen Jüngern: Wer mein Jünger sein will, der verleugne sich selbst, nehme sein Kreuz auf sich und folge mir nach."

Vgl. Matthäus 18,19f: „Weiter sage ich euch: Alles, was zwei von euch auf Erden gemeinsam erbitten, werden sie von meinem himmlischen Vater erhalten. Denn wo zwei oder drei in meinem Namen versammelt sind, da bin ich mitten unter ihnen." Stifters Nachgestaltung der Papstrede läßt die Annahme zu, daß er sich der demagogischen Verwendung der Bibelzitate zumindest bewußt war. Von einer kritischen Darstellungsabsicht kann jedoch nicht ausgegangen werden. In der durch Wilhelm von Tyrus überlieferten Fassung heißt es: „Bewaffnet euch mit dem Eifer Gottes, liebe Brüder, gürtet eure Schwerter an eure Seiten, rüstet euch und seid Söhne des Gewaltigen! Besser ist es, im Kampfe zu sterben, als unser Volk und die Heiligen leiden zu sehen. Wer einen Eifer hat für das Gesetz Gottes, der schließe sich uns an. Wir wollen unsern Brüdern helfen. Ziehet aus, und der Herr wird mit euch sein. Wendet die Waffen, mit denen ihr in sträflicher Weise Bruderblut vergießt, gegen die Feinde des christlichen Namens und Glaubens. Die Diebe, Räuber, Brandstifter und Mörder werden das Reich Gottes nicht besitzen; erkauft euch mit wohlgefälligem Gehorsam die Gnade Gottes, daß er euch eure Sünden, mit denen ihr seinen Zorn erweckt habt, um solch frommer Werke und der vereinigten Fürbitten der Heiligen willen schnell vergebe."

durch Klagen der Seinigen hindern; denn die Gnade schützet das Haus. Und der Heilige Vater konnte seine Worte nicht endigen; denn es entstand ein Donnerschrei in dem Volke, und es rief gesamt wie ein einziger Mensch: Gott will es! Und da es wieder stille geworden war, sagte der Heilige Vater: Wahrhaftig sind die Worte der Schrift: Wo zwei oder drei in meinem Namen versammelt sind, werde ich bei ihnen sein. Er ist bei euch gewesen, und hat durch euch wie mit einem Munde das Wort gerufen: Gott will es. Das Wort ist nun fortan euer Feldwort, und das Kreuz sei euer Zeichen, es ist das Zeichen der Macht und der Demut. Wer das heilige Unternehmen zu stören wagt, den trifft der Fluch des päpstlichen Stuhles, wer es fördert, dem wird sein Beistand im Namen des Herrn von Ewigkeit zu Ewigkeit. Da der Heilige Vater geendet hatte, kniete Ademar von Monteil, der Bischof von Puy, vor ihm nieder, und bat, daß er bei dem heiligen Zuge sein dürfe, dann kniete Wilhelm, der Bischof von Orange, nieder, und bat auch so, und dann knieten viele, und baten, und die meisten der Versammelten riefen auf, und gelobten den Zug. Man riß plötzlich, wo irgend ein rotes Tuch oder rote Seide oder rotes Linnen auf einem Kleide war, dasselbe herab, und schnitt Kreuze daraus, und heftete sich die Kreuze auf die Schultern. Alte Männer, welche zu jener Zeit gelebt haben, erzählen, daß sich die Kunde von dem, was zu Clermont geschehen ist, in allen Ländern der Christenheit zu der gleichen Zeit verbreitet hat. Die Bischöfe und die Priester predigten nun das Kreuz, und die Pilger riefen zum Zuge. Der Mann trennte sich von dem Weibe, das Weib von dem Manne, die Eltern von den Kindern, die Kinder von den Eltern, der Bruder von der Schwester, die Schwester von dem Bruder, der Landmann vergaß den Acker, der Hirt die Herde, Mönche und Nonnen verließen ihre Zellen, und alle, Männer und Weiber, Hohe und Niedere wollten nicht ausgeschlossen sein von der Wanderung der Völker nach dem Heiligen Lande. Es war nicht mehr Frist, das auszuschließen, was nicht tauglich war, und wie ein brausendes Gewässer lief alles vorwärts. Unzählbare Menschen zogen sogleich mit dem Ritter Walter und mit dem Einsiedler Peter dahin; aber sie gingen zu Grunde. Dann zogen andere mit dem Grafen Emiko; aber sie gingen auch zu Grunde. Da zog der edle Herzog von Lothringen, Gottfried von Bouillon mit Ratschluß und Besinnung aus. Es zogen mit ihm seine Brüder Balduin und Eustathius. Es zogen mit ihm Robert, der Graf von der Normandie, der Bruder des Königs von England, dann Robert, der Graf von Flandern, es zogen mit ihm Hugo, der Graf von Vermandois, der Bruder des Königs von Frankreich, dann der Graf Stephan von Blois, der Burgen hatte, wie Tage im Jahre sind, dann Raimund, der Graf von Toulouse, welcher der reichste unter den Rittern war, dann Boemund, der Sohn des Normannen Robert Guiskard, der Enkel des Mannes Tankred, und mit ihm war sein Neffe Tankred, der in jungen Jahren schon hohes Lob gewonnen hatte, es zog mit ihm noch eine große Zahl von Herren, Rittern und Edlen. Sie gingen durch das Land Ungarn und durch das Reich der Griechen, und waren, als sie auf den Boden des Erdteiles Asien stiegen, eine halbe Million und hunderttausend Menschen. Darunter waren dreihunderttausend gewappnete Fußgänger und hunderttausend Reiter. Sie gingen in dem Erdteile Asien vorwärts, und waren Leute aller Zungen und Völker. Sie litten durch Hunger und Durst, durch Feinde und Zank, durch Krankheit und Erschöpfung, durch Kämpfe und Aufenthalt, weil sie nicht ganz reinen Herzens waren. Und als sie sich gereiniget hatten, eroberten sie Nicäa, Edessa, und Antiochia, und am sechsten Tag des Brachmonates des Jahres 1099 hatten sie die Gnade, Jerusalem zu sehen. Sie fielen auf die Knie, sangen Loblieder, und weinten vor Freude. Dann näherten sie sich der Stadt, und rüsteten sich zur Belagerung, und am neununddreißigsten Tage nach ihrer Ankunft, am fünfzehnten des Heumonates erstiegen sie im Sturme die Stadt Jerusalem. Alle hatten die größte Anstrengung erwiesen, und man hatte diejenigen, welche auf dem Zuge gestorben waren, wieder unter den Kämpfern erblickt. Sie küßten den Erdboden, berührten alles mit ihren Händen, feierten in der heiligen Kirche den Gottesdienst, taten Buße, und gelobten mit lauter Stimme Besserung. Dann errichteten sie, da sie riefen: Gott will es, ein christliches Reich, und erwählten Gottfried zum ersten Könige von Jerusalem. Dieses ist im dritten Jahre, nachdem sie die Heimat verlassen hatten, geschehen. Siehe, mein Bruder Zdik, das ist das Wunder, das von Gott durch gebrechliche Menschen gewirkt worden ist, wie du gesagt hast. Es ist nichts Größeres seit dem Leben und Sterben des Heilandes auf der Welt gewesen. Eine Freude war in der ganzen Christenheit."

„Es ist nichts Größeres gewesen", sagte Zdik, „und ich halte es mir immer vor die Seele."

Der „Brachmonat" ist der Juni, der „Heumonat" der Juli.
In einem anonymen Augenzeugenbericht über die Eroberung Jerusalems heißt es: „Nachdem die Unsrigen die Heiden endlich zu Boden geschlagen hatten, ergriffen sie im Tempel eine große Zahl Männer und Frauen und töteten oder ließen leben, wie es ihnen gut schien. Bald durcheilten die Kreuzfahrer die ganze Stadt und rafften Gold, Silber, Pferde und Maulesel an sich; sie plünderten die Häuser, die mit Reichtümern überfüllt waren . . . Die lebenden Sarazenen schleppten die Toten aus der Stadt und machten daraus häuserhohe Haufen. Niemand hat jemals von einem ähnlichen Blutbad unter dem heidnischen Volk gehört oder es gesehen . . ."
Die Abbildung zeigt die *Eroberung Jerusalems* am 15. Juli 1099 in einer Darstellung aus dem 19. Jahrhundert.

Gottfried von Bouillon (um 1050–1100), als Herzog von Niederlothringen deutscher Reichsfürst, nahm den Titel eines „Herzogs des Heiligen Grabes“ an. Die Miniatur aus einer Handschrift der Lebensbeschreibung Gottfrieds (1337; Nationalbibliothek in Paris) zeigt seine *Krönung*. Allerdings nahm erst sein Bruder und Nachfolger Balduin (gest. 1118) im Jahr 1100 den Königstitel des bis 1187 bestehenden Königreichs Jerusalem an.

„Aber die Menschen in Jerusalem sind nicht fortan reinen Herzens geblieben“, erwiderte der Bischof Regimbert.

„Nein, sie sind nicht reinen Herzens geblieben“, sagte Zdik, „und ich habe es selber in Jerusalem gesehen, daß sie nicht solchen Herzens geblieben sind.“

„Darum mußte auch wieder die Heimsuchung kommen“, antwortete Regimbert. „Der fromme König Gottfried hat nur kurz geherrscht. Dann führte unter Mühen und Erwerbungen sein Bruder Balduin siebenzehn Jahre das Königtum. Dann kam der andere Balduin, sein Vetter, der Graf von Edessa, und stiftete ein Reich von Tarsus bis nach Ägypten. Er vermählte in unseren Tagen seine älteste Tochter Melisenda mit Fulko, dem Grafen von Anjou, und als er gestorben war, wurde Fulko König. Der König Fulko ist jetzt schon alt, er ist irdisch und unsicher, und auch die andern sind irdisch und habgierig. Da hat Gott zwei Feinde des Reiches erweckt. Der eine ist der griechische Kaiser Johannes, der Sohn des Kaisers Alexius, der in Griechenland geherrscht hatte, als Gottfried in die heiligen Länder gezogen war. Er ist ein tapferer Mann, und besiegte gleich nach dem Beginne seiner Herrschaft die Türken und Petschenegen. Darauf fingen die Ungarn gegen ihn Krieg an, weil er Almus, den flüchtigen Bruder ihres Königs, gütig aufgenommen hatte. Er war auch gegen die Ungarn siegreich. Da er diese Dinge beendiget hatte, zog er mit seinem Heere nach Asien, und drängte die Ungläubigen zurück. Es mögen jetzt fünf Jahre sein, daß er Tarsus und das ganze Cilicien eroberte, und vor die christliche Stadt Antiochia kam. Weil einmal diese Länder zu Griechenland gehört hatten, und weil die ersten Pilger dem Kaiser Alexius die Lehensherrlichkeit darüber versprochen hatten, so begehrte sie nun Johannes. Aber die jetzigen Pilger verweigerten sie, und so sind nun Christen wider Christen. Der zweite Feind ist Emadeddin Zenki, der Ungläubige. Er ist Herr von Aleppo, Syrien und des Landes zwischen den Flüs-

Auf Balduin I. folgte 1118 sein Vetter Balduin II. (gest. 1131), diesem sein Schwiegersohn Fulco von Anjou.

Gemeint ist der byzantinische Kaiser Johannes II. Komnenos, gen. „Kalojohannes“, der Sohn Alexios' I. Komnenos (vgl. S. 286); er regierte 1118–1143.

Emadeddin Zenki übernahm 1127 die Herrschaft in Mosul, der Nachfolgesiedlung von Ninive im Zweistromland Mesopotamien, und eroberte 1144 Edessa.

sen. Er hat seine Waffen gegen die Christen gekehrt, und Raimund, den Grafen von Tripolis, gefangen, zugleich auch den König Fulko in einer Burg bei Akkon eingeschlossen. Den Grafen Raimund gab er gegen ein Lösegeld und den König gegen die Burg frei. Jetzt rüstet er gegen Edessa. Wenn nicht mit neuem Glauben und neuem Eifer Pilger von uns in das Morgenland ziehen, kann alles verloren werden. Boemund hat ein irdisches Mittel angesagt. Man soll das griechische Reich erobern, dort eine starke abendländische Herrschaft stiften, und von ihr aus die weiteren Länder erwerben und anfügen. Gott wird aber die Seinigen ohne dieses Mittel retten und befreien."

Die Eroberung Edessas im Jahr 1144 veranlaßte den Zweiten Kreuzzug (vgl. S. 289). Dieser Plan wurde durch den Vierten Kreuzzug (1202–1204) verwirklicht, der die völlige Perversion des Kreuzzugsgedankens offenkundig machte: unter der Führung des Dogen Dandalo von Venedig wurde – zur Ausschaltung der byzantinischen Handelskonkurrenz – Konstantinopel erobert und das „Lateinische Kaiserreich" errichtet.

„Und wenn alles durch die Sünden der Menschen verloren wird, so wird alles einmal wieder gewonnen werden, und es wird ein Hirt und eine Herde sein", sagte Zdik.

„Und glücklich sind, die zu diesem Gewinne werden auserkoren sein", sprach Regimbert. „Sage, Zdik, wird der Herzog Wladislaw zu dem heiligen Kampfe seine Mitwirkung bringen?"

„Wladislaw, der Herzog von Böhmen und Mähren, wird zuerst in seinen Ländern seine Macht in Sicherheit stellen", antwortete Zdik, „und dann wird er tun, was der Kirche und den Menschen frommt."

„Und Könige und Fürsten und alle, die die Macht haben, sollen dem Werke nicht fehlen", sagte der Bischof von Passau, „und du, mein Sohn Witiko, wirst du auch deine Jugend in die heiligen Länder tragen?"

„Wenn mein geringer Dienst etwas wirken kann, werde ich ihn nicht versagen", antwortete Witiko.

„Ich glaube es", sagte der Bischof.

„Ihr habt in Eurer Rede einen Namen genannt, welchen ich kenne, hochehrwürdiger Bischof", sagte Witiko, „Almus, der flüchtige Bruder des ungarischen Königs, den der griechische Kaiser Johannes gütig aufgenommen hatte, ist der Vater Adelheids, der Gemahlin des böhmischen Herzoges Soběslaw, gewesen, welche die Länder Böhmen und Mähren geliebt hat, welche in diesem Leben wie eine Heilige gewandelt ist, und mir Wohlwollen erwiesen hat. Und erlaubet mir auch, hochehrwürdiger Herr, daß ich von Wladislaw, dem Herzoge von Böhmen und Mähren, rede. Wenn es die Ehre und der Ruhm seiner Länder erheischt, wird er seine Banner über die Grenze zu entfernten Völkern tragen, und wir werden ihm folgen."

„Ich habe Adelheid gekannt, mein Sohn", sagte Regimbert, „sie genießt im Himmel den seligen Lohn. Wladislaw möge nicht nur die Ehre und den Ruhm seiner Länder wahren, sondern vielmehr tun, was die Ehre und der Ruhm Gottes erheischt."

„Wie Gott durch alle Zeit hindurch die Zeiten lenkte", sagte Zdik, „und die erweckte, welche er für die Zeiten brauchte, so wird er auch die erwecken, die in den weltlichen Dingen und auch in den himmlischen seine Ehre und seinen Ruhm erfüllen, und wenn es auch in so entfernten Jahren ist, dahin wir nicht zu sehen und nicht zu denken vermögen."

„Amen", sagte der Bischof von Passau, „so ist es gewesen, und so wird es sein. Und was für die jetzige Zeit not tut, wie du sagst, daß der Herzog Wladislaw seine Macht festigen muß, so wird der Hei-

Das zentrale Thema der Befähigung zur Herrschaft klingt auch hier an: Konrad III. designierte kurz vor seinem Tode 1152 statt seines sechsjährigen Sohnes Friedrich den um 1125 geborenen Neffen Friedrich, ab 1147 Herzog von Schwaben; er wurde am 4. März 1152 zum König gewählt und fünf Tage später in Aachen gekrönt (Kaiserkrönung in Rom 1155). Mit dem konkurrierenden Geschlecht der Welfen war Friedrich I. durch seine Mutter Judith verwandt. Er war nach den Worten seines Onkels, des Bischofs und Historiographen Otto von Freising (nach 1111–1158), berufen, als „Verwandter beider Geschlechter gleich wie ein Eckstein den klaffenden Riß der beiden zu vereinigen" („Gesta Friderici I."). Zu Stifters Quellen gehört die 1823–1825 in sechs Bänden erschienene „Geschichte der Hohenstaufen und ihrer Zeit" des in Berlin lehrenden Historikers Friedrich von Raumer (1781–1873). Sein im romantisch-nationalen Sinne verfaßtes Werk wirkte weniger auf die Geschichtsschreibung, sondern stärker auf die Literatur ein. So fand hier beispielsweise Joseph von Eichendorff den Stoff für sein 1828 veröffentlichtes Drama „Ezelin von Romano".

lige Vater einen Gesandten nach Böhmen schicken, der die geheiligten Dinge ordnet, und der Herzog kann dann weiter walten, und in Deutschland würde ein König taugen, der das Blut der Hohenstaufen und der Welfen zugleich in sich trägt, wie der junge Friedrich, damit der Streit zwischen ihnen ruhte, Italien muß gehorchen, der Heilige Vater Innozenz und der Kaiser, wenn er einmal gekrönt sein wird, sollten in Freundschaft sein, und dann würden die Zelte die nicht fassen, die zu dem Zuge in die heiligen Länder kommen, und den Herrn dort verherrlichen würden."

Als der Bischof noch diese Worte sprach, trat der Priester Konstantin in das Gemach. Er blieb in der Entfernung stehen, bis der Bischof ausgesprochen hatte.

„Nun, was hast du zu berichten, lieber ehrwürdiger Bruder Konstantin?" fragte ihn der Bischof.

Der Priester trat näher, neigte sich, und sprach: „Es ist alles vollendet, was zur Aufnahme des hochehrwürdigen Bischofes von Olmütz notwendig gewesen ist, und der hochehrwürdige Herr kann in seine Wohnung kommen."

„Wenn du in dein Gemach begehrest, hochehrwürdiger Bruder Zdik", sprach Regimbert, „so wirst du es sagen."

„Die Sonne ist untergegangen, wie ich an jenen Bergen sehe", antwortete Zdik, „es wird an der Zeit sein, seine Wohnung zu suchen, um dort ein Abendgebet zu sprechen."

„So gehe ein in dein Haus unter meinem Dache", sagte der Bischof von Passau, „und die von Hagenau und von Peilstein und die von dem Bischoftume werden dich schützen."

Er erhob sich nach diesen Worten von seinem Sitze.

Der Bischof Zdik in seinem braunen Gewande stieg auch von dem seidenen Stuhle herab, Regimbert nahm ihn bei der Hand, und sagte: „Lasse dich geleiten. Und du, edler Witiko, folge uns, daß dir auch deine Herbergstube gezeigt werde."

Er führte den Bischof an der Hand gegen eine andere Tür, als durch welche die Wanderer herein gekommen waren. Witiko folgte den zwei Kirchenherren. Hinter Witiko ging der Priester Konstantin. Als sie in das Vorgemach gekommen waren, standen noch Priester, Kämmerlinge und Diener da. Sie reihten sich nach ihrer Würde dem Zuge an. Der Bischof Regimbert führte seinen Gast durch Gemächer mit Holzgetäfel und geschnitzten Gestalten von Aposteln und Heiligen, und dann über Tücher eines kurzen Ganges in einen andern Teil der kirchlichen Burg, und hielt vor einer Eichentür an, indem er sagte: „Gott segne den Eingang."

Ein Diener öffnete die Flügel der Tür, und der Zug trat in ein großes Vorgemach, in welchem brennende Lichter waren. Von dem Vorgemache konnte man in andere beleuchtete Gemächer sehen.

Der Bischof von Passau führte Zdik an der Hand in diese Gemächer.

Sie kamen zuerst in eines, welches mit roter Seide überzogen war. In demselben stand unter einem roten Seidendache ein Kreuz mit dem Heilande, davor ein Betschemel war, den rote Seide bedeckte. Dann kamen sie in ein Gemach von dunkelblauer Seide mit vielen dunkelblauseidenen Stühlen und mit Tischen. Dann gelangten sie in das Speisegemach. Es war mit dunkelm Birnholze getäfelt. In demselben standen die Speisegeräte. Sie waren schon zum Abendmahle bereitet. Dann war ein Wohnzimmer, das gleich dem Speisezimmer Birnholzgetäfel hatte. Dann ging der Zug in ein Zimmer, dessen Getäfel braunes Nußholz war. In dem Zimmer standen Schreine aus Eichenholz, deren Türen offen waren. In einigen Schreinen hingen Gewänder, welche ein hoher Kirchenherr in der Kirche, dann, welche er außerhalb derselben im Hause, im Felde und im Walde tragen konnte, und in andern Schreinen waren Trutz- und Schutzwaffen. Nach dem Gewandgemache war ein Ankleidegemach mit braunem Nußholze, und nach diesem Gemache war hinter einem gelbseidenen Vorhange die Schlafstelle.

Als der Bischof von Passau den Gast durch alle Gemächer geführt hatte, blieb er an dem seidenen Vorhange stehen, und sagte: „Ich habe dir deine Wohnung gezeigt, ehrwürdiger Bruder Zdik, benütze sie wie dein Haus, und offenbare jeden Wunsch zur Erfüllung eines Bedarfes. Erlaube, daß ich mich entferne. Gelobt sei Gott der Herr!"

Er ließ bei diesen Worten die Hand des Bischofes Zdik los.

Zdik sagte: „Gelobt sei Gott der Herr. Ich bringe dir den Dank, und werde dich geleiten."

Der Bischof von Passau trat den Rückweg an, und Zdik geleitete ihn bis in das Vorgemach. Regimbert ging aus dem Vorgemache, und es folgten ihm einige Priester, Kämmerlinge und Diener. Konstantin, zwei Priester, zwei Kämmerer und vier Diener blieben bei Zdik zurück.

Zdik wendete sich zu den Priestern, und sprach: „Ehrwürdige Herren, ich danke euch für euer Geleite, ich glaube, es ist nicht geziemend, daß ich euch noch ferner von euerem Gebete und eueren Obliegenheiten abhalte."

„Wir sind zu dir gehörig, hochehrwürdiger Herr", sagte Konstantin, „rufe uns, so du willst."

„Ich werde es tun", sagte Zdik.

Darauf entfernte sich Konstantin mit den Priestern aus dem Vorgemache.

„Harre ein Weilchen, Witiko", sagte Zdik.

Nach diesen Worten ging er in das rote Zimmer, kniete dort auf den Betschemel vor dem Kreuze nieder, und betete.

Dann stand er auf, ging wieder hinaus, und sprach: „Zuerst der Dank an Gott, dann der Dank an dich, Witiko, du hast treue Christenpflicht an mir geübt; möge sie dir im Walde gelohnt werden, von dem Hause Heinrichs von Jugelbach bis an die Waldstelle, in der du wohnen wirst. Möge Wladislaw die Stelle zieren, und möge ich etwas hinzu tun können. Die Reisetage werde ich nicht vergessen, und die Vergeltung wird im Jenseits nicht vergessen werden."

Nach diesen Worten legte er die Hände wie zum Segen auf den Scheitel Witikos.

„Hoher Herr", sagte Witiko, „ich danke Euern Worten. Was ich getan habe, das habe ich nicht des Lohnes wegen getan, sondern weil ich meinte, daß es gut sei. Und darum habe ich es mit Liebe getan, die sich zur Liebe gegen Euch gesellte. Jedes Glück, das mich findet, ist eine Gnade des Herrn, und das Glück im Walde ist meinem Herzen lieber als das Glück anderswo."

„Lasse die Liebe zu mir dauern, Witiko, wie die meinige zu dir dauert", sagte Zdik, „genieße die Ruhe nach dem Ritte, und zeige mir morgen wieder dein Angesicht."
Dann wendete er sich zu den Dienern, und sagte: „Weise einer dem Ritter seine Schlafstelle."
Ein Diener schickte sich zum Gehorchen an.
„Habt gute Ruhe, hochehrwürdiger Herr", sagte Witiko.
„Du auch, mein Sohn", sagte Zdik.
Darauf ging Witiko mit dem Diener aus dem Gemache.
Der Diener führte ihn über den erleuchteten Gang, dann über eine Treppe hinauf zu einer großen Eichentür.
Sie gingen durch die Tür in ein Vorgemach. In dem Vorgemache saßen zwei Diener und Raimund.
„Diese Männer sind zu Euern Diensten, hoher Herr", sagte der, welcher Witiko geleitet hatte, und entfernte sich.
Die Diener in dem Vorgemache erhoben sich.
Witiko sagte zu Raimund: „Folge mir."
Raimung erhob sich auch von seinem Sitze.
Witiko ging mit ihm von dem Vorgemache in ein zweites kleineres Vorgemach, in welchem ein Lager bereitet war, das er als das Nachtlager Raimunds erkannte. Dann gelangte er in ein Speisezimmer, in welchem der Tisch zum Abendessen gerüstet war. Aus dem Speisezimmer kamen sie in ein Gemach, in welchem Waffen und schöne Kleider waren. Und neben diesem Gemache befand sich das Schlafzimmer für Witiko. In allen Gemächern brannten Lichter.
„Nun hast du unsere Wohnung gesehen, Raimund", sagte Witiko, „jetzt folge mir in den Stall."
Er lehnte das Geleite eines Dieners ab, und führte Raimund in den Stall. Dort sahen sie nach den Pferden, und gingen dann wieder in ihre Gemächer.
Witiko ging mit Raimund in das Kleiderzimmer, dort setzte er sich nieder, nahm die Lederhaube von seinem Haupte, und strich sich die blonden Haare zurück.
„Siehe, Raimund", sagte er, „nun ist die Mühsal überstanden. Sie haben uns in dieser kirchlichen Burg schöne Zimmer gegeben, und werden auf den Tisch bald Speisen stellen, die uns wohltun werden, und auf den guten Lagern wird die Ruhe gut sein."
„Über mich aber wird harte Strafe kommen", sagte Raimund.
„Warum wird Strafe kommen?" fragte Witiko.
„Ich habe dem hochwürdigsten Bischofe mein Pferd zu halten gegeben, und habe ihm gar den Strick des Diebes in die Hand gegeben", antwortete Raimund. „Ihr habt mich nicht belehrt, und ich habe ihn nicht gekannt; denn das braune Gewand ist schlechter gewesen, als die weiten Gewänder, die sie im innern Lande tragen, es ist auch schlechter gewesen als das andere braune Gewand, das der Mann angehabt hatte, der Euch den Schwertgürtel des Herzogs und Eure andern Dinge in den obern Plan gebracht hat. In der großen Stadt Nürnberg hat der hochehrwürdigste Bischof ein veilchenblaues Kleid gehabt und eine goldene Kette und ein goldenes Kreuz und eine schöne Haube und einen gekräuselten Bart. So hätte ich ihn gekannt. Und in dem Hause, wo wir zur Nachtherberge waren, habe ich ihm die besten Speisen weggegessen."

Witikos Knecht spricht von einem Ereignis unmittelbar vor der Ankunft in Passau. Es steht im Zusammenhang des Überfalls, von dem Zdik und Witiko dem Bischof berichtet haben (vgl. S. 283 unten).

„Und was hättest du denn getan, wenn du ihn gekannt hättest?" fragte Witiko.

„Ich wäre auf die Knie gefallen, und hätte zu Martin und Lucia gesagt, daß sie auch auf die Knie fallen", antwortete Raimund.

„Und hättest ihn verraten", sagte Witiko, „du hast ihm gedienet, weil du ihn nicht gekannt hast. Der Herr des Waldhauses, in welchem wir eine Nacht gewesen sind, hat ihn gekannt, hat ihn unter die Knechte gesetzt, und hat ihm so geholfen; denn der hochehrwürdige Bischof mußte auf der Flucht aus unsern Ländern sein, weil ihm dort Menschen nach Leib und Leben trachten."

„Und trifft diese nicht ein fallender Baum oder die Strafe Gottes?" fragte Raimund.

„Es kann sein", antwortete Witiko, „es kann aber auch sein, daß ihnen noch Frist gegeben werde."

„Mir wird der hochwürdige Bischof alles nachtragen, was ich gegen ihn getan habe", sagte Raimund.

„Er wird dir es nachtragen, daß er dir einen Lohn gibt", antwortete Witiko, „du aber gedenke, wenn du wieder mit deinesgleichen bist, daß du ihnen nicht die besten Speisen wegissest."

„Ich bin so hungrig gewesen", sagte Raimund, „er wird immer daran denken."

„Er denkt an vieles, aber an dieses nicht", antwortete Witiko.

„Sagt es ihm", sprach Raimund.

„Ich werde es tun", antwortete Witiko.

Nun schwieg Witiko, und Raimund blieb vor ihm stehen.

Nach einer Zeit kamen Speiseknechte, brachten Speisen und Wein, und stellten alles auf den Tisch in dem Speisegemache.

Witiko erhob sich, befahl Raimund, ihm zu folgen, und ging in das Speisegemach hinaus. In demselben setzte er sich an den Tisch, und hieß Raimund sich zu ihm setzen, und mit ihm essen, und der Herr und der Knecht aßen an dem Tische der Bischofsburg, und die Diener warteten an ihnen ihres Amtes. Als sie gegessen und getrunken hatten, stand Witiko auf, ließ die Speiseknechte die Reste des Mahles fort tragen, und sagte zu Raimund, daß er in seine Kammer schlafen gehe, zu den Dienern, daß sie in allen Gemächern außer in seinem Schlafgemache die Lichter auslöschten. Dann ging er in das Schlafgemach, schloß es zu, zündete die Nachtlampe an, löschte die andern Lichter aus, entkleidete sich, und legte sich auf sein Lager.

Da es Morgen geworden war, sorgte Witiko mit Raimund für die Pferde, dann gingen sie wieder in ihre Wohnung, und verzehrten ein Frühmal, das ihnen die Speiseknechte gebracht hatten.

Als die Sonne an dem Himmel leuchtete, erschollen die Glocken in dem Münster der Bischofstadt. Witiko und Raimund gingen in den Hof der Burg, und von dort durch das offene Pförtchen in das Freie. Da waren viele Menschen, die harrten, den Bischof in die Kirche reiten zu sehen. Witiko und Raimund blieben unter den Menschen stehen.

Da eine Zeit vergangen war, hörte man Stangen und Riegel an dem Tore der Bischofburg rasseln, und Hans, der schön gewappnet war, und andere schön gewappnete Männer öffneten die beiden Flügel des Tores, und blieben an ihnen stehen.

Die Menschen drängten sich gegen die offene Wölbung. Odilo erschien mit seinen Untergebenen. Er war in schönen Gewändern, und trug einen schweren Stab in der Hand, mit dem er die Menschen zurück wies.
Sie erzählten sich wechselweise, daß ein Kardinal aus Rom gekommen sei, daß in der Nacht der Schenke und der Marschalk gekommen seien, und daß ein sehr schöner Kirchengang sein werde.
Da sie sprachen, kam der Zug vom Hofe durch das Tor heraus.
Zuerst ritten bischöfliche Männer, dann ritten Männer, die nach Peilstein und Hagenau dienstbar waren. Dann ritten in hellen Platten und schönen Pelzverbrämungen die Herren Marquard von Wesen, der Schenk des Hochstiftes Passau, und Chunrat von Heichenbach, der Marschalk des Hochstiftes Passau. Ihnen folgten einige ihrer Dienstmannen. Dann ritten Dienstmannen anderer Herren. Dann kamen die zwei Bischöfe auf weißen Zeltern. Sie waren in veilchenblauen Gewändern, und die Kreuze waren aus Gold und Edelsteinen. Zdik ritt an der rechten Seite des Bischofes Regimbert. Das Volk warf sich auf die Knie, und die Bischöfe gaben den Segen. Hinter den Bischöfen kamen Priester und Herren, die in den bischöflichen Ämtern waren, dann priesterliche Schüler und Diener der Kirche. Dann wurde in einer Sänfte die Schwester des Bischofes von Passau getragen, die edle Frau Anna von Peilstein und Hagenau. Sie war in roten Sammet gekleidet, und neben ihr gingen Frauen und Jungfrauen. Dann kamen Männer von Peilstein und Hagenau und dann Männer des Bischofsitzes.
Als der Zug vorüber war, eilten die Menschen in die Kirche, um der heiligen Handlung beizuwohnen.
Raimund erhob sich auch von der Erde, und Witiko ging mit ihm in die Kirche.
Es sammelten sich in diesen Stunden noch mehrere Ritter und Männer des Bischofes in der bischöflichen Burg.
Am Mittage war in dem großen Saale ein Mahl, und Herren und Ritter und Frauen und Jungfrauen und Priester und Dienstmannen waren an dem Tische. Witiko war auch dazu gerufen worden, und saß neben Rudolph dem Steiner.
Nach dem Mittagmahle waren an dem Innflusse einige Waffenspiele.
Am Nachmittage, da Witiko mit dem Knechte Raimund in seine Wohnung gegangen war, kam ein Diener des Bischofes zu ihnen, und sagte, er bringe von dem hochehrwürdigen Bischofe von Olmütz ein Geschenk an den Knecht des jungen Ritters. Er nahm bei diesen Worten ein Beutelchen von rotem Leder aus seinem Wamse, und reichte es an Raimund. Dann entfernte er sich wieder. Raimund öffnete das Beutelchen, und fand zehn Goldstücke darinnen. Witiko deutete ihm den Wert der Goldstücke, und sagte, er möge diese Menge des Geldes gut bewahren. Raimund versteckte das Beutelchen an der innern Seite seines Wamses, und band es dort an.
Am Abende kam Rudolph der Steiner zu Witiko, führte ihn in eine Stube der Burg, und sie erfreuten sich dort mit andern jungen Rittern an Wein und an mancherlei Scherzen.
Und alle Tage ritten nun die Bischöfe in die Kirche, um dort das Meßopfer zu feiern. Wenn Zdik zurück gekommen war, legte er in

seiner Wohnung ein härenes Gewand an. Nach einiger Zeit kamen Dienstmannen des Bischofes Zdik nach Passau, und brachten auf Saumtieren Dinge, die zu dem Eigentume des Bischofes gehörten.

An einem Tage wurde eine Jagd abgehalten. Dazu kamen Marquard von Wesen, der Schenk des Hochstiftes Passau, Otto von Aheim, der Kämmerer des Hochstiftes von Passau, Chunrat von Heichenbach, der Marschalk des Hochstiftes Passau, Heinrich von Tannenbach, der Truchseß des Hochstiftes Passau, dann Cholo von Wilheringen, Werinhart von Martspach, Calhochus von Valchenstein, und andere Ritter und Kriegsherren. Die Bischöfe ritten mit Hüfthorn und Speer auf dem linken Ufer der Donau hinunter. Witiko war im Geleite des Bischofes Zdik. Dienstmannen, Edelknechte, Knechte, Jagdmeister und Hundemeister waren am Ende des Zuges. Sie ritten an hohem Waldlande, das mit dichten Bäumen jäh von dem Wasser empor stieg, dahin.

Der Bischof Zdik sagte zu Regimbert: „Das ist ein sehr schönes Gehege."

„Es geht viele Wegestunden an dem Strome bis Aschach dahin, wo die Brüder von Jugelbach die zwei Burgen bauen wollen", antwortete der Bischof von Passau. „Der Wald da neben uns steigt hoch hinan, und geht dann in Absätzen immer höher bis zu dem Lande Böhmen fort, wie es an dem Wege ist, auf dem du zu mir gekommen bist. Oben ist es vielfach gereutet, und es stehen Ortschaften und Burgen da. Von den Burgen sind manche dem Hochstifte noch nicht unterworfen. Wir suchen aber zu erwerben, und die Kirche zu verstärken. Unser Gericht Velden ist vor kurzer Zeit wieder ausgedehnt worden. Dort sitzt der Gaurichter, und hält die Dinge zum Urteile. Wir geben den Insassen mehr Rechte als die weltlichen Herren. Füchse und Hasen darf sich jeder nehmen, für einen Marder und Iltis bekommen sie Geschenke, wer einen Wolf bringt, darf sich einen Hirsch erlegen, und die Bauern haben drei Haghackenwürfe weit von ihrem Felde in den Wald hinein das Holzrecht."

„Und wenn ihr noch manches zuwendet, so werden die Fluren ein höheres Gedeihen und einen größeren Reichtum gewinnen", sagte Zdik.

„Der Krummstab soll segensreicher sein als das Schwert", entgegnete der Bischof von Passau.

„Und möge sich im Glauben noch alles mehr mildern und sänftigen", antwortete Zdik.

Und als sie so gesprochen hatten, erscholl das Hüfthorn zur Versammlung, und sie ritten in den Wald empor zu der Jagd.

Ein anderes Mal war ein Jagen auf dem Gebiete der Grafen von Formbach und von Neuenburg.

Es war auch ein Kirchenfest bei Konrad, dem Erzbischofe von Salzburg.

Als vierzehn Tage vergangen waren, seit Witiko sich in der bischöflichen Burg befand, meldete er sich zur Abreise. Er verabschiedete sich bei den Bischöfen und bei den älteren und jüngeren Herren der Burg. Die Bischöfe gaben ihm schöne Gewänder und Gold zum Geschenke. Er gab den jüngeren Rittern Geschenke, und sie gaben auch ihm Geschenke . . .

Abschließend einige Bemerkungen zur Problemstellung der literarischen Gestaltung historischer Stoffe im 19. Jahrhundert. Der Historiker sollte, so die Forderung Leopold (von) Rankes (1795–1886), zeigen, „wie es eigentlich gewesen" ist, wobei das Wort „eigentlich" andeutet, daß der Wissenschaftler durchaus eine Deutung vornehmen muß, um beispielsweise die in der Geschichte wirksamen „Ideen", die „Gedanken Gottes" (Ranke) zu erkennen. Andererseits gingen von Ranke die Bemühungen um eine möglichst lückenlose kritische Verwertung der historischen Quellen aus. Die Erträge solcher Studien schufen den Typus des sogenannten historischen „Professorenromans". Streng verpönt waren sämtliche Anachronismen. So mußte sich Stifter vorhalten lassen, er habe im ersten Band Witiko mit Messer und Gabel essen lassen! Stifter nahm diese Kritik zum Anlaß, im Brief vom 23. Juli 1865 an Sigmund von Handel seine Auffassung künstlerischer Geschichtsdarstellung zu skizzieren: „Wie weit die sachliche Wirklichkeit in einem Kunstwerk zu geben ist, hat die Wissenschaft noch nicht ermittelt. Ganz darf sie gar nicht gegeben werden, sonst entstünde ein mathematischer Satz und kein sinnlich hervorspringendes Kunstwerk, und es müßten, um mit Jean Paul zu reden, die dichterischen Blumen so langsam wachsen wie die wirklichen, und dazu noch unter so viel Gras. Ganz darf sie nicht fehlen, sonst malte man, wie wieder Jean Paul sagt, den Äther mit Äther in Äther." Stifter schließt: „Wie aber, Freund, wenn einem in zu ängstlichem Aufpassen auf das Einzelne das Ganze entwischte?"

Personenregister

Im Schrägsatz gedruckte Namen beziehen sich auf Gestalten, die Stifter geschaffen hat, oder auf Personen, die in den im vorliegenden Band enthaltenen Werkbeispielen erwähnt werden, wobei auch die Seiten verzeichnet sind, auf denen diese Personen in anderem Zusammenhang vorkommen. Ein (W) hinter einer Seitenzahl gibt an, daß hier ein Werk des betreffenden Künstlers abgebildet ist; ein (A) verweist auf eine Darstellung der betreffenden Gestalt oder Person. Stifter-Darstellungen befinden sich auf den Seiten 68, 80, 104, 106, 113, 118, 122, 123 und 132. Reproduktionen von Werken des Malers und Zeichners Stifter befinden sich auf den Seiten 23, 30, 34, 41, 44/45, 48, 49, 62, 65, 95, 99 und 188.

A

Abdias 58, 208, 209 (A), 210f, 214ff, 217ff, 225ff
Achilleus 97
Adalbert (eigentl. Wojtech) von Prag, hl. 279
Albrecht (in „Feldblumen") 42f, 49f, 170ff
Alarich (westgot. König) 153
Alexios I. Komnenos (byzantin. Kaiser) 286, 292
Alt, Rudolf (von) 41, 52/53 (W), 54
Amerling, Friedrich von 35, 72 (W), 73
Amor 172
Anaklet (Gegenpapst) 286
Angela (in „Feldblumen") 43, 170ff, 181 (A)
Angerer, Ludwig 105
Anschütz, Heinrich 67, 270 (A)
Antiope 172
Aprent, Johannes 47, 90, 105, 108, 116, 118f, 166
Arneth, Antonie von 73
Attila 153
Augustinus – siehe *Stifter, Augustinus*
Aurelianus, Lucius Domitius (röm. Kaiser) 171
Axmann, Joseph 89 (W), 180, 262 (W), 274 (W)

B

Bachofen von Echt, Freiherr 121
Bahr, Hermann 124, 127
Balduin I. (König von Jerusalem) 290, 292
Balduin II. (König von Jerusalem) 292
Bauernfeld, Eduard von 58
Baumgärtner, Hajo 128
Baumgartner, Andreas (von) 26, 31, 38
Beethoven, Ludwig van 70, 108
Bellangé, Hippolyte 101, 102/103 (W)
Benjamin, Walter 132
Bernhard von Clairvaux 289
Bertram, Ernst 124, 133
Bismarck, Otto von 110
Blum, Robert 74
Blumenberg, Hans 199
Böll, Heinrich 137
Boemund (Sohn Robert Guiskards) 286f, 290, 293
Boriwoj (böhm. Herzog) 279
Boriwoj (Bruder Wladislaws I.) 280
Boze, Joseph 166 (W)
Brandner, Gary 167
Brenner von Felsach, Adolf 31, 33, 40
Brentano, Clemens 58, 222
Brigitta 58
Bruckner, Anton 118, 132
Buchholz, Wilhelm Heinrich 162
Buddeus, Aurelio 70, 73, 230
Büchner, Georg 59, 139, 205, 234
Buggert, Christoph 263
Burger, Heinz Otto 205f

C

Calderón de la Barca, Pedro 171
Carus, Carl Gustav 24
Castelli, Ignaz Franz 22, 56/57 (A)
Čech (Tschech; böhm. Herzog) 279
Chamford, Nicolas 234
Childerich III. (merowing. König) 279
Christophorus, hl. 126 (A)
Clarissa von Wittinghausen (in „Der Hochwald") 133f, 189ff
Collin, Anna Maria von 31
Collin, Ludwig von 31
Colloredo-Mannsfeldt, Joseph von („Pepi") 31, 33, 37, 40, 111 (A), 112
Colloredo-Mannsfeldt, Therese von, geb. Lebzeltern 38
Constable, John 49
Cooper, James Fenimore 200, 260
Cornelia (in „Der Condor") 47, 158ff
Cornelia (Mutter der Gracchen) 161
Correggio 172 (W)

D

Daffinger, Moritz Michael 68 (W)
Dahn, Felix 143
Danae 160, 172
Dandalo (Doge von Venedig) 293
Danton, Georges Jacques 168
David (jüd. König) 279
David, Claude 140
Deborah (in „Abdias") 208
Demetz, Peter 132
Desing, Anselmus 20, 23
Dettmering, Peter 132ff
Ditha (in „Abdias") 208, 210f, 214f, 217ff, 225ff
Doppler, Alfred 132
Dornberger, Karl 81
Drendorf, Heinrich (in „Der Nachsommer") 135, 137, 159, 262ff
Drendorf, Natalie – siehe *Tarona, Natalie*
Droste-Hülshoff, Annette von 139
Dürer, Albrecht 109
Dumouriez (Dumauriez), Charles François 169
Dyck, Anthonis van 192 (W), 194

E

Eben, Kamill 120
Eckermann, Johann Peter 120
Eichendorff, Joseph von 47, 59, 65f, 82, 93, 169, 294
Eichendorff, Louise von 82f, 93f, 96, 99, 101, 208
Elisabeth von Österreich 99
Enzinger, Moritz 175
Esau 277
Essenwein, Karl 116, 118, 120
Esther (in „Abdias") 208
Eugen von Savoyen 14

F

Ferdinand I. (österr. Kaiser) 72 (A), 73, 75

Ferdinand II. (dt. Kaiser) 26
Fernkorn, Anton Dominik (von) 14 (W)
Feuchtersleben, Ernst von 139
Fischbach, Johann 35, 46
Fischer, Alois (von) 75, 76 (A), 79
Flaubert, Gustave 205
Fleischanderl, Joseph 35
Fleischanderl, Franziska („Fanny"), geb. Greipl 26ff, 33ff, 47, 137
Förster, Carl Friedrich 87, 137
Forster, Friedrich 127
Fouqué, Friedrich Baron de la Motte 58
Franck, Ulrich 207 (W)
Frankl, Ludwig August 35
Franz II. (dt. Kaiser, als Franz I. österr. Kaiser) 11, 13, 15, 17
Franz Joseph I. (österr. Kaiser) 15, 73ff, 77, 89, 96, 98 (A), 99, 107, 111, 119
Fraunhofer, Joseph von 43
Freud, Sigmund 134f
Freytag, Gustav 143
Friedrich I., gen. „Barbarossa" (dt. Kaiser) 274, 284, 287, 294
Friedrich von Büren 284
Friedrich von Schwaben 284
Friedrich (Sohn Konrads III.) 294
Friedrich, Caspar David 24 (W), 156 (W), 157, 246 (W)
Friepeß, Franz (Großvater) 12, 18f, 117
Fučikova, J. 128
Fulco (Fulko) von Anjou (König von Jerusalem) 292f
Fussenegger, Gertrud 132

G

Ganymed 172
Gauermann, Friedrich 35
Geiger, Peter Johann Nepomuk 88, 89 (W), 109, 208, 209 (W), 262 (W), 274 (W)
George, Stefan 133
Gillespie, Gerald 198
Giotto di Bondone 220 (W?)
Glück, Wolfgang 128
Gobineau, Joseph Arthur de 143
Goethe, Johann Wolfgang (von) 9, 11, 47, 49, 70, 81, 92, 95, 107 (A), 108, 111, 120, 124, 130, 157, 162, 225, 231, 249
Gottfried von Bouillon 290f, 292 (A)
Gottschall, Rudolf 140, 143
Gracchus, Gaius 161
Gracchus, Tiberius 161
Grasberger, Franz 132
Gregor VII. (Papst) 279, 286
Gregor (in „Der Hochwald") 200ff
Greipl, Franziska („Fanny") – siehe Fleischanderl, Franziska
Greipl, Mathias 26ff
Grillparzer, Franz 35, 36 (A), 37, 58, 63, 67, 71, 76, 120, 139, 142, 203, 279
Grimmelshausen, Hans Jakob Christoffel von 262
Günther (Sohn Tassilos III.) 21
Guérin, Jean Urbain 166 (W)
Gustav (in „Der Condor") 47, 158ff
Gustav II. Adolf (schwed. König) 196

H

Habermas, Jürgen 136
Härtling, Peter 137
Hahn-Hahn, Ida von 94
Hall, Placidus (eigentl. Anton Franz Joseph Hall) 19f
Hammer-Purgstall, Joseph von 58
Handel, Amélie von 37
Handel, Sigmund Eduard von 31, 35, 37f, 40f, 108f, 178, 299
Hanna (in „Der beschriebene Tännling") 66
Hanns (in „Der beschriebene Tännling") 66
Hartenschneider, Udalrich 20
Hartmann, Carl Philipp 30
Hartmann, Moritz 64
Haun, August 6 (W), 184/185 (W), 186
Hauser, Kaspar 27, 243
Haydn, Joseph 70, 117
Hebbel, Friedrich 70, 84 (A), 85, 94, 230, 234
Heckenast, Gustav 9, 47, 51, 55, 59, 68, 75f, 78, 85, 87, 88 (A), 89, 91ff, 97, 105, 109, 112, 117ff, 140, 166, 168, 196, 258
Hein, Alois Raimund 120
Heine, Heinrich 70, 121, 139
Heinrich I. (dt. König) 280
Heinrich II. (dt. Kaiser) 18 (A)
Heinrich IV. (dt. Kaiser) 279, 286
Heinrich der Löwe (bayer. Herzog) 284
Heinrich der Stolze (bayer. Herzog) 284
Heinrich Jasomirgott (österr. Herzog) 284
Heinrich von Jugelbach 282ff
Heinrich von Rothenstein (in „Die Narrenburg") 54, 89 (A)
Heinrich von Wittinghausen (in „Der Hochwald") 189, 194ff, 207
Herder, Johann Gottfried (von) 143
Herold, Eduard 6 (W), 184/185 (W), 186
Hesse, Hermann 124
Hetzendorf von Hohenberg, Johann Friedrich 177
Hildegard von Büren 284
Hiob 279
Hippel, Carl von 204
Höllerer, Walter 205f
Hofbauer, Ferdinand 74 (W)
Hoffmann, E.T.A. (Ernst Theodor Amadeus) 32, 81, 158
Hofmannsthal, Hugo von 124
Homer(os) 92, 262
Howard, Luke 49
Müller, Franz 120, 127
Humboldt, Alexander von 231
Hus, Jan 11

I

Innozenz II. (Papst) 286f, 294
Io 172 (A)
Irmscher, Dietrich 249

J

Jäger, Friedrich (von) 68
Jakob (Patriarch) 277, 279
Jarcke, Karl Ernst 59f, 65
Jean Paul (eigentl. Johann Paul Friedrich Richter) 31f, 38, 47, 50, 133, 163ff, 170, 299
Jenne, Joseph 16, 117
Johann (österr. Erzherzog) 13
Johanna von Wittinghausen (in „Der Hochwald") 189ff
Johannes (Evangelist) 20
Johannes der Täufer 20
Johannes II. Komnenos (byzantin. Kaiser) 292f
Joseph (Sohn Jakobs) 279
Jung (Jung-Stilling), Johann Heinrich 120
Jungmair, Otto 128
Jupiter (Zeus) 160, 172 (A), 180

K

Kaindl, Albert 65, 97
Kaindl, Alois 65, 97
Kaiser, Josef Maria 133, 182 (W), 236 (W), 237, 254 (W), 258
Karl der Große (röm.-fränk. Kaiser) 18 (A), 20
Karl (österr. Erzherzog) 13, 14 (A)
Karl Alexander von Sachsen-Weimar 107, 113
Karl August von Sachsen-Weimar-Eisenach („Goethe-Herzog") 107
Karl Martell 279
Karmasin, Franz 142
Keaton, Buster 263
Keller, Gottfried 120, 157, 261
Kempner, Friederike 157
Kepler, Johannes 199
Kersting, Friedrich Georg 189 (W)
Kestner, Albert 108
Kestner, August 108

Kestner, Charlotte „(Lotte"), geb. Buff 108
Kleist, Heinrich von 13f, 58, 286
Kleyle, Rosalie von 38
Kner, Rudolph 40
Kniehuber, Josef 85
Koch, Bernhard 19
Konrad I. (Bischof von Salzburg) 283
Konrad III. (dt. Kaiser) 108, 280f, 284, 287, 294
Konrad von Znaim 275, 281
Konrad (in „Bergkristall") 85 (A), 236 (A), 237ff, 254 (A), 255ff, 258 (A), 259ff
Kopernikus, Nikolaus 199
Kordik, Georg 113 (W)
Kornhäusel, Josef 55
Kossuth, Ludwig 74, 76f
Kraus, Karl 121
Krepp, Friedrich 98 (W), 99
Kriegs-Au, Adolf von 107, 139
Krökel, Fritz 168
Krok (böhm. Herzog) 279
Küpper, Heinz 135
Küpper, Peter 251, 253
Kuh, Emil 63,120

L

Lachinger, Johann 130, 132
Lagarde, Paul Anton de (eigentl. Paul Anton Bötticher) 143
Lampi, Ferdinand von 38, 39 (W)
Landesmann, Heinrich (Pseudonym Hieronymus Lorm) 64, 108
Lanner, Joseph Franz Karl 56/57 (A)
Lanscha, Lorenz 10 (W)
Lebzeltern, Sophie von 38, 40
Lebzeltern, Therese von 38, 40
Leda 172
Lehmann, Carolina 162 (A)
Leo IX. (Papst) 286
Leopold II. (dt. Kaiser) 11
Libussa (Libuša) 279
Lichtenberg, Georg Christoph 120
Liliencron, Detlev von 121
Lind, Jenny 68, 69 (A)
Lippert, Albert 127
List, Friedrich 62
Litt, Theodor 202
Liutpirc (Ehefrau Tassilos III.) 20
Löffler, Carl 180, 181 (W)
Lothar III. (dt. Kaiser) 280, 286f
Louis-Philippe (franz. König) 73
Ludwig XVI. (franz. König) 169
Lukas (Evangelist) 20
Lumau, T. F. 47
Lunding, Erik 130, 133, 135, 138f

M

Majláth, Johann von 47, 50
Mann, Thomas 131, 133, 138
Marat, Jean Paul 166 (A), 167
Maria, hl. 20, 62, 126
Maria Theresia (österr. Erzherzogin, Königin von Böhmen und Ungarn) 11, 15, 147
Marie Louise (Ehefrau Napoleons I.) 15
Marie Ludovica (Ehefrau des österr. Kaisers Franz I.) 13, 73
Markus (Evangelist) 20, 193
Marx, Karl 141
Matthäus (Evangelist) 20, 278, 289
Mayer, Ferdinand (Stiefvater) 20
Mayer, Jacob (Stiefbruder) 29
Mayr, Johann 19
Maximilian II. (bayer. König) 96
Merkur 172
Metternich, Clemens Lothar Wenzel Fürst von 11, 15, 17, 58f, 63, 73 (A), 111
Metternich, Richard Fürst von 58, 111 (A)
Meyer, Hermann 198
Mielichhofer, Ludwig 38
Millais, John Everett 216 (W), 217
Mink, Baronin 47
Mirabeau, Honoré Gabriel Riqueti Graf von 169
Mörike, Eduard 139
Mohammed 289
Mohaupt, Amalie – siehe Stifter, Amalie
Mohaupt, Josephine (Schwägerin) 35
Mohaupt, Juliane (angeh. Nichte) 70, 81, 85, 92, 94, 96, 249
Mohaupt, Katharina („Kathi"; angeh. Nichte) 96, 107, 120
Mohaupt, Philipp (Schwiegervater) 33
Mohaupt, Philipp (Schwager) 51, 70
Montgolfier, Étienne 162
Montgolfier, Joseph Michel 162
Mozart, Wolfgang Amadeus 70, 117, 152
Mugerauer, Anton 25, 42, 46, 57
Müller, Joachim 138
Müller, Johannes von 30
Müller, Otto 46
Müller, Sophie 67
Murai, Stephan (in „Brigitta") 58
Musil, Robert 262

N

Napoleon I. (franz. Kaiser) 11, 13ff, 101
Napoleon III. (franz. Kaiser) 101
Nausikaa 93
Nelson, Horatio (Viscount of) 13
Nestroy, Johann Nepomuk 71
Nietzsche, Friedrich 120, 143
Nikolaus I. (russ. Kaiser) 77
Nobile, Peter (von) 14
Novotny, Fritz 41, 46, 125, 132, 188

O

Omar (Kalif) 289
Ostade, Adriaen van 31
Otto von Freising 294
Otto von Olmütz 280
Overbeck, Friedrich 288 (W)
Ovid (Publius Ovidius Naso) 50

P

Palacký, František (Franz) 141, 144, 281
Paoli, Betty (eigentl. Barbara Elisabeth Glück) 54, 74, 75 (A)
Pannwitz, Rudolf 128
Pechwill, Gustav 101
Pereira-Arnstein, Henriette von 37, 57f
Peter von Amiens, gen. „der Einsiedler" 287, 289
Petöfi, Alexander 77
Petrus, hl. 126 (A), 279
Petrus Venerabilis 287
Philipp, Karl 122 (W), 123
Piepenhagen, August 95
Pip(p)in der Mittlere (von Heristal) 279
Platen(-Hallermünde), August von 153
Podzeit, Wulf 128
Poe, Edgar Allan 157
Postl, Karl 10 (W)
Pozzo, Andrea 26
Pranghofer, Albert (Taufpate) 12
Preidel, Helmut 125
Přemysl von Staditz 279
Prinzhofer, August 75 (W)
Pullitzer, Theodor 120

R

Radhausky, Hans 123 (W)
Raffael (eigentl. Raffaello Santi) 172
Raimund, Ferdinand 56/57 (A)
Ranke, Leopold (von) 299
Ranzoni, Emerich 49
Raumer, Friedrich von 294
Regi(n)mar (Bischof von Passau) 275
Regimbert (Reginbert) Graf von Hagenau und Heyda (Bischof von Passau) 275, 277ff
Reinl, Harald 127
Reischl, Ignaz 20f

Reitzenbeck, Heinrich 81, 118
Reni, Guido 172
Requadt, Paul 221 f, 228
Rettich-Gley, Julie 67 (A)
Rey, William H. 165
Richard II. (engl. König) 282
Richter, Adrian Ludwig 85 (W), 258 (W)
Richter, Gottlob Christian Friedrich 22
Rieger, Franz 132
Riezlmayr, Georg 20, 46
Rilke, Rainer Maria 160
Rint, Johannes 99
Risach, Herr von (in „Der Nachsommer") 262 (A), 264, 268, 272 f
Rizy, Theodor von 35
Robert Guiskard 285 ff, 290
Robespierre, Maximilien-François-Isidore de 59, 66, 166 (A), 168
Roedl, Urban (eigentl. Bruno Adler) 31, 42, 178, 229
Roger I. (König von Sizilien) 285 ff
Roger II. (König von Sizilien) 285 f
Ronald (in „Der Hochwald") 134, 190, 195, 200, 203, 207
Rosegger, Peter 120, 130
Rosenberger, Franz Xaver 90
Rosenberger, Mathias 90
Rosmäßler, Johann Friedrich 75
Rossbacher, Karl-Heinz 134, 137, 243
Rozier, Jean-François Pilâtre de 162
Rubens, Peter Paul 194
Rubner, Josef M. 127
Rudolf von Habsburg (dt. König) 143
Rudolf II. (dt. Kaiser) 203
Rychner, Max 139, 262, 266, 271 ff

S

Sacher-Masoch, Leopold von 116
Sanna – siehe *Susanna*
Sauer, August 120 f, 127
Schäfer, Leopold 47
Schaller, Joseph 87
Schiffler, Franz Xaver 25, 33 f, 42, 57
Schiffler, Maria, geb. Blechinger 33
Schiller, Friedrich (von) 70, 108, 157, 233
Schlechta, Emilie von 85
Schmeller, Johann Joseph 36 (W), 37, 107 (W)
Schmidt, Arno 127, 135 f
Schmidt, Julian 94
Schöndorfer, Ulrich 132
Schroeder, Franz Adam 77
Schumann, Clara, geb. Wieck 70
Schumann, Robert 70
Schutting, Jutta 132, 134
Schwarzenberg, Anna Maria Fürstin zu 54, 74
Schwarzenberg, Karl Philipp Fürst zu 54
Scott, Walter 97, 140
Seibt, Ferdinand 141
Seidler, Herbert 132
Selge, Martin 128, 132, 135 ff, 158 ff, 162, 165, 175, 186 f, 198, 202, 204, 206, 232, 235, 243, 272, 281
Senke, Ferdinand 87
Shakespeare, William 70, 270, 282
Sigismund (dt. Kaiser) 11
Silvester (Abt von Sazawa) 278, 281
Simony, Friedrich 63, 64 (A), 245 (W)
Soběslaw (böhm. Herzog) 274 f, 280, 282, 293
Sömmerring, Samuel Thomas 162
Spitzweg, Carl 86 (W), 87
Stadion, Franz von 75
Stadion-Warthausen, Johann Philipp Karl von 13 f
Stadtmüller, Georg 73
Staiger, Emil 165
Starhemberg, Gundomer von 115
Stelzhamer, Franz 49, 51
Stern, Peter 132
Stifter, Amalie, geb. Mohaupt (Ehefrau) 9, 31, 33 ff, 38, 39 (A), 41 ff, 47, 51, 63 f, 67, 81 (A), 92, 95, 97, 99 ff, 107, 112, 115 ff, 120
Stifter, Anna Maria (Schwester) 16, 18, 93
Stifter, Anton (Bruder) 16, 97
Stifter, Augustinus (in „Die Mappe meines Urgroßvaters") 51
Stifter, Augustin (Großvater) 12
Stifter, Johann (Vater) 12, 18
Stifter, Johann (Bruder) 18
Stifter, Josephine 90, 92, 95
Stifter, Luise 90, 92
Stifter, Magdalena, geb. Friepeß (Mutter) 12, 20, 25, 93, 116 f
Stifter, Martin (Bruder) 16
Stifter, Ursula, geb. Kary (Großmutter) 12
Stöckler, Emanuel 64 (W)
Storck, Joachim W. 132, 141, 144
Strauß, Johann d. Ä. 56/57 (A)
Strohmann, Dietrich 141
Susanna („Sanna"; in „Bergkristall") 85 (A), 236 (A), 237 ff, 254 (A), 255 ff, 258 (A), 259 ff
Székely von Adamos, Bertalan (Bartholomäus) 106 (W), 107

T

Tankred von Hauteville 284 ff, 290
Tarona, Mathilde (in „Der Nachsommer") 262 f, 268, 271 f
Tarona, Natalie (in „Der Nachsommer") 137, 262 ff
Tassilo III. von Baiern 18 (A), 20 f
Tasso, Torquato 288
Tepe van Heemstede, Leo 114, 214
Theodor, hl. 20
Thun, Leopold von 78
Tieck, Ludwig 58
Tolstoj, Lew Nikolajewitsch 124
Trollope, Frances 154 f
Türck, Joseph 80, 111
Tumler, Franz 132

U

Uhl, Friedrich 54
Uhland, Ludwig 157
Urban II. (Papst) 288 (A), 289 f

W

Waldmüller, Ferdinand Georg 41, 60, 61 (W)
Walther von der Vogelweide 70
Weber, Carl Maria von 191
Weger, August 67 (W)
Wenzel, hl. (böhm. Herzog) 280
Wiclif, John 11
Wigand, Georg 85
Wigand, Otto 47
Wilhelm, Gustav 120
Wilhelm von Tyrus 288, 290
Willigis (Erzbischof von Mainz) 279
Windischgrätz, Alfred Fürst zu 74
Winterstein, Alfred 131, 135
Witiko (Witco, Witego, Witek) 50, 108, 109 (A), 128, 141 ff, 183, 274 (A), 275 ff
Witthauer, Friedrich 47, 51, 57
Wladislaw I. (böhm. Herzog) 280 f
Wladislaw II. (böhm. Herzog) 109, 144, 274 f, 293, 295
Wladislaw (Sohn Soběslaws) 280 f
Wolfgang, hl. 126 (A)
Wolfram von Eschenbach 70
Würth, Adolph von 40

Z

Zdik (Bischof von Olmütz) 275 ff
Zedlitz, Joseph Christian von 77
Zelking, Christian von 83
Zenobia (Königin von Palmyra) 171
Zeus – siehe *Jupiter*
Žižka, Jan 11 (A)

Bildnachweis

Museen und Bibliotheken
Birmingham: City Museum and Art Gallery 216. Coburg: Kunstsammlungen der Veste Coburg 10, 280. Frankfurt am Main: Freies Deutsches Hochstift–Goethemuseum 107. Göttingen: Universitätsbibliothek 11. Hamburg: Kunsthalle 24, 61, 156, 246. Kiel: Kunsthalle (Schleswig-Holsteinischer Kunstverein) 189. Linz: Adalbert Stifter-Institut des Landes Oberösterreich 21, 23, 85, 88, 89, 181, 182, 209, 236, 254; Oberösterreichisches Landesmuseum 65, 67, 75, 99, 111 (l.). London: National Gallery 220. München: Adalbert Stifter-Verein 6, 184/185. Paris: Musée du Louvre (Foto: Josse) 102/103. Stockholm: Nationalmuseum (Schwedische Porträtgalerie in Schloß Gripsholm) 69. Weil der Stadt: Kepler-Museum (Kepler-Gesellschaft) 199 (Foto: Wiese). Wien: Adalbert Stifter-Museum (Adalbert Stifter-Gesellschaft) 30, 34, 48, 49, 62, 95, 188; Albertina, Graphische Sammlung 68; Historisches Museum der Stadt Wien 52/53; Kunsthistorisches Museum 172, 192; Österreichische Galerie 41, 44/45; Österreichische Nationalbibliothek 56/57, 64, 74, 111 (r.), 197, 262, 274.

Bildarchive und freie Fotografen
Archiv für Kunst und Geschichte, Westberlin 37, 86, 291. Bildagentur Prenzel, Gröbenzell bei München 224. Bildarchiv Huber, Garmisch-Partenkirchen 252, 277. Bildarchiv Foto Marburg 171. Bildarchiv Preußischer Kulturbesitz, Westberlin 72, 98, 104, 110. Bildarchiv Schuster, Oberursel 212/213. Lea Dibak, Stuttgart 267. Ursula Edelmann, Frankfurt am Main 288 (u.). Historia-Photo, Hamburg 73, 84, 162. Ulrich Kolb, Stuttgart 14, 15 (2), 18, 19 (3), 27, 83, 90, 91, 114, 115 (u. l., u. r.), 118, 119, 122, 123 (o. r., u.), 127, 146, 177, 180. Anton Leitner, Salzburg 150 (3), 151 (3). Toni Schneiders, Lindau 20. Gotthard Stängle, Bremerhaven 22 (2), 26 (2), 43 (2), 55 (2), 115 (o. l., o. r.), 123 (o. l.). Gerhard Wiese, Stuttgart 233.